Les Éditions du Boréal
4447, rue Saint-Denis
Montréal (Québec) H2J 2L2
www.editionsboreal.qc.ca

CHARITÉ
BIEN ORDONNÉE

Marina Endicott

CHARITÉ
BIEN ORDONNÉE

roman

traduit de l'anglais (Canada)
par Lori Saint-Martin et Paul Gagné

Boréal

L'édition originale de cet ouvrage a été publiée en 2008 par Freehand Books
(une marque de Broadview Press) sous le titre *Good to a Fault*.

Dépôt légal : 2ᵉ trimestre 2010
Bibliothèque et Archives nationales du Québec

Diffusion au Canada : Dimedia

Catalogage avant publication de Bibliothèque et Archives nationales du Québec
et Bibliothèque et Archives Canada
Endicott, Marina, 1958-
    [Good to a fault. Français]
    Charité bien ordonnée
    Traduction de : Good to a fault.
    ISBN 978-2-7646-2025-0
    I. Saint-Martin, Lori. II. Gagné, Paul, 1961-   . III. Titre. IV. Titre : Good to a fault. Français.
PS8559.N475G6614   2010   c813'.6   C2010-940628-1
PS9559.N475G6614   2010

Pour Peter

Toi qui vis dans la charité fraternelle
avec ton prochain
et as l'intention de vivre
la vie nouvelle

1. Virage à gauche

Par un chaud vendredi de juillet, tandis qu'elle se rendait à la banque, Clara Purdy songeait à elle-même et à l'état de son âme. L'autre voiture, surgie de nulle part, accéléra sur le feu jaune et faillit éviter celle de Clara. En freinant, celle-ci exécuta un gracieux pas de ballet (elle se souleva en tendant les bras, son pied prit appui sur la pédale) et, lorsque les deux masses de métal se heurtèrent, il y eut un terrible fracas, un long et douloureux déchirement. Le vacarme dure plus longtemps qu'on pourrait le croire, se dit Clara, qui, pendant que les voitures se tamponnaient et faisaient volte-face, que la tôle se déchirait, se froissait, se métamorphosait, eut le temps de réfléchir.

Les voitures s'immobilisèrent. Tout s'immobilisa. Puis les occupants de l'autre voiture se déversèrent à gauche et à droite. Les portières s'ouvrirent et, comme du lait oublié sur la cuisinière, ils se répandirent à gros bouillons, débordèrent sur la chaussée. On aurait dit qu'ils sortaient par les fenêtres, mais c'étaient juste les portières.

Une vieille femme apparut la dernière et s'extirpa de la voiture, le corps raide. Elle avait du rouge sur les jambes, des roses qui grossissaient et s'épanouissaient vers le bas, et elle se mit à hurler sur une note monocorde. L'homme, le conducteur, criait déjà. En suspension dans l'air lourd, les jurons qui jaillissaient de sa bouche semblaient visibles. Leur voiture avait la couleur de la crème caramel, de la crème brûlée parsemée de rouille. Tout le côté du conducteur était enfoncé, comme la croûte de la crème brûlée qu'on casse.

L'ouïe de Clara lui faisait défaut. Elle se trouvait dans une bulle imperméable aux sons. Elle voyait toutes les bouches s'agiter. Elle déglutit dans l'espoir de déboucher ses oreilles, mais la pression n'était pas en cause. Qu'avait-elle fait? Tout cela.

La membrane de silence éclata. Et le vacarme revint — Clara le reçut de plein fouet. Son corps vibra, tel un diapason. Elle ferma la bouche. Elle posa ses mains sur ses lèvres, qu'elle serra avec ses doigts.

Les bras de l'homme décrivaient des moulinets, il avançait la tête vers Clara d'un air menaçant.

— Où avez-vous appris à conduire, merde? cria-t-il pour que tout le monde l'entende. Mes enfants savent mieux conduire que vous! Mes enfants, je vous dis!

La petite fille assise sur la chaussée semblait presque heureuse, comme si son visage pincé s'était détendu, maintenant que quelque chose de grave était enfin arrivé. Clara s'assit à côté d'elle. Ça fait drôle d'être assise en pleine rue, se dit Clara. L'asphalte était chaud. Les voitures passaient tout près. Vus du sol, leurs pneus paraissaient énormes.

L'homme s'approcha. Il donnait presque l'impression de se pavaner.

— Vous nous avez frappés, espèce d'idiote! Où vous aviez la tête?

— Je suis désolée, dit Clara.

Affaire conclue: tout était de sa faute. En cas de virage à gauche litigieux, l'automobiliste qui tourne est toujours dans son tort. Le visage de l'homme était barbouillé de rouge. Il avait de la poussière dans les cheveux. Clara lui donnait dans les trente ou quarante ans. Il fallait qu'ils échangent le nom de leurs compagnies d'assurances.

Elle se leva, ralentie par le tremblement de ses genoux. Les femmes hurlaient toujours. La plus jeune des deux, un bébé serré contre la poitrine, se rua sur Clara. Pour me frapper, songea Clara en tressaillant.

— Mon bébé! Vous avez failli nous tuer!

Le chemisier de la femme s'entrouvrit et Clara vit son sein pâle, là, au beau milieu de la rue. Et aussi ses yeux, d'une fureur sombre dans son visage révulsé. Des lambeaux de peau s'accrochaient à sa jupe. La peau de qui? Celle du bébé? Il se prélassait dans les bras de la femme, peut-être inconscient, son pyjama bleu taché de matière, de rouge. Clara avança la main pour toucher le front de la pauvre petite créature, mais la mère fit un pas en arrière en criant:

— Éloignez-vous! Éloignez-vous de nous!

Stupidement, la vieille femme tirait sur sa jupe trempée de sang. Des lambeaux de chair en tombèrent. Clara découvrait d'autres victimes, où qu'elle regarde. Un garçon couvert de sang se tenait la tête. Il avait dû être projeté sur la chaussée, car ses vêtements étaient crasseux. Où était l'autre? Clara agrippa le chemisier de la fillette, restée sur la chaussée, et la tira vers elle.

— Lâchez-la! cria la mère. À quoi vous jouez, au juste?

Clara était incapable d'ouvrir la bouche, d'expliquer. Elle avait profité de sa pause du midi pour se rendre à la banque. Eh bien, la banque se passerait d'elle. Clara aurait donné cher pour être en train d'y faire la queue, en sécurité.

L'enfant plus jeune s'assit par terre en s'auscultant la tête. Il donnait l'impression de fouiller l'intérieur de son crâne, son doigt enfoncé dans le sang. Clara eut peur d'être en enfer, de ne pas avoir survécu à l'accident. Peut-être que la mort, ça n'existait pas; peut-être Clara vivrait-elle ainsi à jamais, en enfer. Puis la police arriva et il y eut le beuglement d'une sirène qui se rapprochait, signe que l'ambulance n'était pas loin.

Sur la chaussée noire, Clara s'agenouilla à côté du petit garçon et lui prit la main, l'éloigna délicatement de sa tête.

— Je crois que tu t'es coupé, murmura-t-elle. Donne-moi ta main. Laisse faire les docteurs, là-bas. Sinon, tu risques de te faire encore plus mal.

Il se tourna vers elle, parcourut son visage des yeux, dans l'intention, eût-on dit, de la percer à jour.

— Les secours seront bientôt là, dit-elle. Je suis désolée, terriblement désolée.

Un ambulancier jeune et soigné se pencha par la fenêtre pour déclarer qu'il emmenait la grand-mère et la mère allaitante. Le policier hocha la tête, puis il fit un signe de la main et l'ambulancier grogna en se redressant. En guise d'au revoir, il tapa sur la portière. Une autre ambulance arriva. L'homme et les enfants s'y entassèrent. Assise sur la banquette encombrée de la voiture de police, Clara fut la dernière à sortir. Elle avait dit n'avoir rien, mais les ambulanciers tenaient à ce qu'elle monte avec eux. La deuxième remorqueuse emportait déjà sa voiture.

On l'installa sur un banc, au fond, et elle s'assit tout au bord.

— Qu'est-ce qu'ils vont faire de la Dart? demanda la fillette. Toutes nos affaires sont dedans.

— Nous vivions dans notre voiture, dit l'homme sur un ton accusateur.

L'ambulancier lui demanda de rester tranquille pour prendre son pouls ; ou peut-être pour mettre un terme au différend. Après, ils restèrent silencieux.

Finalement, la grand-mère n'était couverte que de jus de cerise. Elle s'appelait Mrs. Pell. Au moment de l'accident, elle mangeait un gros sac de cerises de la vallée de l'Okanagan. Il y avait un peu de sang sur elle, celui des enfants, en l'occurrence, mais l'effrayant gâchis se composait surtout du jus et de la chair des cerises. Le bébé était indemne. Le petit garçon, Trevor, avait un pansement sur la tête, mais c'était une coupure superficielle et non une commotion cérébrale : pour refermer la plaie, on avait utilisé une colle bleue futuriste au lieu de points de suture. On avait nettoyé le bras éraflé de la fille. Le père se portait bien.

Mais pas la mère. Elle faisait de la fièvre et avait des grappes de petits bleus sur la peau. L'accident n'y était pour rien. L'infirmière du service des urgences les avait examinés en les touchant du bout des doigts.

Le père arpentait les couloirs. La mère fut installée dans une chambre, le bébé couché près d'elle sur l'étroit lit d'hôpital. Les enfants s'assirent en silence au chevet de leur mère. Faute de mieux, Clara s'arrangea pour que le technicien branche la télé à la première occasion.

Depuis quelque temps, Clara Purdy, quarante-trois ans et rien pour sa défense, était en proie à un léger désespoir. Toutes les nuits, à trois heures, son cœur emballé la tirait d'un sommeil peuplé de rêves, et elle repoussait les couvertures, mécontente de cette tristesse, de cette terreur. Il y avait dans le monde six milliards de personnes plus mal en point qu'elle. Libre comme l'air, elle avait tout l'argent qu'il lui fallait. Elle n'était rien, rien qu'un grain de poussière végétant confortablement dans l'univers. Elle se sentait étouffée, enterrée vivante, déjà morte.

Sa mère, décédée deux ans plus tôt, lui avait légué son anonyme maison de plain-pied dans un quartier paisible de la ville. Qu'elle en veuille ou non. Elle y vivait seule, telle la veuve de quelqu'un. L'hiver suivant, elle fêterait ses vingt années de service au sein de la même compagnie d'assurances. Le temps lui sembla trop évanescent pour supporter le poids de ces vingt années.

Clara s'imaginait que les autres voyaient en elle une femme plutôt agréable, intelligente, aimable. Un peu coincée peut-être, comme l'avait été sa mère. Mais triste de ne pas avoir eu d'enfants, de ne jamais s'être tout à fait remise d'un mariage irréfléchi et éphémère, de ne pas avoir voyagé, de ne pas être retournée aux études, de ne pas avoir fait quelque chose de sa vie.

Son être ressemblait à une broderie abandonnée, la moitié des lettres inachevées, l'image centrale encore floue. À force de s'occuper de ses vieux parents, elle était devenue vieille, elle aussi. Elle avait peut-être vécu tout ce qu'elle aurait de vie au cours des huit mois de son mariage mort-né. Elle était rentrée chez elle pour veiller sur son père mourant, puis elle était restée pendant la longue maladie de sa mère, et rien ne l'en avait plus délogée. Elle était peut-être trop réservée. Depuis son divorce, toutes ses brèves idylles avaient été gâchées par sa faute.

Au lieu de frayer avec ses semblables, activité qui lui coûtait, elle jardinait, lisait des livres sur la spiritualité et faisait régner l'ordre dans sa maison. Sa mère, si belle et si insupportable, lui manquait. Quand elle était triste, Clara s'achetait des vêtements chers ou allait seule voir un film, parfois deux d'affilée. Quoi qu'il en soit, rien ne justifiait sa tristesse. Une femme mûre ne dépérit pas parce que sa mère, femme difficile, est morte, que son père est mort longtemps avant elle, qu'elle a peu à peu usé sa vie au nom d'une vieille tragédie qui semblait désormais exagérée.

Clara assistait au premier service de l'église anglicane, où on prenait le *Livre de la prière commune* le premier et le troisième dimanche du mois. Mais elle n'était pas *dans l'église*, comme sa mère, qui régentait tout, entourée de sa petite cour. Le nom de Clara ne figurait pas sur la liste de celles qui préparent les rafraîchissements et elle ne lisait pas l'évangile durant la messe. Timide à sa façon, elle préférait rester dans l'ombre; en public, elle éprouvait de la difficulté à parler à voix haute, malgré le minuscule micro high-tech posé au bout de sa longue tige noire. Son tour venu, elle s'occupait des fleurs, mais après le service. Quand elle s'éveillait, à trois heures du matin, elle songeait sans cesse à l'inutilité de son existence.

Un samedi, à l'épicerie, une femme difforme faisait la queue devant elle. Vieille mais indomptable, elle utilisait des béquilles en aluminium, de forme compliquée, et portait un gros sac à dos. Une femme sérieuse, affairée. La caissière l'aida à ranger les provisions dans le sac et à passer ce dernier sur ses épaules. De toute évidence, elles avaient l'habitude. En route vers la maison, Clara vit la vieille femme marcher à la façon d'une araignée avec ses béquilles et son sac à dos. Clara ralentit dans l'intention de proposer à la femme de monter, mais celle-ci lui avait paru fière. Clara aurait trouvé intolérable une rebuffade de sa part. Elle appuya plus fermement sur l'accélérateur. À la radio, il était question d'une femme qui avait noyé ses deux enfants dans la baignoire. Clara entendit la voisine déclarer que les enfants avaient pleuré juste avant : elle avait accueilli leur silence avec soulagement, mais, à la lumière des événements, elle le regrettait… Clara éteignit l'appareil d'un geste sec.

Le monde était rempli de voyageurs encombrés de lourdes valises, de pauvres hommes qui flânaient devant des entrées d'immeuble en attendant que l'image du trottoir se précise, d'enfants au nez ensanglanté filant sur des skate-boards… Commencer à se faire du souci pour les nécessiteux, c'était insensé. Clara avait vu un vieillard tomber douloureusement sur ses genoux en descendant de l'autobus. Elle avait failli réagir, mais un garçon l'avait prise de vitesse. Il avait aidé l'homme à se relever et avait épousseté son pantalon en secouant la tête devant l'état des rues. Un jeune Autochtone, maigre et meurtri, qui aurait lui-même eu besoin d'un coup de main.

Il y avait entre Clara et le monde une barrière infranchissable. Parfois, elle se disait qu'il faudrait qu'elle parte travailler avec les sœurs de la Charité à Calcutta. Le monde courait à sa perte, et elle ne pouvait pas rester les bras croisés.

Au service des urgences, Clara fut la dernière à être examinée et libérée. Elle téléphona au bureau pour dire qu'elle ne rentrerait pas. Elle acheta des magazines et des livres de jeux, puis elle monta au 3C, la salle polyvalente où on avait installé la mère. Toute la famille faisait cercle autour du lit le plus rapproché de la porte. La vieille Mrs. Pell était perchée sur le fauteuil en similicuir orange. Il était inclinable, ainsi que le savait Clara après les mois que son père avait passés à l'hôpital, mais la grand-mère, assise bien droite, regardait fixement la porte. Sans doute vit-elle Clara, mais elle ne dit rien, et ses yeux de tortue ne clignèrent pas.

Assis sur le lit, le mari tourna la tête, puis se leva brusquement : le bébé fut tiré de son confort douillet et les autres enfants sursautèrent.

— Vous avez du culot de vous montrer ici, dit-il, plus maussade que menaçant.

Clara comprenait : elle aurait dû apporter autre chose que des magazines. Il y avait une distributrice dans l'alcôve, près des ascenseurs.

Mais à son retour, Clara, armée de cinq canettes de jus, trouva la femme seule dans sa chambre.

— Ils sont sortis fumer, dit-elle.

— Les enfants aussi ?

— Qu'est-ce que vous vouliez que je fasse d'eux ? J'en ai plein les bras, ici.

La bouche ouverte, le bébé était immobile à côté d'elle, en proie à une stupeur léthargique. Sur la table de chevet trônaient deux biberons de lait maternisé vides. Clara dut les repousser un peu pour pouvoir poser les canettes de jus.

— Vous n'y êtes pour rien, dit la femme.

Allongée là, blême et maigre, elle avait prononcé les mots. Mais c'était faux. Experte en sinistre de son état, Clara en savait un bout sur la question.

— Je m'appelle Clara, dit-elle, comme si, au nom des

bonnes manières, elle se croyait obligée de se présenter à la personne qu'elle avait expédiée à l'hôpital.

— Lorraine Gage.

— Excusez-moi. Purdy. Clara Purdy.

— Mon mari s'appelle Clayton et les enfants Darlene et Trevor, dit Lorraine sur un ton cérémonieux. Lui, c'est Pearce.

— C'est joli, ça, Pearce. Est-ce qu'on… Est-ce qu'on sait quel est…

Le mot *problème* semblait mal choisi. Clara s'assit dans le fauteuil orange pour éviter à Lorraine d'avoir à se tordre le cou pour la regarder.

— … quelle est la situation ?

— On a fait des tests, des prises de sang. Bientôt un scanner. Ça ne fait pas mal.

— Non, c'est bien.

— Il y a quelque chose… Depuis un certain temps, je ne me sens pas très bien. Il a fallu l'accident pour que je m'en rende compte.

Le bébé remua. Lorraine relâcha un peu son étreinte.

— Chut, chut, dit-elle d'une voix douce que Clara ne lui connaissait pas encore. Quel bon bébé, celui-là. Les autres ont été super, mais lui ! Il est tellement facile ! On remarque à peine sa présence. La seule chose, c'est qu'il vous tient la main. Regardez.

Elle souleva un coin de la couverture : le bébé serrait le pouce de sa mère dans son poing. Des doigts minuscules et égaux, des ongles minuscules.

— Même dans son sommeil, dit Clara en secouant la tête.

Elle se crut témoin d'un miracle. Tout était miraculeux, en ce moment, même les détails les plus banals.

Le mari passa la tête par la porte.

— Nous avons trouvé la télé, dit-il. Dans le petit salon, au bout du couloir.

— D'accord, dit Lorraine. Je vois où vous êtes.

— Ouais. Boutonne bien ton manteau[1], dit-il au grand étonnement de Clara.

Il lâcha la poignée et disparut.

Lorraine sourit. Ses dents étaient inégales et en piteux état ; les canines empiétaient carrément sur leurs voisines, mais son sourire adoucissait quand même son visage.

— Tu es à moi[2], dit-elle.

Clara mit un moment à comprendre que Lorraine avait simplement poursuivi la chanson amorcée par son mari : elle ne venait pas d'annoncer à Clara que sa vie ne lui appartenait plus.

Pendant que leur père achetait des cigarettes sans faire attention à eux, Darlene prit la main de Trevor et l'entraîna dans la cage d'escalier. Des volées de marches en métal crasseuses montaient et descendaient sans fin, tellement que la petite en avait le vertige. Mais en campant en permanence dans le petit salon, ils s'attireraient des ennuis. Invisibles, ils risquaient moins de se faire flanquer à la porte ; ainsi, ils pourraient rester aux côtés de leur maman.

— Si on nous pose la question, je suis Penny et toi Peter, dit Darlene.

Ils étaient au troisième étage. Ils montèrent au septième. Ils gravirent une nouvelle volée de marches, la plus longue de toutes, et aboutirent dans une impasse : une porte. Elle s'ouvrait sur le toit, sans doute.

C'était paisible, là-haut. Et les marches n'étaient pas trop sales. Quelqu'un avait jeté un sac en papier dans lequel il y

---

1. Clayton fait allusion à une chanson intitulée *Button Up Your Overcoat*. (*N.d.T.*)

2. « You belong to me », vers de la chanson déjà évoquée. (*N.d.T.*)

avait une pelure de banane et une pomme inentamée. Darlene la lava soigneusement avec de la salive et la polit avec son t-shirt. Les jambes de Trevor tremblaient. Darlene se serra contre lui, l'ancra au mur frais en béton pour l'aider à se calmer. Ils mangèrent la pomme, une bouchée chacun à tour de rôle, et restèrent assis sans parler.

Lorraine et Clara étaient encore toutes seules, en train de lire des magazines, lorsqu'un préposé entra dans la chambre. Installer Lorraine sur la civière ne fut pas une mince affaire. Clara donna un coup de main en éloignant la tête du bébé de la sangle. Il avait les cheveux fins comme du duvet et, sur la nuque, un grain de beauté rouge pâle, presque effacé. Le cou délicat, la peau douce. Du bout du doigt, Clara suivit la tache de vin.

— Venez, dit Lorraine.

Le préposé sembla juger la requête normale. Clara hésita, mais quelqu'un devrait tenir le bébé pendant le test, et la grand-mère avait disparu. La civière emprunta des couloirs, s'engouffra dans un autre ascenseur et, quelques étages plus bas, fila dans d'autres couloirs. Le préposé s'arrêta devant une porte anonyme et entra dans la pièce. Puis il ressortit et s'en fut.

Elles attendirent un long moment.

— Mon Dieu, ce que je donnerais pour une cigarette…, dit Lorraine, dont la voix, parce qu'elle était couchée sur le dos, était faussée.

— Je regrette mais…

Clara s'interrompit. Elle avait cru entendre sa mère, d'une douceur impérieuse.

— Ça va, je suis au courant ! Il est interdit de fumer dans les hôpitaux, je sais. De toute façon, je ne laisse personne fumer en présence du bébé. La fumée secondaire, c'est mauvais pour lui.

— Au bureau, les fumeurs doivent aller derrière. Il y a un surplomb tout sale où on met les ordures. Quand il neige, on voit toujours six ou sept personnes entassées là-bas.

— On ne peut pas s'en passer.

— Je fumais, moi aussi, dit Clara. Puis mon père a eu le cancer, et j'ai eu moins de mal à arrêter.

On aurait dit que des vrilles de fumée vaporeuse s'enroulaient autour d'elles. Une longue inhalation, le souffle rendu visible. Une preuve d'existence. C'était la première fois depuis des années que Clara ressentait une pareille envie de fumer. Elle sentit ses doigts se refermer sur une cigarette imaginaire.

— Je ne fume plus beaucoup, dit Lorraine. Tard le soir, je m'offre une de celles de Clayton.

— Si je pouvais m'en tenir à une ou deux cigarettes par jour, dit Clara, je fumerais encore.

— Ouais, c'est vrai que la plupart des gens n'y arrivent pas.

Elles sombrèrent dans le silence.

Quelques minutes plus tard, le bébé se réveilla. Sans pleurer, il s'agita, pinça les lèvres, ouvrit et serra le poing. Puis il se mit à sucer ses doigts repliés, qui furent bientôt tout mouillés. Clara proposa de monter chercher du lait.

— Pas la peine, dit Lorraine. Je vais lui donner le sein.

Ses yeux restèrent posés sur Clara plutôt que sur le bébé. Elle savait où il était.

— Je reste ici, dit Clara pour la rassurer.

La porte s'ouvrit enfin et une technicienne à la poitrine recouverte d'un tablier de plomb vint se poster derrière la civière. Elle tendit le bébé à Clara en lui disant qu'il n'y en aurait que pour quelques minutes.

Clara resta plantée là, dans le couloir, fin seule. Pas d'infirmières, pas de poste. Elle se mit à arpenter le couloir vitré, près de la porte close, en berçant doucement le bébé. Elle constata qu'il aimait mieux être balancé de bas en haut que de gauche à droite. Elle s'émerveilla du fait qu'il ne pleure pas, qu'il ne ressente ni menace ni frustration. Il semblait avoir oublié sa fringale. Il ferma le poing sur ses doigts, les approcha de sa bouche, puis il fixa la main de Clara, fasciné par l'aspect, le grain ou la texture de sa peau. L'odeur, se dit-elle. Surtout le savon, sans doute. Différent de celui qu'utilisait sa mère, en tout cas.

Au bout du couloir, il y avait une fenêtre basse dont l'appui pourrait lui servir de siège. Elle laissa le bébé regarder la vitre, puis, son attention changeant visiblement de cible, le jardin en contrebas. D'une main, il se cramponnait au chemisier de Clara, ses doigts miniatures et parfaits fronçant la soie à intervalles égaux.

Il n'y avait personne dans le couloir, personne pour les déranger. Au loin, Clara entendait le bourdonnement et le vrombissement d'appareils. Elle imagina le scanner en train de parcourir le corps de Lorraine, qui s'efforçait de rester immobile, de ne pas avoir peur. Pearce posa une main sur la vitre et contempla le jardin désert.

Laissant Trevor endormi sur les marches, Darlene descendit seule. À chacun des paliers, des couloirs recouverts de linoléum luisant partaient dans tous les sens. Choisissant un étage, elle se lança à l'aventure sans faire de bruit. Dans chacune des chambres, des personnes vêtues d'une chemise d'hôpital légère toussaient ou étaient d'une immobilité suspecte. À la télé, lorsque des gens mouraient, une lumière bleue se mettait à clignoter. *Code bleu.*

Même si Darlene était quasiment invisible, une infirmière, assise derrière son bureau, lui demanda :

— Tu t'es perdue ?

— Non, répondit Darlene sans s'arrêter tout à fait. Mon papa se fait opérer au cœur. J'attends juste de savoir comment ça s'est passé.

L'infirmière l'examina de plus près.

— Comment tu t'appelles?

— Melody Fairchild, dit Darlene. Je vais retourner attendre avec ma mère. Elle est très énervée. Je cherchais du jus pour mon petit frère.

L'infirmière fit rouler sa chaise jusqu'à un mini-réfrigérateur, en sortit deux boîtes de jus de pomme et les tendit à Darlene par-dessus le comptoir. Elle ajouta une boîte de biscuits, prise dans son tiroir. Une cloche sonna et l'infirmière cessa aussitôt de s'intéresser à Darlene. Une lumière bleue, peut-être.

Le hall? Elle pourrait faire la tournée des téléphones dans l'espoir de récupérer quelques pièces, puis jeter un coup d'œil dans la boutique de cadeaux. Mieux valait retourner auprès de Trevor. Elle trouva la cage d'escalier et gravit en courant les marches en spirale, ses pas répercutés par le métal. Le palier était désert, cependant; il avait disparu. Ou encore elle s'était trompée d'escalier.

Une femme médecin, trop jeune et trop jolie pour être vraie, vint voir Lorraine. Le mari était revenu du salon, et le garçon l'avait suivi prudemment dans l'espoir de voir sa mère, mais, à l'arrivée du médecin, Clayton s'était furtivement rapproché de la porte, aussi maladroit qu'un scarabée cherchant à filer sans être vu.

— Vous voulez que j'emmène les enfants manger un morceau? demanda Clara à Lorraine.

Il était six heures passées.

— Clay? fit Lorraine.

— Je vais confier le bébé à maman, dit celui-ci.

Il s'empara de son fils et s'éclipsa aussitôt.

Il faudra bien que quelqu'un reste avec elle, songea Clara. Le médecin avait sans doute l'habitude de voir les membres de la famille se défiler.

— Nous avons seulement quelques questions à vous

poser, dit la jeune femme sur un ton apaisant. Le Dr Porteus sera là dans quelques minutes. C'est le spécialiste.

Légèrement écarquillés, les yeux de Lorraine laissaient voir trop de blanc. Au petit garçon, elle dit calmement :

— Pourquoi n'irais-tu pas manger quelque chose avec Clara ? C'est une bonne idée. Tu seras bien avec elle.

La petite fille s'encadrait dans la porte, telle une ombre. Elle fusilla son frère du regard, comme s'il avait fait quelque chose de mal.

Clara ne chercha pas à les prendre par la main. Elle sortit et les laissa la suivre. Dans l'ascenseur, comme si elle avait l'habitude des enfants, elle dit :

— Tu appuies sur le bouton, Darlene ? Tantôt, ce sera au tour de Trevor.

Dans la queue, à la cafétéria, la petite fille toucha le poignet de Clara. Sans le vouloir, celle-ci dégagea son bras. Pour comprendre cette réaction, Darlene leva sur Clara ses yeux en amande, au regard dur comme le diamant.

— Où vous l'avez pris ? demanda la petite sur un ton presque accusateur.

C'était un joli bracelet, fait de six ou sept rangs de perles de différentes couleurs.

— Je… Dans une boutique. J'oublie laquelle, dit Clara en faisant un effort pour ne pas se détourner, ne pas se montrer cruelle.

— Je parie que c'était chez SAAN, dit la fille, triomphante. J'ai vu le même !

Clara voulait en faire cadeau à la petite, mais elle ne voyait pas comment racheter le geste de retrait qu'elle avait eu un moment plus tôt. Soudain, tout la fatiguait tellement ! Une carence en vitamines, sans doute. Ou encore une conséquence du traumatisme. Elle ne mettait jamais les pieds chez SAAN. *De la camelote*, dit la voix de sa mère dans ses oreilles.

— Oui, dit Clara. Je crois qu'il vient de chez SAAN.

Les enfants avalèrent leurs frites. Par trois fois, Clara dut aller chercher du ketchup au comptoir : deux fois pour Trevor et une autre pour Darlene. Trevor mettait aussi de la moutarde sur ses frites, mais il en avait déjà des sachets plein les poches.

— C'est dommage de gaspiller les bâtonnets de poulet, dit Clara.

— Mais on ne va pas les gaspiller ! dit Trevor d'une voix aiguë qui surprit Clara.

— On va les apporter à papa et à mamie, dit Darlene, visiblement décidée à se montrer patiente devant l'ignorance crasse de Clara.

Clara se leva d'un bond et alla chercher du poulet rôti pour le mari et la grand-mère. Les enfants adorèrent les cloches en inox posées sur les assiettes pour les garder au chaud. Ils la supplièrent de leur permettre d'en transporter une chacun, et elle céda. Trevor laissa échapper la sienne devant les ascenseurs.

— Ça vaut mieux qu'à l'intérieur, dit Clara, heureuse du calme dont elle faisait preuve.

Ils mirent une préposée morose au courant de l'incident et achetèrent un autre repas.

Ils trouvèrent Lorraine seule dans sa chambre. Les lumières étaient éteintes, à l'exception d'une petite ampoule au-dessus du lavabo. La clarté rouge du soleil bas entrait à flots par la fenêtre.

— Tu feras attention, cette fois, Trevor ? demanda Clara.

Il fit signe que oui, heureux d'avoir une deuxième chance.

— Apportez les assiettes à votre père et à votre grand-mère.

Darlene marcha derrière Trevor pour éviter de le distraire.

Vêtue d'une chemise d'hôpital toute propre, Lorraine était allongée sur le côté. On avait baissé le lit.

— Le médecin est passé, dit Lorraine.

Elle avait oublié que Clara était présente tout à l'heure ou ne trouva pas d'autre moyen de dire les choses.

— Elle croit… elle est relativement certaine que j'ai le cancer.

Elle eut la force de prononcer les mots sans détour, sans hésitation. Quel genre de cancer? se demanda Clara, incapable de penser à autre chose.

— Je suis navrée, dit-elle.

— Vous n'y êtes pour rien, dit Lorraine, qui faillit éclater de rire.

C'était la deuxième fois qu'elle lui disait ces mots.

Au bout du couloir, le petit comptoir où on vendait des animaux en peluche fermait pour la nuit. Pour Darlene, Clara se laissa tenter par un chat avec un collier en perles semblable à son bracelet; pour Trevor, elle choisit un ptérodactyle marbré de vert. N'ayant pas l'effronterie de déranger la famille une fois de plus, elle fourra ses achats au fond de son sac.

De retour à la maison, elle téléphona à Evie, la chef du service. Il était plus facile de traiter avec elle qu'avec Barrett, le directeur régional, qu'il fallait ménager, à cause de sa vanité mesquine.

— Excuse-moi de te déranger chez toi, mais je vais avoir besoin de quelques jours de plus, dit-elle.

— Tu es blessée? C'est plus grave que tu le pensais? demanda Evie, que ravissait l'idée d'une catastrophe.

— Non… ça va… mais…

Au lieu de tout expliquer à Evie et de la charger d'en parler à Mat et aux autres, Clara dit:

— Je suis seulement un peu secouée. Je crois qu'il me faut quelques jours. De toute façon, l'inspection des Curloe a été remise au 19. Sinon…

— Non, non, reste chez toi. Repose-toi bien. Qu'est-ce qu'on ferait d'un paquet de nerfs, de toute façon? Tu parles d'une histoire. Et les autres, ils s'en tirent comment?

— Ça va, ça va. Il n'y a pas de blessés graves.

— C'est une chance. Il y avait un bébé, non?

Elle avait dit ça, elle? Pourquoi était-elle entrée dans les détails? Parce qu'elle était encore sonnée par l'accident, terrorisée par les conséquences éventuelles, et que les mots étaient sortis pêle-mêle de sa bouche.

— Il faut que je te laisse, Evie. Je vais m'allonger un peu.

Elle resta couchée sans trouver le sommeil, se rejoua mentalement la scène de l'accident. Elle récita ses prières, nomma chacun des membres de la famille, demanda la guérison de Lorraine. Elle s'adressa à Dieu, consciente que c'était inutile.

2. Dans les trèfles

Tôt le samedi matin, Clara, incapable de dormir, partit pour l'hôpital. Le mari, les enfants et Mrs. Pell avaient sans doute dormi dans le salon réservé aux visiteurs. Elle apportait une boîte de muffins et du jus pour les petits. Sous une pile de magazines, elle apportait également quelques livres de jeux et aussi un écran magique, trouvé dans le placard de l'entrée. Le jouet fit plaisir à Trevor.

Les enfants étaient sales. Clara proposa de leur débarbouiller le visage, mais Clayton, vexé par elle ou vexé en permanence, refusa.

Il entraîna Trevor dans les toilettes des hommes. Darlene alla seule chez les dames. Dix minutes plus tard, Clara l'y trouva, assise en tailleur au bord du lavabo, en train de lire un magazine de décoration comme si sa vie en dépendait. Clara sortit, puis, se rappelant la présence des animaux en peluche dans son sac, poussa de nouveau la porte et posa le petit chat blanc à côté de Darlene.

— Ce chat m'a fait penser à toi, dit-elle, timide à l'idée d'offrir un cadeau.

Darlene y jeta un coup d'œil, mais n'y toucha pas.

— Je me suis dit que tu aimerais le collier de perles, dit Clara.

Pour éviter d'obliger Darlene à répondre, Clara brandit l'autre jouet.

— Tu veux bien donner celui-ci à Trevor ?

Darlene déplia ses jambes fines comme des allumettes. Elle posa le magazine en ayant soin d'éviter les éclaboussures.

— C'est un ptérodactyle, dit-elle. Je vais lui expliquer.

Elle se laissa descendre, emporta le chat et l'oiseau. Clara ouvrit la porte et, silencieuse sur ses pieds nus, Darlene courut jusqu'au petit salon. Déjà, l'hôpital était son chez-elle.

Dans son lit en bataille, Lorraine avait l'air moche et mal à l'aise. Une infirmière installait une vieille femme dans le lit à gauche de la porte. Avec effort, Lorraine se redressa à demi.

— Ce serait une sorte de lymphome, dit-elle.

Clara hocha la tête.

— Ça fait drôle de prononcer les mots à haute voix, dit Lorraine.

— Je sais.

— Ça m'a fait un choc. Ils ont essayé de me le dire hier soir. Après, on m'a envoyé un médecin plus âgé. Les petits bleus, ce sont des pétéchies. Moi qui trouvais ça plutôt joli… un peu comme une broche faite de grains de beauté…

Les taches étaient effectivement jolies. Elles faisaient de petites constellations, de mignonnes éclaboussures de peinture foncée sur le bras de Lorraine et aussi sur sa jambe, juste au-dessus du genou. Désormais, cependant, elles semblaient aussi hostiles que des morsures de serpent.

— Je n'en avais jamais entendu parler, dit Clara.

— Moi non plus. Sinon, je me serais fait examiner avant.

Lorraine remua d'un air irrité, tira sur son oreiller.

— Une vraie boule de pâte. Je donnerais cher pour avoir mon petit coussin, qui est resté dans la voiture.

Elles gardèrent le silence.

— Je fais de la fièvre, dit Lorraine au bout d'un moment. On m'a laissé plein de dépliants. *Votre cancer et vous.*

La pile de documents radioactifs reposait sur la table de chevet.

— Je vous trouve un peu rougeaude, dit Clara, honteuse de son ton à l'enthousiasme feint, forcé.

— Les médecins veulent que je reste ici jusqu'à ce qu'elle ait baissé. Ils… veulent faire encore des tests et…

Lorraine se tut.

Derrière le rideau, la femme qui occupait le lit voisin gémit, puis sombra à son tour dans le silence.

— Cancer des ovaires, expliqua Lorraine. Elle a passé une mauvaise nuit.

Clara avait très mal à la tête. Pendant les silences, elle entendait ses mots et aussi ceux de Lorraine se répéter dans son esprit. Fièvre, *fièvre*, fièvre, *encore des tests*, encore, un peu rougeaude, *un peu rougeaude.*

— On va probablement nous permettre de rester ici encore une nuit. Eux, je veux dire. Mais le salon, ce n'est pas bon pour les enfants. Je ne veux pas qu'ils restent là. Il y a des… des logements. Clayton se renseigne. S'il y a de la place…

Clara murmura quelque chose, un de ces vagues bruits qu'on fait pour encourager l'autre à poursuivre.

— Il vaudrait mieux qu'ils ne voient rien de tout ça.

Non. Clara avait remarqué les cernes noirs sous les yeux de Trevor. Même Pearce, le bébé, semblait léthargique, comme s'il se sentait moins bien, moins en sécurité qu'après l'accident. L'affliction de Lorraine les touchait tous, se dit Clara. Sans compter qu'ils n'avaient rien d'autre à faire que d'aller du salon à la chambre et vice-versa.

— C'est dur pour tout le monde, dit-elle.

Commentaire anodin entre tous, mais le mari, qui le surprit en entrant dans la chambre, s'en formalisa.

— C'est dur pour vous, peut-être? demanda-t-il sur un ton méprisant. C'est dur de voir les dégâts que vous avez faits?

Lorraine le repoussa de sa main pâle.

— Ça suffit, Clay, dit-elle. Ce n'est quand même pas elle qui m'a donné le cancer.

— Tout ça…, commença-t-il.

Puis ses mots se tarirent, et il baissa la tête. Il avait un visage anguleux, presque beau, à la peau beige et lisse. Son menton était petit et arrondi comme celui d'une fille, et il lui suffisait d'un instant pour prendre un air abattu. Il semble vulnérable, se dit Clara, qui cherchait à comprendre ce que Lorraine avait vu en lui. Sans être costaud, il avait un corps élastique, musclé. Il semblait fort mais maladif, à la fois maussade et empressé. Comme un chien devenu méchant à force de mauvais traitements, mais qui a quand même envie qu'on le caresse.

Le silence se prolongea pendant quelques minutes. Apparemment, c'était ce que voulait Lorraine.

Il s'assit tranquillement au bout du lit, mais n'arrivait pas à tenir en place. Toutes les quelques secondes, il croisait et décroisait les jambes, tellement que Clara finit par sentir une certaine tension dans les siennes. Les regards nerveux de l'homme se posaient sur Lorraine, l'horloge, la fenêtre, Clara (quel autre mauvais coup mijote-t-elle encore, celle-là?), ses mains se serraient et se desserraient sur la jambe qui occupait provisoirement la position supérieure. Clara remarqua qu'il ne portait pas d'alliance, mais de nombreux hommes faisaient comme lui. Lorraine en portait une, posée contre sa bague de fiançailles, comme il se devait. Des bijoux achetés chez Peoples, ne put s'empêcher de penser Clara. Ou encore chez Walmart.

Au moment où elle venait de discréditer leur mariage et leur vie tout entière, Clayton se pencha sur le lit et prit la main de Lorraine dans la sienne. La bouche appuyée sur les doigts recourbés, il s'inclina encore un peu plus sur les jambes de sa femme, serrées sous les couvertures, et dit :

— Non.

Lorraine passa son autre main dans les cheveux sales de l'homme.

— Non, je sais. C'est impossible.

Clara se leva sans un mot et sortit.

Le deuxième soir, il faisait froid au sommet de la cage d'escalier. Darlene se dit qu'elle irait piquer une couverture dans un lit vide pour Trevor. Il faisait sans doute plus chaud sur le toit. La grosse porte en métal était munie d'une barre d'ouverture. Elle s'appuya sur elle et la sentit céder. Si elle la poussait jusqu'au bout, l'alarme risquait de se déclencher. Cependant, il n'y avait pas de mise en garde.

Elle appuya quand même. Pas un bruit. La lourde porte s'ouvrit. Du bout d'un orteil, elle poussa Trevor et prit ses petits doigts élastiques dans sa main. Ensemble, ils sortirent dans l'obscurité et la tiédeur de la nuit. Une sorte de gel goudronneux suintait entre les cailloux qui recouvraient le vaste toit. Le mur qui l'entourait était très bas, attention!

Darlene obligea Trevor à la tenir par la taille et elle se pencha pour voir les voitures et les gens pas plus grands que des fourmis. Des ambulances jouets entraient dans le garage, tout en bas. Si elle tombait, on la ramasserait à la petite cuillère et on la mettrait dans le lit voisin de celui de sa maman, et ses jambes recouvertes de plâtre blanc monteraient jusqu'au plafond.

Elle allait vomir. Elle se redressa et fit un pas en arrière en agrippant le bras de Trevor. Ce faisant, elle faillit les faire tomber, *boum*. Mais pas tout à fait.

Ils étaient sains et saufs. Ils s'assirent. Le goudron noir et mou sentait bon. Et il faisait plus chaud à l'air libre.

Le dimanche matin, après une deuxième nuit d'insomnie, Clara, pendant le sanctus, éclata en sanglots. Elle avait horreur de pleurer à l'église. Après la mort de sa mère, elle avait été des mois sans y retourner. Et voilà qu'elle remettait ça, les yeux levés vers les combles en bois du plafond. Là-haut, aucune trace du ciel. Les vannes s'ouvrirent et ne se refermèrent que quand elle fut assez en colère.

Après le café, Clara, désœuvrée, était restée pour bavarder

avec le prêtre, Paul Tippett, dont la vie était en désordre. Que pouvait-il pour elle, assis là, à l'étroit dans son bureau exigu, une tasse de café lavasse à la main? Clara tenait la sienne sur ses genoux.

— Le pire, c'est quoi? demanda-t-il après qu'elle lui eut raconté les circonstances de l'accident.

Son visage carré, candide, exsudait la bienveillance.

— Le pire? Ah!

Clara dut détourner le regard. Ses yeux se mouillaient de nouveau.

— Prenez tout votre temps, dit-il sans se départir de son aimable expression.

Évidemment, il avait l'habitude des larmes. Mais pas de celles de Clara. Jusque-là, elle lui avait à peine adressé la parole.

Il l'écoutait.

— Je sais de quoi ils ont besoin, dit-elle enfin. Mais je ne suis pas prête à leur venir en aide.

Le problème, cependant, n'était pas là. Elle voulait bien les aider. Bêtement, elle avait honte de le vouloir, voilà tout.

Laisser les gens parler sans les interrompre faisait sans doute partie de la formation qu'il avait reçue.

— La mère, Lorraine, est très malade. Avant l'accident, personne n'était au courant. C'est un cancer, un lymphome. À un stade avancé. Ils sont sans abri. Avant l'accident, ils vivaient dans leur voiture. Les deux plus vieux, et le bébé… il n'a que dix mois, c'est beaucoup trop jeune pour être privé de sa mère… Avec un bébé, comment vont-ils s'en sortir dans un refuge? Grâce à la grand-mère, je suppose, parce que le père n'est pas… Mais elle-même ne…

Clara cessa de bredouiller.

Bénévole dans des refuges, elle avait servi des repas, fait des lits et érigé les cloisons en carton qui séparaient les pensionnaires, à un mètre à peine les uns des autres. Elle ne pouvait tout simplement pas condamner les Gage à s'établir dans un tel endroit. Pendant le déchant aigu du sanctus, elle avait compris ce qu'elle devait faire. Si tout cela était vrai, si Dieu existait bel et bien. Elle voulait se rendre utile. L'occasion lui en était offerte. Et si Dieu n'existait pas ? Elle devait, à plus forte raison, faire quelque chose.

— Je ne veux pas les accueillir chez moi, dit-elle.

Mais peut-être en avait-elle envie, au fond.

— Personne ne peut raisonnablement s'attendre à ce que vous les hébergiez, dit le prêtre. Il y a des organismes qui…

— La raison n'y est pour rien. C'est mon devoir.

— Vous leur avez rendu visite, dit-il sur un ton louangeur. Nombreux sont ceux qui ne songeraient pas à se donner cette peine.

Nombreux sont ceux qui ne songeraient pas à se donner cette peine, pensa-t-elle. Elle faillit éclater de rire. Quelle construction alambiquée ! Une vie passée à prêcher du haut de la chaire. Sauf qu'il n'y avait pas de chaire dans leur église. Il s'avançait vers les fidèles, et le minuscule micro accroché sur sa poitrine captait les moindres mots qui s'échappaient de ses lèvres. Clara se leva, démangée par l'envie de bouger, et posa sa tasse sur le bureau encombré.

— Quelques visites à l'hôpital… ce n'est rien du tout ! Ma vie ne me semble pas très utile, dit-elle. Ni même réelle.

Propos stupides, égocentriques.

Il la considéra d'un air pensif. Peut-être aussi était-il trop honnête pour tenter de la contredire.

En proie à un sentiment d'échec soudain, elle sortit.

Le prêtre prit la tasse abandonnée pour la mettre à un endroit moins précaire et fit courir son pouce sur le bord lisse du tiroir. La robe de Clara, indigo foncé ou violet iris, semblait s'attarder dans la pièce ; elle remplissait toujours les yeux de l'ecclésiastique.

Clara Purdy : célibataire, sans enfants, bien sûr, d'apparence soignée, la quarantaine, un peu déprimée depuis la mort de sa mère. Il n'avait jamais eu affaire à la mère. Britannique, cousine d'un comte quelconque. Tout un numéro, de l'avis général. (« *Ils te niquent, tes père et mère.* ») La semaine de son arrivée à l'église Sainte-Anne avec Lisanne, les funérailles de la vieille dame avaient été son baptême du feu. Sur les photos d'archives de la paroisse, elle semblait distante, avec une ossature délicate et des allures d'actrice des années 1930, même à un âge vénérable. Sans doute Clara tenait-elle de son père. Curieux tout de même de songer à une femme d'âge mûr comme à la fille de quelqu'un avant tout. Plutôt aimable, discrète, prudente. Dans les assurances, chez Gilman-Stott... Quel contraste avec cette couleur de pétale. Lisanne admirait ses vêtements ou les enviait, selon son humeur. Couleur de Pâques, violet véritable, pourpre parfait. Porphyre, périphérie, préface... Il s'éloigna du précipice.

Cornaline ou plus-que-rouge... Véritable corail pour Lisanne, qui l'attendait à la maison, ses sourcils chiffonnés, noirs et raides. Le chapelain de l'hôpital passait l'été en Angleterre, remplaçait quelqu'un dans une paroisse du district des lacs. Une affectation comme celle-là aurait peut-être plu à Lisanne. Céruléen. Paul se demanda s'il survivrait à une autre visite à l'hôpital.

Il alla vider les deux tasses dans l'évier de la salle paroissiale. Les autres avaient été passées à l'eau de Javel, séchées et rangées. Il rinça les deux dernières et les mit dans l'armoire encore mouillées, en rebelle.

Clara parcourut sa maison de trois chambres à coucher en se demandant où elle caserait tout le monde. La grand-mère dans la chambre d'amis, le bébé avec elle dans un panier à lessive recouvert d'un drap en flanelle. Le père dans le canapé-lit de la petite chambre qui avait été l'antre du père de Clara. Impossible d'y mettre la grand-mère. Pour les enfants, il ne restait que sa chambre. Elle ôta les livres d'éveil personnel qui garnissaient sa table de chevet et alla les empiler dans le garage. Elle remplaça le couvre-lit en lin par un jeté rayé, fit les autres lits et trouva des serviettes pour tous les membres de la famille. Ses invités.

Elle jeta un dernier coup d'œil dans sa maison claire, ordonnée. Puis elle alla chercher la famille. Du moins ce qu'il en restait.

Trevor n'était pas dans le petit salon, mais Darlene savait où le trouver. Elle grimpa toutes les marches en courant et sortit sur le toit. Où était-il? Là, derrière la petite cabane. Elle courut sur le sol ramolli, les cailloux crissant sous ses pas.

— Regarde, fit Trevor lorsqu'elle arriva à sa hauteur. La porte est ouverte.

Il glissa ses doigts dans l'entrebâillement et tira. À l'intérieur, il y avait du noir et une toute petite lueur. Une ampoule nue sur le mur. Ils posèrent le pied sur le fond d'une cage en métal, suspendue au-dessus des ténèbres. Une chaîne la traversait, interdisant l'accès à des marches en métal à pic.

Ils entendirent un grincement.

— Là, en bas, dit-elle. Les ascenseurs.

Une fois leurs yeux habitués au noir, ils comprirent qu'ils se trouvaient juste au-dessus de la cage d'ascenseurs, un trou énorme parcouru de câbles métalliques qui descendaient jusqu'au fond, sept étages plus bas. L'un des ascenseurs montait. Accroché d'une main, Trevor se pencha sur la rampe pour mieux voir.

— Arrête! dit Darlene. L'ascenseur va monter et te couper la tête.

— Non, répondit Trevor. Il faut qu'il s'arrête en bas.

L'ascenseur monta, monta, monta avant de s'arrêter avec une secousse et un soupir.

Dans le silence, Darlene dit:

— Nous allons chez la femme.

— Maman aussi ?

— Bien sûr que non.

Elle s'abstint d'ajouter : abruti.

Le père entra dans la cuisine au moment où Clara prépa-rait une collation pour les enfants avant de les mettre au lit. En sécurité dans le séjour en compagnie de Mrs. Pell, ils regardaient *Le Livre de la jungle* d'un air absent.

— Il me faut de l'argent, dit-il sur un ton oscillant entre la menace et le simple constat.

— Non, dit-elle.

Il aurait pourtant été facile d'ouvrir son porte-monnaie, de lui tendre un billet de vingt dollars. Non.

— Il faut bien vivre de quelque chose. Il ne nous reste rien.

— Pas d'argent.

Elle consulta le calendrier. C'était encore dimanche. À l'église, le matin même, elle avait pris la décision d'agir comme elle le faisait ou s'était rendu compte qu'il n'y avait rien à déci-der.

— Demain, je vais vous avoir un rendez-vous au centre d'emploi. Nous allons vous trouver un boulot temporaire.

— Comme vous voulez !

Il leva les mains en signe de soumission, comme si elle venait de remporter une bataille.

— Tu parles d'une façon de nous aider.

Il s'éloigna en la frôlant de l'épaule, même si la place ne manquait pas, mais elle tint son bout. Elle eut un peu peur, mais seulement de façon passagère, parce qu'elle faisait ce qu'il fallait. Elle se surprenait. Elle se répéta qu'elle faisait ce qu'il fallait, même si c'était peut-être légèrement idiot.

Dans le séjour, Darlene peignait la moquette avec ses ongles. Avant leur départ de l'hôpital, ils avaient fait un brin de toilette, et sa mère les avait coupés, et la petite avait le bout des

36

doigts nerveux, la peau effilochée. Elle avait du mal à voir avec ses yeux, mais ses doigts prenaient la relève. Elle ferma les paupières et continua de peigner la moquette pendant que le méchant serpent sifflait : « Aie confiance, Crois en moi, Que je puisse, Veiller sur toi… »

Pendant que coulait l'eau du bain, Clara ôta le t-shirt et le short de Trevor. Sous la peau bleutée, ses côtes étaient saillantes, mais il ne donnait pas de signes de malnutrition. Il avait une petite plaie du côté gauche, sans doute une piqûre de moustique qu'il avait grattée. Elle vint pour le mettre dans l'eau.

— C'est chaud ! C'est chaud !

Son petit corps se recroquevilla, donna presque l'impression de léviter.

Elle le sortit aussitôt, la peur au ventre, et mit la main dans l'eau pour vérifier (elle était pourtant certaine de l'avoir déjà fait). Effectivement, l'eau était à peine tiède.

— Ce n'est pas chaud, dit-elle. Mets un pied, tu vas voir : c'est juste bon.

Docilement, il obéit et fit *hm*. Il immergea l'autre pied et resta debout, laissa à l'eau le temps de s'habituer à lui. Puis il s'accroupit, son petit derrière pointu submergé, mais il garda les bras autour de ses genoux aux gros os.

— Quel âge as-tu ? demanda-t-elle.

Elle lui donnait six ou sept ans.

— Cinq ans ! lui dit-il.

Il était grand. Ou alors elle n'y connaissait rien à la taille des enfants.

— Chante, ordonna-t-il.

Elle voulait le réconforter. Il n'avait que cinq ans, après tout. En le savonnant, elle se mit à fredonner un air sinueux sur un ton mineur, la chanson triste du petit cochon que sa mère avait l'habitude de chanter pour elle.

Betty Pringle avait un cochon
Ni trop petit ni trop rond.
Dans les trèfles, il a vécu sa vie
Il est mort, tout est fini.

Tenant les mains du garçon une à une, Clara lava ses bras maigres et fit de son mieux pour ne pas le chatouiller. De sa main libre, Trevor se couvrit les genoux de mousse de bain.

Billy Pringle se couche et pleure
Betty Pringle se couche et meurt
C'est la fin et ils s'en vont
Billy, Betty, petits cochons.

— Comme ma maman, dit une voix derrière elle.

Darlene se tenait dans l'entrebâillement de la porte. Ses longs yeux avaient de nouveau l'éclat dur des diamants, et ses bras tremblaient.

— « Elle se couche et meurt », comme ma maman.

— Elle n'est pas encore morte, dit Clara, ébranlée. N'importe quoi! Elle avait les mains savonneuses.

— Elle est malade, Darlene, mais Jésus veille sur elle. Jésus est mort pour nous, tu sais.

Comment de telles inepties pouvaient-elles sortir de sa bouche?

— Comme le cochon, dit Trevor dans la baignoire.

Une fois les enfants couchés, vers dix heures, Clara se rendit compte qu'elle n'avait nulle part où dormir. Elle prit une couverture et un oreiller et s'allongea sur le canapé du salon. Pendant toute la nuit, elle se réveilla en sursaut au moindre bruit. Chaque fois, elle resta longtemps éveillée à planifier la suite des choses. Combien de jours de vacances avait-elle en réserve? Quels étaient les dossiers qu'elle devait régler en priorité au bureau? Qu'allait-elle bien pouvoir donner à manger à tous ces gens? La grand-mère alla aux toilettes très, très souvent. Au moins, le bébé ne pleurait pas. Vers deux heures du matin, le père se leva et mangea bruyamment. Elle saurait le mater, celui-là, et les enfants avaient besoin d'elle. À l'aube, elle s'enfonça dans un profond sommeil.

Les enfants la regardaient. Il faisait plein jour.

— Mon papa est parti, dit Darlene.

— Il a pris vos affaires, ajouta tristement Trevor.

La chemise de nuit de Clara était en désordre. Elle la tira, se laissa descendre du canapé, drapée dans la couverture en tricot, et alla vérifier. Il avait pris la vieille voiture de la mère de Clara, celle qu'elle utilisait depuis l'accident. Aussi la chaîne stéréo du séjour et l'horloge en argent de sa commode. La théière en argent, mais pas les tasses et les soucoupes Spode, qui valaient beaucoup plus. Rien d'irremplaçable. Une miche de pain et du jambon. L'argent de son porte-monnaie, mais pas ses cartes de crédit.

— Il va revenir quand il n'aura plus rien, dit Mrs. Pell en s'approchant.

C'était la première fois qu'elle ouvrait la bouche depuis son arrivée chez Clara, qui ne se rappelait d'ailleurs pas avoir entendu le son de sa voix grave, râpeuse, semblable au bruit du furet d'un plombier grattant les parois d'une conduite.

Debout à côté de Clara, dans l'embrasure de la porte, Darlene fixait l'allée déserte. Trevor serrait dans sa main le dos du t-shirt de sa sœur.

— Nous devons aller au refuge, maintenant? demanda-t-il.

— Non, répondit Darlene.

Elle leva les yeux sur Clara.

Le bébé se mit à hurler dans la chambre, et rien dans l'attitude de Mrs. Pell ne permettait de penser qu'elle avait l'intention de s'en occuper. Clara réfléchissait.

Elle pouvait dénoncer Clayton à la police, qui aurait sans doute tôt fait de le retrouver. Mais que signalerait-elle? Une personne disparue ou un vol de voiture? Elle n'aurait qu'à dire qu'elle lui avait prêté l'auto; elle n'aurait qu'à le convaincre de revenir.

Elle alla plutôt dans la chambre et prit le bébé dans ses bras, le petit être tout neuf, la rosée du matin. Il se calma aussitôt. Il serra la main de Clara et son bras s'accrocha à son cou, son petit corps se drapa sur celui de la femme, sa tête tiède pressée contre son visage.

Il est à moi, songea-t-elle.

3. Ce qui est fait est fait

Dans l'après-midi, Clara, après être passée prendre la voiture que lui prêtait le garage, se rendit à l'hôpital, mais Lorraine était trop fatiguée pour parler. Les tests l'avaient épuisée, à moins que ce soit la découverte de sa maladie. Clara déposa les fleurs dans le vase que dénicha l'infirmière au visage taché de son et laissa au bord de la fenêtre une boîte de sablés préparés par sa voisine, Mrs. Zenko.

Clara se demandait s'il fallait dire à Lorraine que Clayton était parti. Lorraine serait bouleversée, mais ce n'était tout de même pas à Clara qu'il revenait de garder le secret, d'autant que Lorraine, en apprenant la nouvelle autrement, risquait de lui adresser des reproches ou, pis encore, de lui crier après. Le visage de Lorraine en train de hurler, son doigt accusateur pointé vers elle, Pearce pendu à son sein découvert au milieu de la rue : trop souvent, déjà, Clara avait revu ces images en pensée. Elle se sentit coupable de ne rien dire, mais Lorraine ne prit même pas de nouvelles de son mari. Peut-être lui avait-il fait part de son intention de partir, s'était-il déclaré « incapable de rester dans cette maison ». Clara choisit la chaise droite bleue, et non le fauteuil inclinable orange, et parla des enfants, dit qu'ils s'adaptaient. Elle demanda à Lorraine si elle était toujours en lactation (elle ne fut pas peu fière d'avoir trouvé les mots, pour elle si peu familiers) et si elle devait lui emmener Pearce.

— Non, continuez de lui donner du lait maternisé. Avec tous les médicaments qu'on me fait prendre, je ne peux pas l'allaiter. De toute façon, il est temps de le sevrer. Il a neuf mois. Il aura un an le 10 septembre. Mais c'était un tel plaisir… Pourquoi je me serais arrêtée avant? C'est commode, en plus, pour des gens qui se déplacent tout le temps. Pas besoin de laver de biberons ni d'acheter de petits sacs en plastique…

La voix de Lorraine s'étiola, comme si elle s'était endormie à la pensée des trajets qu'elle effectuait en sécurité dans la voiture-cocon, lovée parmi les siens, le bébé pendu à son sein.

Clara l'observa pendant un moment. Dès qu'elle fut certaine que Lorraine dormait ou qu'elle préférait qu'on la laisse seule, elle rentra chez elle. En route, elle acheta du poulet frit, initiative qui lui valut un succès considérable. Elle se crut presque capable de veiller sur tout ce beau monde.

Le mardi matin, Darlene attendit que Clara soit partie depuis dix minutes pour sortir du salon et s'engager dans le couloir. Appuyée sur un coude, mamie regardait la télé, ses vieux pieds patates posés sur la table de la petite pièce où leur père avait passé une nuit. En imagination, Darlene le vit en train de parcourir la maison, vit l'expression de son visage, le vit passer devant Clara dans le salon, trouver les clés de sa voiture dans son sac. Elle ne voulait pas être celle qui raconterait tout à sa mère. Dans la chambre de mamie, Pearce dormait dans un panier, un biberon bavant dans sa bouche. Fidèle à son habitude, mamie avait répandu ses affaires sur le sol. Elles avaient son odeur: vieilles dents et vieux cheveux.

Darlene avait déjà examiné le contenu du tiroir du salon: des factures bien ordonnées et un chéquier: cinq mille deux cent trente dollars sous « solde », *une fortune*. Elle avait eu soin de le remettre exactement dans la même position.

Qu'est-ce qui l'empêcherait d'entrer dans la chambre de Clara? C'était la sienne et celle de Trevor, pour le moment. Peut-être avait-elle envie de faire la sieste. Leurs pyjamas étaient pliés sur le lit. Les autres meubles formaient un ensemble, mais ils étaient vieux. Le tissu de la chaise posée près de la fenêtre était décoloré. D'autres chaises et d'autres commodes avaient laissé des trous dans la moquette. Des murs verts comme le pull que Darwin avait donné à sa mère. Darlene aimait l'odeur de la pièce, qui sentait les fleurs. Longtemps avant, on y avait peut-être fumé. Trevor et elle avaient de la chance d'y dormir. Pour le moment. Dans les tiroirs de la table de chevet, elle ne trouva presque rien : un coupe-ongles et une lime, quelques pastilles pour la gorge, rouge sang et aplaties. Elle en goûta une, mais c'était mauvais. Elle la cracha, l'essuya et la remit dans l'emballage. Dans la commode, il y avait cent pulls, lui sembla-t-il ; tous sentaient le parfum et la laine propre. Elle eut envie d'en sortir un et d'y enfouir son visage, mais elle eut peur de ne pas savoir bien le replier, et Clara se douterait de quelque chose.

Où cachait-elle ses trésors ? Darlene ne savait pas ce qu'elle cherchait, au juste. Pas des bonbons ni de l'argent. Ce n'était pas là qu'elle les trouverait. La garde-robe : elle tira une chaise et descendit des boîtes de la tablette du haut. Des vieilles chaussures en satin couleur crème avec un talon incurvé et un bouton. Jamais elles ne feraient à Clara. En fait, elles étaient plutôt de la pointure de Darlene. Elle les enfila, apprécia la cambrure distinguée de son pied, mais elle n'osa ni faire un pas ni boutonner la courroie raide.

Dans une boîte verte, elle dénicha des trucs officiels du gouvernement et de vieilles photocopies brunies, de petites photos aux bords cannelés d'hommes en uniforme. Il y aurait peut-être eu quelque chose d'intéressant dans les lettres retenues par un bout de ficelle, mais Darlene n'osa pas défaire le paquet. Si elle ne réussissait pas à les rattacher assez solidement, ce serait comme l'autre fois, à Espanola.

Dans une autre boîte jaune, un acte de mariage portait les noms de Clara Purdy et de Dominic Raskin, 1982. Pourquoi, dans ce cas, ne s'appelait-elle pas Clara Raskin ? Des photos, quelques lettres, toutes mélangées.

Il y eut un bruit dans l'entrée. Clara était-elle de retour?

Darlene se hâtait de remettre la boîte jaune en place sur la tablette de la garde-robe quand elle se rendit compte que c'était sa grand-mère qui avait fait claquer la porte moustiquaire : elle sortait fumer. Darlene l'entendit dire à Trevor *Tu me remettras mon émission quand j'aurai fini !* et Trevor répondre *Oui, oui.*

Elle rangea quand même la boîte. Elle y reviendrait plus tard, lorsqu'elle aurait une bonne idée du temps à sa disposition. Elle fit bouffer les vêtements suspendus pour rétablir leur aspect habituel, posa la chaise dans les trous de la moquette, près de la fenêtre, et fit glisser ses pieds recouverts de chaussettes sur les marques laissées par la chaise. Dans le salon, Trevor hurla, mamie lui cria de se taire et Pearce se mit à pleurer. Darlene pourrait s'occuper de la salle de bains n'importe quand, mais il restait la cuisine.

L'infirmière venait sans doute de passer. Assise dans son lit, Lorraine changeait de chaînes, les draps serrés autour d'elle. Elle n'avait pas l'air bien, et Clara le lui dit.

— C'est la fièvre, dit Lorraine. Ils n'arrivent pas à la faire tomber. Comment va Trevor?

— Il est heureux quand il joue dehors. Il aime le vieux bouleau que mon père a planté quand j'étais petite.

— Un arbre planté quand vous étiez petite? Quelle taille fait-il?

— Il n'est pas si grand que ça. J'ai seulement quarante-trois ans.

— Ce n'est pas ce que je voulais dire, dit Lorraine.

Elle faillit rire, ce qui sembla lui faire mal à la poitrine.

— Et Darlene?

— Elle peut me parler de leurs habitudes, maintenant que…

Maintenant que Clayton était parti. Clara évita le sujet.

— En plus, elle est très bien avec Pearce. Quand il pleure, c'est elle qui le console le mieux.

— Il pleure beaucoup ?

— Non, ce n'est pas ce que… De temps en temps, il chigne un peu.

— Parce que c'est un bon bébé. Pearce, il ne pleure jamais.

— C'est un bébé parfait. Il doit vous manquer.

Lorraine se mit à sangloter. Clara l'observait, aux prises avec une cuisante culpabilité. Au bout d'un moment, toutefois, Lorraine se calma. Pleurer, apparemment, lui coûtait trop.

— Ce qui est fait est fait, dit-elle. L'autre femme, le cancer des ovaires, ils l'ont emmenée en salle d'opération. Après l'avoir ouverte, ils ont compris qu'il n'y avait rien à faire. Alors ils l'ont refermée et renvoyée chez elle à Wilkie.

Pas facile de trouver quoi ajouter après cela.

— C'est ça le plus dur, dit Lorraine.

Elle tapait sans cesse sur le lit et triturait le petit coussin à fleurs que Clara avait pensé à lui apporter.

— Je peux vous aider ?

Clara fit glisser son bras sous la nuque de Lorraine, souleva délicatement sa tête. D'un geste fluide, elle tira sur l'oreiller, le secoua pour le faire bouffer et y creusa un double pli qui s'adapta parfaitement sous l'oreille de la malade.

— Vous êtes douée.

— Les oreillers, ça me connaît. Ma mère a été malade et je me suis occupée d'elle pendant des années.

Elles gardèrent le silence pendant un moment, mais Lorraine restait agitée.

— Nous étions en route vers Fort McMurray. Un boulot attendait Clayton. Un de ses cousins vend des caravanes d'occasion, et comme il y a pénurie de logements, elles se vendent comme des petits pains chauds. Clayton allait aider Kenny à les retaper. Nous devions en habiter une. Nous nous en serions contentés en attendant mieux.

— Il paraît qu'il y a beaucoup de travail, là-haut.

— Il sait faire des choses dont on ne se douterait pas, dit

Lorraine. C'est un bon ébéniste. Il sait aussi rembourrer les meubles. Pas facile comme métier. C'est à ça que son cousin voulait l'employer : recouvrir les meubles des caravanes. Il est étonnamment doué.

Il est peut-être parti là-haut sans eux, songea Clara.

Lorraine se tut et secoua la tête de gauche à droite.

— J'ai mal au cou.

— Vous voulez que je demande qu'on vous donne quelque chose ?

— Je ne veux rien. Je prends déjà plein de choses. Je ne sais pas.

Clara eut l'impression que la fièvre augmentait.

— C'est dur, dit Lorraine.

— Oui, acquiesça Clara.

Que dire d'autre ?

Sur la toute dernière tablette d'une des armoires de la cuisine, Darlene mit la main sur une enveloppe brune scotchée au fond d'un machin avec un piédestal en verre. Il y avait une petite fortune à l'intérieur. Quelque chose comme sept cents dollars, selon un calcul rapide, car Darlene était aux aguets : Clara rentrerait bientôt du magasin. Mais l'argent ne valait rien : c'étaient de drôles de billets roses, des billets de l'Angleterre. La voiture ! Elle sauta du haut du comptoir. De trop haut, en réalité, et elle se fit mal à la plante des pieds. Au moins, elle ne s'était pas fait pincer.

Trouvant la maison dans un désordre surprenant, Clara, avant de préparer le repas, fit un brin de ménage dans le salon, la salle de télé, l'entrée et l'escalier du sous-sol, où Trevor s'était construit un fort à l'aide de couvertures et d'oreillers. Mrs. Pell alla dans sa chambre et ferma la porte, et ils la laissèrent tranquille. Clara donna le biberon à Pearce. Il la regarda d'un air pensif en buvant, sa petite main en étoile sur la poitrine de Clara.

Lorsqu'il s'endormit, elle fit trois brassées de lessive. Elle téléphona à sa compagnie d'assurances et réactiva la protection de l'auto de sa mère : si Clayton avait un autre accident, elle risquait d'être tenue responsable. Elle fit des biscuits et, sur la porte du réfrigérateur, commença une liste de produits de première nécessité : du lait maternisé, des couches, des enveloppes de soupe au poulet déshydratée. Les enfants n'aimaient pas la soupe en conserve. Elle nota tout ce qu'ils avaient demandé. Ils semblaient un peu engourdis, enveloppés dans une membrane étouffante comme celle qui gênait Clara depuis quelque temps.

Après le repas, Clara les emmena au parc dans la lumière déclinante. Les enfants jouèrent sur le tourniquet : Trevor se mettait debout, au milieu, et Darlene le poussait, de plus en plus vite, jusqu'au moment où elle sautait dessus à son tour, et ils tournoyaient dans l'air bleuté du soir.

Clara se tenait un peu en marge de leur orbite. Pearce serré contre sa poitrine, elle sentait son poids et son corps en équilibre contre le sien. S'occuper des enfants, ce n'était pas sorcier, après tout.

4. L'heure des comptes

À dix heures, ce soir-là, Clara parcourut de nouveau les corridors de l'hôpital jusqu'à la chambre silencieuse de Lorraine. La fenêtre découpait un rectangle sombre sur le mur blanc. Elle éteignit le fluorescent du plafond, laissa allumée la petite ampoule jaune et nue au-dessus du lavabo et tira à demi le rideau de l'alcôve pour éviter d'éblouir Lorraine. Elles distinguaient les lumières de la ville de l'autre côté de la rivière, les jolis ponts, le ciel nocturne. D'un bleu profond, et non noir, même à cette heure.

— Je me fais du souci pour les enfants, dit Lorraine.

Dans le noir, il était plus facile de parler.

— Je me fais aussi du souci pour Clayton, mais moins. Il peut se débrouiller, ou à peu près.

C'était le moment idéal pour mentionner son départ.

Mais Lorraine ajouta :

— J'ai peur.

— Il ne faut pas.

C'est tout ce que Clara avait trouvé à répondre. Sottise inexcusable. Elle n'avait aucune envie de revivre l'agonie de son père, les horreurs que sa mère avait dû endurer.

— Excusez-moi. Bien sûr que vous avez peur. Ce que je voulais dire, c'est que vous n'êtes pas obligée de tout voir sous un angle positif. C'est de la superstition, il n'y a pas de mauvais sort, et l'optimisme aveugle ne vous servira à rien.

— Qu'est-ce qui peut m'aider, dans ce cas-là ?

— Je prie pour vous, mais ce n'est pas toujours…

Le seul mot qui lui venait, c'était *suffisant,* mais il lui sembla pontifiant.

— Il est difficile de savoir pour quoi prier.

Lorraine grogna et plaqua ses mains contre les draps.

— Mais je sais pour quoi prier, moi! Je demande que mon… que cette chose disparaisse. Je demande le retour de mes enfants à mes côtés. Je veux que tout redevienne comme avant notre arrivée à Saskatoon. Avant, je me demandais où trouver du travail et un logement, mais pas comment continuer à vivre.

Ce n'était pas une tirade; c'était au contraire une déclaration mûrement réfléchie.

— J'avais déjà assez de soucis. Je ne vais pas me faire du mauvais sang maintenant. Je ne vais pas prier non plus. Je vais être patiente et attendre que ça finisse.

Elle se reprit aussitôt.

— Attendre que ça disparaisse.

Elle avait des cernes bleus sous les yeux et la peau bouffie. L'effet des stéroïdes se faisait déjà sentir. Si la fièvre baissait, on commencerait les traitements de chimiothérapie dès le lendemain matin, avait appris Clara, et s'amorcerait alors pour Lorraine une période très pénible. Pendant un moment, Clara se félicita d'avoir accompagné sa mère pendant sa longue maladie : son expérience l'aiderait à aider Lorraine.

— Vous voulez lire quelque chose? Des magazines? *People*? Ou du plus costaud, maintenant que vous avez un peu de tranquillité?

— Un peu de tout, dit Lorraine, dont le sourire en pointe trahissait une grande fatigue.

Il restait cependant un détail à régler.

— Je ne sais pas quoi faire avec Darlene. Elle veut venir vous voir, évidemment. J'essaie de la dissuader ou je vous l'amène?

— N'emmenez pas Trevor, pas tout de suite. Darlene, oui. Pendant qu'on y est, j'ai besoin qu'elle prenne certaines choses restées dans la voiture. Merci de m'y avoir fait penser.

Clara avait oublié leur voiture, saisie par les autorités.

— Le premier jour, on nous a donné les sacs à dos… J'ai les affaires des enfants.

— Ouais, mais j'ai caché des trucs dans la Dart. Nous avons habité dans cette voiture pendant deux ou trois semaines. Vous savez ce que c'est. Il faut bien laisser ses affaires quelque part.

Au ton de Lorraine, Clara se dit que c'était de l'argent, voire de la drogue. Mais qu'en savait-elle? Peut-être s'agissait-il de documents ou d'autre chose de précieux.

— Darlene va m'accompagner demain. Je voulais vous demander : est-ce qu'il faudrait que je prévienne quelqu'un? Je ne sais pas si Clayton a eu la chance de s'en occuper.

— C'est une façon très élégante de dire les choses, répondit Lorraine. Non, il n'y a personne. Personne dont j'aie les coordonnées, en tout cas.

Cette fois, Clara se retint de dire qu'elle était désolée. Elle décida une fois de plus de ne pas mentionner la désertion de Clayton.

— J'ai l'impression que vous avez besoin de dormir, dit-elle. Demain, je vais vous apporter des livres.

— Ouais, dit Lorraine. Quand je pense à tout le retard que j'ai pris dans mes lectures d'été… N'emmenez pas Pearce. Ce serait trop dur pour lui.

— Entendu, dit Clara. Je vais le laisser à la maison. C'est un bon bébé, il s'en tire bien.

— Merci.

Lorraine ferma les yeux et détourna la tête avant de les rouvrir. La fenêtre révélait les lumières, au-delà de la rivière, un million d'étincelles.

Dans le couloir, Clara, qui songeait au petit déjeuner des enfants, ne vit Paul Tippett que lorsqu'il lui saisit le bras. Elle sursauta, il lui présenta ses excuses et, à cause de l'heure tardive, ils se mirent à chuchoter. Autour d'eux, l'hôpital fermait ses portes, entreposait les patients pour la nuit.

— Comment se porte votre famille? demanda-t-il.

— La mère, Lorraine, ne va pas très bien, répondit Clara.

Elle eut l'impression de trahir Lorraine en prononçant les mots à voix haute. De la superstition. Elle ne valait pas mieux que les autres.

Paul Tippett avait l'air triste, et les traits simples de son visage semblaient embrouillés. Elle s'en désola, car elle l'aimait bien, du moins dans la mesure où elle le connaissait. Il semblait handicapé par le manque d'assurance, mais il se montrait toujours aimable.

— Je peux vous demander une faveur? dit-elle. Vous accepteriez de lui rendre visite?

Elle décela chez lui un mouvement de recul involontaire, de la même façon qu'elle-même s'était écartée de la main tendue de Darlene.

— Demain, je veux dire, ou... Pas comme s'il s'agissait d'une de vos paroissiennes... Seulement pour la réconforter... ses enfants sont avec moi, et son mari s'est enfui... mais ne le lui dites pas. Rassurez-la, dites-lui que je ne suis pas un monstre. Elle n'a pas le choix, vous comprenez... Je suis la seule qui...

Clara s'interrompit. Elle se couvrait de ridicule.

Il la dévisagea dans la lumière feutrée du couloir.

— Le mari est parti?

— Oui, dit-elle sans mentionner la voiture, la théière ou les vagues menaces. Mais il va peut-être revenir.

Paul se dit que Clara Purdy avait beaucoup changé depuis la dernière fois qu'il l'avait vue. Elle donnait l'impression de déborder d'énergie. *La force du plomb vert qui pète dans la fleur.* Peut-être était-ce l'engagement qui vous situait dans le temps.

Il secoua la tête, stupéfait par l'éclat du visage de Clara, et se rendit compte qu'elle interprétait le geste comme un signe de refus.

— Non, non, dit-il rapidement. C'est d'accord. Je passerai la voir. Excusez-moi, je pensais à autre chose. Je lui dirai qu'ils ont bien de la chance d'être tombés sur vous.

Il ne se souvenait pas de la maison de Clara. Une maison de plain-pied.

— Vous avez assez de place pour tout le monde ? Quel est le nom de famille de la malade, au fait ?

— Gage. Lorraine Gage. Elle est ici, à l'étage.

Il le nota dans son agenda de poche et s'excusa de sa réticence en esquissant un sourire. Elle ne put s'empêcher de lui rendre son sourire. Elle l'aimait bien. Dommage pour Mrs. Tippett, ce bloc de glace…

Au lit, Lorraine fit ses comptes. Soixante-dix-sept dollars dans la boîte à gants. Les sept porte-bonheur. Trois billets de vingt, un billet de dix, un billet de cinq, le billet de deux, gardé depuis des années. De la monnaie de singe, aurait dit Clayton. Pas à la vue de tous (de Clayton, en l'occurrence), mais au contraire coincés entre les deux dernières pages de l'atlas routier. Ils ne risquaient pas d'aller à Terre-Neuve ni au Labrador. En banque, cent quatre-vingt-neuf dollars, mais elle croyait savoir que Clayton avait sa carte bancaire et il connaissait le NIP de Lorraine. Cent dollars, un billet de cent, également caché, scotché à l'intérieur de la boîte de tampons, elle-même rangée dans la boîte en carton qu'ils gardaient dans le coffre. Il n'avait pas pu trouver l'argent, mais elle craignait que quelqu'un ait jeté la boîte.

Penser à l'argent la mettait au supplice. Que ferait Clayton ? Il avait trois cents dollars en poche et la limite de sa carte Husky Gas n'était pas atteinte. Mais comme il n'avait pas de voiture, l'essence ne lui serait d'aucune utilité. Ils pourraient toutefois manger dans les stations-service Husky. S'il décidait d'emmener les enfants à Fort McMurray, ce dont elle doutait, puisque, de toute évidence, il n'était plus chez Clara.

Combien de temps tiendrait-il avec trois cents et cent quatre-vingt-neuf dollars?

Perdue dans ses calculs, Lorraine, tôt ou tard, finissait par sentir une raideur dans son cou et un surcroît de tension, et elle chassait tous les chiffres de son esprit.

Pour l'essentiel, elle restait immobile. Elle se sentait tout drôle quand elle bougeait; compte tenu de tous les médicaments qu'on lui faisait prendre, il lui semblait plus facile de ne pas broncher. Si tout avait été comme d'habitude, elle serait dans la voiture, Pearce lové dans le creux de son bras, s'inquiéterait pour l'argent et réfléchirait à ce qu'elle pourrait faire comme travail, une fois à Fort McMurray, se demanderait qui veillerait sur les enfants pendant qu'elle travaillerait comme serveuse ou ferait des ménages, combien d'essence il faudrait, combien coûteraient quelques bananes et un paquet de biscuits aux figues Newtons. Elle fit bouger ses pieds sous le drap vert pâle, puis elle parcourut la pièce de ses yeux écarquillés. Voilà où elle en était.

La lune traçait des lignes jaunes qui traversaient lentement la pièce. Lorraine savait qu'elle avait dormi quand elle voyait que la lumière de la lune s'était avancée sur les draps, au bout du lit, sur le mur. La lune se levait à l'est et se couchait à l'ouest, exactement comme le soleil. Et parfois avec le soleil. La semaine précédente, elle avait allaité Pearce dans la voiture, tandis que les autres mangeaient sous le soleil dans un Taco Bell. La bouche de Pearce tirait, tirait, et il la fixait, les yeux ravis, comme en transe. La lune blanche se détachait nettement sur le ciel bleu.

Elle ne pouvait pas leur faire le coup de mourir. Soixante-dix-sept dollars, cent quatre-vingt-neuf dollars, cent dollars. Son esprit embrouillé mit quelques minutes à faire le total. Trois cent soixante-six dollars. Un chiffre chanceux, au moins.

Elle aimait bien les trois et les six. Avec une somme pareille, Clayton ne les nourrirait pas longtemps. Il devrait aller à la banque alimentaire. Maman Pell avait de l'argent quelque part, mais elle n'y renoncerait pas pour de la nourriture, surtout pas pour les enfants. Lorraine prit le temps de haïr la vieille femme à cause des cerises qu'elle avait tant tenu à acheter, l'énorme sac de cerises de la Colombie-Britannique d'une valeur de six dollars qui avait sans doute été la cause de tout. Pour rattraper le temps perdu, Clayton avait roulé trop vite. Après l'accident, il y avait des bouts de chair rouge un peu partout, pareils à des cervelles et à des corps retournés à l'envers, comme si un des enfants avait été grièvement blessé. Lorraine avait mal à la poitrine, aux seins et à l'intérieur aussi, et elle avait envie de sentir Pearce et les autres autour d'elle. À la pensée de Clay et de maman Pell, elle éprouva une rage voisine de la panique. Les enfants, eux, étaient adorables. Sauf qu'il n'y avait pas d'argent.

Soixante-dix-sept dollars, cent quatre-vingt-neuf dollars, cent dollars. La dernière fois, combien de temps avaient-ils attendu le premier chèque de l'aide sociale? Comme ils ne résidaient pas en Saskatchewan, on les renverrait à Winnipeg en autocar. Ils ne pouvaient toutefois pas la laisser toute seule. Et on répétait toujours que les Canadiens pouvaient se faire soigner n'importe où au pays.

Il leur fallait mille deux cents dollars. Six cents pour un appartement et six cents de plus en garantie. Le premier et le dernier mois de loyer. Combien de temps Clayton mettrait-il à se faire payer, même s'il trouvait tout de suite du travail? C'était sans issue. Ils devraient s'installer dans un HLM, s'il y avait de la place. Ou dans un refuge. Mais dans un refuge, Clayton ne saurait pas s'occuper des enfants tout seul, et maman Pell n'était d'aucun secours. Il faudrait qu'elle parle aux enfants. Il leur faudrait une… Elle songea à une arme à leur confier: une lime à ongles, une épingle…

Lorraine se redressa et vomit proprement dans la bassine de plastique vert pâle en forme de rein. Elle se recoucha. Peut-être rêvait-elle. La lune s'était éloignée, laissant la pièce sombre et déserte. Peu de temps après, elle dormait.

5. La Dart

Les enfants étaient impossibles. Au bout de quatre jours, Clara n'en pouvait plus du vacarme et de la saleté qui les suivaient partout, de l'aisance avec laquelle ils avaient conclu qu'elle était à leur entière disposition. Un repas à peine terminé, il fallait penser au suivant. Le bruit sourd et perpétuel débutait à l'aube, dès le réveil de Pearce. Ce moment aurait pu être le pire de la journée, mais Clara, trop consciente des autres, de la présence nouvelle et gênante de tant de personnes, ne dormait pas, de toute façon. Il y avait beaucoup trop à faire pour assurer un semblant d'ordre. Pourtant, elle dut tenir sa promesse et s'occuper de la voiture.

Darlene était impatiente d'appuyer sur les boutons de l'ascenseur et de courir jusqu'à la chambre de sa mère. En s'approchant, cependant, elle sembla éprouver une certaine répulsion, comme si les pôles de son aimant intérieur s'étaient soudain inversés. À trois ou quatre portes, elle prit la main de Clara et dit :

— Attends.

Clara s'arrêta. Darlene ne la regarda pas. Elle fixait la rampe en bois qui courait le long du mur.

— C'est pour les gens qui risquent de tomber en marchant, je suppose ? demanda-t-elle.

— Oui, je crois.

Chaque fois que Clara voyait les choses dans l'optique de Darlene, ou de Lorraine, l'ampleur du désastre lui faisait peur.

— Ça va aller, dit Clara, inepte.

Darlene lâcha la main de Clara et passa sans s'arrêter devant les dernières portes pour entrer dans la chambre de Lorraine.

Celle-ci était assise dans son lit.

— Salut, mon petit lapin en sucre, dit-elle.

Elle avait les yeux trop brillants et une lueur pâle irradiait de sa peau.

— Mamou, dit Darlene.

Traversant la pièce d'un bond, elle se pencha sur le lit, près de la tête de Lorraine. Leurs visages, leurs joues et leurs nez, leurs visages tout entiers, se serrèrent l'un contre l'autre. C'était plus qu'un baiser. Lorraine passa ses bras derrière le dos de Darlene et la hissa sur le haut lit, comme si elle ne pesait rien.

— Ça me fait tellement plaisir de te voir ! dit-elle.

C'est du moins ce que Clara crut comprendre, car les mots de Lorraine étaient étouffés par les cheveux de Darlene.

La petite ne dit rien. Elle resta là, blottie contre sa mère sur les draps verts, un bras autour de la taille de Lorraine.

— Vous avez bonne mine, dit Clara à Lorraine lorsque celle-ci, levant les yeux, remarqua sa présence.

— Il y a intérêt : je prends vingt sortes de pilules.

D'un geste, elle désigna la table sur roulettes, sur laquelle s'alignaient trois ou quatre gobelets en carton renfermant un assortiment de comprimés de couleurs différentes.

— Six, dix-sept, j'ai tout ce qu'il me faut.

Elle se pencha de nouveau, se serra délicatement contre le dos tendu de Darlene.

— Mmm. Tu sens bon. J'adore l'odeur du linge propre.

À la vue des efforts considérables que devait déployer Lorraine pour laisser croire à Darlene qu'elle se portait bien, Clara sentit en elle-même une tension douloureuse. Et aucun détail n'échappait jamais à Darlene.

— Tu as remarqué ? demanda Lorraine. Clara m'a acheté

une belle chemise de nuit. Ça me donne des couleurs, tu ne trouves pas?

Toujours muette, Darlene scruta le visage de sa mère. Il était dépourvu de toute couleur : que le sombre éclat des yeux. Elle serra Darlene plus fort et la balança d'avant en arrière, presque sans bouger.

Clara sortit et resta du côté droit de la porte, où les autres ne pouvaient pas la voir. Elle étudia la rampe en bois, se souvint de sa propre mère. Sans savoir pourquoi, elle se la représenta en femme jeune, vêtue d'une robe grise au col blanc. Au pied des marches du perron, elle attend que le père de Clara descende pour les conduire à l'église. Un chapeau en velours gris sur la tête, un de ces petits bibis qu'il fallait épingler à ses cheveux. La joue creusée d'une fossette, elle sourit au père de Clara de sa bouche large, enfantine, bouleversante. Sa mère, impossible de son vivant, lui manquait cruellement.

Lorsque Clara rentra dans la chambre, Lorraine et Darlene lui jetèrent un regard oblique. Elles avaient chuchoté entre elles, et pour la première fois Clara fut frappée par leur ressemblance. Leurs joues plates et larges, leurs yeux au contour bien défini, la ligne sombre des sourcils. Leurs corps aussi, car elles avaient les mêmes épaules fortes et ouvertes, le même dos étroit.

— Je vais descendre chercher du jus de fruit, proposa-t-elle.

Lorraine, cependant, lui demanda de rester.

— J'explique à Darlene où sont les choses dont j'ai besoin. Ce n'est plus un grand secret. Il faut qu'on récupère tout avant qu'ils écrabouillent la voiture.

— Ils ne feront rien avant que…

Les enquêteurs de la compagnie d'assurances aient terminé leur travail, voulut-elle dire, mais Lorraine enterra ses mots.

— Je veux que Darlene s'en occupe. Pour ma tranquillité d'esprit.

La voix de Lorraine était brusque, presque impolie, la fièvre triomphant de la bienséance.

Clara sortit un calepin de son sac et nota : *coussin*.

Lorraine confia la mission à Darlene en s'adressant directement à elle :

— Je veux l'atlas routier de la boîte à gants. Aussi les papiers d'immatriculation et d'assurance. La boîte du coffre. La glacière et les sacs de voyage. Si Clara a un garage ou un autre endroit pour entreposer nos affaires, tu les apporteras chez elle.

Clara fit signe que oui. Lorraine se retourna vers Darlene.

— Provisoirement, le temps qu'on trouve un endroit où habiter et de quoi payer le premier et le dernier mois de loyer.

Darlene consulta Clara du regard. Cette dernière ne sut interpréter le geste. Lui demandait-elle ainsi de ne pas parler de la désertion de Clayton ? Ou de préciser à quel moment elle avait l'intention de les flanquer à la porte ?

Lorraine hocha la tête et Darlene se laissa descendre du lit, obéissant ainsi à un ordre muet. Elle alla dans la salle de bains et ferma la porte.

— Je voulais vous en parler…, commença Lorraine en s'efforçant de se redresser un peu.

Sa dette grossissait à vue d'œil. Pour un peu, Lorraine aurait crié et jeté Clara dehors.

— Pour les prochains jours…

Elle n'arrivait pas à trouver les mots. Le temps lui semblait se contracter, puis se dilater.

— Je sais bien que nous devons vous débarrasser des enfants.

— Je suis heureuse de les avoir chez moi, dit Clara. Tous. Ils peuvent rester aussi longtemps qu'il faudra.

— Je n'ai pas d'argent pour vous payer, dit Lorraine le plus sèchement possible, pour couper court aux propos de Clara.

— Non, non, ce n'est pas…

— Nous avons de la chance d'être tombés sur quelqu'un d'aussi gentil, dit Lorraine.

Elle ne put se résoudre à évoquer le refuge, la lime à ongles, les consignes qu'il faudrait donner à Darlene, qui devrait se protéger et protéger Trevor. Pour chasser de telles pensées, Lorraine appuya fort sur ses paupières, sous l'arcade sourcilière.

— La gentillesse n'y est pour rien, dit Clara.

Lorraine la sentit sur le point d'éclater en sanglots.

— C'est peut-être la culpabilité qui vous motive, ou je ne sais trop quoi, mais vous êtes gentille, vous êtes bonne, dit Lorraine, repoussant toutes ces foutaises. Tu as fini, là-dedans, Darlene?

La porte s'ouvrit et Darlene se dirigea vers le lit de son pas rapide et furtif. Son regard ne croisa pas celui de Clara.

Celle-ci avait l'impression de ployer sous le poids des obligations que la situation faisait peser sur eux tous. Une personne meilleure qu'elle aurait su détendre l'atmosphère, se serait déclarée heureuse d'avoir de la compagnie, de les accueillir sous son toit. Sa mère y serait parvenue. Clara, pour sa part, ne réussit qu'à éviter une feinte jovialité. Elle ferma le calepin et prit son sac.

— Il faut y aller.

— Bien, dit Lorraine.

Pour le moment, les obligations, la gratitude et les convenances ne l'intéressaient pas.

Darlene posa ses doigts frais sur les paupières de sa mère et sortit avec Clara.

Avant de mettre le cap sur la fourrière, elles s'arrêtèrent pour manger une bouchée dans un petit café miteux. « Pourquoi pas là? » avait demandé Darlene. Celle-ci dévora une soupe au poulet sous les yeux de Clara, incapable d'avaler une bouchée à cause de la grosse boule que la pitié avait fait naître dans sa gorge. Lorsque la soupe arriva, les bras de Darlene tremblaient ; dans sa main, la cuillère fut agitée de soubresauts. La soupe avait l'air bonne, au moins. Darlene avait les bras trop frêles. Le débardeur qu'elle portait n'était plus mettable. Elle avait besoin de manches pour la garder au chaud, même en juillet. Ses os saillants étaient presque visibles sous sa peau, d'où une certaine impression d'immatérialité, mais aussi de force. C'était, espérait Clara, l'apparence des enfants naturellement minces. Lorraine était mince, mais était-ce un phénomène naturel ou une conséquence de sa maladie ? Mrs. Pell, pour sa part, avait la forme d'une bombonne de gaz propane : une tête petite et un gros corps trapu. On imaginait mal Darlene subir une telle métamorphose. Il faudra qu'elle soit forte, se dit Clara.

— La soupe est bonne ? demanda-t-elle.

Darlene hocha la tête. Puis, comme si la soupe lui avait inspiré le sujet, elle dit :

— Là où nous étions avant, à Trimalo, il y avait une fille qui a perdu sa mère. Mais elle a été renversée par une voiture. Alors, ce n'est pas pareil.

— Ah bon. Je suis désolée pour cette fille. Perdre sa mère soudainement, ça doit être très dur.

Où allait-elle chercher des niaiseries pareilles ? Perdre un être cher à petit feu, c'est au moins aussi pénible.

— Quand ils ont déménagé, c'est elle qui s'est occupée de tout : faire brancher le téléphone et tout le reste. Son père ne pouvait rien faire : il était trop triste.

La voix de Darlene était neutre et rapide, presque moqueuse. Peut-être croyait-elle se vieillir en parlant de la sorte.

— Quel âge avait la fille ?

— Douze ans. C'est elle qui nous gardait quand maman travaillait. Elle a dû aller voir sa mère après l'accident. Au poste de police. Elle a touché le visage de sa mère. Il était tout froid.

Encore une succession de mots rapides, dénués de toute émotion. Il est trop risqué de laisser les sentiments s'exprimer, peut-être surtout durant l'enfance.

— Tu ne veux pas parler de quelque chose de moins triste, Darlene?

— Tout est triste.

— C'est ce que tu ressens, hein?

Clara s'en souvenait distinctement : rien au monde qui ne soit pas triste.

— C'est lourd à porter? Tu as envie d'un dessert pour te remonter le moral? Une crème glacée, peut-être?

Se servir de la nourriture pour distraire les enfants… La recette de l'obésité, songea Clara. En ce moment, cependant, une crème glacée semblait tout indiquée. Le sundae de Darlene fut servi dans une coupe tulipe, avec de la crème fouettée et une cerise. Elles furent brièvement heureuses, toutes les deux.

Dehors, le soleil avait percé les nuages ou encore la brise s'était levée : l'air était plus net. La fourrière se trouvait au bout d'une route pavée si sale et si poussiéreuse qu'elle semblait en gravier. Clara, qui roulait les vitres remontées, s'efforça de ne pas songer à l'issue de ce cancer malveillant, à tous ceux qui seraient tristes. Elle ne pouvait pas non plus se faire d'illusions en se disant que Lorraine s'en sortirait, car elle était de toute évidence condamnée. Même si Clara espérait se tromper.

Des barbelés tournés vers l'extérieur coiffaient la haute clôture. Clara se dit que le lieu était si déprimant qu'elle aurait dû y venir seule. Mais alors Darlene s'écria :

— Elle est là! La Dart est là!

Faisant passer sa main étroite à travers la clôture, elle tendit l'index pour montrer la voiture à Clara.

Le préposé les laissa entrer et donna à Clara une enveloppe et un formulaire posé sur une planchette à pince. Il ne proposa pas de les accompagner. C'était, aurait dit la mère de Clara, un homme « mal dégrossi », aux cheveux grisonnants et aux vêtements nauséabonds. Clara lui sourit pour faire contrepoids à l'opinion de sa mère, comme elle l'avait fait si souvent en sa compagnie.

Darlene courut dans le dédale d'allées, parmi les carcasses et les fantômes de voitures. Nos voitures renferment une si grande part de notre vie, songea Clara, à qui la sienne manquait. Celle de sa mère aussi, désormais aux mains de Clayton. Qui sait dans quelle ville il est en train de la vendre, pensa-t-elle. Bon débarras. Il était grand temps qu'elle se déleste d'une partie du bagage maternel.

La Dart penchait à gauche : du côté du conducteur, tout renfoncé, les roues avaient disparu. Déjà, Darlene, de l'autre côté, tirait sur la portière avant.

— Attends ! cria Clara. J'ai la clé ici quelque part…

Oui, dans l'enveloppe. Accrochée à un porte-clés ayant la forme d'une Bunny de Playboy. Comment un homme pouvait-il…

Darlene la lui prit et l'inséra dans la serrure, la secoua un peu, comme si elle connaissait le secret, et l'ouvrit. La portière était lourde. L'habitacle sentait le renfermé, la fumée, le caoutchouc et le brûlé. Darlene se pencha sur le siège pour ouvrir la boîte à gants. Mais elle resta hermétiquement fermée.

— Elle… Elle ne s'ouvre pas ! dit-elle, trop fort.

Prenant Clara à témoin, elle tira plus fort. Sa voix aiguë et juvénile déchira l'air immobile.

Le préposé cria quelque chose. Clara se retourna et laissa échapper la portière. Elle réussit à la rattraper, juste avant qu'elle se referme.

— Oh !

Clara rouvrit la portière toute grande et se pencha, l'estomac retourné. Elle aurait pu briser la main de Darlene.

— Aïe, dit celle-ci, pas du tout impressionnée. Le truc qui tient la porte est brisé.

Le préposé vint se poster près de Clara, une courte pince à levier et un maillet de caoutchouc à la main.

— Les choses se coincent, des fois, dit-il. Z'aurez peut-être besoin de ça.

— Merci, dit Darlene.

Elle prit la pince à levier et enfonça le bout effilé dans un des côtés de la boîte à gants.

— Tu crois vraiment que c'est une bonne idée? demanda Clara au moment où la petite porte s'ouvrait brusquement.

— C'est bon, dit Darlene à l'homme en le gratifiant de son plus grand sourire. Vous pouvez y aller.

Il lui sourit à son tour et ignora le geste esquissé par Clara en guise d'excuses. Et il s'en fut.

— Il ne faut pas être si...

Le mot qui lui venait était *impolie*.

— Il aurait pu se vexer.

— Pourquoi?

Clara jugea inutile de tenter de s'expliquer. Darlene avait sorti les cartes, celles de quatre ou cinq provinces, de même que le gros atlas routier. Elle le feuilleta, mais vite, comme si elle ne souhaitait pas que Clara voie ce qu'elle faisait. Avec ostentation, celle-ci chercha son calepin dans son sac afin de produire la liste.

— L'atlas routier, les papiers d'immatriculation...

La voiture était en désordre, mais pas plus que celle de n'importe quelle famille en voyage. Au moment de la collision, un sac à ordures avait sans doute volé dans les airs : il y avait des papiers d'emballage et des écorces d'orange un peu partout. Clara fut choquée de constater la présence d'une grosse brûlure sur la banquette arrière, à moitié effacée par du jus de cerise.

Darlene jeta un coup d'œil derrière Clara.

— Ça date d'avant l'accident, expliqua-t-elle. Nous étions à la laverie et mamie est restée dans la voiture pour fumer.

— Elle a mis le feu à la voiture?

— Elle s'est endormie. Interdit de fumer dans la voiture, a dit maman après ça. Pas d'exception. Pearce dormait devant et maman a piqué une crise quand elle a vu de la fumée sortir par la fenêtre. Vous auriez dû voir mamie en train de sauter dans le parking pour éteindre le feu à sa jupe!

Darlene rit aux éclats, une lueur mauvaise dans les yeux.

Clara en eut soudain assez de cette vie mouvementée.

Après avoir ri tout son soûl, Darlene resta tranquille, la main sur le vinyle doré de la portière. Puis elle se glissa sur la banquette et prit un petit coussin en velours côtelé orange, de la taille d'un oreiller de poupée.

— Celui-là, maman aime le mettre sous son cou, dit-elle en flattant le velours dans le sens de la trame d'abord, puis à rebrousse-poil.

— Il n'est pas sale, regardez.

Elle se passa le coussin sur les joues, puis sortit et le tendit à Clara, qui le mit dans son sac et cocha méticuleusement *coussin* sur la liste. Darlene fit claquer la portière de toutes ses forces. Un fracas assourdissant retentit dans la fourrière silencieuse.

Le coffre était chargé de boîtes aux formes diverses, comme un casse-tête. La boîte de cuisine débordait de marmites, et il y avait aussi un pot en plastique bourré de couverts. Çà et là, d'autres boîtes, des chaussures et des bottes. La collision et le remorquage avaient tout bouleversé. Après qu'elles eurent sorti les sacs de voyage et la petite boîte de Lorraine du fouillis, Darlene posa la boîte d'articles de cuisine en équilibre par-dessus.

— Pas la peine de déballer tout ça, dit Darlene. Vous avez déjà plein d'affaires chez vous.

— Bien sûr, dit Clara sans se vexer.

Elle remit le porte-clés Playboy dans l'enveloppe.

Dans la voiture de Clara, Darlene continua de regarder par la lunette arrière longtemps après que la Dart eut disparu. Ce n'avait pas été si horrible, dans la voiture, même si mamie se plaignait tout le temps. C'était mieux, en tout cas, que certains endroits où ils avaient habité, mieux qu'à Espanola l'hiver dernier, par exemple. De toute façon, rien n'obligeait mamie à venir, se dit Darlene. Elle aurait pu rester à Winnipeg si elle ne s'était pas disputée avec Mrs. Lyne. Mais comment vivre avec Mrs. Lyne sans se disputer avec elle ? Comment supporter la puanteur de sa caravane ?

Elle préférait ne pas se demander où était son père. Elle choisit plutôt de se rappeler le moment où elle s'apprêtait à dormir sur la banquette arrière de la Dart qui filait dans la nuit noire, Trevor et elle la tête sur les genoux l'un de l'autre : ils se tortillaient pour trouver une position plus confortable. Le matin, son père sifflait pendant un moment ou pressait son visage contre la vitre pour leur faire peur en revenant avec une boîte de beignes — non, elle ne voulait pas penser à lui. Elle aimait rester assise par terre, derrière, sentir les vibrations dans ses os, entendre les cliquètements du moteur lorsqu'ils s'arrêtaient enfin, tard le soir, éprouver le lourd sentiment d'immobilité qui les habitait après avoir été en mouvement pendant si longtemps. Comme la fois où ils s'étaient arrêtés dans un parking. Sous une lune énorme, tous allongés sur le capot, ils avaient épié le ciel dans l'espoir d'apercevoir des satellites ou des étoiles filantes. Sauf que c'était le soir où son père s'était absenté pendant longtemps, et ils s'étaient réveillés au milieu de la nuit quand des types effrayants avaient secoué la voiture parce qu'ils cherchaient Clayton. Leur mère avait verrouillé les portières et leur avait chuchoté de rester immobiles, de ne pas parler et de ne pas respirer avant le départ des hommes.

Le trajet jusqu'à Saskatoon avait été long. Ils s'étaient arrêtés à une quinzaine de kilomètres de la ville pour laisser à sa maman le temps de les rendre un peu plus présentables, puis Pearce avait régurgité sur le dernier t-shirt propre de Lorraine. Alors ils étaient allés chez SAAN lui en acheter un neuf avant de rendre visite à Darwin chez Rose, la cousine de sa mère. Mais Darwin n'habitait plus là. Les nouveaux occupants n'avaient jamais entendu parler de Rose ni de Darwin. Ils avaient donc perdu sa trace. Sa mère avait pleuré parce qu'elle s'ennuyait de lui. Et puis il y avait eu l'accident et ils étaient de nouveau dans le parking de l'hôpital, celui que Darlene commençait à très bien connaître. Elle essaya de fixer ses yeux sur Clara, mais c'était trop difficile. Renonçant à essayer, elle marcha à côté d'elle. Elle transportait la boîte de sa mère et le coussin orange.

Lorraine dormait. Darlene déposa la boîte dans l'armoire de la table de chevet, tout doucement, sans faire de bruit. Elle mit le coussin orange en velours côtelé sur la table de chevet, à côté du bras de sa mère, et se tourna vers Clara. Que faire ?

Clara dirigeait du personnel depuis vingt ans, mais elle se sentit toute drôle à l'idée d'exercer son autorité sur une enfant. Elle déchira une page de son calepin et annonça qu'elle lui ferait un mot.

Chère Lorraine, écrivit-elle. *Nous avons mis les objets que vous avez demandés dans l'armoire de la table de chevet, et l'infirmière aura la clé. Ne vous en faites pas pour la voiture : on va la garder à la fourrière pendant encore des mois. J'ai demandé au prêtre de ma paroisse de passer vous voir à la première occasion. Il confirmera que je suis une bonne citoyenne. J'ai deux ou trois semaines de congé à prendre, de toute façon, et je promets de m'occuper des enfants. Alors ne vous en faites pas.*

Quelle idiotie. Elle ajouta *pour eux*. Ainsi, Lorraine pourrait se faire du souci pour elle-même tout son soûl. En général, Clara écrivait de façon très lisible. En l'occurrence, le stylo ne collaborait pas, et le mot semblait bâclé et irresponsable.

À bientôt, conclut-elle. *Clara Purdy.*

À leur retour, elles trouvèrent le bébé prisonnier d'une cage faite à l'aide des chaises de la salle à manger. Trevor s'efforçait de calmer Pearce en lui tendant des croûtes de pain entre les barreaux. Mrs. Pell ronflait sur le canapé devant la télé, et un soap-opéra retentissait dans toute la maison. Les garçons avaient pleuré, mais la fatigue avait eu raison de leurs larmes. Pearce avait des bouts de pain mouillé collés aux joues. Clara le prit dans ses bras pour le réconforter. Le petit garçon signala son soulagement en serrant fort son cou.

Elle lava tous les visages, fit boire un biberon à Pearce pour le calmer et prépara des sandwichs au fromage grillés. Mrs. Pell continua de dormir même lorsque Clara éteignit le poste. En fait, elle ne se réveilla ou n'accepta d'avouer qu'elle était éveillée que quand Clara lui apporta un sandwich et un café. Elle les accepta de mauvaise grâce et ferma hermétiquement sa porte.

Clara profita de la belle soirée d'été pour emmener les enfants dans le jardin. Elle demanda à Mrs. Zenko de les surveiller pendant une demi-heure et fila au centre commercial. Faisant preuve d'une efficacité frénétique, elle acheta des culottes courtes et des tennis pour Trevor et Darlene et un parc pliant pour Pearce. Les couches tiendraient pendant quelques jours, les provisions jusqu'au lendemain. En se dirigeant vers la caisse, elle cueillit une boîte de lait maternisé. Quarante minutes après son départ, elle était de retour. Mrs. Zenko et Trevor arrosaient les fleurs, tandis que Darlene, allongée dans l'herbe avec Pearce, lui chatouillait les genoux avec un long brin d'herbe. Il ne riait pas, il ruait, s'étirait. Il était placidement satisfait qu'on s'occupe de lui. Il tendit les bras à Clara, son gros visage tout souriant, rayonnant dans la lumière déclinante. Quel beau bébé !

Mrs. Zenko avait apporté un gros récipient plein de biscuits à la vanille tout simples qu'elle appelait ses « biscuits des anges » et une jolie vieille chaise haute en bois en parfait état.

— Mes enfants n'en veulent pas, dit-elle en s'excusant presque d'offrir un objet aussi modeste.

Clara la remercia, reconnaissante.

— Ce n'est pas facile, dit Mrs. Zenko. Accueillir une famille comme ça… J'ai entendu les enfants, cet après-midi. J'ai failli venir donner un coup de main, mais je me suis dit que l'autre le prendrait mal. Alors je me suis contentée de tendre l'oreille.

Ils ont sans doute fait un boucan d'enfer, songea Clara. Elles se connaissaient bien, Mrs. Zenko et elle.

— Je ne vais pas pouvoir laisser les enfants avec elle. Pas pour longtemps, en tout cas.

— Non.

— J'aime beaucoup leur mère, Lorraine, dit Clara. Son mari l'a plantée là.

Elle appuya sa joue sur la mangeoire d'oiseaux que son père avait installée. Il n'y avait plus de graines. Demain, elle laisserait Trevor grimper dans l'échelle pour la remplir.

— Je vais avoir besoin d'un livre sur l'art d'élever les enfants, dit-elle.

— Lis tant que tu voudras, mais, en gros, c'est une question de bon sens. Être avec des bébés, c'est naturel, après tout. J'ai préparé de la soupe au poulet. Apporte-la-lui demain, dit Mrs. Zenko.

Elle enroula le tuyau d'arrosage avec soin et retourna dans son jardin.

6. *Action contraire*

Paul Tippett avait horreur des visites à l'hôpital. Clara Purdy, qui parlait vite pour le persuader d'agir contre son gré, s'en était rendu compte : il faudrait qu'il dissimule mieux sa réticence. Autour d'eux, les couloirs avaient été silencieux dans l'apaisement du soir. La douce nappe des ténèbres ou, à tout le moins, les fluorescents tamisés.

Il tira un calepin des montagnes de papiers qui encombraient son bureau. Lorraine Gage. Bon... Trois enfants, selon Clara. Rien de ce qu'il avait dit à Clara n'aurait pu expliquer sa conduite si généreuse. Sinon, peut-être, en provoquant une action contraire, effet que Paul avait souvent sur les autres. Idée peu flatteuse, certes, mais qui valait d'être creusée, un jour qu'il ne réfléchirait pas au cas de Lorraine Gage. Qu'aurait fait Clara s'il lui avait dit : « Ouvrez votre porte à ces gens. C'est votre devoir de chrétienne » ? Elle aurait trouvé le moyen de se défiler. Il avait plutôt tenté de la réconforter, lui avait dit qu'elle en avait déjà assez fait... Ce n'était pas assez. En bruit de fond de toutes ses conversations, et plus fort encore quand il se parlait à lui-même, Paul entendait la voix de sa femme. Elle lui marmonnait des choses, proférait de courtes phrases difficiles à supporter. *Insuffisant. Pas assez bien. Lamentable.*

Il traversait une mauvaise passe, voilà tout. La poésie lui permettait parfois de chasser la déprime.

Imbécile et inefficace. Hypocrite. Prêtre. Voilà un exemple d'action similaire, songea-t-il. Lisanne le traitait d'idiot et il se répétait la même chose. Il était, après tout, un professionnel de l'opposition à l'opposition. Il déplaça d'un côté les papiers qui encombraient son bureau. C'était beaucoup plus simple que cela, évidemment. Ni opposé ni similaire, mais la stricte vérité. Clara avait raison : il ne suffisait pas de manifester sa sympathie en se rendant à l'hôpital. Lisanne avait raison : il était un imbécile. *Divin Spinoza, pardonnez-moi. Je suis devenu fou.* Divine Lisanne, pardonne-moi.

Un souvenir de la fête organisée pour leur troisième anniversaire de mariage lui remonta brusquement à la mémoire : sa sœur Binnie, âgée de douze ans, pleure en entendant Lisanne se moquer d'une des faiblesses de son mari. « Il n'est pas stupide, tu sais », avait dit Binnie, trop fort, depuis la place qu'elle occupait au bout de la table. Elle avait osé se jeter dans la mêlée.

Les enfants… C'est là qu'il avait dérapé. Il inscrivit les mots en haut du bloc de papier jaune. *Trois enfants.* La proximité de la mort nous fait prendre la mesure de notre propre insignifiance : personne ne se souviendra de nous. Nous sommes, au mieux, des atomes animés, et notre vie n'a aucune importance. Mais les enfants en ont, eux. Lorsqu'il y en a. Une poule : le stratagème qu'a trouvé l'œuf pour produire d'autres œufs.

Il était fatigué, désorienté. Une femme vit, et puis elle ne vit plus. Rien là de bien compliqué. C'est dans les moments qui précèdent le « et puis » que les choses se corsent. Les nuits et les jours interminables au cours desquels on tâtonne dans le noir, on meurt plus ou moins longtemps, plus ou moins difficilement. Dans ce cas-ci, d'après les propos de Clara et sa propre expérience, ce serait difficile. Chère Binnie. Si seulement c'était le diabète, le lupus ou autre chose. *Elle a perdu le combat. Le cancer n'a rien d'un doux déclin. C'est une dévastation, une invasion.* Ces phrases venaient du sermon qu'il avait prononcé aux funérailles de Binnie parce que sa mère le lui avait demandé et que c'était son métier. Il préférerait ne plus prononcer d'homélies à des funérailles, tant et aussi longtemps qu'il vivrait, et il ne voulait pas de sermon aux siennes. Pas de thé ni de viandes rôties non plus. Qu'ils trouvent leur propre pitance, tous les affamés de la Terre.

Il ne voulait pas aller visiter cette pauvre femme lesté du fardeau de la mort. *Nous ne sommes pas dignes de recueillir même les miettes sous Ta table. Mais Toi, Tu es le même Seigneur, dont la nature est toujours de faire miséricorde.* Lorsque Binnie avait bougé parce qu'elle était mal à l'aise sous le drap, il l'avait vue nue jusqu'à la taille, n'avait pu s'empêcher de la voir. Peau nacrée. Pas de quoi être bouleversé. C'était seulement la mort. (« Il n'y a pas de Dieu, pas de Dieu ! » cria-t-elle rageusement.) Arrête, tourne la page. *Lamentable.* (Et Binnie, dans le souffle suivant : « Jésus, Marie, Joseph. »)

Il faudrait qu'il appelle Clara, qu'elle lui raconte au moins ce qu'elle savait. Pour mettre un terme à ses tergiversations, Paul s'empara du téléphone, enseveli sous une pile de bulletins paroissiaux, et trouva le numéro de Clara sur la liste de noms punaisée au mur. Patchett. Prentice. Purdy.

Il composa le numéro et attendit en espérant du même coup qu'il ne la trouverait pas chez elle.

— Allô ?

Une voix d'enfant.

— Est-ce que je pourrais parler à ta...

Il s'interrompit, perplexe.

— Mamie ? risqua la voix aiguë, pleine de bonne volonté.

— Non, non. Pardon. J'aimerais parler à Clara Purdy, s'il te plaît.

— Clary !

Le combiné tomba avec fracas. Il entendit les lointains cris du petit garçon.

— Clary ! Téléphone !

Au bout d'un moment, Paul entendit des bruits de pas de plus en plus rapprochés.

— Allô ?

— Paul Tippett à l'appareil. Je téléphone au sujet de la femme à qui vous m'avez demandé de rendre visite.

— Oui, Paul, bien sûr.

Elle était distraite, car elle avait laissé Pearce debout dans le parc qu'elle venait tout juste de monter. Paul resta silencieux pendant si longtemps qu'elle se demanda si elle avait dit quelque chose de mal, si, toujours aussi hypersensible, il avait senti son impatience.

— Pardon, dit-il. J'essayais de mettre de l'ordre dans ce qui me tient lieu de pensées.

Comme il avait eu l'intention de la faire rire, elle lui donna satisfaction.

— Je me suis dit que je recueillerais certaines informations auprès de vous avant de me rendre à l'hôpital. Le chapelain est absent et je n'aurai pas le formulaire habituel. J'ai pensé qu'il me fallait le prénom des enfants. Des détails de leur vie de tous les jours me seraient aussi utiles. Est-ce que la mère de la malade…

— Mrs. Pell n'est pas…

C'était trop long à expliquer.

— Elle n'est pas très bavarde, dit Clara.

— Ah bon ? Je comprends.

Vraiment ? Clara en avait assez de parler. Elle avait envie de s'allonger. Elle n'aurait jamais dû s'embarquer dans un truc pareil, c'était ridicule. Il fallait qu'elle trouve un moyen de s'en sortir. Mais il faudrait pour cela retrouver Clayton et, vraisemblablement, l'accuser de vol de voiture ; on le mettrait en prison et les enfants n'auraient personne. Elle était coincée. L'horloge numérique marqua cinq heures. L'heure du coucher était encore loin.

— Vous serez au bureau pendant encore un moment ?

— Je serai là, dit-il.

Dans le ton de Paul, elle ne détecta aucune envie de rentrer chez lui. C'était peut-être une simple manifestation de son dévouement professionnel.

Clara trouva Darlene en train de se laver le visage dans la salle de bains, ce qu'elle lui semblait faire trop souvent. Une phobie, peut-être, ou encore un trouble obsessionnel compulsif, elle n'en savait rien. Il faudrait qu'elle se renseigne. Dans la glace, le visage étroit de Darlene, lorsqu'il émergea de la serviette verte, lui fit penser à une fleur, à celui d'une fée fleur comme on en voit dans les livres d'enfants. Darlene avait sûrement passé l'âge d'en lire.

— Viens dans ma... dans ta chambre, s'il te plaît, dit Clara.

Mais Trevor s'y trouvait déjà : à plat ventre sur le lit, il coloriait avec des marqueurs lavables. Mais dans quelle mesure étaient-ils lavables, au juste ?

Clara entraîna plutôt Darlene dans la chambre de Clayton, où Mrs. Pell, qui écoutait un soap-opéra, assise dans le fauteuil inclinable, des écouteurs sur les oreilles, leur lança un regard mauvais. Elles s'assirent sur le canapé. Prenant l'initiative, Darlene fit signe à Clara de s'installer près d'elle.

— Le prêtre a besoin d'informations sur ta mère, dit-elle. Pour pouvoir lui parler à l'hôpital. Dis-moi tout ce qui te passe par la tête.

— D'accord, dit Darlene.

Cet après-midi-là, Darlene semblait plus vieille qu'au matin. Clara tendit la main dans l'intention de lisser ses cheveux, mais elle se retint et attendit.

— Elle patine bien. À Trimalo, elle faisait des ménages pendant que papa travaillait à la mine. Elle avait comme... sa propre entreprise.

— C'est dur, comme travail, dit Clara.

— Quand on était bébés, Trevor et moi, elle nous emmenait avec elle. Pendant qu'elle nettoyait, on restait dans notre parc. Et elle nous servait du jus qu'elle prenait dans le frigo des clients.

Clara se rappela que sa mère l'emmenait aussi dans ses

visites. Elle se rappela avoir joué avec des jouets démantibulés sur le parquet ciré d'une drôle de maison anglaise. Une fille de grande taille avait mordu dans une orange, avec l'écorce amère et tout; au contact de ses dents, l'huile du fruit avait jailli et le parfum frais s'était répandu dans l'air. Il y avait une éternité de cela.

— Dis-moi ce que ta mère aime faire. Qu'est-ce qui la rendrait plus heureuse?

— Elle aime dessiner. Quand on roule en voiture, elle nous dessine ou elle dessine ce qu'elle voit. Elle nous dessine une histoire.

— Tu as des dessins d'elle? Il y en a peut-être dans les affaires de la voiture.

— Je n'ai rien d'elle.

Darlene se mit à pleurer, aussi facilement qu'elle aurait éclaté de rire dans d'autres circonstances. Les larmes jaillirent de ses yeux et dégoulinèrent sur ses joues. Au lieu de les essuyer, elle les laissa couler.

— Je sais, dit Clara, désolée, sans savoir ce qu'il fallait dire ou faire. Mais tu as Trevor, Pearce, ta mamie et…

Difficile d'ajouter le nom de Clayton à la liste. Et Clara ne put se résoudre à affirmer que Lorraine rentrerait bientôt, qu'elle irait mieux.

Darlene hocha la tête. Pas de mouchoirs à portée de main. Clara épongea les larmes de l'enfant de ses doigts nus.

Mrs. Pell leva les yeux et vit Darlene en train de pleurer. Elle faillit enlever les écouteurs. Mais l'image changea. À l'écran, il y avait une pub qu'elle aimait bien. Elle appuya sur la télécommande pour monter le son… encore un peu plus.

Au contraire des autres montagnes qui entouraient Paul, sa réticence à l'endroit des visites à l'hôpital semblait vaguement surmontable. Il quitta l'église, sombrement heureux d'avoir un prétexte pour ne pas rentrer chez lui. Près de la porte, il trouva une place de stationnement assez grande pour accueillir sa vieille Pontiac. C'est un signe, se dit-il. En sortant de la voiture, il chassa ses hésitations, secoua littéralement les épaules, l'air concentré. Il faudrait qu'il se surveille. Lisanne veillait sur lui, le prévenait lorsque le bout de sa langue dépassait de sa bouche, qu'il s'apprêtait à heurter un parcomètre ou que ses gestes trahissaient ses débats intérieurs. Il avait de la chance de pouvoir compter sur un œil impartial qui remarquait ses petites manies avant qu'il se couvre de ridicule.

Sentant dans ses pensées une soumission toute canine, il se secoua de nouveau. Il décida de se passer de Lisanne pour la journée : il aurait ainsi l'impression d'être en vacances. L'ascenseur obéit promptement à l'injonction de son doigt et grimpa sans s'arrêter. Mû par Dieu, songea-t-il. Ou par un devoir impérieux.

Dans la chambre baignée par la lumière de l'après-midi, la femme alitée semblait distante, pareille à un bateau détaché de ses amarres.

— Ah ! C'est vous, le prêtre. Je croyais que seuls les catholiques avaient des prêtres.

— Dans la tradition anglicane, on parle aussi de prêtres. Par rapport à d'autres confessions, nous sommes moins loin des catholiques romains, même si les membres de notre clergé ne sont pas tenus au célibat et qu'il existe des différences doctrinales qui…

Tais-toi. Il devait mettre au point une réponse à cette question, qui revenait sans cesse sur le tapis, une réponse qu'il pourrait ressortir chaque fois, mais il ne lui en venait pas.

— Vous êtes catholique ? demanda-t-il.

— Non, pas moi, dit-elle. Je ne suis rien du tout.

Derrière les yeux au regard fixe de cette femme, il y a une certaine dureté, une compréhension ironique de la situation dans laquelle elle se trouve, se dit-il.

— *Toi… Personne… Non plus ?*

— Ça vient d'un poème.

Les dents pointues de la femme glissèrent sur sa lèvre inférieure, et sa bouche forma un semblant de sourire.

— Vous avez de l'oreille. Je vous prie de m'excuser. C'est une vilaine habitude que j'ai prise, dit-il en dodelinant de la tête, à la manière d'une tortue.

Prenant conscience de ce qu'il faisait, il s'arrêta et se frotta l'oreille.

— Les vers… Pour ça, j'ai trop de mémoire. Pour le reste, pas assez.

— C'est le poème dans lequel il y a une grenouille. On l'a appris à l'école.

— Exactement. Celui où il est question d'un marécage en admiration.

Il s'avança.

— Permettez-moi de me présenter, Mrs. Gage. Je m'appelle Paul Tippett.

— Lorraine, dit-elle.

Il s'assit à côté d'elle, sur la chaise bleue.

— Clara Purdy tenait à ce que je vous dise que vos enfants sont en sécurité avec elle.

— Et ils le sont ?

— Oui.

— Bon. Alors c'est parfait.

Ils restèrent un moment silencieux.

— Ce n'est pas comme si j'avais le choix, de toute façon, dit Lorraine.

Paul n'eut pas l'impression qu'elle s'apitoyait sur son sort. Les bonnes manières des malades… C'était une des consolations des visites à l'hôpital. Avoir besoin de consolation était un signe de faiblesse. C'est la proximité, la mort par personne interposée qui est consternante. Une image de sa sœur se forma dans son esprit, si nette que des larmes affluèrent aux portes de ses yeux. Deux ans après sa mort, il arrivait à les retenir.

— Je ne la connais pas bien, dit Paul en se rappelant à son devoir. Elle est timide, je crois. Mais je connais sa réputation, et elle vient d'une famille respectable.

— Elle est un peu coincée, fit Lorraine en hochant la tête. Mais c'est énorme, ce qu'elle fait. Sans elle, je ne saurais pas quoi faire.

— En tout cas, les gens l'aiment bien. Elle vit comme une femme plus âgée, « un pied dans la tombe de sa mère », comme dit mon bedeau. Elle est aimable, énergique et intelligente.

Lorraine resta immobile.

— Vous allez peut-être l'aider, dit Paul, qui sentit Lorraine se retirer de la conversation.

Laisser entendre que le cancer avait une vocation mièvre, mystérieuse… Quel crétin, quel radoteur il faisait! *Prêtre*: le titre le plus méprisant dont sa femme puisse l'affubler.

Il garda le silence.

Lorraine tourna la tête à gauche et à droite, examina les murs dans l'espoir, eût-on dit, d'y trouver des réponses. Comme si sa tête était la seule chose qu'elle parvenait à faire bouger.

— Je peux prier avec vous? demanda-t-il.

Elle le fixa, le regard braqué sur lui.

— Non.

Il attendit.

— Oui, dit-elle. Priez pour mes enfants.

Il se signa.

— Père, je te confie ta fille Lorraine et ses enfants. Accompagne-la. Donne-lui courage et endurance. Comme elle, pense toujours à ses enfants. Fais qu'ils soient heureux et en sécurité sous le toit de ta servante, Clara Purdy.

Lorraine ne reconnaissait plus le drôle de rêve que sa vie était devenue. Si je suis la fille de Dieu, se dit-elle, mes enfants sont-ils ses petits-enfants? Ces mots avaient beau être stupides, elle n'arrivait pas à se les sortir de la tête.

— Nous te le demandons au nom de Jésus, dit Paul. Amen.

Le souffle de Lorraine remonta dans sa poitrine, tout juste sous la clavicule, et la chaleur inonda son corps. Afflux de sang désespéré, fureur ou effet des médicaments ? Elle n'aurait su le dire.

— Merci, dit-elle. J'ai besoin de dormir.

Mensonge.

Paul lui toucha le bras en sortant. Sa main était aussi chaude qu'une tranche de pain grillé.

7. Dolly

Grace et Moreland vinrent de Davina pour soumettre les enfants à une inspection en règle. Cousine aînée de Clara, fille de la sœur de son père, Grace faisait parfois un saut chez Clara pour voir si elle se tirait d'affaire. Davina n'était qu'à une heure de route, assez près pour venir faire des courses en ville quand l'envie leur en prenait. Ils arrivèrent tôt le matin, au moment où Clara rangeait la vaisselle du petit déjeuner.

— Qu'est-ce que tu vas faire avec trois enfants d'un seul coup? demanda Grace, qui ne voyait pas le nouvel arrangement d'un bon œil.

— Je ne sais pas! Je vais faire mon possible, je suppose. C'est seulement... temporaire.

— Là, on ne parle pas de bénévolat à la SPCA! dit Grace. Prendre quelques chiots à la maison pour la période des Fêtes...

Moreland faisait sauter Pearce sur son genou, comme si rien de plus urgent ne l'attendait, ce qui était du reste la plus stricte vérité, hormis le sac de nourriture pour chiens de grande taille qu'ils devaient prendre chez Early.

— Avec tout le respect que je te dois, je pense que tu es tombée sur la tête. Tu ne connais rien aux enfants, et en plus tu ne sais pas du tout à qui tu as affaire. Tu risques de les avoir sur les bras pendant longtemps. Et ne viens surtout pas me dire que tu te sens responsable de l'accident. Ici, on ne tient pas compte de la faute. Et d'ailleurs, c'est à ça que servent les assurances, tu le sais mieux que personne. Où est passé le père? C'est trop pour une seule personne.

— J'aime bien Lorraine, et elle est toute seule. Elle a besoin d'aide.

Darlene traversa le salon au pas de course et, en passant entre les cousines, gratifia Grace d'un de ses regards assassins, que Grace lui rendit.

— Il y a des risques, tu crois?

Clara vit Darlene disparaître dans la cuisine. Trevor était-il toujours dans le jardin? Elle se leva et jeta un coup d'œil par la fenêtre de la salle à manger. Il pelait l'écorce du bouleau.

— Je crois que ça va, Grace. Ils sont plus en sécurité ici qu'ailleurs.

— Des risques pour toi, je veux dire.

— J'avais compris. J'ai répondu à la question que tu aurais dû poser.

Elles restèrent en silence pendant un moment. Puis Grace, ayant retrouvé sa bonne humeur, éclata de rire.

— Tu mènes une vie monastique depuis si longtemps qu'un peu de remue-ménage va peut-être te faire du bien, après tout. Tu as été si bonne pour ta mère... Nous nous demandions ce que tu pouvais bien faire de ton temps.

Elle n'est plus là, ma mère.

— Je sais. C'est difficile de se faire à l'idée.

— Pas pour moi, Grace. Elle n'était plus elle-même. En fait, elle a eu une mort plutôt facile.

Franchir la porte de la mort, la lourde porte dont les gonds se coincent, celle qui refuse de s'ouvrir.

— J'ai d'autres soucis, en ce moment, dit Clara.

Ce fut au tour de Trevor de traverser la pièce en courant. Grace le suivit du regard.

— Je ne te le fais pas dire, concéda-t-elle.

— Je constate ce qui arrive à leur mère, que j'aime bien, et j'ai envie de lui donner un coup de main.

— C'est tout ?

— C'est vrai que j'aurais eu envie... que j'ai raté l'occasion... d'avoir des enfants.

— Je n'ai pas voulu insinuer que tu étais vieille.

— J'ai seulement quarante-trois ans ! Ils ont besoin de moi et j'ai besoin d'eux.

Grace jeta un coup d'œil à Moreland, mais elle n'alla pas jusqu'à rouler les yeux. Le bébé rampa vers Clara sur la moquette laineuse, achetée huit ans plus tôt ; dans cette maison de vieille fille, elle était encore couleur crème et impeccable.

— Le petit, il s'appelle comment ?

— Pearce.

— Pearce a percé mon cœur, dit Moreland. Quel beau bébé.

Pendant que Grace et Moreland étaient encore à la maison, Clara fila voir Lorraine à l'hôpital.

— Votre prêtre est passé, dit Lorraine. Il en avait long à dire sur vous.

En plein ce que craignait Clara.

— Ah bon ?

— Il a dit que vous vous sentiez seule depuis la mort de votre mère.

— C'était il y a plus de deux ans. Je ne suis pas vraiment seule. Pour être tout à fait franche, je n'ai juste pas eu envie de retourner à l'église.

Clara s'assit sur la chaise droite bleue, à côté du lit.

Lorraine était elle-même assise. Elle semblait très fatiguée, la peau de son visage tirée autour du nez et des yeux, avec des ombres mauves. Elle avait le regard fixe, phénomène que Clara avait observé chez d'autres malades réfractaires aux consolations faciles. Sous les draps jaunes, les jambes de Lorraine remuaient sans cesse.

— Il a dit que je devrais me réjouir que les enfants soient avec vous. Et c'est en plein ce que je vais faire, dit Lorraine abruptement.

C'était trop. Elle avait de la difficulté à articuler les mots. Elle avait mal partout, et sa tête lui faisait l'effet d'une grosse boule de verre qu'on lui avait confiée, mais qu'elle risquait à tout moment de laisser tomber.

— Ma voisine, Mrs. Zenko, vous envoie de la soupe. C'est la meilleure cuisinière que je connaisse. Ça va vous faire du bien, dit Clara.

Elle se dirigea vers le four à micro-ondes, au bout du couloir.

Lorraine, qui n'avait aucune envie de manger de la soupe, se rallongea. Incapable de pleurer, désormais, elle se surprenait parfois à sangloter, à produire une sorte de hoquet sec, sans larmes, et elle ne voulait surtout pas se laisser aller de la sorte devant Clara. La fatigue s'était incrustée dans sa poitrine et au creux de ses bras d'une façon qu'elle jugeait très inquiétante. Elle se savait très malade, savait que le mal venait de l'intérieur.

Elle voulait avoir son frère Darwin à ses côtés. Trouver la maison occupée par des inconnus, des gens qui n'avaient jamais entendu parler de lui ou de Rose… Le coup avait porté. Au cours des dernières années, elle aurait dû mieux s'occuper de Rose, la prendre chez eux à la place de maman Pell. À présent, c'était Clara qui avait maman Pell sur les bras. Lorraine faillit sourire. La sensation tendre et étrangère qui lui chatouilla les joues la fit rire, surtout parce que c'était une pensée un peu méchante.

De retour dans la chambre, Clara sourit, elle aussi, sans doute soulagée de trouver Lorraine de si bonne humeur.

Lorraine se gifla mentalement et se redressa.

— Merci, dit-elle en prenant le bol.

C'était une soupe maison, préparée à l'intention d'une malade : un bouillon or pâle, quelques bouts de nouilles, du poulet effiloché, des carottes et des oignons verts hachés finement.

Clara s'assit et la regarda manger.

— Comment vont-ils?

Après avoir mis de l'ordre dans ses pensées, Clara se lança:

— Trevor s'ennuie de vous, mais il est heureux; c'est un petit garçon agréable et facile à vivre. Darlene est triste, mais elle ne se plaint pas. Avec Pearce, c'est plus difficile à dire.

— Il mange beaucoup?

— Comme un ogre! Il faudra que je le pèse pour vous donner une idée.

Clara s'interrompit.

— Je me demande si je devrais l'emmener chez le médecin, seulement pour…

— Il est malade?

— Au cas où vous n'auriez pas eu l'occasion de le faire dernièrement. Pour faire prendre son poids et le reste.

Lorraine dévisagea Clara pendant un moment. Cette dernière eut l'impression d'avoir des pierres dans l'estomac, mais elle ne détourna pas le regard. *Rien à craindre*, disait-elle aux yeux de Lorraine. Au fond d'elle-même, elle pensait: *Surtout, pas de questions sur Clayton.* Lorraine n'en posa pas.

— Ouais, dit enfin Lorraine. Les cartes d'assurance-maladie sont dans mon porte-monnaie, là, dans l'armoire.

Clara déverrouilla la porte et vit le sac à bandoulière éraflé de Lorraine sur la boîte et les cartes routières. Lorraine chercha les cartes dans son porte-monnaie dégarni. Elle en tira une photo. Mais pas de Clayton.

— Mon frère, dit-elle. Darwin.

Clara prit la photo: un large sourire sous des cheveux noirs.

— Nous pensions qu'il était à Saskatoon, mais nous ne l'avons pas trouvé. À sa dernière adresse, on n'a rien pu me dire, expliqua Lorraine en continuant de chercher les cartes. J'ai l'impression d'être toute seule.

— Vous avez votre mère et les enfants…, commença Clara.

Lorraine éclata de rire.

— C'est la mère de Clayton, pas la mienne. Encore heureux, merci quand même.

Elle tendit les trois cartes à Clara.

— Ah bon? fit cette dernière.

C'était plus sensé.

— Mais elle s'appelle Pell et non Gage.

— Le mari numéro trois, Dougie Pell. Il n'a pas fait long feu, celui-là. Elle n'a pas eu la vie facile.

Clara ne trouva rien de neutre à ajouter. Rien qui n'aurait pas été impoli.

— Ma mère est morte, dit Lorraine. Quand Darwin était petit. C'est ma cousine Rose qui nous a élevés. Darwin n'a pas eu le même père que moi. Le mien est mort avant ma naissance. C'était un routier. Après, ma mère s'est remariée.

Clara aurait voulu répondre, mais seule la litanie des décès qu'avait connus sa famille lui venait à l'esprit.

— J'ai toujours rêvé d'avoir un frère ou une sœur.

— C'est pour ça que j'ai tenu à avoir plusieurs enfants : ils peuvent compter les uns sur les autres. Ils s'entendent tellement bien que je suis heureuse de les avoir eus tous les trois. Je ne regrette rien.

Lorraine se tut et détourna les yeux, subitement vaincue par la dette insoutenable et impossible à rembourser qu'elle contractait envers Clara. Pas un mot de la part de Clayton. Parti sans laisser d'adresse, sans doute. Crotte. Pour le moment, elle devait éviter de ressasser tout cela.

Clara se dit que Lorraine voulait éviter de lui faire de la peine en s'appesantissant sur le fait qu'elle n'avait pas eu d'enfant.

— Ils sont très gentils l'un pour l'autre, dit-elle. Et toujours avec Pearce.

Lorraine fit signe que oui et appuya sa tête sur l'oreiller. Clara avait conscience de devoir rentrer pour relever Grace et Moreland, qui avaient besoin d'un peu de temps pour faire leurs courses. Mais elle ne voulait pas laisser Lorraine toute seule. Elle rangea les cartes d'assurance-maladie dans son sac en se demandant de quoi parler. Levant les yeux, elle se rendit compte que Lorraine s'était endormie. Elle avait la bouche légèrement entrouverte, détendue, et la main posée près de Clara était ouverte, elle aussi. Elle avait de longs doigts, bien dessinés. Elle méritait qu'on lui vienne en aide.

De retour chez elle, elle trouva Moreland à plat ventre dans le salon : à l'aide de blocs en bois, il érigeait des tours pour Pearce. Grace et les deux grands enfants étaient descendus à la cave à la recherche de pots pour les conserves : c'était bientôt la saison des baies d'amélanchier.

— Je sais que ta mère en avait dans des boîtes, dit Grace lorsque Clara s'engagea dans l'escalier. Tu devrais organiser une vente-débarras, faire un peu de ménage dans le sous-sol. On jurerait que tous les rebuts du musée de Davina sont entreposés ici !

Quand on fréquentait Grace, on risquait toujours de se faire donner des ordres. Clara marmonna quelques mots en hochant la tête. Sa mère avait toujours refusé de s'occuper du sous-sol et Clara avait préféré ne pas y penser. Mais c'était un véritable capharnaüm. Grace avait raison : il faudrait qu'elle s'y mette un de ces jours.

Elle trouva les enfants en train de se chamailler derrière la chaudière. Darlene intimait à Trevor l'ordre d'arrêter, et Trevor, au bord des larmes, répondait : « Essaie un peu, pour voir ! »

— Ça suffit, les enfants ! s'exclama-t-elle, gênée devant Grace.

Assis par terre, ils fouillaient dans une boîte remplie d'objets dépareillés. Ils levèrent les yeux sur elle.

— Mes vieux jouets! dit-elle.

Mettant son irritation de côté, elle jeta un coup d'œil dans le carton.

— Montons la boîte pour voir s'il y a encore des choses utiles, là-dedans. Ici, tout va se perdre, de toute façon. Mais pas de chicane, hein?

Trevor l'examina, penchée à côté d'eux. Sa mâchoire ronde, parsemée de tout petits poils, et ses sourcils en broussaille. Il se demanda si elle était plus belle que sa maman, mais, malgré le peu de temps qui s'était écoulé, il n'arrivait pas à se faire une image exacte de Lorraine. Alors, il fixa la chaussure brune de Clara jusqu'à ce qu'elle le saisisse par le bras pour l'aider à se relever.

— Tu m'aides à monter la boîte, Trevor?

Il voulait bien. Sa poitrine se dégagea et il put de nouveau respirer.

Le vendredi soir, ils se sentaient déjà plus chez eux. Ils regardaient la télé dans la pièce où il y avait le canapé-lit. Dans l'esprit de Clara, c'était la chambre de Clayton, même si elle se gardait bien de l'appeler ainsi en présence des enfants. S'ils mentionnaient son nom, elle ne se défilait pas, mais c'était plutôt rare. Il était parti, ils l'avaient laissé s'en aller.

C'est peut-être toujours comme ça, avec les pères, se dit Clara, qui ne vit en pensée qu'une image floue du sien. Mais alors l'image se précisa. Un après-midi, alors qu'elle rentrait de l'école, son père aux yeux si brillants, en train de nettoyer les gouttières du toit, lui dit du haut de l'échelle: « Ne laisse pas ta mère te voir mâchouiller ta tresse, Claratata. » Son père était le seul à lui donner des surnoms. Elle vit aussi son visage doux et ridé en une autre occasion. Pendant qu'il installait un nouveau radiateur dans la chambre d'amis, il lui cria de venir voir: sur le parquet, une goutte de mercure s'éloignait de lui. On se rappelle une chose, on tend la main pour la cueillir et elle se défile, comme si elle vous avait entendu venir. Seulement, elle laisse un résidu sur les doigts, du mercure, même si on ne se doute de rien. Dangereux, avait dit son père en pourchassant la goutte sur le parquet, d'un air insouciant. Surtout, ne te lèche pas les doigts après! Clara secoua la tête en se demandant comment elle avait pu en arriver à cette image. Ces soirs-là, après avoir passé la journée à s'initier à l'art de s'occuper du bébé et des enfants, après avoir fait un saut à l'hôpital, elle se sentait ainsi : flottante, sujette à des réflexions qui allaient si loin que leur origine resterait à jamais mystérieuse.

Darlene se blottit un peu plus contre Clara. Elle n'aimait pas que Clara la dérange quand elle bougeait. Trevor leva les yeux de son casse-tête : voyant que tout allait bien, il se pencha de nouveau sur sa tâche. Bientôt, il ne lui resterait que le ciel.

Le film était presque terminé. Les souris apporteraient à Cendrillon la clé de la porte verrouillée… Toute raide dans le fauteuil inclinable, Mrs. Pell s'était endormie, ses orteils épais pointés vers le haut. C'était presque terminé, presque l'heure du dodo. Clara serra Darlene plus fort. La maison n'est pas assez chaude pour les enfants et les vieilles femmes, se dit-elle. Il faudrait qu'elle sorte des couvertures, qu'elle couvre les plants de tomates. Dans une minute. Le chat, cet animal détestable, allait tout gâcher. Mais les oiseaux viendraient à la rescousse. Une souris s'était tapie au fond d'une tasse, et une goutte de thé bouillant tremblait au bout du bec…

Dans sa vie normale, Clara, le vendredi soir, allait seule au cinéma. Comment le simple fait de rester à la maison en compagnie de trois enfants et d'une vieille femme avait-il pu si vite changer la texture de sa vie? Clara s'ennuyait de sa mère… Ce surcroît d'organisation et de planification lui aurait plu.

Après le mariage, le carrosse doré s'éloignait.

Mrs. Pell se redressa, soudain bien réveillée.

— Darlene! cria-t-elle. Va chercher mon sac à main.

Elle ne réussirait jamais à se détendre dans cette maison.

Garde toujours ton sac près de toi : ces mots l'avaient tirée du rêve. Les os de son postérieur lui faisaient mal. Nulle part où s'asseoir en paix. Sans compter qu'il faisait froid. Personne ne nous vient en aide quand on est vieux. Elle agita sa vieille main crochue. Tirant sur le jeté d'un coup sec, elle poussa un cri strident, déçu :

— Darlene !

Darlene posa le sac sur la cuisse de sa grand-mère, et celle-ci le cacha sous un coin du jeté.

— Ma mère m'appelle Dolly, dit Darlene à l'oreille de Clara.

Affectueusement, la petite avait tiré la tête de Clara pour l'éloigner de sa grand-mère. Clara se demanda si c'était pour ménager les susceptibilités de la vieille femme ou parce que c'était un mensonge.

C'est sans importance, conclut-elle. À partir de ce jour, elle appela Darlene Dolly.

8. Marasquin

Mal à la hanche. L'horloge indique 5:04. Toute la nuit, des yeux ronds comme des banjos fixés au plafond. Déjà, il faisait plein jour dans la pièce, c'était trop au nord ici.

Furieuse, Mrs. Pell resta au lit en pensant à Clayton. Quel voleur. Il les avait abandonnés, rien là d'étonnant. Quel menteur. Les minutes se bousculaient dans l'esprit de la vieille femme : l'achat des cerises, les jurons de Clayton, puis l'accident, l'ambulance, l'hôpital, du sang partout, cette salope de Chinoise ou de Dieu sait quoi qui la regardait d'un air méprisant, hargneux, le docteur à la tête d'adolescent qui l'avait palpée partout avec ses mains baladeuses, Clayton qui hurlait, Lorraine allongée comme un cadavre encore tiède. Le poulet rôti dans la salle de télé. Clayton pleurait, les enfants pleuraient, Lorraine restait allongée, du jus de cerise sur le chandail posé sur la chaise. Un serpent qui avale sa queue.

Eh bien, elle n'y était pour rien, elle. Mrs. Pell longeait les frontières du sommeil, soufflait de temps en temps, faisait bouffer ses oreillers. Même immobile, elle avait mal à la hanche. Sa poitrine lui semblait lourde, elle respirait avec difficulté. Elle fléchit le pied pour soulager une crampe, le fléchit de nouveau. Il faisait froid. Les draps étaient doux et propres. Il fallait lui donner au moins cela, à l'autre : sa maison était bien tenue. Mais elle ne résisterait pas très longtemps, pas avec eux tous. En pensée, Mrs. Pell vit sa sœur Janet, en colère contre elle, faire leur lit le matin de la mort de leur mère, faire claquer les draps avec une expression sombre, aigrie. Son sac à main. Là.

Dans son coin, Pearce respirait, les paupières hermétiquement closes et la bouche ouverte. *Il dort comme un bébé,* se dit Mrs. Pell. *Du sommeil du juste.*

À six heures trente, Clara entra en silence et prit Pearce pour le laver, l'habiller et le nourrir. Mrs. Pell ne se donna pas la peine de parler. Elle n'avait rien à dire. Les enfants se levaient. Trevor courait un peu partout. Drôle d'endroit pour échouer…

Clara prépara le petit déjeuner des enfants, expliqua à Trevor pourquoi il n'y avait pas de Count Chocula.

— Ma maman nous laisse en manger, dit-il. Mon papa aussi.

— Peut-être parce que vous étiez en voyage, dit Clara en utilisant le bord de la cuillère vide pour enlever les céréales pour bébés qui maculaient la bouche de Pearce.

Pearce était propre : il n'aimait pas avoir la bouche toute collante. Il tourna son visage à la rencontre de la cuillère.

— Quand vous serez à Fort McMurray, je suis sûre que vous…

Pendant que Trevor faisait campagne, elle vérifia la boîte de Shreddies. Évidemment, le sucre venait au deuxième rang des ingrédients, là aussi. Il faudrait qu'elle leur prépare du gruau.

Vidée et blême, Darlene — Dolly — regardait fixement le téléviseur. Le son était fermé, car Clara ne supportait pas le bruit de la télé si tôt le matin, mais les personnages des dessins animés virevoltaient, feignaient la surprise, fonçaient vers la scène suivante.

— Tiens, Dolly, fit Clara en lui tendant une autre tartine au miel. Mange.

Trevor, triste comme si sa mère se mourait, mit deux Shreddies dans sa cuillère.

— Tu sais quoi, Trevor ? Je pense que je vais revenir sur ma décision à propos des Count Chocula. Je vais en acheter une boîte ce matin. Tu me feras goûter.

— Hourra ! s'écria Trevor en donnant un coup de pied à Dolly. Elle est revenue sur sa décision.

— Hourra ! dit celle-ci pour lui faire plaisir.

Dolly se pencha à droite pour voir le coyote tomber du haut d'une falaise, une enclume attachée à la cheville. Il tenait un petit écriteau : *Adieu, ô monde cruel.*

Lorsque Clara vint la prévenir qu'elle allait à l'épicerie, Mrs. Pell avait déjà enfilé son manteau. Rien ne les empêchait d'y aller tous ensemble. Clara n'avait jamais fait les courses avec des enfants, mais Mrs. Pell serait là. Ce n'était pas la fin du monde, après tout.

Ils choisirent le chariot spécial, équipé d'un siège pour bébé rouge. En secret, dut s'avouer Clara, elle avait toujours brûlé du désir d'utiliser ce chariot. À présent, elle pouvait, en toute légitimité, asseoir Pearce dans le siège en vinyle et se colleter avec les courroies emmêlées et les boucles gauchies.

— Il est gratuit celui-là, dit Trevor en ne sautant que sur les carreaux noirs.

Dolly posa une main à l'avant du chariot. Pas question de pousser, mais pas question non plus de perdre contact.

Mrs. Pell se dirigea vers les chaises alignées le long du mur, près de l'étalage des livres en solde.

— Je vais m'asseoir un peu, dit-elle d'une voix vieille et fatiguée.

Bien, bien, songea Clara. Ils commencèrent par le rayon de la boulangerie, et les articles que Trevor voulait acheter donnaient des frissons à Clara. Des beignes blancs ? Elle n'avait jamais entendu parler d'une chose pareille. Il en trouva un paquet pour lui faire voir : vingt-quatre petites boules noueuses sous cellophane, enrobées de sucre glace chimique.

— Non, dit Clara.

Des Wagon Wheels? Des Jos Louis? Elle aurait dû commencer par le rayon des fruits et légumes. Du pain de blé entier, deux miches.

— Mamie préfère le pain blanc, dit Dolly.

C'était presque un avertissement.

Clara résista.

— Le pain de blé entier est meilleur pour la santé.

Des sandwichs au fromage grillés à midi. Clara pensa, rêva à des repas. Une femme négligée passa à côté d'elle, son chariot rempli d'enfants en pyjama sale. En pyjama? Il n'est pourtant pas si tôt, se dit Clara. C'est peut-être la vie qu'ils auraient fini par avoir, à force d'habiter dans l'auto. L'odeur du caoutchouc défraîchi, les sièges en vinyle couleur caramel. Dolly faillit les montrer du doigt. Des pirojkis? Clara s'efforça de jeter un coup d'œil sans donner l'impression de s'occuper de ce qui ne la regardait pas.

— Qu'est-ce que tu dirais de pirojkis, Dolly? Mrs. Zenko fait les meilleurs. Pourquoi on ne lui en demanderait pas?

Dolly hocha la tête. Elle sourit pour la première fois de la journée. Elle leva les yeux sur Clara, qui se réjouissait du moindre geste spontané chez cette enfant.

Dans le coin pharmacie, Mrs. Pell se parqua devant les analgésiques. Du Benadryl pour enfants, là, il lui en fallait, elle n'en avait presque plus. Et quelque part par là… Des 222, mais elle n'en voulait pas, les comprimés coûtaient trop cher, et puis on les surveillait. Des somnifères seraient aussi indiqués. Elle se moucha d'un air dégoûté. Les gens comme elle ont besoin d'aide, mais ils n'en trouvent pas, du moins pas ici. Elle remit le mouchoir en papier dans sa poche. Désormais, il emballait proprement les flacons de NyQuil et de Benadryl.

Pearce s'était endormi. Trevor sautait à cloche-pied. *Ça?*

disait-il. *Ça?* Des articles tombaient dans le chariot. Les défenses de Clara s'effondraient une à une. De la laitue? Peut-être une iceberg insipide pour les enfants, elles étaient d'un beau vert foncé.

— Va chercher de la laitue, Trevor, tu veux?

Un cri aigu retentit derrière elle, et elle se retourna à temps pour voir un énorme amas de laitues pommées tomber du haut d'une tablette inclinée, assez rondes et fermes pour rouler à gauche et à droite.

Trevor tremblait.

— Excusez, excusez, excusez, disait-il.

Il tendit ses bras minces vers les laitues, en attrapa trois, dont deux s'échappèrent. En cherchant à éviter celles qui roulaient derrière lui, il trébucha sur les carreaux. Dolly se lança à sa rescousse, et il la frappa par erreur.

— Elles sont emballées dans du plastique, dit Clara pour le calmer. Ça ne fait rien. Regarde là, sous les pommes de terre. C'est plus facile pour toi que pour Dolly ou pour moi. Donne-les-moi, tu veux?

Il faisait noir, là-dessous. Sous les lourdes pommes de terre. Trevor n'aimait pas avoir des choses au-dessus de lui. Il se sentit mal. Il était tout tremblant.

— Sors de là, Trevor! dit Dolly en le tirant par le bras. Ne fais pas pipi!

Trop tard. Péniblement, Trevor s'enfonça un peu plus. Son caleçon était trempé d'urine tiède, et ensuite sa jambe fut toute froide. Non! Clary serait fâchée.

Clara resta plantée là, une main sur la bouche. Sous la table des pommes de terre, un petit fjord apparut. Comment avait-elle pu ne pas les obliger à aller à la salle de bains avant de partir? Le sentiment cruel de sa propre incompétence inonda tout son corps.

Dolly tira sur sa main.

— Il faut que je l'emmène aux toilettes, dit-elle. C'est où?

Clara n'en avait pas la moindre idée. Y avait-il seulement des toilettes publiques dans les épiceries? Le préposé du rayon des fruits et légumes s'approcha en poussant une table sur roulettes chargée de pommes.

— Un problème?

C'était un homme timide, au visage presque entièrement mangé par une tache de vin. Clara n'avait encore jamais croisé son regard.

— Nous avons eu… un petit accident, dit-elle. Il y a une salle de bains?

— Derrière les doubles portes en métal, tout de suite à droite. Ce n'est pas très propre, mais quand il le faut…

Il se pencha.

— Hé, mon gars, tu peux sortir. Ce n'est rien. On lave les carreaux deux fois par jour. On ne s'en fait pas pour les petits accidents.

De l'endroit où il était accroupi, Trevor voyait les doubles portes. Il se dit qu'il réussirait à les atteindre. Dolly s'inclina et dit :

— Je viens avec toi, Trev.

Clara déballa un gros paquet d'essuie-tout et en tendit une pile à Trevor.

— Va te nettoyer un peu et le gentil monsieur s'occupe du reste. Moi, je vais te chercher un pantalon dans le rayon des vêtements. C'est quoi, ta couleur préférée?

Elle pria pour qu'il ne réponde pas « jaune » ou un autre coloris improbable.

— Bleu, dit-il.

Il y en aurait sûrement des bleus.

Trevor rampa sous la table en s'épongeant gauchement avec les essuie-tout. Puis il se releva et prit la main de Dolly. Ils franchirent dignement les portes doubles. Clara les accompagna jusqu'aux toilettes, lieu désagréable où passer dix minutes. Mais, au moins, ils seraient en sécurité.

— Ça ne sera pas long, dit-elle avant de détaler.

Dolly verrouilla la porte.

— Ça ne fait rien, dit-elle. Clary n'est pas fâchée.

Ce qu'il y avait de bien, avec Trevor, c'est qu'il ne se tracassait jamais longtemps. Il arrivait à oublier. Dolly pouvait rougir, trois ans plus tard, à la pensée de toutes les fois où elle s'était couverte de honte, mais elle refusa de s'appesantir sur le sujet.

— Je vais te chanter une chanson, dit-elle.

Elle entonna la chanson des cochons et Trevor l'accompagna en retirant tristement son pantalon mouillé.

Et Clara, là-bas, qui poussait le chariot trop vite, malgré le bébé assis dedans. Bientôt, il ferait s'écrouler le magasin à force de hurler. Quatre grosses tablettes de chocolat dans son panier, quatre de plus dans ses manches. De nos jours, il y avait des caméras partout. Dans la poche de son manteau, un poids réconfortant cognait contre sa cuisse. Elle ne crèverait plus de faim au milieu de la nuit. Du salé, à présent. Les sardines, elle n'aurait qu'à les mettre dans le panier de Clara. Elle fonça vers le rayon du poisson en conserve. Des huîtres fumées, aussi.

Trevor aimait beaucoup le caleçon aux couleurs de Spider-Man que Clara lui avait acheté. Et il semblait incapable de ne pas flatter son nouveau pantalon laineux, au point où Dolly commença à s'énerver. Il y avait deux chariots devant eux et c'était la queue la plus courte.

Pearce, tout juste sorti du sommeil, était grincheux, mais Clara ne voulait pas le retirer du siège, car elle risquait de devoir l'y remettre au milieu des hurlements. Où donc était Mrs. Pell? Sans doute errait-elle dans l'épicerie.

— Je peux prendre un beigne?

Clara fixa Dolly pendant une minute avant de comprendre de quoi il était question.

— Un beigne aux pommes? Je peux?

— Moi aussi, dit Trevor.

Pearce se mit à pleurer.

— Vous ne pourriez pas attendre dix minutes, les enfants ? Il faut passer à la caisse.

— Tu n'auras qu'à leur dire que nous en avons mangé deux, proposa Dolly.

La solution semblait raisonnable. Mais la bouche de Clara esquissa un refus.

— Tu ne pourrais pas revenir sur ta décision ? demanda Trevor.

Pearce hurlait. Mrs. Pell manquait à l'appel. Clara sourit quand même.

— D'accord, Trevor. Je suis revenue sur ma décision.

Ses emplettes terminées, Mrs. Pell laissa son panier dans l'allée. Ses poches étaient trop pleines, on verrait les biscuits. Attends, des cerises, il lui fallait des cerises. Elle saisit le pot d'une couleur scintillante et, en se traînant les pieds, s'avança vers la caisse où cette femme avait encore réussi à faire pleurer le bébé. C'était bien elle, ça.

Le chariot était déjà appuyé contre le comptoir équipé d'un tapis roulant. Clara le vida, les enfants en sécurité devant elle. Elle dit non, pas aujourd'hui. Pas de gommes à mâcher, pas de tablettes de chocolat, pas de recettes de pique-nique. Elle se souvint de dire à la caissière que les enfants avaient mangé deux beignes. Le total augmentait, augmentait sans cesse, et Clara fut sidérée par le total. Cent vingt-sept dollars et soixante-deux cents.

Elle sortit sa carte bancaire, mais le poing sale de Mrs. Pell se posa lourdement sur le tapis roulant.

— Ça aussi, dit-elle à la caissière en posant un pot géant de cerises au marasquin sur le tapis roulant.

— Cent trente-quatre dollars et quarante-trois cents, dit la caissière.

Clara n'eut pas la force de dire non ni même de protester. Sept dollars de cerises !

Les sacs dans le chariot, Pearce enfin apaisé, ils se dirigèrent vers la sortie. À chaque pas, Mrs. Pell émettait un son métallique. Un des préposés de l'épicerie les suivit pendant un moment en cherchant à croiser le regard de Clara.

— Je n'ai pas besoin d'aide, merci, dit-elle en souriant.

Elle l'avait reconnu. C'était Jeff Fischer, qui allait à la même église qu'elle. La qualité du service rétablit sa bonne humeur.

— Aujourd'hui, comme vous voyez, j'ai toute l'aide qu'il me faut.

Mrs. Pell se fendit à son tour d'un large sourire, découvrant deux grandes rangées de dents sales.

9. Un million billion trillion

Dans l'après-midi, au moment où Clara songeait à aller rendre visite à Lorraine, Clayton téléphona. Clara fut prise au dépourvu. Elle avait cru que c'était sa cousine Grace qui l'appelait pour lui faire entendre raison.

— C'est moi, dit Clayton.

Elle reconnut sa voix aussitôt. Il y eut un moment de silence.

— Vous ne vous attendiez pas à avoir de mes nouvelles.

Elle était bouche bée.

— Comment vont les enfants?

Était-il ivre? Il fallait qu'elle réponde.

— Ils vont bien, dit-elle, l'estomac retourné, un afflux de sang dans les jambes.

Elle s'appuya sur le comptoir de la cuisine. Il n'était parti que depuis une semaine, mais on aurait dit un an.

— Et Lorraine, qu'est-ce qu'elle a?

Trevor passa devant la porte de la cuisine. Elle ne voulait pas que les enfants entendent. Elle resta silencieuse.

— J'ai le droit de savoir, dit-il en haussant le ton.

— Bien sûr, dit-elle. On nous a dit que c'était un lymphome non hodgkinien. Les médecins vont commencer les traitements de chimiothérapie lundi, s'ils arrivent à faire baisser la fièvre. Vous n'avez qu'à téléphoner à l'hôpital : on vous expliquera.

Elle ne voulait toutefois pas qu'il téléphone à Lorraine.

— Pas le temps. Expliquez-moi, vous.

— Eh bien… C'est un traitement très dur. Il faudra qu'elle reste à l'hôpital. Si la chimio donne les résultats attendus… Je ne sais pas. Il y a divers types de greffes de la moelle osseuse… Ils se font du souci parce qu'elle est plus jeune que la plupart des patients atteints de ce genre de lymphome. Mais ça veut dire qu'ils vont redoubler d'efforts.

— Ouais.

Il garda le silence.

— C'est tout ce que nous savons pour le moment, nous attendons de nouveaux résultats.

Faites qu'il ne téléphone pas à Lorraine, pria Clara. Il ne fallait pas que Lorraine s'inquiète de le savoir loin des enfants. Ni qu'elle apprenne qu'elle-même, Clara, lui avait menti.

Sur le combiné, les doigts de Clara étaient tout poisseux. Elle changea de main.

— Bon, d'accord. Là, j'ai un boulot en vue. Je me déplace, pour le moment, et j'avais besoin du véhicule pour chercher du travail.

Qu'était-elle censée répondre ?

— Oui, dit-elle.

Qui sait comment il allait interpréter le mot. *Pas de problème, profitez bien de l'auto de ma mère.*

— Dites aux enfants que j'ai téléphoné.

Elle hocha la tête et répondit :

— D'accord.

Elle entendait les bruits de la circulation derrière lui.

— Je fais des choses pour Lorraine, moi aussi, dit-il, comme s'il se sentait obligé de se justifier.

Comme elle ne répondait rien, il ajouta plus fort :

— Allez donc vous faire foutre.

Il raccrocha.

Le tennis rose tout neuf de Dolly apparut dans l'entrebâillement de la porte de derrière, et Clara, après avoir reculé d'un pas pour s'esquiver, courut à la salle de bains. Elle se lava les mains en frottant fort et parvint à éviter son reflet dans la glace. Elle remarqua que Clayton n'avait pas pris de nouvelles de sa mère.

Elle avait hâte à l'heure du coucher. Après le repas, elle emmena les enfants au parc dans l'espoir de les épuiser, mais ils étaient tout seuls et l'absence d'autres enfants commençait à leur peser. Clara fit sauter Pearce sur son genou pour le consoler de ne pas pouvoir monter sur le tourniquet. Au besoin, elle complimentait Dolly et Trevor sur leur vitesse ou d'autres prouesses. Il fallait qu'elle leur trouve des compagnons de jeu.

Sauf que Clayton arriverait à ce moment-là et les emmènerait, et tous ses efforts auraient été vains. Et ils s'ennuieraient de leurs amis, en plus de tout le reste.

De retour à la maison, Clara tenta de coucher le bébé déjà endormi, qui se glissa dans son panier comme une coulée de lave. Sentant le changement, il se réveilla en pleurant.

Mrs. Pell, qui regardait la télé, bondit, heureuse de prendre Clara en défaut. Normalement, elle aurait fait la sourde oreille aux pleurs de Pearce.

— Je m'en occupe, dit-elle d'une voix rauque empreinte d'impatience et de triomphe. Il va être gentil avec moi. Il a juste besoin de sa tétine spéciale.

Et effectivement, Pearce se tut bientôt.

Une fois les enfants au lit, Clara, dans l'espoir de rétablir un sentiment d'ordre et de sécurité, fit le tour de la maison, éteignit partout et vérifia la cuisinière. Après avoir rangé les jouets, nettoyé les vestiges de la collation du coucher et plié le linge propre, elle s'attendait à s'endormir aussitôt, mais elle resta allongée, les yeux grands ouverts, et se rejoua des scènes d'horreur : Trevor se noyait dans la baignoire, Mrs. Pell empoisonnait le bébé, Clayton entrait furtivement dans la maison pour reprendre ses enfants. Après minuit, la lumière se fit dans son esprit : elle n'était pas allée voir Lorraine à l'hôpital. Elle pleura et dut aller chercher un mouchoir en papier dans la cuisine.

Sa vie avait été chambardée, tournée sens dessus dessous, tel le paisible paysage hivernal d'une boule à neige, et elle n'était qu'un malheureux flocon secoué et ballotté par une tempête démentielle. Imagine ce que Lorraine ressent, se dit-elle.

Elle se leva à six heures, trop tôt pour aller à l'hôpital. Alors elle sarcla les massifs de fleurs pendant une heure. Mrs. Zenko vint voir comment se portaient les rosiers grimpants John Cabot, et Clara songea à lui demander s'il lui restait des pirojkis au congélateur.

— Hier, j'ai fait des petits pains de blé concassé, dit Mrs. Zenko.

Sa façon de l'aider, comme si c'était la chose la plus naturelle du monde, réjouissait Clara.

— Et des pirojkis ? Mon Dieu, oui.

— Leur père a téléphoné hier soir, dit Clara. Il me fait peur.

— C'est un homme en colère, dit Mrs. Zenko sur un ton neutre. Il va ramener la voiture ?

Clara n'avait rien dit, mais Mrs. Zenko savait, évidemment.

— Il a dit qu'il en avait besoin pour chercher du travail.

— Ça serait idéal. Il lui faut quelque chose de stable.

Clara avait du mal à imaginer quelque chose de stable dans la vie de Clayton.

L'autre voisin de Clara, un gros homme beige pâle installé depuis quelques mois à peine, descendit les marches de son perron. Il avait un nom difficile à retenir. Bradley Brent ou Brent Bradley.

— Je ne sais pas à quoi vous jouez, là-dedans, cria-t-il en l'apercevant, comme s'il cherchait depuis des jours à se délester d'un lourd fardeau, mais si vous louez des chambres, vous risquez d'avoir de gros ennuis. C'est interdit par le règlement municipal.

Clara et Mrs. Zenko le regardèrent fixement.

— Un seul coup de fil à la ville, ajouta-t-il. C'est tout ce que ça prend.

Il monta dans sa camionnette et recula bruyamment.

Sa femme aux allures de poule rondouillette sortit à son tour et courut vers la camionnette, un plat de service à la main. Elle monta et le véhicule s'éloigna en écrasant le gravillon.

— Quelle mouche l'a piqué, celui-là? demanda Clara à Mrs. Zenko.

— Ils s'en vont à l'église. Ces jours-ci, il y a beaucoup d'hommes impatients, dit Mrs. Zenko, triste pour eux. Mon John savait se maîtriser, lui. Ton père aussi.

— Je compatis avec Mrs. Bradley. Mrs. Brent, je veux dire.

— Je ne me souviens pas de leur nom, moi non plus, dit Mrs. Zenko en laissant fuser son petit rire grave.

Pour s'éclaircir les esprits ou encore pour gagner du temps avant de se rendre à l'hôpital, Clara s'arrêta à l'église. Elle arriva après le début du premier service et ne fit pas de génuflexion, même si elle se signa rapidement. Elle se sentait toujours légèrement prétentieuse en faisant son signe de croix, mais c'est une habitude que lui avait inculquée sa mère. Tout le rituel était si compliqué : se lever ou s'agenouiller pour la communion, se lever ou s'agenouiller pour la prière, croiser les doigts ou adopter la position charismatique en se balançant, les mains ouvertes. Étonnamment, bon nombre de femmes plus âgées se balançaient.

De toute façon, ce n'était que superstition. Elle en était venue à penser que l'essentiel était de s'asseoir là, d'être là. Elle pouvait se tromper, bien entendu.

L'évangile de ce jour-là racontait l'histoire de Marie, qui choisit la meilleure part et oublie la vaisselle pour écouter Jésus parler dans le salon, lecture qui irritait Clara, même si elle ne se voyait pas dans la peau de Marthe. Qu'arriverait-il si elle-même laissait tomber la vaisselle, là, tout de suite? Tout irait bien parce que Mrs. Zenko la ferait à sa place, entrerait dans la cuisine avec ses yeux clairs auxquels rien n'échappait jamais et ses petites oreilles bien nettes à l'affût des moindres bribes de conversation, débarrasserait la table sans gaspiller un seul geste, soupirer, ni se plaindre. Obnubilée par la sainteté de Mrs. Zenko, Clara avait du mal à se concentrer sur l'homélie. Paul Tippett racontait une anecdote. Clara se demanda s'il les inventait, car il en avait toujours une qui tombait à point nommé, mais c'était mesquin de sa part. Nos vies sont toutes riches en enseignements. Elle aurait dû lui téléphoner pour le remercier d'avoir rendu visite à Lorraine.

Il comparait Marie et Marthe au bon Samaritain dont il avait été question la semaine précédente, mais Clara, occupée à se tracasser et à prendre des décisions, n'avait rien retenu.

— Un homme que personne ne prendrait pour un saint, un sale Samaritain, a fait ce qu'il fallait pour sauver la vie de quelqu'un qui agonise au bord de la route. Aujourd'hui, Jésus reproche à Marthe de trop penser aux détails pratiques et soutient qu'il est plus important de s'occuper de spiritualité que de cuisine. Pourquoi l'esprit pratique est-il loué dans un cas et vilipendé dans l'autre? Le mot ne me paraît pas trop fort, car nous avons l'habitude de traiter les Marthe de ce monde, celles qui s'affairent dans la cuisine pour nourrir les multitudes, avec un brin de mépris. Pourtant, Jésus lui-même excellait à nourrir les multitudes. Dans le respect de son budget, en plus.

Paul semblait si satisfait de cette allusion au pain et au poisson que Clara ne put s'empêcher de rire. Pas trop fort, espéra-t-elle.

— Le Samaritain remédie à une véritable crise, et personne n'est témoin de son acte de bonté. Mais les grands airs que se donne Marthe et sa mauvaise humeur vis-à-vis de sa sœur nous plongent dans l'inconfort en nous faisant penser à nos propres actes de bonté, à la reconnaissance que nous en attendons.

Clara se demanda si Lisanne Tippett reprochait à Paul sa fainéantise ou se vautrait aux pieds des évêques tandis qu'il faisait la vaisselle. Ou les deux. Puis elle effaça cette pensée de son esprit, la jugeant peu charitable.

— Cette histoire me fait penser au chapitre 13 de l'épître aux Hébreux : *N'oubliez pas l'hospitalité; car, en l'exerçant, quelques-uns ont logé des anges, sans le savoir.* Cette semaine, j'ai été inspiré par un exemple de charité appliquée, celui d'une de nos paroissiennes, dont je préserverai l'anonymat, qui accueille chez elle de parfaits inconnus.

Il ne se tourna pas vers elle. Clara, qui se sentit malgré tout fiévreuse et honteuse, espéra que son visage ne s'était pas empourpré. Peut-être ne parlait-il pas d'elle, se dit-elle contre toute logique.

— Son geste privé, ordinaire, me rappelle que nous, humains qui peuplons le monde, sommes collectivement essentiels aux desseins de Dieu.

C'était presque un mensonge : entendre dire qu'elle était essentielle aux desseins de Dieu, alors qu'elle faisait exactement ce qu'elle voulait… Si, dans ce cas, ses desseins et ceux de Dieu coïncidaient, c'était un coup de chance, sans plus.

Les autres chantaient, tandis que Clara restait silencieuse avec la conscience acide d'être là sous de faux prétextes. Aucun des mots de l'Église n'avait de sens à ses yeux. Le Credo… Dans quelle mesure y croyait-elle, au juste ? La résurrection de la chair, la vie éternelle… Pas à ça, en tout cas. Elle songea à sa mère et à son père qui se décomposaient dans leurs tombes, puis, brusquement, à Lorraine. Mais Lorraine guérirait.

Clara n'y croyait pas.

Les prières de la communion s'éternisèrent, et Paul souleva le calice. Au fond de l'église, il y eut une légère commotion : un homme entra en marchant trop bruyamment. Machinalement, Frank Rich, le bedeau aux yeux de tombeur, lui tendit un feuillet. Du coin de l'œil, Clara vit que l'homme était fin soûl. Heureusement que les enfants sont restés à la maison, songea-t-elle.

L'homme portait un ample feutre noir. Lentement, il s'engagea dans l'allée, lutta contre la gravité, s'avança quand même, tel un navire-citerne s'approchant inexorablement du littoral. À la hauteur de Clara, l'homme laissa sa main tomber lourdement sur le bord arrondi du banc devant elle : une grosse main d'une propreté étonnante avec de longs doigts, des veines saillantes, semblable à celle d'un chirurgien en gros plan dans un vieux film. Elle leva les yeux sur le visage de l'homme, obscurci par le chapeau. Il avait la peau grêlée, les yeux plissés rivés sur l'autel. Et il était plutôt jeune pour un soûlard.

Immobile et silencieuse, la congrégation attendait.

Paul, qui avait de la difficulté avec les ivrognes, se prépara à surmonter ses craintes et son dégoût. Mais l'homme avait eu raison d'entrer dans l'église. D'une certaine façon, la présence de la congrégation, inquiète et honteuse, lui donnerait des forces, à lui, leur pasteur. *Brossant duquel le vomi durci/je le mis tout dans mes bras/et titubai de terreur frappé parmi/un million billion trillion d'étoiles.* L'homme tendit les mains au-dessus de la balustrade et Paul le fit communier, vin y compris, puis laissa Frank Rich l'escorter jusqu'au premier banc. Mais l'homme se releva aussitôt et s'avança, très droit, jusqu'à la balustrade.

— Êtes-vous en détresse ? demanda Paul.

L'homme leva la tête. Ses yeux, où la mise au point semblait se faire lentement, se fixèrent enfin sur Paul, se gonflèrent de souffrances et de sentiments humains.

Dans la nef, les fidèles s'agitaient. Clara sentit la lâche angoisse des nantis en présence d'une catastrophe imminente. Elle-même éprouvait ce sentiment. Paul parlait si doucement que personne ne saisissait ses mots. L'homme répondait d'une voix plus forte, mais inintelligible. Il titubait. Il se pencha pour s'appuyer à la balustrade. Paul souleva la section mobile, prit l'homme par la main et, par la porte de côté, l'entraîna dans la sacristie. Les murmures de Paul enterraient les divagations de l'homme, et Clara n'entendait qu'un babil confus et triste. Il est bon, se dit Clara, un peu surprise.

Paul resta longtemps absent. Les membres de la congrégation eurent le loisir de méditer sur la communion, l'alcoolisme, les sans-abri ou les pauvres que vous aurez toujours avec vous, se dit Clara, ou laissèrent simplement passer le temps, paisiblement. Se rappelant ses responsabilités, Clara pria pour Lorraine, ses mots machinaux et vides.

Dolly fit glisser sa frêle charpente entre la haie aux branches pointues et le poteau de la clôture, puis elle entra dans la cour de la maison voisine de celle de Clary. Il lui fallait de l'action, sinon elle passait tout son temps à penser. Le voisin avait crié à sa femme : *Dépêche, dépêche, dépêche,* et elle était sortie à toute vitesse en faisant claquer la porte de devant pour la verrouiller. Mais Dolly aurait parié que celle de derrière ne l'était pas. Elle s'ouvrit effectivement.

Le palier du fond était l'image inversée de celui de Clary. La pièce sombre sentait la viande puante. Dolly se faufila entre les piles de journaux qui jonchaient les marches jusque dans la cuisine, où elle arriva du mauvais côté. Linoléum brun et or comme celui de la caravane de Mrs. Lyne à Winnipeg et armoires brun foncé. Des piles de vieux magazines occupaient toutes les surfaces. Pas de biscuits. Dolly jeta un coup d'œil dans le réfrigérateur, où il n'y avait pas de gâteau. Un plat de macaronis tout croûtés sur les bords. Dans le garde-manger, elle trouva un sac de bretzels fermé à l'aide d'un élastique. Elle l'ouvrit et en mangea quelques-uns, parcourut la cuisine, la salle à manger et le salon à l'envers. Ça fait drôle d'être dans une maison inversée, se dit-elle, comme quand on plie ses doigts avec l'autre main par-dessus. Là, des meubles en érable tout luisants s'entassaient par grappes. Les accoudoirs des chaises étaient recouverts de plastique. La table de la salle à manger croulait sous les papiers, les documents et les coupures de journaux dont les bords étaient bien alignés, comme pour excuser le fouillis.

Sur la tablette du meuble qui délimitait le vestibule, trois affreux ours en peluche étaient alignés, l'un d'eux vêtu d'habits pour bébé. Il dépassait un peu et Dolly faillit le faire tomber. Elle le stabilisa. L'horloge du vestibule faisait un tic-tac sonore. On avait livré le courrier. *Mr. B. Bunt, Mr. et Mrs. Bunt, À l'occupant.* Rien d'excitant. Elle remit les bretzels dans le garde-manger, puis elle s'engagea dans le couloir et jeta un coup d'œil dans les deux petites chambres remplies de boîtes et de papiers : impossible de fouiller là-dedans. Leur salle de bains était rose et noire, et il y avait un cygne pelucheux sur le rideau de la douche. Des lames de rasoir poussiéreuses et des tas de flacons de pilules dans la pharmacie. Rien de très propre.

La chambre principale débordait d'ours en peluche. Une collection comme on en voit à la télé : il y en avait de pleines tablettes et au moins une centaine sur le grand lit recouvert de satin rose pendouillant, semblable au glaçage d'un gâteau. L'un d'eux, posé près de l'oreiller, était coiffé d'un bonnet de nuit, et il tenait une chandelle dans sa patte ; sur son derrière, une pochette fermée par une fermeture éclair servait à ranger un pyjama. Il produisit une sorte de froissement. Dolly tira sur la fermeture éclair. Il y avait beaucoup d'argent dans la pochette. Beaucoup d'argent. Que des billets bruns de cent dollars, aux bords bien craquants.

Elle s'assit, médusée. Elle avait peut-être le premier et le dernier mois de loyer, là, sous ses yeux.

Dans le vestibule, il y eut un appel d'air : on avait ouvert la porte de devant.

On ne l'avait encore jamais prise en flagrant délit. Clary serait très fâchée. Dolly se précipita dans la garde-robe et ferma la porte à moitié. Stupide, se dit-elle. C'étaient peut-être justement des vêtements qu'ils avaient oubliés.

Elle sortit de la garde-robe, mais, dans cette chambre remplie d'ours, il n'y avait pas d'autres cachettes. Mrs. Bunt s'élança dans le couloir en murmurant :

— Mais où est-ce que j'ai bien pu…

Elle venait vers la chambre. Tout doucement, Dolly se glissa de nouveau derrière la porte de la garde-robe, repoussa les costumes de Mr. Bunt jusqu'au fond. La tête lui tournait à cause de l'odeur défraîchie de son after-shave. Par l'entrebâillement de la porte, elle vit la tête de poule gris-beige de Mrs. Bunt, qui fouillait sur la commode. Ensuite, ce serait la garde-robe. Depuis la porte, Mr. Bunt rugit : il en avait assez, il était fatigué de l'attendre, fatigué de son désordre et de sa négligence. Bref, elle n'était bonne à rien. Mrs. Bunt courut dans la salle de bains.

Dolly l'entendit crier :

— Ça y est ! Je les ai ! Ne te fâche pas, s'il te plaît ! Je les avais laissés sur le lavabo !

La porte de devant se referma avec fracas et les stores de la chambre claquèrent, puis le calme se rétablit. Dolly resta immobile et ne sortit qu'après avoir entendu la camionnette s'éloigner. Elle replaça les billets de cent dollars dans le derrière de l'ours. Elle savait où ils étaient, et elle pourrait revenir quand elle voudrait. Elle le remit exactement à sa place, puis elle alla dans le salon et fit courir ses doigts sur les rideaux transparents et jaunis. Elle voulait voir à quoi ressemblait le monde depuis la maison des Bunt. Elle eut envie de découper les rideaux avec une grosse paire de ciseaux. Mais ils risquaient de s'en apercevoir.

C'était l'heure de partir. En passant, elle fit tomber l'ours habillé en bébé du haut de sa tablette, mais elle le ramassa et le rangea avec soin. Puis elle revint sur ses pas, jeta une paire de vieilles chaussettes de Mr. Bunt dans la cuvette et tira la chasse. Ensuite, elle sortit par la porte de derrière.

Clara prit l'ascenseur jusqu'au cinquième étage en passant en revue des mensonges possibles. Elle ne pouvait tout de même pas dire qu'elle avait été bouleversée par un coup de fil de Clayton. Elle s'était arrêtée au rez-de-chaussée pour acheter des fleurs. Mais Lorraine avait déjà une mine resplendissante, et des bouquets s'alignaient sur le bord de la fenêtre, face au lit.

— Bonjour! s'écria-t-elle. Encore des fleurs! Ça devait être dans mon horoscope, non?

— Bonté divine, fit Clara. Comme c'est joli.

Lorraine était en train de manger de bon appétit, mais elle repoussa la table sur roulettes.

— C'est mon frère! Et regardez ce qu'il m'a aussi apporté!

Du bout des orteils, elle chercha une paire de mocassins entièrement recouverts de billes aux motifs complexes.

— Il a passé la nuit ici. Et il avait fait sept heures de route pour venir. Alors, il était complètement crevé. Il s'est allongé sur l'autre lit pendant un moment, puis une infirmière l'a chassé. Vers cinq heures du matin, je crois.

— C'est très bien qu'il ait pu se libérer pour venir vous voir, dit Clara.

Lorraine éclata de rire.

— Darwin se libère toujours! C'est pour ça qu'il est Darwin!

— Qu'est-ce qu'il fait dans la vie?

— Il fait des déménagements, conduit des camions, repeint des maisons. Tout ce qui se déplace. Des fois, il travaille avec un type, un artiste qui fait des peintures murales, un peu partout. Darwin monte les échafaudages, donne un coup de main pour la finition, le transfert des motifs. Il lui arrive aussi de construire des maisons. Il n'a pas de métier, c'est seulement un journalier. Il va revenir, vous ferez sa connaissance à ce moment-là. Et il aimerait voir les enfants.

Une infirmière entra dans la chambre et Lorraine tendit patiemment le bras.

— On m'a déjà pris du sang ce matin, dit-elle.

— Eh bien, il en faut encore, répondit l'infirmière sur un ton sec, affairé.

Il ne s'agissait pas de sa santé à elle.

Clara sortit de la chambre pendant que l'infirmière faisait son travail. Darwin, le frère. Elle essaya de se remémorer la photo que Lorraine lui avait fait voir, mais elle était distraite alors, préoccupée par les enfants. Elle était sortie depuis trop longtemps. Elle se dirigea vers le téléphone public et composa le numéro de Mrs. Zenko.

— C'est Clara, dit-elle. Excusez-moi de vous déranger, mais je me demandais si vous pourriez aller jeter un coup d'œil aux enfants ? Je les ai laissés avec…

— Je rentre de chez toi, dit Mrs. Zenko. J'ai ramené les enfants avec moi et je leur ai donné à manger. Je me suis dit que l'autre serait peut-être trop occupée.

— Merci.

— En fait, elle dormait, dit Mrs. Zenko.

Elles restèrent silencieuses pendant un moment. Pas besoin de mots entre elles.

— Dolly était sortie vagabonder. Mais là, ils sont contents. Même qu'ils font la vaisselle pour moi.

— Vous aviez de la vaisselle sale dans l'évier ?

— Ils lavent mes contenants en plastique. C'est bon de les rafraîchir de temps en temps, tu sais, pour repartir à neuf. Ils vont bien s'amuser. Prends tout le temps qu'il te faut.

— Et Pearce, ça va ?

— Il dormait, lui aussi. Il dort beaucoup, ce bébé-là, dit Mrs. Zenko. C'est peut-être même un peu inquiétant.

Clara sentit un afflux de sang dans ses épaules et sa poitrine. Avait-elle encore raté quelque chose ?

— Tu pourrais l'emmener chez le docteur Hughes. Mais ce n'est pas à moi de te dire quoi faire.

— Je ne… Vous pouvez me dire quoi faire quand vous voulez, lui dit Clara.

— Ce matin, avec tout ça, j'ai oublié de te donner les petits pains que j'ai préparés. Tu passeras les prendre ce soir.

Clara raccrocha et rentra dans la chambre de Lorraine en s'efforçant de prendre un air aimable. Le frère était assis sur la chaise bleue, son feutre noir posé sur le lit de Lorraine, contre le pied où étaient accrochées les courbes de température. Mrs. Zenko n'aurait pas approuvé la présence d'un couvre-chef sur le lit. Clara s'en saisit aussitôt dans l'espoir de chasser la malchance. C'est à ce moment-là qu'elle le reconnut.

— Voici Darwin, Clara, dit Lorraine. Mon frère Darwin !

C'était l'ivrogne de l'église.

Là, la coupe débordait. Faudrait-il en plus qu'elle s'occupe d'un ivrogne ? Clara voyait d'ici la réaction de Grace.

Il leva les yeux et hocha la tête, puis il se mit debout. Il était très grand. Il sourit, ses dents se découvrirent pêle-mêle, et ses joues grêlées se retroussèrent de façon si amicale que Clara ne put s'empêcher de lui sourire à son tour. Il souleva la main en sa direction. C'était une forme de salut, comme dans les sociétés secrètes.

— Nous nous sommes vus à l'église, dit-elle en tendant la main pour serrer la sienne.

Il avait droit à la dignité d'une personne ordinaire. Pour que Lorraine ne se doute pas de l'état d'ébriété dans lequel il était, Clara avait tout fait pour que sa voix soit dénuée de toute forme de jugement. Il s'avança et sa grande main brune enveloppa celle de Clara.

— À l'église ? s'étonna Lorraine.

— Moi ? demanda-t-il.

Clara cligna des yeux. En entendant son ton décontracté, elle se rendit compte qu'elle s'était forcément trompée. Comment avait-elle pu se méprendre de la sorte ? Il portait le même genre de chapeau et un veston noir fripé. Pas étonnant, s'il avait passé la nuit dans la chambre de Lorraine. Mais elle aurait juré que… Elle se sentit rougir, du cou jusqu'à la racine des cheveux. Elle s'était montrée si calme, si bienveillante, si fière de sa compassion. Elle essaya de dégager sa main, mais Darwin la retint encore un peu, souriant toujours, et lui indiqua le fauteuil orange.

— Excusez-moi, dit-elle. Je vous ai pris pour…

Elle ne put pas poursuivre. *Je vous ai pris pour une épave. Je me suis dit que je garderais votre secret honteux.* Elle avait le crâne en fusion.

— On me prend constamment pour d'autres, dit-il. J'ai un visage très banal.

Il était plus jeune que Lorraine. Jamais encore Clara n'avait vu un être humain doté d'une tête aussi grosse.

Lorraine jubilait.

— Tu me tues, dit-elle. À l'église !

Détachant les yeux de Darwin, elle se tourna vers Clara.

— Les enfants vont bien ?

— Trevor et Dolly, oui.

Elle se demanda si elle avait le droit d'appeler Darlene Dolly, si le surnom était réservé à Lorraine. Celle-ci ne sembla pas s'en formaliser.

— Et Pearce ?

— Il a l'air content. Il est trop petit pour dire combien vous lui manquez, répondit Clara.

— C'est Clayton qui a trouvé Darwin, vous savez ? Combien a-t-il fait d'endroits, Darwin ?

Celui-ci se renversa sur sa chaise et regarda par la grande fenêtre.

— Il a dû téléphoner partout, fit-il.

Toujours désarçonnée, Clara s'efforça de ne pas regarder de son côté. Était-ce bien lui qu'elle avait vu?

— Il a fini par me rattraper à Fort Smith. Je travaillais là-bas depuis deux ou trois semaines.

— Trop longtemps, Darwin, dit Lorraine. Tu m'as tellement manqué.

Il lui embrassa la main. Clayton avait eu le même geste, se souvint Clara. Il s'était penché et avait posé ses lèvres sur le bout des doigts de sa femme. Darwin souleva la main de Lorraine et avança son visage, embrassa la paume et la tint un moment contre sa joue. Clara aurait tant voulu avoir un frère.

— Vous vous amusez bien avec les enfants? demanda Darwin.

Elle hocha la tête, s'efforça d'avoir l'air plus sociable.

— Nous sommes allés à l'épicerie. Quelle aventure!

— Décidément, c'est une bonne journée, dit Lorraine en rectifiant sa position dans le lit. C'était la première fois que vous faisiez les courses avec trois enfants, hein? Je vois ça d'ici.

— Mrs. Pell est venue, elle aussi.

Lorraine sembla s'alarmer.

— Vous avez vérifié ses poches?

Clara était interdite.

— Elle fait du vol à l'étalage. Trois condamnations à Winnipeg. Sa travailleuse sociale était tellement en colère!

Clara ne dit rien. Que je suis bête, songea-t-elle.

— Sa période de probation est terminée. Sinon, on ne l'aurait pas fait sortir de la province. La dame avec qui elle vivait, Mrs. Lyne, l'a plus ou moins flanquée à la porte.

Darwin grogna.

— Clayton ne pouvait tout de même pas l'abandonner.

À ces mots, Clara faillit éclater de rire, mais elle avait l'estomac trop retourné. Elle se souvint des bruits métalliques qu'avait faits Mrs. Pell en marchant vers la voiture, à la sortie de l'épicerie. En pensée, elle revit aussi le type qui les avait suivis. Le fils Fischer, qui allait à la même église qu'elle. Mon Dieu !

Elle leva les yeux et, à la vue du visage de Darwin, eut l'impression qu'il se moquait d'elle. Elle se leva brusquement.

— Les enfants… Déjà, j'abuse de la générosité de ma voisine. C'est elle qui les garde.

— Je vous raccompagne, dit Darwin.

C'était la dernière chose qu'elle voulait. Déjà, il embrassait Lorraine. Puis il se dirigea vers la porte.

— Merci, dit-il lorsqu'ils arrivèrent dans le hall.

Pour quoi faire ? Elle appuya sur le bouton de l'ascenseur. Après l'avoir pris pour un poivrot, elle ne pouvait pas le regarder dans les yeux.

— C'est admirable, ce que vous faites. Se charger de trois enfants, ce n'est pas évident.

Clara hocha la tête. Encore sidérée par les révélations concernant Mrs. Pell, elle ne songea pas à repousser ses remerciements, ainsi que l'aurait prescrit la bienséance.

— Je n'ai pas tellement aidé Lorraine, ces dernières années. Je ne suis pas resté longtemps au même endroit.

L'ascenseur mettait une éternité à arriver.

— Elle est très malade, non ?

Clara leva les yeux.

— Vous avez parlé à son médecin ou c'est elle qui vous l'a dit ?

— J'ai parlé à l'infirmière pendant que Lorraine dormait et j'ai parlé à Clayton. Il a dû dépenser une petite fortune en interurbains. Il a dit qu'elle se mourait. C'est trop pour lui.

À ce sujet, le visage de Darwin n'exprimait aucune désapprobation. Clayton souffrait d'une intolérance au cancer, comme d'autres ne supportaient pas la vue du sang.

— Où est-il ? demanda-t-elle.

— Il n'a pas voulu me le dire. Dans les environs, je suppose. Il vous a appelée ?

Elle hocha la tête. La peur qu'elle avait ressentie après ce coup de fil s'estompait peu à peu. Tant mieux, se dit-elle : il faut faire de la place pour les vilaines habitudes de Mrs. Pell. Les mains de Clara se poissèrent de nouveau. Et si Mrs. Pell avait été prise en flagrant délit sous les yeux des enfants ? Tout le monde aurait été étonné d'apprendre que c'était Clara Purdy (la fille de George Purdy !) qui avait la vieille à sa charge.

Darwin monta dans l'ascenseur avec elle.

— Lorraine a besoin de dormir. Et j'aimerais voir les enfants.

— Ah bon ? fit Clara. Oui, bien sûr.

L'ascenseur s'enfonça et ils s'enfoncèrent avec lui.

10. Lits superposés

Trevor se montra timide vis-à-vis de Darwin jusqu'à ce que Dolly passe en trombe devant lui et que son oncle la fasse tournoyer dans les airs. Puis, elle l'entraîna dans la cuisine de Mrs. Zenko, jonchée de contenants en plastique après leur bain. Trevor était impatient de les ranger dans le tiroir du bas, où ils s'imbriqueraient de façon compliquée.

— Tu finiras après le repas, lui dit Mrs. Zenko à l'oreille.

Elle prit son kangourou sur la chaise, le lui mit, *hop là, tiens, c'est fait,* avec son aisance coutumière, et remonta la fermeture éclair pour lui.

— Va jouer avec ton oncle. Il a l'air rigolo.

Elle lui pinça le lobe de l'oreille et lui donna un grand bac rempli de tartelettes, comme la sorcière avec sa maison en pain d'épice, la méchanceté en moins. Elle était petite et compacte, la grand-mère idéale, celle des livres d'enfants. Il aurait voulu la mettre dans sa poche.

Sa vraie grand-mère ressemblait plus à la vilaine sorcière, ou carrément au grand méchant loup.

— Personne n'a jugé bon de me dire où vous étiez tous passés, disait-elle à Clary sur un ton de reproche à leur arrivée dans la cour.

Darwin la serra dans ses bras et lui dit que Clayton voulait savoir comment elle allait, mais elle rentra regarder la télé, de fort mauvais poil.

Après que Trevor et Dolly lui eurent fait visiter sommairement la maison, Darwin proposa de préparer des œufs brouillés, sa spécialité, tandis que Clara donnerait son bain au bébé. Après l'hostilité de Clayton, l'amabilité sans complication de Darwin était un soulagement. Et Dolly était si heureuse de le voir.

— Si vous voulez, on peut vous préparer un lit ici, dit Clara en entrant dans la cuisine, Pearce dans les bras. Il y a le sous-sol, bien sûr, mais il est seulement fini à moitié, et en plus il y fait froid.

— Je retourne à l'hôpital, dit-il. L'infirmière m'a promis un petit lit. Je pense que Lorraine a besoin de compagnie pour passer la nuit.

Clara eut honte de ne pas y avoir pensé.

— Vous n'auriez pas pu vous en charger, dit-il. Vous vous occupez des enfants pour éviter à Lorraine de se faire du souci pour eux. Par contre, je ferais bien une sieste ici, demain après-midi. Dans un bon sous-sol bien sombre, je rattraperai un peu le sommeil perdu.

Tandis que les autres finissaient de manger, Clara emmena Pearce dans la chambre de Mrs. Pell, à la recherche de la fameuse tétine « magique » dont elle faisait tout un plat. La pièce était un véritable capharnaüm.

Tenant Pearce lové contre sa poitrine, elle fouilla dans le fatras qui encombrait la commode et la table de chevet. Rien. La tétine serait-elle tombée dans la corbeille à papier, par hasard ? D'un geste fluide, Clara s'accroupit en tenant Pearce à la verticale, puis elle retourna prudemment le contenu de la poubelle. Pas de tétine. En revanche, elle trouva deux flacons vides de Benadryl. Non, trois. Dans une poubelle vidée le dimanche précédent. Clara se redressa, des cognements sourds dans les oreilles à cause de l'effort, le troisième flacon à la main. Zéro-six mois, ½ cuillérée à café. Sept-douze mois, 1 cuillérée à café. Elle comprenait parfaitement à quel tour de passe-passe se livrait Mrs. Pell ; pour un peu, elle aurait tué la vieille harpie.

Depuis la porte, Mrs. Pell croassa :

— Prenez-le donc avec vous. On verra comment vous trouvez ça.

— Oui, dit Clara. Entendu.

— Vous seriez surprise de savoir combien de parents font la même chose, dit le Dr Hughes, calmement, dans l'intention de rassurer Clara. Certaines longues nuits, j'ai moi-même été tenté de… On vérifie la posologie, on se dit qu'une bonne nuit de sommeil… Pas de séquelles pour le bébé… Mais je pense qu'il vaudrait mieux vous arranger autrement. D'accord ?

— La nuit dernière, je l'ai gardé avec moi. Je peux m'en occuper.

Elle avait la tête brûlante et cotonneuse, et son cou enflé lui semblait sur le point d'éclater. Elle était horrifiée et honteuse à l'idée de n'avoir rien remarqué. Dans le salon, avec un bébé aux yeux grands ouverts, la nuit avait été interminable. Des changements s'imposaient.

Pearce rouait de coups le stéthoscope qui pendait devant ses yeux. Sa taille et son poids étaient tout à fait normaux. Sa date de naissance figurait sur sa carte d'assurance-maladie : le 10 septembre. Le Dr Hughes admira les fortes jambes de Pearce : appuyé sur la chaise du bureau, il se tint debout en se dandinant légèrement, comme s'il dansait au son d'une musique audible de lui seul. Il les gratifia d'un large sourire baveux.

— Des dents qui poussent, remarqua le médecin. Vous aurez peut-être besoin de cette tétine magique, après tout.

Il plaisantait. Parce qu'elle le connaissait bien, elle secoua la tête en souriant. Pearce tendit de nouveau la main vers le stéthoscope, mais, cette fois, le Dr Hughes l'intercepta à temps.

Dolly et Trevor pourraient bien rester chez Mrs. Zenko pendant encore une heure. Clara s'arrêta au centre commercial, où, depuis un mois, était accroché un écriteau : VENTE DE

LITS SUPERPOSÉS. Bizarre, se dit-elle, que j'aie remarqué cet écriteau avant d'en avoir besoin.

Même en solde, ils coûtaient plus cher qu'elle ne s'y attendait. Mais elle avait de l'argent qui dormait à la banque et il fallait faire quelque chose. Les housses de couette étaient offertes à deux pour le prix d'une. Elle mit Pearce dans un petit lit des plus opportuns et consulta le catalogue de couleurs. En se retournant, elle vit le bébé suivre le contour d'un ours en peluche du bout du doigt en chantant doucement. Elle décida donc d'acheter le lit de bébé et paya un supplément pour faire livrer les meubles tout de suite.

Darwin rentra de l'hôpital juste à temps pour aider Clara à sortir le canapé-lit de la salle de télé et le remplacer par le lit à une place. Désormais, ce n'était plus la chambre de Clayton. Ils abandonnèrent le lourd objet devant la porte de la cuisine en attendant de trouver un moyen de le descendre au sous-sol. Pendant tout le branle-bas, Mrs. Pell resta assise dans le salon, imperturbable. Clara y avait posé le téléviseur, à même la moquette. À peine une semaine plus tôt, elle aurait été horrifiée à l'idée d'avoir la télé dans le salon! Mais la cacher aurait été une mascarade. Comme s'ils étaient tous trop raffinés pour la regarder...

Ce serait beaucoup mieux ainsi! Malgré le chaos, Clara sentit la joie pétiller dans sa poitrine : désormais, les enfants seraient de l'autre côté du couloir et elle récupérerait son lit. Le petit lit irait sous la fenêtre, dans sa chambre, si près qu'elle n'aurait qu'à tendre le bras pour toucher la main de Pearce et le rassurer.

Et Mrs. Pell serait reléguée dans la petite pièce, loin, là où elle risquait moins de faire du mal. Elle était détestable, celle-là : revêche, criminelle, sournoise. Mais Clara refusait de s'en faire. De la nouveauté! Depuis la mort de sa mère, Clara s'employait à se débarrasser des choses, et non à en acquérir.

Mrs. Zenko franchit la haie un peu avant midi, au moment

où le camion de livraison reculait dans l'allée, et emmena les enfants manger chez elle. Darwin convainquit les livreurs de descendre le canapé-lit au sous-sol, puis Clara leur demanda de rentrer le petit secrétaire du garage ; il servirait de meuble pour la télé. Clara leur fila à chacun un billet de vingt dollars et ils repartirent en tapant Darwin sur l'épaule.

Comme un cheveu sur la soupe, Paul Tippett arriva au moment où le camion repartait.

— Je me suis dit que je vous devais un compte rendu circonstancié de ma visite à votre amie, dit-il en grimpant les marches, à sa façon timide et guindée. Mais le moment est peut-être mal choisi...

Poussiéreuse et étourdie, Clara ne put s'empêcher de répéter :

— Un compte rendu circonstancié ?

Consciencieusement, Paul se moqua de lui-même.

— Vous dire comment ça s'est passé, en somme...

— Bien sûr, dit-elle, navrée de s'être moquée de lui. Entrez, entrez. Nous déplaçons quelques meubles, mais faites comme chez vous. Je vous présente Darwin, le frère de Lorraine.

Paul serra la main de Darwin.

— Évidemment, dit-il.

Darwin lui sourit, leva le pouce pour signifier que tout allait bien et descendit au sous-sol faire une sieste sur le canapé-lit déchu.

Clara entraîna Paul dans le couloir pour lui faire admirer les lits superposés, encore en pièces détachées. Il déplia le mode d'emploi cryptique et s'assit au milieu du fouillis, enfin dans son élément, aurait-on dit. Elle lui proposa du café et il hocha la tête, déjà absorbé. Mais il la rappela pour lui demander de tenir la première tête de lit, tandis qu'il insérait le montant dans la rainure B. Lorsqu'ils eurent terminé de monter les lits, le café était froid. Sans même lui en demander la permission, il mit sa tasse dans le micro-ondes.

— Je vais en faire du frais, dit-elle, horrifiée à l'idée du café ainsi réchauffé.

— Pas la peine. C'est comme ça que je le prends, dit-il. Au bureau, le matin, j'en prépare une pleine cafetière. Comme je suis tout seul, la plupart du temps, je finis par le réchauffer, une tasse à la fois, pendant le reste de la journée.

Clara était sur le point de lui demander pourquoi il n'allait pas plutôt au café voisin de l'église, mais elle se rappela in extremis qu'il ne gagnait pas assez d'argent pour s'offrir des cafés au lait et des allongés à tout bout de champ.

— En tout cas, je suis heureuse que vous soyez passé aujourd'hui, dit-elle plutôt.

Il sortit sa tasse du micro-ondes et se dirigea vers la nouvelle chambre des enfants. Croyant qu'il ne l'avait pas entendue, elle le suivit et répéta :

— Je suis heureuse que vous soyez…

— Ma femme est partie ce matin, dit-il.

Il posa sa tasse avec soin sur la table et fit sortir la lame du cutter pour enlever le revêtement en plastique du premier matelas qui, en se fendant, produisit un réjouissant bruit de fermeture éclair.

— Où ça? demanda Clara avant de se rendre compte que la femme de Paul n'était pas partie en voyage. Oh, je suis désolée, dit-elle platement.

Paul rit légèrement de nouveau, du rire d'autodérision sacerdotal qu'il utilisait pour mettre les autres à l'aise. Clara fut navrée de l'avoir obligé à recourir à cet expédient deux fois au cours de la même visite.

— Non, oui… Je voulais dire qu'elle m'a quitté. De toute façon, tout le monde sera bientôt au courant.

— Je suis désolée, répéta Clara.

— Oui, moi aussi.

Il prit le coin du couvre-matelas qu'elle lui tendit. Ensemble, ils l'ajustèrent sur les bords bien droits du nouveau matelas.

En se relevant, Paul se cogna la tête sur le lit du haut et poussa un petit cri. Il posa sa main sur la bosse et la fit tourner, comme pour écraser la douleur.

— Des glaçons? demanda Clara.

— Ouille. Non, merci. J'en ai les larmes aux yeux, dit-il en s'assoyant au bord du lit.

Elle s'assit à côté de lui.

— Vous étiez mariés depuis combien de temps?

— Nous aurions célébré notre vingtième anniversaire en mai. Un bail, en somme, dit-il.

Il songea à un élastique. Plus on tire, plus elle s'amincit. Quand elle cède enfin, on se fait mal aux doigts.

Une bosse en forme d'œuf grossissait sur son front. Au lieu de courir chercher de la glace ou de l'alcool pour le frictionner, comme il s'y serait attendu, Clara resta assise à côté de lui.

— Vous avez le cœur brisé? demanda-t-elle.

Il pencha la tête sur ses genoux.

— Je pense plutôt que j'ai l'estomac brisé. J'ai vomi après son départ et encore une fois après avoir mangé, ce midi. Vous croyez que c'est normal?

— Quand mon mari m'a quittée, dit Clara, je me suis sentie très mal. Physiquement, je veux dire. Je suis restée au lit pendant des jours. J'avais des douleurs dans la poitrine. Je pensais mourir.

La gravité de Clara le fit rire.

— Je ne suis pas mourant, moi. Je pense que je vais bientôt aller mieux.

— Nous avons été ensemble pendant seulement un an. Il m'a quittée au moment où vous vous êtes marié.

— Vous vous sentez mieux, à présent?

— Ça, oui. Mille fois mieux. Aujourd'hui, en fait, je suis gaie comme un pinson. Mais je pense que c'est grâce aux lits superposés, au petit lit de Pearce, aux enfants.

— Nous n'avons pas eu d'enfants.

Elle était au courant, évidemment. Tout le monde l'était.

— Ça n'a pas été facile, hein ?

— Pour nous, il aurait peut-être été préférable de… plus facile de… J'aurais beaucoup aimé en avoir.

Elle regarda son visage, du moins ce qu'elle en voyait, car il avait toujours la tête enfouie dans les mains.

— Ça vous aurait plu, dit-elle. Pour ce que j'en sais, remarquez. En tout cas, moi, j'y prends beaucoup de plaisir, malgré les soucis.

— J'aurais dû aller en chercher quelque part, dit-il.

Dolly et Trevor étaient allongés sur leurs nouveaux lits, tard le soir. Trevor dormait, mais Dolly résistait au sommeil. Elle entendit Clary gagner sa chambre, au bout du couloir. Elle chantonnait pour Pearce, lui disait qu'il était un super-bébé, un bon garçon. Au début, on est gentil, puis on devient papa, ou encore mamie. Comment est-ce possible ? Ou encore on est gentil et on tombe malade… Pas question de parler de sa mère. Elle revint rapidement à Paul. Il était forcément bon, lui, puisqu'il était prêtre. Il avait une grosse bosse sur le front.

Darwin. Darwin est ce que notre famille a de mieux, se dit-elle. Elle pourrait s'endormir en pensant à lui, à condition d'oublier où il était en ce moment. Demain, il dormirait sur le canapé-lit ; demain, il serait là.

Le dos de Clara s'était fait au canapé du salon. De retour dans sa chambre, elle dormit par intermittence. Vers minuit, Pearce se réveilla, fiévreux et de sale humeur. Elle le lava à l'éponge près de l'évier, dans la cuisine éclairée par la seule lumière du four. Pauvre trésor. Sa légère fièvre était-elle attribuable à une maladie ou à l'apparition de nouvelles dents ? Ou au sevrage ? Il prenait les choses avec philosophie, paisiblement allongé sur la serviette, tandis qu'elle l'aspergeait d'eau. Il avait les jambes écartées, détendues. Sa tête en forme de melon pivota sur son petit cou, et il regarda la fenêtre sombre au-dessus de l'évier ; derrière la vitre, la lune brillait dans la nuit.

— Ça, c'est le monde, lui dit Clara. Ça, c'est la lune.

Il tendit le doigt vers la lune, puis il se tourna vers Clara pour être bien sûr qu'elle la voyait, elle aussi. *Mon amour.* Elle le tamponna à l'aide de deux ou trois linges à vaisselle sortis du tiroir : ainsi, l'eau s'évaporerait et le rafraîchirait. Elle essuya bien la peau entre ses doigts et ses magnifiques orteils, tandis qu'il la fixait, la fixait encore, émerveillé de la stupéfiante présence d'un autre être humain. Un bébé apportait une satisfaction physique, concrète ; de cela, Clara ne s'était jamais doutée. Lorsqu'elle le souleva pour le remettre dans son petit lit, il passa son bras autour du cou de Clara, tendrement, en complice. Un bébé, oui, mais aussi déjà une personne.

Pearce observait toujours les ours en peluche dans son petit lit lorsque Clara entendit du bruit dans la chambre des enfants. Trevor s'était réveillé et pleurait.

— Ma maman, dit-il.

Clara eut du mal à saisir les mots. Elle le prit sur le lit du haut, l'emmena dans sa chambre à elle et le borda dans son lit. Ses tremblements s'apaisèrent peu à peu.

Dolly s'encadra dans la porte. Il était une heure du matin.

— Qu'est-ce qu'il y a ? demanda-t-elle, en larmes elle aussi.

— Ça va, Dolly. Viens t'asseoir avec Trevor pendant une minute. Chante avec nous pour endormir Pearce.

Clara alla dans leur chambre, ouvrit la fenêtre, laissa les rideaux entrouverts, fit bouffer leurs oreillers et mit une couverture en laine polaire sur le duvet de Trevor. Puis elle les recoucha. Elle s'assit dans la semi-caverne du lit du bas et flatta le mollet de Dolly. Pearce était roulé en boule sur ses genoux, heureux d'être dans les bras de quelqu'un.

— *Betty Pringle avait un cochon*, entonna Clara pour Trevor, et il unit sa voix à la sienne, sans fausser ou presque.

Puis elle chanta d'autres chansons sur la claire fontaine et le clair de la lune. Dolly mollit sous la caresse de Clara, et sa respiration se transforma. Elle cessa de chanter.

— C'était vraiment, vraiment beau, dit Trevor au-dessus d'elle.

Assise dans la petite caverne, Clara se demanda si, plus tard, lorsqu'elle serait une vieille femme vivant seule dans une maison de retraite, elle se souviendrait de cet instant, se souviendrait d'avoir entendu Trevor dire que c'était vraiment, vraiment beau, se souviendrait du poids de Pearce endormi sur ses genoux, de la peau de Dolly sous sa main, se souviendrait d'avoir réussi à les apaiser, même s'ils n'étaient pas à elle.

Elle compta jusqu'à cent. Puis elle se leva d'un mouvement lent et fluide. Elle fit glisser Pearce dans son petit lit sans le réveiller et se coucha à son tour. Dans le couloir, Mrs. Pell ouvrit puis referma sa porte, puis ce fut au tour de celle de la salle de bains. Quelques minutes plus tard, Clara entendit la chasse d'eau, et Mrs. Pell alla dans la cuisine d'un pas raide en faisant un bruit d'enfer sur les carreaux. Elle avait peut-être mal aux pieds. Un peu plus tard, Mrs. Pell la réveilla de nouveau en faisant claquer la porte de sa chambre avec qui sait quoi dans les mains, quel gâchis. Mais c'était sans importance. Clara se retourna, remonta son oreiller et se rendormit. Il restait encore quatre heures à la nuit.

11. Mélancolie

Sa voiture n'étant pas tout à fait fiable, Paul prit l'autocar pour se rendre au bureau de l'évêque suffragante de Regina. En route, il lut Stevie Smith (poétesse qu'on ne pouvait pas raisonnablement considérer comme chrétienne, bien qu'elle ait vraisemblablement été anglicane), dont les vers, résonnant dans sa tête, se mêlaient au vrombissement monotone du lourd véhicule sur l'autoroute déserte. *En vous demandant si Dieu,/Pierre de l'esprit humain, peut être bon?/Dites plutôt qu'il suffit/Que la pierre/Imbibée du bien de l'homme, en grossissant,/ Soit nommée Dieu par l'homme.*

Il s'apprêtait à quitter l'église, le lundi, lorsqu'il avait reçu un coup de fil de la secrétaire de l'évêque. On le convoquait le mardi. Plutôt dernière minute, tout ça. *Va-t'en, mélancolie,/ Allez, ouste, assez.*

L'autocar arriva avec de l'avance et Paul déambula dans la ville pendant une heure, consterné comme chaque fois par le nombre de sans-abri. Il donna toute sa petite monnaie ainsi que les deux billets de dix dollars qu'il trouva au fond de ses poches. Il arriva à l'heure à son rendez-vous, mais on le fit attendre quand même. La secrétaire lui servit du café dans une sorte de cône en plastique, ce qu'il détestait par-dessus tout. Il serra le cône dans sa main en saupoudrant le liquide de crème en poudre. Son mauvais café habituel lui manquait. Vivian Porter était la première femme évêque du diocèse. Lisanne, toujours méfiante, s'attendait sans cesse à voir son mari lancer un regard compromettant à l'évêque Porter. Il aurait dû trouver le courage de tuer dans l'œuf la stupide jalousie de sa femme, pour son bien à elle comme pour son confort à lui.

Lorsqu'elle parut enfin, l'évêque portait une robe en laine violette, clin d'œil à son titre, et des chaussures en daim à l'aspect si velouteux que Paul réprima à grand-peine son envie de les flatter.

— Vous avez l'air tendu, dit l'évêque.

Elle garda la main de Paul dans la sienne pendant une minute. Il retint un rire léger, une remarque idiote.

— Entrez, dit-elle. Ici, on ne nous dérangera pas.

Le bureau de l'évêque était confortable. Très sensiblement amélioré par rapport à celui de son prédécesseur. (« *Très sensiblement amélioré par rapport à celui de son prédécesseur* », entendit-il Clara répéter dans sa tête. Guindé jusque dans ses pensées.)

— Quelle pièce agréable. C'est très élégant.

Très élégant? Bien! Il parlait comme il parlait, un point c'est tout!

Vivian Porter caressa de la main les imposants rideaux de velours doré.

— J'adore ces rideaux. Qu'est-ce que vous en pensez? C'est ma fille qui les a cousus. Et ils ont un côté secret, un côté subversif. Regardez!

Elle retourna le violet ecclésiastique pour faire voir la doublure: des rayures rouge cerise sur fond vert lime.

— Parfaits, dit-il.

Il s'enfonça dans l'un des fauteuils en cuir posés près du bureau de l'évêque. L'un contre l'autre, ses genoux lui semblèrent trop gros. Il les écarta, mais il eut aussitôt l'air disgracieux. Il drapa son veston sur ses genoux et tenta de s'oublier un peu. Malgré les efforts de Vivian, la convocation avait des airs de sommation chez le directeur. De toute évidence, il y avait un gros problème.

Elle lissa les rideaux, côté sobre devant, et entra dans le vif du sujet.

— Hier, j'ai reçu un drôle de coup de fil de la part de votre marguillière. J'ai pensé voir si nous pourrions préparer une réponse commune.

Elle se pencha sur l'appareil posé sur son bureau. Sa chaîne en or aplatissait son corsage. Elle avait environ cinquante ans. Jeune pour une évêque, et intelligente. Paul l'admirait et la respectait.

Un déclic et le répondeur se mit en marche : « Candy Vincent, ici, marguillière de la paroisse Sainte-Anne. Excusez-moi de vous déranger pour quelque chose de si… *Hm.* Mais je ne sais pas… à qui m'adresser. »

La voix familière et grinçante de Candy Vincent emplissait la pièce, et Paul comblait mentalement les silences. De quoi s'agirait-il ? Il avait l'estomac révulsé. Ce *hm…* Le ruban se déroula, la voix poursuivit : « La femme du père Paul, Lisanne Tippett… »

Paul rit, ne put s'en empêcher. Il l'avait entendue dire « Xanthippe » au lieu de Lisanne Tippett. La révélation le frappa en plein visage : il avait épousé la mégère de Socrate. Il éprouva un moment de pur plaisir à la pensée de la sinistre plaisanterie qu'étaient le monde, les études classiques, lui, son moi ridicule.

Vivian Porter leva les yeux sur lui, et son front se plissa en même temps que ses sourcils se soulevaient. Il secoua la tête, ce qu'elle prit pour une sorte de réponse.

Candy s'échauffait. Paul l'imagina, une tablette de chocolat à la main, de celles qu'on vendait pour recueillir des fonds, à l'occasion de l'assemblée paroissiale du mardi. Elle parlait, et du chocolat fondait entre ses doigts solides. « Elle ne s'est jamais intéressée aux affaires de la paroisse, mais on ne peut pas fermer les yeux sur le fait qu'elle a écrit un article sur… » Paul se dit qu'elle mettrait un moment à cracher le morceau. « … la masturbation. »

Sur le ruban magnétique, il y eut une longue plage de silence, un instant de grand calme. Du chocolat sur les mains.

Le coin de la bouche de Vivian s'était retroussé. Peut-être sourit-elle, se dit Paul. Difficile de s'en abstenir après avoir entendu ce mot de la bouche de Candy Vincent. « Et d'autres sujets encore… de l'équipement. »

L'évêque appuya sur le bouton d'arrêt.

— Bon, je pense que ça suffit.

Paul était surtout conscient du soulagement qu'il éprouvait à l'idée que le coup visait Lisanne plutôt que lui. Ils restèrent assis pendant un moment, sans malaise apparent. Ils se connaissaient juste assez bien pour savoir à quoi s'attendre : le mieux que chacun d'eux avait à offrir. L'évêque ne se montrerait pas déraisonnable, et Paul ne serait pas sur la défensive. De toute façon, l'article de Lisanne ne concernait pas le diocèse.

— Mais c'est compliqué, dit Paul. Lisanne et moi… mettons un terme à notre…

Dans la bouche, il avait un goût de sciure de bois, un goût de terreau.

— Elle m'a quitté. Nous allons probablement divorcer. Si je dis « probablement », c'est parce que j'espère encore une issue plus favorable. Lisanne n'est probablement pas du même avis.

L'homme, lui aussi, accélère,/Mange, copule, enterre/C'est un animal aussi/Holà mélancolie,/Allez, ouste, assez.

— L'article, un texte de commande, a été livré il y a plus d'un an. Et pas pour un magazine olé olé. *Women's Fitness,* en l'occurrence. Je crois comprendre que le numéro spécial sur les maillots de bain est très recherché, mais le ton général est plutôt clinique.

— Vous êtes mariés depuis combien de temps ?

— Longtemps, je suppose. Dix-neuf ans. Nous étions étudiants quand…

— Navrée, Paul.

Elle n'avait rien à ajouter, de la même façon que lui n'avait rien à confier. Sauf que Lisanne lui rendait la vie impossible, de toutes les manières imaginables, se vengeait de quelque péché qu'il n'avait pas conscience d'avoir commis, celui de ne pas prendre son départ plus mal, peut-être.

— C'est peut-être même ma femme qui a montré l'article à Candy, dit Paul, soudain pris du désir de tout raconter.

Vivian fit un signe de la main, geste de dédain qui, aux yeux de Paul, exprimait le dégoût que lui inspirait le commérage. Très bien. Il n'en dirait pas plus. *Allez, ouste, assez!*

Toute bonne chose a une fin. Sur l'aride mer de la prairie, le mouvement de l'autocar et la certitude qu'il avait de n'être pour rien dans ce mouvement réconfortaient Paul à parts égales.

Depuis qu'elle avait sauté ses règles, une fois, huit ans plus tôt, ils n'avaient pas couché ensemble. Puis il se corrigea, car ils avaient inexorablement continué de partager le même lit. Depuis huit ans, ils n'avaient pas fait l'amour. Les premiers jours, parce qu'ils avaient cru que Lisanne était enceinte, puis parce qu'elle était en deuil, ensuite, pendant quelques mois, parce qu'ils se détestaient ou qu'elle le détestait, et enfin sans raison. Ils ne faisaient plus l'amour, cela ne leur ressemblait plus.

> *Les arbres ne sont-ils pas verts,*
> *La terre du même vert?*
> *Le vent ne souffle-t-il pas,*
> *La flamme ne bondit-elle pas, les fleuves ne coulent-ils pas?*
> *Va-t'en, mélancolie.*

Devant lui, Lisanne avait un jour dit à sa sœur que l'idée de ne plus jamais avoir de relations sexuelles ne l'effrayait pas du tout. Carol s'était regimbée, avait henni, mais Lisanne n'en démordait pas, et son sang-froid à toute épreuve avait quelque chose d'admirable. *Admirable, implacable.* Des mots voltigeaient dans la tête de Paul.

Il l'avait prise au piège en acceptant ses conditions, en ne lui donnant aucun motif de s'emporter. Ils s'étaient mariés trop jeunes, et il n'avait pas su préserver une dose suffisante de dignité, d'autorité ou de respect. Pour cela, il lui aurait fallu adopter un comportement auquel il ne croyait pas : la froideur ou l'affirmation de sa souveraineté sur sa vie. Il avait cédé aux exigences de sa femme, c'était une preuve de faiblesse, et elle le haïssait. Pourtant, Paul ne trouvait pas dans son cœur la force d'imputer à Lisanne la responsabilité du ratage. Ni dans sa tête, du reste. En même temps, au fond de lui, il n'avait plus du tout envie de l'avoir pour femme. Ils avaient peut-être laissé les choses traîner si longtemps et si douloureusement que la souffrance associée à l'événement proprement dit s'était émoussée. Les poteaux de téléphone défilaient dans la fenêtre, scandaient la distance parcourue, les câbles ondulaient, le raccompagnaient jusqu'à sa maison vide. Elle n'avait pas été une bonne épouse, même au début. Il savait qu'elle avait eu une aventure et il la soupçonnait d'en avoir eu d'autres. Elle était égoïste et ignoble, et lui-même était un imbécile. Ils n'avaient pas su faire mieux, elle et lui.

Il avait mal à la tête, à l'endroit où il s'était cogné contre le lit superposé. Il appuya la bosse sur la vitre fraîche de l'autocar.

12. Confortable et compréhensible

Faute de place, la chimiothérapie de Lorraine n'allait commencer que le mardi. Darwin la poussait dans les couloirs pendant qu'ils attendaient le début de la séance préparatoire. Par esprit d'aventure, ils explorèrent le quatrième étage, l'aile de l'ostéopathie : murs pêche inconnus et d'autres œuvres d'art. L'hôpital misait beaucoup sur l'art.

— Tu as vu toutes ces photos de morts ? demanda-t-elle. Avec leurs petites plaques : en souvenir de grand-papa, merci pour la vie de Myra… Ça me donne froid dans le dos. À mon étage, il y en a une sur laquelle un petit garçon pêche avec son grand-père tout blanc, un vrai fantôme. Il sourit au garçon comme s'il allait lui caresser la tête. Ou encore lui sucer le sang.

— Je l'ai vue, celle-là, dit Darwin. C'est juste une reproduction. Je parie qu'il y a des milliers de photos pareilles, accrochées partout dans les hôpitaux. Pour déprimer tout le monde, on dirait.

Ils contournaient des patients qui tentaient de marcher. Des vieux pour la plupart. Une femme de l'âge de Lorraine faisait quelques pas avec son déambulateur, les yeux curieusement immobiles, le visage tourné d'un côté. Elle les gratifia d'un magnifique sourire. Lorraine savait que la même beauté résidait dans son sourire à elle, dans ses yeux. Les gros ennuis font monter l'amour en vous, se dit-elle. Neuf jours plus tôt, elle avait pleuré dans la Dart parce qu'elle n'arrivait pas à trouver Darwin.

Lorsque Lorraine fut de retour dans sa chambre, une infirmière aux cheveux ras et à la carrure athlétique passa la tête par la porte.

— Ah! Vous êtes là! Super. Bon, je vais vous expliquer à quoi vous attendre après la chimiothérapie, dit-elle gaiement.

Nola, proclamait son badge. Elle déposa des dépliants en éventail sur la table et tira une chaise droite.

Lorraine ferma les yeux pendant un instant. Elle n'avait pas la force d'entendre l'infirmière. Darwin écoutait, il lui raconterait plus tard. Des expressions, des noms de produits chimiques, des types de lymphocytes T flottaient dans l'air, se fracassaient autour d'elle comme du verre très mince, comme la première pellicule de glace qui se forme sur les étangs, certains matins nordiques. Ses bottes chiffonnaient les plaques délicates, à moitié formées. À côté d'elle, Darwin était d'une immobilité absolue, comme si les racines du monde avaient troué le sol.

L'infirmière avait une approche pratico-pratique, pas du tout menaçante.

— En plus des cellules cancéreuses, la chimiothérapie affecte les autres tissus où on observe un taux élevé de division cellulaire : les parois de la bouche, les parois des intestins, la peau et les follicules des cheveux. D'où, pour certains types de traitement, la chute des cheveux. Mais après, ils repoussent très bien.

Lorraine sentit ses cheveux peser lourdement entre ses omoplates. Une image fulgurante lui traversa l'esprit : dans la véranda de Trimalo, juste avant la naissance de Trevor, Clayton enroule ses cheveux autour de sa main et de son poignet. Elle se rappela le ciel nocturne, son ventre plein qui l'ancrait au sol. La main de Clayton, avec ses ongles rongés, qui entortillait et retenait ses cheveux.

— Nous avons réalisé des progrès notables dans le traitement de la nausée, dit l'infirmière. De nos jours, la chimiothérapie n'entraîne pas nécessairement les réactions violentes qu'on voit dans les films.

Tu parles, songea Lorraine. Je parie que ça va être une vraie partie de plaisir.

La patiente qui partageait sa chambre revint. C'était une jeune femme en colère d'environ vingt-cinq ans, consumée par l'amertume. Son mari ou son petit ami poussait son fauteuil roulant. Presque sans cligner, elle fixa sur l'infirmière ses yeux incendiaires, que la rage réduisait à l'état de braises ardentes. Ne sois pas comme elle, se dit Lorraine.

— Sors-moi d'ici, fit la jeune femme sur un ton sans appel.

En faisant pivoter le fauteuil, l'homme s'excusa auprès de l'infirmière et de Lorraine d'un geste de la tête.

Peut-être la fureur était-elle un moyen de ne pas ployer sous un tel fardeau.

Lorsqu'ils furent sortis, l'infirmière poursuivit :

— Surtout, n'allez pas croire que ce sont des pensées négatives qui sont responsables de votre état. C'est un piège. Cela dit, j'ai vu un tas de patients subir un tas de traitements, et il y a une grande vérité au sujet de l'état d'esprit : vous pouvez vous faciliter la vie. Si vous êtes en colère ou désespérée, les prochains mois vont être plus difficiles. Si vous réussissez à trouver une forme de consolation — l'exercice, la méditation ou la religion, chacun son truc — et à garder le sens de l'humour, le traitement va être moins pénible. Nous allons tout faire pour qu'il soit confortable et compréhensible.

Confortable et compréhensible. Lorraine avait des cognements dans la tête. Elle perdit le sens de l'ouïe, se retira en elle-même. Elle entendait le sang courir et battre dans ses veines. Darwin posa la main sur son cou, enveloppa sa nuque dans sa main tiède, et elle respira plus calmement.

L'infirmière consulta ses papiers pendant un moment, puis elle croisa le regard de Lorraine.

— Dans votre cas, ce sera huit séances de perfusion de douze heures, et vous resterez hospitalisée.

Elle s'interrompit.

Nola, Nola. Soulevé par sa respiration, son badge lançait des éclairs.

— L'année dernière, mon père a eu un lymphome malin non hodgkinien.

Elle retourna la feuille, peut-être pour rétablir le calme dans sa voix.

— Ce sera long.

Lorraine hocha la tête. Autour d'eux, le père au visage blême flottait dans l'air. Inutile d'en dire plus. Nola hocha la tête à son tour.

— Bien, dit-elle.

Elle repoussa sa chaise et sortit, sans doute pour aller prêcher la bonne nouvelle à d'autres.

— C'est bien, ce qu'elle a dit, fit Lorraine. À propos de se faciliter la vie.

Elle faisait des efforts.

— Une attitude positive ne va rien changer à ce qu'ils vont te faire subir, dit Darwin. Il va quand même falloir tenir le coup.

Il lui sourit, cependant, parce qu'il l'aimait, et c'était déjà une façon de lui venir en aide. Elle était en terrain glissant. De cela, elle se rendait bien compte.

13. Beignes

Lorraine a l'air en forme, se dit Clara.

— Je suis un vampire, dit Lorraine en voyant Clara franchir la porte de sa chambre, le mercredi matin.

Elle riait, mais son visage épanoui laissait voir un soupçon de panique.

— *La fiancée de Dracula.* Regardez ma peau ! On ne trouve pas de crème aussi efficace sur le marché, il faudrait en vendre. *Sang frais, prix coupés !* Avec ça, on financerait l'assurance-maladie. Vous savez ce que je me dis toujours ? Si l'accident s'était produit aux États-Unis ? On aurait été cuits. Tout de même, ils ont des hôpitaux pour les pauvres, comme dans *ER*. On ne les voit pas renvoyer les patients devant les portes coulissantes, pas vrai ? Peut-être qu'on les flanque à la porte une fois qu'ils sont dans un service, comme ma compagne de chambre. Comme les « Chemises rouges » dans *Star Trek*. Ils sont cuits aussi, ceux-là. Comme le pain grillé en caoutchouc de l'hôpital.

Pour illustrer ses propos, Lorraine agita une tranche toute molle de pain grillé.

Depuis quelque temps, la première tâche de Clara consistait à calmer Lorraine.

— Je vous ai apporté des petits pains préparés par Mrs. Zenko, dit-elle. Avec du blé bio, à ce qu'il paraît. En plus, elle moud sa propre farine.

— Miam, dit Lorraine. Ça donne faim.

— Elle vous envoie aussi de la soupe.

Du bortch orthodoxe ukrainien, rouge et or brillant, sans viande. Lorraine fit tourner le bocal entre ses longs doigts pâles, regarda les cubes de betterave scintiller et s'éclipser tour à tour. L'aneth se plaquait contre le verre, duveteux, avant de se remettre à flotter.

— C'est drôlement gentil de faire tout ça pour quelqu'un qu'on n'a jamais vu.

— Elle aime les enfants.

Et elle connaît Mrs. Pell, faillit ajouter Clara.

Sans crier gare, Lorraine se mit à verser des sanglots pénibles, déchirants.

— La chimio est tellement dure, plus dure que je pensais. J'avais tellement peu de globules blancs qu'ils n'ont même pas réussi à les dénombrer. Et ils ont dû me donner du sang. Les infirmières refusent de parler. Vous savez ce que ça veut dire. Elles laissent les médecins faire le sale boulot.

Elle laissa sa tête retomber sur l'oreiller et serra le bocal rempli de soupe sur sa poitrine. Clara s'obligea à écouter, à ne pas intervenir pour améliorer la situation. Il n'y avait pas d'amélioration possible.

— Je voudrais tellement que Clayton soit là, dit Lorraine.

C'était la première fois qu'elle prononçait le nom de son mari en présence de Clara. Lorraine continua de pleurer ; les larmes tombaient à la verticale sur ses joues et les draps raides, où, en atterrissant, elles faisaient presque du bruit.

Clara resta assise. La liste des choses qu'elle aurait dû faire lui chatouillait les oreilles, accélérait son pouls. Elle avait eu tort de ne pas parler de Clayton, tort de ne pas informer Lorraine de son départ. Si elle avait parlé, elle aurait peut-être pu le retrouver. Il était trop tard, désormais.

Lorraine ne pleurait plus, apparemment. Peut-être s'était-elle endormie. Clara se pencha pour prendre le bocal. Aucune réaction.

Les yeux de Lorraine étaient fermés, ses paupières minces tirées sur ses globes oculaires légèrement protubérants, sa bouche relâchée. Clara eut si pitié d'elle que, pendant un moment, elle fut incapable de bouger, ne serait-ce que pour se redresser. Une douleur aiguë lui vrillait le ventre, et elle savait que c'était à cause de la mort affreuse et déchirante de sa mère, survenue peu de temps avant, dans ce même hôpital. Entre les mêmes draps jaunes, aussi proche d'elle que Lorraine l'était à présent. Et aussi loin.

La maison vide de Mrs. Zenko n'était pas parfaitement silencieuse. Le réfrigérateur bourdonnait; quelque part, du swing jouait à la radio.

Dolly hésitait sur le palier. Mrs. Zenko était-elle vraiment sortie? S'affairait-elle quelque part dans la maison, même si Dolly l'avait vue s'éloigner avec son panier jaune sur roulettes? La voiture de Mrs. Zenko restait dans le garage, sauf si elle devait effectuer un long trajet, par exemple aller chez son fils à Battleford. Elle aimait marcher. La marche rechargeait ses batteries, disait-elle.

Dolly connaissait déjà la cuisine de Mrs. Zenko, son seau à lessive, ses bols et ses contenants en plastique, bien rangés dans des tiroirs. Il restait cependant le petit bureau du salon et les chambres à coucher. Tout était tellement propre! Sur les parquets cirés, il n'y avait presque rien. C'était une maison spacieuse et bien aérée où il faisait bon rôder. Dans le tiroir du bureau, il y avait des photos des enfants de la vieille dame et une lettre de son mari, qui était mort. Dolly lut les trois premières lignes et remit la lettre à sa place parce qu'elle aimait bien Mrs. Zenko. Puis elle se sentit si vertueuse et si fière d'elle-même qu'elle s'engagea dans le couloir pour se rendre dans la chambre de la vieille femme, où elle ouvrit et referma tous les tiroirs, juste pour voir. Les commodes étaient couvertes de pulls pliés et empilés, au moins un millier. Mrs. Zenko disait que ses filles lui donnaient souvent des pulls parce qu'elle avait toujours un peu froid. Le préféré de Dolly était blanc avec une petite ceinture et de grosses manches bouffantes comme des ailes qu'il fallait replier. Le petit coffre à bijoux posé sur la commode contenait de minuscules compartiments en bois : dans chacun, il y avait une bague. Dolly adorait les bagues. À sa mort, peut-être Mrs. Zenko les lui lèguerait-elle ; peut-être l'écrirait-elle dans son testament. Mais il faudrait probablement qu'elle les donne à ses filles. Dolly referma les tiroirs et laissa les bagues à leur place. L'idée que Mrs. Zenko sache qu'elle était venue fouiner chez elle lui était désagréable. Elle en eut l'estomac retourné. Sans même jeter un coup d'œil dans la salle de bains, elle se dirigea vers la porte de derrière.

Au même moment, Mrs. Zenko entra par celle de devant.

— Hello, Dolly, fit-elle.

Puis elle éclata de rire, sans que Dolly comprenne pourquoi.

— Hello, Dolly, répéta Mrs. Zenko sur un ton chantant.

— Hello, répondit Dolly.

— Tu fouilles dans ma maison, petite souris ?

Dolly hocha la tête.

— Tu as trouvé quelque chose d'intéressant ?

Dolly secoua la tête. Mrs. Zenko abandonna son panier jaune sur roulettes et passa son bras autour des épaules de la petite.

— Tu viens fouiner quand tu veux, dit-elle. Tu es chez toi ici, comme chez Clary. Tu as faim ?

Dolly sentit un vaste espace s'ouvrir derrière son nez et espéra que ce n'était pas le prélude d'une crise de larmes.

— Oui, je suppose. Trevor peut venir, lui aussi ?

Déjà, Mrs. Zenko avait sorti une boîte de biscuits du réfrigérateur.

— Tu sais quoi ? On va aller à côté voir comment se portent Trevor et Pearce. Puis on va faire un pique-nique dans la cour.

Les nouvelles étaient toutes mauvaises. Le médecin entra en compagnie de Darwin pendant que Clara était encore là, et elle resta pour entendre ce qu'il avait à dire. Mrs. Zenko avait les enfants à l'œil. Ils allaient bien.

Mais pas Lorraine. Pendant que le docteur parlait, elle resta parfaitement immobile. Désinvolte, il portait un polo de golf et s'exprimait avec facilité, assis au bout du lit, une main sur la jambe de Lorraine. À elle seule, l'empathie, aussi bien intentionnée soit-elle, ne pouvait rien pour Lorraine. Le décompte des leucocytes n'était guère encourageant, admit le médecin, mais on procéderait à des vérifications au fur et à mesure que progresserait le traitement. Tous les deux ou trois jours, Lorraine recevrait une transfusion sanguine.

Lorraine fixa le médecin pendant qu'il parlait. Elle n'était ni renfrognée ni menaçante, mais Clara avait peine à regarder son visage grave, absorbé.

Debout près de la fenêtre, Darwin écoutait aussi calmement que Lorraine. Ils ont tous les deux la capacité de se dépouiller de la moindre émotion superflue, se dit Clara. Tous les patients réunis dans cette aile étaient ainsi ou le devenaient. L'oncologue du père de Clara avait dit aimer travailler auprès des patients atteints du cancer parce que, poussés dans leurs derniers retranchements, ces derniers et les membres de leur famille donnent le meilleur d'eux-mêmes.

Aimablement, le médecin serra la jambe de Lorraine une dernière fois et sortit.

— Pas rassurant, tout ça, dit Lorraine.

Darwin s'assit au bord de la fenêtre.

Clara aurait voulu énumérer les raisons qu'avait Lorraine de ne pas s'en faire, mais elle avait la tête enveloppée dans une sorte de brume blanche. Elle ne savait rien du tout; avoir accompagné son père et sa mère malades ne lui avait rien appris.

Lorraine se tourna vers Clara.

— Je me sens plutôt mal, dit-elle.

— On va être là, dit Darwin. On va être avec toi.

— J'ai peur de voir les enfants, dit Lorraine. Je ne veux pas leur faire peur.

— Pearce n'aura pas peur, dit Darwin. Il va seulement être heureux.

Le cœur de Clara descendit en piqué. Pas à l'idée d'emmener Pearce à l'hôpital ; il serait aux anges en voyant Lorraine. Ce qu'elle redoutait, c'était le retour à la maison, les cris de déception, de frustration. L'odeur de Pearce dans la chambre et l'effrayante tristesse de Lorraine.

— Ça ira, dit Darwin. Emmenez-les tous.

Sur le chemin du retour, Clara ne voyait que les yeux de Lorraine, d'un noir étincelant au creux de leurs orbites.

Clara leur dit qu'ils iraient rendre visite à leur mère, et Trevor accueillit la nouvelle en silence. Il ne l'avait pas vue depuis deux semaines. Même Pearce se tut, en osmose avec Dolly et Trevor, eût-on dit. Peut-être aussi Clara projetait-elle sa propre panique. Il ne fallait pas. Elle devait au contraire préserver les apparences de la normalité. Elle les fit manger, les obligea à se brosser les dents et à se laver les mains, puis elle sortit des vêtements propres pour Dolly et Trevor avant de changer Pearce.

Les mains tremblantes, elle mit les couches dans le sac qu'elle avait acheté et que, bien sûr, elle donnerait à Lorraine lorsque celle-ci serait en état de reprendre les enfants : ils s'installeraient dans un logement à prix modique, ici à Saskatoon, débusqueraient Clayton, où qu'il se cache, et Clara trouverait du travail à Lorraine, elle obtiendrait une pension de vieillesse pour Mrs. Pell et elle rendrait sa vie à Lorraine.

Elle dut s'arrêter un moment pour se moucher, assise au bord du lit. Elle tremblait de tout son corps, à présent. Se tenant aux barreaux du petit lit, Pearce se leva et la regarda d'un air grave. Elle cessa de pleurer et il se fendit d'un sourire géant en tapant sur les barreaux, puis il cria « Ya » à pleins poumons.

Dolly entra dans la pièce, vêtue de son pantalon et de son haut tout propres.

— Ça va, comme ça? demanda-t-elle.

Clara se tourna vers sa commode et saisit le bracelet de perles, celui qu'elle portait le premier jour.

— Tiens, ça te fera un ensemble, dit-elle. Il y a longtemps que je veux t'en faire cadeau.

Dolly la fixa, et Clara eut soudain peur de conférer à la visite un aspect menaçant.

— Ce n'est pas grand-chose, ajouta-t-elle rapidement en se tournant pour sortir Pearce de son petit lit. Je pense que c'est un peu jeune pour moi, de toute façon.

Depuis le repas de midi, la porte de Mrs. Pell était close, et Clara ne se sentit pas l'obligation de lui dire où ils allaient. Elle laissa un mot sur la table de la cuisine. *De retour en fin d'après-midi.* Heureusement, sa voiture était revenue de l'atelier de carrosserie, et le siège du bébé était désormais solidement fixé au dispositif d'ancrage que des mécaniciens avaient installé le matin même, pendant qu'elle attendait. Pearce regardait par la glace d'un air ravi en tapotant la main de Trevor, posée au bord du siège.

Lorsqu'ils se garèrent à l'hôpital, Clara avait la nausée. Elle n'arrivait même pas à s'imaginer la frayeur des enfants. Elle dit à Trevor et à Dolly :

— Des fois, c'est dur de rendre visite à quelqu'un qu'on aime à l'hôpital. On veut que la personne rentre à la maison avec nous, et on veut rester avec elle. On est heureux de la voir, mais, en même temps, on est triste à cause de la situation.

— Dans ces cas-là, les gens apportent un cadeau, dit Dolly.

Ils mirent dix minutes à choisir des fleurs dans la boutique de l'hôpital. En sortant, Trevor aperçut un ptérodactyle en peluche identique au sien, mais beaucoup plus grand.

— C'est la maman, dit-il.

Clara le lui acheta.

Il n'y eut pas de dispute au sujet du bouton de l'ascenseur, pas de sautillements désordonnés, pas de papotages. Au cinquième, Clara fut la première à descendre et elle leur tint la porte. Dans le couloir, ils s'immobilisèrent. Avec soin, Dolly posa une main sur la rampe en bois et, de l'autre, prit celle de Trevor.

— Regarde, dit-elle. C'est pour éviter que les gens se perdent en revenant.

Darwin vint à leur rencontre, son gros visage en paix, et Clara lui mit Pearce dans les bras.

— Emmenez-les, dit-elle. Moi, je descends chercher des jus de fruit.

Il lui tapota le bras avec une étrange douceur.

— Il faut ce qu'il faut, dit-il.

Elle hocha la tête. Déjà, Trevor et Dolly se serraient contre le lit de Lorraine, se blottissaient dans ses bras.

À la cafétéria, Clara acheta un journal et fit les mots croisés. Lorsque son père se mourait dans cet hôpital, elle lui apportait le journal tous les matins : le premier cahier, le cahier des affaires, les mots croisés, pliés avec soin, prêts à être remplis. Premier point à l'ordre du jour.

Pendant qu'il faisait la queue pour s'acheter un café, Paul Tippett vit Clara, assise toute seule. On jurerait un personnage féminin dans un tableau de Hopper, se dit-il. Comme si elle n'avait pas dormi depuis 1943. Pas étonnant, au fond. Étant donné que lui-même ne s'attendait pas à dormir de sitôt, il se sentit avec elle une parenté suffisante pour s'asseoir à sa table sans demander la permission.

— Comment va Lorraine ?

— Quoi ? Ah ! Bonjour, dit Clara, apparemment incapable de se souvenir du nom du prêtre. J'étais dans la lune, excusez-moi. Les enfants sont ici. Je ne sais pas comment ils vont…

Elle s'interrompit.

— Les enfants ont des mécanismes de défense plus forts qu'on le pense, dit-il pour l'aider un peu. Le monde les console.

Tels n'étaient pas les mots qu'il avait eu l'intention de prononcer, et d'ailleurs ils n'étaient pas très utiles.

— Ils aiment beaucoup leurs lits superposés, dit Clara en souriant.

Que sa joue était douce ! Les enfants l'adoraient sûrement. Il était heureux de l'avoir aidée à assembler les lits superposés. Il monta à l'étage, plus heureux qu'il ne l'avait été depuis des jours. Elle portait un pull ou un veston bleu foncé. Cette teinte indigo lui plaisait. Il resta une demi-heure de plus auprès de Joe Kane, le plus vieux et le moins commode de ses paroissiens, l'oncle de Candy Vincent.

Laissée seule, mais moins seule qu'elle l'avait été, Clara acheta des pommes et des gâteaux, puis elle remonta, heureuse de leur avoir laissé un peu d'intimité. Elle n'était pas de la famille ; elle s'était déjà assez immiscée dans leur vie. Mais ils furent tous enchantés de la voir. Évidemment. Elle-même était toujours ravie de voir Mrs. Zenko débarquer avec un petit plat à la main. Ce n'était pas rien, les petits plats.

Lorraine leva les yeux du magazine qu'elle lisait en compagnie de Dolly.

— Des bébés et des pépées célèbres, dit-elle en laissant voir ses dents légèrement inégales, son très beau sourire.

Dolly était allongée à côté d'elle, Trevor était assis sur les genoux de Darwin, ses chaussures neuves appuyées sur le lit, et Pearce dormait profondément aux pieds de sa mère, bordé par deux oreillers et lové dans le creux des mollets de Lorraine sous le drap. Au-dessus de son menton incliné, sa bouche était entrouverte, et il avait les bras remontés le long de la tête, comme s'il pouvait enfin s'abandonner au sommeil.

— Les bébés célèbres ne sont pas aussi mignons que le nôtre, pas vrai, Dolly ?

Dolly frotta son front sur l'épaule de sa mère.

Devant leur intimité, leur aisance, Clara faillit pleurer. Tous ses efforts avaient été vains. Jamais ils ne seraient heureux avec elle. Ils avaient besoin de leur mère, un point c'est tout.

— Assoyez-vous, Clary, dit Lorraine. Les enfants m'ont dit qu'ils allaient vous supplier d'acheter du poulet frit, mais j'ai dit non, pas question, vous mangez sainement, maintenant, je vois bien que vous êtes pétants de santé.

Elle s'efforçait de mettre Clara à l'aise, mais ce n'était pas son rôle.

— Je constate que vous n'avez pas emmené Mrs. Pell, dit Lorraine en lançant à Clara un regard qui signifiait *Dieu merci*.

— On aurait été en retard si elle était venue, dit Dolly.

— Elle marche comme un gros canard, ajouta Trevor.

Comme personne ne riait, Clara se retint aussi. En se tournant vers Darwin, cependant, elle se rendit compte qu'il avait caché son visage et que, la tête penchée sur le bord de la fenêtre, il riait en silence. Les yeux de Lorraine brillaient comme du jais. Mais sa peau était beaucoup plus pâle que le matin. Clara revint sur terre.

— Les infirmières ont dit que nous ne devions pas rester trop longtemps, dit-elle, s'adjugeant le mauvais rôle.

Mais Lorraine sembla lui en savoir gré.

— Ouais, il faut que vous rentriez manger. On va bientôt m'apporter mon plateau. Si vous êtes encore là, vous allez tout manger, et moi j'ai besoin de nourriture pour reprendre des forces.

Trevor et Dolly furent faciles à convaincre. Ils traînaient là depuis une bonne heure. Déjà, ils s'ennuyaient presque, dans cette chambre. Leur mère était là, toujours là. Ils avaient refait le plein d'elle.

Darwin se leva, plus grand que dans le souvenir de Clara.

— Allons, les enfants, dit-il en se donnant des airs d'homme sévère. Je vous raccompagne jusqu'à la voiture.

Après avoir embrassé Lorraine, Trevor et Dolly suivirent Darwin jusqu'à la porte.

— Nous allons prendre les escaliers, dit-il à Clara. Ça nous fera un peu d'exercice.

Ainsi, elle aurait le temps d'arracher Pearce à sa mère; ainsi, Lorraine serait dépossédée de sa chair en paix.

Dès qu'ils furent sortis, Lorraine remua ses pieds et ses longues jambes sous les couvertures.

— Vous croyez que vous réussirez à le prendre sans le réveiller?

— Non, dit Clara. Jamais de la vie.

Elle s'assit sur le lit et, très lentement, entreprit de faire glisser ses bras sous le garçon endormi.

— Merci, dit Lorraine en se redressant un peu. J'avais besoin de les voir. J'aurais dû vous demander de me les amener plus tôt.

— Ça s'est bien passé, dit Clara. Personne n'a l'air traumatisé.

— Non. Sauf moi.

— C'est difficile?

Lorraine la fixa, l'éclat de ses yeux légèrement atténué. On aurait dit des perles noires et non plus du jais.

— Je sens comme une grosse main, dit-elle. Au bout d'un long bras, une main en moi qui fouille un peu partout…

Clara écoutait.

Lorraine secoua la tête.

— C'est impossible à décrire.

Elles gardèrent le silence.

— Les enfants sont sûrement rendus à la voiture. Vous devriez y aller.

— Darwin va être de retour dans une minute. Vous ne serez pas seule.

— Ouais. C'est génial, non?

Lorraine s'illumina de nouveau.

— Quand nous étions petits, nous dormions dans la même chambre. Le soir, je lui racontais des histoires. Maintenant, c'est son tour.

Clara fit glisser son avant-bras sous Pearce et le souleva en le suppliant en pensée de ne pas se réveiller. Elle le serra contre sa poitrine et son petit poing se posa sur son cou.

— À demain, dit Clara. Vous voulez que je vienne avec les enfants ?

Le visage de Lorraine était mat, paisible.

— J'ai sommeil, dit-elle sans répondre à la question.

Clara était presque à la porte lorsque Lorraine dit :

— Pas demain, mais bientôt.

Darwin arriva à la maison avant le coucher des enfants. Lorraine dormait déjà. Il apportait des trous de beigne. Les trous de beigne à la confiture, minuscules et parfaits, firent pleurer Clara. Parce qu'ils étaient parfaits, justement, et que Lorraine se mourait. Clara avait du sel dans la bouche et un goût évanescent de sucre glace.

Dolly se hissa sur les genoux de Darwin, suivie de près par Trevor, et ils pleurèrent tous les deux un bon coup, mais les larmes seraient de courte durée. Éphémères, comme le plaisir procuré par les beignes. Le sucre à glacer a sans doute le même effet que la cocaïne, se dit Clara. Plus léger que l'air, plus vaporeux que la poussière, frêle délice. Même s'il y avait cinquante trous de beigne, elle continuerait d'en manger, se dit-elle, malgré tout heureuse de voir les enfants saupoudrés de sucre, de voir la confiture de fraise jaillir toute rouge et luisante des coussins sucrés.

— Ma mère faisait des beignes, dit-elle à Darwin.

Elle rit de s'entendre prononcer ces mots, raconter un doux souvenir de sa mère.

— Elle faisait des beignes à l'orange, des boules de pâte avec du zeste d'orange qu'elle glaçait à l'orange !

Le souvenir des beignes à l'orange la rendit heureuse, puis triste, évidemment, et l'odeur de friture de la cuisine, le plaisir éphémère des beignes, tandis que l'odeur de l'huile chaude persistait…

Clara secoua la tête, comme si elle avait bu ou qu'elle était trop fatiguée pour conduire. Elle se frappa la joue pour sortir de sa torpeur. Les enfants la fixaient.

— Quoi ? demanda-t-elle.

Darwin la fixait, lui aussi, et même Mrs. Pell.

— Ça va ! Je…

Elle posa la tête sur la table de la cuisine et se mit à sangloter. Quel soulagement de pleurer tout haut !

Dans la chambre, Pearce commença à pleurnicher. Bravo, Clara ! Elle pleura encore un peu. D'un pas lourd, Mrs. Pell se dirigea vers la chambre.

Elle marche comme un gros canard, songea Clara, et une bulle en forme de beigne éclata dans sa bouche et elle rit devant Darwin et les enfants, qui la regardaient toujours. Elle se cala sur sa chaise ; elle se sentait beaucoup mieux. Elle était raisonnablement certaine que Mrs. Pell n'était pas en train de gaver Pearce de Benadryl.

— Je crois que je suis un peu fatiguée, dit-elle.

Pas moyen de rester impassible. Il fallait rire ou pleurer.

— On ne dort jamais toute la nuit, vous savez.

Darwin hocha la tête.

— On tend l'oreille même quand on dort, dit-elle, elle-même étonnée d'un tel exploit.

— Ouais, vous avez raison.

— Qu'est-ce que vous en savez, vous ?

— J'ai un enfant. Un fils, aujourd'hui âgé de seize ans. Né le même jour que Trevor.

— Moi, j'ai cinq ans, dit Trevor.

Il s'était laissé glisser sous la table dans l'espoir de trouver un trou de beigne égaré.

— Ouais, il est un peu plus vieux que toi.

— Il s'appelle Phelan, dit Dolly à Clara. *Phelan* veut dire « loup ».

— Le choix de sa mère, précisa Darwin en souriant. C'est très Nouvel Âge, non? Ils vivent en communauté, du côté de Tofino. Mais il n'y a pas de loups par là.

Concentrée comme si elle était pompette, Clara se demanda pourquoi cet homme lui était si sympathique. Son visage mobile était pourtant banal, lisse et trop large, avec des plaies cicatrisées. Il se moquait d'elle. Il avait les yeux de Lorraine. Fallait-il qu'il vive au jour le jour pour tout laisser tomber et venir veiller sur sa sœur!

Entrant dans la pièce avec Pearce dans les bras, Mrs. Pell fit tomber la boîte de trous de beigne. Seulement quelques-uns s'en échappèrent et Dolly la redressa avec précaution pour éviter d'en renverser davantage. Lorsque Trevor fit mine de mordre dans un trou de beigne qu'il avait ramassé par terre, Mrs. Pell poussa un cri strident, semblable au sifflet d'une locomotive.

— Pourquoi celui-là n'est plus pareil? lui demanda-t-il.

— Parce qu'il n'est plus pareil! Ça devrait te suffire comme explication.

— Je veux qu'il soit pareil. Je veux que ça soit comme avant.

Trevor était au bord des larmes.

Clara aurait voulu intervenir, mais la grand-mère avait son mot à dire, plus qu'elle en tout cas. Elle prit le bébé et vérifia son fond de culotte, plutôt lourd, tandis que Mrs. Pell poursuivait inexorablement:

— Tout change. Pendant toute ta vie, tu vas devoir t'habituer à une chose, puis à une autre. Plus rien ne sera jamais comme avant. Les deux dernières semaines ont tout changé.

— Mais c'est ça qui est bien, dit Darwin en prenant de nouveau Trevor sur ses genoux. Si les choses restaient toujours pareilles, on finirait par s'ennuyer. On finirait par se mettre à genoux pour demander du changement.

— Pas question de se mettre à genoux, dit Trevor.

Il avait le regard un peu oblique, comme les chiens en meute, se dit Clara. Non, pas question de se mettre à genoux pour demander du changement.

14. La porte verte

Lorsque Clara s'éveilla sans savoir quel jour c'était, elle décida qu'il était temps de se reprendre en main. Jeudi, sept heures trente. Dans sa nouvelle vie.

Il fallait qu'elle aille au bureau.

Pearce dormait toujours, la tête rejetée en arrière, la bouche ouverte. Elle descendit du lit sans bruit, dans l'espoir que ce semblant d'énergie extérieure se muerait en élan intérieur, comme la bonté, prit sa douche en trois minutes, puis réveilla Pearce et le fit manger : de la purée de patate douce, pour la toute première fois. Mrs. Pell avait pris l'habitude de rester au lit jusqu'aux environs de midi ; elle ne pouvait donc pas désapprouver.

Pearce adora les patates douces ; Clara lui en redonna. Il posa une main reconnaissante sur la joue de Clara et, entre deux bouchées, tapa violemment avec sa cuillère. Elle aimait le bol qu'elle avait à la main, le bol décoré de petits lapins qui avait été le sien, quand elle était bébé ; il tenait parfaitement dans sa paume compétente.

Trevor et Dolly, fatigués par leur visite à l'hôpital, furent heureux de rester assis, leurs mains en visière pour se protéger des rayons du soleil que les rideaux de la cuisine laissaient entrer à flots. Pendant qu'ils mangeaient, Clara s'habilla convenablement. Depuis quelques jours, elle enfilait un jean au saut du lit, au cas où Darwin serait rentré de l'hôpital. Pearce se trémoussait dans son petit lit, comme si la vue de Clara en sous-vêtements lui plaisait. Elle trouva son beau costume fauve et ses escarpins Amalfi, bien cirés dans leur petit compartiment. Comme avant. Depuis combien de jours n'avait-elle pas mis de rouge à lèvres? Le manque de sommeil n'excusait pas tout.

Dans l'embrasure de la porte, Dolly attachait les chaussures de Trevor. Clara hissa Pearce plus haut sur son épaule, chercha son joli porte-documents dans la garde-robe du couloir et le trouva immédiatement. Quelle efficacité, ce matin! Pearce toussa contre son épaule.

D'une voix maternelle et calme qu'elle entendit avec satisfaction, elle dit:

— Ne fais pas d'histoires, mon poussin!

Mais Dolly dit:

— Euh, Clary…

Clara sentit alors la tiédeur sur son épaule. Se tournant légèrement pour se regarder dans le miroir, elle vit des patates douces à l'aspect caillé dégouliner le long de son dos. Elle sentit la fureur monter dans sa poitrine comme une fontaine, monter…

Trevor se mit à pleurer.

Clara fixa le mur nu. C'était la première fois depuis des années qu'elle sentait la colère la gagner ainsi.

— Ce n'est rien, dit-elle à Trevor lorsqu'elle fut certaine de ne pas crier. Je n'ai qu'à me changer.

Au moins, Pearce, penché sur Clara, ne s'était pas sali, lui. Elle l'installa dans son siège, posé près de la porte, et nettoya sa bouche d'abord, le sol ensuite. Dolly pleurait, elle aussi.

— Reste avec Pearce pendant un moment, d'accord, Trevor?

Docilement, le garçon s'accroupit à côté de son petit frère.

— Viens m'aider à trouver quelque chose de propre, Dolly.

Elle jeta le veston dans le sac destiné au nettoyeur.

— De toute façon, je déteste ce costume, dit-elle à Dolly. Il me donne l'air d'une vieille dame désagréable. Choisis-moi quelque chose de mieux.

Malgré ses larmes, Dolly mit la main sur un faux tailleur Chanel vaguement jaune.

— Et ça, dit-elle en décrochant le chemisier violet.

Il lui faisait toujours penser au défilé de Pâques. Mais elle avait demandé l'opinion de Dolly, alors…

— Pourquoi pleures-tu? demanda Clara en remontant la fermeture éclair de sa jupe.

Dolly jugea Clara très élégante.

— Pearce a régurgité sur mon… La fois où nous avions cherché Darwin, mais nous ne l'avions pas trouvé. Maintenant, ça y est.

— C'est une bonne chose, non? Ta mère est si heureuse de l'avoir à ses côtés.

S'ils n'arrivaient pas avant onze heures, Barrett serait sorti manger, ce qui, comme le savait Clara, signifierait qu'il serait absent tout l'après-midi. Elle pressa les enfants de sortir et de monter dans la voiture; au moment où elle-même s'y installait, Darwin arriva au volant d'un vieux tacot vert petits pois. Il avait l'air épuisé.

Elle attendit pour lui dire un mot.

— Vous avez passé une mauvaise nuit?

— Je suis content d'avoir été là. Pendant un moment, elle a rêvé, ou déliré, je ne sais pas.

— Elle a demandé Clayton?

— Je lui ai raconté, ne vous en faites pas. Elle avait compris, de toute façon. Elle vous est reconnaissante de votre aide. Elle en a déjà plein les bras, non? Elle n'a pas le temps d'être en colère.

Clara hocha la tête.

— Vous sortez? demanda-t-il.

— Il faut que je voie mon patron pour tout lui expliquer.

Il rit.

— Qu'est-ce que vous allez lui raconter ?

Dolly sortit de la voiture et se lança dans les bras de Darwin. Elle resta serrée contre lui, une jambe enroulée autour du genou de son oncle. Clara jugea inopportun de poursuivre la conversation devant la petite. D'ailleurs, elle n'avait pas tout à fait arrêté sa stratégie.

— Je vais improviser, dit-elle, en proie à un léger vertige, comme si elle s'apprêtait à partir en vacances. Je travaille pour lui depuis des années, et il s'est toujours montré bienveillant. Il va être horrifié.

— En tout cas, vous avez le bien de votre côté, dit-il. Et en plus vous êtes très élégante.

Obscurément, l'amitié spontanée de Darwin était flatteuse. Il était bon d'avoir des gens comme lui autour de soi. Elle n'en avait pas l'habitude. À trop respecter la hiérarchie sociale, sa mère les avait pour l'essentiel condamnées à la solitude.

— Dormez bien, dit-elle en faisant semblant d'être aussi amicale que lui.

Elle le laissa gravir les marches.

Clara dut se garer loin des bureaux de Gilman-Stott. Ils s'avancèrent péniblement dans la brise qui charriait des grains de sable. Il faisait plus froid qu'elle l'aurait cru en se levant. Elle regretta de ne pas avoir de poussette où mettre Pearce. Après avoir vu dans une glace son ensemble jaune et violet dans toute sa gloire, Clara faillit faire demi-tour. Mais il faudrait qu'elle reprenne tout de zéro une autre fois.

Avant d'ouvrir la porte, elle dit :

— Dans un bureau, les gens se concentrent, comme dans une bibliothèque ou une église. Je veux que vous restiez près de moi. Et gardez le silence, s'il vous plaît. Si vous avez quelque chose à me demander, faites-le, mais le plus discrètement possible.

En parlant aux enfants, elle se faisait parfois l'effet d'une bibliothécaire invraisemblablement vieille et rigide, pas du tout faite pour ce boulot. Ils la regardaient avec des yeux effrayés, sans même comprendre qu'ils étaient censés dire : *Oui, nous serons gentils.* Il serait intéressant pour eux de voir l'intérieur d'un bureau.

Mat trônait derrière sa table de travail. Evie, la chef de service avec qui il était toujours facile de s'entendre, était déjà à Hawaï. Dommage. En apercevant Clara, Mat poussa un petit cri retenu et secoua ses cheveux couleur fer.

— Tu es de retour !

Puis elle remarqua les enfants.

— Tiens, fit-elle. À qui ai-je l'honneur ?

— D'abord, Mat, dis-moi : Barrett est-il dans son bureau ? Il faut que je lui parle.

— Avec un peu de chance, tu l'attraperas avant qu'il sorte en douce par-derrière.

Clara prit la main de Dolly et cala Pearce sur sa poitrine. Elle se faisait l'impression de s'être métamorphosée en une créature munie de quatre têtes et de plusieurs paires de jambes. Trevor se cramponnait à son veston.

— Venez, les enfants, dit-elle.

Sa voix lui sembla factice. Elle les entraîna le long du couloir délimité par des cloisons à mi-hauteur recouvertes de tissu brun jusqu'au vrai mur du fond, où se trouvait le bureau de Barrett.

Lorsqu'il la vit, il enfilait un blazer vert un peu trop étudié, un bras déjà au milieu d'une manche. Il voulut parler, mais rien ne sortit de sa bouche ; il fixait le bébé, son propre visage comme celui d'un bébé.

— Bonjour, Barrett, dit Clara sur un ton délibérément officiel. Tu as une minute ?

Elle se pencha sur Dolly et Trevor.

— Vous voyez la table avec les magazines ?

Ils firent signe que oui.

— Restez assis pendant cinq minutes, le temps que je discute avec Mr. Gilman. Je vais laisser la porte ouverte. Comme ça, vous pourrez me voir. D'accord?

Dolly hocha la tête parce que, de toute évidence, c'était la réponse attendue. Elle obligea Trevor à s'asseoir à côté d'elle. Il y avait effectivement des magazines, mais c'étaient des publications spécialisées. Rien que les enfants aient même envie de feuilleter.

De sa chaise, Dolly voyait Clary. Le gros monsieur s'était assis dans son fauteuil derrière le bureau. Il était vieux avec des tas de cheveux gris et des sourcils gris comme les antennes d'un insecte tournées l'une vers l'autre. Il agita ses doigts devant Pearce, trop loin pour que celui-ci se donne la peine de tenter de les agripper. Dolly vit Clary se pencher un peu et parler doucement, probablement pour ne pas qu'ils entendent, Trevor et elle. Les jolis pieds de Clary étaient élégants dans ses talons hauts caramel. Clary ne voulait peut-être pas que les gens du bureau entendent ce qu'elle avait à raconter. La dame à la bouche de la couleur d'une gomme à effacer qui travaillait près de l'entrée se tenait debout devant un classeur, à côté de la porte du monsieur, mais elle ne regardait pas les dossiers.

Trevor se mit à fredonner, et Dolly tira sur sa main pour l'obliger à se taire.

— C'est absolument impossible, dit le monsieur.

Puis il baissa la voix de nouveau.

Peut-être refuserait-il de la laisser partir. Il se leva. Il avait le visage tout rouge. Clary recommença à parler, mais Dolly ne voyait toujours pas ses lèvres, ce qui l'aurait aidée à mieux saisir. Dolly ne tenait pas vraiment à entendre Clary, qui parlait probablement de la mère de Dolly et de la gravité de sa maladie. Mais elle avait besoin de savoir, elle avait besoin de données. Lentement, elle s'approcha de la dame qui écoutait près du classeur. Celle-ci la foudroya du regard pendant un moment, puis l'ignora.

Dans le bureau, le cœur de Clara battait la chamade. Une fois, à l'occasion d'une fête de Noël, Barrett l'avait embrassée. Cette fois-ci, c'était presque pire.

— Si un congé est exclu, je devrai démissionner, dit-elle. Mais je préférerais ne pas le faire. Tôt ou tard, il faudra que je recommence à travailler, et j'aimerais bien que ce soit ici.

Il se rassit, renonça, terriblement déçu par l'irrationalité de Clara.

— Tu sais l'importance que j'attache à tes conseils, dit-elle, poursuivant sur sa lancée, mais, dans ce cas-ci, il n'y a pas de conseils qui tiennent. Je n'ai pas le choix.

— Mais tu n'as même pas pris congé quand ta mère se mourait !

— Elle était entourée d'amis et elle avait une infirmière à son chevet. Et elle n'avait pas de jeunes enfants.

Elle avait pris un ton glacial, mais elle ne gagnerait rien en se mettant Barrett à dos.

— Naturellement, je ne demande pas un congé payé…

— Ils ne font même pas partie de ta famille, Clara ! C'est ça qui me dérange le plus. Tu ne leur dois rien, à ces gens-là !

Ces gens-là. Cramponné à son côté, Pearce glissa sur son chemisier, sous le veston, son petit poing se serrant pour la presser contre lui.

— C'est mon devoir. Qu'il soit réel ou imaginaire n'y change rien.

— Un autre problème, c'est ta responsabilité devant la loi. À mon avis, tu cours de graves risques en accueillant chez toi de purs étrangers, comme si tu étais coupable de quelque chose. Au nom de quoi faut-il que tu t'exposes à ce genre de…

Vaincu, Barrett s'étouffa et toussa, toussa interminablement. À tâtons, il chercha un papier mouchoir sur le bureau et elle poussa la boîte vers lui.

— Lorsque je prendrai ma retraite…, commença-t-il.

Évidemment, il allait aborder la question de son remplacement.

— On en est encore loin, dit-elle en l'interrompant. Si tu ne veux pas me garder mon poste, d'accord. Je tenais juste à ce que tu saches que ce n'était ni le travail ni tes méthodes qui étaient en cause.

Pourtant, c'était bien là le problème. Comment avait-elle pu ne pas s'en apercevoir ? Le boulot abrutissant, la gestion molle, suffisante de Barrett… Elle ne devait strictement rien à Gilman-Stott. Ce fut comme si la cloche de la récréation sonnait, comme si une porte verte s'ouvrait dans un mur de briques.

Vidé, Barrett se cala dans son gros fauteuil.

— Vendredi, je vais venir mettre de l'ordre dans mes dossiers, et Mat a toutes les données au bout des doigts.

(Comme Mat écoutait sans doute à la porte, fidèle à son habitude, autant lui jeter un os.)

— Tu pourrais peut-être retenir les services de la femme de Biggar qui est venue l'hiver dernier. Elle cherchait à s'établir à Saskatoon.

Et elle saurait composer avec Barrett.

— Tu cherches donc à te ruiner ?

La question semblait sincère et elle s'adoucit un peu.

— Je cherche plutôt à me sauver, dit-elle, sûre qu'il ne comprendrait pas.

Il grimaça, comme si elle avait commis un impair dans une soirée mondaine.

— C'est le Saint-Esprit qui me dit quoi faire, Barrett.

Il la dévisagea d'un air consterné.

Elle éclata de rire, plus librement que jamais.

— Pas vraiment ! J'y vais au pif.

Depuis la porte de Barrett, Trevor dit :

— Clary ?

Elle détecta une note d'inquiétude dans sa voix. Le moment

était venu de partir. Elle se leva d'un mouvement brusque et fluide, heureuse de la tête aux pieds, et se tourna vers la porte, tandis que Pearce se contorsionnait dans ses bras, à la recherche de points de repère. Elle lui montra Trevor, serré contre sa sœur, tout près de la porte. Que les enfants reléguaient dans l'ombre le beige et le brun, que leurs visages brillaient dans ce terne couloir !

Près du classeur, Mat semblait tétanisée.

— Venez, dit-elle doucement aux enfants. Tu t'occupes de lui, Mat. D'accord ?

Celle-ci hocha la tête. Un coin de sa bouche rose mat se souleva et elle gratifia Clara de son sourire le plus enveloppant. Clara serra Pearce plus fort pour lui faire franchir sans encombre le dédale des cloisons. De crainte de se perdre dans cette forêt de tissu et de métal, Dolly et Trevor la suivaient de près, tels Hansel et Gretel.

Dehors, Clara prit conscience de ce qu'elle venait de faire : elle avait quitté son emploi. Jamais Barrett ne la reprendrait : elle avait fait fi de ses conseils et s'était moquée de lui et de ses allures de poisson haletant. Elle aurait dû démissionner des années plus tôt. L'argent de sa mère et du magasin dormait à la banque. À quoi bon le thésauriser ? Appuyée sur la voiture, elle se livra à des calculs, additionna des certificats de placement garanti, encaissa des dépôts à terme. Elle pouvait assurément s'offrir une année de congé.

Mais tout coûtait si cher. Ils remontèrent la rue jusqu'à une boutique et trouvèrent une paire de chaussures pour Pearce : ainsi, il pourrait trottiner dans la maison et prendre de l'assurance. Encore trente dollars. Tant pis, elle n'aurait qu'à réduire ses cotisations au fonds d'aide mondiale de l'Église anglicane. Le monde, elle le sauverait ici même.

15. Foire

Depuis quelque temps, on ne les autorisait pas à rendre visite à leur mère, durement éprouvée par la chimiothérapie. Dolly avait une boule dans la poitrine, comme un noyau de pêche qui, coincé à mi-chemin, lui faisait presque perdre le boire et le manger, et l'empêchait de faire autre chose que de ressasser les mêmes mots : *faites qu'elle aille bien, bien, bien.* Chaque fois que quelqu'un disait *bien, bien,* son père avait coutume de répondre : *grand bien te fasse.* Mais Dolly l'avait évacué de son esprit, comme tout le reste.

Au lieu de penser, elle sortait. Elle faisait semblant de descendre au sous-sol, mais, en réalité, elle s'évadait par-derrière et parcourait la ruelle à la recherche d'une porte-fenêtre entrebâillée à cause de la chaleur. Dans une maison toute grande ouverte, Dolly avait déambulé pieds nus, tandis que la dame chantait dans sa baignoire. C'était une jolie maison, blanche et rose, plus moderne que la plupart. Mais ce n'était pas ce qu'elle cherchait, du moins pour ce qu'elle en savait. De l'argent, si elle pouvait le piquer sans risque. Un endroit où habiter, peut-être.

Les appartements situés derrière la 8e Avenue auraient bien fait l'affaire. Des appartements de pauvres, Dolly s'en rendait bien compte : des immeubles laids à trois étages, dépourvus de balcons, surplombant des parkings où étaient garées de vieilles voitures, tout près, dans la ruelle, certaines vitres recouvertes de papier d'aluminium, signe que les locataires travaillaient la nuit. L'argent de l'ours de Mr. Bunt suffirait sûrement. Inutile de le prendre avant que sa mère soit sortie de l'hôpital. Si elle en sortait un jour.

Il faudrait qu'elle y pense, qu'elle réfléchisse à ce qu'ils feraient si leur maman mourait. Pendant un moment, Dolly resta immobile dans la ruelle, laissa son esprit descendre tout au fond de son cerveau, où se tapissait la possibilité que sa maman meure. Des larmes lui montèrent aux yeux avant même qu'elle ait eu le temps d'être triste. Dans son estomac, son cœur s'enfonça encore plus que d'habitude, jusqu'à des profondeurs où elle n'avait aucune envie de s'aventurer. Elle renonça et poursuivit sa route, mais c'était comme si elle avait ouvert un robinet qui refusait de se refermer. Les larmes coulaient toujours. Elle avait mal au bas-ventre : penser à sa mère, à ça, à ça, c'était trop dangereux.

Elle entra dans une boutique, même si elle n'avait pas d'argent. Pas question de faire du vol à l'étalage, elle risquait de se faire pincer, comme mamie. De toute façon, elle ne voulait rien. Tout ce qu'elle voulait, c'était ne plus penser, arpenter cet envers du monde gris et poussiéreux, jonché de poubelles. Au coin, il y avait une librairie d'occasion, Key's Books. Elle pourrait y passer un moment, on pouvait bouquiner dans les librairies.

Ce n'était pas un commerce comme les autres. En fait, c'était une vieille maison qu'on avait à moitié transformée en librairie. Les murs de ce qui avait été le salon et la salle à manger étaient tapissés de tablettes branlantes sur lesquelles s'entassaient, serrés les uns contre les autres, de vieux livres moisis, rouges, bruns et bleus. Les armoires de la cuisine débordaient de livres qui empêchaient les portes de fermer. Tout était poussiéreux et il n'y avait pas un seul client en vue.

Un énorme vieillard était assis devant un ordinateur crasseux, presque dissimulé par les piles de livres vacillantes qui encombraient la table. Il y avait d'autres piles en dessous. Il agita une main de la taille d'un pied en direction du couloir et dit :

— Il y a d'autres livres au fond. Les livres pour enfants sont à l'étage.

À cause de la forme des pièces, c'était comme se frayer un chemin dans une maison, mais une maison de rêve, une maison de livres. Partout, des tablettes bancales montaient jusqu'au plafond et envahissaient le centre. Là où étaient réunis les livres pour enfants, dans une ancienne salle de bains, Dolly s'assit par terre sous la fenêtre toute sale. On distinguait clairement l'endroit d'où la baignoire avait été arrachée. Avant de relever les yeux, elle avait lu la moitié d'un vieux livre de poche intitulé *The Children Who Lived in a Barn,* où il était question d'une fille qui, après la disparition de ses parents, s'occupait de ses frères et sœurs, sans un sou.

Dolly n'avait pas d'argent, elle non plus. Il fallait qu'elle y aille, le repas du soir serait bientôt servi et Clary s'apercevrait de son absence. Elle se déplia (elle avait une jambe engourdie) et descendit l'escalier grinçant sur ses pieds parcourus de fourmis, triste à l'idée d'abandonner cette pièce remplie de livres. Le vieux propriétaire de la boutique leva les yeux sur elle, comme s'il la soupçonnait de vouloir voler quelque chose. Elle ne portait qu'un t-shirt, pas de veste. Où aurait-elle pu cacher un livre ?

— Merci, dit-elle, comme le faisait Clary en sortant d'un magasin où elle n'avait rien acheté. Vous avez de très beaux livres.

Subitement, le vieillard devint méchant.

— Quels polissons, ces enfants de riches !

S'il la croyait riche, c'était parce que Clary s'occupait d'eux à présent. Cette idée fit rire Dolly en secret, mais il s'en aperçut et il cria de plus belle :

— Tu ne lis pas ! Tu n'as pas lu un seul livre de toute ta vie. Les librairies font faillite un peu partout. Vous pensez qu'il suffit de regarder la télé toute la journée, vous autres. Vous entrez dans une librairie et vous pensez avoir lu quelque chose, par osmose !

À son avis, qu'avait-elle fait là-haut pendant une heure, sinon lire ?

— Si vous faisiez un peu de ménage et que vous classiez les livres, vous en vendriez peut-être plus, dit Dolly, raisonnable.

Le vieillard, cependant, était tout sauf raisonnable.

— Ça, c'est le bouquet, cria-t-il. Le bouquet !

Il se leva. Sa tête touchait presque le plafond.

Dolly l'examina et se dit qu'il risquait de lui faire mal. Elle fonça vers la porte et il la suivit, large comme une armoire à glace et plus rapide que Trevor. Dolly eut une sacrée frousse. Elle sortit en courant, faillit débouler l'escalier et atterrir sur le trottoir. Elle espérait que le petit livre qu'elle avait glissé à l'arrière de son pantalon ne se voyait pas. L'homme s'encadra dans la porte, ses cheveux blancs en halo autour de sa tête, et il continua de la menacer. Mais elle n'était qu'une petite fille ! Il était zinzin ! L'idée la fit rire pendant un moment. Sans réfléchir, elle lui tira la langue et fit un bruit de pet avec sa bouche.

— Quel bel exemple de maturité, s'exclama-t-il, triomphant.

Elle courut jusqu'au coin, prit une autre ruelle à droite pour cacher sa vraie destination, au cas où il la suivrait, puis fila jusque chez Clary.

En sécurité à la maison, elle cacha le livre sous son matelas. Le matin, elle s'obligeait à se réveiller très tôt pour le continuer. C'était le meilleur livre qu'elle ait jamais lu. À la fin, les parents revenaient. Ils n'étaient pas morts, après tout.

Pendant les trois semaines que dura la chimiothérapie, Darwin passa presque tout son temps à l'hôpital. Chaque jour, Clary apportait un pot de bouillon préparé par Mrs. Zenko et voyait le personnel s'occuper de la fièvre et de l'anémie de Lorraine, traiter de possibles infections, s'étonner des résultats des ponctions de sa moelle osseuse. À la maison, Clary essayait de ne pas y penser afin que les enfants ne perçoivent pas la pitié qui l'habitait encore. De toute façon, ils étaient sombres et malheureux, avaient grand besoin de distraction. Illuminée par un éclair de bon sens, Clary invita la fille de sa cousine Grace à venir lui donner un coup de main.

Fern vivait de nouveau sous le toit de ses parents du côté de Davina. Moreland vint reconduire sa fille en voiture et s'arrêta le temps de prendre un café. Dès leur entrée, Mrs. Pell se leva de table en chancelant et disparut dans le couloir, emportant discrètement son sandwich avec elle. Clary ne pouvait pas la gronder : après tout, c'était une vieille femme aux chevilles violettes qui avait eu faim pendant longtemps.

Fern sortit sa valise de la camionnette, refusa de laisser Moreland s'en charger pour elle. Elle était en colère contre ses parents, leur en voulait de la vie qu'elle menait à Davina. Ils ne lui avaient pas demandé de rentrer à la maison après l'université, mais Fern avait connu un échec amoureux au cours de sa dernière année, et elle n'avait trouvé nulle part où soigner sa fierté blessée, sinon chez eux. À Davina, tous les villageois étaient au courant, mais au moins ils n'avaient pas vu le visage magnifique du garçon, ne l'avaient pas vu la quitter avec ce sourire tendre, aux lèvres généreuses, avec sa façon de hausser les sourcils d'un mouvement ample et intense, comme pour dire : *Où est la surprise ? Je suis comme ça, tu le savais bien.*

Selon Grace, deux ou trois semaines de travail feraient le plus grand bien à sa fille. « Ça lui changera les idées », avait-elle dit, mais Clary avait senti d'instinct qu'elle devait tenir compte du parti pris de Grace : opposer son propre sang-froid à l'émotivité à fleur de peau de Fern. Aux yeux de Clary, la jeune fille semblait encore passablement secouée. Sa peau fine était à vif, et elle évitait de regarder les gens dans les yeux. La honte nous détruit, songea Clary, avant d'emmener sa nièce dans la salle de bains.

— On est à court de place, dit-elle en ouvrant la porte de

la lingerie, où elle avait libéré une tablette. Tu peux ranger tes affaires ici. J'ai bien peur que tu doives dormir sur le canapé du salon. En tout cas, je te suis reconnaissante de ton aide.

— Ça va, marmonna Fern.

Puis, l'adolescente prenant le dessus, elle ne put s'empêcher d'ajouter :

— M'en fiche.

— Tu as cherché du travail en pharmacie ? demanda Clary, qui s'en voulut aussitôt. Tu vas recommencer à travailler dans un salon de coiffure ?

Elle s'enlisait. Fern leva les yeux et fixa Clary, façon polie d'exprimer son incrédulité. Comment sa tante avait-elle pu lui poser une question aussi indélicate ?

— Bon, il faut que je…

Clary s'enfuit. Fern avait besoin d'un moment de solitude.

Dolly jeta un coup d'œil à Fern et l'adora sur-le-champ. Elle avait des cheveux très pâles, de la couleur des abricots. Tout luisants. Et l'air si triste. Le dos de Fern formait un S allongé, son bassin s'inclinait et se balançait. Dans son jean serré, ses jambes étaient longues et minces ; on aurait dit qu'il y avait autour d'elle une carapace secrète, hermétique. Son visage donnait toujours l'impression d'être lavé de frais. En la voyant, Dolly fut frappée d'une stupeur muette, mais Trevor n'eut aucune difficulté à lui en mettre plein les oreilles lorsque Clary l'entraîna dans la cour, où Pearce et lui jouaient dans la pataugeoire vide. Ils remplirent ensemble la petite piscine en tenant le tuyau à tour de rôle.

Clary eut l'impression que les enfants plaisaient à Fern. C'était bon signe. Lorsqu'elle vit Moreland faire marcher Pearce sur la pelouse en le tenant par les poings, la jeune femme sourit de nouveau à son père.

Clary tendit à Fern un paquet de saucisses : elle s'occuperait du barbecue avec Trevor comme aide-cuisinier. Armé d'un pulvérisateur, le petit garçon, qui avait pour tâche de rabattre d'éventuelles flammes, aspergea les saucisses à intervalles réguliers. Moreland avala trois hot-dogs au piccalilli mouillés avant de mettre le cap sur Early's Feed and Seed. Et Clary s'en fut à l'hôpital, laissant la responsabilité de la maisonnée à Fern, non sans un certain soulagement.

Fern occupait toutes les pensées de Dolly. Au saut du lit, elle aimait trouver Fern sur le canapé, les yeux somnolents ; elle aimait aussi les lentes journées qu'ils passaient à ne rien faire, sauf aller au parc et en revenir. Fern était belle, elle avait le cœur brisé, elle coupait les cheveux à merveille, mais le plus beau, c'était qu'elle traitait Dolly en égale. Elles se vernissaient les ongles sur la table de pique-nique. Fern vernit aussi ceux de Trevor, que la procédure intriguait. Elles regardaient ensemble des magazines de mode, mais seulement les pages que Fern jugeait appropriées. Elle coupa les cheveux de Dolly et les fit sécher en utilisant un produit ; à la fin, ils étaient presque aussi soyeux que les siens.

Fern emmena Dolly et Trevor à la foire, où ils passèrent une soirée mémorable. Elle monta avec eux dans tous les manèges, même le Zipper. Fern *adora* le Zipper. C'était probablement trop violent pour eux, dit-elle, et ils allaient lui attirer de gros ennuis. Dans la queue, elle se ravisa, faillit renoncer un nombre incalculable de fois ; mais elle persuada le préposé de les installer tous les trois dans la même capsule et elle serra fort leur ceinture de sécurité. Puis le manège se mit en marche, et Trevor passa son temps à se retenir de faire pipi, à cause des zigzags qui parcouraient son corps en tous sens. La première fois qu'ils se retrouvèrent la tête en bas, Dolly hurla aussi fort que Fern, mais elle se ressaisit et n'émit plus un son. Une fois dépensé tout l'argent fourni par Clary, Fern puisa dans ses propres fonds pour acheter d'autres longs rouleaux de billets : ils montèrent sept fois dans les balançoires et trois fois dans la grande roue. Lorsque le soleil orange mat fut presque couché dans le ciel bleu électrique, ils empruntèrent les allées couvertes de sciure de bois jusqu'à la grande porte éclairée par un million d'ampoules. Ils sortirent du rêve pour entrer dans la banalité du parking.

C'est Darwin et non Clary qui les attendait.

— J'ai faim, dit-il par la vitre baissée lorsqu'ils s'approchèrent de sa voiture, sa vieille Buick verte au toit incliné. Je parie que vous avez mangé de la barbe à papa toute la journée et que vous n'avez envie de rien, mais j'ai quand même l'intention de m'offrir un cheeseburger.

Ils crevaient de faim ! Dans le box du café, Darwin fit rire Fern en lui disant qu'elle était trop légère, trop aérienne, qu'elle devait engraisser un peu, et elle finit par se laisser convaincre de partager un milk-shake à la fraise avec Dolly. Les hamburgers étaient servis avec une montagne de frites. Par réflexe, Dolly empêcha Trevor de couvrir les siennes de traits de moutarde, mais Darwin dit :

— Laisse-le faire. Elles sont à lui. Les tiennes arrivent. Regarde.

Dolly avait oublié. Désormais, ils n'étaient presque plus jamais obligés de partager.

16. Égoïsme

À l'heure du café, après la messe, une femme s'approcha. Clary la connaissait à peine.

— Vous en faites trop, dit la femme. Lorsqu'elle se donne en spectacle, l'action chrétienne démérite.

Clary, que le manque de sommeil rendait irritable, n'en croyait pas ses oreilles.

— Démérite? répéta-t-elle, aussi froide que sa mère l'aurait été devant un tel sans-gêne.

— C'est de l'égocentrisme!

La femme, lectrice laïque dans une autre paroisse, organisait des ateliers et des séminaires. Elle avait un énorme menton. Depuis quelque temps, tous les paroissiens semblaient avoir un visage bizarre : de petits yeux, des oreilles décollées, une bouche démesurée. Un effet de la fatigue, sans doute.

— C'est purement pragmatique, dit Clary. Je donne un coup de main, un point c'est tout. Sans me donner en spectacle.

— Excusez ma franchise, mais il y a des limites… et des organisations qui observent le détachement nécessaire… ce qui permet d'éviter le risque d'appropriation. Pour ma part, je pense que vous obéissez à des motivations personnelles.

Les yeux de la femme tentaient désespérément d'exprimer la terrible conviction qu'elle avait de devoir dénoncer l'auteur d'un méfait. Il aurait été plus facile de la haïr, mais la femme s'était si péniblement mise à nu que Clary n'y arriva pas.

Elle opta pour l'honnêteté.

— Oui, c'est vrai. J'aime bien ces enfants-là.

— Qu'est-ce que ça change ? Si vous agissez par pur égoïsme ?

Les petits yeux la fixaient d'un air féroce, la sommaient de se justifier.

— Quand j'ai des poils comme ça sur le menton, dit Clary, je les arrache.

Elle s'éloigna et se versa une tasse de café. C'était la chose la plus grossière, la moins charitable qu'elle ait dite de toute sa vie. Malgré son cœur affolé, elle ne se permit pas de partir. Évidemment, Mrs. Pell, qui l'attendait à la maison, lui tiendrait en gros le même discours, du haut du même menton dominateur.

Darwin était au sous-sol, armé de son ruban à mesurer, un crayon entre les dents.

Dolly avait déjà été témoin de telles scènes. Elle frissonna. Mi-heureuse, mi-effrayée. Son père n'était même pas là. Darwin ferait-il seul tout le travail, cette fois ?

— Tiens-moi ça, Trev, dit Darwin en parquant Trevor d'un côté du congélateur.

En tirant sur le ruban, Darwin passa devant la machine à laver et le sèche-linge, alla jusqu'au fond et fit glisser sa main entre les boîtes empilées le long du mur. On sonna à la porte. Dolly gravit les marches en courant.

— Dis-leur de passer par-derrière ! cria Darwin dans son sillage.

Deux hommes munis de longs coffres à outils se tenaient devant la maison. Ils savent peut-être ce qu'ils font, se dit Dolly. Elle leur fit voir le passage qui, longeant le garage, conduisait à la porte de derrière. Ils retirèrent leurs grosses bottes avant de descendre lourdement les marches en chaussettes.

Tout l'après-midi, Dolly et Trevor grimpèrent ou dévalèrent les marches pour aller chercher des choses dans la voiture de Darwin ou la camionnette des hommes, s'aplatissant contre le mur lorsque ceux-ci descendaient des planches ou d'autres objets. Darwin montra à Dolly le futur emplacement du mur qui fermerait le débarras, où se trouvait le chauffe-eau. Puis il y aurait une grande salle de jeux qui irait du bas de l'escalier jusqu'aux fenêtres, au fond (on profiterait ainsi de la lumière), et une petite chambre à coucher avec une petite fenêtre.

— Pas trop grande, dit Darwin. C'est parfait comme ça : sombre et frais.

— Ce sera ta chambre ? demanda Dolly.

— Pour le moment, répondit-il. Jusqu'à ce que le vent tourne…

Voulait-il dire que la chambre serait à lui jusqu'à ce que le vent tourne ou que, comme le disait Mary Poppins aux enfants qu'elle gardait, il resterait, lui, jusqu'à ce que le vent tourne ?

— Le vent souffle où il veut, et tu l'entends souffler ; mais tu ne sais ni d'où il vient, ni où il va, dit Darwin.

Qui sait ce qu'il peut bien raconter, Darwin ? se demanda Dolly. Un vrai phénomène, celui-là. Pearce se réveilla en pleurant et la fit sursauter. Elle avait perdu l'habitude de l'entendre pleurer. Debout dans son parc posé au milieu du salon, il réclamait un peu d'attention, mais il se calma aussitôt que Dolly lui eut tendu le biberon que Clary avait laissé dans le réfrigérateur.

Mrs. Zenko sonna à la porte. Elle avait déplié la petite poussette.

— Allons promener bébé Pearcey, proposa-t-elle à Dolly et à Trevor, qui se morfondaient dans la cuisine, en quête de quelque chose à se mettre sous la dent.

— Votre grand-mère est debout ?

Ce n'était un secret pour personne : Mrs. Zenko ne portait pas mamie dans son cœur. Ils répondirent donc qu'elle dormait et se hâtèrent de mettre leurs chaussures, de crainte que le projet de promenade tombe à l'eau. Du haut des marches, Dolly cria à Darwin qu'ils sortaient.

— C'est ça! Allez voir ailleurs si j'y suis! s'écria-t-il.

Il gravit les marches quatre à quatre et dit à Mrs. Zenko:

— Je prépare une petite surprise pour Clary, en bas. Vous voulez voir les plans?

Il plaqua la feuille contre le mur et Mrs. Zenko hocha la tête en soulignant du bout du doigt les trouvailles particulièrement heureuses.

— Mon mari s'en serait volontiers occupé, dit-elle, mais Clary a eu beau discuter et supplier, sa mère n'a jamais voulu changer quoi que ce soit à la maison telle que George l'avait connue. C'est merveilleux!

Dolly et Trevor furent rassurés. Si Mrs. Zenko pensait que ça allait, ça irait. Ils sortirent au milieu du vacarme et des coups de marteau. Mrs. Zenko leur ferait peut-être faire un détour par le Dairy Queen. C'était déjà arrivé.

— J'ai présenté une demande de pension de vieillesse pour Mrs. Pell, dit Clary à Lorraine sans mentionner les quatre heures qu'elle avait passées au téléphone et les trois voyages qu'elle avait dû effectuer au centre-ville, dont l'un en compagnie de Mrs. Pell, qui avait eu des papiers à signer. Il faut compter trois ou quatre semaines, mais elle sera plus heureuse lorsque l'argent commencera à entrer.

Lorraine rit.

— Quand elle sera un peu plus indépendante...

— Pas la peine d'en dire plus. Je comprends. Quand elle recevra de l'argent par la poste... Elle a le culot d'être malheureuse, celle-là?

Clary ne releva pas l'affirmation. Assez parlé de Mrs. Pell. Elle sortit son calepin.

— Darwin mijote quelque chose, dit Lorraine. Hier soir, il a fait cinq appels et il avait un drôle d'air.

Préparait-il un mauvais coup? Clary secoua la tête et se reprocha d'avoir envisagé une telle possibilité, mais elle se dit que Darwin avait peut-être un petit côté louche.

— Une surprise pour vous?

— Peut-être, dit Lorraine. Il aime bien faire des cadeaux.

— C'est votre anniversaire?

— Pas avant le mois de mars. C'est autre chose.

Elle se leva et tira le trépied de l'intraveineuse afin de réunir tous les tubes dans sa main.

— C'est bientôt l'heure de la chimio. Laissez-moi aller aux toilettes avant de me poser d'autres questions.

— Vous avez vu le médecin, aujourd'hui?

— J'ai dit : avant de me poser d'autres questions.

Clary se leva pour l'aider, mais Lorraine l'obligea gentiment à se rasseoir et fit rouler le trépied qui tinta et grinça jusque dans la salle de bains.

La chambre était devenue presque accueillante. Il y avait des piles de magazines, des couvertures supplémentaires, des bocaux envoyés par Mrs. Zenko. Il faudrait d'ailleurs les lui rapporter. Une femme avait occupé l'autre lit et était repartie, puis une autre. Lorraine, elle, ne bougeait pas. Clary éprouva un vertige douloureux, frappée une fois de plus par la certitude suivante : si Lorraine était encore là, c'est qu'elle était très malade. Secret trop intime. Depuis quelques jours, Clary n'avait pas eu l'occasion de s'entretenir avec Darwin, sinon en présence des enfants. Peut-être avait-il appris quelque chose de la part du médecin et cherchait-il à l'épargner. Drôle d'idée. Au nom de quoi devrait-on lui épargner quoi que ce soit au sujet de Lorraine, qu'elle connaissait à peine? Et pourtant, c'était Lorraine qu'elle connaissait mieux que quiconque, maintenant que sa mère était morte, à force de s'être montrée attentive à elle.

Deux infirmiers entrèrent, une femme et un homme. Les cheveux foncés et de petite taille, tous les deux. La première frappa à la porte de la salle de bains, tandis que l'autre défaisait le lit au moyen de gestes rapides et économes. Lorraine répondit et l'infirmière, satisfaite, alla aider son collègue à refaire le lit. Clary s'écarta de leur chemin et resta debout près du lavabo en attendant qu'ils aient terminé. Lorraine sortit et fit lentement rouler son attirail jusqu'au lit tout frais. Elle semblait épuisée.

Les deux infirmiers s'affairèrent autour d'elle, minuscules ombres attentives, le trépied de l'intraveineuse luisant entre eux. Lorraine leur abandonna ses bras et tout ce dont ils avaient besoin, mais elle resta tournée vers la fenêtre, d'un air calme que Clary ne lui connaissait pas. La fenêtre s'ouvrait sur la rivière, la ville paisible et, au-delà, la prairie qui s'étirait de tous les côtés. On aurait dit un tableau. Lorraine immobile, translucide, les infirmiers, barbouillis sombres occupés à leurs tâches minutieuses et, plus loin, la vaste étendue du monde inchangé, et Lorraine liée à tout cela, détachée des appareils et des préposés.

Clary éprouva un sentiment de désespoir, car elle était incapable de vaincre la distance qui la séparait de Lorraine : elle n'arrivait pas à lui parler, n'arrivait même pas à l'écouter. Elle lui donnait un coup de main, s'occupait des enfants, et tout et tout, mais c'était par pur égoïsme. Cela ne comptait pas. Mais il y avait Darwin. Clary se souvint de l'avoir vu assis à côté de Lorraine, de l'avoir vu passer sa main dans les cheveux de sa sœur, encore et encore. Assis au bord du lit, avec elle, à elle.

En ouvrant la porte, les enfants eurent un mouvement de recul. La maison était en émoi : ils ne voyaient pas de quoi il retournait, mais ils entendaient parfaitement bien.

— C'est de l'égoïsme pur et simple !

Tels furent les premiers mots que saisit Dolly. Proférés par la voix d'outre-tombe de Mrs. Pell, les *s* sifflants de serpent venaient du salon. C'étaient des rugissements plutôt que des mots.

Darwin se pencha sur une pile de planches et de rouleaux de fils pour ouvrir plus largement la porte; à la vue du visage de Mrs. Zenko derrière les enfants, il se fendit d'un large sourire.

— Elle perd les pédales, dit-il à Dolly et à Trevor en désignant Mrs. Pell d'un geste de la tête.

— Aïe, fit Dolly.

Après encore quelques grognements étouffés, un magazine jaillit du salon et s'écrasa contre le mur du couloir. Heureusement qu'il n'y a pas de tableau à cet endroit-là, se dit Dolly. Un autre magazine heurta le mur en battant des ailes. Le suivant était plus lourd, et les pages restèrent groupées; il fit *boum* au point d'impact. *InStyle*, le magazine de Fern.

Darwin les gratifia d'un autre regard ahuri avant de plonger dans le salon. Ils entendaient Mrs. Pell haleter et siffler, cogner à gauche et à droite.

— Touche pas… Bas les pattes, espèce de… sac à merde…

— Il va s'occuper d'elle, dit Trevor à l'intention de Mrs. Zenko qui, les bras autour des enfants, les éloignait de la porte.

— Elle pique une crise, c'est tout, dit Dolly.

À son grand étonnement, elle constata que Mrs. Zenko avait commencé à pleurer, avait versé deux ou trois grosses larmes douces en forme de poire.

— Ce n'est pas si grave, dit Dolly pour la réconforter.

— Au moins, ce n'est pas des assiettes, cette fois-ci, dit Trevor.

— Mes pauvres chéris, dit Mrs. Zenko, comme si elle était témoin de quelque chose de terrible.

Ce n'était pas si épouvantable, au fond: un magazine ne causerait pas de graves blessures, même s'il touchait la cible. Dans la poussette, Pearce étirait le cou pour voir d'où venaient tous ces bruits intéressants; de ses poings potelés, il se cramponnait à la barre pour se hisser vers l'avant. Mrs. Zenko le tira vers la rampe du perron.

Darwin réapparut avec Mrs. Pell, qu'il força à avancer en marchant à côté d'elle, les bras de la vieille femme immobilisés le long de son corps. Il la conduisit dans sa chambre et ferma la porte. Il y eut deux autres explosions. Darwin prononça un flot continu de paroles pour l'obliger à se calmer.

Il y eut un moment de silence.

— C'est probablement fini, pour le moment, dit Dolly.

— Je pense que nous allons manger chez moi, mes chéris, dit Mrs. Zenko.

Elle pressait sa main sur sa poitrine, et Dolly se fit du souci pour elle. Ses yeux étaient encore humides et commotionnés.

— Ça va, je vous jure, dit Dolly.

— Oui, ça va, confirma Trevor.

Comme ils adoraient manger chez Mrs. Zenko, ils la guidèrent jusqu'en bas des marches, de peur que, revenue de ses émotions, elle change d'idée.

— Pas la peine d'appeler le 911, Darwin va tout arranger. Quand elle est en colère, elle perd complètement les pédales.

Fern aurait été effrayée, elle aussi. Déjà que mamie lui flanquait la trouille. Heureusement qu'elle n'avait pas vu ça ! Et Clary, donc !

Trevor secoua la tête, ses cheveux droits et immatériels volant sur son crâne.

— Elle a un sacré caractère, ça…

Il allait en dire plus, parler de la fois où elle l'avait pourchassé dans la maison en agitant une cuillère en bois, vite, vite, mais Dolly lui donna une petite bourrade. Peut-être Mrs. Zenko leur servirait-elle des pirojkis. Trevor adorait les pirojkis. Mais pas avec de la crème sure. Ça, non.

Moreland, qui avait des courses à faire à Saskatoon, s'arrêta pour dire bonjour. Du bois de charpente s'empilait dans le vestibule, et même la porte moustiquaire était grande ouverte.

— Il y a quelqu'un? demanda-t-il doucement en enjambant la première pile.

Des carreaux acoustiques. Clary avait-elle enfin trouvé quelqu'un pour finir le sous-sol? Grace serait heureuse de l'apprendre. Du bas des marches, Darwin sortit la tête et dit bonjour.

Moreland lui rendit son salut et Darwin monta le rejoindre.

— Vous êtes un ami de Clary? demanda-t-il.

— Son cousin, répondit Moreland. Ou plutôt son cousin par alliance, je suppose.

— Elle devrait être de retour… Heureusement qu'elle ne l'est pas.

Darwin réunissait des équerres en métal et, spontanément, Moreland l'aida.

— Il y a longtemps que j'essaie de la convaincre de finir le sous-sol, dit Moreland pour faire la conversation pendant qu'ils descendaient du bois par l'étroit escalier.

— Ouais. Eh bien, le moment est venu, dit Darwin. Vous me donnez un coup de main?

Moreland fut estomaqué. Quel genre d'entrepreneur avait-elle retenu? Puis il passa en revue l'étendue des dégâts et comprit qu'il se tramait quelque chose.

— Je crois que ça vaut mieux, dit-il en ôtant sa veste.

Traînant dans le café du hall de l'hôpital à sa place habituelle, Paul attendait qu'une cafetière soit pleine. Tout pour retarder ses visites. Lorsque Clara Purdy sortit de l'ascenseur et se dirigea vers la porte, Paul, presque malgré lui, se planta devant elle. Il faillit même la plaquer à la manière d'un joueur de football.

— Excusez-moi, dit-il pour se rattraper, je ne vous avais pas vue. Je me demandais comment Lorraine réagissait aux traitements de chimiothérapie, si je devrais passer la voir.

Elle semblait distraite, mais pas mécontente de le voir.

— Il y a des jours où elle donne l'impression d'aller mieux, dit-elle. C'était pareil pour mon père, mais elle est plus jeune et plus déterminée, peut-être.

— Chaque fois que je pense que la maladie est uniquement une question d'attitude, je tombe sur quelqu'un qui rouspète, se plaint et gémit, mais finit par guérir, dit Paul. Vous avez le temps de boire un café vite fait? Il doit être prêt, maintenant. En haut, il y a Joe Kane. Il a quatre-vingt-sept ans, mais ça ne l'empêche pas de rugir et de donner des coups de griffe.

— Il a été hospitalisé en même temps que mon père, il y a dix-huit ans, dit Clary. Ma mère le qualifiait d'« irascible », et c'est toujours le mot qui me vient pour le décrire.

Paul lui tendit une tasse de café brûlé couleur caramel.

— Il me démoralise, dit-il. C'est l'oncle de Candy Vincent. Elle…

Il était sur le point de parler des ragots qu'elle avait rapportés à l'évêque, mais il se ravisa.

— Disons qu'elle est… une des forces vives de la paroisse.

— Vous auriez dû la connaître quand elle était encore Candy Kane, en huitième année. Elle était plutôt extravagante, à l'époque : lunettes à la Elton John, chaussures à plate-forme. Je la trouvais géniale.

— Vous la connaissiez déjà à cette époque-là?

— Nous étions ensemble à l'école. Je suis plutôt vieille, vous savez.

Il rougit. Fascinée, Clary le regarda s'empourprer de la base du cou jusqu'à la racine des cheveux, oreilles comprises, sans que l'expression polie de son visage s'altère le moins du monde.

— J'ai quarante et un ans, dit-il pour montrer qu'il était vieux, lui aussi.

— Et moi quarante-trois, dit-elle. La patronne, c'est donc moi. C'est triste, quand on y pense.

Il rit et la rougeur s'estompa.

— *Si l'homme naît, c'est pour qu'il meure,/C'est Marguerite que tu pleures,* dit-il.

— Je ne retiens jamais les poèmes, dit-elle. Mais j'aime bien quand vous citez Rilke dans vos sermons.

Il lui en fut reconnaissant. Quels magnifiques sourcils elle avait.

— Autrefois, Joe Kane aimait jouer aux échecs, dit-elle. Il jouait avec mon père dans le solarium du vieil hôpital, il y a des années. Pourquoi ne pas voir jusqu'à quel point il serait irascible si vous le battiez ?

— C'est gentil de laisser entendre que je pourrais le battre, dit-il.

Il prit la tasse qu'elle venait de terminer et elle traversa le hall à la hâte, déjà loin, essayant de se rappeler où elle avait laissé sa voiture.

Clary entra par la porte de devant et faillit trébucher sur un amas de supports en métal. Accroupi, un homme qu'elle n'avait jamais vu ramassait le tout. Il eut un geste précipité pour la rattraper, mais elle parvint à rétablir son équilibre.

— Bonjour ? fit-elle.

Darwin monta du sous-sol au pas de course.

Ah ! Clary ! Très bien !

Il se faufila à côté de l'homme corpulent et l'aida à transporter son fardeau parmi les piles de bois de charpente. Clary aurait bien voulu se débarrasser de ses sacs d'épicerie, mais toutes les surfaces étaient couvertes de matériaux divers.

— Laissez-moi vous aider, dit-il. Vous êtes drôlement chargée.

Il fit un pas de côté en direction de la cuisine. Assis à la table, Moreland traçait quelque chose sur une feuille à l'aide d'une règle et de son fidèle *space pen*.

— Moreland ! s'écria Clary, surprise. C'est donc toi le responsable ? Tu as rencontré Darwin, le frère de Lorraine ?

Moreland n'avait pas compris la nature exacte du lien de parenté, mais il en était arrivé à une conclusion semblable. Il couvrit la feuille avec son bras, puis la découvrit en se disant qu'il valait peut-être mieux que Clary évite le sous-sol. Il ne voulait pas qu'elle voie les gros traits noirs qu'il avait faits sur les murs, en bas, là où on pourrait mettre une fenêtre plus grande, à condition de creuser une tranchée de cent vingt centimètres et de chemiser le puits...

— Où sont les enfants ? demanda Clary, qui refusait de poser des questions au sujet du chantier.

— Ta gentille Mrs. Zenko est passée et a dit qu'elle les emmenait chez elle, répondit Moreland. Elle va les faire manger. Si nous y allons, elle va nous faire manger, nous aussi.

Clary ferma hermétiquement les yeux. Elle en demandait trop à Mrs. Zenko, il fallait qu'elle s'organise mieux. L'idée de ce nouveau chaos, des piles de matériaux qui jonchaient la maison, lui était intolérable, sans parler de Moreland, qui semblait mêlé à l'affaire, ni des amis étranges de Darwin. Avec quel genre de personnages louches frayait-il ? Des malfaiteurs à la petite semaine, des forains, des trafiquants de drogue ? Mais Moreland était là. Et s'ils construisaient une chambre pour Darwin, tant mieux.

— Mrs. Zenko est heureuse d'avoir quelque chose d'utile à faire, dit Darwin.

Vrai.

— Elle vide son congélateur de tous les pirojkis, ajouta-t-il.

— Des pirojkis ? fit Moreland. C'est ce qu'on va manger ?

— Selon Trevor, oui, dit Darwin. Mais il prend peut-être ses désirs pour des réalités. Tout ce qu'elle prépare est bon, de toute manière. Les travaux au sous-sol vous dérangent ? demanda-t-il à Clary. Je me suis dit que je vous rembourserais en nature une partie de ce que je vous dois.

— Rien ne me dérange, répondit-elle.

Quelle joie de prononcer ces mots! Qu'y avait-il en bas? Des manteaux de vison tout mités, de vieilles lampes. Une quantité affligeante de trucs entassés dans des boîtes moisies.

— C'est seulement un ramassis de vieilleries dont je n'ai pas su me défaire. Je vous serai reconnaissante de m'en débarrasser. Ah oui, j'oubliais. Grace aimerait avoir les pots de conserve. Moi, je n'ai besoin de rien.

Moreland lui fit un clin d'œil.

— Ça fait du bien de lâcher prise de temps en temps, non?

Elle rit et mit le cap sur la maison voisine, où les enfants iodlaient dans le jardin.

Darwin entra dans la chambre assombrie, et Lorraine ouvrit les yeux.

— Tu es en retard, dit-elle lentement, abrutie par les médicaments.

Il avait l'air fatigué, lui aussi.

— Trop de travail?

— Si on peut appeler ça du travail, dit-il en s'assoyant au bord du lit.

Il prit le pied de Lorraine, en épousa la forme sous le drap. Sa main avait quelque chose de rassurant.

— Les choses se passent comment? demanda-t-elle.

Elle voulait parler de la maison, des enfants.

— Mrs. Zenko les a fait manger chez elle. Mrs. Pell a pété les plombs.

— Non!

— Elle s'est calmée. Je parie qu'elle est en train de bouder quelque part. Elle est complètement folle, celle-là.

— Le déclencheur?

— Des types m'aident à retaper le sous-sol de Clary. Maman Pell veut une chambre en bas, quand ce sera fini, mais je lui ai dit non.

Lorraine aurait voulu réfléchir à l'éternel égoïsme de Mrs. Pell et à la maison de Clary en proie au chaos dont s'accompagnaient régulièrement les projets de Darwin, mais elle se sentit basculer. C'était comme l'amorce d'un tourbillon, et la sensation était tour à tour agréable et désagréable. Comme l'ivresse, mais sans le vertige qui chatouille. C'était un peu trop comme la mort. Elle entendait Darwin, elle sentait son pied, non, sa main sur son pied à elle… Il y avait quelque chose… Darwin lui raconta tout en détail, lui parla de Moreland, des petites améliorations sur lesquelles ils s'étaient entendus, de la fenêtre neuve que Moreland apporterait le lendemain matin, ce qui les obligerait à creuser un puits plus profond, des enfants qui avaient dû réconforter Mrs. Zenko lorsque Mrs. Pell avait perdu les pédales.

Lorraine n'avait pas besoin de parler. Entre deux phrases, Darwin fredonnait, fredonnait les airs sans mélodie et sans paroles de Rose, de l'Avenue H… Rose restait assise près d'eux pendant qu'ils s'endormaient. Écoutant à moitié, Lorraine fut incapable d'avoir peur. Affranchie du chapelet sans fin de ses préoccupations… L'argent, les enfants, Clayton, le cancer, le mauvais pressentiment qu'elle avait, là, du côté gauche. Le fredonnement se poursuivait. Je ne me souviens même pas de la liste, songea-t-elle.

À cinq heures du matin, Clary, qui regardait par la fenêtre en attendant que le biberon de Pearce soit chaud, vit Darwin rôder dans le jardin. Elle sortit sur le patio en béton pour lui dire bonjour. Pearce bringuebalait dans ses bras, alerte mais pas grincheux en cette aube bleu pâle. Il observait le scintillement du gazon, là où la lumière commençait à luire.

— Coucou, Pearcey, fit Darwin en se retournant.

Il était en train d'examiner le garage, l'atelier du père de Clary. De la largeur d'un garage pour une voiture, mais deux fois plus long, il s'ouvrait sur la ruelle. Au même titre que tous les objets familiers, il était devenu invisible pour Clary. Depuis la maison, des buissons de lilas luxuriants le dissimulaient presque à la vue. Il faudrait qu'elle les fasse tailler.

— Maman Pell dort dans un fauteuil, là-bas. Un vieux fauteuil inclinable, dit Darwin.

Clary se dit que les mots se traduiraient d'eux-mêmes en sons intelligibles, pour peu qu'elle attende assez longtemps.

— Elle est en colère contre moi, expliqua-t-il.

Des oiseaux poussaient leur chant matinal affolé.

— Pas la peine de la réveiller maintenant. Mieux vaut attendre qu'elle sorte de son trou toute seule, non ?

— D'accord, dit Clary.

Songeant, comme Fern : « M'en fiche. »

— Qu'est-ce qu'il y a là-dedans ? demanda-t-il.

— Les vieux outils de mon père et une scie d'établi. C'était sa tanière. Il était soigneux, ce n'est pas trop en désordre. Il y a du chauffage : il travaillait là-dedans à longueur d'année. C'est isolé, aussi. Probablement avec de l'amiante.

Darwin lui sourit. C'est un sourire un peu tordu, mais très agréable, pensa-t-elle.

— Ça ferait une jolie petite maison.

Pearce se tortilla dans les bras de Clary pour mieux voir les fenêtres de l'atelier, où se reflétaient les premières lueurs de l'aube. Il désigna la petite bâtisse avec fermeté, comme pour dire *Je veux aller là*, mais elle répondit :

— Non, non, Pearce, pas maintenant.

Elle mit plutôt le cap sur la maison.

— M'en fiche, dit-elle à Darwin. Faites ce que vous voulez.

Darwin se contenta de fredonner. Clary le laissa faire. Elle rentra pour donner son biberon à Pearce et peut-être aussi, avec un peu de chance, dormir encore quelques minutes.

17. Service

Le moment est venu de présenter les enfants à la congrégation, se dit Clary. Un semblant d'ordre régnait de nouveau dans la maison et ils finissaient le petit déjeuner avant neuf heures. Dans le sous-sol, des coups de marteau résonnaient encore : Dolly et Trevor y descendaient à tout bout de champ pour constater l'avancement des travaux et remontaient chargés de messages de la plus haute importance, comme *Allez vite dire à Clary qu'il nous faut un œillet à trois fiches d'ici jeudi.* Avant de comprendre qu'il s'agissait d'une plaisanterie, Clary avait commencé à dresser une liste sur la porte du réfrigérateur : *? à trois fiches ?*, lisait-on. *Scie électrique à chapeau avec moulinette ? 6 douzaines de clous bingo hybrides à tête ronde (?).*

S'ils allaient à l'église, Darwin aurait un moment de répit. Et la femme de la semaine dernière, avec son menton désapprobateur et son démérite, avait raffermi la détermination de Clary. Elle changea Pearce de la tête aux pieds et, profitant d'une mission dont Darwin les avait chargés *(un parapluie-balance de couleur foncée, si elle en a un sous la main),* obligea Dolly et Trevor à enfiler des habits propres. Elle leur lava le visage et peigna leurs cheveux. Dans la salle de bains vert pâle, ils formaient une petite troupe ; le miroir, lorsqu'elle leva les yeux sur lui, était plein d'eux. Clary écarta de nouveau la frange de Dolly et fouilla dans le tiroir du dessus à la recherche d'une jolie épingle à cheveux, sur laquelle il y avait un papillon.

Dolly vit les cheveux fins de Trevor qui se dressaient sur sa nuque, sous l'effet de la statique, vit Pearce, perché sur la hanche de Clary. Dans la partie supérieure du miroir, Clary penchait sa tête lisse, chercha à déterminer s'ils étaient assez beaux pour l'église. Telle était désormais leur vie : être avec Clary. Dolly s'interrompit. Inutile de penser à quelqu'un d'autre, à une femme blême comme un drap au milieu des draps d'hôpital jaunes.

Sous le porche de l'église, Clary remercia Frank Rich et accepta un deuxième bulletin paroissial, que Trevor partagerait avec Dolly puisqu'il ne savait pas encore lire. Mais il donna l'impression d'avoir le cœur brisé. Alors elle céda le sien à Dolly et sourit à Trevor.

— Où est-ce que j'avais la tête ? Il te faut le tien.

Elle les guida au milieu des voûtes et des colonnes, dans le vaste espace haut et clair. Il était tôt et il y avait encore beaucoup de bancs libres. Pour que les enfants puissent bien voir, Clary en choisit un à l'avant. Elle tenta d'y faire tenir le siège de bébé, mais il glissa de côté. Elle le posa par terre et installa Pearce sur son genou. Il leva les yeux sur les vitraux vertigineux, que Clary n'avait pas remarqués depuis des années.

Paul fit son entrée en soutane noire. Il n'avait pas encore revêtu ses ornements sacerdotaux. Il vérifiait seulement que tout était fin prêt pour les lectures. Quel visage pur, songea Clary. On dirait celui d'un chevalier du Moyen-Âge. Il avait maigri. Dans un mois, il ne resterait de lui qu'un nez et des yeux. Il ne devait pas être facile d'éclairer les fidèles sur l'amour, la compréhension et les relations humaines quand son mariage à soi avait failli.

Trevor fixait Paul, tout seul, debout à l'avant. Il portait une longue robe noire ! Avec de jolis boutons et un grand pli dans le dos, la robe bruissait, s'ouvrait et se refermait à chaque enjambée dynamique, se fronçait à l'ourlet comme du glaçage à gâteau ou des rideaux. Paul se dirigea vers la sculpture d'un aigle doré qui tenait un gros livre dans ses ailes. Sur le mur était accrochée la croix nue. Sur celle de l'église catholique où leur mère faisait le ménage à Espanola, il y avait un gros Jésus. Trevor ne supportait pas de le voir tout troué : de gros clous dans les pieds, entre ses os fins, une grosse goutte de sang rouge pourpre. Le bois nu se tolérait plus facilement.

Dolly trouvait l'église très énervante. L'orgue, qui jouait trop doux pour qu'on l'entende, l'oppressait. Derrière les rideaux de l'autel en velours vert se trouvait la chambre de Dieu, le lieu intérieur le plus secret, supposait-elle, là où Paul seul était admis. Il s'engagea dans l'allée et Dolly eut l'impression qu'il était heureux de les voir, comme s'ils étaient débarqués chez lui à l'improviste. Il se pencha et sourit à Dolly, et son visage se creusa de plis bien nets, comme celui d'un ange plutôt âgé. Il nous aime bien, se dit Dolly.

— Content de voir que tout le monde est là, dit Paul à Clary.

Le plaisir monta en Clary : ce n'était pas une mince affaire d'avoir réussi à les emmener, tous habillés et nourris, tous assis côte à côte.

Derrière, une femme se pencha pour caresser la joue de Pearce.

— Votre bébé est adorable, dit-elle.

Il y eut un changement de musique, et tout le monde se leva. Clary n'eut pas le temps d'expliquer. Elle aida Trevor et Dolly à trouver la bonne page dans leur livre de cantiques et chanta doucement pour leur donner une idée de l'air. Pearce tira le visage de Clary vers lui. Il sentait bon, il allait bien. Fini le Benadryl. Clary récita sa première prière depuis longtemps : *Merci, il n'a pas subi de séquelles, merci.*

La messe est comme un film, se dit Trevor, seulement on est dedans. En gros, les mots glissaient sur lui sans laisser d'empreintes, mais quand le chauve se leva de son banc et s'avança pour lire, Trevor saisit quelques mots : « j'étais pour eux comme ceux qui soulèvent un nourrisson tout contre leur joue, je m'inclinais vers lui et le faisais manger ». Comme la joue de Clary. Tout cadrait si bien sous son petit menton pointu. Trevor enviait Pearce chaque fois qu'elle le soulevait et le posait contre sa joue. Lorsqu'elle se penchait pour l'embrasser le soir, il voyait les rides sur son visage, respirait son cou, ses cheveux bouclés luisants. Elle sentait le savon. Sa mère sentait les pommes. Il éprouvait un vide au milieu de son corps ; c'était comme une caverne sombre qui le parcourait de haut en bas parce que sa mère était malade. Il décida qu'il tuerait Jésus et serait le nouveau Jésus ; ensuite, il ferait qu'elle aille mieux. Et tant pis si c'était lui le diable ensuite.

Dolly pria au début (tant qu'à être là), récita une prière brève et féroce. Rien à voir avec une question. C'était un ordre : *Guéris-la*. Le front appuyé sur le banc, elle regardait ses poings fermés. Quand elle s'arrêta, épuisée, elle vit le pied de Pearce qui pendait à côté d'elle. Il tendait la main pour toucher Clary, pour être sûr qu'elle le tenait, et son petit pied tremblait comme un oiseau. Pauvre Pearce, pensa-t-elle, et les larmes entreprirent leur long voyage jusqu'à ses yeux. Puis elle se rappela que la messe était stupide et ennuyeuse, ses larmes se résorbèrent et, dans sa tête, elle engueula Dieu.

Le calme des enfants enchantait Clary. Pour eux, la méditation était salutaire. Hélas, la leçon avait trait à la difficile épître de saint Paul : « Faites donc mourir les membres qui sont sur la terre. » Mais peut-être étaient-ils partis à la dérive comme le font les enfants. Observant le regard intelligent de Pearce, elle se demanda à quoi il pensait avec son esprit pareil à une feuille blanche, quelles images se peignaient dans son cerveau. Quelles photographies indélébiles étaient déjà imprimées dans ceux de Trevor et de Dolly.

— *Il faut changer ta vie,* dit Paul Tippett (de toute évidence, c'était le début du sermon, signe qu'elle avait raté l'évangile). C'est Rilke qui le dit. Je sais que j'ai déjà cité Rilke (il lança un regard à Clary), dans le poème intitulé *Le Torse archaïque d'Apollon...* Saint Paul dit la même chose dans l'épître aux Colossiens. Le changement, promet-il, passe par une nouvelle vie dans le Christ, une vie dans laquelle nous sommes tous égaux.

» Ne vous laissez pas distraire par la liste, poursuivit-il : l'impudicité, l'impureté, et tout le reste. Allez plutôt droit à l'essentiel : lorsque nous aurons revêtu l'homme nouveau, toutes les distinctions seront abolies ; le Christ est tout et en tout.

Paul s'arrêta et réorganisa ses fiches, qu'il ne consultait jamais. Mais elles semblaient lui servir de béquilles, le prémunir contre la nervosité.

— Ne vous laissez pas obnubiler par la liste : chercher les saletés, en nous et chez les autres, le côté sordide de la vie. L'injonction ne s'arrête pas là : nous devons nous débarrasser de toute la crasse. La colère, le courroux, la malfaisance, la médisance, les injures... Évidemment, je m'inclus dans tout cela. Nous devons résister à la tentation de la malfaisance, même si elle est vêtue des ornements pharisaïques d'une indignation provoquée par ce que nous considérons comme les péchés d'autrui.

Sous l'effet de sa propre indignation énergique, il avait le visage comme buriné. S'abandonner à la colère lui ferait du bien, songea Clary. Candy Vincent était assise dans le chœur, son indomptable sourire bien accroché, comme toujours.

— L'un des écueils contre lesquels saint Paul nous met en garde dans l'évangile d'aujourd'hui, c'est la cupidité. Dans Luc 12, Jésus évoque une forme précise de cupidité : la cupidité face à l'avenir. L'homme riche a obtenu une récolte miraculeuse et ses granges débordent. Au lieu de faire profiter les pauvres du surplus, il se dit : « Je vais détruire ces petites granges minables et en faire construire de plus grandes : ainsi, je pourrai tout garder pour moi seul. Je mangerai, boirai et serai heureux pendant très longtemps. » Je paraphrase, évidemment.

Paul arborait un sourire modeste, conscient de ses propres limites, mais sûr de la miséricorde et de la bonté de ses ouailles.

Il baissa les yeux sur Dolly et Clary, un bras passé autour des épaules de Trevor, Pearce sur ses genoux.

— Nous oublions. Il est difficile de vivre en ayant sans cesse conscience de la mort. Pour s'aider dans cette tâche, les savants de l'ancien temps avaient l'habitude de mettre un crâne sur leur table de travail. L'imminence de la mort, *memento mori*, est l'une des forces qui nous poussent à faire le bien.

» Quand j'étais jeune, ma mère est tombée gravement malade. Je savais qu'elle allait mourir et que je serais orphelin, que j'aurais à m'occuper de ma sœur cadette. Ma mère ne se faisait pas d'illusions, elle non plus, et les conversations que nous avons eues durant sa longue maladie m'ont été utiles tout au long de ma vie. Elle a subi des traitements de radiothérapie et une mastectomie radicale (on était volontiers radical à cette époque-là), et elle a en fait survécu. Mais la force qu'elle nous a transmise, à ma sœur et moi, au cours de ces journées difficiles, est restée avec nous, même lorsque nous avons repris notre vie normale et que nous avons recommencé à ne pas l'apprécier à sa juste valeur, ce que je fais encore aujourd'hui, sauf quand elle me téléphone pour me le reprocher…

Pour alléger la tension, Paul laissa les fidèles rire. Impossible de savoir comment les enfants de Clary avaient accueilli ses propos. Ils ne semblaient pas écouter, mais les apparences sont trompeuses lorsqu'on a affaire à des enfants. À n'importe qui, en fait.

— Et il y a d'autres morts. Comme vous le savez sans doute déjà, nous nous sommes séparés, ma femme Lisanne et moi.

Il s'interrompit, se souvint de respirer.

— Une petite mort, comme la mort d'un mariage, est une autre de ces épreuves où la vie devient plus nette. Nous croyions avoir constitué des réserves pour l'avenir, mais nous avons été victimes d'un gel précoce...

Il fit la moue, comme si sa propre phrase lui déplaisait. Une fois de plus, il replaça ses fiches.

— Dieu nous enjoint de vivre heureux et libres, affranchis de l'angoisse, et de ne pas chercher notre salut dans les affaires terrestres, les relations ou les biens matériels. De telles tentatives sont vouées à l'échec. Il nous invite à nous ouvrir aux autres, à nous montrer humains et compréhensifs, à toujours avoir le souci de nos voisins. À le voir, lui, dans ceux qui nous entourent. Avec un peu de chance, nous devinons le Dieu dont parle Osée dans ceux qui posent un nourrisson contre leur joue, s'inclinent vers lui et le font manger.

Cette fois, Paul regarda directement les enfants et Clary et leur sourit.

Elle se pencha vivement pour rectifier la position du siège de bébé, incapable de supporter son approbation. C'est moi qui ai provoqué ce cataclysme, ne l'oublions pas, se dit-elle. Le moins que je puisse faire, c'est abriter ces enfants pendant un certain temps, jusqu'à ce que... Elle récita une prière d'un seul mot : *Lorraine*.

Les fidèles se levèrent ensuite pour entonner le cantique et elle les imita machinalement.

À l'heure du café, Dolly et Trevor restèrent collés à Clary. En se faufilant parmi la foule des paroissiens jusqu'à la table où était servi le goûter, Clary eut le sinistre sentiment que l'Église, au même titre que sa bonté à elle, était une comédie et une imposture, qu'elle n'avait rien à faire en ce lieu et qu'elle aurait encore moins dû y entraîner les enfants. Mais Paul n'était pas un imposteur, et sa foi semblait robuste.

Trevor tira sur son bras, souhaitant se rapprocher du gâteau d'anniversaire du mois d'août, fait par April Anthony, qui se souvenait de tous les anniversaires des paroissiens. À l'aide de glaçage, April avait tracé les noms de tous les paroissiens nés au cours du mois, et Trevor avait très envie d'une part avec des lettres dessus.

— Deux parts, s'il vous plaît, dit Clary à Mrs. Anthony.

Faisait-elle des gâteaux parce qu'elle-même avait pour prénom un mois de l'année, se demanda Clary, ou n'avait-elle pas fait le lien? Son anniversaire tombait-il en avril? La mère de Clary aurait été au courant. Mrs. Anthony lui tendit deux parts, l'une avec des lettres, l'autre sans.

Trevor tendit la main et agrippa la première de façon si grossière que Clary le fixa, interdite. Il fourra une partie du gâteau dans sa bouche, puis disparut sous la table.

— Trevor! s'écria Clary, qui avait en mémoire la dernière fois qu'il s'était éclipsé de la sorte. Dolly, prends ce…

Elle se pencha et, à tâtons, agrippa le bras maigre du garçon sous la table et le tira à découvert.

— Ça va, Trevor. Le gâteau est à toi. Il y en a plein.

Elle chuchotait presque, son visage tout près du sien.

— Tu as envie de pipi?

Trevor fit signe que non, puis que oui.

— D'accord. Viens avec moi. Je vais te montrer la salle de bains.

Dolly s'était évanouie dans la foule, mais Pearce, Dieu merci, dormait comme une souche dans son siège, en sécurité au milieu de toutes ces femmes. Clary entraîna Trevor à sa suite.

Dolly était en quête du lieu secret, là-bas, derrière les rideaux de velours vert. Dans l'église déserte, tout était silencieux. À pas furtifs, elle gravit les marches du chœur et contourna l'autel jusqu'à l'endroit où Paul s'était tenu. C'était bizarre, ici. Elle caressa les rideaux, passa la main le long du mur, à la recherche d'une ouverture. Rien. Impatiente, elle attrapa le bord éloigné et les souleva.

Toujours rien! Que le mur. Eh bien… En soi, c'était une leçon.

— Dolly?

C'était Paul. L'estomac de Dolly se souleva. Et si elle avait fait quelque chose de mal?

— Ma puce, appela-t-il. Ta… Clary te cherche partout. Elle est avec Pearce et Trevor. Ils sont prêts à partir. Tu t'y retrouves, là-bas?

Comment la pièce de derrière pouvait-elle être sacrée si elle n'existait même pas? Dolly descendit les marches, courut dans le bas-côté et passa devant Paul, qui attendait près de la porte du fond. Il restait peut-être du gâteau.

Après leur départ, Paul resta debout dans l'entrée de l'église. La lumière qui filtrait entre les branches l'aveuglait, un oiseau égrenait son sifflement en cascades flûtées. Un étourneau des prés égaré qui haranguait la ville silencieuse sous le soleil de midi. En ce beau dimanche, il avait très bien pu venir des champs fluviaux jusqu'ici. *Quam deus in mundi delectus est*: Dieu aime tant le monde… Paul leva son visage pour éprouver la caresse du soleil et remercia Dieu, remercia Dieu, ainsi qu'il le faisait presque tout le temps. Quand il ne se plaignait pas des maux dont il se croyait affligé à tel ou tel moment. La lumière étincelait autour de lui, l'oiseau déversait de la lumière dans ses oreilles et les voitures des paroissiens avaient soulevé la poussière de la chaussée: il fut à ce moment persuadé qu'il vivait en Dieu, que la terre était Dieu, aussi entière et désintéressée que…

Il entra, gravit les marches quatre à quatre. C'était une journée de travail, après tout: il y avait des portes à verrouiller, le compte rendu du service à préparer et des malades à visiter à l'hôpital. Se rappelant ses obligations vis-à-vis de Joe Kane, Paul se dit qu'il y avait peut-être un jeu d'échecs magnétique dans l'armoire de l'école du dimanche.

18. Clearwater

Ce midi-là, pendant qu'ils mangeaient, Moreland revint, accompagné de Grace, plus survoltée que jamais, habillée de vêtements bleu-vert repassés avec un soin jaloux, ses cheveux gris remontés en permanente serrée. Debout depuis quatre heures du matin avec Pearce, Clary se sentait un peu négligée.

— Vous avez besoin d'un répit, annonça Grace aux enfants. Moreland va rester ici pour fourrer son nez partout et donner un coup de main à votre oncle, et moi je vous emmène à Clearwater.

Grace et Moreland possédaient un chalet au bord du lac Clearwater, vaste marécage au milieu de la prairie chauve où, au gré du niveau de l'eau, une plage de sable croissait et décroissait. En août, le marécage serait en voie de s'assécher, mais le lieu n'était pas dénué de charme. C'était toutefois impossible.

— Nous ne pouvons pas partir, Grace. Je dois aller à l'hôpital et...

— Foutaise. Lorraine peut se passer de toi pendant deux ou trois jours.

— Je ne peux pas laisser Darwin ici avec tout ce travail.

— Je viens de te dire qu'il ne sera pas tout seul. Moreland est obsédé par le projet. Il pense qu'ils auront fini d'ici mardi. Henley va venir s'occuper de l'électricité et le cousin d'Henley a des bouts de moquette qui lui restent de la rénovation du club de golf... C'est tout arrangé. Nous allons sortir les enfants des débris et de la poussière. C'est peut-être bien mauvais pour le bébé, qui sait?

— Mais Mrs. Pell…

— On l'emmène aussi. Et elle est mieux de ne pas me faire de misères.

Au moment où Grace prononçait les mots, Mrs. Pell sortit de la cuisine d'un pas lourd, mais Grace n'était pas du genre à se laisser impressionner.

— Ah, tiens, bonjour, dit-elle sans sourciller. Je disais justement à Clary que j'emmenais tout le monde au lac pour le week-end. Allez faire votre valise et vous pouvez venir.

Mrs. Pell fit demi-tour et mit le cap sur sa chambre.

— Ça n'a pas été long, dit Grace. Tu me fais un café?

Dolly n'était pas autorisée à voir sa mère, de toute façon. Quelle importance où elle allait? Elle monta seule dans la Pontiac de Grace, qui papota sans arrêt au sujet de Fern (intéressant) et de Davina (pas intéressant), et Dolly n'eut pas à faire les frais de la conversation. À Rosetown, Grace arrêta pour leur acheter du poulet. Clary fit escale au même endroit. Grace avait dit à Dolly que Clary verrait sa voiture, mais la petite fut quand même soulagée. Ils mangèrent sur des tables de pique-nique branlantes, tandis que des camions passaient en exhalant des vapeurs puantes. C'était une journée chaude.

Au sud de Rosetown (nom débile pour un village aussi moche, se dit Dolly), elles roulèrent pendant encore une demi-heure, et encore une autre. Puis, à un carrefour recouvert de gravier, elles s'engagèrent sur une route de terre cahoteuse jusqu'au sommet d'une petite butte d'où elles découvrirent enfin le lac et ses eaux rose argent, scintillant sous le soleil couchant. Le pourtour du lac était plat. D'un côté s'alignaient des chalets et quelques vieilles caravanes installées à demeure, des feuilles de contreplaqué gris clouées autour de leur base. Elles longèrent la rangée de cabanes érigées au petit bonheur.

Grace en désigna une ronde, faite de blocs de ciment, et une autre qui jetait des éclats verts et bruns à cause des tessons de bouteilles de bière qui parsemaient le crépi. Grace glissa sa voiture dans le petit parking aménagé derrière le dernier chalet de la rangée et coupa le moteur. Elle jeta un coup d'œil à la route.

— J'espère que Clary n'oubliera pas le virage.

Et Dolly, donc! Elle en avait assez d'être toute seule avec Grace.

— De toute façon, nous allons entrer nos affaires et installer la glacière. Laisse tes chaussures à la porte. La dernière chose dont on a envie, ici, c'est de faire du ménage.

Dolly fut gênée de ne pas y avoir pensé, même s'il ne s'agissait que d'une vieille cabane délabrée. Elle laissa ses chaussures roses neuves côte à côte et entra. L'intérieur était vert pâle, comme les toilettes des écoles, et les murs étaient faits de minces panneaux de particules.

— Nous avons commencé à bâtir quand nous étions encore au secondaire, Moreland et moi, dit Grace. Va choisir ton lit.

L'autre pièce, en long, renfermait trois ensembles de lits superposés séparés par des rideaux, comme pour faire de fausses chambres. Une fenêtre s'ouvrait sur l'eau. Dolly s'assit sur le lit le plus proche. Elle se dit qu'elle attendrait là l'arrivée de Clary. Il y avait partout une drôle d'odeur.

— Hé! fit Grace depuis la porte. Il faut entrer du bois de chauffage… Juste là, derrière. Après tu iras au magasin chercher des sodas.

Dolly considéra cette femme: elle n'était ni sa mère, ni sa grand-mère, ni même Clary, qui s'occupait d'eux. Elle faillit dire non, mais l'idée d'être seule lui plaisait. Une fois le bois rentré, Grace lui tendit un billet de vingt dollars et lui donna ses instructions: une boîte de canettes de cola et une autre de son choix. Vingt dollars. La somme pesait lourd dans la main de Dolly. Elle glissa le billet dans sa poche et s'engagea sur le chemin. Au bout, il y avait une petite cabane orange : le magasin. Elle suivit le chemin de terre, les oreilles pleines du pop ! pop ! des sauterelles qui, dans les herbes, se dérobaient à la vue avec un déclic explosif de leurs ailes ou de leurs pattes, Dolly ne savait pas lesquelles. À six ou sept mètres seulement, un coyote regardait par-dessus les hautes herbes de la même couleur que lui : moitié gris, moitié blond. Elle se rapprocha un peu en se disant qu'elle réussirait peut-être à l'apprivoiser (ainsi, ils auraient un chien), mais l'animal partit au trot. Le trot : c'était le bon mot. Elle essaya d'imiter le coyote, mais il faisait trop chaud.

Une camionnette et un autre camion étaient arrêtés devant les pompes à essence du magasin. Dans la camionnette, une femme retouchait son rouge à lèvres. Il n'y avait personne dans le camion fermé.

Dolly grimpa sur la galerie faite de planches et ouvrit la porte.

Pendant un moment, elle crut que c'était son père qui se tenait devant le comptoir. Vues de dos, les jambes maigres lui firent penser à lui, et aussi la façon dont le blouson en denim tombait sur ses fesses. Le cœur de Dolly bondit, et elle fit deux rapides enjambées, mais l'homme se retourna d'un air mauvais pour voir qui fonçait sur lui, et ce n'était pas lui, bien sûr que non. Son père était loin. Le type passa devant elle en la frôlant, et elle dut s'aplatir contre le présentoir à bonbons. Il portait des lunettes de soleil. Devant la porte, il se retourna vers elle, vit qu'elle le dévisageait. Il la dévisagea à son tour, puis sortit.

Une fille aux joues rondes se tenait devant le comptoir, sur lequel était posé un sac de chips. La fille de la femme dans la camionnette, sans doute.

— Et trente-deux dollars d'essence, dit-elle.

Dolly parcourut les allées à la recherche des boîtes de soda. Elles étaient tout au fond. Elle aurait du mal à transporter un fardeau aussi lourd jusqu'au chalet. Elle traîna les boîtes jusqu'au comptoir.

Le caissier boutonneux prit son billet de vingt dollars et déclara :

— Dix dollars et trente-cinq cents.

— Jamais de la vie, dit Dolly. Les boîtes coûtent quatre dollars cinquante chacune. Ça fait seulement neuf dollars.

— Les taxes ? fit le garçon.

Décidément, il avait de l'entregent à revendre, celui-là.

— Ah ! dit Dolly, comme si elle savait de quoi il voulait parler.

La porte moustiquaire se referma sur son bras avec un bruit de ressort. Il faisait clair, dehors, par rapport à la pénombre qui régnait à l'intérieur, et Dolly s'arrêta sur la marche, éblouie.

— Tu veux monter ?

C'était l'homme au blouson en denim, debout près de son camion. Dolly fit non de la tête.

— Allez, je vais te faire faire un tour en ville.

La prenait-il pour une idiote ? Dolly sentait la barre en métal de la porte contre son dos, les parties avachies de la moustiquaire en haut et en bas. La camionnette des deux femmes avait disparu. Il n'y avait plus que le caissier.

— J'ai des bonbons dans mon camion, dit l'homme.

Dolly rit. L'homme se fâcha. Il enleva ses lunettes. Ses yeux étaient grands et beaux comme ceux d'une femme. Bleu vif, constata-t-elle, même de loin. Il lui sourit comme s'il la connaissait. Il savait qu'elle était maligne. Comme lui.

Les boîtes de soda étaient lourdes. Le soleil se réfléchit sur le pare-brise d'une voiture qui tournait sur le gravier.

D'un bond, Dolly décampa et courut tout droit vers l'homme, qui en fut saisi. Puis elle le contourna et s'engagea dans l'allée en terre battue. En étirant le bras, elle laissa tomber la boîte de soda à l'orange, qui résonna avec un bruit métallique.

Ouf, c'était eux. Clary fit descendre sa vitre et, par-dessus mamie, cria :

— Salut ! Désolée du retard ! Nous nous sommes arrêtés à Kyle pour manger une crème glacée.

— Salut, dit Dolly.

— Tu as acheté du soda ? Moi aussi ! Monte donc, on peut aller jusqu'au chalet sans que tu boucles ta ceinture. Vous serez en sécurité, ici.

Dolly ramassa la boîte par terre et monta à côté du siège de bébé. Elle pencha la tête sur la couverture de Pearce et respira sa bonne odeur. Trevor dormait profondément, la tête contre la vitre de l'autre côté. Quel bon garçon !

Clary s'engagea sur la route, heureuse d'avoir retrouvé Dolly. Grace était responsable et prudente, bien sûr, mais ce n'était quand même pas Mrs. Zenko. Lorsque Trevor décapsula une canette de soda à l'orange, dix minutes plus tard, Grace et son beau costume bleu-vert se firent copieusement asperger, et il y eut de l'orange partout.

Le dimanche soir, Lisanne, sans avoir prévenu Paul, envoya sa sœur Carol chercher ses affaires au presbytère. *Ses affaires.* Comme si, après vingt années de vie commune, il y avait des affaires à lui et à elle. Ce sont nos affaires, aurait-il voulu crier à Carol. Mais il avait aussi envie de pleurer. Si j'ouvre cette porte verrouillée, se demanda-t-il, qu'est-ce qui viendra d'abord ?

Il dit plutôt :

— Tu as apporté des boîtes, Carol, ou tu veux que j'aille voir si j'en trouve ?

Évidemment, elle n'y avait pas pensé. Mais elle avait une liste. Une fourgonnette viendrait plus tard.

— Blake va venir me donner un coup de main. Tu te souviens de lui ?

Un gros ventre et une petite barbe, se dit Paul, pour qui se souvenir des copains de passage de Carol exigeait des efforts surhumains.

— Mieux vaut tout préparer, dans ce cas, dit Paul, lui-même sidéré par sa courtoisie.

Elle s'engagea dans l'escalier et se mit au boulot. Lisanne s'était fait un malin plaisir de lui rapporter que Carol haïssait sa « feinte humilité passive-agressive ». Il s'était demandé si Carol avait vraiment utilisé ces mots ou si Lisanne avait juste eu envie de les prononcer elle-même.

Il partit à la recherche des boîtes promises.

Blake et Carol repartirent avec neuf boîtes et trois grosses valises. Ils prirent aussi l'armoire en acajou du salon. Héritée de la grand-mère de Paul, elle avait servi de meuble de couture à Lisanne pendant vingt ans. Aussi les huit chaises de la salle à manger, mais pas la table, car Lisanne avait clairement indiqué ne pas en vouloir. Elle avait un défaut au milieu et Lisanne ne pouvait plus la voir. Le canapé en velours brun, le fauteuil, le buffet, le tapis.

Sur le plan symbolique, Paul fut modérément heureux que Lisanne lui ait cédé le lit, même s'il ne lui avait jamais beaucoup plu. Il tenta de tirer une certaine satisfaction de sa présence dans la chambre presque vide. Par terre gisait l'édredon dont elle n'avait pas voulu, maigre consolation. (*Consolateur, où donc, où donc est ta consolation ? / Marie, mère de nous tous, où donc est ton soutien ?*) Les commodes et les tables de chevet étaient parties. Paul se demanda si Carol aurait chez elle assez de place pour tout ce barda. Le beau service de vaisselle (il l'avait toujours détesté), les beaux couverts, la bonne batterie de cuisine, le moulin à poivre et, de nouveau dans le salon, le téléviseur et le téléphone sans fil. Il ne les avait pas laissés prendre le fer et la planche à repasser ; il fallait qu'il repasse ses chemises. Tant pis, avait dit Carol. La planche était chancelante et le plus souvent coincée à mi-hauteur, et la housse devait être remplacée.

Blake s'était montré incapable de regarder Paul en face. Honte de participer à ce pillage systématique ou honte de Paul en tant que piètre exemple de virilité? Paul n'en savait rien. Carol, cependant, s'était arrêtée à la porte et l'avait regardé droit dans les yeux, l'avait gratifié d'un de ces longs regards que les gens avaient rarement l'effronterie de donner. Ses yeux étaient comme ceux de Lisanne, comprit-il, clairs, avec des anneaux noirs autour des iris pâles, presque bleus. Ceux de Lisanne étaient d'un bleu plus foncé.

— Comment vis-tu tout ça, Paul?

La question le surprit.

— Ça ira, à la longue.

— Lisanne se porte à merveille, dit Carol. Mieux que jamais.

Comme si elle ne s'adressait pas à lui, comme si la nature des propos qu'elle lui tenait était sans importance.

— Bon, il faut y aller! Bonne nuit!

Ils étaient partis depuis dix minutes lorsqu'il trouva la télécommande sur la tablette d'une bibliothèque. Il appuya sur le bouton de mise en marche à quelques reprises, imagina le téléviseur s'allumer et s'éteindre à l'arrière de la fourgonnette, chuchoter pour lui-même au milieu des meubles.

Mardi soir, Grace emmena Clary et les enfants au ciné-parc de Clearwater. Ils y étaient allés souvent à Winnipeg; l'événement n'eut donc rien d'extraordinaire. Dolly et Trevor étaient fatigués. Ils regardaient l'écran à travers le pare-brise, heureux de ne pas avoir à parler. Il était presque dix heures, mais il faisait encore clair, et ils voyaient mal l'image. On donnait *Dinosaure,* un film d'animation plutôt vieux, mais ils ne l'avaient jamais vu. En deuxième partie du programme double, on présentait *Deux épais en cavale,* mais Clary avait déjà décrété qu'ils ne resteraient pas jusqu'à la fin. Une voix d'homme entrecoupait sans cesse la bande du film: «Deux cheeseburgers, deux frites, un milk-shake au chocolat, un Coke Diète» ou «Un cheeseburger double avec bacon et des rondelles d'oignon.»

Le petit dinosaure était séparé de sa famille, et Trevor pensa à un autre film et à la mort du Petit Dinosaure, et des larmes lui montèrent aux yeux. Puis une comète traversa l'atmosphère en hurlant et toucha la Terre, PLOUF, et il y eut une explosion et un raz-de-marée lessiva l'écran.

Tout le monde savait que c'était l'explosion qui avait entraîné l'extinction des dinosaures.

— C'est court, comme film, dit Trevor.

Clary éclata de rire. Trevor fut heureux de la faire rire, mais il ne voyait pas ce qu'il avait dit de drôle.

Dolly voyait parfaitement, elle. Le film allait se poursuivre : les dinosaures ne devaient pas être exterminés tout de suite, même si tout le monde savait que c'était le sort qui les guettait. Trevor était encore si petit. Elle se serra contre le bras de Clary. Pearce siphonnait un biberon. Il bouffe sans arrêt, ces jours-ci, songea-t-elle.

— On peut prendre un cheeseburger ? demanda-t-elle à Clary en levant les yeux.

Elle vit le *non* se former sur les lèvres de Clary.

Mais Grace étira les bras au-dessus de sa tête et tambourina sur le plafond de la voiture.

— Je trouve que c'est une excellente idée. Qui vient avec moi ?

Trevor fixait l'écran, où d'innombrables dinosaures couraient à la queue leu leu, cherchaient à échapper à la destruction. C'est donc Dolly qui accompagna Grace. Celle-ci avait enfilé un short vert lime, plutôt brillant dans la lumière du crépuscule. Au garçon qui trônait derrière le comptoir, elle commanda quatre cheeseburgers, deux portions de rondelles d'oignon et deux portions, non, trois portions de frites. Et quatre milk-shakes au chocolat. Heureusement que mamie était restée au chalet. Avant de repartir pour la ville, se dit Dolly, il faudrait qu'elle fouille dans les poches de mamie et qu'elle remette à leur place tous les objets qu'elle aurait piqués.

Elle se souvint de la monnaie qu'elle avait encore dans sa poche et la tendit à Grace, qui devisait gaiement avec le préposé, l'un et l'autre accoudés sur le comptoir, tandis que la friteuse grésillait.

Cette vie était plus conforme à celle dont ils avaient l'habitude, songea Dolly. Comme à Espanola ou à Trimalo, exception faite de l'absence d'arbres, là-haut. Ils ne resteraient pas là jusqu'à la fin des temps. Il faudrait qu'elle soit plus attentive.

Elle contempla le champ désert qui s'étirait jusqu'au ciel, à perte de vue. Des terres ondulantes, nues comme l'os, se perdaient loin, loin, loin dans le lointain bleu, et l'immense écran debout contre le ciel bleu, à la fois sombre et lumineux. La rumeur étouffée du film, venue des voitures, se mêlait au doux sifflement du vent et au chant des insectes qui grinçaient et s'agitaient dans le noir. L'odeur de la viande hachée en train de cuire et celle des rondelles d'oignon. Six ou sept voitures plus loin, elle vit la tête de Clary se pencher sur Pearce. À part ce à quoi elle ne pouvait pas penser, Dolly était heureuse. Elle aurait respiré cet air estival à jamais. Au-dessus de l'écran, quelques étoiles scintillaient dans le ciel bleu pervenche. Là! L'une d'elles se décrocha et chuta en silence, contourna l'écran, tomba, disparut.

Cette nuit-là, Pearce pleura et pleura, question de rappeler à tout le monde qu'il n'était encore qu'un bébé. Clary savait que le camp tout entier, petit village où vivaient des gens qui dormaient déjà mal, serait ameuté. Mais là, c'était trop. À une heure du matin, il ne faisait encore que s'échauffer, les douleurs à l'estomac ou les gaz ne lui laissant aucun répit.

— Une promenade, lui dit-elle en cherchant ses chaussures dans l'obscurité. Voilà ce qu'il te faut. Nous allons sortir marcher au bord du lac. L'air de la nuit va nous faire du bien.

Là, à Clearwater, rien ne l'empêchait de marcher en pyjama. Un pull, peut-être. Elle sortit par-devant et pelotonna Pearce dans sa poussette. Dans le sable parsemé de cailloux, cependant, impossible d'avancer. Au bout d'une centaine de mètres, elle le prit dans ses bras et abandonna la poussette. Installé confortablement sur sa hanche, Pearce était plus heureux, dehors, dans la nuit. Au-dessus d'eux, emplissant le ciel immense, les étoiles immobiles scintillaient par millions. Quelqu'un avait dit que seulement deux mille étoiles étaient visibles, mais c'était impossible, elles étaient beaucoup plus nombreuses, se dit Clary. Mille fois plus nombreuses. L'auteur de cette remarque vivait sûrement en ville.

Il faisait un peu plus frais qu'elle ne s'y attendait et elle avait laissé les couvertures dans la poussette. Elle retira son pull, y emmitoufla Pearce et noua les manches autour de son cou pour faire une écharpe : ainsi, ils marcheraient à leur aise. Depuis quelques semaines, le simple fait de marcher lui manquait. Elle avait trop à faire pour aller où que ce soit à pied. Elle avançait à grands pas, étirait les jambes. Elle connaissait le sentier depuis son enfance, l'époque où Grace, Moreland et leur petite cabane étaient si romantiques et où, tard le soir, elle les avait entendus chuchoter, emmêlés l'un à l'autre dans le même lit. Le bruit de leurs baisers, le rire de Grace qui disait *non, non, on ne peut pas,* et Moreland, beau garçon à l'époque, qui disait *ouais, ouais.*

Trevor trottait dans le sentier, quelques pas derrière Clary. Il ne voulait pas qu'elle l'entende ; il voulait juste être avec elle. D'un côté, le lac, de l'autre, la nature sauvage, au beau milieu de la nuit. Car il faisait enfin noir, même si le soleil avait mis tellement de temps à se coucher que, pendant un moment, il avait été permis de croire que la nuit ne tomberait jamais complètement. Il y avait quelque chose dans l'herbe à côté de lui, s'imagina-t-il, et il accéléra le pas. La chose aussi, qui le suivait en faisant du bruit quand il avançait, s'immobilisait quand il s'arrêtait. C'était sûrement quelque chose de petit, il ne devait pas avoir peur. La lune, accrochée bas dans le ciel, était petite, elle aussi, et elle ne brillait pas beaucoup. L'herbe était trop effrayante, trop proche. Il ne voulait pas appeler et prévenir Clary de sa présence, de peur qu'elle se mette en colère. Trevor se rapprocha du bord de l'eau en se disant qu'il marcherait dans la vase ; un animal, renard ou couguar, n'aimerait peut-être pas se mouiller les pattes. Les coyotes, seuls ou en meute, n'avaient peut-être pas peur de l'eau. Plus tôt, ils les avaient entendus hurler du côté de l'horizon tout noir. Lorsqu'ils étaient rentrés du ciné-parc, Grace lui en avait fait voir un dont la silhouette se découpait contre le ciel bleu orangé. Du bout du doigt, elle avait montré les autres jappeurs.

Trevor avait les pieds endurcis. Le sable rocailleux et la boue du fond du lac ne le gênaient pas. De loin en loin, une pierre pointue lui faisait fléchir le genou. Il remonta les jambes de son pyjama et s'avança un peu plus loin, là où c'était tiède, boueux et doux. En s'enfonçant, ses pieds faisaient un bruit de succion. Encore un peu plus loin. Il n'y avait pas de vent, pas de vagues, et l'eau, sauf là où ses mollets soulevaient des remous, était immobile.

Pearce pesait lourd dans les bras de Clary, qui s'assit sur un petit monticule au bord du lac. Elle aurait dû apporter un biberon. Elle entendait des mouvements, des animaux nocturnes qui glissaient dans les herbes. Dans le lac, des poissons remontaient à la surface pour gober des insectes endormis, et un « floc » infime se faisait entendre. Elle distinguait aussi un clapotis : un cerf ou un faon. Pearce montra la lune du doigt. Il la montrait toujours. À la maison, il riait en la voyant par la fenêtre. Cette fois, il était silencieux, concentré. Enveloppée par la douce obscurité, Clary s'allongea dans l'herbe et se lova autour du bébé. Tout à fait éveillé, il n'avait plus mal. Il se mit debout en prenant appui sur la hanche de Clary et tenta de se rapprocher du ciel noir, là-haut, et des frondes noires des herbes.

Dans l'eau jusqu'aux genoux, ne sachant plus de quel côté était la rive, Trevor passait un mauvais quart d'heure. Le jour, le lac n'était pas très profond, à moins d'aller très loin, se dit-il.

Il ne risquait rien. Il fit un pas dans une direction et eut l'impression de descendre. Il recula d'un pas : là aussi, le lit du lac descendait. Où qu'il aille, il s'enfonçait.

Il avait peur, mais, en même temps, il se trouvait là, au milieu du lac, au milieu de la nuit, seul. Pas de vagues, pas de vent. Il était immergé dans le monde, tout à fait lui-même, sans rien d'exclu. La lune brillait dans le ciel. Il ne bougea plus.

Sa lampe de poche découpant un petit ovale de monde réel dans l'obscurité, Moreland entreprit le trajet entre le magasin, derrière lequel il avait laissé la camionnette pour éviter de réveiller les dormeurs en roulant le long des chalets, et la cabane. Après le marathon de travail manuel auquel il s'était livré, il était tout courbaturé. Il faisait un temps magnifique, à des années-lumière de la poussière et de la peinture des derniers jours. Grace ne savait pas qu'il avait décidé de venir, ne l'attendait pas. Il pouvait s'offrir le luxe d'une promenade autour du lac.

Tandis qu'il marchait, le halo de sa lampe de poche sautillante révéla un mouvement sur le lac, une sorte de danse dans la boue. Et là, au loin, qu'est-ce que c'était ? Une tête luisant au-dessus de l'eau.

Des cheveux retroussés : Trevor à cinquante mètres de la rive, petit imbécile. Moreland retira ses chaussures, car il avait horreur de les nettoyer ; après un moment de réflexion, il ôta aussi son pantalon. Après tout, son boxer était un short.

Trevor s'était penché pour toucher le fond avec ses doigts, dans l'espoir de déterminer vers où aller, et il ne vit pas tout de suite le halo de la lampe de poche balayer la surface. Il crut d'abord que c'était la lune. Mais la lumière sautillante venait de la rive. C'était donc par là qu'il fallait aller ! Il se dit qu'il aurait plutôt été tenté de marcher dans l'autre sens.

— Ne bouge pas, Trev, dit Moreland tout doucement, pour ne pas faire paniquer le petit garçon. Je vais venir te chercher et nous allons revenir ensemble.

Clary sentit une pression sur sa taille et entendit Pearce répondre à Moreland avant de se rendre compte qu'elle avait entendu celui-ci. Elle s'était endormie ! Se serait-elle réveillée si Pearce avait rampé jusqu'au lac ? Son cerveau engourdi entendit de nouveau Moreland. Il dit *Trevor* et encore autre chose. Elle se redressa, agrippa Pearce et parcourut les ténèbres des yeux.

Là, sur le lac, un objet révélé par une lumière mouvante…

— Trevor ? cria-t-elle, trop effrayée pour étouffer la panique dans sa voix.

La surface ridée de l'eau dispersa la lumière. Elle avait fait tomber Trevor à la renverse.

— Oh ! cria-t-elle de nouveau.

Elle s'engagea dans le sentier, Pearce inconfortablement cramponné à son bras, le pull se balançant à son cou, désormais inutile.

Puis elle vit Moreland et l'entendit crier pour la rassurer, du calme, du calme, Trevor était avec lui. Trevor était avec Moreland.

Grace prépara du chocolat chaud et trouva un vieux short de Fern, tout soyeux, que Trevor enfila pour dormir. Allongé sur le canapé, il entendit Grace reprocher à Moreland d'être débarqué au milieu de la nuit et de leur avoir flanqué une peur bleue à tous (s'il ne l'avait pas fait, pourtant, qui sait ce qui aurait pu arriver ?). Elle lui fit également des remontrances pour avoir permis à Trevor de prendre un bain de minuit après l'avoir trouvé, quel enfantillage, et patati et patata.

Assise à l'autre bout du canapé, Clary ne disait rien. Elle serrait les pieds de Trevor entre ses mains : sans être chaudes, elles semblaient le réchauffer.

Dans la berceuse en rotin, Moreland tenait Pearce, observait son visage de bébé à moitié endormi.

— Bon garçon, dit-il. Tu me manquais, Grace, c'est tout. J'ai le droit de m'ennuyer de toi, quand même.

19. En chute libre

La maison tenait encore debout. Ni bois de charpente ni ouvriers en vue, nulle trace de débris sur la pelouse. Clary eut l'impression que Moreland avait fait un peu de travail dans le jardin. Comme les enfants avaient faim, Clary laissa Mrs. Pell contourner la maison d'un pas lourd, furieuse une fois de plus. À pas feutrés pour ne pas réveiller Darwin qui dormait au sous-sol, elle se dirigea tout droit vers la cuisine. Mais Trevor et Dolly dévalèrent les marches en criant comme des fous avant même qu'elle ait songé à les en empêcher.

Trevor remonta au pas de course, prit Clary par le bras et l'entraîna avec lui. Elle vérifia que Pearce était bien attaché dans sa chaise haute, car tout était dangereux, et abandonna sa main à Trevor.

La cage d'escalier semblait plus claire. De la peinture fraîche, comprit-elle en descendant à la hâte. En bas des marches, elle découvrit un vaste espace nu, recouvert de moquette vert fluo et parsemé de taches de lumière. Une grande fenêtre... Gracieuseté de Moreland, sans doute, dont les fenêtres étaient la spécialité. Pour pouvoir l'installer, les hommes avaient creusé un puits profond, bordé d'aluminium ondulé et tapissé de gravillons, comme dans les immeubles neufs de Moreland. La fenêtre était magnifique. La moquette était criarde, aussi verte que du gazon artificiel.

— Regarde ! Tu vois ? s'écria Trevor.

Comme le garçon qui montrait le nouveau chiot à la mère

dans le tout premier livre de lecture de Clary. Il ouvrit deux portes à persiennes, ornées à l'excès, derrière lesquelles trônaient la machine à laver et le sèche-linge.

Dolly trouva une pièce séparée, éclairée par l'ancienne fenêtre du sous-sol qui, derrière un rideau vert ruché, semblait désormais toute petite. Un lit à une place était posé contre le mur. Elle voulait que ce soit sa chambre, y tenait plus que tout, mais il faudrait pour cela que Darwin soit parti, que le vent ait tourné. Que sa mère soit morte et que Darwin ait fini de l'aider. Cette pensée coupa Dolly dans son élan. Elle qui avait si bien réussi à ne pas penser. Ayant failli vomir, elle courut dans la grande pièce et se roula par terre. Elle irait dans l'armoire où étaient entassés les pots de conserve vides et les casserait en mille morceaux. Trevor bondit sur elle et lui fit mal au ventre, mais elle s'en moquait. Elle le prit dans ses bras et le serra de toutes ses forces, comme dans un étau.

Mrs. Zenko appela depuis la porte de derrière.

— Venez voir ! lança Clary, comme les enfants l'avaient fait.

Elle se demanda combien elle devait à Moreland et si elle s'habituerait un jour à la moquette. Dans la chaufferie s'alignaient des boîtes, mieux ordonnées et étiquetées qu'avant. Il y avait aussi, bien enroulé, l'ancien tapis persan de sa mère. Impossible, toutefois, de le mettre sur la moquette d'un vert violent, laquelle, après tout, ferait une bonne surface de jeu pour les enfants.

— Eh bien, eh bien, eh bien, répéta Mrs. Zenko en descendant les marches.

Et elle n'avait même pas vu la buanderie cachée et la porte secrète de la chambre froide.

— Ils ont travaillé d'arrache-pied pendant des jours, dit-elle au moment où ils remontaient tous. Ton père aurait été ravi.

C'était vrai. La mère de Clary s'était vivement opposée au moindre changement après la mort de son mari, mais ce dernier était un bricoleur et un rénovateur infatigable.

Dans sa cuisine, à l'idée de l'espace clair et vaste sous ses pieds, Clary eut une drôle d'impression. C'était comme si les tombes de ses parents avaient été évidées et aérées et que leurs esprits tenaces s'échappaient de la maison, traversaient le jardin, grimpaient dans la cime des arbres. C'était moins une profanation qu'une ouverture. Dans la fenêtre de la cuisine, le haut bouleau, animé par une brise légère, secouait ses feuilles. Sa mère s'emmêlait aux feuilles de dentelle dorées, tandis que son père s'enroulait calmement autour du tronc. Plus vieux dans la mort, et plus stables.

Darwin dit qu'il avait pris une boîte de beignes.

— Quelle sorte? demanda Mrs. Pell derrière la porte de l'atelier.

Elle n'était pas du genre à se perdre en vaines civilités. Il voulait lui lécher les bottes? Tant mieux.

— Glacés à l'érable.

Elle déverrouilla, lui prit la boîte des mains et referma la porte. Elle vérifia le contenu. Il connaissait ses goûts. Elle retourna vers le fauteuil inclinable, recouvert d'une vieille courtepointe qui servait à protéger les plants de tomates. Il fallait bien reconnaître qu'il n'était pas radin. Une douzaine. Et pas de *Gardez-en pour les enfants*. Il cherchait à se faire pardonner de l'avoir rudoyée, le salaud. Elle prit une énorme bouchée. La porte s'ouvrit brièvement, et la lumière qui entra dans l'atelier l'éblouit. Il n'avait pas le droit de la brutaliser. Rose était trafiquante d'alcool ou quelque chose du genre. Elle avait exploité un alambic pendant des années, du moins c'est ce que Clayton avait entendu dire.

Darwin retourna une poubelle et s'assit dessus, fit comme chez lui, en somme.

— Vous ne voulez pas vivre avec Clary, dit-il à la façon d'un hypnotiste.

— Qui t'a dit ça? répliqua-t-elle du tac au tac.

Où irait-elle, maintenant que Millie Lyne l'avait flanquée à la porte pour de bon? Si elle était sortie dans l'atelier, c'était pour passer un message.

— Vous avez besoin d'un peu d'intimité et d'indépendance, ajouta-t-il. À votre âge.

Mrs. Pell était d'accord : elle méritait mieux.

— À la fin d'août, je vais avoir ma pension de vieillesse. Quatre cent cinquante dollars par mois. Et elle s'occupe de la rétroactivité. Ils vont me donner ce qu'ils me doivent.

— Mais vous ne voulez pas être aux ordres d'une autre, de jour comme de nuit. Il vous faut votre propre logement. C'est tout ce que je dis.

— C'est toi qui occupes le sous-sol flambant neuf, dit-elle, la voix empâtée par les beignes.

— Vous voulez passer vos journées dans l'escalier? De toute façon, on n'a pas d'intimité dans un sous-sol. Les gens nous marchent sur la tête toute la journée.

C'était exact. Mais on n'allait pas la parquer dans un foyer pour les vieux sans le sou. Clayton avait des obligations vis-à-vis d'elle. En l'absence de son fils, c'était à Lorraine de veiller sur elle. Et Clary s'occupait de tout. Mrs. Pell suivit le fil de son raisonnement comme un chien alléché par une bonne odeur de viande. Ils lui devaient tous quelque chose. Elle mordit dans un autre beigne.

— Moi, je le trouve plutôt confortable, cet atelier, dit Darwin.

Elle suivit les yeux de Darwin, qui examinait l'atelier : une pièce en long, avec des fenêtres d'un côté. Des stores qui empêchaient les fouineurs de vous suivre à la trace et laissaient entrer le soleil. La porte qui donnait sur la ruelle au fond. La pièce était de forme allongée, comme celle de la cabane de Nanton où avait habité sa sœur Janet durant son premier mariage. Même la courtepointe ressemblait à celles que Janet avait l'habitude de confectionner.

— Vous saviez que c'était là, ça ? demanda-t-il en ouvrant une porte dont elle ne s'était pas du tout préoccupée.

Une salle d'eau, avec un lavabo et une toilette.

— Le père de Clary était un bon plombier. Mais c'était aussi un bon charpentier. La structure est solide.

L'autre nuit, elle avait fait pipi dans une tasse. Elle l'avait vidée sur le gravier de la ruelle. Il souriait. Il avait une idée derrière la tête. Ils projetaient de se débarrasser d'elle. Elle n'allait pas se laisser faire.

— Si vous vous installez ici, personne ne va vous dire quoi faire. Vos chèques seront déposés dans la boîte aux lettres de Clary. Même adresse. Je pourrais vous trouver un lit, quelques meubles, donner une petite couche de peinture.

Mrs. Pell se leva et, lentement, se dirigea vers la petite salle d'eau en évitant de prendre appui sur sa hanche ankylosée. Elle chassa l'eau. Tout fonctionnait normalement. Elle retourna vers le fauteuil inclinable. La courtepointe était assemblée dans les règles de l'art, avec de vieilles retailles de tissu, pas comme celles d'aujourd'hui. C'était un motif populaire : des losanges en chute libre. De minuscules coutures, semblables au pointillé d'une route. Un doux picotement sous les doigts.

— Pas question que je paie l'électricité, dit-elle. Et il n'y a pas de téléviseur !

Darwin sortit par la porte ouverte. Une minute plus tard, il était de retour, chancelant un peu sous le poids du téléviseur blanc. Il posa l'appareil sur le comptoir en le déplaçant un peu à gauche et à droite, puis il sortit la télécommande de sa poche.

— Et le câble ? demanda Mrs. Pell.

Darwin éclata de rire.

— On n'aura qu'à vous raccorder à celui de Clary. Je vais m'adresser à un de mes amis qui travaille chez le distributeur. Rien d'illégal.

Fier de lui, il avait le sourire fendu jusqu'aux oreilles.

Lorsque les enfants furent endormis, Clary alla frapper chez Mrs. Zenko. À dix heures du soir, Mrs. Zenko pouvait être en train de choisir ses numéros pour la loterie ou de laver les carreaux de sa cuisine. « Je suis à la fois un oiseau de nuit et un oiseau du matin », avait-elle coutume de dire.

— Darwin m'a dit que vous lui aviez prêté des meubles pour Mrs. Pell, dit-elle.

Elle serra Mrs. Zenko dans ses bras : la vieille femme était si compacte que Clary dut se plier en deux.

— Au moins, ce vieux canapé va servir à quelque chose, dit Mrs. Zenko en rougissant au contact de sa voisine.

Elle sortit et fit signe à Clary de s'asseoir sur une des chaises de la véranda.

— Et le lit traîne dans mon garage depuis que Nathalie est partie en Angleterre. Je ne peux pas faire comme si j'aimais beaucoup cette femme, mais c'est mieux pour les enfants si elle est un peu moins mécontente, non ? Elle a lavé la vieille courtepointe faite par la mère de ton père. Même qu'elle a fait du beau travail.

— Elle aime cette courtepointe, dit Clary.

— Tu vas à l'hôpital ? Si tu veux, je peux passer voir comment vont les enfants, de temps en temps.

— Darwin a dit qu'elle préférait ne pas me voir. Les médecins sont heureux des résultats, mais elle ne se sent pas très bien.

Les yeux de Mrs. Zenko se mouillèrent.

— Je me souviens très bien de la maladie de ton père. Et de celle de John.

Elle essuya ses larmes et se prépara à rentrer.

— Beaucoup de gens vivent ce genre de chose. Des fois, on a l'impression que le monde est mal administré.

Clary se rendit au bureau pour effectuer quelques transactions à l'ordinateur ; c'était plus facile quand il n'y avait personne. L'immeuble était sombre. Elle eut l'impression d'être une cambrioleuse, même s'il lui était arrivé très souvent de venir travailler le soir. Vingt années de service. Malgré tout, elle referma la porte avec précaution. Pour le moment, sa situation professionnelle était un peu floue. Barrett n'avait pas encore donné suite à sa demande de congé ; elle ne savait même pas si elle avait encore un emploi.

Lorsqu'elle fut en ligne, l'état de ses finances personnelles lui causa un choc. Au début, elle se dit qu'on avait dû cesser de lui verser son salaire, mais il avait été déposé comme d'habitude. Elle savait qu'il lui faudrait virer des fonds, mais les sommes qu'elle avait dépensées au cours des dernières semaines la laissèrent incrédule. Comment expliquer un tel laisser-aller ? À présent, elle devait rembourser Moreland. Cinq mille dollars ? Avec un peu de chance.

Elle lui téléphona à Davina.

— Le sous-sol est magnifique, dit-elle. Quand je pense que Darwin avait dit qu'il s'agissait simplement d'installer quelques cloisons sèches…

— Bah ! Tant qu'à faire une chose, autant la faire comme il faut, dit Moreland. Il travaille bien, ce Darwin. Fern et lui ont tout repeint en deux temps, trois mouvements. Elle a aussi fabriqué le petit rideau pour la chambre. Tu l'as remarqué ?

— Bien sûr que oui, dit Clary qui, en esprit, vit le bras de Fern, mince comme une vrille, se tendre pour mettre le rideau en place. Dis à Fern que c'est le plus beau rideau que j'aie jamais vu.

— Si tu es heureuse, nous aussi, dit Moreland.

Clary sentit sur ses épaules le poids de la honte. Moreland avait secouru Trevor pendant qu'elle dormait. Elle se demanda s'il se faisait du souci pour les enfants dont elle avait la charge.

— De toute évidence, le sous-sol t'a coûté une petite fortune, et je tiens à te rembourser tout de suite. Je peux t'envoyer un chèque par la poste ou déposer l'argent dans ton compte en banque, comme tu préfères.

Il y eut un moment de silence, puis Moreland éclata de rire.

— Je suis sérieuse, Moreland, dit-elle, piquée au vif par sa réaction. Ça me fait un poids sur la conscience et j'aimerais m'en débarrasser au plus vite.

— Je ris parce que tu es incroyablement scrupuleuse. Exactement comme ta mère.

Dans sa gorge, Clary éprouva le pincement qu'elle ressentait chaque fois qu'on la comparait à sa mère. En fait, elle ne lui ressemblait pas du tout.

— Bon, d'accord. J'ai eu la moquette de Murray Frayne pour cinquante dollars. Ce sont les retailles du club de golf, au cas où tu ne t'en serais pas doutée. Les amis de Darwin ont apporté le bois et les carreaux du plafond, alors il faudra que tu voies ça avec lui. Personne ne s'est fait payer. La fenêtre, c'est un crédit que j'avais chez Patterson. Je ne croyais jamais pouvoir m'en servir, alors tu m'as rendu service. C'est Henley qui est arrivé avec ces affreuses portes à persiennes parce que sa femme n'en voulait pas et qu'il a dû les enlever de chez lui. Flambant neuves, mais madame veut du noyer. Alors, euh… Ah oui, j'oubliais. Tu me dois cent dollars pour la peinture. Quatre gallons en tout. Mais je les ai eus en solde.

Clary ne disait rien.

— Si tu crois que tu es la seule à pouvoir faire le bien, tu te trompes royalement, ma petite Clary. Alors ressaisis-toi et fais-moi un chèque de cent dollars. Je compte le recevoir d'ici lundi, merci beaucoup.

Comment dire oui ?

— Je me suis bien amusé, Clary. Je l'aime bien, ce Darwin. Les enfants aussi. C'est une toute petite chose, et ça m'a fait plaisir de m'en occuper. À propos des coûts, je t'ai dit la vérité vraie.

À ces mots, elle comprit qu'il mentait. Elle le connaissait bien, elle aussi.

— Cent cinquante, dit-elle.

— Pardon ?

— Tu as payé cinquante dollars pour la moquette.

— Tiens, c'est vrai. J'avais complètement oublié.

— Menteur.

— Un coup de chance, ces retailles, je te l'ai déjà dit.

— Il va nous en falloir encore, dit-elle. Darwin a installé Mrs. Pell dans le vieil atelier de mon père et le sol est en béton. Darwin va téléphoner à Murray pour voir s'il lui en reste, mais je tiens à payer.

Moreland rit.

— Sacré Darwin, dit-il. Comme ça, au moins, tu n'auras plus cette vieille bique dans les jambes.

Lorsqu'elle raccrocha, il faisait plus sombre dans le bureau. La lumière froide de l'écran n'arrangeait rien. Il fallait encore qu'elle vire des fonds de son compte d'épargne ; comme elle ne toucherait pas de salaire au cours des prochains mois, la solution consistait sans doute à encaisser quelques certificats de placement garanti. Elle ne se doutait pas de la quantité de nourriture que les gens ingurgitaient, ni du coût des vêtements et des couches, sans parler de celui des meubles. Pas de problème : c'est ce que lui aurait coûté une croisière dans les Antilles. En l'occurrence, c'était mieux qu'une croisière. Que pouvait-il arriver de pire ? Elle se rappela s'être posé la question à l'épicerie : Trevor avait mouillé son pantalon (et sans doute subi une nouvelle blessure affective), tandis que Mrs. Pell pillait le magasin sans merci.

Clary mit la main dans son tiroir à la recherche de son flacon d'ibuprophène, mais elle ne rencontra que du néant. Le tiroir était vide. Elle ouvrit le tiroir-classeur suivant : que des dossiers suspendus qui, débarrassés de leur contenu, tintèrent légèrement en se balançant. Rien non plus dans le dernier tiroir. Blessé, Barrett avait dû ordonner qu'on enlève tout.

Elle trouva la réserve de CD vierges dans l'armoire de Mat, dont elle ouvrit la porte avec assurance, malgré une absurde envie de ne pas laisser d'empreintes digitales. Il lui fallut presque une heure pour mettre de l'ordre dans ses dossiers et les copier sur des CD, mais elle les avait désormais en main et serait protégée. Elle effaça tous les fichiers personnels du disque dur et, avec le sentiment d'être à la fois paranoïaque et raisonnable, remplaça son mot de passe par ABC123.

Le gardien de nuit arriva derrière elle au moment où elle fermait la porte des locaux de Gilman-Stott. Elle lui souhaita bonne nuit d'un air enjoué. Barrett aurait des sueurs froides en apprenant qu'elle était passée au bureau. Quelle importance, se dit-elle. Il était temps de rentrer veiller sur les enfants.

Mrs. Pell se retourna dans son nouveau lit. Maintenant que l'atelier avait été nettoyé de fond en comble, elle n'avait pas mis de temps à s'y installer. Les enfants avaient voulu courir un peu partout, chasser l'eau de la toilette et qui sait quoi d'autre. Les mettre à la porte avait pris plus de temps que le reste. Elle se tourna de nouveau, puis repoussa les couvertures et, à l'aide de ses deux mains, se leva en prenant tout son temps. Elle pouvait allumer la télé si le cœur lui en disait. Ou aller dans sa propre salle d'eau. Ses pieds en chaussettes fermement plantés sur la moquette verte qu'on lui avait donnée, elle rit pour elle-même.

Dommage que Janet ne me voie pas maintenant, se dit-elle en pensant à sa sœur. Dommage que Janet soit morte en criant comme une folle à cause de son sein. Et maintenant c'était au tour de Lorraine. Même dans le noir, Mrs. Pell sentit les losanges de la courtepointe tomber en chute libre.

Il restait un beigne dans la boîte qu'elle avait cachée sous le lit lorsque les enfants étaient entrés comme une horde de sauvages. En grognant, elle se laissa descendre du lit et s'agenouilla; puis, à tâtons, elle chercha le plus loin possible du bout de ses doigts enflés. Il n'était plus de la première fraîcheur, d'accord, mais c'était mieux que rien. Elle remonta sur son lit, pantelante, prit une bouchée et respira encore un peu. Elle ne se sentait pas trop bien. Elle repoussa cette pensée. Une autre bouchée. Derrière ses paupières défilèrent des gens : Dougie Pell, Clayton adolescent, son père, le père de Clayton, quel salaud. Et elle-même quand elle avait six ans, assise à côté de Janet, observant le mouvement de l'aiguille de Janet qui entrait, sortait, formait de tout petits points.

20. Framboise

À son tour, Darwin refusa d'accepter de l'argent. En guise de loyer, dit-il, et encore on était loin du compte. Il coupa court à la discussion en révélant à Clary que Lorraine serait peut-être libérée après la période d'isolement consécutive à la chimiothérapie. Clary fila à l'hôpital pour en savoir plus.

Après les quelques jours de grâce dont elle avait bénéficié, la sinistre odeur de l'étage la frappa en plein visage. Elle emprunta le couloir familier et dut faire quelques pas de plus : on avait mis Lorraine dans une chambre d'isolement dotée d'une antichambre où il fallait se laver. Le rituel prit du temps : avant d'entrer dans la chambre proprement dite, elle suivit à la lettre les directives imprimées au-dessus du lavabo.

Lorraine dormait. De fins tubes la parcouraient en tous sens, faisaient sur elle comme une toile d'araignée.

Un inconnu était assis sur une chaise contre le mur ; Clary comprit qu'il était là pour l'autre malade. Il fixait la femme jeune, une fille, couchée à plat, sans oreiller. Ses yeux clos faisaient deux bosses pourpres dans sa tête. L'homme, immobile, ne salua pas Clary. Il ne dormait pas.

Après un moment d'hésitation, Clary passa devant lui pour se rendre au chevet de Lorraine. Elle mit d'abord sa main sur sa propre joue pour s'assurer qu'elle n'était pas trop froide, puis sur celle de Lorraine pour la réveiller. Rien.

La poitrine de Lorraine se soulevait et retombait, ses cheveux laissaient voir son front et ses oreilles. Elle dormait aussi profondément que Blanche-Neige, allongée dans son cercueil de verre. Clary fit demi-tour et sortit.

Tôt en soirée, Paul frappa à la porte. Clary fut si surprise et si heureuse de voir son visage avenant et maigre qu'elle faillit s'avancer pour l'embrasser comme s'il était un membre de la famille ou encore Moreland.

Elle se ressaisit à temps et ouvrit la porte toute grande.

Aux oreilles de Paul, la maison bourdonnait de vie ; dans la cuisine, Pearce chantait à pleins poumons, Dolly et Trevor firent la course jusqu'à la porte.

— On est allés au lac et j'ai failli me noyer, dit Trevor.

Pour ce qui était de se rendre intéressant, au moins, il avait eu le dessus sur Dolly. Dans la cuisine, où de la crème glacée fondait dans des bols, ils encerclèrent Paul, Pearce lui sourit de toutes ses dents et cria vaguement vers lui en agitant sa cuillère. Il avait de la crème glacée sur la tête. Clary prit un linge dans le tiroir et fit couler de l'eau tiède, ajoutant au déferlement de bruits et de lumière.

— Vous avez déjà mangé votre dessert ? fit Paul en sortant un panier du sac taché de rouge qu'il transportait. Regardez, je vous ai apporté des framboises. Je les ai cueillies moi-même.

— Je pensais que c'était du sang, dit Trevor.

— Vous n'avez peut-être pas le droit d'en manger après votre dessert, dit Paul tristement.

— Non, non, dit Dolly, les framboises sont bonnes pour nous, mais elles donnent des boutons à Darwin.

Clary débarbouillait la tête et le visage de Pearce.

— Vous pouvez en mettre sur votre crème glacée. Distribuez-les, Paul. Où les avez-vous prises ?

— J'ai dû aller à l'abbaye St. Peter pour une réunion. Après, les moines m'ont emmené faire une promenade au milieu des framboisiers. Regardez, il y en a des dorées, on dirait des perles de miel.

Clary se tourna pour voir et il mit dans sa bouche un fruit, tiède et parfait, un vrai bourgeon de lumière. Les baies embaumaient. Les doigts nerveux de Paul étaient tachés par la cueillette, et Clary distinguait les volutes inscrites en rouge sur sa peau lisse, le dédale d'empreintes qui n'étaient qu'à lui. Elle rit et ouvrit la bouche pour en réclamer une autre.

Pearce ouvrit la sienne, puis Dolly et Trevor, semblables à des oisillons réclamant la becquée, autant de petites bouches à nourrir. Et Darwin, gravissant les marches en vitesse, exigea de la crème glacée avant de partir pour l'hôpital. Des framboises aussi, allergie ou pas. Il tapa Paul dans le dos et le remercia de son aide.

— Quelle aide? demanda Clary.

— Il est venu faire de la peinture, lundi, dit Darwin en mettant une poignée de petits fruits dans sa bouche. Tu devrais voir ça maintenant, mon vieux.

— Je passais par hasard, dit Paul. Je me suis arrêté pour…

On sonna à la porte, un seul long coup.

Clary soupira et dégagea ses cheveux du poing de Pearce.

— Reste là, dit-elle. Tiens, assieds-toi plutôt avec Paul.

Elle le posa sur la jambe longue et osseuse de Paul.

C'était Barrett Gilman.

Elle eut un mouvement de recul et faillit refermer la porte sur son visage rose et imbu de lui-même.

— Clara! s'écria-t-il, jovial et bienveillant.

Signe, elle le savait d'expérience, qu'il était porteur de mauvaises nouvelles. Elle ne le laisserait pas entrer. Dommage que Mrs. Pell ait apporté son repas dans l'atelier et ne soit pas là pour se montrer grossière avec lui.

— Eh bien, Clara, dit-il après un moment d'hésitation.

Elle resta là, la main sur la poignée de la porte, certaine qu'il allait lui casser les pieds. Elle garda le silence.

— J'ai des documents à te faire signer. Je peux entrer?

— Désolée, dit-elle en se penchant pour mettre une sandale, mais j'étais justement sur le point de sortir. Je peux y jeter un coup d'œil sur le perron?

En éconduisant Barrett, elle cria par-dessus son épaule:

— Darwin, Paul, je m'en vais à l'hôpital. Vous voulez bien attendre mon retour avant de partir?

Les hommes et les enfants poussèrent un cri d'assentiment, et elle put fermer la porte derrière elle, empêcher la pollution de Barrett d'entrer chez elle.

— C'est un peu inconfortable, dit Barrett.

— Mais non, on sera très bien ici, sur le banc.

Elle balaya des jouets du revers de la main et laissa Barrett trouver un endroit où s'asseoir.

— Je suppose que la compagnie d'assurances exige que je démissionne, dit-elle sans lui laisser le temps de se perdre en doléances et en condoléances.

— Eh bien, il y a eu des complications. J'ai ici un formulaire et je vais t'expliquer les notations…

Il fouilla dans sa serviette, celle que sa mère lui avait offerte à Noël en 1992. Elle en savait trop long au sujet de ce non-ami. Que du mal, en fait: les éternels prétextes qu'il invoquait pour justifier son indolence, sa cravate de satin rose, tachée de sauce après la cérémonie de remise des prix en 1997, sa manie de se cramponner à sa plume, celle qu'il sortait de sa poche en ce moment même, dans l'espoir de la voir renoncer aux droits qu'elle avait sans doute.

— Tu veux que je te dise? Je n'ai vraiment pas le temps de m'occuper de tout ça. Montre-moi seulement où je dois signer, dit-elle.

Elle ne pouvait tout simplement pas tolérer sa présence, pas une minute de plus! Mais si elle s'en allait, il faudrait qu'elle le revoie pour signer ses satanés formulaires.

— Et ici, et là…

Il lui tendit un stylo portant le logo de Gilman-Stott et lui montra les endroits où elle devait apposer sa signature.

— C'est vraiment dommage, dit Barrett en la regardant signer, changer de page, signer, changer de page.

Signe, signe, signe. Elle détacha ses copies. Sa paie de vacances, une renonciation à ses recours, un accord général de confidentialité et un chèque correspondant à une année et demie de congés accumulés et d'avantages sociaux, lequel avait pour effet de la dissocier de la société à titre définitif. Quelques milliers de dollars. Somme utile, à court terme. Le remboursement de son fonds de pension : la lettre différait ce moment de quelques mois, mais elle hériterait d'un montant forfaitaire à investir à sa guise. Elle aurait plus tard le temps de se faire du souci à ce sujet.

— Mes clés, dit-elle en les décrochant de l'anneau.

— Je suis profondément peiné, Clara.

— Et alors ? dit-elle en se redressant pour le regarder en face. Tu n'as pas levé le petit doigt pour m'aider. Après vingt années de service, je méritais mieux.

Il écarquilla les yeux. Il ne s'attendait pas à ce qu'elle soit impolie. Ni à ce qu'elle lui dise la vérité.

Eh bien, il y a une limite à tout, se dit-elle en descendant les marches en vitesse pour échapper à la force gravitationnelle de Barrett, telle une comète qui contourne Jupiter et s'éloigne en tournant sur elle-même. Enfin libre !

Lorraine n'était pas tout à fait lucide. Elle bougeait sans cesse la tête sur l'oreiller, vaguement agitée, réclamait Darwin.

— Il sera bientôt là. Je suis venue d'abord, lui dit Clary en mouillant un linge d'eau fraîche pour lui laver le visage.

Une petite mèche de cheveux fous barrait l'oreiller. Clary la repoussa doucement.

— Ça fait du bien, dit Lorraine. Ça fait du bien.

— Je sais. Je viens justement de laver le visage de Pearce… et sa tête. Il s'était mis de la crème glacée partout.

— Pearce.

— Il va bien. Il est avec Darwin. Ils finissent de manger

leur dessert pendant que je suis ici. Darwin dit qu'on va bientôt vous mettre à la porte. C'est merveilleux.

— Ouais.

— Vous a-t-il parlé de tous les changements à la maison ? Il a installé Mrs. Pell dans le vieil atelier de mon père et elle a l'air plutôt contente. Pour autant qu'on puisse en juger.

Lorraine sourit sans bouger les joues. Clary lui lava les mains, les posa tour à tour sur le dessus-de-lit vert de l'hôpital, et elles restèrent là, molles et blanches sous les derniers vestiges du bronzage. Clary tirait une grande satisfaction de ces menus services.

— Les enfants seront fous de joie à l'idée de vous voir revenir, dit Clary.

Lorraine hocha la tête. Elle ne changea pas d'expression, mais deux larmes jaillirent sans effort et glissèrent sur ses joues. Elle ne fit rien pour les éponger.

— Vous êtes trop fatiguée pour bavarder, dit Clary. Vous avez été si courageuse. Dans deux ou trois jours, vous vous sentirez beaucoup mieux.

Lorraine hocha de nouveau la tête, encore plus brièvement que la première fois, et son menton s'affaissa légèrement. Clary se pencha et posa un baiser sur sa joue blême. Elle eut soin de retenir ses larmes.

Dans l'autre lit, la jeune femme gisait, abandonnée.

À son retour, Clary vérifia le contenu de la boîte aux lettres et trouva la facture du téléphone. Elle décacheta l'enveloppe au moment où Darwin récupérait ses clés et son chapeau. Quatre cent trente-neuf dollars en frais d'interurbains imputés à sa carte d'appel. Or elle ne s'en était pas servie depuis des mois. Une erreur, forcément. Darwin passa dans le couloir et lui tapota l'épaule en sortant. La porte moustiquaire se referma avec fracas. Des coups de fil à Spiritwood, Onion Lake, Meadow Lake, Stanley Mission, Winnipeg, La Ronge, regroupés sur deux jours, le mois dernier. Fort McMurray. Elle sut avant que son cerveau, un peu lent, la rattrape. Clayton, qui cherchait Darwin, avait téléphoné à gauche et à droite. À l'aide de la carte d'appel de Clary, dont elle n'avait pas remarqué la disparition.

Tôt le matin, avant même que les enfants aient mangé, on sonna à la porte. Encore Barrett, se dit Clary, à cause des coups répétés et colériques. À contrecœur, elle alla ouvrir, Pearce en équilibre sur la hanche.

C'était Bradley Brent, le voisin. Brent Bradley.

Il se lança dans un soliloque sifflant, explosa comme une bouteille de bière longuement secouée.

— Qu'est-ce que ce sera ensuite?

Il la foudroya du regard, mais ne lui laissa pas le temps de répondre.

— Hein? Quoi? C'est un quartier respectable, ici, où les règlements municipaux sont pris au sérieux. Les travaux, le bruit, les pleurs du bébé! Et maintenant, un taudis tout branlant dans la cour!

— Notre bébé ne pleure jamais, dit-elle, sincèrement indignée. Pendant une minute tout au plus, et encore pas souvent. C'est un très bon bébé!

— Le bébé n'y est pour rien! Il n'y a pas de règlement contre les bébés qui pleurent, et croyez bien que je le déplore. Mais il y a des règlements concernant la construction et je n'ai pas vu de permis dans la fenêtre et je n'ai pas vu non plus d'avis d'intention de convertir la résidence en maison de chambres!

Le cœur de Clary battait comme un métronome, tic, tic, tic, tic, à un rythme accéléré. Elle ouvrit la bouche pour répliquer. Mais son incapacité à utiliser les mots *Mr. Bradley* ou *Mr. Brent* avec assurance la paralysait.

Les petits yeux de l'homme semblaient dérangés; pendant qu'il parlait, il avait la bouche en cul de poule.

— Je vous aurai prévenue : j'ai l'intention d'utiliser tous les recours prévus par la loi pour vous livrer une lutte sans merci. Vous faites baisser la valeur des maisons et vous introduisez des éléments indésirables dans notre quartier.

Trevor et Dolly s'étaient avancés pour mieux voir. De quel droit osait-il utiliser les mots *éléments indésirables* devant eux ?

— L'inspecteur municipal m'assure qu'il vous rendra visite très prochainement. Et là…

— Écoutez-moi bien, dit-elle, coupant court à sa diatribe. Vous nous importunez. Veuillez descendre de mon perron, sinon j'appelle la police.

Il resta bouche bée. Le blanc de ses yeux se voyait distinctement.

— Vous me menacez ?

— Ça suffit, Mr. Brent ! Vous faites erreur. Il n'y a pas eu de construction. Nous avons simplement installé quelques cloisons sèches dans le sous-sol. Je suis certaine que mon cousin, l'entrepreneur responsable, a scrupuleusement suivi tous les règlements. Le petit bâtiment de mon jardin sert d'habitation temporaire depuis une trentaine d'années. Quand l'inspecteur municipal viendra (si je ne m'abuse, il s'agit de Stan Granik, un vieil ami de mon père), je me ferai un plaisir de lui offrir un café et de lui faire visiter la maison. Et je suis sûre qu'il aura la politesse de ne pas sonner chez moi avant que les enfants aient mangé.

Elle ferma la porte. Ses genoux tremblaient. Trevor tira son bras d'un côté, Dolly de l'autre. Elle espérait qu'elle avait dit vrai, que Moreland s'était procuré les permis nécessaires. Qu'elle aurait aimé s'asseoir ! Être accusée de nuire au standing du voisinage, elle ! C'était une blague. Dans un moment, elle en rirait.

Mais la maison était effectivement un capharnaüm. Le bric-à-brac des enfants jonchait le salon : la balançoire et le parc du bébé, l'énorme boîte de blocs Lego que Moreland avait apportée de Davina (une demi-heure de rangement supplémentaire tous les soirs), des crayons, des chaussures, des vêtements. Sur le comptoir de la cuisine, des pots de nourriture pour bébé et des tasses en plastique côtoyaient les petits appareils ménagers : le mélangeur, le grille-pain, le grille-sandwichs. Elle abusait des sandwichs au fromage grillés. Les enfants avaient si parfaitement investi leur chambre que Clary ne se rappelait même plus à quoi elle servait avant. En fait, la pièce avait été la chambre d'amis et, des années plus tôt, sa propre chambre d'enfant. Elle avait peine à les visualiser. Le séjour de son père avait eu de multiples vocations : d'abord la chambre de Clayton, qui en avait empoisonné l'atmosphère, ensuite l'antre de Mrs. Pell. À présent, la pièce attendait l'arrivée de Lorraine. Au moins, elle était propre et bien rangée, celle-là.

Clary téléphona à Paul.

— Demain, je vais chercher Lorraine à l'hôpital, lui dit-elle. Je voulais vous éviter de vous y rendre pour rien.

Mais c'était seulement un prétexte. Elle avait eu envie de lui parler et n'avait rien trouvé de mieux pour justifier son appel.

— Merci, dit-il.

Au son de sa voix, elle sentit que son coup de fil le plongeait dans la perplexité. Il s'en rendit compte, lui aussi, et se ressaisit aussitôt.

— Excusez-moi. Mais je viens d'avoir une conversation avec l'avocat de ma femme. Merci, en tout cas, car je me serais effectivement fait du souci pour Lorraine.

— On la laisse sortir. Officiellement, elle est en rémission.

— C'est merveilleux !

— Non, c'est une fausse rémission. Les médecins savent qu'ils ont détruit quatre-vingt-dix-neuf pour cent du lymphome, mais il va sûrement revenir. C'est seulement la première étape. Ils vont lui donner deux ou trois semaines pour reprendre des forces, et après ils vont tout recommencer depuis le début.

Elle sentit monter en elle une absurde envie de pleurer. Mais elle n'était pas celle qui subissait cette terrible épreuve.

— Je suis navré, Clary, dit-il. Chaque visite à l'hôpital doit raviver le souvenir de la mort de votre mère.

Fallait-il vraiment qu'il lui tienne de tels propos ? Fallait-il vraiment qu'il ouvre les vannes ?

— Celle de mon père aussi, dit-elle. Moi qui croyais avoir oublié.

Elle n'aurait su dire si elle pleurait ou si elle respirait trop fort.

— Le deuil se vit par vagues, non ?

— Son bureau n'est même plus à lui. Quand je pense que ma mère n'y avait pas touché ! Depuis toujours, je voulais faire finir le sous-sol, mais c'est… Et maintenant Mrs. Pell vit dans son atelier, et je ne sais même pas où sont ses outils…

— Je ne crois pas qu'il ait besoin d'un musée, Clary. S'il a conscience de ce que vous faites, je suis sûr que vos actions lui plaisent beaucoup plus que si vous aviez gardé ses outils dans une chambre forte.

Si ma mère a conscience de ce que je fais, songea Clary, les foudres de sa colère feront résonner les cieux. Et comme elle aurait haï Mrs. Pell !

21. La dame de pique

Une fourgonnette noire inconnue s'engagea dans l'allée. À la fenêtre, Dolly attendait le retour de Darwin et de Clary, partis chercher sa mère à l'hôpital : elle rentrait pour un bout de temps, peut-être un mois. La porte de la fourgonnette s'ouvrit et les jambes minces et raides d'une femme se déplièrent en partie. Une marionnette aux cheveux ras, immobile, qui ne sortit pas, finalement.

C'était sa mère en habits neufs. Dolly aurait dû courir à la porte et descendre les marches du perron pour se jeter dans ses bras, mais pas trop vite pour ne pas la blesser ni rien. Elle ne bougea pas.

La voiture de Darwin apparut et se rangea le long du trottoir. Darwin sortit en vitesse et cria :

— Dolly ! Hé, Dolly ! J'ai besoin de ton aide !

Dolly put alors bouger de nouveau, se diriger vers la porte et faire comme si elle venait de voir sa mère. Elle se tira bien d'affaire ; sa mère n'y avait vu que du feu, elle en était sûre. Vite, elle descendit les marches d'un pas dansant, souleva ses pieds comme une fille délicate, alors que, tout ce temps, dans son corps, son âme énorme et maladroite était comme un rhinocéros galopant vers un gros rocher contre lequel il allait se fracasser.

— Dolly, Dolly.

Sa mère répéta le mot de la voix d'une étrangère, toujours perchée au bout du banc de la fourgonnette.

Trevor dévala l'escalier et jeta ses bras autour des genoux de sa mère, comme s'il n'avait même pas remarqué dans quel état elle était. Dolly resta plantée près d'eux, sans s'éloigner, mais c'était difficile. Les bras de sa mère bougeaient comme les pattes d'une araignée léthargique, caressaient le dos de Trevor et faisaient signe à Dolly de s'approcher.

Clary descendit de la fourgonnette, encombrée d'une pile de documents et de dossiers, ainsi que d'un sac de pharmacie blanc. Quand elle comprit que leur maman ne pouvait pas sortir toute seule, elle dit :

— Restez là une minute, le temps que je me débarrasse de ce barda. Nous allons emmener les enfants à la campagne. Nous avons la fourgonnette pour la semaine, alors il y a de la place pour tout le monde ! Trevor, mets tes chaussures. Moi, je vais chercher Pearce.

Dolly passa devant mamie, sortie d'un pas lourd à seule fin d'assouvir sa curiosité, et rentra chercher son livre. Les cheveux de sa mère ! Coupés très courts, rares par endroits, bizarres. Elle savait que les cheveux de sa mère allaient tomber, mais ils étaient plutôt inégaux, ce qui faisait un drôle d'effet.

Elle courut sans regarder et s'installa sur la banquette arrière, près de la fenêtre.

— Attends, Dolly, dit Clary en se penchant, le siège de Pearce dans les mains. Je vais peut-être installer Pearce ici, à l'arrière, où il y a la sangle d'attache…

Dolly resta à sa place, écouta le bavardage incessant de Clary. Le visage de Darwin, son énorme visage, apparut au-dessus de l'épaule de Clary, obstruant tout l'espace de la portière.

— Ça va aller, Doll.

D'une façon ou d'une autre, ils finirent tous par se caser. Dolly s'installa à côté de sa mère, sur la banquette du milieu, et Trevor de l'autre. Sa mère leur serrait fort la main, l'une des leurs dans chacune des siennes. Chaque fois que la fourgonnette effectuait un virage, ils s'inclinaient d'un côté, et leur mère leur serrait la main plus fort pour rester droite.

L'habitacle était d'un gris très foncé, comme celui d'un corbillard. Dolly fixait sa mère, étudiait tout particulièrement la peau qui allait de la base de son oreille à son menton. Elle était tirée sur l'os, l'os de la mâchoire, trop tirée. Lorsque sa mère tentait de répondre aux questions de Clary, la peau devait glisser sur l'os, mais il n'y avait pas assez de place pour qu'elle puisse se détendre. Le col de son pull bleu bâillait, laissait voir une partie de sa poitrine, et Dolly constata que la peau était trop tendue, là aussi. Les clavicules saillaient comme les bâtons d'un cerf-volant. D'une immobilité de pierre, Dolly attendait que sa mère ouvre la bouche pour voir sa peau bouger. Elle aurait bien voulu pouvoir lire son livre.

De l'autre côté, Trevor respirait lentement à travers ses lèvres pincées pour apprendre à siffler. Il tenait le bras de sa mère sous le pull bleu. Ils longèrent la rivière et la rangée d'églises, puis les maisons s'espacèrent et ils arrivèrent enfin en rase campagne. Là, les routes s'étiraient toutes droites sur le sol plat. Pas comme à Trimalo, où elles gravissaient des collines ou ondulaient au milieu des arbres, passaient là où elles pouvaient et non là où les cartes routières leur disaient d'aller.

— C'est agréable de sortir un peu, non? dit Lorraine.

Aux oreilles de Dolly, la voix de sa mère n'était que la moitié d'elle-même.

Mamie était assise devant, avec Clary. Cette dernière lui demanda d'ouvrir le sac à ses pieds et elle y fouilla gauchement pendant un moment avant d'en sortir deux petits paquets emballés.

— C'est pour vous, dit Lorraine en en tendant un à Trevor et l'autre à Dolly.

Celui de Dolly était long et étroit. Dedans, il y avait une Barbie, couchée dans une longue boîte, les yeux grands ouverts. Elle avait presque dix ans! Les préadolescentes ne jouent pas avec des poupées. Celle-ci portait un uniforme d'infirmière, même pas une blouse de médecin. Trevor avait hérité d'une trousse de docteur en plastique rouge, un truc de bébé. Ils avaient vu ces jouets en solde à la boutique de cadeaux de l'hôpital.

Bien ficelé dans son siège, Pearce mâchouillait sauvagement ses gencives, où poussaient de nouvelles dents. Des torrents de bave dégoulinaient de sa bouche toute luisante. Après toutes ces semaines, Lorraine sentit ses seins répondre, sentit le picotement du lait descendre en cascade, même si elle n'en avait plus depuis longtemps. De cela aussi, on l'avait dépossédée, comme du reste. Regardant par les vitres teintées de la fourgonnette, au-delà des têtes des enfants, Lorraine vit des routes s'étirer autour d'eux. Des itinéraires possibles. À l'horizon, des rayons de lumière obliques descendaient du ciel, comme si Dieu indiquait la voie, l'endroit où ils devaient se rendre. Mais il n'y avait pas de paradis par ici. Que la campagne se déroulant à l'infini. Les enfants étaient silencieux : l'apparence de Lorraine leur avait fait un choc. Même à Trevor, qui pourtant ne remarquait jamais rien. Lorraine entendit Pearce énumérer pour Darwin toute une série de choses fascinantes dans son tout nouveau babil de grenouille. Ses os lui semblaient trop fragiles pour une telle équipée. Ils auraient dû rester à la maison.

Clary conduisait, cherchait devant elle des points d'intérêt susceptibles de distraire les enfants. C'était une mauvaise idée, cette petite virée, et elle se rendait bien compte que c'était parce que la location de la fourgonnette lui coûtait trop cher et qu'elle avait senti le besoin d'en avoir pour son argent tout de suite. À propos de l'argent, il faudrait qu'elle apprenne à se raisonner. Après cette aventure, elle risquait de se retrouver sans le sou. Et alors ?

Assis tout au fond, Darwin s'écria :

— Hé ! Clary, prenez à droite à la prochaine route de

gravier. C'est là que se trouve la vieille ferme de notre cousine Rose !

Tant pis, se dit Clary, reprenant courage. Elle n'aurait qu'à se remettre au travail, et tout irait bien, pour eux tous. Le simple fait d'être en chômage ne la rendait pas inemployable, tout de même. Elle tourna et la route s'éleva sur une petite butte avant de redescendre dans une vallée entre deux plis bas de la prairie. Le gravier prit fin, la route de terre contourna l'extrémité d'un des plis et ils tombèrent sur une petite ferme abandonnée, dont les bâtiments brun-gris, à force de pencher, retournaient peu à peu à la terre. La maison avait des fenêtres noires et vides, une porte défoncée. Des buissons de caraganiers se serraient d'un côté.

— C'est là, dit Darwin, penché vers l'avant, son souffle chaud dans le cou de Lorraine.

Il posa la main sur la tête de sa sœur et caressa ses dernières mèches de cheveux. Elle grimaça un peu, consciente que ses cheveux allaient encore tomber. Or elle tenait à épargner ce spectacle aux enfants.

Clary avait immobilisé la fourgonnette et baissé les vitres. Ils entendaient le son de la prairie : des bruits infimes, tous différents, et le vent. Et le bourdonnement presque continu, rumeur inquiétante et monotone, c'était celui des abeilles.

— Ça fait drôle de penser que ses sœurs et elle ont habité ici, au bout du monde, quand elle était petite, dit Lorraine.

Elle entendait sa propre voix, fêlée et étrange. Tais-toi, se dit-elle.

Darwin fit passer son bras par-dessus Trevor et ouvrit la portière.

— Allons jeter un coup d'œil, mon vieux, dit Darwin.

Avec joie, Trevor se libéra de son siège et courut vers la porte d'entrée défoncée.

— Pas si vite, cria Clary dans son sillage. C'est dangereux, là-dedans…

Elle se lança à ses trousses.

Darwin embrassa Lorraine sur la joue et sortit avec Pearce, puis il ouvrit la portière de Mrs. Pell.

— Vous aussi, dit-il. Ça vous fera du bien de vous traîner les pieds par ici.

Mrs. Pell fut forcée d'admettre que c'était comme à Hanna. Non pas qu'elle eût la moindre envie de retourner là-bas. Les jambes raides, elle descendit péniblement de la haute marche et chercha du regard un endroit où faire pipi.

Dolly et Lorraine restèrent dans la fourgonnette.

— Ça va? demanda Lorraine d'une voix murmurante.

— Ça va, répondit Dolly.

Elles gardèrent de nouveau le silence.

Dolly eut l'impression que toute sa vie se concentrait en cet instant, pareil à la pointe d'une aiguille, en ce lieu désert. Ses yeux semblaient capables de voir les abeilles butiner dans les buissons, même si elles étaient trop loin.

— J'aimais Rose, dit Lorraine.

Trevor sortit par la porte de devant et gambada jusque derrière. Comme Rose l'avait sans doute fait quand elle avait son âge, songea Lorraine.

— Elle ne se mettait jamais en colère, trouvait tout le monde génial, et elle nous faisait rire. Elle faisait super bien la cuisine et aimait que tout soit propre. J'espère que Clary est comme ça pour vous, les enfants.

Dolly continua de regarder férocement par la fenêtre ouverte.

Lorraine eut l'impression que sa fille n'avait même pas conscience de ne pas répondre. La douleur causée par la longue absence de ses enfants élançait dans sa poitrine, sa bouche. Elle la garda pour elle. Pas la peine que Dolly s'en aperçoive, se dit-elle. Je crois bien que je vais mourir. Mes enfants continueront sans moi, je suppose, comme j'ai continué sans Rose. C'était écrit en toutes lettres sur les murs de la vieille maison à moitié écroulée : la mort, l'abandon. Les gens meurent, pensa-t-elle. Tout le monde meurt. Et malgré tout les abeilles vont et viennent dans les buissons.

C'est elle, leur mère, se répétait Clary cent fois par jour. Laisse-la jouer son rôle. Mais c'était difficile à cause de la faiblesse que Lorraine s'efforçait de dissimuler. Elle avait besoin d'aide pour prendre Pearce sur ses genoux et lui donner son biberon. Après avoir bordé Trevor et Dolly, elle devait s'arrêter un moment dans le couloir avant de poursuivre jusqu'à sa chambre. Elle avait des abattements et des regains d'énergie. Pendant la journée, elle allait de pièce en pièce, agitée, marchait d'un pas lent, résolue à faire de l'exercice ; elle soulignait souvent la liberté de mouvement que lui conférait l'absence de perfusion. Elle essayait de manger avec les enfants, mais, au milieu du repas, elle se levait et retournait se coucher, fermait ses paupières fragiles, allongée sur le côté, sous la couverture tricotée, une main à l'air libre, au cas où l'un des enfants voudrait s'asseoir à côté d'elle. Trevor le faisait parfois. Il s'assoyait par terre et restait sans bouger, adossé au lit, une main levée, en appui sur son genou, pour tenir celle de sa mère.

Le jeudi soir, Pearce pleura, pleura encore, à cause de ses gencives, et Lorraine était trop épuisée pour s'occuper de lui. À deux heures du matin, Clary apparut dans la porte, la lumière du couloir éclairant sa chemise de nuit, et Lorraine fut heureuse de la voir.

— Cette nuit, vous pouvez le prendre, dit-elle.

Clary recoucha Pearce, et il hurla de frustration jusqu'à ce qu'elle lui donne une tétine bien fraîche et pousse le petit lit à roulettes le long du couloir jusqu'à sa chambre. Elle ferma la porte pour étouffer ses grognements maussades et ses bruits de succion, puis rebroussa chemin pour aider Lorraine à se recoucher.

Penchée vers l'avant pour soulager la tension de son abdomen, Lorraine pleurait et des larmes irrégulières coulaient sur ses joues.

— Vous avez mal ? demanda Clary.

Lorraine secoua la tête.

— Je suis seulement malade, dit-elle. J'ai chaud. Je ne me sens pas bien.

Toute la nuit, sa température demeura élevée, malgré les vaillants efforts de Clary. En fin de compte, elle lui fit prendre un bain frais pour empêcher la fièvre d'augmenter encore et téléphona au service d'oncologie. Elle attendit un moment, le temps que le bureau des infirmières joigne l'oncologue traitant de Lorraine. À cinq heures, le médecin résident la rappela : on envoyait une ambulance. Le vieux thermomètre de Clary indiquait cent quatre degrés Fahrenheit, et Clary fut heureuse de ne pas avoir à martyriser Lorraine en l'obligeant à prendre place dans la fourgonnette.

Clary réveilla Darwin, puis elle téléphona à Mrs. Zenko et lui demanda de venir veiller sur les enfants. Ils s'étaient levés et ils étaient assis par terre autour du lit de Lorraine, l'air effrayé. Clary aurait préféré envoyer Mrs. Zenko à l'hôpital et rester à la maison avec eux. Prenant son courage à deux mains, elle mit son porte-monnaie dans son sac et s'installa derrière le volant de la fourgonnette pour suivre l'ambulance.

Une fois l'ambulance partie, les enfants, assis avec Mrs. Zenko, regardèrent *Cendrillon* pour la quarantième fois. Trevor reniflait toujours discrètement. Dolly avait peur que Mrs. Zenko tente de la serrer dans ses bras, mais il ne se passa rien. Elle laissa seulement Trevor glisser ses mains froides sous le coude de son pull, là où c'était chaud. Pearce dormait et dormait, comme s'il avait eu assez de vie pour l'instant.

De l'hôpital, Clary téléphona à Grace et Moreland pour leur demander s'ils accepteraient de lui donner un coup de main, juste pendant quelques jours.

— Je ne m'en sors pas toute seule, dit-elle.

L'aveu lui fit du bien.

Grace se montra évidemment à la hauteur. La famille prit aussitôt la route. Pendant que Fern s'occupait des enfants, Grace remplit le réfrigérateur de provisions et donna un coup de vadrouille dans toute la maison.

En rentrant vers minuit, épuisée, Clary les trouva tous les trois en train de jouer à la dame de pique dans la cuisine. Tout de suite, Grace lui servit une tasse de thé et un verre de brandy.

Clary détestait le brandy, mais elle en prit quand même une petite gorgée.

— Ça va, dit-elle. Elle est branchée à tous les appareils de l'univers, et l'apprentie infirmière qui rigole tout le temps lui a encore fait mal à la main en installant le goutte-à-goutte. Ils ont dû revenir au poignet, mais elle a déjà meilleure mine. Darwin va passer la nuit auprès d'elle et je lui ai dit que je le relaierais tôt demain matin. Ça tombe mal parce que l'école commence la semaine prochaine et qu'il faut aller inscrire les enfants…

Elle s'interrompit pour boire un peu de thé. Le brandy était bon. Elle finit son verre.

— Tu joues? demanda Moreland.

Il était imbattable à la dame de pique, carrément imbattable.

— Volontiers, dit-elle.

Puis elle se prépara à se faire refiler la satanée dame de pique.

22. Jésus, Marie, Joseph

La soirée du lendemain, le vendredi, fut difficile, elle aussi. Lorsque Clary partit, à minuit, Darwin occupait le fauteuil orange ; en refermant la porte, elle vit ses yeux ouverts, et il lui fit un signe de la tête, car il ne dormait jamais que d'un œil. Les heures et les visites formaient une masse confuse, mais, le samedi soir, la peau grise de Lorraine avait, grâce aux antibiotiques, retrouvé un certain éclat. Tandis que Darwin jouait à l'euchre avec elle (elle choisissait les cartes à l'aide d'une paille recourbée), Clary rentra pour aider Fern à coucher les enfants et dormir un peu.

Quittant l'hôpital après une pénible visite à Joe Kane, Paul vit qu'il pleuvait et s'arrêta pour enfiler son blouson, espérant vaguement que lui-même, à quatre-vingt-sept ans bien sonnés, ne s'accrocherait pas avec autant d'acharnement. La fermeture éclair était coincée : il faudrait qu'il s'offre un nouveau blouson.

Il avait conscience d'un poids supplémentaire dans l'immeuble : Lorraine était de retour au cinquième étage. Dans une chambre privée, cette fois. C'était toujours mauvais signe. Paul récita une prière silencieuse pour elle, repoussa l'idée de la mort. (*Binnie est morte, morte. Comment est-ce possible ?* Ces mots sous-tendaient toutes ses pensées.)

Il avait peur de monter. Telle était la vérité toute nue. Quelle lâcheté… Il pourrait au moins passer dire bonjour depuis le couloir. Il fit demi-tour, se glissa dans l'ascenseur au moment où les portes se refermaient, et un mouvement fluide l'emporta jusqu'au cinquième.

Darwin était campé dans la porte de la nouvelle chambre de Lorraine.

— Salut, mon vieux, dit Darwin. Lorraine sera heureuse de te voir. Puisque tu es là, je vais aller faire un tour au bout du couloir.

Mais non, il y avait erreur, il n'avait pas du tout envie d'être là. Il avait suffisamment côtoyé la mort pour la journée. Il hocha la tête, serra la main de Darwin et entra.

Dans son lit, Lorraine était agitée, ses jambes bougeaient sans cesse sous les draps, mais elle lui tendit la main.

— Salut, dit-elle. Vous n'êtes pas passé chez Clary pendant mon séjour. Je m'attendais à vous voir.

Il se déclara heureux d'avoir été attendu et désolé de ne pas être venu.

— Darwin est parti chercher des glaçons. C'est mon péché mignon.

Paul hocha la tête. De toute évidence, elle était fiévreuse et un peu incohérente.

— Il est tellement bon pour moi. Meilleur que Clayton. Pauvre Clay.

Il aurait dû l'apaiser, la réconforter, mais elle était lancée.

— S'il était au courant, Clayton viendrait tout de suite, mais personne ne sait où il est.

Elle avait les yeux brillants, mais le regard un peu vague.

— Jésus, Marie, Joseph, dit-elle.

Ses jambes passèrent d'un côté du lit à l'autre.

— Il savait que ce serait trop dur pour lui, et il n'y a pas de honte à accepter ses limites. Nous savons ce qu'il y a de mieux pour nous, et personne d'autre ne peut nous le dire. Clary pense que c'est une peste, mais je l'aime, je l'aime avec un grand M. M comme Minou, c'est mon chat.

Paul, la main de Lorraine dans la sienne, serrait quand elle serrait, relâchait la pression quand elle le faisait. Il ne disait rien, mais elle avait toute son attention.

— Il faut que je le surveille, dit-elle, en proie à un besoin urgent de se confesser. Il fait des… il a essayé de… il a secoué Pearcey quand il était… Je l'ai arrêté, je l'ai arrêté à temps, mais c'était pénible. C'est seulement des fois, quand quelque chose le met en colère, mais je m'en sors.

Elle regarda au fond des yeux de Paul. Elle attendait une chose de lui, une chose qu'il s'efforçait de lui donner. Pas l'absolution, non, il n'avait pas l'impression que c'était ce qu'elle voulait.

— Ils sont à lui. Ils sont à moi. Ils ne sont pas à elle.

— Non, ce sont vos enfants, dit-il. Ils en sont parfaitement conscients.

C'était peut-être ça. Elle se cala dans le lit, et ses jambes s'apaisèrent. Elle garda la main de Paul dans la sienne, mais quand Darwin entra, elle se tourna vers lui.

— Je sais ce que j'ai à faire, dit-elle. Je sais comment m'y prendre.

Darwin s'assit sur le lit et posa la main sur son ventre, les doigts écartés, parfaitement immobile.

— Je sais, répéta-t-elle plus calmement.

— Depuis deux ou trois jours, elle est un peu perdue, dit Darwin à Paul, sans quitter Lorraine des yeux. La nuit dernière a été difficile.

Paul hocha la tête.

— Je croyais…

Darwin leva les yeux et croisa le regard de Paul.

— L'infirmière va venir lui donner quelque chose de fort. Ça va la calmer un peu.

Lorraine essaya de s'asseoir.

— Il faut que je parte…

— Non, ma belle, tu restes encore un moment, dit Darwin.

Il appuya sur les épaules de Lorraine et, en l'obligeant à s'allonger, déplaça son oreiller pour qu'elle soit plus à son aise.

— Je n'ai pas besoin de partir, dit-elle, docile. Pas tout de suite.

— Pas tout de suite, dit-il, conciliant.

Paul se dit qu'il prendrait un café avant de remonter revoir Lorraine. Pendant qu'il faisait la queue, Darwin descendit.

— Elle dort, dit-il, et elle va dormir longtemps. Je te ramène, si tu veux.

Comme Paul était venu à pied, il accepta la proposition. Mais, à la sortie du parking, Darwin prit à droite et emprunta le pont qui enjambait la rivière aux eaux noires et luisantes, où se reflétaient les arches d'une succession de ponts fantômes. Sa grosse et lente voiture traversa les rues jusqu'à la 21e et s'arrêta devant l'hôtel Senator.

— Je vais prendre une bouteille à emporter, dit Darwin. Clary n'a que le vieux sherry de sa mère et, là, j'ai besoin d'une bière.

— Moi aussi, dit Paul.

— Entrons, dans ce cas. Tu joues au billard?

En ce samedi soir, les lieux étaient encombrés et étouffants, la musique jouait à tue-tête et un voile de fumée flottait à environ un mètre sous les carreaux en polystyrène bleu du plafond. Darwin leur dénicha une table près du mur et se faufila au milieu des corps qui se bousculaient en lançant *Salut, Sheldon!* et *Salut, Chris!* comme un habitué. Paul éprouvait un bizarre mélange d'exaltation et de panique. Depuis l'université, il n'avait jamais mis les pieds dans un établissement de cette nature, et il devait avoir l'air d'un... prêtre, se dit-il. Il retira son veston et roula ses manches. Avec un peu d'effort, il réussirait peut-être à se donner des airs de comptable en goguette.

La fille se pencha sur Darwin, mais Paul ne saisit pas ce qu'il lui dit. Au bout de quelques minutes, elle revint chargée d'un lourd plateau et déposa une succession de verres sur la table : six verres de bière pression et deux petits verres débordant d'un quelconque whisky. Paul sentit un murmure de protestation s'élever dans sa voix et le réprima aussitôt. Deux ou trois bières n'allaient pas le tuer. Son sermon était déjà terminé, pour une fois. C'était du whisky irlandais. Le liquide s'accrocha au fond de sa gorge et inonda de soulagement tout le haut de sa poitrine.

— Elle délire, hurla Darwin pour se faire entendre dans le vacarme ambiant.

— C'est ce qu'il m'a semblé, oui, dit Paul en hochant la tête à plusieurs reprises, au cas où Darwin ne l'entendrait pas.

— C'est une réaction aux médicaments. Les médecins ne sont pas étonnés.

À sa grande surprise, Paul entendait Darwin. Le whisky aiguisait ses sens. Il siffla un des verres de bière.

Deux hommes âgés se penchèrent, les mains à plat sur la table, pour dire quelques mots à Darwin. Des types mal fagotés. Ils étaient étonnés et heureux de le voir, il y avait longtemps, et ainsi de suite. Après un bref salut de la tête, ils ignorèrent Paul, qui se sentit libre de balayer la salle des yeux, du moins ce qu'il en voyait dans le brouillard. Le bruit semblait affecter sa vision. Au moins le tiers des clients étaient plus âgés que lui : des femmes au fond de teint pâteux et collant qui montraient des seins parcheminés et des épaules maigres, des hommes au visage empâté, au nez légèrement décalé par rapport à sa position initiale, à la peau marbrée de rouge. Tous ces gens buvaient en silence ou discutaient, leurs propos ponctués de rires railleurs et haletants. Çà et là philosophaient des étudiants revenus depuis peu des vacances d'été ; trop jeunes pour être là, aussi coriaces que Pearce, ils arboraient des boucs ou des favoris de forme étrange. D'éloquents amateurs de hockey se faisaient face de part et d'autre d'une longue table, le visage démoli et rapiécé, de petites filles aux yeux vifs et à la bouche molle coincées entre eux.

Encore de la bière. Les verres étaient petits, mais la bière pression, bien que fade, était étonnamment bonne. « *J'aimais ce goût, cette mousse blanche et pétillante, l'éclat cuivré de ses profondeurs, le monde qui se dressait soudain derrière ce ruissellement roux sur les parois du verre, la coulée rapide jusqu'aux lèvres, la lente déglutition et la descente au creux du ventre avide, le sel sur la langue, l'écume aux coins de la bouche.* »

— Quoi? cria Darwin au milieu des vieux types.

— Rien, désolé. Je citais Dylan Thomas à propos de la bière. Excusez-moi.

Paul se prépara à se maudire d'avoir récité à voix haute, mais la honte ne vint pas. Plutôt heureux de s'être souvenu de tout le passage, il se mit à chercher la suite dans les recoins de sa mémoire. Les célèbres dernières paroles de l'écrivain, bien entendu. *J'ai bu dix-huit whiskys de suite,* avait déclaré le poète. *Je crois que c'est mon record.* Décidément, il avait le vent en poupe.

Le regard de Darwin dériva de nouveau vers Paul, même si le plus gros des deux hommes lui racontait une histoire longue et alambiquée où il était question d'une remorque et de deux chiens.

— IL DISAIT, cria Paul en se penchant, qu'il buvait dans l'espoir de concilier le désordre extérieur et l'ordre qui régnait en lui.

— Moi aussi, dit Darwin.

— Je bois pour oublier, dit Paul.

— Moi aussi, dit Darwin.

— Lisanne.

— On meurt de soif, dit Darwin à la serveuse qui passait en coup de vent, le plateau au bout de ses doigts légers comme de l'hélium.

Elle lui décocha un immense sourire qui venait du fond du cœur. Comme les femmes le font souvent pour Darwin, songea Paul. Elle disparut, mais à seule fin de les servir plus vite.

— Dommage que Clary ne soit pas là, dit Paul à brûle-pourpoint.

Darwin finit son verre avant de le reposer en hochant la tête.

— Quelqu'un doit rester à la maison pour s'occuper des bébés, dit Paul.

Puis il fut inquiet : et si Darwin ne comprenait pas qu'il plaisantait? Mais la superbe serveuse au sourire généreux, de travers, était de retour, et Darwin la gratifia d'un pourboire princier. Mais c'était au tour de Paul de le faire, et il lui versa un autre pourboire. Sur le plateau, il y avait des bières et deux autres verres de whisky irlandais, et cette fois ils trinquèrent avant de faire cul sec, et le whisky irlandais irrigua des régions de la bouche de Paul qui, depuis trop longtemps, étaient en manque d'alcool. Vite, il lui fallait une bière pour faire descendre le whisky.

— Normalement, je ne bois pas en soirée, dit-il à Darwin.

Darwin hocha la tête pour signifier son accord, puis ils furent envahis par un groupe de personnes que connaissait Darwin, ils allaient au Pat et voulaient que Darwin et Paul les accompagnent. Alors ils finirent leurs bières et, telle une corde qui s'effiloche, tel un tricot aux mailles lâches qui se défait, ils déambulèrent jusqu'au Pat. Encore heureux qu'on n'ait pas eu à prendre la voiture, voulait dire Paul à Darwin, car ils n'étaient sans doute pas en état de conduire, mais Darwin était loin devant, en train de converser avec un groupe d'hommes et de femmes hilares, et les deux étudiants d'université ivres qui marchaient à côté de Paul lui demandèrent de trancher un différend : comment savons-nous que nous existons? Nos sens en sont-ils une preuve suffisante? Si nous pouvons toucher une table, savons-nous qu'elle est là? Que veut dire *là*?

Paul rit à l'idée de se trouver mêlé à un tel débat et se creusa les méninges pour expliquer comment nous savons ce que nous savons, servi par des trésors d'éloquence qui lui procurèrent un immense plaisir, chevaucha la frontière sans cesse mouvante entre la connaissance implicite et la connaissance explicite et montra que ce chevauchement lui-même exigeait une compétence implicite dont on se servait pour mêler de nouvelles données aux anciennes et même pour créer, par extrapolation, de nouvelles connaissances.

— Nous catégorisons le monde pour en comprendre le sens, dit-il aux garçons, du moins au plus rapproché des deux, celui qui avait des anneaux dans le nez. D'où des raccourcis inconscients. La connaissance est ancrée dans l'implicite. Regardez, regardez cette enseigne, par exemple, ajouta-t-il en fixant le néon du prêteur sur gages ABJ qui pétillait dans la nuit apaisante. Elle se compose de petits caractères, à l'origine venus du phénicien. Mais sommes-nous jamais conscients de l'alphabet? Inutile de penser : on voit les mots et on comprend ce qu'ils veulent dire. Comment apprend-on sa langue maternelle? Nous ne pensons pas consciemment nos paroles : les expressions nous viennent toutes faites. Comment sait-on chanter? On chante, c'est tout!

Par sa grosse poignée en laiton, le plus petit des deux garçons tenait la porte, qui semblait trop lourde pour lui. Paul poussa le garçon aux anneaux à l'intérieur.

— Mais c'est de l'épistémologie, ça... Je m'y connais mieux en éthique.

Il faillit leur dire qu'il était prêtre anglican, mais se ravisa, car il ne savait plus très bien s'il faisait semblant d'être pompette pour leur faire plaisir ou s'il les avait devancés et était franchement soûl. C'était comme Kelly — comment s'appelait-il déjà? — dans *Swim-Two-Birds,* en train d'écouter le petit homme discourir sur Rousseau : « *C'est alors qu'il émit un bruit sourd, ouvrit la bouche et recouvrit le petit homme, de* l'épaule au genou, d'une répugnante cascade de vomissures bei-geâtres. Bien d'autres choses arrivèrent cette nuit-là, que ma mémoire n'enregistra qu'imparfaitement, mais cet épisode demeure très net dans mon esprit. »

Paul se souvenait encore très bien de l'endroit où il avait lu ces lignes; assis au bord d'une fenêtre, à Trinity, un an avant de rencontrer Lisanne, peut-être, la même année, peut-être, mais avant, avant. À l'époque où les vomissures beigeâtres, Rous-seau et une passion pour le langage semblaient faire partie du cadeau qu'il passerait le reste de sa vie à déballer.

Naturellement, une femme vous change. Comme je l'ai changée, moi, songea Paul. Il sentit les larmes monter, des ulcères ou des feux sauvages prêts à éclore. Il écarquilla les yeux et se fraya un chemin jusqu'à Darwin afin de lui souhaiter bonne nuit et d'entreprendre l'interminable trajet jusqu'à la maison.

Mais Darwin tendit son long bras et entraîna Paul près de lui: Darwin voulait qu'il entende ce que racontait un type. C'était une conversation tout aussi fascinante que celle sur la connaissance tacite: celle-ci portait sur l'éveil spirituel que l'homme avait connu au cours d'une nuit passée en moto-neige, perdu dans la nature sauvage, la lune comme une citrouille venue à sa rescousse.

— On ne sait jamais qui a une bonne histoire à raconter, dit Darwin. Où qu'on aille, on trouve un maître à penser.

Paul fut stupéfié par la sagesse de la remarque.

La musique était plus forte qu'avant, c'était… Quelqu'un jouait *Rock Lobster.* Depuis combien de temps Paul n'avait-il pas entendu *Rock Lobster*? Trop longtemps ou pas assez, sans doute. Les couloirs du Trinity lui revinrent encore à la mémoire. Il était vieux et pleurnichard, il cédait à la nostalgie, faisait l'in-téressant pour les garçons.

Paul s'enfonça dans une nouvelle transe, regarda une bande de fous onduler et battre l'air sur la minuscule piste de danse. Darwin le poussa du coude pour l'inciter à aller danser, mais il n'était pas fou, lui, il était seulement ivre. Adossé à une colonne, il observa les couleurs changeantes et bigarrées des danseurs. Il crut un instant qu'ils agitaient tous des foulards, mais c'étaient juste leurs bras.

23. Seul, seul

Paul n'était pas à l'église. Son substitut, un sportif chaussé de tennis, ne plut guère à Clary. Il se dégageait de lui un mélange complexe d'insécurité et de complaisance. Remarquer l'absence de Paul était en soi absurde. Il aurait pu la prévenir, mais elle aurait jugé bizarre une telle précaution. Seules les obligations pastorales de Paul les unissaient l'un à l'autre. Elle se sentit abandonnée.

En proie à une extase sirupeuse, le prêtre, amorçant son sermon par un boniment moralisateur, grimaça, la bouche tordue.

— Le souffle de Dieu est en vous, et c'est pourquoi *de si belles choses* vous arrivent.

Le cœur de Clary était inondé de haine. Tout le monde lui tombait sur les nerfs, même les enfants. Lorraine ne les avait jamais emmenés à l'église, et c'était un choix parfaitement légitime. Clary ne pouvait pas dire : *Il faut croire! Il faut faire le bien.* On peut faire le bien sans mettre les pieds dans une église. En ne venant pas à l'église, ce matin, elle-même aurait été une bien meilleure personne.

Après l'école du dimanche, Trevor s'installa sur le banc à côté d'elle. Il ouvrit la main de Clary et y glissa quelque chose : un oiseau en papier plié. Avec insistance, il dit :

— Il faut que j'en fasse encore neuf cent quatre-vingt-dix-huit. Dolly va me donner le sien.

Clary sentit de la bile lui monter dans la gorge. Par un

destin cruel, le cancer était le sujet de la semaine : mille grues pour sauver une petite fille d'Hiroshima atteinte de leucémie. On ne la sauverait pas, elle non plus ; de toute façon, on était fin août. On aurait dû évoquer les catastrophes nucléaires le 6 et le 9 du mois, si on y tenait. Elle était furieuse. Et Paul qui n'était pas là. Où était-il ?

Darwin apporta à Paul une assiette d'œufs brouillés. Paul secoua la tête, mais elle était pleine de bidons d'huile à moteur usée qui roulèrent les uns sur les autres. Il cessa de bouger pour obliger le lit à rester immobile.

— Il y a des cachets, là. Bois toute l'eau. Si tu manges, tu te sentiras mieux plus vite, dit Darwin avec l'assurance de celui qui parle d'expérience.

Paul mangea les œufs. Darwin le regarda faire, puis il disparut dans la salle de bains. Il ne chanta pas sous la douche. Paul resta assis, son assiette sur les genoux, se souvint du coup de fil qu'il avait donné à Candy Vincent à six heures du matin pour la prévenir qu'il était terrassé par une grippe soudaine. Elle s'était montrée très compréhensive. Jamais encore il n'avait raté un service dominical. Avec détachement, il se demanda si on avait trouvé quelqu'un pour le remplacer au pied levé. Le soleil était blanc et haut, *disque blanc flamboyant/dans des brumes soyeuses/au-dessus d'arbres étincelants,* tel le soleil du poète William Carlos Williams. Il faisait tourner sa chemise au-dessus de sa tête, non ? Comme les danseurs d'hier soir.

— *Je suis seul, seul,* psalmodia Paul pour lui-même, citant le poème.

Il descendit à pas feutrés, son assiette à la main. Personne pour le voir. Darwin était sous la douche.

— *Je suis né pour être seul,/c'est mieux ainsi !*

Ses pieds nus firent un drôle de bruit sur le parquet du salon vide. Le nouveau look dénudé lui plaisait plutôt.

Dolly avait la tête pleine d'Hiroshima et d'histoires de radiation, mais elle avait lu son livre sur la grange si souvent que sa magie n'opérait plus. Lorsqu'ils rentrèrent de l'église, elle le prit sous son matelas et traîna dans la maison jusqu'à ce que Clary lui ordonne d'aller porter son repas à mamie. Elle sortit par-derrière et, par les ruelles interminables, courut jusqu'à la librairie Key's Books.

Mais c'était fermé, car on était dimanche. Pour un peu, Dolly aurait pleuré. Elle réussirait peut-être à entrer, d'une façon ou d'une autre. Elle jeta un coup d'œil par la fenêtre, ses mains faisant un cadre sombre. Le vieux monsieur était assis derrière son bureau. Il était fou. Peut-être ne rentrait-il jamais chez lui.

Il leva les yeux, son vieux visage biblique se retournant comme celui d'un aigle, et la vit le regarder.

Elle eut un mouvement de recul tandis que, d'un pas lourd, il se dirigeait vers la porte. Il l'ouvrit.

— Tu cherches quelque chose?

Elle hocha la tête.

— Ben, entre. Les livres pour enfants sont à l'étage.

Il donna l'impression de ne pas se souvenir de l'avoir prise en chasse la dernière fois. Elle se glissa le long de son gros bras qui tenait la porte en ayant soin de ne pas lui faire voir son dos, où était caché le livre de la grange. Pour éviter que les yeux de l'homme lâchent les siens, elle dut effectuer un virage peu commode. Elle posa la main sur la table du milieu pour garder son équilibre et, pendant qu'il retournait devant son ordinateur, fit semblant de s'intéresser aux livres qui y étaient empilés.

Mistress Masham's Repose, lut-elle. Les maîtresses étaient dégoûtantes. Mais sur la jaquette il y avait une fille tenant un petit baril dans lequel se trouvait un homme minuscule. Dolly l'ouvrit: sous la couverture, elle découvrit une carte géographique, du genre qu'elle adorait. C'était un livre pour enfants, même s'il était au rez-de-chaussée, parmi les vieux livres. Elle lut la première phrase : « Maria avait dix ans... » et regarda la gravure représentant la fille aux grosses chaussures, les petits personnages et leurs moutons. Elle revint au début. « Hélas, elle était orpheline, et les difficultés auxquelles elle se butait étaient plus complexes que celles que rencontraient les autres. »

Dolly avait tellement envie du livre qu'elle ne songea même pas à le piquer. Elle voulait l'avoir à elle pour toujours et non l'emprunter. Elle le laissa sur la table, gravit l'escalier branlant et remit le livre de la grange à sa place sur la tablette. Elle ne devait plus rien au géant. Elle redescendit.

— Combien ? lui demanda-t-elle.

Il détourna les yeux de l'écran et la fixa, puis il tendit la main vers le livre.

— Quatre dollars et vingt-cinq cents, dit-il. Cinq avec la taxe.

— Vous pouvez le mettre de côté pendant que je vais chercher de l'argent à la maison ?

Il avait les yeux effrayants, mais elle ne détourna pas les siens. C'est de cette manière qu'on apprivoise les bêtes sauvages.

— Prends-le. Tu me paieras plus tard.

Clary fut surprise quand Dolly lui tira le bras et plus surprise encore par la force qu'elle y mit.

— Je peux avoir cinq dollars, s'il vous plaît ?

Machinalement, Clary se posa des questions, mais, à la vue de la mine désespérée de Dolly, elle alla chercher son porte-monnaie. Que les instituteurs de l'école du dimanche étaient bêtes !

— Tu veux que je te conduise quelque part ? On n'a plus de café, de toute façon.

Dolly secoua la tête et sortit en courant par la porte de derrière.

Clary la vit franchir le portail au triple galop. Avait-elle envie de bonbons ? Pourquoi pas, après tout ? Si ça pouvait lui faire du bien…

Du café, donc. L'itinéraire choisi par Clary l'obligea à passer devant la maison de Paul, qui se dressait là, l'air abandonnée. Le gazon était long, les lierres rougissants descendaient en cascade du toit du perron. Détail navrant, la lumière extérieure était allumée en plein jour ; espérant toujours le retour de sa femme, il l'avait sans doute allumée par habitude. Elle poursuivit sa route et ne pensa au café qu'une fois dans l'allée de sa maison. Elle laissa entendre un bruit exaspéré que Pearce, qui était du voyage, reprit à son compte. Jusqu'au magasin, il fit *tss* en riant chaque fois qu'elle riait de lui. Quelle bénédiction d'avoir un bébé qui se moque de soi !

Paul contourna la maison en remorquant la tondeuse juste à temps pour entrevoir Clary. Il jeta un coup d'œil sur le perron en se demandant si elle y avait laissé quelque chose. Des paroissiennes le faisaient, depuis quelques jours, mais Paul n'aurait pas pris Clary pour une femme susceptible d'apporter un plat mijoté. Il avait oublié d'éteindre la lumière du perron.

Était-ce bien elle qu'il avait aperçue ? Il la voyait peut-être là où elle n'était pas. *Cœur d'argent, flamme cœur blanche d'argent poli brûlant sous les flèches du pied-d'alouette.* C'était la *Madone des jardins* d'Amy Lowell. *Les Te Deum des cloches de Canterbury.* Des bêtises, même pas mémorables. *Plus aimable et tempéré,* c'était déjà mieux.

24. L'école en pierre

Et pourtant, il fallait que la vie continue. Quoi qu'il arrive à Lorraine, les enfants devaient aller à l'école. Iris Haywood, directrice de Brundstone, établissement situé deux coins de rue au sud et un à l'ouest de la maison de Clary, était la femme du trésorier de la paroisse Sainte-Anne. Comme elle avait vu les enfants en compagnie de Clary, le dimanche, et réuni tous les détails auprès de sources mystérieuses, elle les accueillit avec gravité à l'école, puis les invita à attendre dans le couloir.

— Si je comprends bien, dit-elle, on ne s'attend pas à ce que la mère se remette, dit-elle.

Le cœur de Clary s'arrêta presque de battre. Elle dévisagea Mrs. Haywood. Elle aurait souhaité démentir de tels propos, crier : *Bien sûr que si !* Mais c'était impossible.

— Les médecins se trompent parfois, dit Mrs. Haywood. Espérons qu'ils se trompent cette fois-ci.

Où étaient les enfants ? Assez loin, au moins ? Risquaient-ils d'avoir entendu cet échange ?

Péniblement, le cœur de Clary se remit en marche et elle dit :

— Nous vivons au jour le jour.

— En tout cas, vous êtes bien bonne.

Iris Haywood était une femme grande et imposante, blonde et presque gracieuse, en tailleur et chaussures à talons plats. Elle accompagna Clary jusqu'à la porte et ouvrit.

— Vous avez de la chance. C'est la journée d'orientation

des nouveaux élèves de la maternelle. Emmenons Trevor dans la classe de Mrs. Ashby pour le présenter aux autres.

Ils suivirent de longs corridors longeant des salles de classe propres et décorées de couleurs gaies, fin prêtes à être envahies. Dolly marchait derrière Trevor, s'efforçait de mémoriser la disposition des lieux. De vieilles pierres à l'extérieur, de la peinture fraîche partout à l'intérieur. Le grand gymnase au centre, sur lequel s'ouvraient toutes les portes de droite. Les salles de classe se trouvaient du côté gauche. Peut-être la grande femme allait-elle la rétrograder parce qu'elle venait d'une autre province. Face à la dernière porte donnant accès au gymnase se trouvait celle de la deuxième classe de maternelle, où une jeune femme jolie et mince, aux lunettes scintillantes et aux cheveux noirs bouclés, était assise derrière son bureau. Elle sourit à Trevor et passa son bras autour de ses épaules (elle portait un pull rouge) en s'accroupissant près de lui. Il s'en sortira très bien, se dit Dolly. Dans ses nouvelles chaussures d'école, elle avait les pieds moites. Les institutrices de quatrième année n'étaient pas aussi étincelantes que Mrs. Ashby.

Le 10 septembre, Clary se réveilla tôt et, à travers les barreaux du petit lit, jeta un coup d'œil à Pearce, qui dormait sur le dos, les bras et les jambes écartés, la tête tournée vers le ciel, comme s'il pouvait voir à travers ses paupières closes. Il célébrait son premier anniversaire.

Elle ne dit rien aux enfants, et Mrs. Pell ne se souciait que de sa troisième tranche de pain doré. Après avoir accompagné les enfants à l'école, Clary décida, mue par un zéphyr insistant, d'emmener Pearce à l'hôpital.

Dans le parking, elle était sereine. Pearce baragouinait dans sa langue bizarre, puis, penché de façon précaire sur l'épaule de Clary, s'adressa à l'homme qu'ils croisèrent dans le couloir. Au milieu du trajet en ascenseur, Clary perdit son élan. Elle appuya sur le bouton du rez-de-chaussée et, lorsque les portes s'ouvrirent au cinquième, ne broncha pas, même si Pearce se tortillait pour voir où ils allaient, puis elle redescendit et mit le cap sur la boutique de cadeaux. Pearce insista pour qu'elle le pose par terre et le laisse consulter les livres. Clary ne put détacher ses doigts du livre du petit chien Spot. Il ne gémit pas et ne pleura pas. Seulement, il refusa de lâcher prise. Pendant que la bénévole s'occupait de la transaction, Clary parcourut la boutique des yeux, à la recherche de quelque chose à offrir à Lorraine. Donnez-moi un de ces machins-là, dirait-elle, c'est en plein le genre de consolation dont a besoin une femme qui a perdu sa famille et ce magnifique petit garçon d'un an, c'est parfait. Elle se dirigea vers le réfrigérateur où les fleurs étaient conservées et en sortit un bouton de rose tout velouté, crème au centre rose. Et une énorme rose rouge sang, parfaitement épanouie. Elle les emporta sans les faire emballer, les épines mordant la partie charnue de sa main, et monta vite avant de trouver une nouvelle raison de tergiverser.

Lorraine était réveillée, et il n'y avait pas de médecins ni d'infirmières dans les parages, pas de plateau devant elle. Elle était assise dans son lit, ses mains vides sur le drap bien tiré, l'une dans l'autre.

— J'ai pensé que Pearce avait besoin de vous voir, dit Clary en s'assoyant au bout du lit.

Pearce laissa tomber le livre et, se détachant des genoux de Clary, se pencha vers ceux de sa mère, les bras tendus. Clary le retenait par sa taille solide.

— C'est son anniversaire, dit Lorraine.

Elle prit les mains de Pearce et celui-ci, silencieux sous l'effort, fit debout le trajet entre les deux femmes, traversa le territoire accidenté du dessus-de-lit vert.

— Ceci explique cela, dit Clary.

— L'année a été longue.

Clary hocha la tête.

— Darwin va acheter un gâteau et une bougie, une bougie en forme de 1, dit Lorraine. Il va aller chez Dairy Queen. Les enfants aiment beaucoup les gâteaux à la crème glacée.

— Ce sera parfait, dit Clary. Après l'école, nous allons faire des cartes de vœux.

En silence, elles observèrent Pearce, qui avait trouvé le nid vide formé par les jambes recourbées de sa mère et faisait du sur-place, ses petits poings fermés sur les doigts de Lorraine. Pas un mot au sujet du jour de sa naissance, de la journée qu'ils avaient vécue, de Clayton, de leur joie commune. Lorraine leva les yeux et croisa le regard de Clary, puis se tourna vers sa main posée sur le pied du lit.

— Des fleurs?

— Mais oui! Blanc pour Pearce, rouge pour vous, dit Clary. Tenez-le, je vais chercher un vase.

Clary s'obligea à se lever et à sortir de la chambre sans se retourner pour voir si Lorraine aurait la force d'empêcher Pearce de tomber.

Mrs. Kernaghan, l'institutrice de Dolly, en quatrième année, était célèbre dans toute l'école pour avoir corrigé des élèves avec une lanière de cuir, à l'époque où c'était encore permis. C'est dire si elle était vieille. Dolly avait oublié comment le temps s'étirait bizarrement à l'école. Chaque jour, il lui semblait devoir attendre une éternité avant de pouvoir rentrer à la maison lire *Mistress Masham*. Depuis sa place, Dolly voyait Trevor sortir pour la récréation ou faire la queue devant la fontaine avec les autres petits. Sa présence l'aida, au moins durant les premières semaines. Sa voisine, Ann Hemla, était nouvelle, elle aussi. Todd Bunchley disait : « Aime-la ou quitte-la », et les autres l'appelaient Amour ; pendant la récréation, ils faisaient des bruits de baiser en la voyant s'approcher. Parfois ils disaient aussi « Ban-Ann » ou « Bonnet d'Ann ». Dolly espérait de toutes ses forces qu'on ne la traiterait jamais de cette façon. Jamais encore les autres ne l'avaient taquinée. Peut-être étaient-ils trop occupés avec Ann. Si Ann s'était plainte à Mrs. Kernaghan, Todd aurait eu de gros ennuis. Mais Ann ne disait rien, sauf « oui » ou « non » quand Mrs. Kernaghan s'adressait directement à elle. Elle avait des cheveux raides, plus verts que blonds sous les fluorescents de l'école. Elle portait des vêtements affreux : un sweatshirt avec une applique de Mickey Mouse ou un autre, rose, dont les motifs brillants s'estompaient. Un pantalon rose aux ourlets grisâtres. Des chaussettes crasseuses. Dolly, qui avait autrefois porté de telles chaussettes, n'était pas choquée, mais, à cause d'elles, elle se doutait du genre de vie qu'Ann menait.

Clary apporta une petite boîte blanche à Lorraine.

— Mrs. Zenko a pensé que vous pourriez en faire quelque chose.

Lorraine semblait déconcertée. Elle prit la boîte, la fit tourner entre ses doigts fins. Ses poignets avaient maigri, eux aussi, mais elle avait le visage bouffi. Et sa pauvre tête chauve… Quel désastre ! Mais elle était de retour dans une chambre à deux lits ordinaire, et l'épisode de délire ne s'était pas répété.

Elle ouvrit le coffret en déplaçant ses perfusions avec soin pour éviter l'afflux glacé de médicaments que provoquaient les mouvements brusques. Douze pastilles de couleurs et un pinceau en métal tout propre. Levant les yeux, elle croisa le regard triste de Clary et éclata de rire.

— D'accord, fit-elle. J'ai besoin de faire quelque chose de mes dix doigts.

— Il y a aussi un feutre à encre indélébile, des cartes à peindre et quelques pinceaux supplémentaires. Dolly nous a dit que vous aviez du talent.

— Avant, je peignais sur des pierres pour eux, dit Lorraine.

Elle fit remonter la tête du lit et rapprocha la table sur roulettes.

— Vous voulez bien m'apporter un verre d'eau?

Au lavabo, Clary remplit deux gobelets en carton, un pour mouiller les pinceaux, l'autre pour les rincer, et laissa Lorraine se mettre au travail.

Mrs. Zenko est si bonne, se dit Clary devant les ascenseurs. Utile et paisible, elle avait franchi le torrent et gagné les eaux calmes. Clary se souvenait de ses adolescents incontrôlables. Très comme il faut, Mr. Zenko s'était fait un sang d'encre au sujet de la plus jeune de ses filles, Nathalie, aujourd'hui artiste à Londres. La boîte d'aquarelles avait appartenu à Nathalie.

Paul surgit dans le couloir. Il prit immédiatement la parole, comme s'il avait cherché Clary.

— Joe Kane est mort ce matin, dit-il. Je ne hanterai plus autant ces lieux.

— Je suis désolée, dit-elle.

Le timbre de l'ascenseur résonna. Il lui tint la porte.

— Il était très vieux et n'a pas beaucoup souffert. Et je ne l'ai pas une seule fois battu aux échecs. Vous rentrez chez vous?

— Oui, il faut que je me dépêche. Moi qui pensais que j'allais me tourner les pouces… Le midi, les enfants viennent manger à la maison. Trevor ne va à l'école que le matin. Ce n'est pas l'activité qui manque.

Paul observa le tremblement d'un muscle sous l'œil de Clary. Sa peau n'était pas aussi parfaite que d'habitude.

— Vous avez l'air fatiguée, dit-il, au cas où elle aurait eu envie de parler dans le petit confessionnal que formait l'ascenseur.

— Non. En fait, oui, je suis toujours fatiguée, ces jours-ci. Pearce est une soie, mais il se réveille de bonne heure, et les deux autres doivent s'adapter à l'école.

— Vous avez besoin d'un coup de main à la maison? Vous voulez que j'en glisse un mot à la paroisse?

Elle rit.

— Des millions de femmes s'occupent de trois enfants. Je ne travaille même pas à l'extérieur !

— Non, mais vous avez été catapultée en pleine tourmente, sans période d'acclimatation. Vous vous tirez très bien d'affaire.

— Nous courons tout le temps. Il faut que je fasse un effort pour mieux m'organiser.

— Moi, je me fixe des échéanciers artificiels : terminer mon sermon avant le repas du samedi soir, par exemple. Sinon, à deux heures du matin, je suis encore en train d'y travailler.

— Ma mère avait l'habitude d'inviter l'évêque à manger à la maison.

À la pensée de certains évêques, Paul pouffa. Il tint la porte qui s'ouvrait sur le hall.

— Tout se passait très bien, dit-elle au souvenir du tourbillon d'activité que sa mère se plaisait à mettre en branle. Comme nous ne connaissons pas d'évêque, que diriez-vous de venir manger à la maison, samedi soir ? Votre échéancier tiendra toujours. Et Darwin sera heureux de vous voir.

Il hésita, incertain de la réponse à donner.

Elle battit aussitôt en retraite.

— Vous êtes sans doute déjà pris. Je suis sûre que vous êtes invité chez tous les paroissiens.

— Eh bien, vous êtes du nombre. J'accepte volontiers.

Elle se dirigea vers la porte et il la salua d'un geste de la main. Il faudrait absolument qu'il téléphone à Iris Haywood pour se décommander du repas communautaire auquel il avait promis d'assister ce samedi-là.

Une fois son travail terminé, Lorraine aima l'aquarelle. D'après son expérience, on aimait toujours ses dessins, jusqu'au moment où il fallait les faire voir aux autres. La feuille était de la taille d'une carte postale, et elle la posa sur la table de chevet pour la laisser sécher. Pour faire un peu de place, elle dut se contorsionner de façon incommode. Décidément, cette table était trop encombrée. À l'hôpital, elle découvrait ce dont elle avait absolument besoin : c'était moins qu'elle l'aurait pensé auparavant, moins que dans la Dart. Pas de vêtements, de couverts ni de coffre aux trésors. Pas de Clayton non plus, songea-t-elle. Les enfants. Quelqu'un à qui parler de temps en temps. Darwin ou Clary. Peut-être une pierre sur laquelle peindre.

25. Tout ce qu'on peut connaître

Après un bon repas, le samedi soir, Paul et Dolly firent la vaisselle ensemble en jetant des coups d'œil dans la cour : Mrs. Zenko et Trevor faisaient bondir un ballon entre eux, *bang, bang*; Mrs. Pell se balançait. Le soleil oblique se réfléchissait sur les surfaces fragmentées des vitres, des feuilles jaunes et des gouttes d'eau, comme si Dieu, se promenant dans le jardin, touchait toutes choses.

— C'est mon passage préféré de Paul, dit Paul à Dolly.

Elle crut qu'il voulait parler de lui-même. Il lui tendit une assiette mouillée.

— Saint Paul, je veux dire, mon homonyme, ou plutôt le contraire. *Car ce qu'on peut connaître de Dieu est pour eux manifeste : Dieu en effet le leur a manifesté.*

Dolly observait sa bouche pendant qu'il articulait les mots, dans l'espoir peut-être que leur sens se préciserait. Elle aimait bien sa façon de parler et aussi sa bouche beige, aux lèvres presque invisibles quand il ne souriait pas.

— *Ce qu'il a d'invisible depuis la création du monde se laisse voir à l'intelligence à travers ses œuvres, son éternelle puissance et sa divinité.* Se laisse voir à l'intelligence pour une fille qui, comme toi, réfléchit à ce qu'elle observe.

Il sourit et son nez s'étira vers le bas. C'est vrai, ce qu'il dit, songea Dolly : je réfléchis à ce que je vois. L'assiette était bien astiquée, alors elle l'ajouta à la pile derrière elle.

Clary entra dans la pièce, Pearce sous un bras : il avait

besoin d'une nouvelle couche. Au passage, elle rangea les assiettes dans l'armoire. À force de faire deux choses à la fois, elle était plus musclée. Elle remonta Pearce un peu plus et se dirigea vers la chambre, où la vue d'une pile de couches bien droite et de tout le nécessaire lui fit aussi plaisir que ses muscles. L'ordre régnait et c'était elle qui l'avait instauré. Pearce contemplait le plafond, où les reflets du soleil traçaient d'étroites flèches d'or incandescent. Éperdu d'admiration, il eut le souffle coupé : sa bouche s'arrondit, et le cœur de Clary se pâma, en proie à un amour quasi douloureux. Il laissa voir ses dents, cinq petites bêches blanches. Les nouvelles dents de Trevor faisaient penser à des gommes à mâcher Chiclets. Il fallait qu'il voie le dentiste. Dolly aussi. Et Mrs. Pell… Clary frémit à l'idée que les dents de la vieille femme soient aussi sa responsabilité. N'y avait-il pas un programme de soins dentaires gratuits pour les personnes âgées prestataires de l'aide sociale ?

— Sûrement, dit-elle en serrant bien la couche.

Les pieds de Pearce cognaient sur le ventre de Clary et, de ses poings, il lançait des éclairs au ciel ou, à tout le moins, au plafond laminé d'or. Lorsqu'elle le souleva, il inclina la tête à un angle périlleux pour continuer de regarder en haut et resta dans cette position jusqu'à ce qu'elle voie à son tour l'inondation de lumière. C'est fou la quantité de détails qui lui auraient échappé sans la présence des enfants, qui les lui indiquaient à la manière de chiens de chasse.

Par la fenêtre, elle appela Trevor, qui avait entrepris l'ascension du gros bouleau de la cour :

— Trev ! Tre-ev ! fit-elle d'une voix chantante pour attirer son attention. Tu veux de la crème glacée ?

Il se laissa descendre le long du tronc, fit une empreinte verte à l'endroit où ses lourds tennis tout neufs avaient glissé ; à la façon d'un crabe, Mrs. Pell traversa la pelouse pour venir rouspéter. Clary savait que la promesse de crème glacée la ferait sortir du jardin, elle aussi. Un jour de la semaine précédente,

Mrs. Pell avait ingurgité six barres de crème glacée. Clary l'imagina devant le congélateur du sous-sol, comme le pauvre Gollum serrant l'anneau contre sa poitrine, la crème glacée dure pour ses vieilles dents précaires. *Oh, Mrs. Pell, vous êtes trop dure pour moi*, chantonna Clary dans sa tête.

Clary était gaie parce que Paul était là, et elle se dit qu'elle n'avait pas mal interprété les framboises qu'il avait apportées l'autre jour. Avant l'heure du coucher, Darwin emmènerait les enfants faire une promenade. Elle garderait Pearce avec elle ; il n'aurait qu'à prendre les deux autres.

Heureux de sortir, ils accoururent dans le vestibule aussitôt que Darwin fut prêt. Trevor posa les mains sur le cadre de la porte, puis il descendit en courant au sous-sol et alla prendre un nouveau sac de barres de crème glacée ; il savait même de quel côté du congélateur il se trouvait. Sûr que Clary exigerait qu'ils les enfilent, il attrapa leurs blousons sur le palier, au milieu de l'escalier. Dolly voulait que Paul les accompagne, mais Darwin dit :

— Non, il faut d'abord qu'il finisse la vaisselle, puis il doit obliger Clary à rester assise dans le jardin sans rien faire. C'est une grosse responsabilité, mais je suis sûr qu'il se montrera à la hauteur.

Il tendit à Paul un carton de six bières, ce qui, pour une raison quelconque, fit rire le prêtre, puis les enfants et leur oncle sortirent par la porte de devant dans la lumière du jour qui se prolongeait. Trevor et Dolly mangèrent leur crème glacée en marchant. De loin en loin, Darwin se penchait pour prendre une bouchée vorace, mais les enfants retiraient la barre juste à temps et Darwin ne mordait jamais que du vent. Il n'en voulait pas, de toute façon, se dit Trevor, qui se sentait malgré tout un peu coupable en voyant son oncle privé de crème glacée. Dans le sac, il en restait moins que Clary l'avait cru, et elle n'en avait pas eu. Paul aussi. Non, Paul non plus. Seulement les enfants y avaient eu droit. Et pourquoi pas ?

26. Le fond du baril

En troisième année, il y avait une fille dont la mère était morte. Ça arrivait des fois. Dolly ne supportait même pas de la regarder. Lorsqu'on réunissait tous les élèves pour parler d'accidents de voiture ou de sécurité aux carrefours, tout le monde la regardait parce que sa mère avait été tuée par un chauffard qui avait bu et la fille, qui s'appelait Janine (mais Dolly ne voulait pas le savoir, ne voulait pas voir son visage), soutenait le regard des autres, ses yeux animés de tics, et Dolly avait envie de vomir. Pour l'éviter, elle traversait le corridor, changeait de place dans la queue pour ne pas être à côté d'elle, comme si son mal était contagieux. C'était stupide, mais elle ne voulait pas l'approcher. La mère de Janine était morte, déjà morte.

Dolly baissa les yeux et commença à lire. Elle glissa le roman dans sa grammaire, et elle fit ses problèmes de mathématiques à toute vitesse pour pouvoir le lire, le livre sous son pupitre, le manuel dessus. Elle lisait *Mistress Masham's Repose* de toutes ses forces. Que la mère de Maria soit morte ne la dérangeait pas parce que c'était un livre et que l'histoire se passait loin de chez elle. Et c'était seulement pour faire semblant.

En ouvrant la porte de devant, le jeudi, Clary, qui rentrait de l'épicerie, constata que la maison sentait mauvais. Elle en fut estomaquée. Tout s'en allait à vau-l'eau, une fois de plus. Les yeux fixés sur l'échéancier factice de la visite de l'évêque, elle avait peut-être été négligente. Peut-être aussi était-il plus difficile qu'elle ne voulait l'admettre de nourrir trois enfants et une vieille femme, de les blanchir et de les garder raisonnablement présentables.

Depuis la ruée du matin, personne n'avait rangé le salon : des jouets et des pyjamas recouvraient toutes les surfaces. Inutile d'espérer que Mrs. Pell lèverait le petit doigt. Clary avait le siège du bébé dans une main et six sacs de provisions dans l'autre ; derrière elle, Trevor était fatigué et geignard. Dolly rentrerait d'une minute à l'autre, et il faudrait préparer le repas et faire les devoirs. Elle glissa une cassette dans le magnétoscope et planta Pearce devant la télé pendant qu'elle ramassait.

Trevor jouait avec la main de Pearce et la tapait, où qu'il la pose, jusqu'à ce que Pearce, irrité, se mette à hurler. Puis Clary vit Trevor mettre son doigt dans l'œil de Pearce, par exprès. Perdant patience, elle cria d'un air furieux :

— Trevor !

Il leva les yeux sur elle et cacha sa main sous le coussin. Pearce hurla et s'écroula, baragouina comme un vieillard tragique en frottant son œil. Lorsque Clary se pencha sur lui pour le sortir de son siège, il la repoussa en se recroquevillant de façon encore plus violente. Elle le prit quand même, souleva cette crosse de fougère qui braillait, et se rendit compte que sa couche était souillée.

— Tu ne dois pas faire de mal à Pearce. Je vais revenir te parler dans une minute, dit-elle à Trevor d'une voix grave qui le fit pleurer à son tour.

Lorsque Dolly rentra, en retard, elle claqua la porte si fort que Pearce fut tiré du sommeil dans lequel il avait sombré en grinchant. Trevor, qui sanglotait toujours, regardait *Dumbo* ; dans le salon, Clary, qui avait atteint un point d'extrême frustration, récupérait des vêtements, tous ceux, lui sembla-t-il, que les enfants possédaient. Dolly laissa tomber son sac à dos boueux sur la moquette du salon, puis annonça qu'il lui fallait quinze dollars pour l'excursion du lendemain, faute de quoi elle serait la seule de toute l'école à ne pas y aller, et que Mrs. Kernaghan l'avait retenue après la classe et lui avait collé un X pour l'organisation. Ses chaussures sales aux pieds, elle se dirigea vers la porte du sous-sol et, au passage, asséna une claque gratuite à Trevor.

Vive comme l'éclair, Clary traversa la pièce, agrippa Dolly par le bras, lui enleva ses chaussures et les lança sur le paillasson.

— Pas de violence dans cette maison! dit-elle beaucoup plus fort qu'elle n'en avait eu l'intention.

Elle enferma Dolly dans sa chambre et resta près de la porte close pour discerner d'éventuels pleurs ou jurons. N'entendant rien, elle alla s'occuper de Trevor et de Pearce, aussi pleine de haine pour elle-même, sa voix méchante et son mauvais caractère que pour ces horribles enfants.

Après, elle toucha le fond du baril.

Sa seule consolation, c'était que Darwin n'était pas à la maison; il travaillait à l'occasion pour un des copains de Moreland. Après, il avait dû filer directement à l'hôpital. Mrs. Zenko était en visite chez sa fille à Winnipeg. Personne ne fut donc témoin de l'échec total de Clary comme mère de rechange.

Près de la cuisinière, elle touillait la sauce au fromage des macaronis au blé entier en écoutant Trevor et Dolly se chamailler pour savoir quels dessins animés ils regarderaient. Le vacarme était intolérable. Elle alla éteindre le poste.

— Ça suffit, dit-elle en plantant son regard dans celui, effrayé, des enfants.

Elle était un monstre.

Elle retira les macaronis du feu et pela des carottes au-dessus de l'évier, monstre d'efficacité froide, au moins. Elle les servit et ils mangèrent en silence. Même Pearce semblait sans énergie, sans entrain. Depuis quelques jours, Mrs. Pell faisait semblant d'être malade, et Clary lui apporta un plateau. La traversée du jardin la calma au point où elle se donna la peine de frapper à la porte, comme une personne civilisée, et attendit que Mrs. Pell grogne *Quoi?* avant d'ouvrir.

Malgré la lumière tamisée, le terrible désordre qui régnait dans l'ancien atelier sautait aux yeux. La mauvaise humeur de Clary se souleva comme une vague et déferla dans sa tête. Elle posa le plateau et sortit en réprimant une envie de hurler. En plein cœur de l'hiver, ce serait invivable : servir cette vieille paresseuse, pelleter un passage qui permette d'aller et venir entre la maison et l'atelier, supporter la maison jonchée de bottes et de manteaux, utiliser le chauffe-bloc de la voiture, entrer et sortir le siège du bébé à quarante degrés au-dessous de zéro, endurer la présence d'enfants affreux et irascibles qui ne pouvaient pas sortir jouer... C'était trop.

Elle n'en pouvait plus.

Ses efforts pour ne pas se dire qu'elle avait été stupide d'accueillir ces gens et qu'elle s'était révélée d'une totale ineptie lui donnaient mal à la tête. Mais elle n'avait aucun moyen de s'en sortir.

Cette nuit-là, Pearce refusa de dormir. À minuit, Clary, frustrée, le sortit de son petit lit et le prit avec elle. Il se coucha de côté, entre les oreillers, et se trémoussa jusqu'à ce qu'il se sente bien ; au bord du lit, Clary n'avait pas tout à fait assez de place. Elle soupira et éteignit de nouveau.

Sans doute s'était-elle endormie. La fièvre de Pearce, cependant, l'avait réveillée : la chaleur irradiait de lui par bouffées, à la façon des nuages qui courent dans le ciel. Elle se tira du lit, raide et courbaturée, alla chercher le Tylenol pour bébés et réussit tant bien que mal à franchir la barrière des lèvres réticentes de Pearce et à lui en faire avaler. Les draps seraient collants, mais elle n'aurait qu'à les changer au réveil. Le médicament sembla produire l'effet escompté : déjà, Pearce était moins bouillant.

Ils s'assoupirent pendant encore un moment, Pearce blotti

au creux du bras de Clary. Mais il y eut un bruit. Clary se redressa. Vite, elle fut au bout du couloir.

Trevor avait vomi du haut de son lit. Les macaronis au blé entier, songea Clary. Pourquoi pas de simples macaronis blancs, pour l'amour du ciel ? Ils ne se comportent jamais de cette façon : j'aurais dû me douter qu'ils étaient malades. Assis dans son lit, Trevor haletait, et Clary mit la main sur sa cheville pour l'apaiser.

— Je suis là, Trevor. Je vais venir te chercher dans une minute. Laisse-moi d'abord aller prendre une serviette, d'accord ?

Sur le lit du bas, Dolly était brûlante et moite, mais profondément endormie. Clary revint vite, armée de serviettes et de papiers essuie-tout ; elle nettoya le sol de son mieux, défit le lit de Trevor et emmena ce dernier à la salle de bains, bien emmitouflé. Elle roula le haut de son pyjama avant de le faire passer sur sa tête pour éviter de lui mettre du vomi partout. Dieu merci, il n'en avait pas dans les cheveux. Elle lui lava le visage et l'essuya doucement.

— Reste là, mon trésor, dit-elle. Je vais aller te chercher un pyjama propre.

Pendant que Clary le rhabillait, Trevor réclama sa maman, ce qu'il ne s'était encore jamais permis de faire. Il dit aussi s'ennuyer de son papa, et c'était la première fois que Clary l'entendait évoquer Clayton. Une fois tout bien nettoyé, cependant, Trevor se montra plutôt de bonne humeur, assez pour mâcher un comprimé de Tylenol et se glisser dans le lit de Clary. Il se serra contre Pearce et s'endormit presque aussitôt, et Clary se coucha dans l'espace étroit laissé vacant, de l'autre côté de Pearce.

Cinq minutes plus tard, Dolly apparut.

— Ça pue dans notre chambre, dit-elle.

Il y avait de la place à côté de Trevor, à condition que Dolly se couche sur le côté. C'était la position la plus confortable.

Avant même que Clary ait eu le temps d'aller chercher les médicaments, la petite fille dormait. Son front, constata Clary, était moins chaud.

Clary s'allongea dans l'obscurité, décidée à ne pas pleurer. Elle tendit la main et désarma le réveil. Personne n'irait à l'école. C'était la faute de l'école, de toute façon. Un vrai foyer de microbes.

À huit heures, Mrs. Pell, en quête de son petit déjeuner, fit passer sa tête de dinde par la porte de la chambre. Clary avait une migraine carabinée et, à son tour, faisait de la fièvre. D'un geste de la main, elle indiqua la cuisine. Que Mrs. Pell se débrouille toute seule et au diable le désordre. Il faisait frais et sombre dans la chambre, et les enfants dormaient profondément.

Clary réussit à dormir une heure de plus. Puis Darwin frappa à la porte, une tasse de café en carton à la main.

— On se la coule douce, ici, dit-il.

Clary n'arrivait pas à ouvrir les deux yeux en même temps, mais les trois enfants étaient avec elle et aucun d'eux n'avait cessé de respirer. Personne n'avait vomi dans le lit. Que demander de plus ?

Pendant que tous ronflaient encore, Mrs. Pell vérifia la boîte aux lettres. Enfin ! Clara-le-tyran risquait d'exiger le versement d'un loyer. Quatre cent quarante-six dollars. C'était un début.

Elle mit ses chaussures et, sur ses pieds comprimés, s'engagea dans la rue à pas de tortue. Des listes défilaient dans sa tête : des biscuits au chocolat et à la menthe, des sachets de thé, des huîtres fumées. Un chèque tous les mois ! Un petit chariot sur roulettes en métal ou en plastique comme celui de cette Mrs. Zenko. Ça s'imposait. Sans parler de ses chaussures qui la faisaient mourir. Le docteur ne s'était même pas donné la peine d'y jeter un coup d'œil. S'ils pensaient qu'elle allait dire quelque chose, ils se mettaient le doigt dans l'œil jusqu'au coude. Elle s'attarda devant la vitrine du magasin de rabais. Pourquoi pas? Une barrette ornée d'un arc-en-ciel pour Dolly. Une casquette des Maple Leafs pour Trevor; les frères de Mrs. Pell avaient toujours suivi les Maple Leafs à la radio. Rien pour Pearce, que Clara gâtait déjà trop. Dans un panier rempli de bric-à-brac, Mrs. Pell dénicha un médaillon qui se dédoublait et où on pouvait mettre quatre photos. Prix imbattable à un dollar quatre-vingt-dix-neuf. Dans un bac rempli d'articles offerts à prix réduit, un livre gauchi contenant des conseils sur l'entretien ménager. C'était bien assez bon pour Clara. Mrs. Pell rentra en traînant les pieds.

27. Eau de puits

Le soir même, Clary apporta le médaillon à Lorraine ; pour faire rire la malade, elle apporta aussi le livre de conseils ménagers.

— Au début, j'ai eu peur, dit Clary en prenant d'infinies précautions pour ne pas évoquer le vol à l'étalage, mais elle a le reçu, au cas où vous n'aimeriez pas le médaillon.

Elle n'avait pas trouvé de meilleure façon de laisser savoir à Lorraine qu'il ne s'agissait pas d'un objet volé.

Sur la table de chevet, les roses s'étaient ouvertes : la rouge révélait son cœur doré entièrement exposé, et le centre de la crème recelait toujours un infime bourgeon. Lorraine toucha la fleur épanouie, puis le bourgeon, et leur parfum se répandit dans la chambre.

Au lieu d'attendre l'ascenseur, Clary emprunta l'escalier.

Au moment même où elle s'engageait dans la dernière volée de marches, Paul posait le pied sur la première, l'air fatigué. Ils reculèrent tous deux d'un pas, voulant l'un et l'autre éviter de se croiser dans l'escalier.

— Encore une des règles de votre mère, ça, ne pas se croiser ? demanda-t-il en riant.

Elle descendit, heureuse de le voir.

— Mais vous passez tout votre temps ici !

Elle se dit aussitôt que ses propos pouvaient passer pour un reproche.

— Quel excellent repas, dit-il. Je voulais vous envoyer un mot, mais…

— Ah! non, s'il vous plaît. Pas de mot. Ma mère refusait de recevoir ceux qui ne lui avaient pas écrit après une première invitation.

— Je vous taquinais, dit-il. Mais vous avez une maisonnée heureuse. Vos invités se sentent comme chez eux.

Clary se rendait compte qu'elle souriait trop fort, ainsi que sa mère le lui avait toujours reproché. Elle s'arrêta, se couvrit la bouche, ne dit rien.

— En tout cas, j'ai passé un bon moment. Merci de m'avoir invité. Comment va Lorraine?

Clary grimaça.

— Elle se maintient, je suppose. Ses cheveux repoussent. Elle a l'air mal tondue, comme une collabo après la Deuxième Guerre mondiale.

Paul sentit un frémissement dans sa poitrine, une réminiscence physique du profond malheur que Binnie avait laissé derrière elle. Sa pauvre tête plumée, ses yeux tristes enfoncés au creux de ses joues arrondies par les stéroïdes, sa souffrance. Son courage, se dit-il aussitôt. Riant sur son lit d'hôpital, lui demandant de prendre sa photo : ainsi, elle aurait un souvenir, plus tard.

— Ma petite sœur est morte, dit-il.

Il pouvait en parler à Clary.

— Il y a deux ans. Elle s'appelait Binnie. Robina. Chauve comme un œuf, un citron monté sur deux échasses. Il ne restait plus rien d'elle, sauf la douleur.

— Oui, je suis désolée, dit-elle.

Elle lui prit la main. Elle était bonne.

Tard en soirée, Paul jeta un coup d'œil dans la chambre de Lorraine. Pas de Darwin. Il avait espéré l'y trouver pour faire un brin de conversation réconfortante ou même aller prendre une bière. Son chapeau était accroché au trépied du goutte-à-goutte, signe qu'il reviendrait. Entre-temps, Lorraine dormait.

Paul s'assit dans l'intention d'attendre un moment et laissa son esprit partir à la dérive. Quelques instants plus tard, Lorraine ouvrit peu à peu les yeux.

— Salut, dit-elle lentement.

— Bonsoir, dit-il.

Sur la table de chevet était posée une carafe d'eau embuée, couverte de gouttelettes. La préposée avait donc fait sa ronde.

— Je peux me servir ? demanda Paul.

— Comment un prêtre peut-il demander à boire à une Samaritaine comme moi ?

— Vous êtes une Samaritaine ?

La formulation avait désarçonné Paul. Faisait-elle allusion au puits de Sychar ?

Lorraine lui sourit en découvrant ses dents voraces.

— Allez-y, je vous en prie. Mais celui qui boit de cette eau connaîtra encore la soif.

Paul se versa un verre d'eau, mais ne but pas. Il se faisait tard. Peut-être était-il plus fatigué qu'il ne le croyait.

— Je n'ai pas de mari, dit-elle.

— Non, confirma-t-il. Mais non, attendez... Vous êtes mariée, non ? Clayton ? Il n'est pas parti pour de bon ?

— J'ai bien peur que oui, dit Lorraine en secouant la tête.

Des cheveux noirs tombèrent à gauche et à droite, s'éparpillèrent. Le lit était jonché de mèches et de boucles de cheveux.

— Je n'ai pas de femme, dit Paul, capable de prononcer les mots à voix haute.

— Non, la femme avec qui vous viviez n'était pas votre femme, dit-elle gravement.

— Je n'ai pas su la régenter, je n'ai jamais su m'y résoudre. J'ai choisi de ne pas... Je n'ai pas été celui qu'il lui fallait.

— Il vous faut de l'eau vive.

Elle se pencha vers l'avant, s'avança périlleusement au bord du lit, lequel avait retraité au loin, et elle tendit les bras, elle était Binnie, elle tendait, puis ne tendait plus les bras, Binnie détourna la tête, emportée par le courant d'eau vive, lui lança un dernier regard comme pour dire *Adieu*.

En ouvrant les yeux, Paul sentit une larme tomber dans son oreille. Lorraine dormait profondément, la bouche légèrement entrouverte. Elle ne ressemblait pas du tout à Binnie, constata-t-il avec soulagement.

Darwin l'observait, assis dans le fauteuil orange.

— Je te ramène chez toi, mon vieux?

— Merci, dit Paul. Ça va. Je vais bien.

Depuis qu'elle était morte, il n'avait encore jamais rêvé à Binnie.

Darwin posa sa main lourde sur le genou de Paul. Puis il se leva, sa haute taille chaque fois surprenante, et aida Paul à se mettre debout.

28. Boîte blanche, boîte jaune, boîte dorée

La boîte blanche d'aquarelles renfermait l'hôpital tout entier : compacte et fonctionnelle avec son pinceau en métal semblable à un bistouri et son stylo à encre indélébile high-tech. Le tiroir de la table de chevet est devenu ma boîte à gants, songea Lorraine, nostalgique de la Dart. Quand personne ne lui faisait une prise de sang ni ne changeait un sac pour perfusion, elle dessinait, comme elle l'avait fait pour les enfants. C'était paisible.

Pendant un de ces moments, une femme était entrée dans sa chambre, sa frêle silhouette alourdie par une volumineuse poitrine. Elle avait les épaules légèrement voûtées. Sous l'effet d'un embarras perpétuel, se dit Lorraine. La femme alla se planter au bout du lit et se présenta. Elle travaillait pour les services sociaux. *Bertrice*, proclamait son badge en plastique blanc.

— L'hôpital a communiqué avec nous : il paraît que vous pourriez avoir besoin de nous, dit la femme.

Elle avait la voix plus grave que ne le laissait supposer sa charpente. Quand elle parlait, sa bouche se tordait un peu. Elle était plutôt gentille, mais Lorraine sentit dans son ventre la poigne froide du gouvernement avec sa propension à intervenir. À s'ingérer. Elle prit sa toque sur le lit et s'en coiffa pour avoir l'air moins vulnérable.

— Mes enfants sont avec ma belle-mère, dit-elle. On s'occupe bien d'eux.

Bertrice se hâta de la rassurer.

— Vous avez de la chance.

— C'est vrai, concéda Lorraine avec raideur.

Dans son esprit, Clary se substituait à l'autre.

— Mais je suis là pour vous offrir un soutien financier.

— L'aide sociale?

— Nous avons appris par l'hôpital que vous auriez peut-être besoin de… Puisque vous êtes pour le moment dans l'incapacité de travailler et que…

Bertrice rougit, si soucieuse de ne pas offenser la patiente qu'elle multipliait les faux pas.

Dans son travail, elle aurait intérêt à s'endurcir un peu, songea Lorraine.

— Vous avez des économies, des actifs?

Lorraine se livra à quelques calculs rapides : trois cent soixante-six dollars moins les cent quatre-vingt-neuf du compte en banque, que Clayton avait sûrement dilapidés; cent soixante-dix-sept dollars moins les vingt-trois qu'elle avait dépensés à la boutique pour les cadeaux des enfants.

— Environ deux cents dollars de comptant, mais c'est tout ce que j'ai.

Pourquoi ne pas déballer son sac? Pourquoi exagérer ainsi? Cherchait-elle donc à impressionner la fonctionnaire des services sociaux? Lorraine fut surprise de sentir en elle des élans de fierté. En même temps, elle ne pouvait pas laisser passer une occasion pareille.

— Notre voiture est une perte sèche. Nous allons peut-être être indemnisés, mais ça risque de prendre des mois. Nous étions en route vers Fort McMurray, où il y a du travail, mais nous ne roulions pas sur l'or. Nous sommes du Manitoba. Vous pouvez nous aider ici?

Bertrice hocha la tête.

— Nous sommes en mesure de vous offrir quelque chose, assez en tout cas pour aider votre belle-mère à s'occuper des enfants.

Comme si Mrs. Pell verrait la couleur de cet argent, songea Lorraine. Elle a son compte en banque secret. Mais Clary en aurait bien besoin, elle. Ce serait parfait. Seulement, il ne fallait pas parler d'elle : les Services d'aide à la famille risquaient de lui enlever les enfants et de les confier à des familles d'accueil. Cette seule évocation affola le corps de Lorraine, inonda ses veines d'acide sécrété par le stress.

Bertrice s'assit sur la chaise bleue et posa une grosse planchette à pince en aluminium sur ses petits genoux.

— Continuez de dessiner et je vais prendre quelques notes, puis nous verrons ce que nous pouvons faire. Je vais en toucher un mot aux collègues du Manitoba. Votre mari... Va-t-il signer les papiers, lui aussi ?

Ne recevant pas de réponse, Bertrice passa en douceur à la dernière adresse et au numéro d'assurance sociale. Elle ne se débrouille pas trop mal, constata Lorraine.

Après l'école, Dolly ramènerait Ann Hemla à la maison. Clary avait téléphoné à la mère de la fillette. On reconduirait Ann chez elle après le repas : l'organisation domestique était encore trop précaire pour que les enfants puissent héberger des amis pour la nuit. Alors Ann bouda pendant tout l'après-midi, tant que Dolly aurait voulu lui dire : *Bon, très bien, ne viens pas, alors.* Quand la cloche sonna enfin, Dolly la trouva du côté du vestiaire, où Todd Bunchley faisait des bruits de baiser mouillé dans sa direction. Dolly le poussa, prit le blouson d'Ann et resta plantée devant elle pendant qu'elle l'enfilait, ses gestes lents comme chaque fois que Todd lui faisait des misères. Trevor s'approcha et Dolly décida de les entraîner tous du côté de la porte principale, où Clary les attendrait. C'était une journée froide et pluvieuse, mais Clary aurait un parapluie.

Dans le corridor, ils tombèrent sur Mrs. Haywood qui, malgré l'amabilité qui la caractérisait à l'église, dirigeait son école d'une main de fer. Ses talons faisaient un bruit de poinçon sur le linoléum. Dolly se força à poursuivre, malgré la règle qui interdisait formellement aux élèves de sortir par la porte principale.

— Bonjour, Dolly, bonjour Trevor, dit-elle. Bonjour, Ann.

Ann tressaillit. Quelle cinglée, celle-là, songea Dolly. Qu'est-ce qui m'oblige à être son amie? Elle connaissait la réponse: impossible pour elle dc se lier à quelqu'un de réel, seuls les parias comme Ann lui étaient accessibles.

Mrs. Haywood leur ouvrit la porte. Tenant le parapluie au-dessus de la poussette, Clary regardait en direction de la porte latérale. Trevor courut se mettre à l'abri. Mrs. Haywood suivit les filles. Clary serra Trevor dans ses bras et tendit le parapluie à Dolly.

— Allez devant, mais sans trop vous éloigner, dit Clary. J'arrive.

Pour ne pas qu'on entende ce que Mrs. Haywood allait dire, comprit Dolly. En tout cas, l'échange fut rapide. Au bout d'une cinquantaine de mètres, Dolly se retourna et vit Mrs. Haywood devant la porte, et Clary courait derrière la poussette, bondissait sous la pluie comme le coyote du lac Clearwater.

— J'aurais dû prendre la voiture, les enfants! Vite, dépêchons-nous!

Elle reprit le parapluie, et ils filèrent à toute allure. Ann, accrochée à Dolly, lança de petits gémissements d'une voix suraiguë jusqu'à ce que Dolly se détache et parte en courant.

Après la pluie, la maison dégageait une bonne chaleur. Clary leur servit du pain aux bananes et des quartiers d'orange, fière de proposer une collation santé. Puis elle les envoya jouer au sous-sol. Ann ne lui plut pas et elle se méfia instantanément d'elle, pour le bien de Dolly. Elle avait l'air trop faible pour faire une bonne amie, et sa voix était monocorde, presque étouffée. Clary se dit qu'elle devrait s'asseoir dans l'escalier et tendre l'oreille. Mais il fallait changer Pearce, et Trevor devait faire ses exercices de lecture avant de manger, sinon le pensum se terminerait dans les larmes. Elle laissa les filles toutes seules.

Ann n'approuva aucun des jouets de Dolly, qui ne possédait qu'une seule Barbie et n'avait pas de jeux électroniques. Pendant un moment, elles rejouèrent un film vu par Ann : une femme dansait de façon très sexy et un homme cherchait à l'embrasser, mais Dolly n'avait pas envie de faire semblant à ce point-là ni de jouer le rôle de l'homme, et elle se lassa vite. Ann, sans illusions sur qui elle était, laissa aussitôt tomber. Après avoir fait des demi-roues et d'autres mouvements de gymnastique, elles restèrent simplement assises.

— Ta mère sert de bonnes collations. Je veux dire ta… Je ne sais pas quoi.

Ann se montrait délibérément méchante parce que Dolly avait refusé de jouer dans le film aux bisous.

— C'est ma tante, dit Dolly.

On ne pouvait pas l'entendre. Personne ne savait qui était Clary, au juste, sauf Mrs. Haywood, qui n'adressait pas la parole aux enfants.

— Elle n'est pas mariée. Si elle n'est pas mariée, elle ne peut pas avoir d'enfants. C'est illégal. Vous ne pourrez pas rester ici.

— Elle est mariée. Évidemment qu'elle est mariée. Seulement son mari n'habite plus ici.

Ann secoua la tête.

— Menteuse, dit-elle, rendue audacieuse dans le cocon du sous-sol.

Jamais elle n'aurait osé parler de la sorte à l'école.

— Je vais te le prouver, dit Dolly en se levant lentement. Mais il ne faut pas faire de bruit.

La pièce était froide et la lumière avait disparu. Des nuages voilaient le soleil. Dolly avait déjà observé ce phénomène : quand elle avait des ennuis, tout devenait noir. Elle précéda

Ann dans l'escalier. Elle regrettait de l'avoir invitée, aurait préféré lire dans la caverne de son lit. Clary préparait le repas en compagnie de Pearce, assis dans sa chaise haute. Elle en aurait pour un bon moment.

— Nous allons jouer dans ma chambre, dit Dolly.

Elle fit claquer sa porte avec trop de force, puis, sans lâcher le bras de poulet maigrichon d'Ann, poussa celle-ci dans la chambre de Clary et referma la porte aussi silencieusement que celle d'une chambre forte. Ses mains tremblaient parce que Clary était là, dans la maison. Elle laissa tomber le bras d'Ann et tira le fauteuil jusqu'à la garde-robe.

— Qu'est-ce que tu fais? Qu'est-ce que c'est? répétait Ann.

Quelle geignarde, celle-là. En plus, elle est nulle, comme espionne.

Laissant Pearce dans son parc, Clary courut chercher une couche propre. Par la porte de sa chambre à peine entrouverte, elle entendit Dolly dire :

— Tu vois?

Clary s'interrompit en se demandant ce que Dolly pouvait bien montrer à Ann dans sa garde-robe. Des robes du soir?

— Voici la preuve, dit Dolly sur un ton théâtral, inhabituel.

Clary, qui ne voulait pas plonger Dolly dans l'embarras en la prenant en pleine fanfaronnade, resta immobile. Elle souriait pour elle-même.

— Tu vois, elle est bel et bien mariée. Clara Purdy et Dominic Raskin, le 19 juin 1982.

Clary se sentit bête de continuer de sourire, mais elle était en proie à une telle horreur nerveuse qu'elle ne pouvait pas s'en empêcher. Cachée derrière le mur, elle porta les doigts à sa bouche.

— Donne-moi ça, dit Ann.

— Regarde avec tes yeux. Il faut que je range tout. Je t'avais bien dit qu'elle était mariée.

— Où il est, lui?

La petite voix éteinte d'Ann exigeait d'autres ragots, d'autres détails croustillants.

— Fern dit qu'il était très beau, mais toutes les photos de lui ont brûlé dans l'incendie.

Fern? Fern avait dit quoi? Quel incendie?

— Il faut que je remette tout ça à sa place. Elle devient complètement zinzin quand elle voit ce papier.

Clary entendit Dolly se relever et s'agiter dans sa garde-robe. Mon Dieu, il ne fallait pas que les filles la voient ni qu'elles sachent qu'elle les avait entendues. En silence, elle entra dans la salle de bains.

Assise au bord de la baignoire, elle appuya ses paumes contre ses paupières en se demandant si elle avait l'obligation morale de prendre Dolly sur le fait, de la punir pour ses indiscrétions et de contredire ses mensonges éhontés.

Que renfermait cette boîte jaune, au fait? Tout ce qu'elle avait voulu cacher à sa mère, qui avait une sainte horreur des hauteurs. Des photos et de misérables souvenirs de ses rares et stériles amourettes, peut-être une lettre ou deux. Mais pas de Dominic. À la seule évocation de son prénom, elle eut les joues cuisantes de honte. *Très beau?* Pendant un instant, l'arête du nez de son ex-mari lui revint à la mémoire, et elle éprouva un léger pincement à la pensée de l'amour déchirant qu'elle avait eu pour lui, lequel avait été assassiné par ses adultères cinglants, résolus, multiples et humiliants. Dont Fern ne savait rien. Évidemment, Fern n'avait peut-être rien dit de tel. Bien sûr que non. Dolly avait tout inventé. Et l'incendie!

Impossible, du reste, d'en vouloir à Dolly. Les enfants, Clary s'en souvenait très bien, ont besoin de paraître informés et dans le coup, de protéger leur stabilité, aussi précaire soit-elle. Quel soulagement d'avoir dépassé ce stade, d'être adulte!

La dernière fois qu'elle avait ressenti cette impression, elle était encore mariée à Dominic. Elle aurait dû jeter tout ça, tous ces déchets, des années plus tôt, son acte de mariage en particulier. Les documents relatifs au divorce étaient dans un coffre à la banque, et c'était tout ce dont elle avait besoin. Elle avait passé trop de temps à se reprocher d'être stupide, à en vouloir à sa mère d'avoir accidentellement eu raison au sujet de Dominic, à attendre désespérément de regagner le respect de son père. Quel petit passé misérable !

Clary se frotta de nouveau les yeux et se leva. Il n'y avait personne dans le couloir. Surtout, elle ne devait pas se montrer brusque avec Dolly. Et le repas… Il faudrait que Trevor lui fasse la lecture pendant qu'elle le préparait.

Avant qu'elle ait eu le temps de l'arracher à la télé, Mrs. Zenko entra par-derrière avec une boîte de biscuits maison à la vanille. À la vue de son petit visage pimpant, Clary oublia sa honte et sa fierté, se rappela ses sujets d'inquiétude légitimes.

— Iris Haywood m'a appris que Clayton était passé à l'école aujourd'hui, dit Clary avant même que Mrs. Zenko ait eu le temps de déposer ses biscuits sur le comptoir.

— Oh, ma pauvre petite, fit Mrs. Zenko. Ça doit te faire un gros souci.

— Ce que je trouve sinistre, c'est qu'il agisse par en dessous. Il peut passer ici quand il veut, dit Clary, consciente de la note d'insincérité dans sa voix. Ce sont ses enfants, il n'a pas besoin de…

— Il ne veut pas revenir la queue entre les pattes, dit Mrs. Zenko.

Le mot fit rire Clary. En même temps, elle vit Clayton sous un jour différent. Comme un pauvre chien et non comme un loup. Peut-être.

En se penchant dans la caverne du lit d'en bas pour border Dolly, Clary n'oublia pas de se montrer aimable. Spontanément, elle embrassa le dessus de la tête de la petite.

— *Donnez-moi un baiser, s'il vous plaît, Miss. J'aime votre nez*, dit Dolly.

— Quoi? demanda Clary.

Dolly était coincée. Elle regrettait d'avoir parlé.

— Ça vient de mon livre, celui que je me suis acheté avec les cinq dollars.

Clary éclata de rire.

— Répète un peu, pour voir.

— *Donnez-moi un baiser, s'il vous plaît, Miss. J'aime votre nez*. C'est un poème écrit dans la langue des personnages. Et j'aime bien votre nez, dit Dolly.

Puis elle ferma les yeux pour couper court à la conversation.

Avec Clary, les enfants devaient toujours être sur leurs gardes, préserver l'équilibre entre eux et cette femme qui n'était pas leur mère, cette femme avec qui ils ne devaient pas être trop gentils; en même temps, ils ne pouvaient pas se montrer méchants avec elle ni la faire fâcher. Parce qu'elle risquait de les abandonner ou parce que ce serait injuste. Ils devaient être aimables et ils attendaient des choses d'elle, mais la mesure dans laquelle ils pouvaient être à elle obéissait à une série de règles invisibles. C'était quasi mathématique: il y avait des plus, des moins et même des parenthèses comme celles qu'ils apprenaient à l'école (Trevor + Pearce + elle), mais il fallait qu'il y ait un signe égal à la fin, il fallait que le résultat de l'équation soit bon. Comme dans *Mistress Masham*: Maria tombe sur ces pauvres créatures toutes petites, s'occupe d'elles et leur apporte des bonbons, mais là elle commence à leur donner des ordres, l'une d'elles frôle la mort et les autres disent à Maria de garder ses distances! Elle obéit, bien qu'elle ait le cœur brisé. Mais Dolly n'avait pas encore fini le livre. Peut-être que, plus loin, ils redevenaient amis. Maria avait compris.

Lorraine était recroquevillée derrière les rideaux que l'infirmière avait tirés pour installer une nouvelle patiente. Les rideaux et la lumière glacée faisaient une sorte de sanctuaire. Au-delà, le bruit montait par vagues. Elle pensa au petit appareil de Clary, celui qui émettait du bruit blanc. C'était l'une des crêtes dont Lorraine commençait à avoir l'habitude.

Les résultats des tests préalables à une greffe de la moelle osseuse étaient arrivés. Darwin était un donneur compatible, et la greffe aurait lieu dès que Lorraine aurait repris des forces. C'est ce qu'avait dit la jolie Dr Cormarie. La Dr Lester l'accompagnait. Le Dr Tatarin, le D^r McCluskey, le Dr Starr. Dans le crépuscule à la teinte crémeuse, Lorraine récita le nom des médecins comme les grains du rosaire, mais la grosse perle était sans doute Darwin. Selon les médecins, il était son frère germain, ce qui lui donna matière à penser. Sa mère, enceinte d'elle avant la mort de son père, avant de se marier avec Dennis Hand; si Darwin et elle étaient effectivement issus du même père et de la même mère, on leur avait caché quelque chose. À l'époque où avoir un bébé sans être mariée vous déshonorait, on avait peut-être eu de bonnes raisons de ne pas tout dire. D'une façon ou d'une autre, un certain laps de temps s'était écoulé entre la mort de Don Berry et le mariage de sa mère avec Dennis Hand... Lorraine renonça. Impossible d'avoir le fin mot de l'histoire puisque tous les protagonistes étaient morts. Quoi qu'ait dû faire sa mère pour survivre aussi longtemps... Pas si longtemps, en fait. Tous les courants glissaient vers le rivage plat de la mort. Du bois flotté.

Clayton risquait de ne pas être enchanté, lui qui s'était toujours fait une joie de dire *demi-frère* à propos de Darwin. Lorraine n'aurait su expliquer l'animosité entre les deux hommes. Clayton s'attendait sans cesse à être jugé, rabaissé, même si Darwin n'avait jamais rien fait de tel. Une chose était sûre, en tout cas : les vagues auraient beau la secouer, elle aurait été pour ses enfants une meilleure mère que celle de Clayton, meilleure aussi que la sienne. Et encore, Rose avait été là pour elle et Darwin. Clayton n'avait personne sauf elle. Avant de s'endormir, elle se demanda où il était.

Le dimanche, Pearce piqua une crise en règle parce que Clary ne le laissait pas cogner l'agenouilloir sur le sol et elle dut sortir de l'église avec lui. Il se tortilla dans ses bras et lui martela le ventre, si furieux qu'elle éclata de rire et le serra plus fort. Elle parcourut en vitesse l'allée latérale et réussit à sortir avant l'explosion.

Lisanne Tippett se tenait dans le vestibule. Pearce cessa de hurler pour l'examiner. Clary eut du mal à regarder en face le visage narquois de la femme, si sûre d'elle. Elle donne le change, cherche à cacher sa tristesse, pensa Clary en la gratifiant d'un signe de tête. Mais l'autre, le regard perdu au loin, ne vit rien. Sans doute attendait-elle Paul.

À travers les portes montaient les paroles du dernier cantique : *Je veux dans l'épreuve, bénir ton effort/Et dans ta détresse je te soutiendrai.*

Paul, dans l'église, de l'autre côté des portes closes, se retournait pour bénir la congrégation. Mal à l'aise en compagnie de Lisanne, Clary s'éloigna sous prétexte de calmer Pearce. Elle le fit doucement sauter dans ses bras et lui chuchota quelques mots à l'oreille.

Enfin, Paul ouvrit les portes. Il aperçut Lisanne et son visage épanoui se referma. Il sourit, en homme civilisé, mais d'un faible mouvement de la bouche qui attrista Clary.

Les fidèles sortaient, lui serraient la main, et il put se détourner. Lisanne se tenait dans la lumière qui entrait à flots par les portes et regardait dehors. Elle ne se déplaça ni pour la lumière si pour les fidèles, et la marée descendante dut la contourner.

Avec Pearce sur sa hanche, Clary prit sa place au bout de la queue et, à son tour, serra la main de Paul, la garda dans la sienne pendant un moment. Il doit se ratatiner sous l'effet de tous ces regards, se dit Clary.

— Désolée, dit-elle. Ne vous en faites pas.

Comme si de tels propos étaient bons à quelque chose.

Pourquoi faudrait-il qu'elle soit désolée? De son autre main, Paul toucha un rayon de soleil qui dansait sur la joue ronde de Pearce, de nouveau heureux après sa crise. Paul sentait le regard de Lisanne dans son dos, ses yeux dédaigneux posés sur son surplis, masque de son office. Comme l'année où, à Dunnett, elle avait cessé d'aller à la messe: 1989. Le dimanche où, dans la sacristie, elle lui avait crié qu'elle s'en allait. Ce matin-là, c'était son tour de toucher l'orgue, et on avait apporté un changement sans la prévenir: *Crimond* au lieu de *Dunfermline* comme cantique ou le nouvel *Alléluia* que le chœur avait entonné pendant qu'elle jouait le mauvais air. Cette fois, c'était le bouquet! En rentrant après le deuxième service, il vit qu'elle avait entassé tous ses biens dans la voiture (la Chrysler K de la mère de l'évêque Perry qu'ils avaient eue pour deux mille dollars). Ses valises, ses livres et le bon duvet empilés sur la banquette arrière: les colonnes régimentaires cramoisies et noires sur les côtés et la traditionnelle boîte dorée en son centre incandescent.

Mais elle n'était pas partie. Une dizaine de paroissiens sortirent à leur tour de l'église; il sourit, les salua par leur nom, posa les bonnes questions, mais, pendant ce temps, son cerveau de parfait crétin retournait la question suivante: pourquoi n'était-elle pas partie à ce moment-là?

La vieille Mrs. Chapman tourna vers lui son visage radieux de fleur fanée, lesté du poids de ses quatre-vingt-six ans bien sonnés, et la réponse lui vint. Lisanne était restée parce qu'ils étaient montés et qu'ils avaient fait l'amour, et le moment, grand ouvert et incendiaire, les avait tous les deux surpris, car il était aussi en colère qu'elle. Il se souvint de sa présence, à côté de lui, sous lui, sur lui, de sa cuisse blanche sous sa joue; et de la tente sacrée, de l'arche d'alliance formée par le duvet doré, au-dessus d'eux et autour d'eux. L'expression de Mrs. Chapman, empreinte de tolérance, semblable à celle de Lisanne, quand elle ne fuyait pas.

Elle n'était déjà plus là. Le flot de paroissiens s'épuisa : tous semblaient pressés de les laisser seuls, Lisanne et lui. Les grandes portes se refermèrent sur un crépuscule abrupt; les bénévoles rentrèrent dans la nef pour s'occuper des fleurs et du linge d'autel. Dans sa poitrine, le cœur de Paul battait douloureusement.

Puis la porte s'entrouvrit, et une ombre à deux têtes se découpa dans la lumière vive.

— J'ai oublié le siège du bébé, dit Clary d'un air contrit. Je devrais pourtant avoir l'habitude.

Tournant son attention vers Clary, Lisanne laissa entendre un rire, une sorte d'aboiement brusque.

— Vous avez eu un bébé, vous? s'exclama-t-elle, ses sourcils s'arrondissant sur des crêtes de muscle bien définies.

Cette incrédulité est-elle due à mon âge ou à mon allure de vieille fille? se demanda Clary. Avec l'aisance née de l'habitude, elle fit passer Pearce sur son autre hanche et secoua la tête.

— Il n'est pas à moi, se contenta-t-elle de dire.

Lisanne rit de nouveau.

— C'est ce que je me disais, aussi! Mais, de nos jours, on ne sait jamais. N'importe qui peut avoir un bébé. Prenez cette Italienne de soixante ans, par exemple…

La colère de Paul se déversa soudain, telle l'eau qui s'échappe d'un verre brisé. Autant à cause de l'incapacité de Clary à s'expliquer que du mépris de Lisanne.

— Clary s'occupe de trois petits enfants dont la mère est à l'hôpital, dit-il.

Sur un ton châtié. Châtré.

Clary entra dans l'église et les laissa à eux-mêmes.

Paul fixa le visage de Lisanne, où se lisaient le défi et le remords, mais, cette fois, il n'eut pas pitié d'elle. Si elle s'agitait moins, elle aurait moins de regrets. Quoi qu'il fasse, il serait toujours impuissant à la changer.

Dans l'église, Clary prit tout son temps pour retrouver le siège et le sortir du banc. Avec un peu de chance, Paul et Lisanne iraient discuter dans le bureau. Pearce aperçut le siège et le montra avec vigueur, croassa le mot *auto*, ou presque. Elle fut si fière de lui qu'elle en oublia de lambiner. En entrant dans le portique, elle constata que Lisanne n'avait pas bougé.

Seule. Attendait-elle Paul ? Clary la salua d'un geste de la tête, la bouche agitée de tics nerveux.

— Désolée, dit Lisanne. Je me suis montrée grossière.

Trop tard, Clary était coincée.

— J'ai un sale caractère, ces jours-ci, du moins quand je viens dans les parages, poursuivit Lisanne.

— Non, non, commença Clary, sans rien trouver à ajouter.

— Je me remarie, dit Lisanne.

Elle avait parlé à brûle-pourpoint, comme chaque fois qu'elle ouvrait la bouche, ou presque.

Clary fut prise au dépourvu.

— Ah bon ! fit-elle avant de sentir son visage se réchauffer comme l'élément d'une cuisinière. Félicitations, je veux dire. Les paroissiens ne vous veulent que du bien.

— Ouais, dit Lisanne en levant sur Clary ses longs yeux jaloux. Ils m'adorent.

Elle avait des cheveux foncés, presque noirs et coiffés à la perfection. Des mèches lisses tourbillonnaient autour de son visage. Quel bel enfant ils auraient pu avoir, Paul et elle. Le teint sanguin de Lisanne et l'ossature de Paul…

— Eh bien, votre séparation a porté un dur coup à la paroisse, j'imagine.

— Mon cœur saigne pour elle, vraiment ! C'est toujours la paroisse qui passe en premier.

Elle faisait fi des règles de la conversation polie. Soudain, Clary en eut assez d'elle, ce qui était en soi un soulagement.

— Bon, bien, au revoir, dit-elle.

Elle sortit dans l'air frais du matin. Les enfants attendaient au bas des marches.

Paul surveillait Trevor, qui marchait au bord du trottoir comme sur une corde raide.

— Je voulais vous voir, dit Paul à Clary. Il faut que j'aille à Toronto. Je représente le diocèse au Comité foi et célébration. Apparemment, c'est un honneur. Je serai absent pendant dix jours. Mais je vais passer voir Lorraine dès mon retour. Et je vais vous téléphoner.

— Entendu, dit-elle.

Elle fut tentée d'ajouter qu'elle le verrait à l'église, de toute façon, pour lui faire comprendre que son absence lui importait peu, au même titre que son retour annoncé et le coup de fil promis. Mais elle se retint. Il allait lui téléphoner parce qu'ils étaient devenus amis. Et il aimait les enfants. Elle le gratifia d'un bon sourire et lui tendit la main. Que sa main à lui était agréable à tenir!

Elle se dégagea rapidement et entraîna Dolly et Trevor vers la voiture. En ces temps difficiles, il était bon d'avoir de la compagnie : Mrs. Zenko, Darwin, Fern, Grace et Moreland, tous. Mais Paul était son ami.

29. Examen

La plupart des patients qui subissent une greffe et survivent à la procédure sans rechute (retour de leur maladie) mènent une vie active et productive. Lorraine relut la phrase. Elle était lourde de sens, en particulier le petit passage du milieu, où il était question des risques de rechute, sans parler de la définition, au cas où quelqu'un serait trop bête pour comprendre le sens d'un mot aussi difficile.

Chez certains patients, on observe cependant des complications chroniques (de longue durée) ou tardives. Ces complications ont de nombreuses causes, y compris la greffe elle-même, les traitements de radiothérapie ou de chimiothérapie préalables et les... Ses yeux refusèrent d'aller plus loin. C'était superflu, du reste, puisque savoir ne lui serait d'aucun secours. L'ignorance l'aiderait peut-être à se montrer inconsciente, forte et placide.

Novembre est cruel, se dit Paul, mais pas avril. *Ni chaleur, ni gaieté, ni saine aisance.* À Toronto, il y avait au moins la fumée du charbon de bois et des vendeurs de marrons rôtis. Dans l'Ouest, l'hiver battait encore son plein. Sept paroissiens étaient hospitalisés, sans compter Lorraine.

Il s'engagea dans le parking et consulta le rétroviseur : il s'était coupé en se rasant, ce matin-là, et il voulait voir s'il avait du sang sur la bouche. Il se souvint alors de la bouche de Binnie à l'hôpital, de ses chères dents nacrées, de ses lèvres gercées, dévorées par le muguet. Les espaces entre ses dents lui donnaient un air juvénile. En fait, elle était jeune. Il ne pouvait plus vivre cela. Jamais il ne pourrait se résoudre à monter.

Il monta. Pour se donner un peu plus de temps, il délaissa l'ascenseur au profit des escaliers, et ses pas résonnèrent sur les marches en métal qui tournaient.

Devant la joie que manifesta Lorraine en le voyant, il regretta amèrement de ne pas avoir pris l'ascenseur. Elle était fatiguée mais volubile; en fait, elle semblait incapable de se taire.

— Vous savez ce que j'aimerais? Savoir ce qui est arrivé aux gens que j'ai connus. Ce qu'ils sont devenus. Combien d'enfants ils ont eus, ce qu'ils font comme travail, où ils habitent, s'ils sont mariés.

— Si vous y tenez, on peut sûrement en retrouver quelques-uns, dit Paul.

— Je n'ai pas envie de leur téléphoner, de faire des recherches sur Internet ni rien de tout ça. C'est juste que je pense à eux. Il y avait deux frères, par exemple. Dog et Pickle. Darwin aussi se souvient d'eux.

Paul dit qu'il y avait des types comme eux dans ses souvenirs à lui aussi.

— Ou encore Rosalind, la fille qui habitait au-dessus du restaurant chinois. Ou celle qui m'a emmenée dans un revival où une femme s'est mise à parler en langues. Je voudrais seulement qu'ils sachent que je les aime bien ou quelque chose comme ça.

Elle resta un moment silencieuse.

— De toute évidence, c'est parce que je crois que je risque de ne pas avoir le temps de le leur dire plus tard.

— Oui, dit-il.

— Seulement, je ne veux pas parler de ce qui m'arrive. L'idée de parler de tout ça m'est insupportable.

Elle posa le pinceau. Il peignait mal, celui-là.

— Je ne m'attendais pas à avoir honte.

— Je ne crois pas que ce soit de la honte, dit Paul. En apprenant la nouvelle, les gens sont atterrés. Pour vous, mais aussi pour tous ceux qu'ils ont connus, et c'est à vous de leur remonter le moral, de les convaincre que vous n'allez pas mourir.

— Oui.

Ils restèrent assis en silence.

Après l'école, Dolly partit se promener, sans dire à Clary, ni même à Trevor, où elle allait. Elle en avait ras-le-bol de cet endroit. À son dernier examen de mathématiques, elle avait eu quatre sur douze, il fallait que Clary signe la feuille, et elle allait s'inquiéter. Dolly aurait préféré que ce soit sa mère qui signe, mais les os de sa mère étaient aspirés par des machines et examinés sous toutes les coutures : si ses os avaient quatre sur douze, sa mère mourrait.

Dans la 8e Avenue, au milieu de la neige grise et des traces sales des voitures, Dolly disait *caca* quand son pied gauche se posait par terre et *crotte* quand c'était le droit. Tout au bout, elle aperçut la librairie et se rendit compte qu'elle s'y dirigeait. Il lui fallait un nouveau livre. La grosse bibliothécaire de l'école vous obligeait à vous inscrire sur une liste pour avoir des livres, et Dolly en avait assez des livres ordinaires. Elle avait envie d'un bon livre comme *Mistress Masham*. Comme d'habitude, elle n'avait pas un sou, mais elle réussirait peut-être à convaincre le vieux monsieur de la prendre à son service : elle épousetterait les livres en échange de quelques pièces. Il achetait des livres. Elle en trouverait peut-être quelques vieux chez Clary. Ou encore chez Mr. Bunt.

Cette fois, la porte était grande ouverte. Posée sur les marches, une rampe en métal recouverte d'un tapis descendait jusqu'à un gros camion.

Dolly sauta sur la rampe et franchit vite la porte pour

laisser passer un homme en salopette grise. Il transportait une boîte si énorme qu'il ne put la voir. D'un pas lourd, il s'engagea sur la rampe, trop près du bord, mais se rétablit et entra dans le camion.

Il faisait noir dans le magasin. Dolly ne distinguait que des mouvements : des hommes en salopette grise chargés de boîtes. Ils vidaient les tablettes, lançaient les livres dans les boîtes, comme s'il s'agissait de feuilles mortes ou de copeaux de bois. Le vieux monsieur était assis devant son ordinateur, mais l'écran n'était pas allumé.

— C'est fermé ! cria-t-il.

Un homme faillit laisser tomber sa boîte.

— Pourquoi ? demanda Dolly.

— Je prends ma retraite.

Elle sut qu'il mentait. Il avait l'air soûl. Elle aurait dû venir plus tôt et épousseter ses livres. L'endroit était en désordre, comme toujours. Avec tous ces hommes qui s'agitaient, c'était pire. Des livres ouverts jonchaient le sol. Les hommes les piétinaient. Elle en ramassa un : *Bleak House*.

— Prends-le et file ! hurla le géant.

— C'est combien ? demanda Dolly.

Il se pencha sur sa chaise et tendit la main. De ses gros doigts maladroits, il l'ouvrit et examina le plat intérieur.

— Quatre-vingt-quinze dollars. C'est une belle édition ancienne.

Il ferma les yeux. Dolly fixa les paupières sombres sous les sourcils blancs broussailleux.

— Je n'ai pas assez d'argent, dit-elle pour lui seul au milieu de tous ces hommes.

Le vieux monsieur se leva de sa chaise de cuisine. Il était nettement plus grand que les hommes en gris qui s'affairaient. Il s'empara de sa canne, fit le tour du magasin en cueillant à gauche et à droite des livres qu'il examinait sommairement avant de les laisser tomber par terre.

— Que des histoires d'orphelins, hein? Pour le moment, celui-ci te plaira davantage, dit-il en en retenant un.

Il le lui tendit.

— *Vanity Fair.* Ça, c'est une orpheline. En plus, tu trouveras de bons conseils sur la façon de t'adapter.

Elle le prit. C'était un très vieux livre rouge, aux pages encore couleur crème; au début de chaque chapitre, il y avait une petite illustration. Elle le respira. Il sentait l'église.

Il le reprit et le renifla à son tour.

— Il est parfait, ce livre, dit-il.

— Oui, dit-elle. J'aime bien cette odeur.

D'un geste rapide, il ramassa le livre qu'il avait laissé tomber, *Bleak House,* puis il en tira d'autres des tablettes : *Le Jardin secret* sur le dessus, mais elle ne pouvait pas voir les autres.

— Jane Eyre, Oliver Twist, Mary comment s'appelle-t-elle déjà? Des orphelins, en veux-tu, en voilà, dit-il.

Il mit la pile dans les bras de Dolly et la poussa vers la porte.

— Combien?

Il agita sa canne en contemplant son magasin anéanti.

— Quarante mille dollars. Tu me paieras plus tard.

Darwin dit qu'il avait vu Paul dans le corridor.

— Il t'a raconté que sa sœur était morte du cancer il y a deux ou trois ans?

— Quel genre de cancer?

— Leucémie.

Lorraine laissa ses yeux dériver, s'éloigner de Darwin. Il ne lui en voulait pas d'être malade.

— Il est encore très affecté. Il a peut-être eu peur de pleurer devant une fille.

Lorraine rit.

— Une fille chauve par-dessus le marché.

Elle repoussa la table sur roulettes. Son fin duvet était promptement tombé, et son crâne était lisse comme une poire.

Les transfusions sanguines quotidiennes la requinquaient physiquement, même si elle tremblait intérieurement à la pensée de tous ces bras, de tous les lits de camp de la Croix-Rouge et de tous les donneurs dont le sang était pompé dans ses veines.

Elle était heureuse de la présente série de traitements de chimiothérapie, qui lui rendaient sa lucidité, la calmaient presque aussi sûrement que Darwin et lui laissaient le temps de bavarder avec lui. Elle avait aussi envie de parler aux enfants, mais c'était trop leur demander. Clary avait proposé d'emmener Dolly, et Lorraine n'avait pas osé dire non.

— Attendez, d'accord?

Clary avait répondu *Oui, bien sûr,* et il n'en avait plus été question.

L'équipe de médecins au grand complet s'attroupa dans la chambre: Lorraine était en rémission et prête à subir une greffe. Darwin avait réussi haut la main tous les tests prescrits. Il déclara qu'il se sentait comme le diplômé d'un collège d'enseignement professionnel qu'on voyait sur les pochettes d'allumettes: *Soyez un donneur ou ayez tout l'air d'en être un.* Seuls les Drs Cormarie et Lester sourirent. C'étaient les plus gentilles. Les médecins avaient conditionné la moelle de Lorraine. Euphémisme ridicule, se dit Clary. Ils l'avaient complètement détruite, sa moelle, en enfermant Lorraine pendant quatre jours de suite dans une pièce où ils avaient soumis son corps à une irradiation totale. Assis sur de petites chaises en vinyle turquoise dans le corridor, Darwin et Clary avaient attendu que la minibombe d'Hiroshima déferle sur Lorraine. Clary jugeait bizarre l'idée de la stérilisation du sang des os, de ce liquide pâle, inoffensif, puissant.

La sonnette retentissait, puis la porte s'ouvrait, et on poussait Lorraine sur un lit à roulettes. Pas de destruction apparente, mais elle était assoupie. Clary lui tenait la main jusqu'à sa chambre en affichant une mine raisonnablement positive, comme toujours à l'hôpital. Et après, ce n'était qu'une simple transfusion sanguine. Que le bon vieux goutte-à-goutte. Au terme d'une telle attente, c'était presque décevant.

Ensuite, il fallait attendre encore.

30. Phares

Malgré elle, malgré le drame et l'attente, Dolly ne pouvait s'empêcher d'absorber des connaissances à l'école. Son cerveau était en proie à de violents spasmes qui avaient pour effet de l'ouvrir tout grand ; elle lisait tout le temps, le midi et à la maison. *Vanity Fair* était comme le monde, comme sa vie, mais en plus net. Elle adora le livre à partir du moment où, au tout début, Becky obtient un dictionnaire, après tout, et le lance à la tête de celle qui le lui a donné à contrecœur. Becky mentait aussi bien que Dolly.

Après *Vanity Fair*, elle avait d'autres livres, une pile tout entière, qui lui faisaient comme une police d'assurance. On aurait dit que les livres s'étaient déverrouillés d'un coup et qu'elle comprenait absolument tout. Jamais Trevor ne la rattraperait. Quant au pauvre Pearce, il ne parlait même pas. Il faisait des bruits de camion, *vroum-vroum*, en poussant le camion jaune sur la moquette. Comme leur mère n'était pas là, Dolly lui apprendrait à dire son prénom. Là, cachée dans les eaux sombres sous ses pensées superficielles, l'absence de sa mère était partout, tandis qu'ils attendaient tous la suite. Allait-elle mourir, tous ses os vidés de leur substance ?

Dolly regarda par la fenêtre d'un air furieux. Pas le droit de lire, car elle était censée faire son devoir de mathématiques. De la neige sale partout. Du capot des voitures branchées, dans le parking des enseignants, pendaient des câbles bleus pareils à des langues maigres. Suivre la rue jusqu'au bout, puis la suivante, et enfin prendre à droite : le chemin de l'hôpital. Pour éviter d'y penser, Dolly détourna la tête et contempla le terrain de jeux et, au-delà, la rue grise.

Il y avait une voiture aux phares allumés ; appuyé dessus, un homme regardait l'école à travers le grillage de la clôture. C'était interdit, on bouclerait les environs, quelqu'un dirait par le haut-parleur : *Alerte maximale, verrouillez vos portes* d'une voix calme qui donnerait la chair de poule et les enseignants regagneraient leur poste au pas de course et verrouilleraient les portes de la classe et ils feraient répéter à leurs élèves le mouvement qui consiste à poser sa tête sur le pupitre et tant pis pour vous si vous étiez aux toilettes.

Soudain, Dolly eut mal à la tête, comme si une flèche lui avait traversé le front. C'était son papa, là-bas, près de la voiture. Il se tourna et elle sut que c'était lui. Il ressemblait comme deux gouttes d'eau au type étrange qu'elle avait vu à Clearwater. On aurait dit un enfant devenu adulte et obligé de se vieillir. Elle détourna les yeux.

Elle n'était pas, à proprement parler, une orpheline. Dolly essaya de s'imaginer en compagnie de son père et de ses amis après la mort de sa mère, mais c'était un scénario improbable. Le seul ami qu'avait son père, c'était Garvin, ce type effrayant de Winnipeg.

La cloche annonça l'heure de la récréation. Dolly ne se leva pas. Si elle se levait, il faudrait qu'elle regarde de nouveau par la fenêtre et elle verrait son père. Mais si elle ne le faisait pas, Trevor risquait de l'apercevoir et de courir vers lui. Il aurait des ennuis et des policiers viendraient peut-être l'arrêter. Elle fonça vers la porte dans l'espoir d'intercepter Trevor.

En leur préparant leur collation du soir, Clary observa les enfants attablés en pyjama, amorphes, fatigués et agités : un jeudi soir comme les autres. Encore une journée d'école à affronter tant bien que mal. Personne ne parlait. Mrs. Pell était entrée prendre une tasse de thé, mais elle avait déjà dit ne pas avoir l'intention de s'attarder. Il y avait du patinage artistique à la télé, chez elle. Clary posa devant Dolly une pomme coupée en morceaux.

En se penchant, elle vit quelque chose — quoi donc? — bouger sur la tête de Dolly.

Ses mains se refermèrent sur la tête de la petite, comme en étau, et l'immobilisèrent. Sous l'effet de la surprise, Dolly poussa un cri strident. Une bestiole traversa la raie du milieu. Une créature brune, de la couleur des cheveux. Un pou.

Une honte absolue fleurit douloureusement en Clary, dans les plis profonds de son aine. Elle n'avait encore jamais vu de poux, mais elle ne douta pas un seul instant. Elle se souvint vaguement d'un mot envoyé par l'école. Une feuille rose et froide. *Bulletin d'information sur les poux de tête.* En quoi les poux la concernaient-ils?

— Mon Dieu, Dolly, fit-elle à voix haute, sans le vouloir. Tu as des poux!

Elle était effarée, absolument effarée.

Les yeux de scarabée de Mrs. Pell louchèrent, et elle repoussa sa chaise pour s'éloigner de sa petite-fille.

— Dans ma classe, il y a des élèves qui ont des poux, dit Trevor, et ils ratent trois jours d'école, c'est ça qui leur arrive.

— Si elle a des poux, vous en avez vous aussi, dit Mrs. Pell d'une voix sifflante.

Elle riait presque.

— Trois jours! s'écria Dolly. Pas question. J'ai laissé mon livre à l'école!

— Désolée, Dolly, dit Clary.

Mais Mrs. Pell leur coupa la parole en soulevant sa lourde carcasse et en s'arrangeant pour faire le plus de bruit possible avec sa chaise.

— J'ai eu quatre enfants, annonça-t-elle, et ils n'ont jamais eu de poux. Jamais.

Elle saisit sa tasse de thé et sortit par la porte de derrière.

Clary s'entendit crier dans son sillage : *Allez donc vous faire foutre, Mrs. Pell!* Puis elle se rendit compte qu'elle s'était retenue, heureusement. Le cuir chevelu lui démangeait.

Trevor et Dolly restaient immobiles. Même Pearce se tenait tranquille.

— Bon, les enfants, dit Clary, je crois que nous avons un problème.

Mon Dieu, pensa-t-elle. Sont-ils atteints tous les trois? Et moi? Brusquement, elle se tourna vers Pearce. L'idée que ses cheveux soient infestés, car c'était ainsi qu'on disait, lui était insupportable. Et Darwin! Et l'hôpital! Avaient-ils donné des poux à Lorraine?

Clary s'assit par terre dans la cuisine. Du haut de leurs chaises, Dolly et Trevor baissèrent les yeux sur elle. Pearce se pencha sur le bras de sa chaise haute, s'étira pour la toucher avec sa cuillère pleine de compote de pomme.

— Je ne sais pas quoi faire, dit Clary. Aucune idée. Il va falloir que je me renseigne.

Mais pas moyen de se renseigner. Son ordinateur était au bureau et ce n'était plus son ordinateur. D'ailleurs, ce n'était plus son bureau non plus. De sa vie d'avant, il ne lui restait rien. Sauf des poux. Sa mère aurait été consternée! Clary l'entendit dire (elle était campée à côté de Mrs. Pell, en fait) : *Nous n'avons jamais eu de poux, nous...* L'image la fit rire, mais pas pour longtemps.

En descendant la 8ᵉ Rue, en direction de la pharmacie, elle sentit des larmes apitoyées suinter derrière ses yeux, mais elle décida de les ignorer pour le moment. Plus tard, se promit-elle, une fois au lit. Une fois qu'elle aurait lavé leurs cheveux à l'aide de produits toxiques et qu'elle les aurait ratissés au peigne fin jusqu'à ce qu'ils en soient tous réduits à pleurer de fatigue et de frustration. Ensuite, ce serait à son tour de pleurer. Elle les haïssait tous, même Pearce; elle haïssait les poux et la crasse des humains. Elle eut si honte à l'idée d'avouer à Iris Haywood que les enfants avaient des poux qu'elle faillit éclater en sanglots. Et *Paul.* Il leur avait rendu visite, s'était assis sur le canapé. Le sordide de toute cette affaire faisait comme un poids sur sa tête.

Les phares fonctionnaient mal. En se garant devant la pharmacie, elle vit le reflet de la voiture dans la vitrine : l'un d'eux était grillé. Le faire remplacer lui sembla si compliqué qu'elle dut s'appuyer contre la portière pendant un moment avant de laisser sortir les enfants, qui portaient leur manteau sur leur pyjama. Il aurait été tellement plus simple de les laisser dans la voiture. Mais l'hiver précédent, une femme s'était fait voler sa voiture pendant qu'elle faisait des courses : elle avait laissé le moteur en marche et son bébé sur la banquette arrière. Si les enfants étaient à elle, elle aurait pesé le pour et le contre et pris sa décision en conséquence ; mais c'étaient les enfants de Lorraine. On les lui avait simplement confiés. Et sous sa gouverne ils avaient attrapé des poux.

Darwin n'avait pas de poux (Clary avait téléphoné à l'hôpital et les infirmières avaient vérifié), Lorraine non plus. Trevor et Dolly, oui. Pour autant que Clary puisse en juger, Mrs. Pell avait été épargnée. Pearce aussi. Clary avait eu beau examiner sa mignonne tête ronde avec un soin jaloux, elle n'avait trouvé ni poux ni lentes.

Suivant les conseils de l'aimable pharmacien à qui elle s'était adressée, elle lava les cheveux de tout le monde à l'huile de théier au lieu du poison habituel et s'employa à peigner leurs cheveux pour les débarrasser des lentes, plutôt que de nettoyer de manière obsessionnelle. Cependant, elle défit leurs lits, y passa l'aspirateur et les refit (en se disant que les draps de la lingerie de sa mère, inutilisés depuis vingt ans, ne présentaient aucun danger), et mit les peluches et les oreillers dans ses sacs-poubelles qu'elle déposa à l'extérieur, où ils resteraient congelés pendant quelques jours. Enfin, à minuit, les enfants, épouillés et dépossédés de leur entrain habituel, se couchèrent dans leurs lits qui sentaient la lavande.

Le vendredi, elle les laissa regarder des vidéos toute la journée et fit le ménage autour d'eux, ne s'arrêta que pour préparer les repas. Malgré le froid cinglant, elle tira la vieille Electrolux de sa mère dans l'entrée et passa l'aspirateur dans la voiture. Témoin de la scène, Mrs. Zenko vint lui donner un coup de main. Quand elle sut pour les poux, la vieille femme rit si fort qu'elle dut prendre appui sur le rétroviseur extérieur.

— Ce qu'il faut, c'est peigner tout ce petit monde, dit-elle en reprenant à son compte les propos du pharmacien. J'ai moi-même un très bon peigne fin en métal qui date de l'époque où mes filles allaient à l'école. Quand tu auras terminé ici, je vais venir t'examiner à fond, promit-elle. Quelle histoire ! Mais c'est seulement une question de hasard, de proximité des manteaux d'hiver…

Mrs. Zenko ne trouva pas la moindre bestiole dans les cheveux de Clary. De retour de l'hôpital, Darwin se chargea des cheveux des enfants, les pcigna une mèche à la fois, doucement et patiemment, vérifia chaque cheveu, arracha les lentes minuscules et collantes, raconta d'interminables blagues.

Clary fit de nouveau le tour de la maison à l'aide de l'aspirateur surmené, jusqu'à ce qu'il lui semble enfin possible de recommencer à y vivre. Cependant, Mrs. Pell risquait d'avoir des lentes. Après tout, Clary, dans la panique initiale, ne l'avait soumise qu'à un examen sommaire. Une tasse de café à la main, elle mit le cap sur l'atelier.

— Bonjour, dit-elle. J'ai apporté le peigne fin et le peigne à queue. Je vais vous examiner la tête.

Mrs. Pell la considéra sans réagir de manière socialement observable.

— Ça ne sera pas long, dit Clary en soupirant. Vous pouvez tenir le café ?

Mrs. Pell fit ce qu'on lui demandait et s'écarta pour laisser passer Clary. Celle-ci prit le peigne et l'huile sous son bras. Elle balaya l'atelier des yeux en essayant de ne se montrer ni furtive ni ouvertement indiscrète.

— Satisfaite ? demanda Mrs. Pell, sa voix grinçant comme une scie rouillée dans du bois vert.

— Bien sûr ! Clary s'empressa-t-elle de répondre. Vous êtes chez vous. Vous faites ce que vous voulez.

En fait, tout laissait croire que Mrs. Pell faisait le ménage à peu près correctement. Il y avait une odeur, mais c'était peut-être celle d'une vieille femme plutôt qu'une preuve de négligence. Avec le chauffage, il faisait bon dans la pièce. Le lit était fait, la courtepointe aux losanges en chute libre bien tirée sur les draps.

— Il faudrait que je lave votre literie, dit Clary.

Mrs. Pell grogna.

— Pas si vite. Il ne faut pas laver des antiquités juste parce qu'on les soupçonne d'être pleines de poux.

Clary comprit.

— Au fait, je voulais vous dire que j'avais l'intention de vous faire cadeau de la courtepointe. Quand Lorraine sera… Où que vous alliez. Elle est à vous.

Mrs. Pell fit passer sa lèvre inférieure sur sa lèvre supérieure. Rien qui puisse passer pour un sourire. Elle dit enfin :

— Arrête de me manger des yeux. Tu m'examines la tête oui ou non ? Sors cette chaise et installe-la dehors. On ne voit rien dans cette caverne.

Clary posa la vieille chaise de cuisine dans la neige. Mrs. Pell la suivit lourdement, ses pieds saucisses chaussés de bottes d'hiver. Elles déplacèrent la chaise jusqu'à ce que la lumière soit parfaite et Mrs. Pell, bras croisés, se blinda en prévision de l'assaut des peignes. Clary examina son vieux cuir chevelu, une infime section à la fois, enfonça ses doigts dans les cheveux gris emmêlés, semblables à du crin de cheval, tira sur les mèches, les fixa sous le soleil éclatant. Inutile de parler. De toute façon, il n'y avait rien à dire. Derrière la tête de Mrs. Pell, les nerfs de son vieux cou se tendaient, selon la position de son crâne dans son enveloppe de peau parcheminée.

— Vous aimeriez vous faire couper les cheveux? demanda Clary, décidée à tenter sa chance.

— Hm, répondit Mrs. Pell.

Clary vit dans le grognement une forme d'assentiment.

— Ma tante Bet, la mère de Grace, allait au salon de beauté de temps en temps, et on lui faisait une coupe et une mise en plis. Des fois une permanente, même. On faisait un rabais aux aînées.

Mrs. Pell inclina la tête sur sa tige osseuse pour regarder Clary dans les yeux.

— Les coiffeuses sont bonnes, au moins?

— Pas mal, répondit Clary. Vous pourriez essayer.

Elle fit glisser le peigne à queue le long du cuir chevelu et souleva une autre mèche. Puis une autre et une autre encore. Pas de poux. Le soleil brillait au-dessus de leurs têtes, aussi chaud qu'on pouvait l'espérer si tard en saison.

31. Potlatch

Paul organisait une fête. Des papiers pressants jonchaient son bureau : le sermon, l'appel au don. Depuis son ordination, en dépit des objections de Lisanne, il tenait chez lui une fête de Noël pour la paroisse. Le 6 décembre, assez tôt pour ne pas entrer en conflit avec d'autres soirées. C'était la Saint-Nicolas. Paul avait un faible pour l'évêque à la silhouette mince et menaçante qui avait la manie d'écouter aux portes, de brandir sa bourse et de secourir les enfants dépecés et mis à mariner dans du vinaigre comme des cornichons. « Old Nick », disait-on, le diable en personne. Saints et démons, récompenses et châtiments… Mais il ne pouvait pas se perdre dans des considérations relatives aux démons et à leur place dans le panthéon, car il était tributaire de la réalité terrestre et du calendrier. Le 6 décembre. Il lança les mains en l'air, les abattit sur les papiers en désordre et rentra chez lui.

Assis à la table, entouré de livres de recettes (Lisanne les avait oubliés), il dressa une liste. *Chili ?* écrivit-il en haut de la feuille. Suivirent une série de plats du même genre, parfaits pour une fête modeste mais sympathique. Puis il biffa le mot au moyen d'un zigzag épais. Personne n'aimait le chili. À Noël, la tourtière était de mise. Des bâtonnets de cannelle, du lait de poule, des branches d'épinette. À la dernière minute, sa mère préparait toujours du gâteau blanc aux fruits. Comme d'habitude, le vieux cahier de recettes s'ouvrit sur la fiche recouverte d'éclaboussures où Binnie avait écrit *Petits gâteaux aux raisins de Corinthe* et gribouillé un autoportrait : une fille aux cheveux longs le saluait de la main, ses sourcils électriques retroussés en signe de surprise. Il ferait, lui aussi, les petits gâteaux.

Clary viendrait avec les enfants et Darwin, sauf s'il était retenu à l'hôpital. Depuis quelques jours, Lorraine, en pleine période postgreffe, voltigeait comme un papillon de nuit blême et attendait de voir si les cellules souches de Darwin seraient acceptées par son corps et se mettraient à proliférer, déferleraient en elle en cascade, se multiplieraient de façon exponentielle, astronomique. C'était l'affaire de quelques semaines, disait-on, mais personne n'avait précisé à Paul combien de semaines le mot *quelques* représentait. Les médecins n'en savaient peut-être rien. En attendant, l'accès à Lorraine était limité, et Paul s'était abstenu d'aller la voir. Même en cas de réussite de la greffe (il formula prudemment la phrase dans sa tête), les risques de réaction du greffon contre l'hôte resteraient présents, et ce serait une période délicate. Par courrier électronique, il avait joint le médecin avec lequel il s'était lié d'amitié pendant la maladie de Binnie pour savoir à quoi s'en tenir. Julian avait promptement répondu :

La réaction du greffon contre l'hôte tue parfois le patient à la suite d'une défaillance multiviscérale insurmontable. Le point d'équilibre, c'est une greffe accompagnée d'une faible réaction du greffon contre l'hôte (difficile à contrôler). L'autre scénario est horrible : la greffe ne prend pas et le patient est laissé sans moelle osseuse fonctionnelle. En général, il n'en réchappe pas...

Dans quelle mesure les enfants et Clary étaient-ils au courant ? Lui-même s'en voulait de savoir ce qu'il savait à propos de Binnie et de la tapisserie de sa vie qui s'était effilochée peu à peu, à propos de la maladie et de la mort. Les médecins devaient trouver une façon de vivre avec cette expérience contagieuse.

La plupart du temps, Darwin s'en tirait plutôt bien, mais,

une fois, il était venu frapper chez Paul à deux heures du matin, soûl et malheureux. C'était un des avantages de son nouveau statut de célibataire : il pouvait ouvrir sa porte à Darwin et boire avec lui, l'écouter maudire la maladie et la mort et lui céder la chambre d'amis sans avoir à consulter ou à amadouer Lisanne.

L'avocat de Lisanne lui avait fait parvenir les papiers du divorce. Avant l'assemblée paroissiale du mardi soir, Paul grimpait les marches de l'église lorsqu'un jeune homme s'était approché de lui, comme pour demander l'aumône. Il avait plutôt produit une liasse de papiers.

— Considérez-vous comme dûment notifié, avait dit l'homme avec une note aiguë de triomphe.

Celui qui le dit, celui qui l'est.

Retarder la procédure ne changerait rien à l'affaire. Il hypothéquerait de nouveau la maison, donnerait à Lisanne la moitié de l'argent, lui céderait la moitié de ses REER… Le butin ne serait pas difficile à diviser. Lisanne avait fait l'acquisition d'une voiture rouge vif. Elle épousait un éditeur. Elle couchait sans doute avec lui depuis un certain temps. On ne change pas de cheval en plein galop, à moins que l'autre monture ne soit sellée et prête à vous accueillir, ne fasse clip-clop à vos côtés, comme le cheval du voleur de grand chemin, fin prêt pour Bess, la fille de l'aubergiste, *la fille aux yeux de jais de l'aubergiste,* pousse-toi de là, pépère. Ses cheveux noirs volent au vent, un rire soudain fend son visage, elle ouvre joyeusement les bras à l'autre.

Il ferait du gâteau aux fruits. Des crevettes au cari. Des bûches de Noël. Des langues d'alouette.

La cuisine était vide et froide. Décembre se faufilait par la porte de derrière. Paul enfila son manteau et sortit acheter des assiettes, des bougies et un coupe-froid. Des diablotins. Et une nouvelle housse pour la couette.

Darwin était couché sur le lit de Lorraine, recroquevillé sur les pieds de sa sœur, presque en position fœtale. Cette fois, elle était restée inconsciente pendant longtemps, et remonter à la surface lui fut étrangement difficile. Comme si elle avait dû nager jusqu'à la frontière étoilée et scintillante qui séparait le dedans du dehors. Si elle se laissait aller, elle redescendrait se perdre dans le bleu, chuterait en tremblant dans le noir. Le bras de Darwin sur ses chevilles l'ancrait ici. Peut-être aussi n'était-il qu'un rêve. Peut-être le lit n'était-il qu'un rêve.

Elle avait l'habitude. Au matin, on lui ferait prendre autre chose, elle avait oublié quoi. Les médecins, si nets, si loin d'elle, lui rendaient scrupuleusement compte de la situation. La frontière passait entre elle et eux : ils étaient dedans et elle dehors, toujours dans le bleu, mal en point. Elle se mourait, peut-être. Il fallait qu'elle se ressaisisse parce que son heure n'était pas encore venue et qu'elle avait trois enfants. Elle arrivait encore à respirer, elle arrivait à respirer lentement et à se calmer, sans avoir peur ; la plupart du temps, elle y arrivait.

La lumière oblique de l'après-midi était restée la même pendant des heures, mais c'était impossible, elle avait dû changer. C'était forcément un autre après-midi. Darwin dormait dans le fauteuil. Tiens donc, lui qui ne dormait jamais quand elle était éveillée. C'est lui qui tenait la chaîne qui partait d'elle et remontait jusqu'aux enfants et il ne lâcherait jamais prise. Elle laissa son esprit dériver vers Clayton, se demanda sans effort où il était, ce qu'il faisait, pourquoi il n'était pas son ancre, n'avait jamais été son ancre. Mais elle, elle était son ancre à lui. Il y avait si longtemps qu'elle n'avait pas pensé à lui, à ce qu'il avait pu trouver comme boulot. Comment se tirerait-il d'affaire sans les enfants et elle pour le soutenir ? *Ça va, Clayton ?* lui demanda-t-elle du fond de l'eau.

Il l'entendrait, il rêverait à elle, penserait à elle, peu importe ce qu'il faisait. Elle le vit marcher dans la rue, corps triste poursuivant sa route, avancer à contrecœur : pauvre Clayton, il avait toujours envie d'autre chose. Dans un recoin de son cœur, elle se désolait toujours pour lui. Ça l'empêchait de guérir. Il fallait qu'elle arrête.

Elle s'enfonça dans l'océan pendant un moment sans arriver à se rappeler le mot qui voulait dire « profond ». La main de Darwin tira le drap sur ses pieds et l'obligea à se déplacer : il tirait sur elle, la remontait à l'air libre. Il était plus facile de rester sous l'eau, mais Darwin avait raison, elle devait refaire surface et ouvrir les yeux, les lumières étaient allumées. Il faisait plus sombre, en fin de compte, il s'était écoulé un peu de temps, une partie de la journée ou de la soirée. Elle avait tenu une journée de plus, s'était maintenue à flot. L'*Irrésolue,* le bateau de Clayton, dérivait quelque part au milieu de la glace et du brouillard.

Paul ferma le coffre de la voiture rempli d'alcool, de quoi soûler un éléphant. Au magasin, il avait croisé Bill Haywood, qui avait fait l'acquisition d'une caisse d'un vin rouge de grande qualité. Paul s'était senti pauvre et juvénile. Quand aurait-il les moyens d'acheter une caisse de vin ? Deux cartons de vingt-quatre bières, deux bouteilles de vin rouge, deux bouteilles de vin blanc, une de vodka et une de scotch, et son porte-monnaie était vide. Divorcer coûtait cher. Il chassa cette pensée d'un haussement d'épaules. Il n'avait pas atteint la limite de sa carte de crédit. Pour les besoins de la fête, il irait jusque-là, s'il le fallait. Après des décennies d'extrême frugalité, Paul avait envie d'abondance et de profusion, envie de s'éclater, de remplir le vide en lui de plaisirs et d'excès vengeurs. Avant que les avocats aient fini de diviser les actifs du couple dont il avait fait partie, il profiterait un peu du fruit de ses années de pingrerie. Il se dit qu'il s'agissait d'une façon tout à fait normale d'exprimer son chagrin, d'une manière raisonnable de faire le deuil de son mariage. *Plus !* lui criait un singe braillard dans son esprit. *Plus de n'importe quoi !*

Il déposa un billet de vingt dollars dans la sébile d'un mendiant. Il avait conscience d'être fou, d'être un homme brisé s'efforçant d'assouvir son âme affamée, d'appliquer le baume de la philanthropie sur la plaie de la solitude.

Dans une boucherie où il n'avait jamais mis les pieds, car c'était beaucoup trop cher, il acheta une monstrueuse pointe de surlonge. On lui expliqua comment faire cuire la viande avant de la servir froide. Il prit aussi un jambon. Puis, à l'épicerie, il flamba deux cents dollars en olives et en chips, se passa tous les caprices qu'il s'était toujours refusés. Le buffet de la fête se remplissait à vue d'œil et il en conçut un appétit pour lui inédit, l'irrépressible envie d'un potlatch. Tout le monde mourait ou était déjà mort, et à l'approche de l'hiver l'année mourait aussi. La seule issue consistait à faire du tapage.

Dolly eut la permission d'aller chez Ann après l'école. La mère d'Ann avait enfin téléphoné. C'était une femme étrange et terne, semblable à une lampe de poche dont les piles seraient presque épuisées. Mais elle avait proposé de passer prendre les filles après l'école, et Clary avait dit oui. Aller chez quelqu'un d'autre, c'était toute une aventure. Ann avait raconté à Dolly toutes sortes de choses à propos de sa famille, pour la plupart inventées de toutes pièces. Même s'il s'agissait de fabrications, il se passait forcément autre chose. Dolly savait que Clary avait eu l'intention de se renseigner sur Mrs. Hemla avant de la laisser aller chez elle, mais Pearce éternuait et pleurait à cause d'un petit rhume, et Clary s'était montrée moins pointilleuse qu'à l'accoutumée. De toute façon, Mrs. Hemla lui avait semblé tout à fait normale avec son manteau marine sans ornements et sa fourgonnette grise, une « édition spéciale » aux flancs ornés de tourbillons de couleur.

Clary déclara qu'elle passerait prendre Dolly avant le repas et elles partirent dans des directions opposées, Dolly et Ann installées dans la fourgonnette équipée de sièges en cuir, d'un toit ouvrant et d'un téléviseur. Le cuir était crasseux et le téléviseur ne fonctionnait plus, dit Ann. L'interrupteur avait été arraché et il y avait quelque chose de croûté d'un côté de l'écran. Mrs. Hemla ne passa pas prendre les frères d'Ann, qui rentreraient de l'école secondaire en autobus. Mais ils n'étaient pas encore de retour. Ils faisaient un peu peur à Dolly, ceux-là, surtout qu'Ann ne parlait pas beaucoup d'eux, signe qu'ils n'étaient pas de tout repos. À leur arrivée, la mère d'Ann alla s'enfermer dans sa chambre sans un mot.

Ann entraîna Dolly dans la cuisine et chercha dans les armoires en désordre de quoi préparer une collation. Elle ne trouva que des biscottes émiettées.

— Tu veux voir mes Barbie? demanda-t-elle.

Mais Dolly ne voulait rien savoir des poupées, qu'elle jugeait puériles et ennuyeuses. Avec une sorte de fierté, Ann la conduisit plutôt dans le bureau de son père, au sous-sol, où il y avait une grosse commode noire. Les tiroirs étaient remplis de photos cochonnes. Dolly avait vu des magazines *Playboy* dans les maisons où sa mère faisait le ménage, mais ces images-là — d'affreuses photos en noir et blanc sur lesquelles des femmes et des hommes tout nus, le visage masqué, se battaient et faisaient toutes sortes d'autres choses — lui donnèrent la chair de poule. Elle faillit vomir.

— C'est nul, dit-elle d'une voix chargée de mépris.

Ainsi, elle savait qu'Ann n'insisterait pas. Ann était docile. Il faisait un peu froid pour jouer dehors, mais elles remirent leurs bottes et leurs manteaux et se dirigèrent vers la maison de poupée rose du jardin : elle était sale, elle aussi, et en plus l'air y sentait le plastique et le renfermé. Après avoir vu les images, Dolly n'avait rien à dire à Ann. Elles ouvrirent et fermèrent les volets pendant un moment, puis Ann décida qu'elles devaient rentrer. De toute façon, il n'y avait rien à faire dans la cour. Ann venait de poser la main sur la poignée lorsqu'elles entendirent un fracas dans le vestibule et deux grands garçons en train de se disputer.

Ann laissa tomber sa main, mais elle continua de fixer la porte.

— J'ai une idée! dit Dolly.

— Quoi?

Même si elle écoutait Dolly, Ann ne détourna pas les yeux.

— Prenons l'autobus et allons voir les décorations de Noël au centre-ville.

— L'autobus? Toutes seules?

Ann dévisagea alors Dolly. Ann avait l'air absent, et Dolly comprit qu'elle se livrait à des calculs mentaux. Par la fenêtre, elle consulta l'horloge de la cuisine.

— Ouais, d'accord, dit-elle.

— Seulement, on n'a pas d'argent. Il va falloir marcher.

— J'ai caché cinq dollars dans la maison de poupée, dit Ann. C'est assez pour faire l'aller-retour.

Elle creusa sous le bord en plastique de la fenêtre et en tira le billet de cinq dollars. Par la cour enneigée, elles gagnèrent la ruelle, puis la rue. À l'intersection, c'était Cumberland. L'arrêt d'autobus n'était qu'à un coin de rue, et elles n'attendirent pas très longtemps. Le chauffeur ne posa pas de questions, mais il soupira en faisant la monnaie.

C'était la première fois que Dolly prenait l'autobus. Le chauffeur s'engagea dans University en tournant à gauche et fila à vive allure dans la rue recouverte de gadoue; pendant le trajet, Dolly, qui savait l'hôpital tout proche, regarda sans regarder. Peu importe où elle posait les yeux, l'hôpital était toujours là. Elle n'aurait qu'à descendre de l'autobus et à entrer. La dernière fois qu'elle y était allée avec Clary, elles n'étaient restées que cinq minutes, et on ne l'avait pas laissée serrer sa mère dans ses bras: elle lui avait juste adressé un salut depuis la porte avec sa main récurée à fond. À cause des microbes, elle n'avait même pas osé lui envoyer un petit baiser.

Ann se mit à pleurer. Qu'est-ce qu'elle avait encore, celle-là?

— Quoi? fit Dolly. Tu as peur?

— Ma mère va me tuer, dit Ann.

— Ne sois pas bête. On va rentrer à temps. Elle ne saura même pas qu'on est sorties.

Dolly l'espérait, en tout cas, parce que Clary passerait la prendre à cinq heures et demie; si elle n'était pas là, Clary piquerait une de ces crises… Mais si elles avaient des ennuis, Dolly n'aurait qu'à téléphoner et Clary viendrait les chercher, tout de suite, peu importe les circonstances. Elle n'aurait qu'à dire: « J'habite chez Clara Purdy. » Dans le monde, Dolly occupait une place plus solide qu'Ann, pas seulement parce qu'elle était dotée d'une intelligence normale, mais aussi grâce à la position sociale de Clary.

Elles descendirent de l'autobus au centre-ville et parcoururent quelques rues en zigzaguant à la recherche de décorations de Noël autres que les couronnes de lumières accrochées aux lampadaires, mais les seules couleurs qu'elles rencontrèrent furent celles des néons, jusqu'à ce qu'elles aboutissent à la patinoire toute décorée aménagée entre les pins, à l'hôtel Bessborough.

Ann traînait derrière Dolly comme si elle n'avait jamais vécu pareille aventure et ne tenait pas particulièrement à commencer. Les patineurs tournaient en rond et Dolly laissa ses yeux faire et défaire le point sur le tourbillon des pantalons sombres et des blousons de couleurs vives. Un vieux monsieur de grande taille passa près d'elles, tel un château mobile, ses jambes pareilles à des ciseaux géants, longues, droites et sombres. Ses patins, qui creusaient de longs sillons dans la glace, semblaient aller au ralenti.

Dolly serait bien restée là à regarder les patineurs, mais Ann se plaignait sans cesse du froid. Puis un adolescent s'approcha d'elles. Il ne patinait pas. Il se tenait près de la petite cabane dans laquelle on avait fait du feu. Il avait le nez rond et charnu, le regard trop fixe.

— De la gomme à mâcher ? demanda-t-il en s'adressant à Ann et non à Dolly.

Il était lippu comme John Reed, le méchant dans *Jane Eyre*.

Au grand désarroi de Dolly, Ann accepta. Ne lui avait-on rien appris ?

— Tu viens faire un tour dans l'hôtel ? demanda-t-il, toujours à l'intention d'Ann. J'ai un copain qui travaille dans les cuisines. Il va nous donner quelque chose à manger.

— Pas question, dit Dolly en s'emparant du bras d'Ann.

Mais celle-ci se dégagea, comme si elle entendait bavarder un moment avec le garçon. Elle n'avait rien compris. Il fixa sur Dolly son drôle de regard.

— Toi, t'es trop laide, dit-il. T'auras qu'à sucer mon copain, là.

Il s'empoigna l'entrecuisse.

Dolly avait peur, notamment parce que le garçon portait beaucoup d'eye-liner noir. Elle entraîna Ann sur la glace en se disant qu'elles n'auraient qu'à traverser la patinoire pour gagner la rue.

Elles filèrent au milieu du tourbillon des patineurs. Des lumières de Noël et des ombres pareilles à des diapositives clignotaient entre les silhouettes. Ann était lourde, et les bottes de Dolly, inutiles, glissaient sur la surface gelée. Les hautes Doc Martens du garçon bizarre lui assuraient une meilleure traction. Il se faufilait entre les patineurs dans l'intention de les rattraper. Mais le vieil homme s'avança vers Dolly, ses longues jambes et les longues lames de ses patins s'entrecroisant, et il heurta le garçon, qui tomba en criant. Le monsieur se planta devant lui pour l'aider à se relever, ou encore pour lui bloquer le passage.

En tirant Ann par la manche, Dolly quitta la patinoire et courut sur la neige durcie. Le jour tombait. L'arrêt d'autobus était loin, mais l'église se dressait tout près. L'église leur viendrait en aide, il y avait même un mot pour ça. Faisant fi des gémissements d'Ann qui la suppliait de ralentir, Dolly traversa Spadina en la traînant presque et gagna la grande église en briques rouges, la contourna et gravit les marches du parvis. La porte était verrouillée. Le garçon, cependant, n'en saurait rien. Il ne les suivrait sans doute pas jusque-là. Dolly remorqua Ann de l'autre côté et l'obligea à s'accroupir derrière l'escalier massif. Pendant une minute, elles seraient en sécurité.

Dolly fut tentée de se diriger vers le bureau de l'église. Il y avait de la lumière. Elle n'aurait qu'à demander Paul, on le connaissait forcément. Il viendrait les chercher. Mais il faudrait qu'il raconte tout à Clary, et Dolly préférait qu'elle ne sache rien.

— Tu peux courir, maintenant ? demanda-t-elle à Ann.

Ann secoua la tête. Son nez coulait.

— D'accord, mais il va falloir marcher vite. Le garçon ne va plus nous suivre. Il va avoir peur de l'église. Crache ça, voyons ! Tu sais bien qu'on peut mettre des trucs dans des verres. Pourquoi pas dans de la gomme à mâcher ?

— Si jamais elle se réveille, ma mère va me tuer, dit Ann.

— Si la gomme ne te tue pas avant. Il est cinq heures, dit Dolly en entendant sonner les cloches.

Elles étaient dans de beaux draps. Dolly se leva, telle la marmotte qui sort de son trou, et balaya les environs des yeux. Aucun signe du garçon.

Au loin, le vrombissement de l'autobus se fit entendre.

— Vite ! On a le temps de l'attraper !

Elles détalèrent comme des sprinteuses, même Ann. Elles devancèrent tout juste l'autobus, qui s'arrêta en grinçant, elles montèrent… Ann avait perdu sa monnaie.

Y mettant toute la force de conviction dont elle était capable, Dolly se lança :

— Nous avons de gros ennuis, il faut que nous rentrions chez nous et nous avons perdu notre argent. On pourrait vous payer les deux passages la prochaine fois, s'il vous plaît ?

Mon boniment est parfaitement adapté au chauffeur un peu prude, se dit-elle. Déjà engagé dans Spadina, il examina leur tenue, celle de Dolly, en l'occurrence, puisque Ann se dissimulait derrière sa copine, et aussi son visage.

— Assoyez-vous, les filles. Vous me paierez une autre fois.

Parce qu'elle n'avait pas l'air du genre de personne qui floue le réseau de transport. Clary veillait sur elle, désormais, et elle avait l'air riche. Mais elle se serait tirée d'affaire, de toute façon. Même à l'époque où elle vivait dans la Dart, elle aurait réussi à lui faire croire qu'elle était digne de confiance.

Dolly se cala sur le siège en vinyle rouge en évitant de toucher Ann, qui n'était qu'une pauvre idiote, et décida qu'elle avait de la chance. Elles seraient de retour avant l'arrivée de Clary. Elle se demanda d'où lui venaient ses talents de menteuse, mais, en revenant sur les propos qu'elle avait tenus au chauffeur, elle se rendit compte qu'elle n'avait dit que la vérité.

32. *Douze étages*

Le matin de la fête, Trevor aida Clary à préparer le gâteau au chocolat à douze étages qu'ils apporteraient avec eux. Ils tracèrent des cercles sur de minces feuilles de papier rigide et Trevor étendit la pâte à l'intérieur de chacun à l'aide d'une cuillère en bois, un bout de langue sorti, tant il tenait à ce que tout soit parfait. Hop, dans le four ; hop, on les sort ! Après, les gâteaux refroidirent sur des grilles. Encore, encore et encore, six séries de deux. Six et six font douze. En maths, il était très avancé pour son âge.

La belle assiette était dans l'armoire du haut. Pour y accéder, Clary dut grimper sur l'escabeau (une chaise ne suffisait pas). Son bras lisse lorsqu'elle le tendit vers la tablette, sa façon de tourner la tête pour s'étirer un peu plus, son pied sur l'escabeau… Trevor voyait bien qu'elle était belle, mais il ne pouvait s'en ouvrir à personne, et même pas se l'avouer à lui-même. Il avait tellement de chance. Elle avait noué ses cheveux avec un ruban noir, et l'un des bouts tombait sur son épaule et remontait en boucle vers son oreille.

Clary trouva l'assiette sur pied, cadeau de noces que sa mère avait reçu d'une cousine irlandaise. Dans l'assiette était scotchée une enveloppe, que Clary ouvrit aussitôt. Sept cents livres ! D'anciennes livres sterling des années 1970. Petit pécule réuni par sa mère en prévision d'un voyage en Angleterre, peut-être. Les livres valaient beaucoup moins, à présent. Dommage. Mais elles n'en seraient pas moins utiles. Clary se retourna de façon maladroite, appliquée à ne rien casser, et vit Trevor en train de la regarder.

— Ça va ? lui demanda-t-elle.

— Oui, répondit-il.

Elle n'était pas sa mère et il n'avait pas le droit de lui dire qu'il l'aimait. Il aima plutôt l'assiette en verre taillé et son piédestal. Ils préparèrent une montagne de crème fouettée et Clary le laissa y incorporer le chocolat, de façon lente et légère, en plongeant la spatule au fond du bol et en retournant l'appareil avec précaution. Une fois les gâteaux recouverts de crème, il hériterait du bol et Dolly de la spatule. En s'acquittant de sa tâche, Trevor laissa son esprit vagabonder aveuglément, ses papilles le guider vers l'avenir de rêve que faisaient miroiter les douze étages, comme dans six et six font douze.

Le gâteau était improbable, vertigineux : rayures pâles et foncées embaumant la cannelle, écailles de pâte cuite retenues par de l'air au chocolat. Clary était satisfaite du résultat. Elle montra à Dolly comment faire des copeaux de chocolat longs comme des crayons, en appuyant fermement contre le bloc de marbre. La fête organisée par Paul était une grande occasion. Le départ de Lisanne avait sans doute laissé des traces. Le moment était venu pour lui de lâcher du lest. Afin de marquer la fin de l'épisode des poux, Clary avait acheté aux enfants des vêtements de Noël du même rouge que sa robe de soie. Ils feraient leur petit effet, tous les quatre.

À grands cris, Pearce réclama un échantillon à goûter, quelque chose à faire. Clary mit un peu de crème fouettée au bout de son nez et le regarda loucher, tirer la langue, chercher à happer le trésor mystérieux. Il mit un long moment à songer à ses doigts. Il semblait persuadé que sa langue finirait par s'allonger comme celle d'un lézard, si seulement il s'y prenait bien.

Il était six heures et les premiers invités arriveraient dans une petite heure. Paul parcourut des yeux sa maison vide. On se dirait peut-être qu'il avait remisé les chaises de la salle à manger pour mieux y disposer le buffet. Mais la coquille vide du salon posait problème. Il avait mis des branches de sapin sur la cheminée et le long de la rampe de l'escalier, comme dans les magazines ; malgré les chaises empruntées à la salle paroissiale, il n'y avait pas assez de sièges pour les invités plus âgés. Un tapis flambant neuf flottait au milieu de la pièce, semblable au radeau de la Méduse.

Mû par une inspiration soudaine, il se servit du chariot à bagages pliant pour aller chercher la causeuse de la grand-mère dans le cabanon, où elle croupissait depuis des années. Épousseté et recouverte d'un drap bleu marine, elle ne jurait pas trop avec le décor, décida-t-il. La causeuse… On aurait dit un surnom de femme. *Dis-moi, où siège l'illusion. Est-ce dans le cœur, ou dans la tête ?* Le tapis bon marché sentait fort les produits chimiques, même s'il avait laissé les fenêtres ouvertes toute la journée. Il alla chercher la cannelle dans la cuisine et en saupoudra le tapis. Brun sur brun, personne ne remarquerait rien. Les clous de girofle étaient encore plus parfumés. Il courut de nouveau dans la cuisine.

Lorsqu'on sonna à la porte, il parsemait le tapis de clous de girofle. Les Haywood, Bill et Iris, accompagnés de leurs enfants, les bras chargés de plateaux de fruits, de fromage et de saucisson. Bill déclara tout de go qu'il s'occupait du bar, tandis qu'Iris fila dans la cuisine, les enfants devant et derrière elle, semblables à des remorqueurs.

Paul les abandonna et monta en vitesse changer de chemise et mettre sa cravate rouge.

Puis on sonna de nouveau à la porte. Le bedeau Frank Rich et sa famille, qui n'avaient pas oublié leur fameux gâteau aux fruits. Ils étaient tous affublés d'un bonnet de père Noël et non de la mitre de saint Nicolas, mais tant pis.

Puis ce fut au tour de Candy Vincent, qui serra Paul dans ses bras. Une bouffée de parfum et le douloureux grattement de son pull à paillettes.

— Comme c'est vide, Paul! s'écria-t-elle. Il faut absolument que nous vous trouvions des meubles. Je vais jeter un coup d'œil dans les affaires d'oncle Joe. Notre prêtre ne peut pas vivre comme un moine! Que penseraient les luthériens?

Paul prit le manteau de Candy et l'accrocha, puis il se retourna avec le sourire absent qu'il tâchait d'éviter. Le moment était mal choisi pour faire preuve d'une franchise brutale. Iris Haywood tendit à Candy un plateau rempli de hors-d'œuvre chauds et lui demanda de leur trouver une place au salon. Ce faisant, elle le délivra. Mais vite il dut s'occuper des manteaux, car d'autres personnes se massaient devant la porte : la vieille Mrs. Varney, Sally King et Mary Tolliver, une sainte femme, toutes armées de plats Tupperware. La paroisse tout entière se secouait les pieds sur le paillasson. Toujours aucun signe de Clary et de Darwin. Kerry Porter et ses deux petits monstres. Les Carver, puis les Newton : des bienfaiteurs de la salle paroissiale, mais aussi des gens qu'il aimait sincèrement. Il se tourna pour les accueillir avec gratitude, sans penser aux campagnes de financement.

Mrs. Pell tint à être de la fête. Le matin même, elle s'était traînée jusqu'à l'école d'esthétique Mira-Cal pour la journée des aînées et, pour l'amour du ciel, s'était fait friser. Vêtue d'un ensemble violet acheté chez Goodwill, elle était étrangement présentable. Rien ne s'opposait à sa présence, hormis le fait qu'elle était aussi imprévisible qu'un chimpanzé.

Choisissant de fermer les yeux sur le costume violet, Clary parvint à se réjouir à l'idée que Mrs. Pell tiendrait le gâteau au chocolat pendant le trajet. Elles bouclèrent sa ceinture (la vieille femme se plaignit, preuve qu'elle était dans une certaine mesure prévisible après tout), et Clary courut chercher le gâteau. En descendant les marches du perron, elle faillit trébucher à cause des talons hauts dont elle n'avait pas l'habitude, mais elle se rétablit et montra à Mrs. Pell où mettre ses pouces. Puis ils se mirent en route.

Une fête! Chez Paul! Clary sentait une pulsation fiévreuse dans son souffle, dans ses pensées. Les autres invités s'apercevraient-ils que Paul et elle étaient amis? Elle s'efforça de chasser cette pensée, qui surgissait sans arrêt dans sa tête, comme une annonce publicitaire dans Internet.

Des voitures encombraient la rue. Clary se gara dans le parking du voisin, Melvin John, un vieil ami de son père qui passait ses hivers en Arizona. Évidemment, Melvin confiait le déneigement de l'allée à un jeune garçon, de peur que des cambrioleurs, constatant son absence, lui volent son radio-réveil Zenith ou son téléviseur à écran de quarante centimètres vieux de dix ans. En cette venteuse soirée de l'avent, avec les flocons de neige qui flottaient et scintillaient dans la lueur des lampadaires, l'angoisse domestique, l'angoisse sous toutes ses formes, semblait bête. Caché ou révélé, l'Esprit saint, planant au-dessus du monde, veillait sur eux tous.

Le gâteau! Mrs. Pell avait du mal à défaire sa ceinture et la courroie risquait de le décapiter. Clary lui saisit le bras à temps.

— Attendez. Je vais aller vous aider.

Dolly se rendit utile. Dans ses chaussures noires flambant neuves, dont les petits talons lui donnaient l'impression d'avoir vieilli d'un coup et faisaient de chaque pas une expérience nouvelle, elle prit le gâteau des mains de Clary. Dans la neige, le monde était si silencieux que la rumeur de la fête s'entendait jusque-là, malgré les grognements de mamie, qui eut toutes les peines à s'extirper de la voiture. Dolly ne savait pas à quoi s'attendre. Des petits plats raffinés, sans doute, et les filles Haywood, snobs parce que leur mère était la directrice de l'école, même si elles fréquentaient un autre établissement (ainsi, leur mère ne risquait pas de leur coller des retenues). Il y aurait sa monitrice de l'école du dimanche, Miss Tolliver; en réponse à la question de Dolly, qui voulait savoir si le bébé Moïse et le vieillard Moïse étaient une seule et même personne, celle-ci avait déclaré qu'il y avait deux Moïse dans la Bible. Plus tard, Clary avait dit à Dolly qu'il n'y en avait qu'un, que le bébé, après avoir grandi, avait libéré les Israélites et les avait conduits dans le désert, mais Clary avait dû jurer de ne rien dire à Paul, car Dolly ne voulait pas que Miss Tolliver ait des ennuis.

Une fois Mrs. Pell sur pied et raisonnablement stable, Clary réussit à sortir le siège de Pearce sans que la poignée se coince. Dolly n'aurait qu'à transporter la bouteille de vin. Non, un instant. Clary redéfinit les tâches: Trevor se chargerait du sac à couches et aiderait sa grand-mère à franchir le trottoir glacé, tandis qu'elle-même s'occuperait du gâteau et du siège du bébé, un dans chaque main. Elle glissa la bouteille à côté de Pearce. Quant à Dolly, elle fermerait les portières. Ils remontèrent l'allée puis l'entrée de Paul.

De la musique s'échappait de la maison vivement éclairée, et la lumière du perron, entourée d'une couronne parsemée de baies rouges, scintillait. Dans les marches, où ils battirent des pieds pour débarrasser leurs bottes de la neige, Clary eut un moment de panique, mais elle l'attribua à l'énervement. Trevor sonna à la porte, et Paul, de belle humeur, leur souhaita la bienvenue. Il fut surpris de voir Mrs. Pell, mais il se montra aussitôt enchanté. Et le gâteau! Quelle merveille! Clary le tendit à Iris Haywood (qui se montra dûment impressionnée et l'emporta respectueusement dans la salle à manger). Bill Haywood guida Mrs. Pell dans le salon et l'installa à côté de Candy Vincent sur la causeuse.

Naturellement, Pearce avait profité du trajet en auto pour souiller sa couche. Dans la maison bien chaude, où ils ôtèrent leurs manteaux, leurs narines ne leur laissèrent aucun doute à ce sujet. Clary s'engagea dans l'escalier en balançant Pearce. Paul désigna la salle de bains, au bout du palier.

— Sinon, il y a ma chambre ou mon bureau. C'est comme vous voulez, dit-il en direction des marches.

Il emmena Dolly et Trevor à la cuisine et leur servit du punch. Il avait loué les verres et se félicitait encore d'avoir songé que c'était possible. Donner une fête était à la portée du premier venu.

À l'étage, une porte ouverte donnait sur une pièce tout en carreaux blancs. La salle de bains était simple et nue, comme le reste de la maison, et d'une propreté éblouissante. Clary mit un moment à comprendre que l'impression de blancheur et d'espace s'expliquait par l'absence d'un rideau de douche. Il pouvait donc s'en passer ?

Après le trajet en voiture, Pearce était encore à moitié endormi, mais il tendit la tête vers le bruit venu d'en bas, celui d'hommes qui riaient. Clary se souvint d'avoir entendu le même depuis sa chambre, près de quarante années plus tôt. Pendant un certain temps, dans les années 1960, de folles soirées s'étaient tenues chez elle : la maison sentait le cigare et le rye ; sa mère, dans l'après-midi, était nerveuse et irritable. La société entrait alors dans une ère nouvelle. Quelle drôle d'époque mouvante que cette décennie ! La mère de Clary avait poussé son mari à inviter des personnalités, le mari d'Unetelle, président de la Chambre de commerce, dans l'espoir de le faire avancer, de lui assurer un certain prestige ; elle avait mis des années à accepter qu'il n'en avait aucune envie. Le magasin délimitait pour lui un monde maîtrisable. Il avait présidé la Chambre de commerce pendant une année, mais, à cause des innombrables réunions, il avait fini par tirer sa révérence. Renonçant à ses idées de grandeur, la mère de Clary s'était tournée vers le bridge avec une détermination farouche et avait régenté à mort la vie des bénévoles de l'église. À quoi ces femmes occupaient-elles leurs journées ? À quoi elle-même avait-elle occupé les siennes, avant l'arrivée des enfants ? Elle aurait pu vieillir de la même façon que Mary Tolliver : bonne, douce et vide.

Le derrière doré de Pearce était tout propre. Fausse alerte. Il ne sentait rien du tout. Tandis qu'elle rattachait sa couche avec efficacité, il la contempla d'un air réfléchi, sans ciller.

— Cla, dit-il en la fixant.

Il l'appelait par son prénom ! Elle le regarda pendant une minute, puis elle dit :

— Clary.

— Cla, répéta-t-il.

Il se fendit d'un large sourire et battit des mains. Elle faillit pleurer, mais elle se retint, à cause de son maquillage. Il aurait été ridicule de pleurer simplement parce que Pearce, âgé de quinze mois, avait enfin réussi à prononcer son prénom.

— Oui, Clary ! C'est bien ! Bravo !

Le hissant sur sa hanche, elle descendit dans l'intention de le faire admirer à la ronde.

La sonnette retentit de nouveau au moment où elle arrivait au bas de l'escalier. C'était Darwin, qui remplissait presque l'embrasure de la porte. Paul sortit de la cuisine, aussi heureux qu'elle de le voir.

— Darwin ! s'écria-t-elle. Écoutez ! Dis « Clary », Pearce, vas-y !

— Cla, dit le bébé sans se faire prier.

— Un génie, cet enfant-là, déclara Darwin en prenant Pearce dans ses bras et en le soulevant haut dans les airs.

Au sommet de l'arc, Pearce essaya d'attraper la branche de gui. Au même instant, Paul et Clary tendirent la main pour prévenir l'accident, et leurs doigts se touchèrent.

— Du gui ? fit Darwin en riant. Vous voilà unis pour la vie.

Leurs doigts se détachèrent.

Dans le salon, Mrs. Pell, d'une voix retentissante, dit :

— Voici mon beau-frère, Darwin Hand.

Gênée et désorientée, Clary, privée du soutien de Pearce, eut du mal à déterminer avec exactitude ce que Mrs. Pell aurait dû dire, quel lien l'apparentait à Darwin. Bizarre, tout de même, que cette vieille voix pâteuse porte autant, malgré la musique et le brouhaha des conversations.

Dolly aperçut Darwin. Trevor fonça dans le couloir, mais Dolly courut à la salle à manger chercher le gâteau pour montrer à Darwin le dessert absolument incroyable qu'ils avaient fait.

Un passage bien droit s'ouvrit, du veston violet de Mrs. Pell au couloir, et ils virent tous Dolly venir de la salle à manger avec le gâteau en équilibre sur son assiette à pied. Pour faire une entrée remarquée, elle la tenait comme un chandelier. Peut-être songeait-elle au crucifié qui portait sa croix, le dimanche, et Clary comprit que le gâteau allait tomber, glissait déjà. Dolly avait le visage congestionné et fiévreux. Clary ne se sentit pas le courage de crier *Non!* mais déjà il chutait…

Le talon de la nouvelle chaussure noire de Dolly, haut de deux ou trois centimètres, s'accrocha au bord du tapis flambant neuf du salon, et le pied de l'assiette chancela, et les douze étages de gâteau au chocolat et de crème fouettée partirent en vol plané, laissèrent derrière eux une longue traînée de beauté moelleuse et alvéolée, sous le regard de toutes les personnes présentes, médusées, qui virent les étages voler telles des ailes de hibou silencieuses, jusqu'au moment où, en faisant de petits bruits étouffés, ils atterrirent les uns à la suite des autres. Trois ou quatre d'entre eux finirent leur course sur le pantalon de Candy Vincent, les autres éclaboussèrent le tapis de part en part.

Dolly ne laissa pas tomber l'assiette.

D'un geste presque élégant, Mrs. Pell éloigna ses jambes et s'adossa aux coussins de la causeuse en riant à gorge déployée, sa bouche grande ouverte laissant voir chacune de ses vilaines dents, aux prises, impuissante, avec un fou rire hoquetant. Elle tapota Candy Vincent, qui fixait ses lourdes jambes sous le pantalon de suède, et recommença à rire de plus belle.

Des larmes inondèrent le pauvre visage de Dolly et Paul passa un bras autour d'elle en marmonnant des riens consolants :

— Ça ne fait rien, ça ne fait rien, il y a des tonnes de desserts, tu en feras un autre, c'est juste de la mousse, ça ne fait rien.

— Désolée, désolée, désolée, répétait Dolly en tentant d'étouffer le bruit de ses sanglots.

Clary était heureuse que l'assiette Waterford ait survécu. Sinon, sa mère serait apparue, portée par la foudre, et aurait ouvert les portes de l'enfer à l'intention de Clary et de toute cette racaille, de cette armée de bohémiens aux mains pleines de pouces qui avait envahi et pillé son adorable maison et détruisait tout sur son passage. Mais l'assiette Waterford avait eu la vie sauve, et sa mère était bel et bien morte.

Comme Darwin tenait toujours Pearce dans ses bras, Clary put reprendre son souffle et refermer les siens sur Dolly, prise en sandwich entre Paul et elle.

— Ça va, je t'assure que ça va, dit-elle en embrassant la tête de la petite.

Trevor ramassait des morceaux de gâteau par terre et les fourrait dans sa bouche. Le plus jeune des Newton trouva une cuillère dans la salle à manger, bien décidé à profiter lui aussi des ruines du gâteau.

Les garçons furent interrompus par Candy Vincent, qui s'avançait au milieu des décombres en essuyant son pantalon en daim avec une serviette en papier.

— Navrée, Candy, dit Clary.

De tout son poids, Candy se tourna vers eux et ses yeux bleu pâle trouvèrent Dolly. Clary eut un haut-le-cœur : il faudrait qu'elle défende Dolly, mais, pour le bien de Paul, elle ne voulait pas faire d'esclandre.

— Tu m'as rendu service, dit Candy, sans sourire, mais calme. Ce pantalon me fait atrocement souffrir. Comme ça, au moins, j'ai une excuse pour aller me changer.

— Nous allons payer le nettoyage à sec, évidemment, dit Clary.

Soudain, un souvenir lui remonta à la mémoire : Candy, en septième année, rentre chez elle en larmes, une tache de sang sur sa jupe.

— Pas question, dit Candy. Je ne l'ai jamais aimé, ce pantalon. Je vais le jeter. Comme ça, il faudra qu'on aille dans les boutiques. Tu entends, Karl ?

À l'autre bout de la pièce, son mari, homme corpulent, rit en roulant les yeux.

— Fais-toi plaisir, répondit-il.

Il portait un costume en laine bleu trop petit pour lui, façon cow-boy, avec des boutons nacrés. Mais Karl Vincent était aimable. En soi, c'était une raison d'aimer Candy.

— Merci, dit doucement Clary. Elle était un peu énervée.

Candy agita la main et se pencha à l'oreille de Clary.

— Mais sa grand-mère… Quel personnage !

Candy regarda Clary d'un air entendu.

— Les histoires qu'elle raconte…

Sur le petit canapé, Mrs. Pell riait toujours comme une folle. Qui sait quels extravagants mensonges elle avait pu raconter ? Blotti contre elle, Trevor dévorait un gros morceau de gâteau, et de la crème au chocolat tachait son veston mauve sans qu'elle s'en formalise. Comme c'est Clary qui devrait le nettoyer, pourquoi se serait-elle fait du souci ?

Paul décida que le tapis était irrécupérable, du moins pendant la fête, et il demanda à Dolly de l'aider à le rouler et à le descendre au sous-sol. Pendant qu'ils s'exécutaient, les invités les enjambaient, comme dans une partie de Twister. Si le tapis est si léger, expliqua Paul, c'est parce qu'il est bon marché.

— En fait, ajouta-t-il en ouvrant la porte du sous-sol, nous allons l'expédier aux enfers.

Il le tira des mains de Dolly et le laissa glisser sur les marches. Il était si neuf qu'il ne se déroula pas.

D'autres invités arrivèrent avant même que le gâchis soit nettoyé. On sortit des plats du four, on soulagea les nouveaux venus de ceux qu'ils avaient apportés et on regarnit la table et les assiettes louées. Tous trouvèrent quelqu'un à qui parler, et personne ne prêcha pour son saint. Ou encore, ce soir-là, les saints avaient pris congé. Paul présenta Mrs. Pell à tous les paroissiens. Elle n'avait pas encore mis les pieds à l'église. Si, d'un point de vue professionnel, Paul espérait qu'elle recevrait le don stupéfiant de l'Esprit saint, il ne put s'empêcher d'espérer qu'elle le ferait à sa façon, quand elle le voudrait, peut-être dans le Temple du Plein Air. Il se dit qu'il avait peut-être un peu abusé du punch destiné aux adultes, qui était délicieux. Darwin, que Paul apercevait de temps en temps, semblait bien s'amuser, lui aussi ; ce dernier écouta Frank Rich parler de la campagne de souscription et donna à Miss Tolliver l'occasion de briller grâce à son neveu le magicien.

Clary profitait bien de la fête, elle aussi. Dans la cuisine, Iris Haywood et elle finirent par s'occuper du flot ininterrompu de plats apportés par les invités de même que du torrent tout aussi impétueux de ceux que Paul avait préparés. À l'occasion, celui-ci se rappelait quelque chose et passait en coup de vent prendre les raisins de Champagne au fond du réfrigérateur ou les cinq moutardes fines qu'il avait prévues pour le jambon. Puis d'autres paroissiens prolixes le retenaient prisonnier dans le salon. Jamais Clary ne l'avait vu plus heureux : de toute évidence, il adorait recevoir. Elle aimait beaucoup sa chemise neuve et sa jolie cravate rouge. Elle l'aimait beaucoup, beaucoup.

L'aînée d'Iris Haywood, Ivy, prit Pearce en main et lui fit faire le tour de la maison, et le petit garçon sembla satisfait de son sort. En apportant le gratin de pommes de terre dans la salle à manger, Clary le renifla discrètement : de ce côté, tout allait bien. Mais il y avait une mauvaise odeur dans la pièce. Elle espéra que Mrs. Pell n'en était pas la cause.

Pour se faire pardonner la catastrophe qu'elle avait causée, Dolly se donna pour tâche de récupérer et d'empiler les assiettes sales. À jouer les cendrillons, elle retrouva bien vite sa bonne humeur. Lorsque Candy Vincent revint, vêtue d'une robe bleue et porteuse d'un sac de glaçons (« C'est de la télépathie ! » s'écria Iris Haywood), Dolly se crut autorisée à s'éclipser en compagnie de Francine, la deuxième fille des Haywood ; assises dans les marches, elles parlèrent du groupe de jeunes dont elles pourraient être membres dès qu'elles auraient dix ans. Francine lui dit qu'elle avait dormi chez une amie, une fois, et que, pendant la nuit, elle avait fait déborder la toilette, et c'était bien pire que de laisser tomber le gâteau ; les parents avaient dû se lever et toutes les filles s'étaient réveillées. Quelle humiliation ! Bavarder avec une fille aussi établie, futée et normale procura à Dolly un plaisir sacré. Ce soir-là, Dolly se sentit exactement comme elle. Francine ne laisserait pas un type louche se toucher les parties devant elle. Francine, se dit Dolly, ressemble à Helen, l'amie de Jane Eyre, même si elle ne risquait pas de mourir. Ses cheveux clairs ondulaient sur ses épaules ; dans les marches, elle était assise de côté, ses mollets pudiquement serrés l'un contre l'autre, son collant à motifs fleuris sous sa robe de velours noir. Ce soir-là, elle fut l'amie de Dolly. Aussi parfaite qu'Ann Hemla était pitoyable. Dolly sentit un pincement de culpabilité.

À leurs pieds, si près que Dolly aurait pu passer la main entre les barreaux et toucher le sommet de son crâne chauve tout luisant, Frank Rich, qui avait prêté son bonnet de père Noël à Mary Tolliver, expliquait à Paul qu'il avait de nombreux motifs de satisfaction.

— Je sais que vous traversez une période difficile… Avec le divorce et tout… Mais vous avez de nombreux amis dans la paroisse, et la plupart d'entre nous ne sommes pas fâchés de la voir disparaître.

Paul était fasciné par les yeux de Frank, brillants, exorbités, injectés de sang. Avait-il trop bu ?

— Même si elle s'est toujours montrée très correcte avec moi, révérend.

Comment expliquer que Frank, serviteur de la paroisse et du diocèse depuis quarante ans et véritable pilier de l'église, ne comprenne pas que *révérend* était un titre honorifique et non un nom ? Peut-être ne le lui avait-on jamais dit.

— Vous savez, Frank, dit Paul en sentant les mots cailler dans sa bouche. *Je ne suis pas révérend. Révérend n'est pas synonyme de* prêtre. *Appelez-moi Paul, Mr. Tippett ou père Tippett, si vous tenez à y mettre les formes, ou, à la rigueur, le révérend Paul Tippett...*

Drôle de nom, tout de même, Tippett. Instable. Comme lui. Il sourit à Frank.

— Je vous sais gré de votre sympathie, vraiment, mais je vous assure que je m'en sors.

J'aurais bien besoin d'un petit verre, moi aussi, se dit Paul. Il sentit une main lui flatter la tête. Tendant le bras, il la toucha. Serré contre Dolly dans l'escalier, Trevor lui souriait.

— Tu veux faire un tour ? lui demanda Paul.

Trevor enjamba la rampe et se jucha sur les épaules de Paul. Dans l'intention de faire peur aux dames, ils galopèrent vers la cuisine.

La directrice n'eut nullement peur. Elle tendit un verre de lait de poule à Paul. Quant à Trevor, tout là-haut, il eut droit à un verre en plastique rempli du punch réservé aux enfants. Clary lui tendit les bras.

— Non, non, dit Paul en se cramponnant d'une main aux chevilles du garçon. Il protège ma nuque du froid de l'hiver.

Trevor serra les jambes pour affermir son emprise et Paul fit mine d'étouffer. Alors Clary en profita pour le faire descendre de sa monture, et ils ne renversèrent pas une seule goutte de punch. Trevor regagna la pièce encombrée. C'était une véritable forêt humaine, une forêt de corps solidement charpentés et richement vêtus, dense en haut mais plus ajourée en bas. Petit, on parvenait à circuler en se penchant un peu. En le voyant s'approcher, Mrs. Pell lui ordonna d'aller lui chercher un verre de vin blanc. Darwin le vit arriver avec la précieuse coupe, qu'il tenait comme le saint Graal, déterminé à ne pas rééditer la gaffe de Dolly. Darwin la remplaça par un verre de soda au gingembre et laissa Trevor mener sa mission jusqu'au bout.

Mrs. Pell fusilla Darwin du regard. De quoi je me mêle? Mais elle ne semblait pas trop irritée. Edith Varney était originaire de Medstead, en l'occurrence, et elle connaissait des gens qui avaient connu le mari de Janet, la sœur de Mrs. Pell, ou à tout le moins ses frères.

Encore du punch. En voyant les filles entrer dans la cuisine, Clary chargea Dolly de remuer le concentré de jus d'orange encore gelé, tandis qu'elle cherchait du soda au gingembre. Il n'y en avait plus dans le réfrigérateur. Paul, revenu dans la cuisine pour remplir une assiette, pour ainsi dire porté par les notes de la musique, lui dit qu'il y avait du soda derrière, dans la véranda. Il s'engagea avec elle dans l'étroit passage qui séparait la cuisine de la véranda. Il y avait là deux portes fermées, l'une s'ouvrant sur la véranda, l'autre sur l'escalier du sous-sol.

Dans la paix sombre et soudaine du couloir, Clary se tassa contre la porte du sous-sol pour le laisser passer, mais Paul ne put passer devant elle. Il regarda son visage et se pencha pour mieux la voir, voir ses yeux et l'embrasser.

Il avait les lèvres fraîches et plus douces qu'elle l'avait imaginé, et sous l'effet de l'odeur de la bouche et du goût de la bouche de Paul, immaculé, la poitrine de Clary se contracta, et son bras serra les épaules et le cou de l'homme comme le faisait le bras de Pearce autour de son cou à elle. Il se pressa contre elle, et leurs corps empiétèrent l'un sur l'autre. Elle sentit une vague de chaleur l'envahir : malgré la lucidité, la surprise et le calme de son esprit, son corps était en extase. La peau de Paul épousait les os de son visage. Il toucha la joue de Clary. Elle sentit cette fusion soudaine s'emparer d'elle comme un vertige et tenta de se dégager. Il recula aussitôt.

— Pardon, dit-il.

— Non, non, dit-elle.

Elle tenta de se redresser, vacilla. Pour la stabiliser, il la prit par la taille. Là aussi, les molécules s'amalgamèrent, la main de l'un et le corps de l'autre se touchant, mais ne s'arrêtant pas là.

— Clary, dit-il, comme si le prénom lui donnait entière satisfaction.

Elle lui sourit, esquissa un demi-sourire qui s'épanouit, tout son moi exposé. Sans doute était-elle toute rouge. Elle étira les bras, les souleva au-dessus de sa tête, tira ses cheveux et s'avança dans l'intention de l'embrasser de nouveau, mais, à ce moment, la petite Haywood entra en vitesse, gaie, insouciante, courant chercher quelque chose dans la véranda, une babiole sans importance, souffle d'air qui s'insinua entre eux et embrasa les ténèbres veloutées du couloir.

Paul alla donc prendre du soda au gingembre, et Clary partit à la recherche de Pearce. Il était sagement assis sur l'une des chaises de la salle paroissiale, entre Sally King et Mrs. Rich, qui échangeaient des ragots.

— Que vous vous occupez bien de ce petit bonhomme! s'écria Mrs. Rich en voyant Clary fondre sur lui.

De toute évidence, la paroisse n'avait pas eu vent de l'épisode des poux.

— C'est un bébé facile, dit Clary.

Sally King et Mrs. Rich sourirent d'un air entendu, comme si elles savaient, elles, de quoi il retournait. Comme elles avaient toutes deux plus de soixante ans, Clary se dit qu'elles avaient probablement oublié, du moins en grande partie. Depuis des années, elles n'avaient sans doute ni connu un repas mouvementé ni perdu une nuit de sommeil. Mais elle leur rendit leur sourire : après tout, elle faisait partie du même club qu'elles, celui des femmes qui ont eu des enfants.

Elle renifla le cou de Pearce. Fallait-il le changer encore une fois? Non. Pas cette fois. La mauvaise odeur persistante ne venait pas de Pearce. C'était peut-être Mrs. Pell, après tout. Mais elle portait une robe neuve. Neuve pour elle, en tout cas. Goodwill l'avait sûrement lavée avant de la vendre.

Elle déplaça Pearce, qui cacha sa tête dans son cou, à l'abri du regard des dames. L'excitation était à son comble. Les enfants débordaient partout, comme une baignoire trop pleine. Les effets du punch sucré, peut-être. Cynthia Newton entreprit de rassembler les siens, mais Kevin manquait à l'appel. On organisa donc une battue à l'étage et au sous-sol. C'est Dolly qui découvrit le garçon, profondément endormi derrière un des rideaux de la salle à manger, une cuillère collante à la main, le menton taché de chocolat.

Quelqu'un mit *Giant Steps* de John Coltrane au moment où des invités s'en allaient.

— Quand faites-vous votre arbre de Noël, révérend? demanda Frank Rich en se dirigeant vers la porte. Cette année, j'ai deux ou trois sapins de trop. Vous voulez que je vous en apporte un quand j'installerai celui de la salle paroissiale, d'ici une quinzaine de jours?

Paul le remercia et se demanda où étaient les décorations de Noël. Sur les chevrons du garage, peut-être? Lisanne les avait peut-être oubliées. L'éditeur et elle passeraient Noël sur la Riviera Maya. Il fit avancer le CD jusqu'à « Spiral ». Sans doute n'avait-elle pas songé à cette boîte remplie de décorations accumulées au fil des ans. Une minute, il est penché sur Clary; la minute suivante, il se noie dans un océan de tristesse à cause d'une boîte de babioles brillantes qui ne se trouve peut-être même plus dans le garage. Le chat de Schrödinger en habit de père Noël.

Clary parcourut la maison, Pearce sur la hanche, à la recherche de Dolly, qui était dans la véranda, en compagnie de Francine. Ce serait bien si ça pouvait coller entre elles. Mieux, en tout cas, qu'avec cette mollassonne d'Ann, dont la mère était décidément trop bizarre. Lorsque Clary était passée prendre Dolly chez elle, la semaine précédente, Mrs. Hemla avait donné l'impression de ne pas se rappeler que sa fille avait de la compagnie. Preuve que ma charité ne vise que ceux pour qui j'ai de l'affection, se dit Clary. Je me fiche d'Ann, même si elle est en difficulté, même si, de toute évidence, quelque chose ne tourne pas rond chez elle.

— C'est l'heure, Dolly, dit-elle. Il faut ramener Pearce à la maison.

Dolly ne rouspéta pas, grâce à Dieu, sans doute parce que Francine s'était levée sur-le-champ. Les Haywood maintenaient une discipline de fer. Fidèles à l'esprit de leur longue conversation, Dolly et Francine se dirent au revoir de façon un peu cérémonieuse.

— Elle va demander à sa mère si je peux venir chez elle dimanche, dit Dolly à Clary qui, occupée à modérer les battements de son cœur affolé, l'entendit à peine.

Paul l'avait embrassée, juste là.

— Sa mère va être d'accord, non?

— Oui, sûrement, répondit Clary en se demandant à quoi elle acquiesçait.

De sa main libre, elle pressait sur sa poitrine pour arrêter le tremblement de son souffle.

Dans la cuisine, une petite troupe composée de femmes déterminées à laisser les lieux étincelants de propreté s'affairait au nettoyage. Si Lisanne avait été là, elles n'auraient pas levé le petit doigt, songea Clary, qui éprouva pour cette femme un élan de sympathie soudain et provisoire. Évidemment, Lisanne se serait rebiffée si d'autres que Paul avaient voulu lui donner un coup de main et elle se serait moquée de lui. Impossible. Possible. Clary sentit ses joues s'enflammer de nouveau. C'était irritant, à la fin. Elle se dirigea vers le séjour, à la recherche de Mrs. Pell. Elle était là, dans toute sa splendeur violette, sur la causeuse foncée. Elle avait l'air vieille et un peu usée, mais, durant toute cette soirée, elle avait semblé relativement ordinaire. En se relevant avec difficulté, elle dit :

— Ce banc est confortable, mais il y a quelque chose de sale là-dedans. Un pasteur devrait pourtant mieux tenir maison.

Les manteaux retrouvèrent leurs propriétaires légitimes, ceux qui avaient mis des bottes les récupérèrent, et la musique s'adoucit, ralentit. Lorsque Clary, Pearce, Mrs. Pell et Dolly réussirent à se frayer un chemin jusqu'à la porte, Trevor était assis sur la première marche. Il fut relativement facile de les habiller tous. Le plus délicat, c'était Paul. Docilement, Clary tendit les bras derrière elle lorsqu'il l'aida à enfiler son manteau, mais elle hésita à se retourner. Les mains de Paul lissèrent le manteau sur ses épaules et s'attardèrent un moment, mais pas avec assez d'insistance pour que les autres le remarquent.

Elle aurait été incapable de le regarder si un détail ne lui était pas revenu à la mémoire.

— Désolée de vous importuner, mais il y a une mauvaise odeur qui vient du salon. De la causeuse, je crois.

— Doux Jésus. Je viens tout juste de la rentrer. Elle était dans le garage.

— Il y a un animal mort là-dedans, mon vieux, dit Darwin. Je me suis dit qu'il valait mieux attendre la fin de la fête pour t'en parler. Je vais t'aider à la sortir.

— Je… Candy Vincent a passé la moitié de la soirée assise sur cette causeuse !

— Tout le reste a été parfait, dit Clary.

— *Tout* le reste ?

Elle pencha la tête.

— Oui, absolument tout.

Elle boucla Pearce dans son siège et souleva le fardeau rassurant.

— Les enfants, il vaudrait mieux que nous…

Elle tendit la main à Paul. Leurs mains s'harmonisaient parfaitement. Au bout d'un moment, Clary rompit le contact, parce qu'il le fallait bien.

Ils s'attroupèrent dans l'air frais.

Des étoiles scintillaient au-dessus des toits, et des aurores boréales, où se mêlaient le jaune vif, le vert et le rouge, entaillaient le ciel. Tous ceux qui avaient quitté la fête étaient restés sur le trottoir. Les yeux levés, ils soupiraient, tandis que les pans de rideaux se balançaient doucement.

33. Rosace

Le samedi matin, Paul, qui se rendait à l'hôpital pour visiter les malades, s'arrêta à la maison.

— Au cas où je ne… te verrais pas là-bas, dit-il lorsque Clary lui ouvrit. Je me suis dit que si je ne… J'ai pensé m'arrêter pour te voir, juste au cas. Au cas où…

Elle rit et l'invita à entrer, mais il voyait les enfants courir, plus ou moins en pyjama, et déclina la proposition.

— Seulement, j'espérais…

Il se reprit.

— Je voulais t'inviter à manger chez moi, ce soir.

Il avait déjà descendu la moitié des marches, comme s'il tenait à lui donner tout l'espace nécessaire pour refuser.

— Volontiers, dit-elle. Oui!

Il s'éloignait déjà.

— Six heures et demie? lança-t-il par-dessus son épaule. Sept heures?

— Six heures et demie, s'il te plaît, dit-elle en se demandant ce qu'elle ferait des enfants.

À six heures, Mrs. Zenko frappa à la porte et entra en criant à l'intention de Clary:

— Darwin, Fern et moi emmenons les enfants au restaurant à homards. C'est la soirée des aînés et j'ai un coupon. Nous allons faire la fête, nous aussi.

Clary trouva leurs manteaux, noua les lacets de deux paires

de chaussures et embrassa Pearce, puis elle alla se coiffer et changer de vêtements. Elle essaya sa robe en laine grise, trop sévère, trop monacale. Elle serra la ceinture, l'ôta. Elle enfila sa jupe brune. Sans la large ceinture, elle était relativement neutre. Ce n'était qu'une invitation à dîner, après tout.

Appuyé contre le chambranle, Darwin dit :

— C'est un type vraiment gentil. Pourquoi se compliquer la vie ? Filez.

Elle mit un collier, le retira.

— Oh ! cria-t-elle.

Darwin éclata de rire. Sans rien, sans parures. Elle-même. Darwin lui tendit ses clés.

Paul était à la fenêtre lorsque Clary sortit de sa voiture. Blouson marron, une natte qui se tortillait sur son col. Couleur feuilles de hêtre en automne, avec un peu de blanc à la hauteur du cou. Il prenait toujours beaucoup de plaisir à la regarder. Qu'elle lui était familière ! Le mouvement de ses jambes qu'il connaissait si bien, son dos droit, sa démarche régulière, la lourde jupe qui lui battait les jambes, passait aisément du brun au doré. Habillée pour l'occasion, mais elle-même. Il ouvrit la porte. Ils s'observèrent un moment.

— Qu'est-ce qu'on mange ? demanda-t-elle.

— Eh bien, je pensais préparer des spaghettis *alla carbonara*. J'ai de la très bonne pancetta.

Paul fit un pas en arrière, lui abandonna la pièce, toujours aussi déserte. Plus de canapé nauséabond, au moins. Et les chaises de la salle paroissiale avaient disparu. Il ne restait que le parquet nu, cette fois, lavé au savon Murphy. Il avait passé l'aspirateur sur les rideaux jacobéens en tapisserie de sa mère pour les débarrasser de la poussière solitaire qui s'y accrochait. Les vêtements de Clary étaient beaux dans la pièce. Comme Clary.

Elle avait apporté une bouteille de vin. Il avait acheté des verres et quelques bonnes bouteilles. Il savait ce qu'il faisait. Ce sont de simples spaghettis, se dit-il. Les pâtes seraient bonnes, même si la sauce faisait des grumeaux. Pendant qu'ils râpaient le fromage et cassaient les œufs, ils parlèrent de l'Italie. Il ignorait qu'elle avait habité en Angleterre chez des cousines de sa mère. Ils comparèrent leurs observations sur les voix affectées, le charme vieillot des emballages, la beauté. Après l'Université de Toronto, il avait fait des études supérieures à Cambridge, où il avait eu faim et froid en permanence. Sa mère vivait toujours à Toronto. Comme Clary le savait déjà, sa sœur Binnie était morte. Pas d'autres membres de sa famille susceptibles d'accourir pour le consoler.

— Ma mère viendrait bien. Mais ça ne ferait qu'empirer les choses. Lisanne et elle ne… n'ont jamais pu…

Il s'interrompit. Ces ânonnements étaient inutiles.

— Ma mère haïssait Dominic, dit Clary. Ça m'a facilité la vie. Quand il m'a quittée, je n'ai pas eu à me justifier. Elle n'a plus jamais souillé nos oreilles en prononçant son nom.

Paul détesta le ton abattu que Clary avait pris pour parler de son ex-mari. Délibérément, il poursuivit avec entrain.

— Ce qu'on fait d'abord, c'est chercher la personne qui ressemble le moins possible à nos parents. Sur ce plan, nous avons tous les deux très bien réussi. Félicitations !

Il souleva son verre, mais le pied accrocha les fourchettes en bois et du vin rouge se renversa dans le bol où attendaient les feuilles de laitue.

— Ça ne fait rien, dit Clary en les épongeant avec un essuie-tout. C'est la salade du vigneron. Et le vin adoucit le vinaigre.

Comme elle, en fait. Vite, par crainte de la toucher, Paul se tourna vers la cuisinière pour allumer un élément. *Tandis que de la racine de mon cœur/M'inonde une douceur si grande/Que je tremble de la tête aux pieds.*

Jamais il n'avait si bien réussi les spaghettis *alla carbonara*. Il avait le visage tout rouge en raison de la fierté ou du vin, quelle importance. Il pouvait s'exprimer librement, disserter devant une femme qui ne semblait pas déconcertée par le fil de ses pensées et ne l'interrompait pas pour lui demander ce que voulait dire tel ou tel mot, une femme qui riait de ses petites plaisanteries. Elle aurait peut-être même ri s'il avait parlé de son épiphanie, du jour où il s'était rendu compte qu'il avait épousé Xanthippe, de sa Xanthiphanie.

Il chercha à chasser Lisanne de son esprit, mais c'était trop tard. À table, elle était omniprésente, tournait en dérision ses tentatives de charme.

Il sombra dans le silence. Clary sembla avoir assez parlé, elle aussi, ne plus sentir le besoin de parler. Elle lui sourit. Il comprit que la bonté de Clary l'empêcherait de faire preuve de rigidité ou d'afficher son malaise. Son exquise politesse, son éducation. Ou peut-être, se dit-il, n'est-elle pas mal à l'aise. Peut-être n'est-elle pas aussi occupée à s'observer que moi.

Il avait acheté de la crème glacée de luxe, gelée en un bloc inentamable. Il la laissa ramollir sur le comptoir et mit la main sur le vieux moulin à café, que la sœur de Lisanne avait dédaigné.

Pendant que Paul préparait du café, Clary monta à la salle de bains.

Elle avait bu beaucoup de vin, mais pas trop. Un peu trop. La salle de bains, droit devant. Pendant la fête, elle y avait changé Pearce, et c'est là qu'il avait dit « Cla! ». Quel garçon parfait. Elle jeta un coup d'œil derrière les autres portes en avançant à pas feutrés pour que Paul ne l'entende pas fureter à gauche et à droite. Un bureau aux murs tapissés de tablettes, la table de travail moins en désordre que celle de son bureau à l'église, une petite pièce munie d'un lit de repos et d'une bibliothèque, et enfin sa chambre, qui avait été celle de Lisanne. Un grand lit en pin, une commode, rien d'autre. Pas de tables de chevet. Le lit était simplement appuyé contre le mur. Dans un coin, la planche sur laquelle il repassait ses chemises ecclésiastiques. Sans doute était-elle un peu soûle, car, soudain, elle se sentit triste.

De retour dans la salle de bains, cette coquille blanche et

vide. Pas de rideau de douche. Sans doute Lisanne l'avait-elle pris. Être seule avec Paul, chez lui, lui faisait un drôle d'effet, comme si la maison prolongeait le corps de l'homme. Elle était si mauvaise à ce jeu ! En quoi consistait-il, au juste ?

Elle s'aspergea le visage d'eau fraîche, puis se souvint qu'elle avait mis du mascara. Avec soin, elle nettoya ses yeux de raton laveur. À la fin, elle fut propre, mais adieu la sensualité. D'ailleurs, c'était mieux ainsi. Ridicule, à son âge, de vouloir être attirante. Elle était trop vieille, et Paul, trop écorché. Tant pis pour sa bouche si douce, la peau pâle et tirée de ses tempes.

Même s'ils en avaient envie, ils n'avaient pas de temps pour *ça*. C'était beaucoup trop tôt pour lui et, hélas, trop tard pour elle, ainsi que le laissait voir le miroir de cette salle de bains toute blanche. Avec un peu de chance, elle ne se serait pas couverte de ridicule. Elle pourrait lui souhaiter bonne nuit civilement et rentrer auprès des enfants. Elle but de l'eau dans le creux de sa main et enfouit son visage dans la grande serviette blanche. Au moins, ses serviettes étaient neuves et moelleuses. Ainsi, il y avait quelque chose de doux et d'agréable dans sa vie. Elle avait beau tourner le menton dans tous les sens, son visage restait vieux. Elle éteignit la lumière aveuglante et ouvrit la porte.

Paul l'attendait sur le palier.

— Je suis venu te chercher, dit-il.

— Je suis là, répondit-elle.

Le visage de Paul était si nu. Ouvert. Il monopolisait tout le champ de vision de Clary. Il la regardait, la regardait vraiment. Qui d'autre la voyait ?

Elle était vieille. Elle était comme elle était.

— Ton visage est magnifique, dit Paul.

Il fallait qu'il le lui dise. C'était un minimum. Cachée, la clarté de ces fleurs. Tête baissée, elle fixait ses pieds sous l'ourlet de sa jupe brune. Dorée à l'endroit où elle s'incurvait, puis brun foncé dans l'ombre.

— C'est impossible, non ? dit-il.

De la laisser s'en aller.

C'était du Neruda : *Je t'aime comme la plante qui ne fleurit,/ qui porte en soi, cachée, la clarté de ces fleurs.* Mais cela parlait d'un mari et d'une femme qui vivaient ensemble depuis vingt-cinq ans. Au nom de quoi pouvait-il penser à Clary ainsi ? Il la connaissait à peine, la connaissait depuis peu. Clary qu'il connaissait comme si elle était lui, semblait lui convenir et le compléter en tous points. Clary consulta ses yeux, fit trois pas dans le couloir et entra dans sa chambre.

— J'ai acheté un lit neuf.

— Je suis contente qu'il soit neuf, dit-elle.

Ils s'assirent au bord du lit, dans la chambre pâle, vide. Au bout d'une minute, il s'agenouilla et lui enleva ses chaussures.

Pendant qu'ils faisaient l'amour, Clary songea à des vers de poésie auxquels elle n'avait pas cru, à des œuvres d'art. Elle vit une rosace et comprit, en vertu d'une traduction de l'esprit, pourquoi il y en avait dans les cathédrales. Cette ouverture arquée, redoublée, aux millions de facettes, se répétant sur toute la largeur de la rosace, ce jaillissement, cette inondation de lumière… la raison d'être de la rose.

Ils gardaient le silence, le bras de Paul sur son épaule et son omoplate, son autre bras sous elle. Inutile de bouger, du moins pour le moment.

Il dit :

— *Je t'aime ainsi, sans que je sois, sans que tu sois,/si près que ta main sur ma poitrine est à moi,/et si près que tes yeux se ferment quand je dors.*

Mais, à cause des enfants, elle ne devait pas s'endormir. Après ce qui lui fit l'effet d'un très long moment, elle se leva et s'habilla dans le noir. Elle s'agenouilla près du lit et referma sa main sur celle de Paul. Ses doigts tressaillèrent légèrement.

Il était plus de minuit lorsqu'elle rentra chez elle. Assise sur le canapé, Mrs. Zenko agita gaiement la main et dit :

— Darwin a emmené Fern à je ne sais trop quelle fête, un vieil ami qu'elle tenait à voir, tu les as ratés de peu. Là-dessus, ma belle, bonne nuit. On dirait que tu as passé une très bonne soirée.

Mrs. Zenko récupéra son sac et son manteau. En sortant, elle serra le bras de Clary et l'embrassa sur la joue.

— Dors bien.

Dans le rêve de Clary, Lorraine entre dans sa chambre et réclame des informations sur les enfants. Docile, Clary commence par Pearce : il prend du poids, marche sans relâche et donne des signes de frustration lorsqu'on le met dans son parc. Elle omet de mentionner que Pearce dit son nom à elle. Trevor ? Il semble plutôt heureux, a quelques amis dont il parle, se tire bien d'affaire à l'école, à condition de bien faire ses devoirs avec Clary ; loyale, elle promet qu'ils soigneront particulièrement les exercices de calligraphie.

Et Dolly ? demande Lorraine.

Aucune idée, doit admettre Clary. Je ne sais pas du tout comment elle va. J'ai été trop occupée par mes propres affaires. Des larmes ruissellent sur les joues spectrales de Lorraine, luisantes dans la lueur du lampadaire.

Clary émergea du sommeil et jeta un coup d'œil à Pearce, puis elle alla voir les enfants au bout du couloir. Sur le lit d'en haut, Trevor respirait bruyamment. Il marmonna et soupira, toujours dans son rêve. Le duvet de Dolly avait glissé et Clary le remonta, examina l'écheveau de jambes et de bras fins, les cheveux broussailleux répandus sur l'oreiller. Elle ne pouvait pas tomber amoureuse ; il fallait qu'elle s'occupe des enfants.

À cinq heures du matin, Paul descendit et trouva le comptoir couvert de crème glacée au chocolat, toute fondue. Il siffla en nettoyant, même s'il n'avait encore rien mangé.

34. Sang, bile

Fern téléphona à six heures du matin, trop effrayée pour attendre plus longtemps. Il y avait eu du grabuge à la fête à laquelle Darwin et elle avaient assisté, et une bagarre avait éclaté. Darwin avait le nez cassé et il avait peut-être aussi subi une commotion cérébrale. Il était encore inconscient. Les médecins ignoraient la gravité de ses blessures. Darwin ne s'était pas battu, mais il avait été mêlé à une bagarre… Non, pourtant, ce n'était pas ça. Il n'y avait rien à comprendre. Clary courut au service des urgences.

Fern pleurait de façon incontrôlable.

— Il y a eu de la bousculade, des manteaux et des coups de poing, puis il est tombé ! À cause de la glace et…

Mais où étaient-ils donc ? Lorsque Clary posa la question, Fern secoua la tête et sanglota de plus belle.

— C'est ma faute, aussi. Je n'aurais pas dû l'emmener là-bas. Tout le monde était soûl, et mon copain… il était furieux, il me cherchait chicane, il se comportait en trou du cul. Darwin ne voulait pas se battre avec lui parce qu'il était trop soûl, mais lui il donnait quand même des coups de poing, et les autres aussi, puis Darwin s'est détourné, il a été assommé, son poing l'a atteint en plein sur le nez, crac. Il est tombé sur le dos. C'était glacé parce qu'on avait mis Jack à la porte et moi j'avais peur qu'il se fasse faire du mal à cause de ces… Ils avaient tous tellement bu… Puis la police est venue et…

Clary eut de la difficulté à démêler qui avait fait quoi, mais elle finit par comprendre, à partir du malheur de Fern surtout, que Darwin était sans reproche. Pour sa part, Fern ne semblait pas ivre. Seulement, elle n'arrivait pas à se ressaisir. Pendant qu'elle vidait son sac, Clary la tint par l'épaule.

— Il s'est assis, son nez saignait, tout écrasé, et j'ai dit : « Je pense que tu as le nez cassé », et là il a dit : « Ça ne fait rien, ça m'est déjà arrivé », puis il est tombé dans les pommes.

Fern était trop vieille pour être si jeune, se dit Clary. Elle avait sûrement déjà été témoin de bagarres à Davina. Et Darwin était bête de s'être laissé entraîner là-bas.

Il avait l'air gravement blessé dans le lit étroit, privé de l'énergie qui crépitait d'habitude autour de lui. Il avait une énorme éraflure sur la joue : on avait nettoyé la blessure, mais du sang en suintait. Son nez éclaté était enflé, bourré de gaze. Dès qu'elle en saurait plus long, elle irait mettre Lorraine au courant.

Ils n'avaient pas utilisé de moyen de contraception. Pourquoi cette réflexion ? Elle avait perdu la main. Depuis combien de temps vivait-elle sans personne, sans rien, se contentant des miettes tombées sous la table ?

En rentrant à la maison à midi, Clary trouva Moreland garé devant chez elle. À la vue de sa masse rassurante, elle éclata en sanglots.

— Je n'ai pas beaucoup dormi la nuit dernière, dit-elle en le serrant dans ses bras.

Se souvenant de la raison de sa nuit blanche, elle se détourna pour cacher à Moreland la joie qui irradiait de tout son corps. Il croirait qu'elle ne voulait pas montrer les larmes qu'elle versait sur Darwin, mais ce n'était pas à proprement parler de la malhonnêteté.

— Il est amoché ?

— Tu devrais voir sa tête ! Mais il est conscient et il a le nez pansé.

— J'ai pour mission de calmer Fern. Ah oui, j'oubliais, Grace t'envoie des choses…

Il ouvrit la portière du passager et prit une grosse boîte en carton.

— Pour le bœuf barbecue, branche tout de suite la mijoteuse. Elle a dit que ça serait prêt dans cinq heures. J'ai aussi trois douzaines de petits pains pour le congélateur, des carrés, une marmite de fèves au lard, là, des betteraves marinées et des linges à vaisselle tout neufs.

Moreland sauta dans sa camionnette. Clary saisit la boîte — Grace elle-même dans cette boîte en carton — et la transporta tant bien que mal à l'intérieur. Mrs. Zenko ouvrit la porte moustiquaire et l'aida à entrer.

— Ce n'est rien. Je suis simplement venue voir ce qui se passait, fouineuse comme je suis, dit Mrs. Zenko.

Mrs. Pell ronflait sur le canapé, mais les enfants regardaient la télévision, en proie à ce qui avait toutes les apparences d'une stupeur béate.

Pendant qu'elle mettait en marche la mijoteuse de Grace, Paul gravit les marches du perron. Clary entendit des semelles piétiner la fine couche de neige tombée durant la nuit et sut tout de suite que c'était lui. Il rentrait sans doute après avoir passé l'avant-midi à l'église. Elle en profiterait pour lui raconter ce qui était arrivé à Darwin. Il ouvrit sans frapper, ce qui fit plaisir à Clary, et fonça tout droit dans la cuisine. Elle se tourna vers lui, lui qui, d'une certaine façon, était à elle.

Ses bottes encore aux pieds, il s'avança sur les carreaux luisants et la prit dans ses bras.

— J'ai oublié de te le dire, mais il faut que tu le saches : je t'aime.

Si la scène lui sembla aussi incroyable, c'est sans doute parce qu'elle n'en avait pas l'habitude. Trevor devait absolument parler à Paul du film qu'ils regardaient, Dolly et lui. Il poussa sa chaise contre celle de Paul, et Dolly vint voir si elle ratait des choses intéressantes. Pearce, assis dans sa chaise haute, grogna quelques commentaires. Paul prenait beaucoup de plaisir à les avoir sous les yeux, tous les trois.

Clary éprouva une étourdissante sensation d'irréalité. Vrai ou faux? Nous formons une petite famille. Pensée interdite. C'est vrai, se dit-elle sur un ton insistant. Mais son autre voix cria *Faux!* et c'était vrai aussi.

Elle n'avait pas faim. Elle déposa un bol de soupe devant Dolly et en servit un à Trevor. Elle s'affairait, la louche à la main, mais elle voyait Lorraine, les délicats tubes d'oxygène qui passaient sur ses oreilles et s'enfonçaient dans ses narines, Darwin prisonnier à son tour de la toile d'araignée tissée par l'hôpital, Clayton et eux tous, en train de disparaître.

Le verdict tomba: il avait seulement subi un choc violent lorsque sa tête avait heurté le trottoir. Paul s'assit au bord du lit de Darwin, comme celui-ci avait l'habitude de le faire sur le lit de Lorraine, et la sensation lui déplut. Il n'avait pas envie d'être Darwin pour Darwin. Je ne suis pas à la hauteur, songea-t-il. Qui aimait-il comme Darwin aimait Lorraine? Binnie, se dit-il, mais c'était vrai seulement en partie. Il s'était libéré quand il croyait pouvoir le faire, deux semaines par-ci, deux semaines par-là. Il avait laissé son travail et son mariage dicter son emploi du temps, comme s'ils avaient l'un et l'autre de l'importance. Darwin avait simplement laissé tomber la vie qu'il menait pour accourir au chevet de Lorraine.

— Ce soir, je vais tenir compagnie à Lorraine, dit-il à Darwin.

Celui-ci ferma les yeux. Paul réchauffa la cheville de Darwin sous le drap, comme il avait vu Darwin le faire mille fois pour Lorraine, et fut récompensé par l'esquisse d'un sourire.

— Tu es un patient modèle, dit-il. La patience sur un monument.

Il fut surpris de se souvenir de la source. C'était Viola en train de promettre un attachement sans fin à son amour secret, non? À la pensée de l'être aimé, il sentit un sentiment d'allégresse le traverser de part en part, sentit la présence électrique de l'amour, de l'être aimé, Clary, comme un vif courant. Il enfila son manteau et, ce faisant, retrouva son parfum. Il l'ôta, le remit… Oui, c'était bien elle. Elle était dans son manteau, ses mains, sa peau.

Serrant les pans du pardessus sur sa poitrine, Paul monta deux étages pour aller passer un moment avec Lorraine.

Le changement qu'elle avait subi faisait peur à voir. Elle avait horriblement maigri. Son teint était bizarre, et l'infirmière dit que, pendant que la greffe prenait, Lorraine passait le plus clair de son temps à dormir, mais d'un sommeil agité, dont elle émergeait en proie à la panique. C'était compréhensible. Paul s'installa dans le fauteuil et attendit qu'elle se réveille.

« J'ai couché avec Clary hier soir », s'imagina-t-il en train de dire à cette confidente sûre entre toutes. Il était si rationnellement toqué de Clary et si reconnaissant de l'être qu'il n'envisagea même pas la possibilité d'avoir simplement cherché à se venger de Lisanne.

Clary, la plus belle… Le tracé large de son front. Qui aurait pensé qu'il éprouverait un jour un amour aussi victorien pour un front? Il aimait son adorable visage, ses petites mains fortes ; il aimait le léger creux de ses hanches, qui faisaient comme un violoncelle sous les draps de son lit neuf. Il se rappela, vit en esprit la carte géographique nouvelle que formaient les veines bleues sur ses seins, se souvint de l'étau inconnu de son corps autour de lui. En pensée, il vit le corps anguleux et colérique de Lisanne et, remontant encore loin dans le temps, l'époque où elle restait paisiblement allongée contre lui, leurs jambes emmêlées, leurs esprits emmêlés. Il se rendit compte que des larmes avaient jailli de ses yeux à la simple pensée de Lisanne.

Pendant tout ce temps, pendant toute sa vie, il n'avait fait l'amour qu'avec Lisanne et, malgré lui, l'idée d'avoir passé la nuit avec Clary, avec une autre, lui était presque insupportable. Elle irait sur la Riviera Maya et se ferait prendre de toutes les manières possibles et imaginables, et tout ce qui était sacré serait profané.

Il se ressaisit pour éviter d'éclater en sanglots. Ce n'était que billevesées et ingratitude de sa part. Infiniment bonne, tout à fait elle-même, Clary méritait assurément d'être aimée. Il se cala contre le dossier en vinyle du fauteuil pour s'allonger, résolu à méditer, et s'endormit à côté de Lorraine.

Tenant mordicus au droit qu'ils avaient de savoir, Mrs. Pell avait pris sur elle de dire aux enfants que Darwin était blessé. Après le repas, il faudrait donc les amener à l'hôpital pour une visite. Voir Lorraine leur ferait sans doute aussi du bien, mal-gré son état actuel. En fait, Clary n'avait qu'une envie : laisser les enfants en sécurité avec Mrs. Zenko, filer chez Paul et ne plus jamais remettre les pieds dans cet hôpital-charnier. Sa mère y avait connu une mort horrible, ahurissante, son corps ruiné et dévasté, sa beauté réduite à néant. Dix-huit ans plus tôt, son père était mort plus beau que jamais. N'ayant plus que la peau et les os, il était devenu translucide, et on voyait son âme. Sa mère s'était abîmée dans le désespoir : il n'était resté d'elle qu'une enveloppe charnelle, laquelle avait souffert encore longtemps. Comment Lorraine vivrait-elle sa mort ?

Elle se posa la question en tout confort, tandis que le par-fum de Paul émanait de ses mains, de ses vêtements, l'enve-loppait, faisait d'elle une femme belle. Pendant un moment empreint d'amertume, elle haït sa chance, sa bonne santé et tout ce qui la distinguait de Lorraine.

Dolly fut incapable d'avaler quoi que ce soit. Dommage, car elle adorait les fèves au lard de Grace. Darwin était amoché, lui aussi, et elle avait peur à l'idée de le voir. Elle avait envie de pleurer ou de frapper Trevor, mais elle essaya de se distraire, car, en agissant de la sorte, elle ne ferait qu'ajouter au chaos. Mais Trevor était stupide et Pearce, avec son visage barbouillé de fèves au lard, était dégueu. Pourquoi le laisser manger tout seul s'il était trop bébé pour le faire proprement? Beurk.

Elle repoussa brusquement sa chaise et courut au bout du couloir parce qu'elle avait envie de vomir. Elle ferma bien la porte pour empêcher les autres d'entrer et se pencha au-dessus de la cuvette. De la bave s'écoula de sa bouche. Elle cracha, mais ne s'autorisa pas à vomir. Elle s'essuya la bouche et se regarda dans le mur en miroir tout propre : des yeux légèrement tombants, des cheveux bruns et aplatis, des dents de travers qui ne se voyaient pas parce qu'elle fermait la bouche. Elle avait l'air triste. À chaque visite à l'hôpital, elle avait le cou tout raide, mais comment avouer qu'on n'a pas envie de voir sa pauvre maman toute maigre? Dolly prit la grande serviette sur le support, y enfouit son visage et cria de toutes ses forces. Il n'y eut pas de bruit. Puis elle alla chercher *Vanity Fair,* au cas où sa mère dormirait.

Dans les couloirs de l'hôpital, Trevor tapa sur le siège de Pearce, suivant un rythme particulier, et Clary dut lui demander d'arrêter, car son petit frère dormait. Il laissa donc son pouce courir le long du mur, puis son petit doigt, puis son pouce, puis son petit doigt, dans un ordre immuable. Et Darwin, dans tout ça? En marchant, il répéta le même manège avec ses orteils : le gros orteil gauche, le petit orteil droit, le gros orteil droit, le petit orteil gauche.

Ils trouvèrent Darwin endormi et Fern leur dit que les infirmières ne les laisseraient pas entrer dans sa chambre. Elle jura qu'il allait bien et Trevor fut bien obligé de la croire. Mais il continua à faire tic-tac dans l'ascenseur et dans la salle de bains spéciale où il se lava et enfila le masque. Cette fois, c'est lui qui entrerait le premier.

Dolly fut incapable d'attendre tranquillement son tour. Il y avait trop de corps dans cette salle de bains minuscule. Elle s'effaça en douce. Peut-être retournerait-elle au troisième étage jeter un coup d'œil à Darwin : elle n'aurait qu'à éviter l'infirmière de garde. Elle effectua quelques virages à droite ; même si elle connaissait désormais l'hôpital comme le fond de sa poche, elle aboutit dans une impasse sombre. Quelque chose clochait. Dans un couloir, au-delà de l'ascenseur du personnel, elle voyait des pièces éclairées.

Elle courut à pas feutrés, tourna brusquement à gauche et faillit heurter une civière poussée contre le mur. Ou plutôt les pieds qui en dépassaient, entortillés dans un drap. D'abord, elle crut que c'était un mort, mais, comme sa tête n'était pas recouverte, l'homme devait être encore en vie. C'était le type de la librairie. Abandonné dans le couloir, comme une vulgaire pièce d'équipement.

Son nez pointait tout droit vers le plafond. Ses yeux renfoncés laissaient voir la forme des globes oculaires, mais les parties osseuses saillaient, et ses sourcils blancs broussailleux lui faisaient comme des antennes. Couché ainsi, il était si long que toutes les autres parties de son corps semblaient aplaties.

Les infirmières étaient loin, affairées. Les heures de visite tiraient sûrement à leur fin, et les chambres bourdonnaient d'activités nocturnes : on chassait les amis des patients, on changeait les sacs de soluté.

Dolly resta un moment auprès du libraire. Elle avait envie de toucher ses paupières, de les lisser comme son père le faisait autrefois, mais elle avait peur qu'il se réveille et tente de lui mordre les doigts.

— J'ai presque fini de le lire pour la deuxième fois, dit-elle en tendant le livre devant ses yeux clos. *Vanity Fair.* C'est vous qui me l'avez donné.

Il n'avait même pas de chambre. Probablement parce qu'il se mourait.

Ils étaient tous ici. Sa mère, le vieux et à présent Darwin.

Elle-même était en train de mourir, se ratatinait déjà dans son corps. Chacun, chacun, chaque corps meurt.

Ce n'est pas si terrible alors, ce n'est pas injuste. Elle abandonna le vieux et s'engagea dans le couloir dans l'espoir de voir Darwin avant de se préparer à voir sa mère.

Trevor vit Paul dans la chambre de sa mère, profondément endormi dans le fauteuil inclinable. Leur mère dormait aussi, la chambre était sombre et silencieuse. Clary s'approcha et toucha la joue de Paul pour le réveiller, de la même façon qu'elle réveillait Trevor tous les matins. Paul ouvrit les yeux, la reconnut et sourit, et son visage raidi se plissa. Il allait bien. Pendant un moment, Trevor avait cru qu'il était malade, lui aussi. Paul toucha la joue de Clary de la même façon, puis il se retourna et salua Trevor et Fern de la main. L'infirmière en rose grommela et son pantalon serré passa près du nez de Trevor en bruissant : elle vérifia le sac au sommet du trépied. Clic, clic, son doigt fit trembler les tubes et, en se penchant, elle dit :

— Lorraine ! Lorraine ! Vous avez des visiteurs !

Sa voix était sèche et un peu méchante, mais elle avait beaucoup de travail. Trevor ne la haïssait pas autant que l'autre, celle aux cheveux courts.

Lentement, sa mère ouvrit les yeux et le vit avant les autres. Elle ouvrit les bras et il s'avança, se faufila entre le trépied et le lit. Il eut mal, mais pas trop, et le doux visage maigre de sa mère était tout près. Il ne se souvenait pas de la dernière occasion qu'il avait eue de lui parler seul à seule. Il n'avait rien à dire.

— Coucou, Trevor, dit-elle pour le délester de ses soucis. Je suis tellement contente de te voir. Si tu savais comme je m'ennuie de toi ! Clary s'occupe bien de vous ?

Il hocha la tête.

— Ça va ?

Les autres, restés derrière la porte, n'entendaient rien.

— Je suis seulement fatiguée. Je t'aime, mon bébé.

Il observa son visage.

— Quand tu auras disparu, qu'on ne te verra plus ou que tu ne seras plus avec nous, tu vas encore m'aimer ?

Il cherchait à évoquer la mort sans prononcer le mot.

— Oui, dit Lorraine. Je vais t'aimer pour toujours.

— Moi aussi, dit Trevor.

Paul entra, se pencha sur le lit et dit doucement :

— Je passe voir Darwin, mais je vais revenir vous tenir compagnie. Je peux prier avec vous ?

Lorraine leva les yeux et, prise de court, rit.

— Pourquoi pas ? dit-elle. Faites votre travail.

Tout le monde s'immobilisa. Paul dit :

— Mon Dieu, consolateur et guérisseur des malades, nous te recommandons Lorraine, pendant cette longue…

Il s'interrompit. Soudainement, Lorraine avait des haut-le-cœur. Paul prit la bassine en forme de rein sur la table à roulettes et elle la remplit d'un jet de vomissures aqueuses, de la couleur de la bile. Clary tendit une serviette à Paul, lui prit la bassine des mains et la vida dans le lavabo. Tout s'était fait en douceur. Quand Lorraine leva les yeux et sourit, Paul poursuivit :

— Hâte son rétablissement et celui de Darwin, et donne-lui, ainsi qu'à nous tous, du courage. Mon Dieu, donne-nous la paix, maintenant et pour toujours.

— Amen, dirent-ils à l'unisson.

— C'était très bien, dit Lorraine. On ne sait jamais comment une prière va tourner, mais c'était très bien. Merci.

Paul considéra qu'il avait reçu son congé.

Il quitta l'antichambre et s'attarda un moment dans le couloir vivement éclairé pour voir si Clary lui emboîterait le pas. Elle le suivit effectivement.

Elle ferma presque entièrement la porte, s'adossa au mur et Paul retira son masque.

— Tu m'aimes ? lui demanda-t-il.

— Je t'aime, répondit-elle.

— Je t'aime aussi.

En dépit de tout le reste — y compris tout le reste —, c'était vrai.

35. Swingline

Lorraine avait dépassé le stade du courage et de l'acceptation des traitements. À présent, elle avait vraiment peur. On lui avait expliqué le genre de mort qu'entraînerait le rejet des tissus greffés, dans l'hypothèse où le décompte des cellules ne s'améliorerait pas. Rapide, se dit-elle dans l'espoir de se consoler, mais son cœur s'affola, s'emballa, s'élança en chancelant vers un but inatteignable : la vie comme avant.

La Dr Lester avait évoqué les risques de réaction du greffon contre l'hôte. Il arrive par exemple que les patients se dépouillent de leur peau. Lorraine se faisait une image mentale très nette du phénomène, mais elle ferma les yeux de son esprit, les paupières de ses paupières. *J'ai des enfants, j'ai des enfants, j'ai des enfants.* Réflexion inopportune : elle fut secouée de violents sanglots. C'était la nuit, mais Darwin n'était pas là, et pleurer lui faisait mal. Mais elle mit un long moment à s'arrêter.

Lorsque Clary arriva, le matin, Lorraine la supplia d'entrée de jeu :

— Il faut que je voie Clayton, dit-elle.

Elle sentit l'aspect belliqueux de ses mots et tenta de les adoucir, mais sa conscience du temps qui fuyait était trop douloureuse.

Clary, qui retirait ses gants, s'interrompit.

— Il faut que je lui parle. J'ai trop peur. Darwin a entendu dire qu'il est en ville, mais il est coincé ici et il ne peut pas le chercher. Vous êtes la seule qui puisse m'aider.

Clary hocha la tête.

— Cherchez-le, d'accord? Ramenez-le le plus vite possible. Vous voulez bien?

Aux yeux de Clary, Lorraine semblait légèrement enflammée, comme si la fièvre prenait la forme de vraies langues de feu.

— Non? fit Lorraine, la voix brisée.

— Oui, bien sûr, je vais le faire. Je me demandais seulement comment procéder.

— Darwin a entendu dire qu'il rembourrait des meubles. Commencez par là.

Clary s'assit sur le lit de Darwin. Les membres de la famille du vieillard débraillé qui occupait le lit voisin s'étaient approprié toutes les chaises. Miteux mais heureux, le vieil homme, au milieu des rires, respirait en reniflant bruyamment, comblé, tandis que les visiteurs échangeaient des anecdotes. Il y avait parmi eux certaines des personnes les plus grosses que Clary ait vues, alors que d'autres, d'une maigreur tendre, avaient la peau blanc de plomb. En ce samedi matin, ils étaient tous à moitié ivres. Adossé à la tête de son lit, Darwin était de nouveau lui-même, malgré son nez enflé et pansé.

— Swingline Upholstery, Avenue D Sud. Une petite bâtisse grise. Il téléphone le matin. Si on a besoin de lui, il passe. Là où il habitait, un tuyau a crevé ou je ne sais plus quoi et il a dû partir. Vous allez devoir fouiner un peu. Essayez le Silver Tap. Si vous y allez ce matin, parlez à une des filles du Chevy's Café.

Clary sortit son calepin. *Swingline, Avenue D, Silver Tap, Chevy*.

— Ça risque de prendre du temps. Vous vous souvenez de quoi il a l'air?

— Ça oui, fit-elle.

Son visage projeté vers l'avant, ses yeux exorbités, ses hurlements. *Mes enfants! Vous auriez pu nous tuer!*

— Je le connais, dit-elle. Il me connaît, lui aussi.

— Ouais, mais je ne crois pas qu'il cherchera à vous éviter. Il sait que vous vous occupez bien des enfants, mieux qu'il pourrait le faire, en ce moment.

Ces mots de réconfort n'avaient rien de réconfortant.

Du côté de la fenêtre, un violent éclat de rire retentit. Sur sa chaise, la vieille femme se balançait d'avant en arrière en s'essuyant les yeux et en poussant des exclamations. Darwin rit à son tour, Clary aussi. Impossible de s'en empêcher. Ces gens-là avaient tellement l'air de s'amuser…

— Quand allez-vous…, demanda Clary à Darwin sans savoir comment finir la question.

— On va bientôt me laisser sortir. Je ne me sens pas mal, remarquez.

Clary hocha la tête. Les membres de cette famille transformaient tout en fiction, lui semblait-il. Il y avait le récit de ce qui était arrivé à Lorraine, à Darwin, aux enfants, puis le récit plus heureux qu'ils se faisaient entre eux en insistant sur les détails cocasses, en passant vite sur les aspects plus sombres. Elle-même était la plus coupable d'entre tous, elle qui laissait croire aux enfants que leur mère subissait des traitements ordinaires. Alors que le feu faisait rage autour du lit de Lorraine et que Darwin était le petit bois.

Avenue D Sud : *Swingline Upholstery* en lettres ondulantes à la mode des années 1950. Modernes, héritées de l'ère spatiale où tout s'améliorait, où la maladie et la mort perdaient du terrain. La façade avait été blanchie par le soleil, étincelant en cette matinée brillante et froide. Dans le petit bureau à l'avant, Clary appuya sur la sonnette posée sur le comptoir vide. Elle n'entendit aucun bruit. Elle frappa à la porte de l'atelier, puis l'ouvrit. Il faisait plus clair dans ce grand espace encombré de canapés et de chaises à des stades divers de rembourrage. Certains en étaient réduits au bois nu et aux bandes de toile, tandis que d'autres étaient en voie d'être recouverts, leurs dos bien tendus. Armé de pinces, un homme d'âge moyen appuyait sur un ressort.

— Pardon, fit Clary. Je cherche Clayton Gage.

— Si vous le voyez, dites-lui de passer prendre son chèque, dit l'homme.

Clary éprouva un moment de découragement.

Les pinces tournèrent deux fois, puis trois. L'homme se redressa.

— Il n'est pas venu et n'a pas téléphoné depuis une semaine. Quand je pense qu'il devait téléphoner tous les jours… Là, j'ai six grosses commandes. En cas de retard, je suis foutu.

— Désolée, dit-elle. Sa femme est à l'hôpital. Elle a besoin de le voir.

— Il faut croire qu'il n'a pas envie de la voir, lui.

— Elle subit des… traitements difficiles. Elle a besoin de lui.

L'homme contourna la plate-forme basse sur laquelle il travaillait et entraîna Clary vers le bureau.

— Nous allons consulter mon téléphone, dit-il.

Il prit l'appareil sous le comptoir et appuya sur des boutons en regardant un petit écran.

— C'est la meilleure invention des cinquante dernières années, dit-il. On peut voir qui téléphone, mais il faut payer.

Clic, clic, clic, clic. Il remonta dans la mémoire de l'appareil.

— Voilà, dit-il en montrant des chiffres. C'est de là qu'il m'a appelé, vendredi dernier. Vous pourriez commencer par là.

Dix heures trente, vendredi. Le numéro et un nom : Perry Paddock. Il poussa l'appareil vers elle. Elle composa le numéro et attendit. Pas de réponse. C'était trop demander, aussi. Clary nota le numéro et remercia l'homme.

357

— Davis, dit-il en tendant la main. Dites à Clayton de revenir quand il veut. J'ai beaucoup de travail pour lui. Tout ce que je demande, c'est la stabilité. Ma femme croit beaucoup en lui.

Clary trouva une cabine, mais l'annuaire avait été arraché. Elle téléphona à Fern, lui fit un compte rendu des événements et lui demanda de chercher le nom de Perry Paddock. Il habitait Avenue R.

— Des urgences?

— Pas encore, dit Fern de sa douce voix en demi-teinte. Mais trois couches bien pleines jusqu'à présent.

— Mon Dieu! Il a mangé des brocolis hier. Ça ne lui réussit peut-être pas.

— Je dirais que non. Dolly m'a aidée à changer la dernière. Pas vrai, ma puce?

Clary entendit des rires dans la cuisine, puis Dolly fit semblant de vomir.

— Tu peux les faire manger?

— Oui, à condition d'éviter les brocolis. Mes parents ont dit qu'ils allaient venir faire des courses. Ils vont apporter des hamburgers. Je donnerai des bananes à Pearce.

Clary eut envie de rentrer en vitesse pour manger des hamburgers en compagnie de Grace et Moreland. Elle s'enfonça plutôt dans les rues en alphabet, dédale d'immeubles miteux en briques construits dans les années 1960, jusqu'à la lettre R. Je viens de gagner une décennie, se dit-elle. La moitié des fenêtres étaient recouvertes de papier d'aluminium, et de nombreuses autres étaient cassées. Une ou deux étaient condamnées à l'aide de feuilles de contreplaqué. Dans le vestibule, les boîtes aux lettres et les sonnettes étaient identifiées au petit bonheur, mais il y avait effectivement un Paddock. Clary appuya sur le bouton, blanc malgré la crasse ambiante. Rien. Elle essaya de nouveau. Une vieille femme aux cheveux frisottants entra.

— C'est l'appartement qui a brûlé, dit-elle. Ils sont partis.

— Paddock?

— Partis, je vous dis.

La femme s'engagea dans l'escalier sans s'arrêter ni gratifier Clary d'un regard.

Le Chevy's Café, dont l'enseigne comportait des pièces de voiture, était un bouiboui branlant qui empestait la graisse rance et le lait sur. Clary attendit le retour de la serveuse maigrichonne qui, par la porte battante, apportait dans la cuisine un plateau chargé d'assiettes et de couverts.

— Je cherche…

Malgré un moment de découragement, elle poursuivit :

— … Clayton Gage, qui vient ici à l'occasion. Ou encore Perry Paddock. Clayton habitait chez lui. La femme de Clayton est malade, et elle aimerait lui parler.

La serveuse contemplait Clary, apparemment incapable d'établir un lien entre Perry Paddock et elle. C'était sa faute, aussi. Pourquoi s'était-elle habillée avec autant de recherche? Comment imaginer qu'elle puisse courir après Clayton pour un motif honorable?

— Je viens de la part de Darwin, dit-elle. Darwin Hand. Vous le connaissez?

La serveuse sourit, découvrant des gencives roses et humectées.

— Ouais, bien sûr que je connais Darwin. Perry est rentré à La Ronge, mais Clayton ne pouvait pas partir. Essayez Portia House, dans la 26ᵉ Rue. Ce n'est pas un palace, mais il était au bout du rouleau. Et il y a toujours de la place.

— Merci, dit Clary, qui regretta de ne pas pouvoir offrir un pourboire à la femme.

Portia House était une bâtisse recouverte de bardeaux beiges, un affreux rectangle muni de fenêtres minuscules. Il y avait peut-être eu là un hôtel dans les années 1930 ou avant.

Rooms, lisait-on au-dessus de la porte, qu'un vieux tennis gardait ouverte, malgré le froid. À l'intérieur, l'air sentait l'humidité, et l'ampoule était grillée ou le courant avait été coupé. À gauche de la porte, il y avait trois rangées de sonnettes, quinze en tout, mais les noms qui figuraient sous elles étaient pour la plupart illisibles. Pas de Gage. Mais elle n'avait pas d'autres indices.

Au premier étage, personne ne répondit à la porte à côté de laquelle on avait tracé les lettres *H. K.* au feutre noir. Elle essaya la suivante, puis les autres. Rien. Elle prit l'escalier grinçant jusqu'au deuxième en s'efforçant de ne pas regarder la moquette grise tachée et de ne pas accrocher ses talons dans les déchirures. Il faisait très froid. Pour se rassurer, elle remonta ses gants sur ses poignets.

Là, le couloir était encore plus étroit, et il y avait plus de portes, plus rapprochées les unes des autres. L'une d'elles était ouverte. À l'intérieur, un vieil homme à la barbe grisonnante était allongé sur un lit à une place, sous une petite fenêtre. La pièce était toute blanche, comme si on l'avait blanchie à la chaux n'importe comment, et les carreaux étaient éclaboussés de peinture. Sur la table, Clary vit une boîte de conserve ouverte, posée sur une feuille de journal, et une masse calcinée dans une casserole. Le sol était jonché d'un bric-à-brac sombre, amas indistinct de guenilles et de papiers. L'homme portait un maillot de corps déchiré et un pantalon crasseux. Couché sur le côté, il fixait la porte. Il leva les yeux sur Clary.

— Désolée, dit-elle.

Qu'avait-elle à se faire pardonner? *Qu'il existe un endroit pareil dans le monde et que tu y aies abouti... Que, à cause de moi et de mon odieuse richesse, tu sois condamné à vivre dans ce trou à rats...*

— Désolée, répéta-t-elle. Je cherche Clayton Gage. Sa femme est malade, et il faut que je le trouve.

L'homme ne dit rien, mais il remua la bouche, et les poils de sa barbe se tortillèrent, effectuèrent une rotation. Elle se rendit compte qu'il remettait son dentier en place.

— Qui ça? demanda-t-il enfin.

— Clayton Gage. Sa femme m'a demandé de... Il faut qu'elle lui parle.

— Un type plutôt jeune, avec un gros nez et des cheveux lisses?

Tant bien que mal, le vieillard tenta de s'asseoir. En le voyant, Clary se blinda et entra dans la chambre. Il avait réussi à se mettre sur un coude et Clary accrocha l'autre pour l'aider. Il avait le teint gris, sans doute à cause de la saleté plus que de la maladie. Il finit par poser les pieds par terre et s'asseoir.

— Je l'ai vu, ouais, dit le vieil homme. Pas la porte voisine, mais l'autre. Numéro onze, je pense.

Clary hésitait à le lâcher. Risquait-il de tomber?

— On reçoit pas beaucoup de visiteurs ici, dit le vieillard. Sauf les bénévoles du NPD, le mois dernier. Ils m'ont emmené au bureau de vote.

De sa main tout en os, il tapota la manche de Clary.

— Vous n'avez pas froid? demanda Clary.

— J'ai connu des hivers pires que ça, dit-il. Comment tu t'appelles?

Elle hésita à lui donner son nom. Mais, au fond, il ne la protégeait pas comme un talisman.

— Clary Purdy, dit-elle. Vous avez peut-être connu mon père, George Purdy.

— George Purdy? Le magasin d'articles de plomberie et de quincaillerie, à côté de la boutique des Stepney?

— Exactement, dit-elle.

— Bien sûr que je l'ai connu. Comme ça, tu es sa fille?

— Oui.

— J'ai appris qu'il était mort.

— C'est vrai. Il y a presque vingt ans.

— C'est pas nécessairement une mauvaise chose, dit le vieil homme en souriant.

Sa bouche aux poils drus, qui sentait le whisky, s'entrouvrit, révélant trois dents. Clary rit à son tour, sentit en même temps l'odeur d'outre-tombe que dégageait l'homme.

— Bon, je pense qu'il vaut mieux que j'aille chercher Clayton, dit-elle.

Elle lâcha son bras, attendit de voir s'il s'écroulerait.

— Salue ton père de la part de Harry Benjamin, dit-il en la gratifiant d'un clin d'œil.

Incapable de déterminer s'il plaisantait ou s'il avait oublié que son père était mort, Clary se contenta de lui sourire et de hocher la tête avant de sortir.

— Ferme pas la porte! cria-t-il. C'est ma télé, c'te porte-là.

La porte voisine portait le numéro dix et la suivante le onze. Clary leva la main pour frapper, mais elle dut faire un effort pour produire des sons. Toc-toc-toc. Ses jointures lui avaient malgré tout obéi. Derrière la porte, pas un bruit. Cette fois, elle frappa plus fort. Le vieil homme, Harry Benjamin, avait pourtant dit qu'il était chez lui.

— Clayton? fit-elle.

Toujours pas de réponse. Que faire? Laisser un mot?

Elle s'approcha d'une petite fenêtre qui donnait sur la rue enneigée. Sa voiture était en sécurité: on n'était pas en train de lui piquer sa batterie, comme cela arrivait presque chaque année, au cours des premières semaines de vrai froid.

Un homme s'approchait en se parlant à lui-même. Il battait l'air, furieux. C'était Clayton.

Elle s'écarta de la fenêtre. Dans une minute, il gravirait l'escalier. Elle ne pouvait pas… En silence, elle grimpa jusqu'au dernier étage, serra les pans de son manteau sur sa poitrine et attendit, assise sur la dernière marche. Les bottes de Clayton résonnèrent. Il tenait pour lui-même des propos incohérents que Clary n'arriva pas à saisir.

À son passage, Harry Benjamin dit *Salut!* mais Clayton l'ignora, introduisit la clé dans la serrure, non sans difficulté, et referma derrière lui.

Clary resta assise sur la dernière marche, pelotonnée sur elle-même. Il faisait plus sombre. Dans le froid, l'immeuble grinçait, craquait. Quelque part, quelqu'un actionna une chasse d'eau. Lorsque ses yeux se furent acclimatés au crépuscule intérieur, elle vit un magazine sur le sol, et l'image floue se précisa : une énorme paire de seins émergeait d'un machin en cuir. Au lieu de s'enfuir, elle resta immobile. Pour apaiser son esprit, elle pria pour Harry Benjamin dans sa crasse, pour la serveuse, pour le rembourreur. Et aussi pour Lorraine, presque par habitude. Comme toujours, ses prières lui semblèrent avalées par les nuages, la gravité terrestre.

Elle se leva et descendit les marches. Cette fois, elle frappa fermement à la porte du numéro onze.

En la voyant, Clayton eut le réflexe de fermer la porte, mais il se retint.

— Ils vont bien ?

Il pensait à ses enfants, évidemment.

— Ils vont bien, s'empressa-t-elle de répondre. Vous leur manquez.

Elle avait dit ce qu'il fallait. Les muscles du visage de Clayton se détendirent.

— C'est Lorraine, dit-elle. Elle a subi la greffe. Maintenant, il faut attendre. Mais elle a besoin de vous, besoin de vous parler.

Il recula d'un pas. Au contraire de celle de Harry Benjamin, la chambre de Clayton était bien rangée. La petite table était débarrassée et les couvertures du lit étroit bien tirées.

Elle franchit le seuil et attendit.

Clayton alla prendre son papier et son tabac et, près de la table, roula une cigarette, l'alluma et souffla la fumée par l'entrebâillement de la fenêtre. Son corps était tendu à se rompre.

Par-delà la tension, il donnait l'impression de s'être adonné à un travail physique épuisant.

Elle faillit évoquer Swingline Upholstery, mais elle se ravisa. Elle resta plantée là, les doigts croisés devant elle, les yeux baissés, comme une vieille fille ou les femmes qu'on voit sur les affiches de l'Armée du Salut.

— Qu'est-ce qu'elle veut que je fasse?

C'était un grief, et non une question, mais Clary tenta quand même de répondre:

— Vous êtes son mari. Vous pourriez peut-être l'aider. Rien ne remplace le soutien d'un mari.

— Le cancer... C'est trop pour moi.

— Elle a maigri, mais le choc ne sera pas trop violent. Je sais que c'est difficile.

— Qu'est-ce que vous en savez?

— Mon père est mort du cancer. Ma mère aussi, il y a deux ans. Je sais qu'une épouse, c'est... Mais avec la greffe, elle va peut-être aller mieux.

Il se tourna et la foudroya du regard, la mit au défi de poursuivre.

— Elle va mourir. Et vous le savez très bien.

— En tout cas, il faut espérer le contraire.

Mais, au fond de son cœur, elle savait la fin inéluctable, et elle eut du mal à s'en cacher.

— Darwin est sûr qu'elle va s'en tirer.

D'après le regard vide qu'il lui lança, elle comprit qu'il valait mieux ne pas chanter les louanges de Darwin.

— Vous lui manquez, dit-elle. Allez la voir, s'il vous plaît.

Il ne disait rien.

— S'il vous plaît, répéta-t-elle.

Mille réflexions lui traversèrent l'esprit: lui offrir de l'argent, lui dire *Revenez vivre chez moi*, menacer de le dénoncer à la police pour ses crimes antérieurs. Elle ne fit rien de tout cela. Elle fit plutôt comme Darwin, qui réussissait si bien à garder le silence.

— Son numéro de chambre ? demanda-t-il avec difficulté, la voix éraillée.

— 536.

Elle tourna les talons et sortit.

Elle se dirigea vers l'escalier, les genoux tremblants après le violent effort qu'elle avait dû faire pour affronter Clayton, et Harry Benjamin la salua au passage.

À son retour, elle trouva Grace et Moreland encore chez elle, même si elle avait pris le temps de s'arrêter à l'épicerie. Le lait disparaissait à vue d'œil et elle avait songé qu'il serait bon de reconstituer les stocks de couches.

Grace avait déjà joué les salvatrices en apportant un énorme paquet du magasin-entrepôt. Elle avait préparé du pâté chinois et le mettait au four au moment où Clary rentrait. Clary traversa la pièce et serra Grace dans ses bras, même si les deux femmes avaient l'habitude d'éviter les effusions.

— Qu'est-ce qui te prend ? demanda Grace, méfiante.

— J'ai rencontré un homme qui connaissait mon père, dit-elle. Il me manque, Grace. Pas à toi ?

— Oui, il me manque. Toi, il te faut du café et un morceau de gâteau.

Le remède à tous les maux de l'âme.

Clary s'assit et but son café en écoutant Moreland jouer aux blocs Lego avec les enfants. Fern pliait la lessive sur la table de la salle à manger en bavardant avec Pearce.

— La, la, la, répondait-il.

Comment élever des enfants sans le soutien d'une famille ? Comment Lorraine avait-elle pu s'en passer ? Clary posa la tête sur ses bras croisés. Elle se demanda comment Darwin et Lorraine se portaient et si Clayton irait rendre visite à sa femme. Mais surtout, elle se reposa un instant.

Grace lui apporta son gâteau et lui ébouriffa les cheveux, puis elle dit :

— Moreland et moi allons passer au moins une semaine chez tante Ann. Le temps que tout ça se tasse.

Clary leva la tête pour dire merci, mais Grace avait mis le cap sur le salon, où elle reprocha à Moreland le désordre que les enfants et lui avaient fait. De façon paisible.

36. En appui contre le ciel

Ce fut un soulagement de faire monter les enfants dans la voiture et de s'engager dans la rue sans la présence d'autres adultes susceptibles de compromettre l'équilibre. Moreland et Grace étaient sortis faire des emplettes de Noël et avaient emmené Pearce avec eux. Fern passait l'après-midi chez le dentiste avec Mrs. Pell. Chanceuse, se dit Clary, qui roulait dans l'avenue Cumberland, encombrée de neige, pour aller prendre Darwin. Il quittait l'hôpital à midi.

Sur la banquette arrière, Trevor se mit à chanter sur un ton aigu et réfléchi, d'abord sans paroles, puis il ajouta un refrain.

— Je vole comme un aigle, chanta-t-il en regardant par la fenêtre.

C'est d'ailleurs ainsi que Clary se sentait au volant : habitée par une exultation, celle de l'aigle dans l'air, celle de la patineuse aguerrie qu'on a déposée sur la banquise.

Ils aimaient leur mère. Il valait mieux pour eux qu'ils la voient souvent, se dit Clary. Combien de visites recevrait-elle encore ? Lorsque son état se détériorerait, ils ne pourraient plus aller la voir. L'idée que Dolly et Trevor voient leur mère mourir comme elle avait vu la sienne le faire lui était insupportable. C'était trop tôt. *S'il te plaît, mon Dieu, s'il te plaît, fais qu'elle guérisse,* pria-t-elle. Derrière sa requête, sa supplique, tous ses muscles se tendaient. La chanson aiguë de Trevor affirmait son désir, sa volonté. La prière jaillit et partit à la dérive, comme un message envoyé avec succès.

Les enfants firent du bruit dans le corridor, pas effrayés pour deux sous, cette fois. Ils se rendirent d'abord dans la chambre de Darwin, où se tenait une fête perpétuelle; le vieillard riait et respirait bruyamment en compagnie de quatre copains. Darwin était habillé! Dolly sentit son cœur bondir, sauter dans les airs... Il n'allait pas mourir! Elle le serra si fort qu'il finit par pousser un cri.

— Doucement! Et attention à mon nez! Je suis fragile!

Trevor se jeta à son tour dans la mêlée, mais Darwin dit:

— Attendez, je risque de vous infecter. J'ai des poux! Reculez, reculez!

— Ça suffit! Ne m'en parlez même pas, des...

Clary ne put s'empêcher de se gratter la tête.

Dolly adorait quand Clary faisait le clown. Elle avait alors une sensation si agréable dans son ventre! Dans cette chambre, elle ne se faisait pas de soucis. L'idée d'aller voir leur mère, lancée par Darwin, lui fut supportable.

Sa mère était assise dans son lit, éveillée, presque transparente tant elle avait maigri, mais pas morte. Elle les gratifia du petit sourire contrit qui rendait Dolly toute triste. Pourquoi fallait-il qu'ils se sentent coupables, eux? C'est Dieu qui était responsable.

Lorraine dit à Clary que la greffe semblait tenir, que les décomptes étaient encourageants. Sa voix était immatérielle, mais son esprit était avec eux. Ces derniers jours, ils ne l'avaient pas toujours trouvée dans cet état. Lorraine fixa Clary sans ciller. Son regard était difficile à supporter. Et les enfants... Trevor, penché sur le lit pour pouvoir reposer sa tête sur les jambes de Lorraine, la main de Dolly immobile sur l'oreiller.

S'il te plaît, mon Dieu, s'il te plaît, répéta Clary. *S'il te plaît.* Elle alla dans la salle de bains et, adossée à la porte, pleura: des torrents de larmes jaillirent sans bruit de ses yeux, de sa bouche et de son nez. Elle se lava le visage à l'eau froide et rentra dans la chambre.

Le soir, Paul arriva avec trois gros sacs blancs remplis de mets à emporter comme dans la vieille comptine. *Oui, monsieur, oui monsieur, trois sacs pleins. Un pour mon maître, un pour ma maîtresse.* Les sacs étaient en équilibre sur une grosse boîte en carton sur laquelle était écrit *Noël*.

— Comme tu ne venais pas me voir, je me suis dit que…, commença-t-il rapidement, comme intimidé en sa présence. Je ne sais pas si tu aimes les mets vietnamiens, mais j'ai pensé que ça plairait aux enfants. C'est plutôt neutre et frais. Et Frank Rich m'a apporté deux sapins. Il y en a un dehors. Et ça, ce sont des décorations.

Clary l'aida à poser les sacs sur la table de cuisine, plaça ses mains de part et d'autre de son visage et l'embrassa. À l'idée d'avoir fait ce qu'il fallait, il éprouva un élan de joie ridicule. Pearce entra dans la pièce en titubant. Paul le prit dans ses bras et le fit tourner dans les airs.

Les enfants déballèrent les barquettes et les boîtes blanches. Ils adorèrent les petits rouleaux frits et les autres aussi, avec leur enveloppe de crêpe de riz semblable à la peau des gants en caoutchouc. Dolly donna ses crevettes à Trevor. Il s'avéra que la cuisine vietnamienne était la préférée de Fern. Grace prit place à côté de Pearce et veilla sur lui, de peur qu'il s'étouffe avec les nouilles de riz, qu'il avalait goulûment. Il en drapa quelques-unes sur sa tête.

Moreland alla chercher les décorations au sous-sol et trouva quelques bières dans la chambre froide, laquelle, grâce à lui, avait survécu aux rénovations. Après avoir mangé, les enfants se dirigèrent vers le salon, fatigués mais calmes. Assis à table, les adultes évoquèrent les complications et d'autres horreurs. Ils entendirent Trevor chanter tout près :

Je rêve du ciel,
Je rêve du ciel,
Je m'appuie contre le ciel,
Je rêve du ciel…

Dolly chantait avec lui. Lorsque Trevor traînait la patte, elle ajoutait un refrain : *boula, boula, boula, boula,* BOULA. Pearce courut jusqu'au salon, où il y avait largement assez de place pour danser. Ils aimaient leur mère.

Une fois le sapin décoré, Clary descendit chercher d'autres bières. Dans la chambre froide, elle tomba sur le tapis persan de sa mère, roulé comme avant, mais, au terme des travaux, debout dans un coin. Un tel traitement ne lui ferait guère de bien. Elle remonta avec les bières. Comme Paul et Moreland étaient engagés dans une complexe discussion théologique, elle mobilisa Fern : ensemble, elles hissèrent le lourd tapis jusqu'au rez-de-chaussée.

— Pour remplacer celui que le gâteau a gâché, expliqua-t-elle. Prends-le, je t'en prie. Il encombre le sous-sol depuis trente ans.

— Il est beaucoup trop beau, se récria Paul, mais uniquement pour la forme.

Il avait envie d'avoir chez lui quelque chose d'elle. Elle avait déplié un coin pour lui faire voir les riches couleurs de pierres précieuses, l'antilope dorée et les feuilles recroquevillées sur un fond bleu foncé.

Moreland proposa de le mettre dans son camion, mais Grace, surgie derrière lui dans le couloir, dit :

— Ne dis pas de bêtises, Moreland. Clary n'a qu'à le mettre dans son auto et à le transporter les vitres arrière baissées.

En général, Grace le chargeait de toutes les commissions, mais Moreland tint quand même sa langue.

— Je suis sûre que Paul aura besoin d'un coup de main pour tout placer, dit Grace en aidant Clary à enfiler son manteau.

Ainsi congédiés, Clary et Paul se retrouvèrent à chacun des bouts du tapis, leurs semelles crissant sur la neige.

— Tu es bien d'accord ? demanda Clary.

Paul vint de l'autre extrémité pour l'embrasser, et la soudaine chaleur de sa bouche et de son visage ranima Clary.

Déballé et déroulé, le tapis transforma le salon de Paul; la chapelle dénudée devint un jardin persan. Il n'avait encore jamais vu de tapis représentant une arche : dans la voûte bleu nuit, il y avait un arbre doré et, au-dessus, à l'intérieur de l'arche, des oiseaux batifolaient dans l'air.

— Mais c'est… c'est un objet précieux, dit-il.

Le tapis couvrait presque la totalité du parquet de bois nu.

— Il est roulé depuis que je suis au monde. Mieux vaut qu'il serve à quelque chose.

— *Elle est un jardin bien clos, ma sœur, ô fiancée,* dit-il. Je crois que c'est de la soie.

— Ah bon? fit-elle en commençant à déboutonner son chemisier.

— Du XIXe siècle, probablement.

— Probablement.

Plutôt que de tirer les lourds rideaux jacobéens et de masquer la lune, il éteignit la lumière. Elle déboutonna sa chemise à lui. Tous les boutons du monde se dressaient entre eux, et il y avait trop de choses dont ils devaient se débarrasser, se dépouiller. Il faut que l'aimée entre dans mon jardin, se dit-il. Elle le tira contre elle, l'entraîna vers le sol.

— Tu crois qu'il faudrait que nous parlions de ce que nous faisons? demanda-t-il.

Elle posa sa bouche et ses mains sur lui.

— Nous parlons, dit-il.

Lorsque leurs peaux furent enfin le seul obstacle, ils s'agenouillèrent sur le tapis. Les poils de soie entamèrent la peau des genoux de Clary comme autant de couteaux miniatures, et la lune errante ou la lumière du lampadaire écorcha la peau des épaules de Paul, sa poitrine, son ventre.

— Il n'a jamais été aussi précieux que maintenant, dit-elle.

37. Œil de baleine

Clary regarda par la fenêtre de sa chambre et, en ce samedi matin glacé, vit Clayton, arrivé trop tôt pour une visite. Elle enfila son pull à la hâte et courut à la porte. Il s'était garé devant la maison des Brent, comme s'il risquait de poursuivre sa route sans entrer. Il était assis dans sa voiture, l'air buté. Avait-il été voir Lorraine ?

Soudain, elle vit Bradley Brent descendre son allée au pas de course et foncer vers la voiture. Non ! Elle se demanda si Clayton était armé et essaya de chasser cette pensée de son esprit en enfonçant ses pieds dans ses bottes. Il devait faire quarante au-dessous de zéro. Au moment où elle dévalait les marches du perron, elle sentit les parois de ses narines se coller l'une sur l'autre.

Lorsqu'elle arriva sur le trottoir, Mr. Brent était déjà lancé, et des bouffées d'air blanc jaillissaient de sa bouche toute rouge. Clayton ouvrit la portière et sortit sans se presser. La voiture de sa mère ! Qu'il était bon de la revoir. En même temps, la partie du cerveau de Clary qui ne hurlait pas *Sauve qui peut !* se dit qu'elle aurait dû la vendre depuis longtemps. Clayton avait peut-être un couteau. Il était si susceptible et si soupe au lait… Elle ne tenait ni à Clayton ni à Mr. Brent, mais elle tenait à éviter aux enfants le spectacle d'actes violents.

— Dans cette ville, chacun a droit à son bout de trottoir ! cria Mr. Brent. Les règlements sont appliqués à la lettre. Je n'ai qu'à faire venir un agent et votre voiture sera remorquée, monsieur !

Clary se rapprocha de Clayton et le prit par le bras.

— Venez vous réchauffer et prendre un café, Clayton, dit-elle. Mr. Brent, Clayton est le bienvenu chez moi et votre réaction dépasse les bornes.

— Le nez de sa voiture dépasse de vingt centimètres!

— Ton nez à toi va dépasser de ton cul de vingt centimètres si tu continues comme ça, dit Clayton en agitant sa tête de coq.

— Il me menace!

Clary entraîna gentiment Clayton vers la maison.

— Les enfants sont tout excités, dit Clary en voyant le visage tendu de Dolly dans la porte. Entrez.

Tandis que Clayton se dirigeait vers la maison, elle se tourna vers Mr. Brent, glaciale comme l'était sa mère.

— Il est tôt, Mr. Brent, et c'est samedi matin. Vous attendez de la visite? Moi, je n'en attendais pas, et je peux vous garantir que mon invité ne va pas s'éterniser parce que sa femme est à l'hôpital, où elle se meurt du cancer. Dites bonjour à Mrs. Brent de ma part.

Il la dévisagea. Elle savait qu'il les détestait, elle et toute sa maisonnée. Mais le cancer était un atout qui l'emportait sur tout le reste, se dit-elle.

— Je m'appelle Bunt, dit-il. B-U-N-T.

— Ah bon?

Bien malgré elle, elle éclata de rire.

— Pardon, Mr. Brunt. Mr. Bunt, je veux dire. Pour moi, c'est blanc bonnet et bonnet blanc. Ou plutôt « benêt » blanc?

Elle plaqua une main sur sa bouche pour réprimer d'autres rires.

Il détala vers sa maison. En bigoudis, Mrs. Bunt, appuyée sur la porte en verre, avait été témoin de toute la scène. Elle gratifia Clary d'un bête geste de la main.

Le malaise créé par les retrouvailles de Clayton avec les enfants et Mrs. Pell (qui ne semblait guère disposée à lui adresser la parole) fut interrompu par un coup de fil de Darwin : Lorraine était aux soins intensifs. Elle faisait une septicémie, l'un des innombrables risques associés à une greffe.

La cadette des médecins, Joan Lester, les attendait dans le couloir. Elle avait un doux visage ridé et des yeux très foncés.

— La septicémie est... hum, difficile à traiter parce que les toxines présentes dans le sang entraînent des problèmes en cascade, expliqua-t-elle. Nous effectuons de nouveaux essais cliniques, et nous pourrions ajouter Lorraine à la liste des... si vous... Je suis, nous sommes... Les essais se passent bien, vous savez, et je pense que...

Elle s'interrompit.

Clary se dit que la femme venait peut-être de se rappeler qu'elle ne devait pas fournir d'encouragements trop concrets. Clary était elle-même profondément découragée. À la vue du visage blanc et tranchant de Clayton, elle regretta de l'avoir entraîné dans ce bourbier.

— Ça vaut la peine d'essayer, dit enfin la Dr Lester en haussant les épaules encore un peu plus.

Lorraine gisait dans un coin du service des soins intensifs. Son lit couvert de tubes, de câbles et d'appareils clignotants faisait penser à un arbre de Noël. Elle les entendit parler dans le couloir. Elle aurait voulu voir Clary en premier, pour qu'elle la peigne et lui lave le visage, mais elle ne trouva pas la force d'appeler. C'était sans espoir, de toute façon. Quoi qu'elle fasse, elle aurait l'air à moitié morte.

Clayton jeta un coup d'œil à l'intérieur et eut un mouvement de recul, mais Darwin posa la main sur son dos :

— Ça va, mon vieux, entendit-elle Darwin dire. Ça paraît pire que c'est. Dis bonjour.

Lorraine avait depuis longtemps cessé de se regarder dans le miroir de la salle de bains, mais les yeux de Clayton seraient plus impitoyables encore qu'une glace. Elle faisait pitié à voir ;

de cela, elle était certaine. Il entra dans la pièce. Elle le voyait à présent. Il avait le visage aussi transparent que celui d'un enfant, et ses sourcils se touchaient au milieu. La vue de sa femme le désarçonna, elle le comprit, mais il tint bon.

Elle tendit la main, celle qui n'était pas poncturée, celle qui n'était pas trouée par des aiguilles, et il s'avança pour la prendre entre les siennes.

— Désolée, dit-elle.

— Non, c'est moi, dit-il.

— Il ne faut pas, dit-elle.

— J'étais là. Je travaillais. J'ai économisé de quoi louer un appartement et payer la caution, laissa-t-il tomber d'un coup.

Comme s'il avait choisi de se délester de tout ce qu'il entendait lui confier plus tard. Ou de taire. Elle lisait en lui comme dans un livre ouvert! Elle avait presque oublié ce détail.

— Hm, c'est bien, dit-elle.

— J'ai vu les enfants ce matin. Je suis allé chez Clara. Ils ont l'air en forme.

— Clary s'occupe bien d'eux. Ils sont heureux, chez elle. Ils sont bien traités.

— Oui, je suppose.

— Tu as vu ce que Darwin a fait chez elle?

— Oui. Il est habile de ses mains. Il faut lui donner au moins ça.

— Il a été là pour eux, lui aussi.

Comme si c'était à elle de demander pardon pour les soins que les enfants avaient reçus après le départ de leur père. Lorraine ferma les yeux. Inutile de se mettre en colère, inutile aussi de froisser Clayton. Mieux valait qu'il reste encore un moment, surtout maintenant. Comment savoir ce qui allait arriver?

Elle avait quelque chose à lui dire à propos des enfants, sur la façon dont il devrait se comporter avec eux quand elle ne serait plus là, mais il aurait fallu qu'elle se prépare, et les médicaments qu'on lui avait fait prendre, le cocktail miracle que les intraveineuses déversaient en elle, avaient engourdi son esprit. Lorsque Clayton se pencha pour l'embrasser, elle garda les yeux fermés, puis elle se ravisa et les ouvrit. Son œil familier était si près du sien qu'il lui fit penser à un œil de baleine. Noisette, avec des cils foncés, honteux. Des yeux d'enfant. De toute façon, c'était pour eux qu'elle l'aimait. Elle lui rendit son baiser et, après tout, finit par les fermer.

38. Feuille d'or

Du matin au soir, Clary passa la veille de Noël à courir et à emballer des cadeaux. Lorraine devait venir passer deux jours à la maison, mais le projet était tombé à l'eau à cause de la septicémie. Ils s'en sortiraient quand même. Clary tenait bon. Aujourd'hui, puis demain. Après, ce serait le lendemain de Noël, et elle pourrait s'allonger un peu. À Noël, Grace apporterait le petit déjeuner, et Mrs. Zenko mettrait la dinde au four, chez elle, à sept heures, avant de partir fêter chez son fils à Battleford. Depuis des mois, ils apportaient de la nourriture à Lorraine. Le dîner de Noël serait simplement un peu plus recherché. Des paniers à pique-nique, des casseroles avec leur couvercle. Voir à tout avait quelque chose de grisant.

En s'arrêtant un moment à l'hôpital, le matin de la veille de Noël, Clary fut heureuse de constater que les effets de la septicémie s'étaient amoindris. Lorraine était creusée et blême, toutefois, et d'une maigreur qui faisait peine à voir. De nouveau chauve. Pareille à un oisillon préhistorique, abandonné dans un froid nid de métal.

— Besoin…, commença-t-elle lentement, que vous achetiez…

— Je vais justement faire des courses, dit Clary. Qu'est-ce que je peux faire pour vous ?

— Darwin…

— Un cadeau pour Darwin ?

— Darwin va acheter des choses.

Clary se calma et attendit.

— Une montre pour Clayton, dit enfin Lorraine. J'ai déjà le cadeau de Darwin.

D'un air épuisé, Lorraine glissa la main sous son oreiller et en sortit une montre en or sans ornements, une montre d'homme avec un bracelet en cuir.

— C'était à Rose. Au père de Rose. Vous pouvez l'emballer?

— Bien sûr, dit Clary. Et pour Clayton, quel genre de montre?

— Bon marché, dit Lorraine.

Elle faillit rire. Sous l'oreiller, elle avait aussi son porte-monnaie. De ses doigts longs et lents, à l'aspect cendreux, elle tira deux billets de vingt dollars.

— Style militaire. En acier. Vous voyez le genre?

— Avec un chronomètre et tout le bazar?

— Ouais. Tout équipée.

— Genre sportif. Entendu. Autre chose?

— Darwin s'en charge.

Clary ajusta l'oreiller orange et Lorraine laissa retomber sa tête. Pauvre visage. Pauvre joues enflées. Clary l'embrassa.

— Merci, dit Lorraine, les yeux clos.

Les magasins étaient bondés, évidemment, mais Clary dénicha une montre de qualité en solde. Elle coûtait seulement vingt dollars de plus que la somme fournie par Lorraine. Elle dépensa une petite fortune en papier d'emballage, en étiquettes, en rubans de couleur vive et en branches de houx véritable.

Pour la plupart des gens, supposa-t-elle, Noël était toujours ainsi : compliqué, trépidant, mouvementé. Au cours des dernières années, Clary, tôt le matin de Noël, faisait le trajet jusqu'à Davina. Pendant la seule journée de l'année où personne n'allait nulle part, elle parcourait la prairie enneigée, seule sous le soleil double.

Paul les vit entrer en bande pour la messe de minuit : Clary avec Pearce dans les bras, Mrs. Zenko, Grace et Moreland tenant Dolly par la main et enfin Darwin qui traînait les pieds. Sans doute Fern était-elle restée à la maison avec Trevor. Tant de liens s'étaient créés. L'année précédente, il n'avait jamais entendu parler de la plupart d'entre eux. Clary vêtue de soie rouge. (Dessous, la soie pâle de son flanc.)

Il dit au hasard la dernière messe de son ancienne vie, la première de sa nouvelle. Il alluma les cierges, chanta aux moments opportuns et écouta les lectures entonnées par Frank Rich de sa voix de basset imitant la trompette : « Soyez sans crainte. » Au moment de l'homélie, Paul se leva et s'adressa aux membres de la congrégation, mais c'était à Darwin, à Clary, aux enfants et à Lorraine qu'il parlait :

— Les anges, dit-on, sont d'une beauté intense, douloureuse. Illuminés par la grandeur de Dieu, ils sont le monde invisible rendu visible. Terrifiants pour les gens ordinaires qu'ils interpellent. « Sois sans crainte » : tels furent les premiers mots de l'ange pour Zacharie. « Sois sans crainte », dit l'ange à Marie avant de lui apprendre qu'elle engendrerait un enfant qui serait le fils de Dieu. Et le soir de Noël, l'ange du Seigneur apparut aux bergers sur la colline et leur dit : « Soyez sans crainte, car voici que je vous annonce une grande joie, qui sera celle de tout le peuple. »

» La peur nous suit partout. Nous avons peur de ne pas être assez bons ou assez forts, nous avons peur d'échouer, peur d'avoir mal. Peur d'être privés de ce que nous aimons. Peur de mourir. Peur de Dieu, même, ou de l'absence de Dieu. Mais Dieu nous surprend en nous donnant la force de supporter la souffrance qui nous échoit, en nous donnant la joie quand nous nous croyons condamnés à la tristesse. Dieu s'est fait homme pour éprouver dans sa chair l'emprise que la mort exerce sur nous. Soyez sans crainte : Dieu connaît la place que nous occupons dans le monde, connaît le monde dans lequel nous vivons, et il veut notre bien. La lumière brille au cœur des ténèbres, et les ténèbres ne l'ont pas vaincue. *L'univers est chargé de la grandeur de Dieu./Elle doit jaillir tels les feux d'une feuille d'or qu'on froisse.*

Il s'assit.

En entendant les derniers mots, Dolly songea à Mrs. Zenko, qui lissait le papier d'aluminium pour pouvoir le réutiliser. Même qu'elle remettait toujours les feuilles dans le même tiroir. Si Mrs. Zenko froissait les gens, elle les lisserait et les garderait pour plus tard.

Clary, fatiguée et distraite, éprouva un doute glacial à la pensée du livre de Gerard Manley Hopkins qu'elle avait emballé pour Paul. Il le possédait sûrement déjà, mais c'était une superbe édition : les œuvres complètes sur du papier bien épais. Elle aurait plutôt dû lui acheter des gants. Il en avait besoin. Mais au moment où il s'assoyait pour créer un moment de quiétude, elle croisa son regard et se dit : ça ira. *Elle doit jaillir…*

Le chœur entonna *Sainte nuit.* Dolly aimait bien ce cantique. Trevor, le pauvre Trevor, n'arrivait pas à tenir debout, si tard, mais il était en sécurité avec Fern. Grace lui avait dit qu'elle avait un pyjama pour elle : dans leur famille, tout le monde recevait un pyjama neuf la veille de Noël. L'ourlet de celui de Fern avait de petits volants en dentelle; le sien serait peut-être pareil. Dolly s'appuya contre le bras tiède de Clary, dans son doux manteau en laine (*taupe* était le nom de cette couleur-là) au collet en velours noir. Dolly aurait bien voulu que sa mère ait un manteau comme celui-là. Mais elle recula devant l'abîme qu'ouvrait en elle cette pensée. « Sois sans crainte », dit Paul. *Mon Dieu,* commença Dolly, mais elle ne sut pas quoi ajouter. *Ma mère.* L'orgue jouait et Paul redescendit l'allée. Il passa devant eux sans s'arrêter, mais il leur avait souri plus qu'aux autres. Parce qu'il aimait Clary, mais aussi les autres. Peut-être cet amour compterait-il pour quelque chose.

À la porte de l'église, Darwin déclara qu'il les reverrait le lendemain matin.

— Je trouve que c'est une bonne surprise, dit-il à Paul.

Il s'enfonça dans la nuit parsemée de flocons, en route vers l'hôpital.

Clary lui tendit la main. À sa grande surprise, il la serra contre lui, au vu et au su des paroissiens, du moins ceux qui étaient encore debout à cette heure.

— Tu m'as manqué, aujourd'hui, dit-il.

Des flocons parsemaient ses cheveux et son étole de satin rouge. Il avait l'air fort et heureux. Elle l'aimait.

— Tu viens prendre le petit déjeuner avec nous?

— Volontiers, dit-il.

— Et pour l'échange de cadeaux et le dîner? On a besoin de toi pour transporter la dinde.

— Mrs. Zenko m'a expliqué comment faire la sauce aux canneberges. Je vais la préparer avant de me coucher.

La rue était paisible, malgré les voix joyeuses des paroissiens qui se dispersaient. Moreland installa le siège de Pearce dans son support; pendant ce temps-là, Grace fit monter une Dolly tout endormie dans la voiture et se casa à côté d'elle.

— À la maison, Jaaames, dit Grace à Clary. Ne ménagez pas les chevaux.

Paul les regarda s'éloigner. *La plus tendre fraîcheur,* songea-t-il. La nuit scintillait, les lampadaires réfractaient la neige, et les lumières de la ville formaient une auréole couleur pêche qui s'élevait dans le ciel nocturne. *Parce que le Saint-Esprit couve le courbe/Monde de la chaleur de son sein et de la lumière ah! de ses ailes.*

La sauce aux canneberges. Il n'y avait pas une minute à perdre.

39. Cadeau de Noël

À huit heures, le matin de Noël, Moreland ouvrit la porte à Paul et Clayton, plantés sur le perron, les bras chargés de cadeaux. Drôle de paire, songea Moreland, mais la fête de Noël avait la faculté de produire de singulières alliances, probablement à dessein. Il leur servit un café et les tint à distance respectueuse de Grace, occupée à préparer le petit déjeuner.

Mystérieusement, Dolly se sentait irritable, comme si elle avait mangé trop de bonbons. Elle ouvrit ses cadeaux avec soin, tira si lentement sur le ruban adhésif que Trevor supplia qu'on le laisse ouvrir un cadeau de plus en attendant. Pearce tapa sur le tambour que lui avait offert Darwin jusqu'à ce que celui-ci se lève en disant qu'il avait changé d'avis et range le jouet sur une haute tablette.

De Clary, Dolly reçut des bottes en daim rouge avec des bords brodés, une doublure en mouton et une semelle en caoutchouc, qui lui permettrait de courir. Elles étaient si belles que Dolly bondit et, une botte dans chaque main, serra Clary dans ses bras. Par accident, les bottes frappèrent Clary dans le dos, mais celle-ci ne se fâcha pas. Fern lui offrit des boucles d'oreilles magnétiques, Grace et Moreland un kangourou molletonné. Elle et Trevor reçurent un livre de Life Savers de la part de mamie. Il ne lui restait que deux cadeaux à ouvrir : celui de Darwin et celui de son père. Elle avait peur de préférer celui de Darwin. Son père risquait alors de se mettre en colère. Les adultes ouvraient leurs cadeaux, eux aussi. Elle put ainsi gagner un peu de temps, plia le papier d'emballage, enroula le ruban autour de sa main et ordonna les présents qu'elle avait déjà reçus. Darwin et son père aimèrent beaucoup les pulls qu'ils leur avaient offerts, Trevor et elle, et ils les enfilèrent aussitôt. Darwin et son père étaient comme des jumeaux, sauf que son père avait l'air mal à l'aise, assis par terre en indien, mais il avait toujours cette tête-là.

Clary ouvrit le cadeau de Paul, un recueil de poèmes, et elle éclata de rire. Puis elle lui tendit le sien.

— Celle-là, c'est la meilleure, dit-il.

Il déballa son paquet. C'était le même livre, du même auteur. Ce fut un moment très drôle.

— Les grands esprits se rencontrent, dirent Grace et Moreland à l'unisson.

Dolly s'empara du cadeau de son père. Peu importe ce que c'était, elle s'arrangerait pour le préférer à celui de Darwin. Il était volumineux, mais pas trop lourd. Elle décolla le ruban adhésif. Un objet doux, violet. Qu'est-ce que c'était, au juste ? Elle déchira le papier. Un gros coussin en velours avec un bouton en velours au centre, une bordure frangée et diverses couches de violet et de bleu. Elle n'avait jamais rien touché d'aussi doux. Le velours allait dans un sens ; quand elle passait la main dessus dans l'autre sens, il prenait une autre couleur, plus foncée, plus tendre.

Elle leva les yeux et vit son père la regarder.

— Je l'ai fait moi-même, dit-il. Pour toi. Pour quand je…

— Je l'adore, dit-elle.

Il eut l'air si heureux.

Lorraine émergea d'un sommeil creux et contempla la blancheur rectangulaire de la fenêtre. C'était le quart de l'infirmière aux taches de son ; elle était gentille, celle-là. Elle mit la main sur le rouge à lèvres et le fard à joues que lui avait offerts

Clary, ouvrit le miroir. Elle effaça presque tout le rouge à lèvres : sur la blancheur exsangue de sa peau, l'effet était trop bizarre, mais le peu qui restait égayait peut-être son visage.

L'infirmière l'examina d'un œil critique, puis rouvrit le fard à joues.

— Ma mère se mettait toujours une touche de rouge sur le menton, dit-elle. C'était sa *beauté instantanée.*

Lorraine regarda de nouveau.

— Bon, dit-elle en souriant pour vérifier. Au moins, j'ai l'air un peu moins malade.

— Tout va bien pour vous, dit l'infirmière sur un ton grave.

Elle s'appelait Sherry, comme la boisson, et ses taches de son étaient d'ailleurs de cette couleur-là.

— Vous vous tirez bien d'affaire.

— Voudriez-vous sortir le sac du placard ? demanda Lorraine. Il y a des cadeaux dedans.

Si elle se couchait sur le côté, il y avait assez de place pour les y déposer, sauf le tricycle que Darwin avait introduit en douce la veille, avec un immense nœud en ruban sur le guidon. Il resterait dans le placard. À Pearce de le trouver.

Elle les entendit venir : la voix aiguë de Trevor, de plus en plus proche. Il voulait absolument se charger de donner leurs cadeaux à leur mère. La chambre se remplit, les enfants s'entassèrent sur le lit. Elle les serra dans ses bras au-dessus de l'amas coloré.

— Ouvrez-les, dit-elle lorsque Clary voulut modérer leurs transports. Ouvrez tout !

Du papier sur le lit, par terre, partout, des rubans tout autour. Darwin aida Pearce à ouvrir la porte du placard. Le petit garçon fixa le tricycle pendant un moment, toucha le guidon, la selle, puis la roue ; il se laissa installer sur le bolide, ses pieds sur les pédales. Trevor proposa de lui montrer comment faire.

Où était Clayton ? Lorraine prit le cadeau de Darwin sous l'oreiller et le regarda déballer la montre du père de Rose. Il la mit contre son oreille pour entendre son tic-tac, les yeux fermés.

Six orchidées blanches de forme étrange au bout d'une tige courbée de la part de Paul ; on leur trouva une place sur l'appui de la fenêtre. Un châle couleur crème de la part de Clary. En laine douce, très joli. Des fleurs et un suaire, songea Lorraine, mais elle mit le châle sur ses épaules et remercia poliment Clary.

Pendant une accalmie, ils entendirent des pas dans le couloir. Le dîner, déjà ? Dolly alla jeter un coup d'œil.

Son père. Il transportait un fauteuil, un grand fauteuil qui, tous les quelques pas, résonnait sur le sol, comme si plusieurs personnes marchaient. Il le déposa près de la porte, puis il dut maladroitement l'écarter pour entrer en premier. Enfin, le fauteuil et lui furent dans la chambre.

— Pour toi, dit-il à Lorraine. Pour notre appartement.

Lorraine tira les couvertures et Darwin l'aida à s'asseoir.

— Oh ! fit Clary.

Mais elle s'interrompit, avant même que Paul lui touche le bras. Dolly fit pivoter le trépied sur roulettes auquel était accroché le sac de perfusion pour permettre à sa mère de s'avancer lentement vers le fauteuil et s'y asseoir, les bras croisés, le coussin de chintz enfoncé sous les reins.

— C'est du duvet, dit Clayton.

Elle lui sourit comme autrefois.

Chacun s'extasia devant la beauté du fauteuil, la qualité de l'exécution, les passepoils. Trevor s'assit sur un des accoudoirs, Dolly s'appuya sur l'autre, et Clayton fit voir les roulettes qu'il avait installées au bout des pieds : ainsi, il serait facile de le déplacer pour passer l'aspirateur.

Grace, Moreland et Fern, arrivés sur les entrefaites, se montrèrent aussi admiratifs. Les roulettes sont assez solides pour transporter Lorraine au bout du couloir, soutint Clayton, absolument. On eut un peu de mal à le faire sortir, mais bientôt on poussa Lorraine jusqu'au petit salon, où le festin mobile fut servi sur les tables basses. Lorraine invita Sherry, l'infirmière, à se joindre à eux. Clary fut soulagée de la voir converser avec Mrs. Pell en gardant un œil sur Lorraine.

La nourriture était chaude, la sauce y comprise. Les belles assiettes s'en sortirent toutes indemnes ; même si seules Clary et Grace savaient combien il avait été compliqué de tout transporter jusqu'à l'hôpital, le dîner fut le meilleur qu'ils aient pris à Noël, et une atmosphère proprement dickensienne régna dans la pièce. Pourtant, personne, même pas Paul, ne dit *Que Dieu nous bénisse, tous tant que nous sommes.*

Dans la soirée, Clary entendit Mrs. Zenko ouvrir la porte de devant.

— Dis-moi qu'il reste un peu de pouding et du beurre au whisky de ta mère, fit-elle en retirant ses bottes basses. Rentrer de Battleford dans le noir, c'est long.

— Nous vous en avons gardé un morceau, dit Clary en la débarrassant de ses paquets.

— Encore des cadeaux à ouvrir, dit Mrs. Zenko. Des mitaines pour tout le monde. Pas très original, mais… Ah ! Et des pantoufles pour Mrs. Pell. Dans l'atelier, le sol est sûrement froid.

Clary ouvrit le paquet qui lui était destiné. Pas des mitaines, mais de fins gants en cuir noir. Elle embrassa Mrs. Zenko et, sur la tablette la plus haute du vestibule, prit la minuscule boîte en velours dans laquelle se trouvait la bague en tourmaline rose de sa mère, celle qui avait la forme d'un chrysanthème.

À la vue de la bague, Mrs. Zenko versa deux larmes semblables à des gouttes de rosée.

— Il y a longtemps que j'aurais dû vous en faire cadeau, dit Clary.

Trevor fit voir un de ses jouets à Mrs. Zenko, un petit oiseau qui piquait du bec.

— Vous voulez entendre la Chine?

Trevor secoua l'objet. De petites clochettes tintèrent à l'intérieur. La Chine.

Après cet excès d'activités et de visiteurs, Lorraine, toute tremblante, mit du temps à s'endormir. Dès que les lumières furent tamisées et que l'infirmière (Sherry avait été remplacée par Debbie, l'une des plus vieilles) lui eut frotté le dos, Lorraine céda enfin au sommeil. Elle fit un cauchemar dans lequel Dolly se tuait en tombant dans des décorations de Noël. Elle s'écroulait sur le sapin de l'appartement de Trimalo, les décorations éclataient et elle était réduite en lambeaux. Lorraine se réveilla, le cœur battant. Ce n'était pas la réalité. Ce n'était pas la réalité.

Seul dans sa maison vide, dans son lit vide, Paul fit un rêve compliqué. Dolly lui demande de l'emmener dans un grand champ parsemé de pierres. Dans les herbes jaunies, ils marchent jusqu'à la tombe de Lorraine, et Paul s'aventure dans des sentiers jaunis où, sur toutes les vieilles pierres tombales inclinées, est écrit : *Robina Tippett, 1968-1998.* Les autres pierres ne sont que des pierres, et il y a des os à côté d'elles, mais, sous celle-ci, il y a Binnie, toujours bien vivante. Il l'avait vue morte et la savait partie, mais c'était sans importance. Le paquet d'os et de peau qu'on lui avait montré n'était pas elle, de toute façon. C'était une marionnette qui avait la tête de Binnie. La vraie est ici, sous les herbes mortes. Il regarde derrière lui : Dolly est accroupie au centre de la tombe de Lorraine, à peu près là où son ventre aurait été. Pauvre petite. Elle regarde l'herbe jaunie entre ses mains, à plat sur le petit monticule que fait la tombe. «Tu nous as abandonnés», crie-t-elle dans la terre par le porte-voix de ses mains, mais le vent emporte ses paroles. Le vent est déchaîné. Dolly tape du poing sur le sol et hurle dans les racines tordues des herbes, et son cri a la véhémence d'un train qui fonce sur les rails. Paul l'aide à se relever. Pleurant sans larmes, les yeux grands ouverts, elle donne un coup de pied à la pierre tombale, pivote sur elle-même et donne un autre coup. Paul, à ce moment, se réveille presque, s'approche de la surface du rêve, mais il replonge et emmène Dolly manger une crème glacée.

Ensuite, il pourra se réveiller.

Dans son rêve, Clary se trompe et emmène Dolly au cimetière plutôt qu'à l'école, et elle s'allonge dans l'herbe froide qui recouvre la tombe de sa mère. Elle pleure et murmure : « Quelle bonne mère, quelle bonne mère ! » Qui repose dans cette tombe ? La mère de Dolly ou la sienne ? Qui est la fille allongée sur la tombe ? Clary elle-même. Tout près, Paul, allongé sur la tombe de sa sœur, dit *bien, bien*. Les vivants comme les morts gardent le silence.

Lorsqu'elle se réveilla, pantelante, Clary sut que Lorraine mourrait bientôt.

Pearce dormait à côté d'elle. Tout irait bien, elle s'occuperait de lui, elle s'occuperait d'eux tous, même de Clayton, une simple brebis égarée, et non un mouton noir, comme en témoignait le joli fauteuil qu'il avait fait, lequel se marierait parfaitement au décor du salon. Les enfants seraient heureux d'avoir sous les yeux un souvenir de leur mère.

Elle replongea dans le sommeil en se disant que c'était la meilleure chose qu'elle ait faite de toute sa vie. Elle aimait le courage de Lorraine, l'héroïsme avec lequel elle affrontait sa terrible maladie. Clary allait jusqu'à s'aimer elle-même, elle qui avait donné aux enfants la sécurité et l'ordre, elle qui avait appris à faire cette chose bonne et difficile. Paul viendrait vivre ici, lui aussi. Ils rentreraient, après avoir passé la soirée chez les Haywood, et ils transporteraient dans leurs bras les enfants endormis. Même pendant qu'ils feraient l'amour, elle tendrait l'oreille, serait à l'écoute de Pearce et des enfants, si tristes après la mort de Lorraine.

Dolly rêva qu'elle était amoureuse d'un chauve qui l'entraînait dans des montagnes russes où le trajet durait des heures.

40. Cœurs découpés

Mais Lorraine ne mourut pas.

Au cours de trois horribles semaines de plaies, de muguet et de crampes, la réaction du greffon contre l'hôte déferla sur elle comme une vague, puis la vague se retira, parce que Lorraine avait intimé à son corps l'ordre de se mettre au pas. C'était la moelle osseuse de Darwin, et il n'y avait pas lieu de paniquer. Elle fit à répétition les exercices de respiration zen que Darwin lui avait enseignés à partir d'un livre. Dans la quasi-obscurité de l'hôpital, la nuit, la grande silhouette de Darwin dans le lit de camp poussé contre le mur, elle parcourait son corps en esprit, accueillait la moelle des os de Darwin dans les siens, devenait partiellement lui.

Presque secrètement, elle quitta le long couloir incliné qui l'entraînait vers le bas.

Au bout de quelques semaines, elle se portait nettement mieux. Elle marchait. Elle était guérie.

Rien, cependant, n'avait préparé Lorraine à la honte du rétablissement. Lorsque, un matin, le médecin-chef vint la voir pour lui dire que tous les résultats étaient bons et même très bons, elle ne sut à qui raconter la nouvelle. Presque tous les jours, Darwin faisait le trajet jusqu'à Davina pour aller bavarder avec Fern. Clayton travaillait tout le temps. Lorraine espéra que la femme installée dans le lit voisin du sien n'avait pas détecté le plaisir et le soulagement dont était empreinte la voix du médecin, la joie qu'il avait éprouvée en lui disant :

— C'est bien ! Très bien, même !

Il lui dit que, si tout se passait bien pendant le week-end, elle pourrait rentrer chez elle dès le lundi suivant. Ainsi, ils auraient le temps de se préparer.

Il fallait téléphoner à Clary. Lorraine avait honte de lui parler, en raison de tout ce qu'elle avait fait pour eux, de la dette immense et impossible à rembourser qu'ils avaient contractée envers elle, et elle avait peur des obligations liées à cette dette.

Il y avait aussi la honte de ne pas être totalement et librement heureuse. Comment pouvait-elle ne pas être aux anges ? Surtout par rapport à sa voisine de chambre, qui avait moins de chance. Le soir même, elle subirait une exploration ; au téléphone, elle avait exposé à sa fille les sombres options qui s'offraient à elle.

Le pincement qu'elle sentait au creux de son estomac mettrait peut-être un certain temps à s'apaiser, songea-t-elle. Elle n'était pas ingrate. Seulement, elle aurait besoin d'un peu de temps pour prendre la mesure du changement. Il fallait qu'elle reprenne sa vie là où elle l'avait laissée et qu'elle recommence à prendre les choses en main. Elle ne voulait encore en parler à personne.

Le lundi, on lui dit qu'elle pourrait partir le lendemain.

Chaque fois que Clary allait la voir, Lorraine se portait mieux. N'était-ce pas merveilleux ?

De toute évidence, la situation s'améliorait, mais Clary était un peu préoccupée. On était déjà en février, la Saint-Valentin était imminente, et les enfants devaient préparer un valentin pour chacun des élèves de leur classe, vingt-sept pour Dolly, vingt-neuf pour Trevor. Clary courut à la boutique d'artisanat pour acheter des cartes, du papier de soie rose et des napperons en dentelle de papier et des articles un peu plus virils pour Trevor. La table de la salle à manger était couverte de cœurs découpés. À force d'écrire des noms, Trevor avait mal à la main.

Lorsque Clayton vint le prendre pour aller voir un match de hockey, Clary dut dire non. Il ne pouvait pas partir avant d'avoir terminé. Avec le plus de tact possible, elle aborda la question du tutorat ou encore des tests de dépistage de la dyslexie, mais, de toute évidence, Clayton ne voulait rien entendre.

— Il va très bien, mon fils, dit-il en la fixant d'un air agressif.

Il avait les mains sales.

Clary décida de remettre cette discussion à plus tard. Elle pouvait faire le nécessaire sans leur en parler, après tout. Les visites de Clayton étaient espacées. Il ne pouvait l'aider en rien.

Fern avait fait la navette entre Davina et Saskatoon, mais, une fois Moreland et Grace partis à Hawaï pour le voyage d'anniversaire qu'ils planifiaient depuis longtemps, Fern dit à Clary qu'elle allait à Vancouver. Clary eut envie de lui demander pourquoi, mais elle se retint : elle aurait donné l'impression d'espionner pour le compte de Grace. Clary dit à Fern qu'elle manquerait aux enfants et voulut la dédommager pour l'aide qu'elle lui avait apportée. Fern, cependant, ne voulut rien accepter. Sans elle, les derniers mois auraient été insupportables. Clary, qui avait prévu de la payer, se montra impatiente. Comme elle en voulait à Fern de les abandonner, elle se montra également impatiente vis-à-vis d'elle-même.

Elle fut troublée lorsque Darwin lui fit part de son intention d'accompagner Fern sur la côte Ouest en voiture.

— Je vais aller à Tofino voir Phelan, dit-il. Et je vais donner un coup de main à Fern, lui rendre un peu de ce qu'elle a fait pour nous.

Son fils Phelan, se rappela Clary, non sans difficulté. Qui, jusque-là, semblait très bien se passer de son père. Et comment Lorraine s'en sortirait-elle sans lui ? Comment tiendrait-elle le coup, la nuit ? Darwin répondit sans qu'elle ait posé les questions à haute voix.

— Les vendredis et les samedis soirs, Clayton va rester

tard. Elle va se débrouiller sans moi, à présent. Les infirmières la connaissent, et elle a moins peur.

D'ailleurs, Clayton n'aimait pas Darwin. Le moment était peut-être venu pour lui de tirer sa révérence. Ils entassèrent leurs sacs jusqu'au plafond de la vieille voiture de Fern et se mirent en route. Trevor pourchassa la voiture en pleurant, mais les enfants s'en sortiraient. Ils savaient que Darwin reviendrait, ils allaient bien.

Lorraine n'avait plus besoin d'elle non plus; encore moins depuis qu'elle reprenait des forces. Depuis quelque temps, Clary se rendait rarement à l'hôpital. Clayton était de retour et, de toute évidence, il ne tenait pas à la voir dans les parages. La planification et la gestion du quotidien lui prenaient tout son temps; elle avait même du mal à se libérer pour voir Paul.

Soudain, l'hôpital devint pour elle insupportable.

Elle consacra plutôt son énergie aux enfants et à l'étape scolaire qui commençait. Avec l'école, le dentiste et les sorties éducatives, leur emploi du temps était plus chargé que jamais; sans compter que, au lendemain du chaos de Noël, elle devait rétablir un semblant d'ordre dans la maisonnée. Il y avait de nombreux détails à régler : le piano accumulait la poussière dans son coin, les enfants devraient suivre des leçons, et Trevor, pour ne pas prendre de retard, devrait commencer au centre Kumon, mais Clayton était si hostile à cette idée que Clary décida d'attendre un peu avant d'aborder la question de nouveau. Elle devait régler les détails d'une visite au musée pour Dolly, et Clayton ne faisait preuve d'aucune initiative; même si elle le consultait, lui demandait si les enfants devraient suivre des leçons de piano ou joindre la chorale de l'église, il s'en remettait à elle, l'air maussade, et la laissait aussi assumer tous les coûts. Son arrogance revêche de chien battu commençait à lui taper sur les nerfs.

Et si Lorraine continuait à prendre du mieux, il faudrait réaménager la maison.

Clary cherchait la meilleure solution pour Lorraine et Clayton : comme Darwin était parti dans l'Ouest, ils pourraient occuper la chambre du sous-sol, mais il faudrait qu'elle leur trouve un lit à deux places. Peut-être vaudrait-il mieux les installer dans la salle de télé, au rez-de-chaussée, plus près de la salle de bains. Ce serait préférable, en effet. Seulement, il n'y aurait pas assez de place pour le petit lit de Pearce dans la pièce. Il faudrait qu'il reste dans sa chambre à elle.

Elle y réfléchirait plus tard, une fois tous les valentins terminés. Les jours semblaient s'accélérer. Le temps avançait comme un courant électrique, et les aiguilles du compteur tournaient à toute vitesse, marquaient la fuite de l'argent, de l'énergie et de la vie.

Le mardi après-midi, Clary passa à l'hôpital : Lorraine lui avait demandé de venir la voir. Elle laissa les enfants à la maison avec Mrs. Pell, au cas où Lorraine aurait besoin de quelque chose de compliqué.

Elle crut s'être trompée de chambre. Lorraine brillait par son absence et le lit était défait. Mais on disait qu'elle allait mieux, elle n'était tout de même pas...

Pas morte, non. Elle était dans la salle de bains, la porte légèrement entrouverte, en train de se brosser les dents. Habillée de pied en cap.

— Lorraine ? demanda Clary d'une voix singulièrement ordinaire. Ça va ?

Lorraine cracha dans le lavabo, se rinça la bouche et se redressa. Elle essuya sa brosse à dents avec une des débarbouillettes blanches de l'hôpital et la mit dans sa trousse de toilette.

— Ça va, dit-elle. Ça va bien.

Clary se tenait au milieu de la chambre. L'autre lit était également vide. Qu'était-il arrivé à cette pauvre femme ?

— Il paraît que je peux rentrer chez moi, dit Lorraine.

Clary resta un moment silencieuse. Puis elle secoua la tête, sourit et haussa les épaules.

— C'est merveilleux ! s'écria-t-elle.

— Alors j'y vais.

— Oui, bien sûr !

— Clayton nous a trouvé un appartement. Nous emménageons cet après-midi.

C'était insensé. La poitrine de Clary se serra.

Lorraine se dirigea vers le placard et mit sa trousse de toilette dans sa valise déjà bouclée.

— Penser que je sors d'ici... Je n'en reviens pas, dit-elle.

Elle prit une pile de magazines dans le placard et la posa sur le lit.

— Mais, Lorraine...

Clary ne sut pas comment poursuivre. Ses os lui semblaient couler, comme sous l'effet d'une gravité plus profonde.

— Il est parti chercher Dolly à l'école, puis il va aller récupérer leurs affaires, mais je tenais à vous le dire seule à seule.

À chaque étape des révélations, à chaque mot, Lorraine soutint précautionneusement le regard de Clary. Sans se défiler, même s'il y aurait forcément une scène. Clary donnait l'impression d'avoir encaissé un coup violent, mais de ne pas encore se rendre compte de ce qui lui était arrivé. Lorraine se dit qu'elle avait sans doute eu la même expression, à son arrivée à l'hôpital.

— Est-ce que Darwin...

— Il a téléphoné hier de Vancouver. Je lui ai dit qu'on allait me laisser quitter l'hôpital.

— Est-ce qu'il a dit...

— Il m'a demandé de vous embrasser de sa part.

Lorraine ne fit pas un geste, mais Clary tressaillit quand même.

— Il faut donc que je vous remercie de tout ce que vous avez fait, Clary, dit Lorraine. Mais comment vous remercier d'avoir veillé sur mes enfants pendant tout ce temps? Je sais que je vous dois beaucoup.

Dans la sphère vide de son crâne, Clary avait du mal à tirer un sens des mots de Lorraine. Sa poitrine se serra encore. Elle resta bien droite, dans l'espoir de faire entrer de l'air dans ses poumons.

— Vous… Clayton a trouvé un appartement? Il ne vit plus dans cette chambre?

— Ça ira, dit-elle. L'immeuble est vieux, mais on le rénove en ce moment, et notre logement est terminé. Clayton servira de concierge à temps partiel. Comme ça, il gagnera un peu d'argent. C'est une bonne affaire.

— Où ça?

Lorraine s'était tue.

— Où est l'appartement? répéta Clary.

Lorraine leva les yeux sans sourire.

— Ce sont nos enfants, dit-elle.

— Je le sais bien, dit Clary, les jambes flageolantes. Je ne prétends pas le contraire. Mais si vous avez l'intention de changer d'arrondissement scolaire, ils devront être déplacés, et quelle école…

— C'est dans City Park, dit Lorraine. Pas vilain, comme quartier. L'immeuble est vieux, un peu délabré, mais c'est tout ce que nous pouvons nous offrir. Les enfants s'en tireront très bien.

— Mais vous n'êtes pas prête! C'est impossible. Vous n'êtes pas… Vous n'êtes pas en état de vous occuper des enfants. Et Clayton? Vous le croyez capable de veiller sur eux?

Lorraine, cependant, en avait assez.

— Vous nous prenez pour de la racaille! C'est plus fort que vous! Vous vous pensez meilleure que moi, même si vous vous en défendez. C'est votre éducation qui veut ça. Mais nous sommes exactement comme vous, exactement comme vous.

Clary sentit monter des larmes brûlantes, comme des larmes

de sang. Être accusée d'avoir des préjugés, elle qui s'était dépensée sans compter… Comment Lorraine pouvait-elle croire une telle chose ? Mais, au fond, qu'attendre d'autre d'une ignorante sortie tout droit d'un parc de maisons mobiles ? Interdite, Clary chassa cette pensée, mais elle resta ancrée dans sa tête. Cette femme était moins méritante qu'elle. Moins humaine.

— Vous voulez que je vous dise ce qui nous distingue, vous et moi ? demanda Lorraine. On vous a emmenée chez le dentiste plus souvent, et votre mère vous a bourré le crâne de bêtises à propos de votre valeur, et vous avez eu la chance de passer toute votre vie dans la même maison. C'est tout, finalement. Vous êtes restée à l'école plus longtemps que moi et vous avez travaillé dans un bureau bien aseptisé au lieu d'y faire le ménage. Vous êtes plus jolie et vous êtes mieux habillée, et c'est pour ça que vous vous croyez supérieure.

— C'est faux, c'est tout à fait faux, vous faites erreur.

— Je vous dis ce que je ressens, dit Lorraine. On vit exactement les mêmes choses, vous et moi.

Clary avait du mal à la regarder dans les yeux.

— Vous souffrez à l'idée de perdre Pearce. Vous savez donc exactement comment je me suis sentie quand je l'ai perdu. J'ai des sentiments, même si j'ai du mal à les exprimer. Les mots me manquent, mais j'ai quand même des choses à dire à mes enfants. Mais c'est pas…

Elle secoua violemment la tête.

— Ce n'est pas une simple question de grammaire. Vous pensez qu'ils sont mieux avec vous qu'avec moi.

— C'est vrai, admit tristement Clary.

Les larmes et le sang chaud qu'elles charriaient avaient tari. Il s'agissait des enfants, et ils étaient trop importants. L'heure n'était ni au silence ni aux bienséances. Elle n'aurait jamais une autre chance de dire les choses.

— Ce n'est pas vous. C'est Clayton. Je pense que ça va être… difficile pour lui de bien veiller sur vous tous.

Les bienséances avaient triomphé, après tout.

— Il va au moins avoir la chance d'essayer, dit Lorraine.

Elle n'était plus en colère. Elle sortit ses pinceaux de la tasse remplie d'eau et les remit à leur place dans l'étui.

— Avant que vous nous rentriez dedans, il se tirait bien d'affaire.

C'était la première fois que Lorraine faisait allusion à l'accident. À l'époque, elle n'avait pas tenu Clary responsable.

— Qu'est-ce qui va se passer si vous avez des ennuis, si vous manquez d'argent? Vous ne pouvez pas travailler. Vous devez vous ménager. Vous ne pouvez pas vous éloigner de l'hôpital, partir pour Fort McMurray… Et les enfants ont besoin de stabilité, de leur routine. Ils ne peuvent pas parcourir le pays, vivre d'expédients.

— Leur routine, c'est nous, pas vous, dit Lorraine.

Elle s'interrompit, la tasse à la main, et fixa Clary, la transperça de ses yeux sévères, pointus comme des flèches.

— Les enfants? Qu'est-ce que vous voulez que ça leur fasse d'avoir de l'argent ou une belle maison? Tout ce qu'ils veulent, c'est être avec Clayton et moi. Ils nous aiment *nous*. Pas seulement moi, lui aussi. Ne vous faites pas d'illusions. Pour eux, vous êtes seulement une gardienne. Ils vont être heureux de ne plus vous voir.

Clary ne dit rien. Ses côtes lui faisaient mal, comme si elle avait un point. Elles ne se gonflaient pas assez pour la laisser respirer à son aise.

— Vous ne comprenez pas, mais ce n'est pas votre faute, dit Lorraine, les joues parsemées de taches rouge vif. Vous n'avez jamais eu d'enfants et vous avez été mal élevée.

Ça, c'était le bouquet.

Clary tourna les talons et s'en fut.

Elle sortit du parking en pleurant, et des larmes éclaboussèrent le volant, sa jupe, coulèrent le long de ses joues jusqu'à son col, mouillèrent sa poitrine, qui refusait toujours de s'ouvrir pour la laisser respirer à fond. Ses pieds actionnaient maladroitement l'embrayage et le frein.

Sans l'avoir voulu, elle se retrouva devant la maison de Paul. Tremblante, elle sonna. Il ne répondrait pas, il ne serait pas là.

Il ouvrit. Il vit sa détresse, la prit par la main et la fit entrer.

— Quoi? Qu'est-ce qu'il y a? demanda-t-il.

Elle ne pouvait pas répondre, avait peine à respirer.

— Dis-moi, Clary. C'est Lorraine?

Elle sanglota, hocha la tête en produisant des sons inintelligibles, *oui*, sanglota-t-elle, *c'est Lorraine, Lorraine*.

— Quoi? Elle n'est pas morte, tout de même?

— Mais non! Elle…

Prononcer les mots, les entendre… C'était trop difficile.

Paul l'obligea à s'asseoir sur une chaise de cuisine, en approcha une autre et s'installa tout près d'elle. Il la prit par les bras et les épaules, l'enveloppa dans ses bras.

— Elle veut reprendre les enfants?

C'était une question purement rhétorique. Elle savait qu'il comprendrait, qu'il l'aiderait.

— Oui, elle va venir aujourd'hui et elle va les emmener quelque part, Clayton a trouvé un logement… Elle ne peut pas les emmener là-bas! Je ne peux pas…

Clary frémit à l'idée de ce qu'elle devrait peut-être faire: dénoncer Lorraine aux Services d'aide à la famille.

C'était impossible. Il fallait qu'elle trouve le moyen de les retenir. Mais si elle ne les dénonçait pas, ne les trahissait pas, ils emmèneraient les enfants et elle ne les verrait plus. Dans sa poitrine, le trou béant s'agrandit encore; bientôt, elle ne pourrait plus respirer du tout.

— Comment faire pour les arrêter? Tu dois le savoir, toi. À qui faut-il que je parle? Comment obtenir une garde temporaire, seulement pour assurer leur sécurité?

— Non, dit-il. Tu ne peux pas faire ça.

— Mais tu sais bien qu'ils ne peuvent pas aller vivre avec Clayton… Je t'ai dit quel genre de…

— Je sais, dit-il, refusant de la laisser aller plus loin. Mais ce sont ses enfants, Clary. Et ceux de Lorraine. Tu as beau vouloir te rendre utile, ils ont le droit de les élever.

— Non ! Tu… ne m'écoutes pas ! Elle les emmène aujourd'hui dans un taudis que Clayton a trouvé, comme si tout allait s'arranger par magie. C'est sûrement un appartement crasseux dans l'Avenue X, et ils vont être entourés de vendeurs de drogue et de prostituées ! Les moquettes… Tu ne les as pas vues…

— Si, je les ai vues. J'en ai vu, des horreurs. Mais ce sont leurs enfants, Clary. Nous avons prié pour le rétablissement de Lorraine, pour ce résultat-là, la réunion de leur famille, que ça nous plaise ou non. Ils ont besoin de retrouver leur indépendance.

Comment pouvait-il défendre pareille folie ? N'y aurait-il donc personne pour l'aider, elle ? Mrs. Zenko ne lui serait d'aucun secours. Grace. Moreland. Darwin. C'était intolérable. Elle étouffait.

— Il faut que je… Lâche-moi…

Elle se laissa glisser par terre, se recroquevilla sur le tapis, roulée en demi-lune, mais elle ne pouvait pas se reposer là… Ni ailleurs. Elle se balança, tenta de s'asseoir, sa bouche grande ouverte sur un cri muet de douleur.

— Respire lentement, dit Paul.

Il s'accroupit à côté d'elle et la regarda en face, puis il se leva. Il courut dans la lingerie chercher des oreillers et la couverture en mohair de Binnie, dont les plis abritaient des fleurs de lavande. Il la secoua et des pétales morts formèrent des motifs sur le sol. Il remplit un verre d'eau froide et un autre de brandy. Il souleva un peu Clary pour lui permettre de se moucher dans un mouchoir en papier propre qu'il avait (par miracle) trouvé dans sa poche, puis il lui fit boire le brandy d'abord, l'eau ensuite. Il lui donna un oreiller, posa l'autre à côté et laissa la couverture, cette chose violette et douce que Binnie avait aimée, former un nuage au-dessus d'eux. Sur le tapis qu'elle lui avait offert, il approcha ses genoux de ceux de Clary et la serra contre lui, un bras délicatement passé autour de sa taille, l'autre sous son cou. Peu à peu, les sanglots de Clary s'apaisèrent. Son corps tressaillait parfois, mais sa respiration se calma. Il resta près d'elle pendant qu'elle dormait.

La lumière de l'après-midi pâlissait, et le moment était venu de songer au repas. C'était peut-être d'ailleurs ce qui l'avait tirée du sommeil. Sous sa nuque, maintenant qu'elle était calmée, le bras de Paul avait la dureté de la pierre.

Il fallait qu'elle rentre. Si Clayton n'était pas passé les prendre ou qu'il était allé chercher Lorraine, les enfants étaient seuls avec Mrs. Pell. Quelle honte! Darwin savait qu'on lui retirait les enfants. Tout s'embrouillait dans sa tête. Pourquoi avoir honte? Elle n'y était pour rien, c'était la décision de Lorraine, qui avait survécu, allait de mieux en mieux. Autant de signaux favorables dont tout le monde se réjouissait. Elle avait si honte que, pour un peu, elle aurait recommencé à pleurer.

Tous ses efforts avaient donc été vains. Paul proposa de la raccompagner, mais elle refusa. Elle avait honte devant lui aussi, et elle se montra sèche et distante. Vite, elle enfila ses bottes et son manteau, incapable de rester une seconde de plus dans cette maison, incapable de supporter la bonté de Paul et sa *maudite bienveillance.*

41. Partis

Ils n'étaient plus là. Il n'y avait plus personne. Clayton les avait emmenés. La maison était vide. Les tiroirs et les placards, vides. Les lits défaits, déserts, déjà froids.

Elle mit dans une boîte les effets qu'ils avaient oubliés, les rares vêtements qui étaient au sale. Il y eut assez de place pour tout ce qu'ils avaient laissé derrière eux. Ils avaient bien travaillé. La table avait été débarrassée des valentins. Dolly, sans doute.

Le bol de Pearce était sur l'égouttoir. Pareil à l'écuelle d'un chien. Comme s'ils étaient passés récupérer leur chien, le chiot égaré qu'elle gardait pour eux depuis longtemps, mais qu'ils avaient laissé son bol parce qu'ils en avaient déjà un.

Elle rangea la cuisine. Elle vaporisa les parois du four de nettoyant et, pendant qu'il agissait, sortit les poêles et les casseroles des armoires et des tiroirs, les empila sur la table et nettoya les moindres surfaces à l'aide de l'aspirateur et d'une solution d'eau chaude savonneuse additionnée d'eau de Javel. Comme si sa mère l'épiait.

À minuit, Paul frappa à sa porte jusqu'à ce qu'elle lui ouvre enfin.

Elle n'avait rien à dire ; lui non plus. Elle mit la bouilloire sur le feu pour faire du thé. Il la prit dans ses bras, mais c'était peine perdue, elle était inconsolable, et elle se dégagea pour aller chercher le lait et les tasses. Une odeur aseptisée régnait dans la cuisine. Elle songea à lui demander de l'aider à démonter les lits superposés, car elle tenait à en faire cadeau aux Gage, où qu'ils soient. Téléphoneraient-ils seulement pour lui dire où ils étaient ?

Elle ne dit rien au sujet des lits. Elle ne pouvait pas parler de tout cela à Paul, pas maintenant. Il avait dit que c'étaient *leurs enfants,* comme si elle n'était pas déjà au courant. Elle avait peine à se montrer polie avec lui. Pourtant, lorsqu'il fit mine de se diriger vers la porte, elle dit :

— Reste, s'il te plaît.

— D'accord, dit-il, surpris. J'ai ma trousse de rasage dans la voiture. Je suis là pour rester.

Mais elle ne voulait pas qu'il reste non plus. Elle ne voulait rien, sauf le retour de Pearce, Trevor et Dolly, sauf la vie qu'elle avait quittée cet après-midi pour courir aider Lorraine, l'aider encore !

Elle eut peur de se mettre à crier. Elle dit plutôt qu'elle avait envie de prendre une douche, qu'elle se sentirait peut-être un peu mieux après. Lorsqu'elle revint dans sa chambre, Paul était là, toujours debout. Il examinait les livres sur sa table de chevet. Il était gentil, il cherchait à l'aider. L'idée qu'on lui vienne en aide lui était insupportable. Jusqu'à la vulnérabilité de Paul qui la hérissait. Mais la douche l'avait apaisée, et elle put toucher son bras, parler.

— Merci d'être venu, dit-elle.

Façon de me remettre à ma place, se dit Paul. Une simple visite paroissiale. Il s'allongea à côté d'elle et la serra contre lui pendant qu'elle pleurait en silence, impuissant à la consoler.

Le lendemain matin, elle trouva la voiture de sa mère garée devant la maison.

Paul avait laissé une tasse de thé sur la table de chevet et posé une soucoupe dessus pour garder la boisson au chaud. Sentant la crème à raser, il l'avait embrassée en lui disant qu'il reviendrait l'après-midi. Elle garda les yeux fermés jusqu'après son départ et, par accident, sombra de nouveau dans un profond sommeil. Lorsqu'elle se réveilla et sortit du lit, uniquement parce que rester immobile l'obligerait à penser, il était passé neuf heures.

Elle tira les rideaux et la voiture était là. Comment pouvait-on rendre une voiture sans dire un mot? Même pour Clayton, c'était un peu fort. Elle s'habilla et but le thé froid.

Les clés étaient sur le siège du conducteur. On avait scotché un mot au pare-brise. *Merci. On vous fera signe. Lorraine.* L'habitacle était d'une scrupuleuse propreté.

Clary rentra et fouilla son sac et ses poches de manteau. Où chercher, sinon? Sa propre voiture? Elle sortit en courant et la trouva, glissée entre deux pages de son calepin, qu'elle avait laissé dans la boîte à gants. La carte de la femme des services sociaux. Bertrice Morgan.

La voix de Bertrice était grave et légèrement tendue.

— Services familiaux et communautaires, Bertrice à l'appareil.

— Je téléphone… Clara Purdy, ici, dit Clary. Je vous appelle au sujet de Lorraine Gage.

— Ah bon?

— Pendant le séjour de Lorraine à l'hôpital, les enfants ont habité chez moi, et je…

— Vous êtes sa belle-mère?

— Quoi?

— Les enfants vivaient avec la belle-mère de Lorraine.

— Non, je… Oui, c'est exact. Ils étaient chez moi. Dans ma maison. Du moins… pendant les traitements de Lorraine.

— Qu'est-ce que je peux faire pour vous, Mrs. Purdy?

— Ils sont partis, ils ont déménagé.

Que pouvait-elle bien dire? Elle avait l'air d'une folle. Elle tenta de se ressaisir, de dissimuler les cassures de sa voix.

— J'ai des affaires du bébé et des travaux scolaires des enfants, mais j'ai égaré leur nouvelle adresse.

Bertrice mit un certain temps à répondre.

— Je voulais les leur envoyer, vous comprenez, les rendre aux enfants… Il faut que je les leur fasse parvenir…

— Vous semblez bouleversée, dit Bertrice.

— Clayton a rapporté ma voiture, dit Clary avant de se taire.

Il y eut un long silence.

— Je suis inquiète, dit Clary.

— Ça s'entend.

— J'ai peur de ce qui va leur arriver, poursuivit Clary.

Mais elle ne put se résoudre à en dire plus. En partie parce que c'était injuste et qu'elle s'en rendait compte. Plus encore parce que, en ce moment, de lourds sanglots risquaient de monter dans sa gorge et de l'étrangler. Elle était cinglée, sa démarche était indéfendable. Elle voulait…

— Mrs. Purdy?

Bertrice recevait sans doute de nombreux appels de la part de cinglés.

— Pourquoi ne pas me donner votre numéro, Mrs. Purdy? Si Lorraine a besoin de communiquer avec vous, je le lui transmettrai.

Clary eut peur de crier. Sa main tremblait sur le combiné. Elle le laissa retomber.

À l'hôpital, on la connaissait. Debbie, la doyenne des infirmières, était de service. Un coup de chance.

— Oui, absolument. Où est-ce qu'on a… Derrière le comptoir des infirmières, Debbie examina des papiers et des papillons adhésifs.

— Elle a laissé un numéro pour Darwin, qui devait téléphoner, et je crois qu'il l'a fait, mais avons-nous… hum… Telle est la question.

Dans l'intention de participer aux recherches, Clary se pencha au maximum.

— Là! Je savais bien que personne ne l'aurait jeté. C'est toujours moi qui fais le ménage, ici. Tiens, je croyais qu'il y avait un numéro de téléphone, mais c'est tout ce que j'ai.

Debbie lui tendit un papillon adhésif jaune, où figuraient le nom de Darwin et une adresse dans la 38ᵉ Rue.

— Merci, dit Clary. Pendant cette épreuve, vous avez toutes été très aimables.

— Et vous donc! Je ne sais pas comment elle s'en serait sortie sans vous et sans son frère. Faites attention à vous, dit Debbie.

Elle mit sa main tiède et potelée sur le bras de Clary, et Clary eut l'impression d'être marquée au fer rouge. Elle accepta la flétrissure.

— Ah oui, j'oubliais. Nous avons trouvé ceci, dit Debbie en lui tendant une enveloppe en papier kraft.

Les chaussures de Clary claquèrent sur le sol. L'ascenseur prenait trop de temps. Elle descendit les escaliers au pas de course, clac, clac. En sortant du parking à reculons, elle faillit heurter un vieil homme, et elle dut freiner brusquement, son cœur battant la chamade. Elle essaya de se calmer. Le pont la transporta au-dessus de la rivière, et les rues la conduisirent vers le nord, comme de la limaille de fer, et là se trouvait la 37ᵉ Rue et, après, leur rue.

Mais elle ne put s'y engager. Elle prit plutôt la 39ᵉ. Des maisons d'après-guerre, de sinistres immeubles à logements. C'était sans doute là. Leurs fenêtres s'ouvraient peut-être sur l'arrière, et ils la voyaient en train de les espionner.

Elle apercevait le cimetière, de l'autre côté de l'autoroute. À force de tourner à gauche et à droite, elle finit par s'y rendre et marcha dans les allées jusqu'aux tombes de sa mère et de son père. Pas de fleurs, rien à laisser derrière elle. C'était sans importance, de toute façon. Sa mère n'était pas là. Dans la terre, il n'y avait qu'une vieille robe et une paire de chaussures noires. Des chaussures pour un cadavre, quelle sottise. On devrait mettre nos morts dans les arbres et les laisser s'envoler, se dit-elle. Son père? De lui, il restait quelque chose. Probablement parce qu'elle avait si souvent visité sa tombe avec sa mère. De la limaille de fer, de la limaille de fer. Elle se pencha et embrassa les pierres tombales, l'une après l'autre. George Purdy, Elizabeth Purdy. *Unis dans la mort.*

Les rayons du soleil, chauds pour février, transperçaient les vitres de la voiture. L'enveloppe en papier kraft était posée sur la banquette. Elle l'ouvrit: un grand nombre de croquis et une aquarelle à moitié achevée représentant Pearce, exécutée selon les directives du manuel, une croix au crayon marquant l'emplacement des yeux et du front, abandonnée. Sans doute Lorraine avait-elle jugé l'aquarelle ratée. Mais c'était plutôt ressemblant.

Clary contempla son garçon, ses yeux, sa bouche. Que pouvait-elle faire? Elle pouvait tenter de faire mieux.

La vérité, c'est qu'elle n'avait plus besoin de sa maison. Elle aurait dû déménager après la mort de sa mère. Il fallait qu'elle s'en déleste. À présent, avec toutes ces pièces vides et sonores autour d'elle, il était tout à fait logique qu'elle leur revienne, à eux.

Paul la laisserait vivre chez lui pendant qu'elle chercherait quelque chose de plus petit. Elle réserva un camion, loua un mini-entrepôt et passa deux ou trois jours à emballer des articles en porcelaine et en cristal, avec tous les égards dus à des objets précieux, à vider les bahuts et à effectuer le tri qu'elle remettait depuis des années. Il faudrait faire évaluer les trésors de sa mère avant de les vendre; il était grand temps de se débarrasser de ce fardeau de fierté scintillante.

Parlant de fardeau, elle mit une pancarte *À vendre* dans le pare-brise de la voiture de sa mère, avec son numéro de téléphone et le prix. Une heure plus tard, Mrs. Bunt frappa à la porte et acheta la voiture comptant. Il est temps qu'elle s'émancipe de Mr. Bunt, se dit Clary en lui tendant la clé. Mrs. Bunt fit démarrer la voiture et effectua un trajet d'environ six mètres. Devant la maison des Bunt, la voiture avait l'air chez elle.

Une fois tous les objets fragiles emballés et les lieux fin prêts, Clary se lava les cheveux, enfila un jean et roula jusqu'à la 38e Rue. Comme l'arrière, la façade de l'immeuble à logements ne payait pas de mine. Des rideaux en lambeaux pendaient devant certaines fenêtres, tandis que d'autres étaient tapissées de papier d'aluminium plissé. Entre les lames de neige sale de la cour, on voyait de curieuses plaques d'herbes sales. Il y avait une sonnette pour le *Concierge,* mais pas de nom. Clary poussa le bouton. Le linoléum du vestibule était gondolé et déchiré par endroits. Cependant, on avait nettoyé la vitre qui séparait le coin des boîtes aux lettres et le hall ; Clary vit une porte s'ouvrir au bout du couloir et quelqu'un s'approcher.

Lorraine. En voyant Clary, elle ralentit le pas. Mais elle ouvrit la porte.

— Bonjour, dit-elle.

Pas de questions.

— Bonjour, dit Clary.

À la vue de Lorraine, elle ne sut pas par où commencer. Elle portait un foulard noué sur ses cheveux coupés ras, un pantalon marine et un chemisier bleu aux épaules trop larges, mais, à cause des stéroïdes, elle avait encore le ventre arrondi. Son teint était peut-être un peu meilleur. Mais, dans la mauvaise lumière du hall, c'était difficile à dire. Elle s'était dessiné des sourcils. Clary se souvint de lui avoir embrassé la joue.

— Entrez, dit Lorraine en ouvrant la porte un peu plus.

— Je… Je ne suis pas venue en visite.

Les enfants n'étaient pas à la maison, évidemment ; Pearce, oui. Clary s'avança d'un pas et se chargea de la lourde porte en verre.

Lorraine se tourna vers la porte entrouverte de l'appartement.

— Qu'est-ce que je peux faire pour vous, dans ce cas?

— J'ai une proposition à vous faire, commença Clary, fidèle à sa décision. Il vous faut… De toute évidence, il vous faut un endroit où habiter. J'ai beaucoup réfléchi et…

Lorraine lui coupa la parole.

— Il a déjà téléphoné. Ici, ce n'est pas exactement un palace, vous avez raison. Les démarches de Clay auprès de la direction n'ont pas donné grand-chose. Nous allions chercher mieux, mais nous avons eu de la chance avec le duplex, et nous sommes très… Ce sera parfait. C'est très gentil de sa part. Il faut probablement que je vous remercie, vous aussi.

Clary s'efforçait de saisir.

— Je sais qu'il nous fait un prix de faveur, mais c'est temporaire. Et nous allons bien nous occuper de l'appartement. Grace et Moreland n'y perdront pas au change.

Les duplex de Moreland. Clary s'appuya contre le cadre métallique de la porte. Elle entendit Pearce pleurnicher plaintivement dans l'appartement.

Sa poitrine se serra. Il faudrait qu'elle consulte à ce sujet. Elle ne pourrait supporter très longtemps une telle souffrance physique.

— Selon Darwin, Fern a téléphoné à son père pour voir s'il avait des idées. Par chance, des locataires s'en vont cette semaine. Nous n'aurons même pas à attendre. Moreland a tout arrangé au téléphone. C'est le duplex bleu de la rue Palmer, l'appartement de droite. Les enfants seront plus heureux, là-bas. En plus, c'est assez près de l'école Brundstone. Ça, ça devrait vous faire plaisir. Ils vont devoir prendre l'autobus, mais ça ne fait rien.

Lorraine sourit, faillit rire. Qu'attendait-elle pour aller voir ce que voulait Pearce?

— Qu'est-ce que vous…

— Ah oui, j'oubliais. Je suis passée à l'hôpital, aujour-d'hui, et on m'a remis cette enveloppe pour vous, dit Clary.

Elle la tendit à Lorraine.

— Bah. J'avais mis tout ça à la poubelle, dit Lorraine en feuilletant les papiers.

Le portrait de Pearce n'était pas dans la pile. Clary l'avait laissé sur la table de cuisine. Depuis le début, au fond, elle savait que son projet était voué à l'échec.

— Bon, dit-elle. Je voulais seulement vous dire que je peux vous faire livrer les lits superposés pour les petits.

Elle n'utilisait jamais le mot *petits*, qui fit un drôle d'effet dans sa bouche.

— Si vous n'en avez plus besoin, ce serait bien.

Qu'est-ce qu'elle pourrait en faire, au juste? Elle fixa Lorraine, qui soutint son regard sans sourciller.

— Bertrice m'a dit que vous lui aviez téléphoné, dit-elle.

Clary ne dit rien. Il n'y avait rien à dire.

— Je lui ai dit que vous étiez une amie de la famille, que vous nous aviez donné un coup de main. Qu'est-ce que vous cherchiez à accomplir, au juste?

Clary avait un goût de sel au fond de la bouche. Elles étaient toutes deux en colère, et le petit hall baignait dans une chaleur cuisante.

— Je vais leur dire bonjour de votre part, fit Lorraine en tirant sur la porte en verre pour laisser sortir Clary.

Clary se contenta de hocher la tête : elle avait un dragon dans la bouche. Si elle desserrait les lèvres et le laissait sortir, il cracherait du feu.

42. Aussi varié que beau et neuf

Elle n'eut donc pas besoin de demander à Paul si elle pouvait habiter chez lui. Elle était condamnée à rester chez elle.

Elle laissa un message sur son répondeur à l'église : elle passerait les prochains jours à Davina. Ce qu'il ne saurait pas, c'est qu'elle ne pouvait pas aller à Davina, comme elle aurait pu le faire normalement en cas de difficulté, pour la simple et bonne raison qu'il n'y avait personne là-bas, sans parler de la stupéfiante trahison de Moreland, qui leur cédait un appartement. Elle mit le portrait de Pearce dans le tiroir de débarras de la cuisine et ne répondit pas à la porte. Lorsque Grace et Moreland l'appelèrent depuis Hawaï, elle ne décrocha pas ; elle n'écouta pas ses messages. Elle s'allongea, sans savoir comment se lever. À force de dormir, elle se sortit peu à peu de la souffrance la plus aiguë.

Mrs. Zenko téléphona deux fois depuis Londres. Clary ne décrocha qu'une seule fois : elle avait reconnu l'indicatif du correspondant, le 604, c'est-à-dire Vancouver.

— Comment ça va ? demanda Darwin.

Il y avait de la friture, comme s'il utilisait un cellulaire.

— Pas trop bien.

— C'est dur, dit-il.

Silence. Il n'allait rien ajouter ?

— Comment avez-vous pu ? Comment avez-vous pu laisser Fern faire ça ?

La communication était mauvaise. Elle n'aurait su dire s'il gardait le silence ou si la communication était coupée.

— Vous êtes là ?

Silence, puis :

— … vous êtes toujours…

Toujours quoi ?

La voix de Darwin s'imposa de nouveau.

— … au tour de Moreland…

Que du vide.

— Darwin ?

Au bout d'une minute, elle fit une nouvelle tentative.

— Comment avez-vous pu partir ?

Elle ne savait même pas s'il l'entendait, s'il répondrait. Elle bafouilla dans le combiné :

— Ils me manquent trop, je ne sais plus comment fonctionner sans personne à mes côtés. Je ne leur ai pas dit au revoir, je ne leur ai rien expliqué, ils ne m'ont pas laissée faire. La maison est vide. Je ne mange pas, je ne dors pas. Ils me manquent tellement, c'est trop dur.

Elle s'interrompit. L'entendait-il ? Pas de réponse.

— Je pensais qu'elle était mon amie !

Quelle puérilité, quelle vulnérabilité, quelle franchise ! En effet, cela comptait pour la moitié de la blessure.

Seul le silence lui répondit. Au bout d'un moment, faiblement, les mots :

— … me manquez…

— Vous me manquez aussi, Fern et vous…

Elle ne put ajouter *les autres aussi.*

— … de retour, dit-il.

C'est du moins ce qu'elle crut entendre.

À l'arrivée du camion qu'elle avait oublié d'annuler, elle demanda aux déménageurs d'emporter les boîtes au mini-entrepôt qu'elle avait réservé. Au moins, elles ne seraient plus dans ses jambes en attendant l'évaluation, le moment où, à force de travail, elle s'extirperait du trou financier qu'elle avait elle-même creusé, des conséquences de cette année perdue.

À sa demande, les déménageurs démontèrent les lits super-posés et s'engagèrent à les livrer à l'appartement du duplex bleu, le 1008 ou le 1006, elle avait oublié. Un des beaux duplex de Moreland, assez spacieux, deux chambres à coucher au rez-de-chaussée et deux ou trois pièces habitables au sous-sol. Clary, qui avait souvent aidé Grace à y faire le ménage avant l'arrivée de nouveaux locataires, les connaissait bien. Aveuglément, elle roula en boule les draps et les couvertures ; à la dernière minute, elle ajouta les rideaux de la chambre des enfants.

Après le départ des déménageurs, elle se rendit compte qu'elle avait oublié le petit lit de Pearce dans sa chambre. Elle le démonta elle-même, déposa les pièces détachées dans la garde-robe de la chambre des enfants et ferma derrière elle.

Une fois le salon débarrassé du fouillis des boîtes, preuve de la folie qu'elle avait failli commettre en essayant de donner sa maison, elle téléphona à Paul. Elle n'en avait pas envie, dans la mesure où sa présence rendrait leur absence à eux plus tan-gible, mais il n'était pour rien dans leur départ et, maintenant qu'elle avait retrouvé son équilibre, elle ne devait pas le punir. Il vint aussitôt, mû par l'esseulement ou le sens du devoir, elle n'aurait su dire lequel.

Il avait rendu visite aux Gage, était arrivé au moment même où ils s'installaient dans leur nouveau logement.

— Ils n'auraient pas dû t'exclure, dit-il. Je ne vois pas pourquoi ils sentent le besoin de priver les enfants de toi, de ton aide.

De lui aussi, comprit Clary, car il était associé à elle, même s'il pouvait toujours invoquer le prétexte d'une visite parois-siale.

— L'homme de Swingline était là pour les aider à emmé-nager. Sa femme, apparemment, s'intéresse beaucoup à eux. Elle m'a dit que son mari et elle étaient très attachés à Clayton.

Le ton de Paul avait quelque chose de tranchant (phénomène en soi inédit), comme s'il jugeait excessif l'attachement de la femme pour Clayton. Clary en tira une vilaine satisfaction : cette femme faisait des folies et Lorraine se doutait peut-être de quelque chose. Elle avait un mauvais goût dans la bouche. C'était inévitable, non ? Depuis combien de temps se nourrissait-elle exclusivement de toasts ?

Ils allèrent au restaurant, mais ce fut une soirée sans joie. Paul la raccompagna chez elle. Ils ne s'étaient pas vus depuis une semaine. Sans l'avoir consciemment décidé, ils commencèrent à faire l'amour et ne s'arrêtèrent pas : c'était mieux que de parler, mieux que de penser.

Allongé à côté de Clary dans le noir, Paul déclama :

— *... le monde, bien qu'il semble/S'étendre devant nous comme un pays de rêve/Aussi varié que beau et neuf,/Est vraiment sans amour, sans joie et sans lumière,/Sans paix ni certitude, où la douleur est reine.*

Se tournant vers lui, Clary étudia son profil presque invisible.

— Tu me parles toujours en vers. Tu n'utilises jamais tes propres mots.

— Je...

— Je... tu...

Elle attendit.

— Je dis ce que je peux.

— Ça ne suffit pas.

Il ne dit rien.

Je suis seule, songea-t-elle. Inutile, cependant, d'en faire le constat à voix haute.

— Dieu te parle en vers, non ? lui demanda-t-elle enfin.

C'est exact, songea-t-il. Mais Dieu s'adressait aussi à lui dans le monde. Peut-être devrait-il, lui, s'adresser à Clary dans le monde. Il était trop fatigué pour penser. Des poèmes lui revenaient à la mémoire, cependant, ceux du pauvre Ted

Hughes ou de la pauvre Sylvia Plath : *Dans leur sommeil entrelacés ils changèrent de bras et de jambes/Dans leurs rêves leurs cerveaux se prirent en otage/Au matin ils avaient le visage l'un de l'autre.*

Le samedi soir, ils allèrent au cinéma. Il fallait bien faire quelque chose. Après, ils se rendirent chez Paul, car il était clair que Clary ne voulait pas rentrer chez elle. Mais la maison de Paul était vide, elle aussi. Heureusement, ils avaient assisté à une projection tardive, et ils purent se mettre au lit. Paul éteignit les lumières, ouvrit le réfrigérateur pour s'offrir une dernière rasade de lait.

— Rien, dit Clary.

Ils montèrent l'un derrière l'autre et entrèrent dans la chambre, où ils se déshabillèrent sans hâte ni désordre.

Clary suspendit sa jupe dans la garde-robe presque vide. En se penchant pour la lisser, elle détecta un parfum… Lisanne. Prudemment, elle fit glisser ses mains sur le tissu en évitant de respirer. Elle pourrait aussi la plier et la mettre sur la chaise. Elle la laissa là où elle était.

Paul réglait le réveil.

— Elle te manque ? lui demanda-t-elle.

— Oui, répondit-il.

Ils firent quand même l'amour, de façon plus ou moins passionnée. Ils savaient désormais ce qu'ils faisaient, c'en était presque banal. Ils étaient fatigués. Il jouit, soupira en frissonnant, l'embrassa et s'endormit. Elle resta longtemps les yeux ouverts. Ils étaient trop semblables : hésitants, dépourvus de l'audace la plus élémentaire, coupés des autres et du reste du monde, ils trouvaient refuge dans les hauteurs éthérées du langage. De toute façon, ce n'était que du gaspillage.

Paul ne parvenait pas à boutonner les quatre derniers boutons de sa soutane. Il s'assit pour faire le point. Le 3 mars, premier dimanche du carême : « On ne doit pas subir les privations et les humiliations du carême sans la certitude de l'amour inconditionnel de Dieu. » Façon de banaliser et d'avilir cette saison pénitentielle, se dit-il. Après le long carême, ce serait Pâques, puis les Pentecôtes, vingt-quatre cette année, jusqu'au retour de l'avent.

Il ne trouva pas la force d'invoquer le nom de Dieu. Était-ce le Baal Shem Tov qui, chaque matin, avant de se rendre au temple, disait adieu à sa femme et à ses enfants en les embrassant, au cas où, après avoir invoqué le nom de Dieu, il serait tué avant d'avoir eu l'occasion de lui demander sa miséricorde? Pas lui, cependant. Il était plus faible, plus stupide, moins fidèle. Il n'avait ni l'énergie ni la volonté de faire entrer Dieu dans l'église pour tous ces gens, ni la disponibilité pour en devenir l'instrument. Il entendit Frank Rich sonner la cloche et n'éprouva qu'une vague contrariété à l'idée que l'on exige pareille chose de lui. Il couvait sans doute une grippe. Il fit passer l'étole entre ses mains, sa peau rugueuse sur le satin violet du carême.

Clary avait pris place au fond de l'église. À la vue de Paul, elle se surprit à mépriser son maintien, son attitude de vaincu. Elle s'obligea à le respecter. Il était fatigué. Mais son effacement… Il faudrait qu'elle le secoue un peu! Lorsqu'elle avait voulu ravoir les enfants, il s'était réfugié derrière une posture morale d'une telle arrogance…

Elle examina sa situation, sa place dans l'église. Elle y venait pour Paul, de la même façon qu'elle y était venue pour sa mère (elle omit à dessein la brève période au cours de laquelle elle avait eu les enfants). À présent, elle n'y trouvait ni plaisir ni consolation. Que de l'hypocrisie. Elle n'avait rien à faire en ce lieu.

Le service terminé, Clary se rendit chez Paul. Après le café, il la trouva sur le perron qui l'attendait.

— Nous devrions arrêter, dit-elle au moment où il posait le pied sur la première marche.

En attendant plus longtemps, elle risquait de voir sa résolution s'émousser, et cette triste histoire s'éterniserait. Il la fixa d'un air étonné, mais elle savait bien qu'il ne pouvait pas l'être sincèrement. Il sembla s'affaisser sous le poids de la déception de Clary, de son incapacité à passer l'éponge, que seule motivait l'égoïsme. Elle lisait tout cela dans son corps et dans son visage.

— Nous... Je... Je t'ai donné une idée fausse. C'est un mensonge. Je savais que c'était trop tôt pour toi. Après Lisanne. J'ai eu l'illusion que nous pourrions former une sorte de famille.

Il la regardait toujours. Il devrait arrêter, se dit-elle.

Puisqu'il ne le faisait pas, elle détourna les yeux, elle.

— Je n'ai plus envie de jouer à ce jeu-là. Je suis désolée de t'avoir entraîné dans cette histoire.

Automatiquement, la main de Paul se tendit vers la porte, comme s'il l'invitait à entrer.

— Non, merci, dit-elle. Je vais rentrer chez moi.

Même s'il lui facilitait la tâche, elle fut paradoxalement blessée par son silence, son incapacité à balbutier des banalités : il avait passé un bon moment avec elle, il y avait pris plaisir. Elle secoua violemment la tête, se fit mal au cou. Elle n'avait pas envie de l'entendre débiter de telles sornettes. Mieux valait encore le silence.

Elle ne se retourna pas pour voir s'il était encore planté au même endroit. Elle s'engagea dans la rue en s'admonestant avec fureur : *Je les ai trop aimés. Dieu me punit d'avoir aimé des gens comme je devrais l'aimer, lui.* Il y avait, là aussi, une faille dans son raisonnement. Pourquoi fallait-il que Dieu la punisse ? Elle ne se donna pas la peine de creuser la question, car elle en avait assez de Dieu. Il exigeait, exigeait, exigeait... Il n'y avait rien à en attendre de bon. Tout ce qu'elle pouvait espérer, c'était la solitude et le désespoir, voilà tout...

Assez. Elle en avait assez. Elle aurait sa revanche. Elle irait seule au cinéma, mangerait au restaurant quand elle en aurait envie, aurait un petit boulot et une maison bien rangée.

Elle avait besoin de provisions. À l'épicerie, le jeudi, elle tomba sur Mat de Gilman-Stott, qui prit des nouvelles de sa famille. Clary répondit que les enfants étaient partis, que leur mère était guérie, c'était merveilleux. Elle put prononcer les mots avec légèreté, sans avoir envie de pleurer, roulée en boule sur les carreaux du magasin.

Le lendemain matin, elle reçut un coup de fil de Barrett. Il était au désespoir : la femme de Biggar n'avait pas fait l'affaire, en fin de compte. Accepterait-elle de revenir ? Avait-elle recouvré ses esprits ?

Elle arrivait à rire, désormais, même si elle détesta le son guttural et faux qui était sorti de sa bouche.

— Le bon sens m'a été enfoncé dans la gorge, dit-elle. Pour la paperasse, ça ne serait pas trop compliqué ?

Rien de plus simple. Rien ne plairait davantage au siège social. Barrett débordait d'enthousiasme.

Pour occuper le week-end, Clary fit le ménage du garage. Elle mit la main sur la pile d'ouvrages d'introspection et d'amélioration de soi au ton pontifiant qu'elle avait rangés là lorsqu'ils étaient arrivés chez elle et prit plaisir à les jeter à la poubelle. Thich Nhat Hanh et tout ça. Après sept mois de négligence, elle s'attaqua à sa garde-robe. C'était la pagaille, là-dedans. Elle détestait tous ses vêtements. Malgré son retour au travail imminent, elle élimina la moitié de ses costumes.

Sur une des tablettes du haut, elle tomba sur l'acte de mariage que Dolly avait fait voir à la triste petite Ann Hemla. Tout cela devait partir. La boîte était remplie de photos et de papiers faisant la chronique de ses anciennes amours : trois lettres de Harvey Reimer, la troisième accompagnée d'une photo du petit dernier, celui qui avait sauvé son mariage et qui devait à présent avoir près de neuf ans. Un instantané de Gary avec une pochette de photos prises dans cet hôtel sordide à Cancún. Quant au reste, c'était des effets scolaires, des bulletins de notes, des photos. Sa photo de bachelière : dans ses bras, la gerbe de roses rouges qu'on remettait à chacune.

Une vie gaspillée. Pas de lettres de Paul ni de photos des enfants. Elle emporta la boîte dans la cour, souleva la grille du barbecue et enterra les photos et les lettres sous la cendre de charbon de bois. Elle alluma un des coins de l'acte de mariage à l'aide du briquet à long manche. Il forma une flamme triangulaire, prit pour de bon, passa du brun au noir et se recroquevilla. Quand le feu lui lécha les doigts, Clary dut laisser tomber le document sur les autres. De la fumée s'éleva dans le ciel, les photos roussirent, les images s'effacèrent, puis il ne resta plus rien. Elle rangea le barbecue et, là encore, remit tout en ordre. Puis elle alla seule au cinéma. Deux films d'affilée. De temps en temps, elle passait devant ses yeux sa main, pareille à un essuie-glace.

Le matin, elle se leva à sept heures, prit sa douche, s'habilla, se prépara un œuf poché et laissa derrière elle sa maison immaculée. Ses clés étaient à l'endroit précis où elle les avait laissées. Sur le tapis de la garde-robe du vestibule, il n'y avait que ses bottes à elle, au lieu du fouillis des derniers mois. Elle ne se retourna pas, car il n'y avait personne pour la saluer de la main, tirer les rideaux du salon jusqu'au bout de la tringle et même un peu plus, laisser des traces de doigts sur la vitre.

— Tu es de retour à la même place ! dit Mat.

— Tu es de retour ! À la même place, par-dessus le marché, dit Evie.

Barrett était absent. Sa sciatique lui faisait de nouveau des misères. C'est uniquement pour cette raison qu'elle réussit à tenir le coup. Pendant trois jours, Clary resta assise à son bureau ou dans la salle du personnel de Gilman-Stott, tua le temps en bavardant. Elle se demanda comment elle avait pu porter des bas de nylon tous les jours, apporter ses chaussures dans un petit sac fermé par un cordon, comment elle avait pu mener une vie aussi vide, contempler des sinistres d'une hauteur olympienne, à l'abri des salissures du réel. Elle avait envie d'un violent orage, d'une catastrophe naturelle.

Le jeudi, Barrett revint, une canne à la main, très comme il faut. L'après-midi, il invita Clary dans son bureau, tira une chaise à son intention et, penché, lui dit à l'oreille :

— Nous devrions vraiment être ensemble, toi et moi, tu sais.

À ces mots, Clary dressa la tête, recula.

— Voyons, Clara, dit-il, ses yeux comme des petits oignons ronds bouillis, trop près d'elle. Ne sois pas faussement timide. Nous avons toujours eu une complicité particulière, toi et moi.

Elle démissionna donc de nouveau.

43. Ivresse

Lorraine célébra son trente-sixième anniversaire le 16 mars, mais ils n'en firent pas tout un plat. En fait, elle n'en parla même pas aux enfants. C'était un vendredi, mais Clayton dut travailler tard parce que la femme de Davis tenait à ce qu'il termine la tête du lit de la chambre d'amis avant l'arrivée de sa sœur. Après le travail, il prendrait une bouteille de rhum blanc, le préféré de Lorraine, et ils se soûleraient ensemble. Au régime sec depuis des mois, Lorraine attendait cette soirée avec impatience.

Elle coucha les enfants en se réjouissant du retard de Clayton, car l'idée qu'ils sentent son haleine empuantie par l'alcool ne lui souriait guère. Clayton refuserait de partager avec maman Pell, et Lorraine lui descendit une collation nocturne dans la chambre qu'elle occupait au sous-sol, où elle s'entendit une fois de plus reprocher amèrement l'absence d'un téléviseur. Ensuite, elle remonta au rez-de-chaussée pour coucher les enfants. Ils étaient fatigués. Pearce ne fit pas trop d'histoires, même si, depuis quelque temps, il n'était guère commode. Il réclamait Clary, ou du moins ce qu'elle lui faisait manger. Parfois, il poussait sur la poitrine de Lorraine, s'écartait d'elle et la regardait en fronçant les sourcils. L'œuvre de Clary, l'œuvre du cancer.

Dans les chambres sombres, elle ramassa le linge sale, mais elle était trop fatiguée pour redescendre tout de suite. Elle renonça et laissa le monceau sur le gros fauteuil que lui avait donné Clayton. Personne ne s'y assoyait jamais, et il était toujours encombré de tout un bric-à-brac. Le lendemain matin, elle aurait la force d'affronter l'escalier du sous-sol. Le sèche-linge faisait un drôle de bruit, mais elle préférait ne pas déranger Moreland. Le pantalon de Trevor était trop petit.

Elle se sentait moche. Il fallait qu'elle se ressaisisse. Heureusement que Bertrice leur avait obtenu des allocations familiales. Au moins, elle avait de quoi les nourrir. Bientôt, il y aurait aussi les prestations d'invalidité. Et Swingline constituait une source de revenus fiable. Lorraine se faisait encore du souci pour l'argent, mais il y avait longtemps qu'ils n'avaient pas eu d'aussi bonnes rentrées.

Et l'appartement du duplex était beaucoup mieux que l'autre. Ils avaient de la chance.

Lorsqu'il rentra enfin, vers onze heures, Clayton apportait une plante verte offerte par Davis et sa femme, mais elle savait que c'était surtout de la part de Davis, car Mrs. Davis ne voulait rien savoir de l'épouse maladive qui aurait dû crever. Ils burent leur rhum avec du coca en canette que Clayton avait aussi apporté.

— J'ai pensé à tout, se vanta-t-il, presque de bonne humeur.

C'était assez agréable. Assis côte à côte sur le canapé, le verre à la main, ils regardèrent un film d'horreur pour adolescents plutôt rigolo. Ils n'avaient pas encore le câble, mais la réception n'était pas trop mauvaise. Pendant un message publicitaire, Clayton dit que Davis, au lendemain des fêtes de Pâques, aurait une grosse commande : une église faisait rembourrer ses agenouilloirs à neuf, ce qui signifierait de nombreuses heures supplémentaires. À la pensée de nouveaux revenus, Lorraine sentit quelques nœuds se dénouer en elle.

— C'est peut-être l'église de Paul, dit-elle. Je me demande comment il va. On devrait aller le voir un dimanche pour le remercier de nous avoir aidés à déménager.

— Tu n'es pas très douée comme compagnon de beuverie. Je donnerais cher pour que Darwin soit là, dit Clayton en trébuchant un peu sur le *ch* de *cher*. Si on m'avait dit que je dirais ça un jour…

— Il va revenir.

— Ouais, la prochaine fois, on verra.

Clayton posa ses jambes sur les genoux de Lorraine et se cala dans le canapé.

— En ce moment, je n'ai pas besoin de lui, dit-elle. Je t'ai, toi.

Elle devait encore déployer des efforts considérables pour qu'il se sente mieux. De toute façon, il était là, c'est elle-même qui l'avait dit. Effet du rhum ou du stress résiduel, elle se sentait étourdie.

— Tu m'as, dit-il. Tu m'as, tout à toi.

Il avait descendu la moitié de la bouteille grand format; de la bière aurait été préférable. Elle se cala à son tour dans le canapé et corrigea la position des jambes de Clayton sur les siennes, sa main gauche refermée sur les pieds tièdes de l'homme dans leurs chaussettes propres. Regarde-le : déjà ivre, la tête pendant bêtement, les yeux mi-clos. Sous sa main droite, le genou arrondi de Clayton.

Sacrée façon de célébrer son anniversaire. Il mit la main sur la sienne.

— Tu m'as abandonnée, dit-elle en fixant son visage, les os qui le définissaient, sûre qu'il ne répondrait pas. Comment veux-tu que je te fasse confiance?

Mais elle savait de quoi il était capable et incapable. Qu'il n'ait pas quitté la Saskatchewan pendant son hospitalisation et qu'il ait continué de travailler pour Davis, c'était déjà beaucoup. Et la femme de Davis n'y était pour rien. Lorraine connaissait très bien Clayton. Elle n'avait pas envie de faire l'amour avec lui, ne parvenait même pas à imaginer qu'elle en aurait un jour envie, mais l'infirmière-conseil l'avait prévenue qu'il en serait ainsi pendant un certain temps, à cause de tous les traitements qu'elle avait subis. Elle ne lui en avait pas parlé. C'était sans importance. Il ne la harcèlerait pas.

Il lui tapota la main, les yeux toujours fermés. Plaça ses genoux contre ses jambes à elle, comme s'il la serrait contre lui, des hanches jusqu'aux pieds. Elle tenta de se souvenir de la dernière fois qu'ils avaient couché ensemble, des sensations éprouvées. Pour eux, faire l'amour avait toujours été plus facile que converser. Mais c'était impossible. La mémoire de Lorraine lui jouait des tours, et il était tard. Le rhum ne lui faisait aucun bien. Les défaillances de sa mémoire avaient quelque chose de bon : il était facile de ne plus penser au cancer, de ne plus être cette femme-là. Bientôt, très bientôt, elle réussirait à avancer. Elle n'était pas morte. Elle ne passerait pas sa vie à s'occuper de maman Pell, à travailler quand elle pourrait. Saskatoon était mieux que Winnipeg, d'abord, et probablement mieux que Fort McMurray. Les enfants étaient heureux, les enfants en valaient la peine.

Elle se leva et laissa Clayton s'installer plus confortablement sur le canapé. Elle posa une couverture sur lui, puis prit le linge sale sur le fauteuil et descendit prudemment au sous-sol, les pieds aveugles, pour faire une brassée de blanc. Elle remonta lentement et s'allongea à côté de Dolly, sur le lit d'en bas de la chambre des enfants, comme elle le faisait souvent, se colla le long de son dos, maintenant qu'elle dormait et ne pouvait pas sentir son haleine de rhum.

Au contraire de Pearce, Dolly était encore à elle.

Tôt le matin, Dolly grimpa par-dessus sa mère et réveilla Trevor, puis ils allèrent regarder la télévision. Lorraine les entendit, mais elle ne se réveilla pour de bon qu'au moment où Pearce se mit à crier, seul dans le petit lit en métal qu'ils avaient acheté chez Goodwill. Bientôt, il trouverait le moyen d'en descendre, au risque de se casser la figure, et ce serait épouvantable. Déjà neuf heures. Elle avait atrocement mal à la tête.

Elle habilla les enfants et ensemble ils allèrent au centre commercial, où elle acheta des provisions. Ils étaient de retour depuis une bonne heure lorsqu'elle se rendit compte que Trevor manquait à l'appel. Dolly l'aida à le chercher. Ensuite, Lorraine attrapa Pearce et parcourut la ruelle, puis la rue, mais il n'était nulle part. Ils coururent jusqu'au centre commercial. Rien.

Elle se sentit plus malade encore qu'au plus fort de sa lutte contre le cancer. Des vagues de peur et de souffrance lui lacéraient les bras. Elle était si fatiguée et si minée par la gueule de bois qu'elle n'arrivait pas à réfléchir, et elle avait des battements dans les tempes. Rien d'autre à faire que d'appeler la police. Elle composa donc le 911. En imagination, elle voyait tous les bosquets sombres, toutes les garde-robes entre l'appartement et le centre-ville. En esprit, elle voyait Trevor attaché à un poteau en métal. Elle éteignit et s'allongea en attendant l'arrivée des agents.

Elle ne se souvenait pas de ce qu'il portait, comprit-elle dès qu'ils commencèrent à l'interroger. Il n'avait qu'un blouson, sa parka marine, c'était un début. Avait-il encore le pantalon rouge en molleton dans lequel il avait dormi? Année de naissance? Elle n'arrivait pas à obliger son cerveau à restituer la date. Mille neuf cent quatre-vingt-quinze? La migraine la plongeait dans la confusion.

Dolly se tenait à côté d'elle dans l'embrasure de la porte, blême et effrayée. Elle refusa de desserrer les lèvres, même quand les policiers lui demandèrent si elle avait une idée de l'endroit où pouvait être son petit frère. Ils demandèrent la permission d'entrer, et Clayton dormait encore comme une souche sur le canapé, la bouteille de rhum et les verres sur le sol à côté de lui. L'un des policiers, l'homme, le secoua doucement par l'épaule. Clayton déplaça le bras, mais, Dieu merci, ne se réveilla pas.

Dans la chambre des enfants, Pearce pleurait de nouveau

et, au moment où Lorraine serrait la main de sa fille pour lui demander d'aller le chercher, il apparut tout seul.

— Rev! hurla-t-il. Revvvv!

De la salive coulait sur son menton. La policière éclata de rire. Pearce avait enfilé les tennis roses de Dolly, mais il s'était trompé de pieds. Il fit signe à Lorraine en montrant le couloir.

— Rev! répéta-t-il.

Elle comprit enfin.

— Trevor?

Elle courut dans le couloir et grimpa à l'échelle qui conduisait au lit d'en haut, où elle était pourtant sûre d'avoir déjà jeté un coup d'œil. Il y avait, poussés contre le mur, les draps enroulés, mais aussi Trevor, en train de se réveiller.

Vite, elle monta jusqu'au lit et le prit dans ses bras, de nouvelles coulées d'acide parcourant ses jambes et ses bras.

— Trevor, oh, Trevor, j'ai eu si peur, cria-t-elle comme une folle.

Effrayé, il se mit à pleurer. Dolly pleurait déjà, mais les policiers étaient heureux qu'on ait retrouvé le petit garçon. Ils se montrèrent très agréables. Pendant tout ce temps-là, Clayton dormit du sommeil du juste.

Darwin ne rappela pas. Il ne lui devait rien. Elle n'était pas malade, elle n'était pas sa sœur. Il avait réintégré son ancienne vie. Mais Clary commençait à craindre que Darwin et Fern ne soient… Lorsqu'ils vivaient sous son toit, elle n'avait jamais eu le sentiment qu'ils couchaient ensemble, mais qu'en savait-elle, au fond? Fern était douce et jolie, et son dernier copain était un crétin. Mais un couple formé de Darwin et de Fern n'avait aucun sens, et cette pensée la déprimait.

Comme tout le reste. La maison propre et vide, le silence, la durée mesurée du jour. Rien ne restait de ce qui l'avait mise dans tous ses états au cours des derniers mois : pas d'enfants, pas de Mrs. Pell, pas d'allers-retours à l'hôpital. Sa vie ordinaire avait disparu, elle aussi ; pas d'église (elle ne pouvait pas y remettre les pieds), pas d'emploi. Il fallait qu'elle trouve du travail, mais elle n'avait pas encore mobilisé le courage de préparer un CV ni d'appeler ses contacts dans d'autres compagnies.

Au milieu du mois de mars, Iris Haywood téléphona.

— J'ai appris par Paul que votre amie se portait merveilleusement bien, dit-elle.

Clary murmura *oui, hm, oui.*

— Et Dolly me dit que les enfants et leurs parents sont réunis. C'est très bien.

Le seul fait d'entendre le nom de Dolly déclencha en elle un élan de douleur.

— Mais vous devez vous sentir un peu désœuvrée, maintenant que vous avez terminé vos bonnes actions.

Clary en convint.

— Alors en parlant avec le directeur de l'arrondissement, hier, je me suis dit que vous seriez peut-être intéressée à faire un peu de travail pour le conseil scolaire, aux termes d'un contrat temporaire, à moins, évidemment, que vous envisagiez de recommencer tout de suite à travailler dans les assurances.

Iris Haywood était bien informée. Savait-elle que Clary avait quitté Gilman-Stott ?

— Quel genre de contrat, Iris ?

— Trois de nos bibliothécaires sont en congé de maternité. Disons qu'elles ont de grandes espérances ! Nous allons les remplacer seulement à la fin de l'année, mais il y a dans chacune des écoles tout un stock de livres à cataloguer. J'en ai douze caisses seulement ici à Brundstone. Si nous attendons le mois de septembre, ce sera un véritable fouillis. Alors j'ai été autorisée à embaucher quelqu'un qui mettra un peu d'ordre dans les trois établissements. Je sais que c'est en dessous de vos capacités, mais c'est une tâche agréable et tout à fait faisable, et je peux vous verser un salaire d'institutrice suppléante. Voulez-vous un peu de temps pour y réfléchir ?

— Pas la peine, dit Clary. J'accepte.

Clary était dans le couloir, et Trevor n'en crut pas ses yeux. Il pensa d'abord s'être fait des idées. Dans la bousculade des enfants qui sortaient pour la récréation, elle ne le vit pas. Il sentit son estomac s'affoler. Il courut aux toilettes et s'enferma dans une cabine, au cas où elle entrerait. Que devait-il faire ? Était-elle venue pour l'emmener chez elle ? Ses yeux lui piquaient. Pourquoi n'était-elle pas venue les voir une seule fois ? Dolly savait-elle que Clary était là ? Il passa toute la récréation dans les toilettes et, pendant qu'il était là, en profita pour se soulager deux fois. De la diarrhée. Pendant qu'il faisait caca, il eut envie de vomir, c'était affreux. S'il parlait à Clary, son père le tuerait. Et sa mère ! Jamais Trevor ne s'était senti aussi mal, même au plus fort de la maladie de sa mère.

Prévenue par Trevor pendant la pause du midi, Dolly ne fut pas surprise. Même sous le chaud soleil, il tremblait et frissonnait encore.

— Pourquoi tu paniques comme ça ? lui demanda-t-elle.

— Parce qu'elle veut m'emmener chez elle !

Elle était bouchée, ou quoi ?

— Et alors ? Tu n'es pas obligé d'y aller. Ne t'en fais pas, elle ne va rien te demander, elle nous en veut d'être partis sans lui dire bonjour.

C'était exactement ça, le problème. Ils l'avaient plantée là et elle était sûrement très en colère. Trevor renonça à convaincre Dolly, qui refusait tout simplement de comprendre. Il rôda furtivement dans l'école, longea les murs, se dissimula derrière d'autres enfants pour éviter de se faire remarquer. À l'heure de la bibliothèque, le vendredi matin, il voulut aller aux toilettes, mais Mrs. Ashby dit non et le prit par la main. Clary, cependant, n'était pas là. Il fut malheureux, car il avait envie de la voir.

Dolly fut surprise de la nostalgie qu'elle éprouva à la vue du visage de Clary. Elle étouffa cette sensation. C'est sans importance, se dit-elle. Mais elle pensait sans cesse à la possibilité de se rendre à la bibliothèque et de tomber sur Clary « par hasard ». Elle portait sa robe de laine grise. Dolly le sentait. Elle connaissait l'endroit où elle était suspendue sous les boîtes jaunes, puis dans le coin de la salle de bains toute propre avec ses serviettes vertes. La maison de Clary. La maison de Moreland n'était pas mal, mais elle était en désordre. Sa mère était encore plus fatiguée qu'avant : la femme du patron de son père lui avait trouvé des gens chez qui elle faisait le ménage, deux jours par semaine. Elle emmenait Pearce avec elle.

Le jour où elle avait aperçu Clary, Dolly était rentrée avec la ferme intention de faire le ménage, mais une montagne de linge propre trônait sur le gros fauteuil, et elle n'était pas très douée pour plier les vêtements. Il y avait de la vaisselle dans l'eau froide et poisseuse de l'évier, des papiers, des canettes de bière et des chaussettes partout dans le salon. En robe d'intérieur, mamie, avec ses vieux pieds tout bleus, regardait des feuilletons à la télé, ne faisait rien. À son retour, sa mère, vannée, se montra grincheuse.

Elle mit Pearce debout dans son petit lit (il pleurait) et demanda à Dolly de s'occuper de lui pendant qu'elle préparait le repas. Mais c'était un ordre plutôt qu'une requête.

— Pas question, dit Dolly.

Sa mère la gifla.

Dolly la gifla à son tour. Puis elle éclata en sanglots.

Lorraine la prit dans ses bras et la serra contre elle, et elles tombèrent sur le lit, emmêlées l'une à l'autre. Le foulard de Lorraine glissa, laissa voir ses cheveux ras, semblables à de la paille, qui, elle s'en rendait bien compte, faisaient peur aux enfants. Elle tenta de le remettre en place, renonça, s'en servit pour se bander les yeux.

— J'ai peur, tu n'as pas idée, cria Dolly, inondant leurs deux visages de ses larmes. Je passe mon temps à l'école et tous les autres savent que tu as failli mourir. Ils disent *C'est la fille dont la mère a le cancer, blablabla.* Comme si j'y pouvais quelque chose! Ils me détestent parce que je suis bizarre, et c'est à cause de toi. Tu es méchante, méchante, essaya-t-elle de dire, mais, à cause de sa fureur, elle poussa plutôt un long cri sonore et indistinct, et il n'y avait rien à faire.

— Je sais, je sais, je suis désolée, répéta Lorraine, jusqu'à ce que les cris de sa fille s'éteignent.

S'étendre et pleurer la soulageait presque, mais elle savait que, à ce rythme, elle finirait par avoir mal à la tête, alors elle s'arrêta. Elle caressa le visage et les cheveux de Dolly, l'embrassa, réussit à s'apaiser, à apaiser sa fille. Ce jour-là, elle avait gagné quatre-vingts dollars, et la dame lui avait donné vingt dollars de pourboire. C'était épuisant, mais ça valait la peine.

— Je ne peux pas, dit-elle d'une voix étouffée par les cheveux de Dolly.

Mais les mots s'étaient métamorphosés en sel. Il fallait qu'elle se calme, qu'elle soit une bonne mère pour les enfants.

44. Douleur

Iris Haywood avait invité Clary à dîner.

— Désolée que Paul n'ait pu venir, dit-elle en prenant le manteau de Clary. On dit que c'est parfois très douloureux.

Quoi donc? Clary ne jugea pas opportun de poser la question. Iris ignorait peut-être que Paul et elle n'étaient plus... ce qu'ils avaient été l'un pour l'autre. Peut-être aussi avait-elle organisé ce repas dans l'espoir de les raccommoder, et Paul avait préféré rester au large. Elle entra dans le salon des Haywood pour rencontrer les autres invités. De toute façon, elle avait en permanence un morceau de charbon dans la poitrine. Mais elle mangerait quand même poliment.

Paul s'était désisté à cause du zona. Il resta plutôt chez lui pour lire Milton, allongé sur son lit avec précaution. Tant qu'à souffrir, pourquoi pas? De temps en temps, la douleur et l'ennui le poussaient à se lever et à descendre à la cuisine boire un verre d'eau (il avait soin d'éviter le salon, où se trouvait le tapis de Clary) ou dans son bureau, où il tapait sur le clavier de son ordinateur jusqu'à ce que sa douleur au côté soit insupportable.

Jamais il n'avait été d'humeur aussi massacrante, et il lui semblait avoir perdu la faculté de prier pour lui-même. Le trop-plein de ressentiment entraînait un trop-plein de colère. Il avait le sentiment que Lisanne était la cause de tous ses malheurs, même s'il avait conscience de se leurrer: c'était plutôt l'amalgame des stress auxquels il était assujetti depuis environ un an, ainsi que son corps en témoignait avec éloquence. Il avait commencé à perdre des cheveux par touffes entières.

Hopkins était nettement supérieur à Milton : *Je suis fiel, aigreurs. Dieu, selon sa loi profonde,/M'a fait goûter l'amer : mon propre goût.*

Il souleva sa chemise pour jeter un coup d'œil : trois rangées de cloques, semblables à des feux sauvages, du côté droit de sa poitrine. Hideux. Métaphoriques. Il ne s'était pas permis de se languir de Clary. À la place, il avait ces plaies croûtées, preuve visible de sa souffrance intérieure. La douleur était insensée. Il avait consulté le Dr Hughes et avait docilement accepté des analgésiques, sans avoir l'intention d'en prendre, mais, la veille et de nouveau ce matin, il s'était octroyé une double dose. Les cachets l'avaient replongé dans un profond sommeil, ce qui valait mieux que de rester allongé, les yeux grands ouverts, sans bouger, dans l'espoir de prévenir la douleur abrupte et cuisante dont s'accompagnait chaque mouvement. Il s'efforça de respirer lentement. Le picotement dans son cou était préoccupant, car il annonçait peut-être l'apparition de nouvelles lésions. Il avait entendu parler d'une femme, d'une paroissienne qui avait des éruptions *derrière les yeux*. À cette pensée, il faillit éclater en sanglots. Il devait s'éloigner du bord du précipice. Il compterait peut-être, avait dit le médecin, parmi les quelque cinquante pour cent des patients chez qui la douleur persiste pendant des mois, voire des années. En tournant sa poitrine nue vers le miroir, à la recherche d'une nouvelle rangée de cloques pleines de liquide, il supplia son corps de ne pas agir ainsi. Incapable de se retenir, il dit *Je t'en prie, Binnie,* même s'il ne la croyait pas à l'écoute de ses requêtes, telle une sainte attitrée, la sienne, assise sur une chaise de cuisine blanche, au bout d'un quelconque nuage recourbé. Il la voyait, accoudée à un amoncellement de vapeur, en train de le regarder, une main sur la joue. Non, il ne la voyait pas. Elle était invisible, mais elle était remontée auprès de Dieu, où elle avait été subsumée dans le divin, et elle ne l'attendrait pas lorsqu'il mourrait à son tour; Binnie venue l'aider à franchir ce fleuve noir à bord d'une embarcation… Rêve fiévreux duquel il eut du mal à s'abstraire. Peut-être avait-elle aussi aidé Lorraine à traverser le cours d'eau, elle qui avait bien failli s'y noyer.

De retour dans son lit, bien éveillé, Paul, précautionneusement couché sur l'autre côté, s'efforça de ne plus penser à Binnie, parce que cela ne servait à rien, de la même façon qu'il ne servait à rien de penser à Lisanne. Il pourrait penser à Clary, au moins un peu. Ses yeux, la délicatesse de ses paupières… Mais respirer à fond le faisait trop souffrir. Il resta immobile, essaya de ne pas penser du tout.

Clary voyait les enfants à chacun de ses passages à l'école Brundstone : les mercredis et les jeudis. C'était une sensation presque agréable, comme fouiller une dent cariée du bout de la langue. Elle ne leur avait même pas dit bonjour. Comme ils risquaient de ne pas savoir s'ils devaient lui adresser la parole ou non, elle s'arrangeait pour les éviter. Ils avaient l'air fatigués et malheureux, mais c'était peut-être le fruit de son imagination. Ils étaient toujours eux-mêmes. Ils prenaient l'autobus, désormais : elle ne voyait donc jamais Lorraine ni Clayton. La seule évocation de Lorraine provoquait en elle un violent frisson d'antagonisme, réaction qu'elle s'efforçait ensuite de combattre.

La bibliothèque de l'école Brundstone était munie de longues fenêtres qui s'ouvraient sur la cour bétonnée. En cette fin de mars, la température était si clémente que Clary pouvait les laisser ouvertes : dans la bibliothèque silencieuse, une caisse de livres non catalogués se vidait, tandis qu'une caisse de livres catalogués se remplissait. Vu de ce poste à temps partiel paisible, le métier de bibliothécaire scolaire paraissait parfait. Aux autres écoles, c'était la même sinécure. À Brundstone, cependant, elle se sentait comme chez elle.

De temps en temps, elle apercevait Ann et se demandait si la petite la reconnaissait. Sans doute pas, à en juger par le terne regard animal que la petite posait sur elle. Un jour qu'Ann se penchait pour boire à la fontaine, Clary, qui passait par là, remarqua des marques sur son cou. De la saleté? Des bleus? Elle s'arrêta pour lui dire un mot, mais Ann était rentrée dans sa classe. Des empreintes de doigts? Si c'étaient des bleus, il fallait qu'elle fasse quelque chose, qu'elle vienne en aide à Ann, même si elle ne pouvait pas aider les autres. C'était impossible. Ann n'était pas à elle. Dolly et Trevor, oui. Pearce aussi.

Elle pouvait se tromper, bien sûr, et il y aurait alors toutes sortes de complications; elle ne savait rien des parents d'Ann, sauf que sa mère était bizarre ou malheureuse. Mieux vaudrait ne plus y penser.

Le lendemain, un jeudi, Iris Haywood s'arrêta à la bibliothèque.

— Je tenais simplement à vous dire que je suis heureuse que vous ayez accepté de nous donner un coup de main, dit-elle sur le ton altier, gracieux et autoritaire qui la caractérisait. Il est difficile de faire des compliments aux gens, mais je tenais à ce que vous sachiez que je vous trouve très bonne.

Sur ces mots, elle repartit, tel un clipper fait de chair voguant sur les eaux du couloir.

Clary cligna des yeux. Elle n'était pas bonne. La manipulation, la gentillesse et sa bonne éducation lui avaient permis d'arriver à ses fins. Il n'y avait rien de bon en elle. Elle voulait ravoir Pearce. Pendant tout ce temps, elle avait brûlé du désir égoïste de l'avoir, lui, puis Trevor et, à la fin, même Dolly. Et qu'avait-elle fait? Elle avait régenté la vie de ces gens. Devant leur refus d'obtempérer, elle avait commencé à bouder. La femme de l'église, avec son *démérite*, avait mis en plein dans le mille: tout ce qu'elle avait fait, Clary l'avait fait pour elle-même, puis elle avait eu le culot de se fâcher contre Lorraine.

Dégoûtée d'elle-même, elle rentra chez elle et déterra le numéro de Bertrice, la femme des Services d'aide à la famille.

— Excusez-moi de vous déranger, dit-elle, calme, cette fois. Je pense qu'une des enfants de l'école où je travaille est en difficulté, mais je ne suis pas institutrice et je ne sais pas quelle est la marche à suivre. À qui faut-il que je m'adresse? À la directrice?

Non, lui dit Bertrice. Il fallait plutôt communiquer avec les services sociaux d'urgence, dont elle lui donna le numéro.

— Si vous avez connaissance d'un problème, vous avez l'obligation de le signaler. Ne vous en faites pas : c'est une procédure strictement confidentielle. Personne ne saura d'où l'information est venue.

Là n'était pas la question, mais Clary se fit l'impression de fourrer son nez dans les affaires des autres. Pourtant, elle voyait en pensée le cou d'Ann, penchée pour boire à la fontaine, et les longues marques brun-roux. Elle composa donc le numéro et passa quinze horribles minutes à fournir des noms et des détails, à exposer ses soupçons. C'était un peu mince. Puis elle raccrocha et fit le tour du salon désert, malheureuse. Le soleil entrait à l'oblique par la fenêtre du côté ouest de la salle à manger. Le monde était sans espoir.

Par la fenêtre, Clary vit Mr. Bunt entrer dans son allée à toute vitesse au volant de sa camionnette, suivi, un peu plus tard, de Mrs. Bunt au volant de la voiture de la mère de Clary, qu'elle gara devant son nouveau chez-soi. De peine et de misère, la pauvre Mrs. Bunt, visiblement éreintée, transporta de nombreux sacs de provisions. Mr. Bunt, lui, avait disparu dans la maison. Le malheur était omniprésent.

Un bruit venu de l'arrière détourna Clary de la contemplation des Bunt : Mrs. Zenko, de retour de Londres, traversait le jardin. Elle apportait des biscuits fourrés à l'orange et un pot de pickles Branston. La commande habituelle de la mère de Clary.

Assise sur les marches de l'escalier de derrière, Clary mit le pot de pickles sur ses genoux et dit :

— Vous m'avez tellement manqué. Mais c'est trop tard : ils sont tous partis. Qu'est-ce que je vais faire ?

Mrs. Zenko prit place à côté d'elle et dit :

— Ne t'en fais pas. La solitude s'apprivoise. Le moment venu, je n'ai pas été fâchée de quitter la maison de ma fille.

Clary appuya sa tête contre la rampe. Je ne suis pas encore prête à devenir Mrs. Zenko, se dit-elle.

45. Folie

Il n'y avait personne. Il était encore tôt, en ce dimanche matin. Mrs. Pell remonta la ruelle et s'arrêta derrière l'atelier. Pas longtemps, au cas où cette Mrs. Zenko, avec sa manie de fourrer son nez partout, serait en train d'étendre du linge. Pourquoi ne pouvait-elle pas utiliser le sèche-linge comme tout le monde, celle-là ?

Mrs. Pell défit le loquet de la porte de la clôture et, de son bras recourbé, la souleva gauchement pour l'empêcher de grincer sur le trottoir en béton, puis elle poursuivit sa route en longeant l'atelier, près des buissons. La porte ne serait pas verrouillée. Lorsque Clayton l'avait obligée à sortir en vitesse, elle ne l'avait pas fait et elle aurait parié que Clary ne s'en était pas donné la peine non plus. Elle ouvrit, se faufila à l'intérieur, referma vite derrière elle. Les stores laissaient filtrer une lumière suffisante. La télé était encore là, mais il n'y avait plus de draps sur le lit. D'un pas lourd, elle alla au fond déverrouiller la porte de la ruelle. Une autre fois, elle pourrait ainsi entrer par-derrière.

Elle s'assit sur le lit et se cura les dents. Il y avait là quelque vestige du pop-corn de la veille. Dans une minute, elle irait aux toilettes. Les enfants passaient leur vie dans la salle de bains. Une femme de son âge avait besoin de sa propre salle de bains. Ce serait peut-être une question de loyer. Pendant des mois, Clary avait dépensé sans compter pour les enfants. Elle ne dirait peut-être pas non à un loyer de cent ou de soixante-quinze dollars. Électricité et eau chaude comprises.

Mrs. Pell s'assit dans la lumière de l'aube naissante, sans personne pour la déranger. Elle irait et viendrait à sa guise, ferait l'aller-retour, furtivement. Personne n'avait besoin de savoir où elle passait son temps.

Couchée sur le lit d'en bas, Dolly ne dormait pas. Les yeux fermés, elle parvenait encore à s'imaginer chez Clary. Elle savait bien que c'était exclu. Elle ne pouvait même plus fréquenter la bibliothèque de l'école. Elle aurait tant voulu que la librairie Key's Books ne soit pas fermée. Elle espérait que le monsieur était encore en vie, mais il y était probablement resté. De toute façon, elle aurait dû pouvoir se passer des livres. Tout allait mieux : sa maman était de retour, ils étaient en sécurité dans la maison de Moreland. Plus besoin du premier et du dernier mois de loyer. L'argent resterait sagement dans le derrière de l'ours en peluche de Mrs. Bunt. Désormais, les détails qu'elle connaissait sur la vie des gens, leurs secrets, étaient inutiles. Elle songea à Ann et se retourna dans son lit. Pas d'au revoir ni rien. Ils avaient décampé un jeudi soir. Ann aurait pu venir ici, la mère d'Ann se moquait bien de savoir où était sa fille. Les deux filles qui vivaient dans l'appartement voisin étaient méchantes ; l'une d'elles avait frappé Trevor. Elle entendait le pauvre nez congestionné de son frère ronfler dans le lit au-dessus du sien. Les draps sentaient encore comme chez Clary. Ou presque.

Sa mère entra sur la pointe des pieds et s'assit au bord du lit. Il était si tôt que Dolly se dit qu'elle avait dû passer la nuit debout.

— Dis donc, aurais-tu vu Trevor, par hasard ? Je l'ai cherché partout, dit sa mère.

— Quoi ? fit Dolly en s'assoyant bien droite dans le lit.

— Poisson d'avril ! s'écria sa mère.

Dolly rit. Elle s'était laissé prendre, même si elle venait tout juste d'entendre son frère respirer au-dessus d'elle. Mais elle ne trouva pas de repartie comique. Elle fixa plutôt le visage de sa mère. Il était comme avant, le crâne plutôt chauve en moins. Elle se souvint du premier jour où ils étaient allés à l'hôpital, après l'accident. Elle déplaça ses jambes pour faire plus de place et prit dans la sienne la main froide de sa mère.

— À quoi tu penses ? demanda sa mère.

— À l'école, répondit Dolly. À des choses.

— Tu es triste, ces jours-ci ? C'est un gros changement, hein ? Par rapport à votre vie chez Clary.

Dolly se redressa et se blottit contre la poitrine de sa mère.

— C'est mieux maintenant, dit-elle.

Menteuse.

Plus tard, lorsque sa mère partit pour le marché d'aliments en vrac avec Pearce et Trevor, Dolly se dit qu'elle irait rendre une petite visite à Mrs. Zenko, qui était âgée. Personne ne s'en formaliserait. Elle avait son laissez-passer pour l'autobus. Peut-être Clary viendrait-elle faire un tour pendant qu'elle était là.

Elle monta à bord de l'autobus d'une heure douze, grimpa sur le marchepied et fit voir sa carte au chauffeur, même si, en gros, elle l'ignora. Inutile de faire des amabilités quand on a un laissez-passer. Elle s'assit près de la porte du fond, sur un des bancs de côté, et tua le temps en lisant des messages publicitaires. Dans l'un d'eux, il y avait un garçon qui riait, adossé à un rocher. C'est la tête qu'aurait eue son père quand il était enfant, si seulement il avait eu une vie différente. Dans la 8e Avenue, à l'endroit où se trouvait autrefois la librairie Key's Books, il y avait à présent une boutique qui vendait des téléphones portables. En fin de compte, il faudrait peut-être qu'elle aille vider le fond de culotte de l'ours en peluche de Mrs. Bunt pour donner l'argent au vieux monsieur. Sauf qu'il était peut-être déjà mort.

L'autobus s'arrêta au carrefour où se trouvait l'école. De là, Dolly apercevait la maison de Clary.

À présent qu'elle la voyait, elle se sentit trop timide pour y aller. Comme elle avait demandé l'arrêt, elle descendit quand même, mais, une fois l'autobus reparti en vrombissant, elle ne put se résoudre à avancer.

Tu parles d'un poisson d'avril… Au bout d'une minute, elle traversa la rue jusqu'à l'autre arrêt. Pourvu que ce soit un autre chauffeur, se dit-elle, en pensant au prochain autobus. Puis, au bout de la rue, une silhouette courtaude émergea de la ruelle à pas de tortue : mamie, avec ses pieds qui la faisaient mourir, apparemment. Dolly s'avança vers elle et lui tendit le bras.

— Eh ben, fit mamie. Qu'est-ce que tu fais là ?

— Et vous, qu'est-ce que vous faites là ?

Elles ne se répondirent pas. Elles repartirent vers l'arrêt, comme si elles faisaient une course à trois jambes. Elles n'attendirent pas longtemps. Dans la 8e Rue, Dolly vit sa mère et son père qui revenaient du magasin en compagnie des garçons.

— Il faut se méfier de lui, dit mamie. Il ment, tu sais. Et il vole. Il m'a pris de l'argent.

— Je sais, répondit Dolly.

Mamie parlait toujours du père de Dolly en ces termes.

— Je vais faire attention.

Le garçon qui rigolait dans la publicité était à bord de cet autobus-là aussi.

Les gens sont quand même détraqués.

Paul était en route vers le marché d'alimentation géant. Depuis quelque temps, il oubliait de se nourrir. Après la communion, pendant qu'il finissait l'hostie (un bout de pain pita, et non la mince galette habituelle, en ces temps où on valorisait l'exactitude historique), il avait songé que c'était en plein ce dont il avait besoin : du bon pain.

En roulant dans la 8ᵉ Rue, Paul vit Lorraine et Clayton marcher dans la gadoue tenace formée par la neige défraîchie, enfin en train de fondre. Pearce était juché sur les épaules de son père, et Lorraine tenait Trevor par la main. Leur voiture était peut-être en panne. Les voir sans pouvoir les saluer ou s'arrêter pour leur parler lui fit un drôle d'effet. Le plus bizarre, c'est que j'aie un jour fait leur connaissance, se dit-il.

Arrêté à un feu rouge, quelques pâtés de maisons plus loin, il vit Clary Purdy en train de marcher vers l'ouest. Peut-être sa voiture était-elle en panne, elle aussi. Il ne l'avait pas vue depuis des semaines. Il fallait absolument qu'il lui rende le tapis. Puis il se rappela la fermeté du tendon à l'intérieur de la cuisse de Clary. Elle portait le manteau de laine taupe au col de velours noir de même que de longues bottes noires : elle ressemblait un peu à une outarde, à une outarde impuissante et bavarde. Il sentit sa gorge se contracter douloureusement. Trop habillée, trop précise. Il l'imaginait très bien en train de vieillir seule.

Dans trois minutes, elle tomberait sur les Gage. En toute illégalité, il fit demi-tour et se rangea près d'elle. Il bondit de la voiture.

— Tu montes ? demanda-t-il. S'il te plaît.

Elle resta plantée là, abasourdie.

— Je… Il faut que je te parle… J'ai une question à te poser, bafouilla-t-il.

L'air grave, mais maîtresse d'elle-même et prudente, elle s'avança vers la voiture. Elle n'avait rien d'une outarde, en fin de compte. Il lui ouvrit la porte et monopolisa son attention, le temps que les Gage passent, insouciants.

— Tu crois, commença-t-il en embrayant, sans avoir la moindre idée de ce qu'il allait ajouter, que je pourrais inviter Mrs. Zenko au restaurant ? Lorsqu'elle sera de retour de Londres, évidemment.

Quelle sottise. Pauvre *fou*.

— Je suppose que oui, dit Clary. Elle est rentrée. Ce matin, je l'ai accompagnée à l'église.

Il vit le visage de Clary rougir.

— L'église orthodoxe ukrainienne, ajouta-t-elle.

Car elle ne pouvait plus mettre les pieds dans son église à lui.

— Tu as une vilaine voix, fit-il pour la libérer de son malaise.

— J'ai le rhume, dit-elle.

Elle ne le regardait pas. Son coude était trop près du sien. Il ramena le sien contre lui.

— Je ne voulais pas dire « vilaine ». Malade, plutôt. Enrouée.

— Tu es malade, toi? Iris Haywood a dit que tu étais souffrant, mais j'ai été trop timide pour lui demander des détails.

— Le zona, dit-il. Trois fois rien. D'ailleurs, c'est presque fini.

Ils étaient devant chez elle. Elle le remercia, toujours sans croiser son regard, et sortit de la voiture. Il la vit s'engager dans l'allée et entrer dans la maison vide et sourde. Qu'il était bête.

Quelle horreur, songea Clary. Dans la maison silencieuse, elle retira son manteau, son enveloppe protectrice. Elle n'allait tout simplement pas se permettre de penser au visage de Paul, à ses doigts sur le volant, à la couronne d'épines qui lui meurtrissait la tête à l'idée de ne pas être avec lui, d'avoir tout gâché. Seule une rencontre avec Lorraine, sa constante terreur, aurait pu être pire. Elle se sentait fatiguée et aussi malade d'amour qu'un clown de velours.

Paul avait les yeux enfoncés dans les orbites. Même ses cheveux étaient clairsemés. Il avait la vie si dure. Elle alla remplir la bouilloire et regarda dans le jardin d'un air absent.

Il y avait des traces de pas dans la neige encore immaculée de la cour, entre la porte de la ruelle et l'entrée de l'atelier : elles décrivaient des méandres autour du jardin, jusqu'aux fenêtres de sa maison. Comme si un lapin géant et curieux était venu fureter chez elle pour voir qui était là, ce qui se passait. Poisson d'avril.

46. Œil

Dans la cuisine, tard le soir, Lorraine écrivit à Clary. Son écriture était lamentable, ce qui la plongeait dans un grand embarras. Tant pis, elle n'aurait qu'à faire un brouillon. Elle eut du mal à commencer.

Chère Clara,

Elle se dit qu'il valait mieux mettre *Clara,* que la démarche aurait ainsi un caractère plus officiel.

Je vous écris pour vous remercier de tout ce que vous avez fait pour nous au cours de la dernière année.

Hier, j'ai eu mon premier examen de contrôle au centre d'oncologie. On a prélevé du sang et fait des radios. J'ai attendu longtemps, et j'ai pensé à la bonté dont vous avez fait preuve pendant cette longue période. Vous m'avez probablement sauvé la vie en vous occupant des enfants et en venant souvent me rendre visite. J'aimerais maintenant réparer ce qui est cassé entre nous.

En plus, j'ignore ce que l'avenir me réserve et je sais que les enfants s'ennuient beaucoup de vous. Je pense qu'ils auraient besoin de vous voir de temps en temps.

La femme médecin a mis cartes sur table et m'a parlé des symptômes que je dois particulièrement surveiller. Je veux parler de la Dr Lester, dont vous vous souvenez sûrement. Apparemment, la greffe est une réussite. À présent, je suis allergique aux framboises, comme Darwin. Mais on va me suivre de près pendant très longtemps. Je risque des infections, une tonne d'autres effets secondaires à retardement. Des complications. Pour l'ins-

tant, je n'ai rien, mais le risque demeure, et je dois prévoir en conséquence. Je risque aussi d'avoir des cataractes. On en saura plus dans un an ou deux.

C'est effrayant, mais je ne suis pas morte, et c'est déjà ça de gagné. Je peux aussi retomber malade.

J'aurais peut-être préféré poursuivre jusqu'à Fort McMurray, où nous aurions pu avoir notre propre vie, mais ce choix ne s'offre plus à moi. Il faut que je reste là où je pourrai recevoir de l'aide au besoin, sans parler de Bertrice, qui est extraordinaire.

Je touche des prestations d'invalidité, et j'ai commencé à faire des ménages deux jours par semaine. Nous nous tirons bien d'affaire. Je ne vous écris donc pas pour vous demander une aide de cette nature, et j'espère pouvoir un jour vous rembourser une partie de l'argent que vous avez dépensé pour nous.

Mais je sais que Darlene, Trevor et surtout Pearce s'ennuient beaucoup de vous, et j'aimerais que, à l'occasion, ils passent un peu de temps avec vous, si vous n'y voyez pas d'inconvénient.

J'espère que vous vous portez bien.

Cordialement,

Lorraine Gage

Pendant qu'elle écrivait dans la maison obscure et silencieuse, la lumière de la cuisinière clignotait doucement, et elle resta un moment à écouter le tic-tac inconstant et légèrement décalé de l'horloge de la cuisine. Elle se relut. C'était une bonne lettre. Elle aligna les feuillets, les plia proprement en trois et, à l'aide du briquet de Clayton, y mit le feu. D'une certaine façon, l'odeur du papier brûlé lui parut agréable. Elle apporta le tison en flammes au-dessus de l'évier. Puis, au plafond, le détecteur de fumée se mit à hurler. Elle laissa tomber la lettre et, à l'aide d'un linge à vaisselle, chassa la fumée avant que les autres se réveillent.

Elle devrait trouver un autre moyen.

Le rhume de Clary s'installa dans sa tête, et tout lui sembla sinistre. Elle avait, dans son champ de vision, une irritante tache violette en forme d'amibe. Au début, c'était une simple marque flottante. Puis elle grandit au point de monopoliser la majeure partie de son œil droit. Un matin radieux, elle était restée au lit, effrayée à l'idée d'ouvrir les yeux. La nuit d'avant, elle s'était couchée tard. Elle avait travaillé à sa déclaration de revenus, avait tenté de déterminer les déductions auxquelles elle avait droit. En contrepartie de ses efforts pratiques, elle n'avait pas de reçus pour dons de bienfaisance. À la fin de l'exercice, elle n'y voyait plus rien, même autour de la tache.

Œil droit ouvert. La tache était encore là. Il faudrait qu'elle voie le médecin. Mrs. Zenko proposa de l'accompagner, mais Clary prit le parti d'en rire : elle serait de retour avant midi et s'arrêterait pour lui raconter ce qu'on avait dit. Le Dr Hughes était en vacances : son remplaçant envoya Clary directement au service des urgences. Là, on l'aiguilla vers le service de neurologie, au septième étage. C'était une tumeur au cerveau, évidemment. Inopérable.

L'infirmière lui apprit qu'il y aurait une heure d'attente. Clary descendit dans le hall chercher une bouteille d'eau.

Lorsque la porte s'ouvrit, elle vit Paul Tippett traverser le hall. Elle appuya de nouveau sur le 7 et sur le bouton de fermeture des portes, le poignarda du bout du doigt, mais il inséra la main entre les portes au moment même où elles se refermaient. Elles se rouvrirent docilement et il la vit.

— Clary ! s'écria-t-il.

De façon absurde, son visage s'illumina par étapes, comme une ampoule à trois intensités.

Son visage à elle resta crispé.

— Tu es… Tu visites quelqu'un ? demanda-t-il.

Sa voix trahissait la crainte, comme chez ceux qui passent trop de temps à l'hôpital. Mrs. Zenko ? Le cœur de Moreland ? Même Clary sentit un serrement douloureux.

— C'est seulement moi, dit-elle. Je suis là pour moi, je veux dire.

Il monta dans l'ascenseur.

— Je t'accompagne.

Elle n'avait pas envie de lui parler.

— Tu n'as rien de mieux à faire ?

— Jusqu'à quelles hauteurs nous élevons-nous ?

Elle rit et sa bouche lui fit une drôle de sensation. Les portes s'ouvrirent sur le septième étage. Ils se dirigèrent vers la salle d'attente et sa flottille de chaises. Il la guida vers une table d'accoudoir.

— Qu'est-ce qui ne va pas ?

Elle lui parla de la tache pourpre. Il l'écouta sans rien dire.

— C'est très bizarre, expliqua-t-elle, apaisée par son absence de réaction. Je vois autour de la tache et je vois de l'autre œil, mais je suis obsédée par ce qu'il y a derrière le pourpre. Je tourne constamment la tête pour tenter de voir ce qui m'échappe.

Elle tourna la tête au moment même où elle prononçait ces mots.

— C'est comme une tache sur le monde, une tache sur ma vision, ma façon de…

Elle s'interrompit, gênée.

— Moi, j'ai été couvert de cloques, une vraie plaie.

Elle ne put s'empêcher de rire.

— Je sais ! J'ai fait une petite recherche sur le zona à la bibliothèque. J'ai toujours cru que c'était une maladie bénigne, mais c'est terrible, en fait. Tu dois beaucoup souffrir.

— Dans mon cas, c'était l'Exode plus que l'Apocalypse. D'ailleurs, c'est presque passé.

Pendant un moment, ils restèrent assis en silence. À côté de lui, Clary sentit une vague de déception monter en elle à cause de l'échec de leur bonheur. De tous les bonheurs, de tous les espoirs. C'était ridicule, elle le savait bien. Tout était ridicule.

— Pourquoi continues-tu d'aller à l'église? lui demanda-t-elle.

— Pour toucher mon chèque de paie.

Elle rit, puis se détourna. Parce qu'il avait éludé sa question, comprit-il. Il secoua la tête dans l'espoir de dissiper les brumes qui l'encombraient. Avec elle, il pouvait se permettre la franchise.

— J'entretiens avec Dieu une relation qui s'apparente à celle de certaines personnes avec l'alcool. Quelque chose en moi crie sans arrêt *Dieu! Dieu!* De la même façon que le cœur de ces gens-là s'emballe à l'idée d'un verre.

Elle examina son visage avec soin pour voir s'il badinait.

— Ça m'a l'air affreux.

Il faillit lui demander de quoi elle se languissait, elle. Puis il se souvint. Pearce, Trevor et Dolly. *Moi et ma grande gueule,* se dit-il. Fallait-il toujours qu'il s'embrase comme un puits de pétrole à l'évocation de Dieu?

Le neurologue vieillissant examina l'œil de Clary à l'aide de diverses machines, lui donna rendez-vous dans deux mois pour un examen par IRM et lui posa vingt questions, sans grands résultats. Dans la peau du mari, Paul, assis à côté d'elle, pria silencieusement en un flot continu, un égout d'eau de pluie ruisselant dans son inconscient.

— Bon, dit le médecin en renonçant. La tache va grossir, rester comme elle est ou disparaître. Elle va probablement disparaître. Si tel est le cas, n'oubliez pas de téléphoner pour annuler l'IRM.

Et ce fut tout.

Clary remercia Paul. Elle lui tendit la main et il la garda dans la sienne pendant un moment. C'est plus qu'une poignée de main, songea-t-elle. C'est un contact, une réconciliation. Ils seraient amis, à tout le moins. Il était gentil, et elle aimait ses mains. Elle ferma son esprit aux autres possibilités, au désir ou à l'espoir, et s'éloigna dans le corridor. Trop souvent elle était venue dans cet hôpital, trop souvent elle avait parcouru ces couloirs, toujours sans but. Elle ne réussissait même pas à être malade pour de vrai.

Deux jours plus tard, la tache avait disparu.

Pour s'empêcher de téléphoner à Clary, Paul prépara ses homélies pour le Jeudi et le Vendredi saints. *Le carême est comme un feu de prairie qui consume les herbes mortes en surface, mais épargne les racines d'un mètre de longueur,* écrivit-il à l'encre noire. *Consume la couche extérieure/à laquelle nous sommes attachés, mais dont nous devons nous débarrasser...* Ses laborieuses métaphores ne manquaient jamais de l'étonner. Il pourrait citer Hopkins dans tous ses sermons, ou encore Rilke, mais ce n'était évidemment pas ce que ses ouailles attendaient de lui. Ce qu'elles voulaient, c'étaient ses propres récits maladroits, sa façon à lui d'user une métaphore jusqu'à la corde; elles y comprenaient quelque chose, au moins. *Ce que je fais est moi : pour ce je vins.* Fort bien. *Je dirai plus encore : le juste œuvre justice... Agit aux yeux de Dieu ce qu'il est à Ses yeux — Christ — car le Christ se joue en mille et mille places.* Mais il ne risquerait plus la messe solennelle, le déshabillage de l'autel, les coups frappés en souvenir des clous enfoncés dans les mains et les pieds du Christ. L'année précédente, l'initiative avait soulevé trop de commentaires. Du pur Merton : « Tout à coup, on atteint un point où la religion prête à rire. Et puis vous réalisez qu'en dépit de cela vous gardez l'esprit religieux... ».

Clary se dit qu'il valait mieux qu'elle parle à Paul. Il avait laissé sur son répondeur un message dans lequel il disait vouloir lui rapporter son tapis. Se défaire du maudit tapis était la seule de ses bonnes actions qui ne s'était pas transformée en catastrophe, et elle ne le reprendrait pas. Aujourd'hui, Vendredi saint, il serait à l'église. Elle s'y rendit tard et, campée derrière la porte intérieure, elle écouta la messe. Le bois de la porte était frais sous sa paume. Le Jeudi saint, le Vendredi saint et Pâques étaient les moments du calendrier ecclésiastique que la mère de Clary avait préférés par-dessus tout : c'était, en effet, une période marquée par un deuil on ne peut plus dramatique, suivie de l'amorce d'une joie concomitante (et, dans l'esprit de Clary, tout aussi dramatisée à l'excès). Clary s'était simplement sentie détachée. Debout, seule derrière, elle eut honte. Pourquoi n'avait-elle pu estimer à sa juste valeur, ne serait-ce qu'une semaine par année, le transport extatique de sa mère ? Son adorable mère, elle qui avait quitté la terre. La seule bonne raison qu'elle avait eue d'aller à l'église, se dit Clary, c'était de passer un moment avec sa mère.

Paul était posé, conformément à l'esprit du Vendredi saint. L'année dernière, à la même période, elle ne le connaissait pas. En pensée, elle se vit telle qu'elle était alors : indépendante, triste, solitaire, désespérée de servir à quelque chose de plus essentiel que de s'occuper d'une vieille femme.

— Nous entreprenons le cycle annuel au début duquel Dieu nous abandonne, dit Paul en concluant son homélie, au moment où Clary entrouvrait la porte et se glissait à l'intérieur. Mais pas sans espoir. Même si nous sommes une fois de plus submergés par la douleur de la trahison et de la mort, nous connaissons la fin de l'histoire, et la conscience que nous avons de Dieu croît en nous.

Elle était surprise de l'entendre parler si librement dans son sermon, sans jamais la moindre trace de condescendance, lui qui, dans la vraie vie, était souvent timide et emprunté. De quel droit lui reprochait-elle ses petites manies, elle dont les siennes étaient à la fois démesurées et identiques ? Il avait été, cependant, le témoin lucide de sa charité voyante et de son humiliation. Il était celui dont l'opinion lui importait le plus. Malgré le souvenir du radeau ballottant de son lit et des vagues phosphorescentes, ils ne se raccommoderaient jamais. En fait, elle aurait juré qu'il la haïssait.

Autour d'elle, tout s'enfonçait, les marées emportaient les fonds océaniques, le sable traître. Elle était restée dans l'ombre des voûtes du bas-côté, et elle rebroussa chemin, sans un bruit, en s'arrangeant pour qu'il ne la voie pas. Puis elle sortit en douce et rentra chez elle. Le Vendredi saint se prêtait mal à la conversation.

47. Triumph

Dolly fut réveillée par un bruit venant du dehors. Pas un bruit fort ; celui d'une conversation privée entre ses parents, assis sur les marches du perron. Elle repoussa les couvertures et se leva. Le lit grinça et remua (il ne l'avait jamais fait chez Clary), mais Trevor ne broncha pas. À pas de loup, Dolly s'approcha de la fenêtre et s'appuya sur la moustiquaire, les carrés de métal tranchants lui marquant le front.

Dans l'appartement, leur chambre s'ouvrait sur la rue, alors que, chez Clary, elle donnait sur la cour. Elle voyait l'allée et la vieille voiture de Darwin, à présent la leur ; il la leur avait laissée quand il avait emmené Fern à Vancouver pour que Clayton rende celle de la mère de Clary. La Dart lui manquait. Elle s'accouda sur l'appui et tendit l'oreille. La porte moustiquaire s'ouvrit et se referma. Sa mère était entrée chercher quelque chose. Son père était assis de côté sur la marche la plus haute, un pied ballottant. Elle voyait et sentait la fumée qu'il soufflait, mêlée à l'odeur de la bière. Un samedi soir tranquille, pour une fois. Il était peut-être très tard. Un peu plus loin, le lampadaire bourdonnait. C'était un son différent de celui des grillons, mais, en même temps, un peu pareil. Aucun autre bruit, sinon celui d'une moto qui ronronnait au bout de la rue. L'asphalte sentait le noir et l'humidité, comme s'il avait plu, ce qui n'était pourtant pas le cas.

La moto ralentit, s'engagea doucement dans l'allée et s'arrêta. L'homme retira son casque. C'était Darwin, à califourchon sur cette grosse moto tout abîmée. Sur son jean, il portait de longues jambes de pantalon en cuir.

— Salut, dit-il. Ça va comme tu veux, Clayton ?

Son père redressa son dos contre le mur, mais ne se leva pas et ne descendit pas non plus pour aller à la rencontre de Darwin. Dolly ne pouvait pas se permettre d'interpeller son oncle. La distribution des œufs de Pâques aurait lieu le lendemain, et elle était censée dormir et non écouter aux fenêtres. Mais elle en avait assez que son père n'aime pas Darwin. Sur la moto était écrit le mot *Triumph*.

— Ça va, dit enfin son père après avoir tiré deux ou trois fois sur sa cigarette.

Darwin s'avança, toujours lentement, sans donner l'impression de s'imposer.

— Et Lorraine ?

Son père rit méchamment.

— Tu en as mis du temps à poser la question. Où tu étais ?

— Là où le vent m'a poussé, répondit Darwin.

Il rit à son tour, mais avec sincérité. Il s'appuya au poteau de la rampe et défit des sangles.

— Qu'est-ce que tu as fait ?

— Moi ? Ben, tu sais, j'ai travaillé pour la justice sur la terre.

— Tu as fourré ton nez partout, oui.

Dolly vit la main de son père écraser un mégot sur la marche. Sa main avait l'air blanche et petite. Son poignet osseux dépassait de la manche de son veston, et la vieille tache bleutée qu'il avait sur l'os de l'avant-bras se voyait distinctement.

Darwin leva les yeux et regarda droit vers la fenêtre de Dolly.

— Belle soirée, dit-il.

Elle était à peu près certaine qu'il ne la voyait pas, mais, à tout hasard, elle agita la main pour qu'il sache qu'elle au moins était contente de le voir.

— Tu arrives tard.

— J'ai fait une longue balade dans les montagnes, dit Darwin.

— Tu as récupéré ta moto, hein? Tiens, sers-toi, fit son père en poussant la caisse de bière du bout du pied.

Sur le béton, elle produisit un crissement de pelle à neige.

— Comment va Lorraine? redemanda Darwin.

— Pas mal. Elle travaille. La femme de mon patron lui a trouvé deux ou trois jours de ménage par semaine, à gauche et à droite.

— Elle est prête pour ça?

Dolly attendit la réplique de son père, mais elle ne vint pas. Il y eut un long silence.

— Et Vancouver, c'était comment? demanda son père à Darwin d'une voix trop forte, compte tenu de l'heure tardive.

Darwin haussa les épaules et sourit.

— Il y a longtemps que je n'ai pas mis les pieds là-bas, continua son père. Tu as vu Garvin et les autres? Juice, Shayla, tout ça?

Il rit encore un peu, comme s'il venait de raconter une blague cochonne. Dolly appuya sa tête sur son bras, mit ses jambes l'une devant l'autre à la façon d'une Égyptienne et dégagea son front de la moustiquaire. Elle songea au garçon du message publicitaire qu'elle avait vu dans l'autobus, à son visage qui luisait comme autrefois celui de son père.

À la porte de la chambre des enfants, Lorraine, venue jeter un coup d'œil sur eux, entendit ce que Clayton avait dit sur cette ville, sur Shayla Morton et Garvin, ce sale type effrayant. Elle laissa sa main délicatement posée sur la poignée et vit Dolly pencher la tête. C'était trop pour elle. Elle se souvenait probablement de Garvin.

Darwin déclara qu'il avait entendu dire qu'ils étaient dans les parages.

Clayton décapsula une autre bière.

— Ouais. Pendant que tu étais là-bas, je me disais… Je vais peut-être aller y faire un tour, l'été prochain.

Il allait s'en aller. Même Dolly aurait compris.

Tant pis, se dit Lorraine. Le centre de son corps lui semblait creux. Elle n'était même pas en colère. Elle se demanda plutôt combien de temps dureraient les prestations d'invalidité, dans l'éventualité où elle devrait cesser de travailler. Moreland ne les jetterait pas à la rue, les enfants et elle. En mars, elle avait reçu le paiement final pour la Dart. L'argent était dans le congélateur, dans un bocal sur lequel était écrit *Blancs d'œufs*. Avec deux mille cinq cents dollars, les enfants et elle tiendraient pendant deux ou trois mois.

Elle pourrait le forcer à rester, si elle y tenait. Mais ne plus avoir à s'occuper de lui la soulagerait peut-être. Elle se sentait plus forte à présent, ça irait. Elle s'éloigna de la porte pour ne pas que Dolly sache qu'elle avait entendu. Ainsi, sa fille ne se ferait pas de souci. Et Lorraine voulait aller saluer son frère et le serrer dans ses bras. Parce qu'il était là, pour Dieu savait combien de temps, elle serait tranquille.

Dolly attendit que sa mère soit partie et se recroquevilla de nouveau dans son lit.

Elle rêva que Darwin entrait dans sa chambre et l'embrassait pour lui souhaiter bonne nuit. Son blouson sentait la fumée, mais pas la fumée de cigarette. La fumée de bois et les peaux mises à tanner. *Celui qui forme les montagnes,* dit la voix d'homme riche et virile de la bande sonore de son rêve, comme si l'église était une bande annonce.

Malgré l'heure tardive, Paul, assis devant son ordinateur, s'efforçait de finir son sermon du dimanche de Pâques. Dès que Darwin grimpa sur le perron, Paul, qui avait tout de suite su qui c'était, descendit les marches au triple galop et, pour dissimuler un empressement un peu fou, dut s'arrêter avant d'ouvrir. Mais sa retenue s'envola au moment où Darwin s'avança vers lui. On aurait dit deux frères se retrouvant dans la nature sauvage.

— Où tu habites ? demanda Paul.

— Ici, pendant deux ou trois jours, avec ta permission.

Paul ouvrit la porte toute grande et s'empara du sac de Darwin.

— J'avais justement besoin de compagnie. Ça n'a pas marché, Clary et moi. Par ma faute.

Cette idée n'avait encore jamais affleuré à sa conscience. Avec Lisanne, il n'y avait été pour rien ; avec Clary, si.

— Les choses changent, dit Darwin.

Avait-il voulu dire que, de parfaites, elles devenaient imparfaites, ou qu'elles pouvaient changer de nouveau ?

Tôt, le dimanche matin, Clary répondit au téléphone sans vérifier d'abord qui l'appelait, ce qu'elle n'avait pas fait depuis des mois. C'était Grace.

— Nous sommes de retour, dit Grace.

Clary ne trouva rien à répondre.

— Bon retour ! s'écria Grace, qui prit sur elle de lui souffler son texte. À Hawaï, il fait chaud, à Vancouver, il pleut. Nous sommes revenus depuis un moment, mais la grande nouvelle de Fern nous a un peu accaparés.

— C'est bon de t'entendre, dit enfin Clary.

— Nous supposons que tu nous en veux beaucoup de leur avoir laissé l'appartement, dit Grace d'une voix tout à fait normale. Sa rémission… Quel chambardement ! En fin de compte, il aurait peut-être été préférable qu'elle meure.

— Non ! s'exclama Clary.

Elle s'était récriée sans réfléchir.

— Exactement. Et ils ne pouvaient tout de même pas rester dans ce taudis du nord de la ville. À mon avis, ce n'est pas contre Moreland que tu en as.

— Épargne-moi tes sermons, Grace, s'il te plaît.

— Je n'ai pas de sermons à te faire. Ce serait l'hôpital qui se moque de la charité, vu que je suis moi-même en rogne. Fern va bientôt avoir un bébé. Elle a l'intention de le garder et de vivre ici, vu qu'il n'y a pas de mari dans le décor.

Il y eut un bref silence. Grace laissa à Clary le temps de tout mettre en ordre dans sa tête. En janvier, Fern avait perpétuellement sommeil. Si c'était le bébé de Darwin, Darwin vivrait-il avec Fern? Il avait déjà abandonné un enfant. N'y avait-il donc personne de bon sur cette terre?

— Ne te morfonds pas pour rien, dit Grace. C'est encore Jack, ce bon à rien d'Américain. Peu importe ce qu'on raconte, ils se sont vus en octobre, quand elle est allée là-bas, et il est venu ici à Noël, quand elle a su pour le bébé. C'est lui qui a cassé le nez de Darwin, j'imagine. Alors elle a passé quelques semaines à essayer d'arranger le coup avec lui et sa famille, mais il reste avec sa nouvelle petite amie, qui a plus d'argent. Fern dit qu'elle l'a évacué de son système. Va savoir ce que ça veut dire. Apparemment, Darwin a fait signer des documents au type. Bref, il renonce à tous ses droits sur l'enfant. Il ne viendra pas nous embêter… C'est déjà ça. Darwin a décidé de ne pas le poursuivre pour coups et blessures… Ça n'a pas nui non plus, je suppose. Mais j'ai cinquante-six ans et je n'ai pas du tout envie d'avoir un bébé sur les bras.

— Fern va très bien s'en tirer. Elle a été merveilleuse avec les enfants…

Depuis combien de temps n'avait-elle pas dit *les enfants*?

— Je sais bien, mais élever le sien, c'est une autre paire de manches. Bon, tout ce qu'on peut faire, c'est rester calmes.

— C'est pour quand?

— Pas avant juillet. J'ai un peu exagéré.

— Quand tu n'en pourras plus, viens faire un tour en ville. À présent, j'ai une belle maison bien tranquille. Il faut que je dise un mot à Moreland. Je suis désolée de ne pas vous avoir parlé. Mais j'étais…

— ... folle de rage, je parie. Après tout ce que tu as fait pour eux.

— Non, non, ce n'est pas ça.

Si, pourtant.

— C'est à cause de Clayton. Il n'est pas commode.

— Ils forment une famille. J'ai juste servi de bouche-trou.

— Hm.

— Mais ils me manquent.

Elle n'avait jamais fait cet aveu, même pas à Paul, à l'époque où ils s'adressaient encore la parole, elle et lui.

— Et j'ai aussi rompu avec Paul. « Rompu »... Ça fait vieux jeu, non?

— Pourquoi est-ce que tu as fait ça, au nom du ciel?

Clary s'assit sur une chaise de cuisine. Ça risquait d'être long.

— Je ne sais pas, Grace. J'étais en colère. Je ne sais pas.

— Ben, tu n'as peut-être pas envie de savoir ce que j'en pense, mais je crois que tu es tombée sur la tête.

— Non, je ne pense pas. Sa femme vient de le quitter, il a toujours beaucoup de chagrin. Il ne me parlait même pas. Il passait son temps à me réciter des poèmes.

Quelle puérilité!

— J'aimerais bien que Moreland me récite un poème de temps en temps. Tu lui as fait des misères?

Clary ne répondit pas.

Le matin de Pâques, elle tenta de nouveau de parler à Paul, se dit une fois de plus que l'église était peut-être le cadre le plus naturel, même si elle était à moitié consciente, en agissant ainsi, de saboter tout espoir de conversation véritable. Assister à la messe de Pâques, chanter *Alléluia* la réconforterait peut-être. Même si ce n'était que foutaise.

En voyant les femmes rire et se bousculer pour la photo annuelle des chapeaux de Pâques, prise dans le jardin après la messe, Clary rendit grâce à Dieu (ou au vide de la nature) : elle ne portait pas de chapeau et n'assumait aucune responsabilité au sein de la paroisse. Pas la peine de se montrer aimable, comme elle devrait le faire à titre d'épouse de Paul, ou de ce qu'ils seraient devenus l'un pour l'autre. Pas de devoir ni de services impérieux pour elle. Toutes ces femmes savaient sans doute que Paul et elle avaient été... ce qu'ils avaient été l'un pour l'autre. Mais personne ne dit rien, du moins cette fois. Elles s'avançaient à tour de rôle pour lui parler, la détourner de Paul ou le dérober à sa vue, manœuvres qui avaient peut-être pour but de la protéger. Clary ne savait pas pourquoi elle était venue. Depuis qu'il avait évoqué le tapis, elle osait à peine croiser son regard, à cause des images qui surgissaient dans sa tête.

Elle ne pourrait pas revenir à l'église, c'était impossible.

April Anthony s'était surpassée : un gâteau de Pâques avec des œufs de couleur dans des nids faits de filaments de noix de coco grillés. Trevor aurait adoré ce gâteau. Soudain affamée après un interminable carême, Clary elle-même brûlait d'envie d'en manger un morceau. Elle voyait la tête de Paul ballotter au-dessus d'un chapeau. Il opinait du bonnet, tendait son oreille attentive de prêtre. Il était rempli de défauts, mêlait d'irritante façon autodénigrement, suffisance et timidité. Sur le plan affectif, il était complètement vidé. Exactement comme elle. Elle aimait son nez et son dévouement.

Fascinée par la tête de Paul qui apparaissait et disparaissait au gré des mouvements du canotier entouré de rubans posé sur la tête de Mary Tolliver, Clary se demanda quelle était sa part de responsabilité. Dans quelle mesure était-elle à blâmer ? Que devait-elle, ou que pouvait-elle espérer comme dédommagement ?

48. Les choses changent

Clary trouva les mots à la page de mai du calendrier de la cuisine. En janvier, Trevor les avait tracés à l'encre rouge, d'une main mal assurée : *La ronde des insectes*. Le 10 du mois, Clary, qui se trouvait à l'école de toute façon, se dit que rien ne l'empêchait d'aller faire un tour au gymnase. Bref, elle se dupa en se laissant croire qu'elle se dupait.

La prof de musique les avait fait répéter toute l'année. Des chenilles, des fourmis légionnaires et des coccinelles : chaque genre avait sa chanson. Pendant que les enfants chantaient, deux filles de troisième année exécutèrent une danse des libellules en se balançant, puis en se pliant à la taille. La chanson des lucioles de Trevor était à la fin du spectacle : *Les choses changent*. Les élèves de sa classe se mirent en rangées et une institutrice, debout près de la porte, éteignit les lumières. Chacune des lucioles tenait une lampe de poche.

> *Certains jours, le monde est sombre,*
> *Parfois, tu restes dans l'ombre...*

Leurs petites voix étaient si tristes. Les enfants faussaient presque tous par moments. Les faisceaux des lampes de poche dansaient dans le noir. Clary se souvint de son père en train de lui lire la bande dessinée *Pogo* : lorsque la lumière est allumée, explique la luciole, on repère les demoiselles ; lorsqu'il fait noir, on s'approche d'elles. Son père chéri riait en lui faisant la lecture. Mort comme tout, à présent.

Mais une chose est claire :
Les choses changent, elles changeront.

Le bon vieux cliché de la métamorphose, songea Clary. *Plus ça change*, se dit-elle, fière de son détachement. Elle balaya l'auditoire des yeux, vit les pères et les mères sous les traits de petits enfants, autant de maillons d'une longue et ondulante chaîne d'enfants. Et bientôt les enfants seraient parents de leurs propres enfants. Rien ne finit jamais. « Les choses changent », c'est-à-dire qu'elles ne changent pas.

Derrière Clary, une mère sanglotait bruyamment. Sa caméra vidéo tressautait : la petite lumière rouge clignotait, à la manière d'une luciole.

Nous grandissons, nous ne sommes plus les mêmes,
Votre vie va changer, vous serez libres !

Clary savait très bien ce qui faisait pleurer les parents, plus ou moins ouvertement : tout croît, se transforme, mais, au lieu d'être affranchis, il nous faut mourir, ces enfants comme les autres. Nous mourons, ils mourront, leurs enfants seront morts un jour. Nous résistons à l'idée du deuil parce que nous savons qu'il viendra bien assez vite, et cette résistance nous fait pleurer. *Leur verdeur a une espèce de tristesse.* Larkin, croyait-elle. Ou encore Dylan Thomas. Paul aurait su.

En se tournant vers la porte, elle vit Lorraine, debout au fond, Pearce sur la hanche. À cette distance, elle n'aurait su dire si elle pleurait ou non. En tout cas, elle souriait. Clary distinguait ses petites dents pointues et de travers, ses yeux sombres plissés, son bras maigre et fort refermé sur Pearce. Il ne s'était jamais accroché fermement à sa hanche à elle. Il avait grandi.

Clary pivota et se demanda par où sortir le plus rapidement. Lorraine savait-elle seulement qu'elle travaillait à l'école ? Elle croirait que Clary espionnait les enfants. Tout était si moche.

Ensuite, Lorraine fut à côté d'elle et Pearce la vit. Il eut un sursaut de surprise, puis il lui tendit les bras en criant :

— Cla ! Cla !

Clary était interdite. Elle ne pouvait ni le prendre ni l'ignorer. Ses seins lui faisaient mal. Jamais elle n'avait senti de douleur aussi vive.

— Salut, Clary, dit Lorraine, l'air heureuse. Vous voulez bien tenir Pearce pendant que je vais faire un câlin à Trevor ?

Comme si de rien n'était, elle lui tendit Pearce et, sans se retourner, fendit la foule. Les bras de Pearce se refermèrent sur elle et les siens se refermèrent sur lui, et ils restèrent paisiblement ainsi, au milieu de la cohue. Il sentait si bon.

— Où est ma maman ? demanda Dolly, à peine sortie des rangées d'élèves de quatrième.

— Elle est ici, dit Clary, au cas où Dolly irait s'imaginer qu'elle avait volé Pearce. Elle est allée féliciter Trevor.

— Je sais bien qu'elle n'est pas partie, dit Dolly en promenant ses yeux nerveux sur la foule. Je me faisais seulement du souci pour elle.

Bien sûr qu'elle partirait, songea Clary. Elle partait déjà, comme tout le monde. Elle s'éloignerait de Dolly, disparaîtrait. C'était une vie de papillon, sans permanence, ça non. Autant se faire à l'idée. Pearce tira sur le bras de Clary pour qu'elle le dépose. Il voulait courir voir Trevor.

— Re-ev, Re-ev, dit-il, la bouche tendue, comme s'il espérait ainsi, sur ces deux notes, appeler doucement.

— Il tient ça de vous, dit Dolly.

Clary posa Pearce par terre et le regarda courir. Elle embrassa Dolly sur la joue :

— Vous m'avez manqué, tous les trois.

Puis elle s'élança parmi les enfants qui tournaient sur place pour ne pas perdre Pearce de vue. Aucun problème : il était avec Lorraine. Elle le prit et le remit sur sa hanche, puis ils saluèrent Clary de la main et sortirent.

Mrs. Pell s'engagea lourdement dans la ruelle en tirant la grosse valise beige qu'elle avait achetée chez Goodwill. La fermeture éclair était capricieuse, mais elle avait pris les pinces de Clayton au cas où elle lui ferait des misères.

Elle dut attendre l'autobus pendant vingt minutes. Tôt le samedi, le service laissait à désirer. Elle repassa les articles dans sa tête : du beurre d'arachides, des saucisses viennoises, la courtepointe, son oreiller, sa chemise de nuit en laine polaire, les vieilles cartes à jouer sur lesquelles on voyait les chutes du Niagara. Ses pilules. Sa carte bancaire. Des chaussettes, un pantalon de rechange, un pull blanc. C'était mieux que le sous-sol de l'appartement du duplex. Quand les maudits enfants la tannaient, sa poitrine se serrait, et elle éprouvait une sensation désagréable. Les bruits résonnaient dans ses tympans comme des tam-tam. De toute façon, elle n'entendait rien de ce qu'ils lui racontaient.

Mrs. Pell s'appuya sur le montant de la porte et joua avec le loquet, qui avait la manie de se gripper, mais elle ne mit qu'un moment à trouver le tour de main.

C'était poussiéreux, là-dedans. Clary, pas de problème. C'était de Mrs. Zenko qu'il fallait qu'elle se méfie. Toujours en train d'espionner, celle-là, comme Sally Caslo, à Bonner, quand Clayton avait deux ans, juste avant le départ de Lenny Gage. La seule fois où elle avait perdu patience et avait frappé Clayton, Sally l'avait prise sur le fait et dénoncée à l'infirmière du quartier. Ça n'avait rien d'un accident — Sally regardait par sa fenêtre dans l'attente d'une chicane et était accourue, comme un cafard attiré par le bruit de l'ouvre-boîte. Idem, ensuite, pour la vieille salope de Brandon qui l'avait réprimandée. De quoi s'agissait-il ? Une quelconque sournoiserie. Pour retrouver

un souvenir, on n'avait qu'à tirer dessus comme sur un écheveau, à dégager tout ce qui s'y rattachait. Les lumières. On
n'avait pas coupé le courant. Excellent. Mrs. Pell parcourut
l'atelier, passa en esprit de Brandon à l'appartement au-dessus
du commerce de la rue principale où elle avait habité avec
Lillian Parr, puis au frère de Lillian, au beau milieu d'une nuit
de canicule, tandis que Lillian travaillait tard à la fête foraine, de
la sciure de bois sur le sol. Le sol s'inclina d'un côté et laissa voir
Lenny Gage, puis de l'autre, où c'était glissant et où il y avait
tous les autres hommes. De son poing fermé, Mrs. Pell se frappa
le côté de la tête et sauta par-dessus le sillon du disque pour
passer à sa sœur Janet. Elle étendit sur le lit la courtepointe aux
losanges en chute libre.

Par la fenêtre de la cuisine, Clary vit Mrs. Pell déambuler
dans l'atelier, sa silhouette se détachant contre les stores. Il fallait qu'elle fasse quelque chose, mais quoi? L'ignorer, prévenir
Lorraine, appeler les services sociaux ou la police? À part la
première, toutes les solutions lui semblèrent mauvaises.

Paul saurait quoi faire d'une vieille femme errante. Lorraine viendrait la chercher. Inutile d'appeler qui que ce soit.
Soudain, Clary eut une illumination. Elle prépara une tasse de
café fort, y mit trop de crème, trouva des draps et deux ou trois
serviettes propres, puis sortit dans l'air nacré du matin.

Longtemps après que Mrs. Pell eut éteint pour la nuit,
Darwin remonta l'allée sur sa moto. Devant ses massifs de
fleurs, Clary examinait les véroniques en se demandant si elles
s'asphyxiaient, si un peu de vigilance en début de saison ne
leur aurait pas fait le plus grand bien. Elle se tourna en entendant le bruit de la moto et fut étonnée de la voir s'arrêter
devant chez elle. Mais sa surprise fut de courte durée. Le
motard retira son casque. Darwin.

Il défit les courroies qui retenaient une valise et s'avança
sur la pelouse.

— Elle a oublié quelques affaires, dit-il en souriant de son visage énorme et rayonnant, semblable au soleil du soir.

— Des affaires dont elle a besoin maintenant ? demanda-t-elle, aussi désinvolte que lui.

— Je ne crois pas.

Qu'il était grand !

— Dans ce cas, je vais laisser le sac devant sa porte, dit Clary. Comment avez-vous su où elle était ?

— Dolly. Mais où vouliez-vous qu'elle aille ?

Clary hocha la tête.

— Vous voulez faire un tour ?

Elle contempla la moto.

— C'est sécuritaire ?

— Absolument pas, répondit-il, insulté à cette idée.

Il laissa le sac de Mrs. Pell sur le perron, tendit l'autre casque à Clary et lui montra où poser ses pieds. Il fit tourner la moto, mit le contact et descendit jusqu'au bout de l'allée, comme si c'était la limite du monde, et le bolide rugissant s'engagea dans la rue sans fin. Il était assez tard en soirée pour qu'il n'y ait pas de circulation et assez tôt en saison pour qu'il n'y ait pas de moustiques. Seuls les grillons oscillant sur leurs gonds grinçants se faisaient entendre, malgré le vrombissement du moteur. La chaussée glissait sous eux. Clary se cramponnait, les bras à mi-chemin du dos large et plat de Darwin ; peu à peu, elle se rendit compte qu'elle pouvait se redresser et suivre les mouvements de la moto. Darwin emprunta un dernier virage, mit le cap sur le sud, dépassa la piste de course, le musée et Early, où Moreland allait si souvent, puis s'enfonça dans la campagne nocturne.

La moto, qui donnait l'impression de flotter, grimpait et dévalait des collines inattendues. Darwin ne parlait pas, mais il montra un coyote debout au bord de la route et, une autre fois, le foisonnement lumineux des étoiles. Il ralentit en s'engageant dans un long virage incliné et, au détour d'un carrefour

465

aveugle, Clary eut le souffle coupé à la vue d'un troupeau de cerfs. Au bruit du moteur, ils se dispersèrent dans les champs en bondissant et leurs queues jetèrent des éclats de lumière.

Darwin fit demi-tour et reprit le chemin de la ville, dont les lumières, à l'horizon, s'étiraient à la façon d'un collier. Une fois en ville, elles se regonflèrent, le vrombissement du moteur s'atténua et ils roulèrent sous la lueur des lampadaires jusqu'à sa rue, jusqu'à chez elle.

Il laissa le moteur tourner au ralenti et la béquille supporter le poids de la moto. Elle détacha le casque et trouva sa tête intacte. Elle monta les marches, les jambes vacillantes; sur la moto, elle n'avait pas desserré les genoux.

— C'est bien, ce que vous faites pour Mrs. Pell, dit-il.

— Merci, dit Clary. Et merci pour la balade.

— On remet ça quand vous voulez, dit-il.

La moto décrivit un autre cercle et vrombit. Clary se redressa pour regarder filer Darwin, en parfait équilibre. Tel un gyroscope posé sur la terre.

49. Ascension

Le 24 mai, tôt le matin, Darwin téléphona à Clary. Il faisait déjà chaud comme dans une fournaise, dit-il. Pourquoi ne viendrait-elle pas pique-niquer avec eux au bord de la rivière ?

— Emmenez la vieille si ça ne vous dérange pas trop, ajouta-t-il.

C'était une journée pédagogique. Les enfants seraient là.

— Paul est invité, lui aussi ?

— Il est déjà de la partie.

Elle jeta un coup d'œil par la fenêtre de la cuisine. Mrs. Pell, qui se berçait dans le jardin, se laisserait peut-être convaincre. Recluse dans l'atelier depuis deux semaines, elle devait se sentir en sécurité, à présent, de la même façon que la tortue achetée à l'animalerie a besoin d'un peu de temps pour s'habituer à son nouvel environnement.

— Qu'est-ce que je peux apporter ?

— C'est tout arrangé. Venez tout de suite.

Mais ce n'était pas la première fois qu'elle allait au bord de la rivière. Elle prit tout le chocolat qu'il y avait dans la maison et deux grands thermos d'eau froide. Elle eut du mal à les transporter, une fois garée près de la vieille voiture verte de Darwin, celle dont il avait fait cadeau à Lorraine, et de la Triumph. Mrs. Pell ne fut d'aucun secours, évidemment. Elle s'avança d'un pas lourd, sa chaise pliante à la main. Sans adresser la parole à personne. Bon.

Paul arriva au moment où Clary se demandait quoi faire

avec les thermos. Mrs. Zenko sortit de la voiture de Paul, armée de son vieux porte-gâteau en aluminium à la poignée en bakélite. Quelle sorte de gâteau y avait-il là-dedans ?

— C'est Darwin qui a demandé à Paul d'aller vous chercher ? demanda Clary en la serrant dans ses bras.

Pourquoi n'y avait-elle pas pensé elle-même ? Elle était une telle esclave des règles.

Paul sortit à son tour, les mains vides.

— C'était mon idée, dit-il.

Il prit un des thermos de Clary.

— Hé, Darwin a dit de ne rien apporter.

— C'est juste de l'eau. On n'a jamais trop d'eau. Et Mrs. Zenko a désobéi, elle aussi.

— Darwin m'a téléphoné hier, expliqua Mrs. Zenko en nouant les manches de son pull autour de ses hanches. J'ai eu le temps de faire un gâteau. Qu'est-ce qu'il fait chaud !

— Le moins qu'on puisse dire, déclara Paul, c'est que mes réflexions sont transparentes.

Il faisait chaud pour le mois de mai, mais les arbres conservaient leur teinte verte première. Vertes elles aussi, les hautes herbes poussaient parmi celles de l'année dernière, brunes et dorées. Un oiseau chantait, gai et invisible, et ils s'aventurèrent dans les sentiers à moitié battus en balançant leurs charges. Au bord de la rivière, ils trouvèrent des traces de pas et traversèrent les eaux vives jusqu'aux premiers bancs de sable. En sandales, Paul et Clary passèrent à gué et aidèrent Mrs. Zenko à poser les pieds sur les rochers. Si tôt en saison, un jeudi, il n'y avait personne.

— Vous saviez que c'est l'Ascension ? demanda Paul. Travailler aujourd'hui, ça porte malheur.

— Quel bon prétexte pour ne rien faire, dit Mrs. Zenko.

— Pour vous, les orthodoxes, c'est seulement la semaine prochaine, dit Clary.

— Dans ce cas-là, je prendrai un autre congé.

Au-delà des bancs de sable et des buissons rabougris, un petit feu brûlait sur la plage et des ondes de chaleur s'élevaient du charbon de bois.

Darwin les salua d'un geste de la main et les enfants coururent sur le sable. Pearce se laissa descendre des genoux de Lorraine. Elle était assise sur une chaise pliante en tissu noir, un veston sur les épaules, mais ses cheveux foncés, plus fournis, volaient dans le vent. L'air heureuse, elle agita les deux mains.

Accroupi au bord de l'eau avec une bière, Clayton pêchait peut-être. Déjà, Mrs. Pell se chamaillait avec lui; au loin, sa mâchoire s'agitait. Clary soupira.

Pearce gratifia Clary d'un rapide baiser fleuri et entraîna Mrs. Zenko par la main pour lui montrer la rivière. Puis Trevor arriva et se planta devant Clary, les yeux baissés, et Clary s'agenouilla dans le sable.

— Il y a longtemps que je ne t'ai pas parlé, Trev, dit-elle en lui touchant le bras. Mais je te vois souvent à l'école.

Au même moment, il dit :

— Je vous vois souvent…

Il s'appuya sur les genoux de Clary, l'air reconnaissant.

— C'est bon de te voir, dit-elle en le serrant fort dans ses bras.

Elle ne lui dit pas qu'il lui avait manqué de crainte qu'il se sente coupable. Il la serra à son tour.

Dolly prit l'autre main de Clary et l'entraîna vers le feu.

— Les feux, c'est bien, même quand il fait chaud, dit-elle. C'est comme au camp.

Lorraine resta pliée sur sa chaise, l'air circonspecte, mais, à l'approche de Clary, elle tendit la main et Clary la prit. La même main, les mêmes longs doigts, mais plus forts.

Clary s'assit sur une pierre voisine, l'une de celles qu'on avait disposées en cercle autour du feu. Elle sourit à Lorraine (pour qui elle avait beaucoup fait, après tout, et qu'elle était ravie de voir vivante), franchit la membrane qu'elle n'arrivait pas à crever et parla tout simplement.

— Vous avez l'air bien, dit-elle. Encore mieux que le jour du spectacle.

— Merci d'être venue, dit Lorraine.

C'était largement suffisant.

— C'est bien d'organiser une petite fête, tous ensemble. Il ne manque que Fern et les autres.

— Ils vont venir, dit Darwin. La route est plus longue, depuis Davina.

D'un sac à provisions en papier kraft, il sortait des assiettes en carton sur lesquelles étaient posés des sandwichs au thon et au saumon, sans croûte et coupés en triangles. Mrs. Pell déclara qu'elle n'aimait pas le poisson et emporta sa chaise dans le bosquet de saules du centre de l'île, où elle s'endormit, son chapeau sur la tête. Clary prit une bouchée de sandwich au thon garni de persil et se demanda si Darwin avait volé le pique-nique quelque part, au thé « portes ouvertes » organisé par l'Église Unie pour le soixante-quinzième anniversaire de mariage d'Edith et Willard Stepney, par exemple, fête à laquelle elle conduirait Mrs. Zenko en soirée. Les Stepney avaient été propriétaires de la boutique coincée entre la quincaillerie du père de Clary et la bijouterie de John Zenko. Ils étaient déjà vieux à l'époque. Le temps qui nous est imparti est si court, se dit Clary. Les Stepney avaient sans doute caressé toutes sortes de projets, mais arpenter depuis vingt ans les couloirs d'un foyer pour personnes âgées, à la manière de somnambules, n'en faisait sûrement pas partie. Les sandwichs étaient bons. Darwin se moquait d'elle encore une fois. Elle le gratifia d'une grimace en plissant le nez et prit un autre sandwich. Au saumon, cette fois.

— Je dois avoir une demi-mangue quelque part par là, dit Darwin en fouillant de nouveau dans les provisions.

Il mit la main sur un gros sac de fruits, variés, tous parfaits. Dolly les lava au bord de la rivière et apporta une orange à

Lorraine et une poire mûre, au parfum médiéval, à Clary. Lorsque Lorraine mordit dans l'écorce de l'orange pour pouvoir la peler, un arc piquant fendit l'air. Dans le vent, l'odeur de l'orange, de la poire et de la fumée se mêlait et s'entremêlait à leurs cheveux.

Les enfants marchèrent au bord de l'eau en mangeant des sandwichs. Mrs. Zenko et Pearce avançaient plus lentement, ramassaient des trésors qu'ils venaient faire admirer à Lorraine et à Clary qui, circonspectes, parlaient de choses et d'autres : la chaleur, l'école, le retour au travail.

Lorraine n'aborda aucun des sujets qui la préoccupaient : Clayton, l'argent, la bosse légèrement douloureuse qu'elle sentait du côté gauche de son bassin. C'était vraisemblablement un ganglion enflé, reliquat de sa maladie. Elle n'entendait pas s'en faire à ce sujet. Le sable boirait l'acide qui coulait dans ses bras et dans ses jambes à cause du stress. Aujourd'hui et tous les jours. Fini les soucis inutiles. Elle raconta à Clary une anecdote amusante au sujet du garçon à lunettes qui vivait dans une des maisons où elle faisait le ménage. Il était rentré plus tôt que d'habitude pour lui dire jusqu'à quel point il était surpris de trouver ses vêtements dans les bons tiroirs, pour une fois.

— J'ai tout de suite compris son système, dit-elle. C'est un garçon rangé, ordonné, je veux dire, tandis que les autres... Je commence à un bout de la maison et je fais ce que je peux. Sa chambre est comme un petit sanctuaire.

Clary écoutait Lorraine avec l'une des couches de son cerveau ; avec l'autre, elle humait la poire et épiait le visage de Lorraine, à la recherche d'indices. Elle semblait fatiguée, mais calme.

— Vous avez l'air bien, répéta Clary. Ordinaire. Je suis si heureuse.

Lorraine hocha la tête.

— Ça va, concéda-t-elle.

Inutile de chercher à convaincre Clary. Elle la croyait.

— La fortune sourit à ceux qui font des cadeaux aux aveugles et aux infirmes à l'Ascension, dit Paul en marchant au bord de l'eau en compagnie de Darwin. Les œufs pondus en ce jour jamais ne pourriront. Mis sous le toit, ils porteront bonheur… Les nuages prennent la forme de l'Agneau de Dieu, et la pluie recueillie à l'Ascension est bonne pour les yeux enflammés et malades.

— Avec tout ce qui grouille dans ton crâne, tu dois finir par avoir mal à la tête, non?

Paul rit à demi, sincèrement désolé pour sa cervelle de singe.

— Tu pourrais décider d'oublier, dit Darwin. La douleur, le ressentiment, les futilités religieuses…

— Mais j'ai peut-être justement besoin d'œufs sous le toit. Ça vaut mieux, en tout cas, que d'avoir une araignée dans le plafond…

— Ça va?

— Aussi bien que possible. Je travaille, je m'acquitte de mes obligations, je fais mes visites, dit Paul.

La récitation manquait de noblesse.

— Je ne vois pas ce que je pourrais faire de plus.

Darwin étira ses bras, et ils s'embrasèrent sous le soleil qui illuminait le ciel bleu-blanc au-dessus de leurs têtes.

— Pourquoi ne pas te changer carrément en feu? demanda-t-il.

Puis il fit courir ses doigts dans ses cheveux et rit comme un fou.

Dolly s'éloigna de sa mère et de Clary, les laissa veiller l'une sur l'autre. Mrs. Zenko s'occupait de Pearce, et Trevor aimait bien rester seul à l'extérieur, même si, à l'école, il ne la lâchait pas d'une semelle. Elle ouvrit grand les bras et pirouetta dans le sable vide: pour s'étourdir, partir en orbite autour d'elle-même. Elle s'arrêta, titubante, et sentit le vortex du monde tourbillonner. Mais ses jambes l'ancrèrent fermement sur la terre, même si ce n'était que du sable. Elle portait la jupe gitane que mamie lui avait achetée à la boutique de l'Armée du Salut. Quand elle tournait, la jupe devenait toute bouffante. Son père lui avait dit de ne pas la mettre pour venir à la plage, de la garder pour de grandes occasions, et sa mère avait dit *pourquoi pas?* C'était une grande occasion. Sous ses vêtements, Dolly portait son maillot de bain. Pour patauger dans l'eau, elle n'avait qu'à coincer l'ourlet dans sa ceinture. Quand elle courait au milieu des herbes et des dunes, la jupe volait derrière elle et battait dans le vent, faisait des remous bleu-vert comme de l'eau imaginaire. Pas comme celle de la rivière, qui était de toutes les couleurs : cristalline au-dessus des rochers, brune dans les chenaux ombragés et profonds, gris-bleu dans les rapides. Elle fit des éclaboussures près du rivage et courut sur le banc de sable humide qui coupait la rivière en deux, comme dans un film mettant en vedette une magnifique jeune fille galopant sur une île déserte.

Suivant distraitement les traces laissées par Dolly et sans savoir où il allait, Paul, au bord d'un banc de sable incurvé par le courant, tomba sur Clayton, qui lui bloquait le passage.

— Une bière? demanda Clayton en faisant balancer la dernière canette qui pendait au bout du filet en plastique d'un emballage de six.

— Non, merci, dit Paul.

— Tant mieux. Je ne pense pas que Darwin en a apporté et c'est ma dernière.

Paul rit.

— Dans ce cas, c'était doublement gentil de l'offrir.

Ils marchèrent sur le rivage pendant un moment.

— Vous connaissez bien Clary? demanda Clayton.

— Plutôt bien, admit Paul.

— Vous pensez qu'elle accepterait de nous aider encore avec les enfants?

Paul hocha la tête.

— C'est ce que je croyais. Elle les aime bien, hein?

— Moi aussi, dit Paul.

— Ouais. Vous êtes son amoureux?

— Non, dit Paul.

— Ah bon? J'aurais pourtant juré que vous étiez...

Paul fit signe que non.

— Nous sommes amis, dit-il.

Clayton éclata de rire.

— Je vois, oui.

Il se pencha, ramassa un galet et, d'un geste ample et fluide, le lança loin dans la rivière. Paul eut une idée de l'athlète que Clayton aurait pu devenir.

Sur les dunes, de l'autre côté du banc de sable, Trevor regardait les oiseaux se poser à la surface de l'eau. Des oies, des mouettes aux ailes de travers, des oiseaux qu'il ne connaissait pas. Une fois posés, ils ne suivaient pas de trajectoire particulière. Même les énormes pélicans d'Amérique, avec leurs airs de ptérodactyles, pouvaient aller et venir sans laisser de traces. Au détour d'une langue de terre, il vit la rivière s'étirer sur plus d'un kilomètre, mais il n'y avait pas âme qui vive. Devant, un héron bleu se tenait sur une souche de bois flotté, semblable à un vase effilé.

Trevor s'immobilisa. Dans sa tête, pas la moindre pensée. Que de l'espace vide et net. Il rebroussa alors chemin, ses pieds silencieux sur le sable. En courant, les drôles de petits oiseaux laissaient dans le sable des empreintes en forme de bonshommes allumettes, et on pouvait les suivre jusqu'à leurs nids, mais on ne le faisait pas pour éviter de leur faire peur. Trevor suivit une des pistes laissées par des pattes d'oiseau et tomba en plein sur Darwin, debout au bord de l'eau.

Il contempla les pieds de Darwin, puis son visage.

— On se baigne? demanda Darwin.

Il faisait chaud, chaud, et l'eau était tiède près du rivage. À force de patauger, ils étaient déjà mouillés, de toute façon. Trevor et lui furent les premiers dans l'eau, mais Clary et Dolly les suivirent en tenant Pearce par la main entre elles. Lorraine resta sur le rivage, et Dolly agita la main pour l'inviter à les suivre. Mrs. Zenko s'approcha et passa le bras autour des épaules de Lorraine, et la faible brise souleva ses cheveux courts, comme ceux de Lorraine. Argentés et noirs : Clary eut l'impression d'avoir sous les yeux une photo avant et après, à trente-cinq et à soixante-dix ans.

Darwin attrapa Pearce et le fit tournoyer, d'abord dans les airs, où il vola, puis sous la surface de l'eau et de nouveau dans les airs. On dirait un oiseau aquatique habitué aux vagues, songea Clary. Pearce, pas effrayé le moins du monde, riait. Trevor et Dolly s'enfoncèrent plus profondément en éclaboussant, jusqu'au moment où, arrivés au bout d'un banc de sable submergé, ils disparurent sous la surface. Darwin les repêcha aussitôt, un dans chaque bras.

En aval, Paul souleva les bras, feignant une inquiétude exagérée, et s'avança vers eux en pataugeant. Clayton semblait sur le point de lui emboîter le pas, mais sa mère l'appela depuis sa cachette au milieu des saules : elle avait besoin de lui pour arranger sa chaise. Il tourna les talons.

Clary fendit l'eau en direction de Paul, dont le visage semblait libéré, presque heureux. Elle ne l'avait pas vu ainsi depuis des mois. Et encore, se dit-elle, il y avait eu en lui un côté sombre.

— Pitié ! Je ne veux pas ravoir le tapis ! s'écria-t-elle, désespérée à l'idée de revoir cet objet chez elle.

— Non, non, j'aimerais le garder. J'ai seulement pensé qu'il fallait que je...

Surgissant derrière eux, Darwin accrocha son pied aux genoux de Paul et le fit tomber dans l'eau, puis il entraîna Clary sous la surface et la remonta. Enfin, il lui donna un gros baiser avant de repartir vers les enfants en faisant des éclaboussures.

Quel soulagement d'être mouillée de la tête aux pieds. Clary prit la main de Paul et l'entraîna avec elle dans le courant. L'eau leur arrivait à la taille. La rivière les maria sous la surface, la même eau les traversa.

— Je vais parler, dit Paul. Moi, avec mes propres mots.

— Ne change rien. Je te veux toi, toi comme… comme tu es, je veux dire. Mais sans l'inquiétude, sans la peur.

Ce n'est pas plus compliqué que ça ? songea-t-il. Ah bon.

— Tu sens bon, dit-elle.

Ils allaient bien ensemble. Un bout de bois flotté passa près d'eux et Paul s'en empara. Ils s'y accrochèrent dans le courant plus fort du chenal.

— Regarde comme ils sont grands, dit Clary.

Ils voyaient les enfants de loin, d'où une perspective nouvelle. Pearce arrivait déjà à la hauteur de l'ourlet du pull de Mrs. Zenko.

— Tu te crois capable d'être l'amie de Lorraine, maintenant ?

— Oui.

Elle se tint bien droite, les pieds solidement campés dans l'eau qui déferlait, le sable se dérobant sous ses pieds.

— Mais je ne crois pas que je pourrai retourner à l'église. Ça pourrait être compliqué pour toi, non ?

Il hocha la tête en contemplant la rivière.

— Eh bien, il va falloir que tu… que nous apprenions à ne pas avoir peur, toi et moi.

Elle toucha son bras, sa peau. Elle l'aimait. Plutôt bien, oui.

— Est-ce que la prière l'a sauvée ? Un soir, j'ai cru que mes prières avaient donné quelque chose. Mais elles n'ont rien donné pour ma mère.

Il planta son bout de bois dans la partie la plus profonde du chenal, en creusa un peu plus le fond.

— Je ne sais pas, dit-il. Pourquoi les gens meurent, pourquoi ça arrive à tel ou tel moment. Je ne peux pas croire à un monde où tout est réglé d'avance, où la mort survient au moment le plus opportun pour l'âme, ni à un Dieu rusé et porté sur le secret, penché sur sa planche à dessins dans une atmosphère de centre de crise.

Avec le bâton, il traça dans le sable un sillon sinueux, dans lequel l'eau s'engouffra aussitôt.

— Nous sommes dans le monde. Je pense que nous sommes assujettis au monde, pendant notre passage ici-bas, et que Dieu nous attend. C'est tout ce que je peux dire.

Au bout d'une minute, il leva les yeux sur elle et ajouta :

— Non pas que la prière ne serve à rien. Comment est-ce que je pourrais dire une chose pareille ? Je passe ma vie à prier !

— Oui, dit-elle.

Elle pencha la tête pour voir les pierres qui scintillaient sous le prisme ondulant du courant. Paul leva les yeux sur le ciel où Dieu n'était pas. Ou était. Des colonnes teintées de mauve dans le bleu foncé électrique. Cette fenêtre ouverte dans le ciel, dans les nuages : toujours une vision du paradis.

Trevor marchait au bord de l'eau. Se sentait-il un peu seul, peut-être ? Paul se retourna et suivit le banc de sable jusqu'à lui. *Au loin, affres ; au loin, jours sans joie, prostration.* Il y avait un fanal, non, un fanal éternel ? *Brasier du monde, ne laisse que cendres.* Il courut, toucha Trevor, comme s'ils jouaient au chat et à la souris, et ils firent la course jusqu'au feu.

Darwin fouilla dans ses sacs en papier et sortit d'autres fruits et des sacs de chips, et Clary se rappela le chocolat, qui avait fondu, mais qu'ils pouvaient laisser couler dans leur bouche en pressant sur le papier d'emballage.

À côté du parasol qui donnait de l'ombre à Pearce, à moitié endormi, Dolly était allongée dans le sable. Des nuages traversèrent le bleu.

— Comme un troupeau de moutons, dit-elle à Pearce. Regarde ! Des pattes qui sautent et de la laine !

Paresseusement, il tourna la tête pour voir derrière le parasol et montra le ciel du doigt, mais elle n'aurait pu jurer qu'il voyait les mêmes moutons qu'elle. Deux personnes ne pouvaient pas voir le ciel de la même manière.

Après un dernier sandwich, Clayton tendit à Darwin son filet en plastique pour qu'il le jette.

— Je ramène maman en ville, dit-il à Lorraine. Elle est crevée. Il y aura quelqu'un pour vous déposer, non ?

Sous son chapeau de coton, Mrs. Pell était grise et maussade. Au cours de l'après-midi, elle avait à peine desserré les lèvres. Clary et Paul déclarèrent que, à eux deux, ils avaient assez de place pour tout le monde.

Clayton se pencha pour embrasser Lorraine. La visière de sa casquette de baseball entrava son geste, et il la retira. Sous les cheveux qui surgirent, son front pâle la surprit et elle lui rendit son baiser avec affection.

— À plus tard, dit-il.

Elle lui sourit, aussi libre qu'elle l'avait jamais été.

— À plus tard, dit-elle.

Il se retourna et, avec sa mère, traversa dans l'autre sens les ruisseaux et les herbes raides. Clary les suivit du regard. Petits, tous les deux, l'une trapue, l'autre maigre. Elle sera dans un foyer pour personnes âgées d'ici un an, se dit Clary pour se réconforter. Elle versa de grands verres d'eau pour Lorraine et pour elle. Elle s'assit sur la chaise pliante abandonnée par Mrs. Pell et les laissa s'en aller, son fils et elle.

Les autres s'étaient éloignés du feu. Sur le sable, la chaleur s'élevait par vagues tremblotantes. Près de Mrs. Zenko, qui montait la garde depuis sa chaise, Trevor et Pearce somnolaient sur une dune, le visage rouge. Des coups de soleil ? Clary vérifia, mais non. C'était seulement parce qu'ils avaient trop couru. Lorraine mit de l'écran solaire dans ses mains et dans celles de Clary ; ensemble, elles frottèrent les garçons, qui sur-sautèrent au contact du froid.

— Il faudrait en mettre à Paul. Regardez son cou, dit Lorraine en montrant l'endroit où Paul et Darwin se tenaient dans le courant.

— Pour Darwin, ce n'est pas la peine : il est imperméable. Lorraine tendit à Clary le tube de crème solaire.

— Quel chic type, ce Paul, non ? Encore heureux. Vous vous occupez de maman Pell. Pour ça, vous méritez une récompense.

Clary se tourna vers Paul.

— J'étais… Il veut que nous essayions une autre fois.

— Dans ce cas-là, courez lui mettre de la crème.

Dolly avait trouvé un bon bâton bien gros. En fait, elle l'avait confisqué à Pearce au moment où il allait s'en servir pour l'enfoncer entre les côtes de mamie, et il avait pris un oiseau en chasse. Elle le laissa traîner dans le sable. Il fit une ligne mince. En décrivant elle-même un large cercle sur cette bande de sable lisse, le bâton à bout de bras, elle traça un cercle énorme. Elle en sortit et contempla son ouvrage. Sa mère s'immobilisa près d'elle et regarda à son tour.

— On dirait le monde, constata-t-elle.

Elle prit le bâton des mains de sa fille et esquissa rapidement des continents, mais pas les vrais. C'était seulement pour que le cercle ressemble davantage à un globe.

— Mets-nous dessus, dit Dolly.

Au centre du monde, sa mère traça deux silhouettes qui se tenaient par la taille. Elles avaient l'air solides, là, debout côte à côte.

— Moi aussi, dit Trevor.

Il avait un bâton à la main, mais Dolly le repoussa pour permettre à sa mère de l'ajouter.

— Laisse, dit Lorraine. Ça va. C'est du sable. On peut le lisser quand on veut.

Trevor se dessina à côté de la plus grande des silhouettes. Un garçon allumette agitant la main.

— C'est très bien, dit Lorraine.

C'était vrai. Le personnage avait la drôle de mine de Trevor.

— Qui est-ce qu'on ajoute? demanda Lorraine.

— Clary, dit Trevor en reculant d'un pas pour la laisser faire. Pearce aussi.

Lorraine ajouta Pearce au petit groupe et Clary plus au nord, mais face à eux. Elle leva les yeux et vit Paul et Clary en train de bavarder dans l'eau de la rivière ; ils regardaient dans la même direction. Elle mit donc Paul à côté de Clary. Pourquoi pas? Quoi qu'il advienne, ce n'était que du sable.

— Mamie?

Les enfants hochèrent la tête et Lorraine dessina une femme assise, les yeux baissés, tout au sud, en zone antarctique. C'était bien. Elle dessina aussi Mrs. Zenko (c'est un joli portrait assez réussi, songea-t-elle), à l'est, les bras tendus, un bocal dans une main et une miche de pain dans l'autre. Les enfants la reconnurent immédiatement.

Dolly alla se placer de l'autre côté du globe et dit :

— Fern, Moreland et Grace.

Lorraine les ajouta à l'ouest, en groupe, devant une grange. Puis Trevor voulut ajouter Mrs. Ashby et Dolly songea à Mrs. Haywood et à Francine, et le continent du sud se peupla rapidement. Ils n'inscrivaient pas les noms. On reconnaissait les personnages à ceux qu'ils côtoyaient.

Ann Hemla : il n'y avait plus de place pour elle. Personne ne savait où elle était passée. Il faut une lune, songea Dolly, et elle en fit une petite, deux mètres plus loin. Secrètement, elle y mit un point représentant Ann. Elle y placerait aussi le vieux monsieur de la librairie Key's Books. Sur la lune glacée, il pourrait veiller sur Ann.

Darwin vint voir ce qu'ils faisaient. Il fit le tour du cercle en examinant les gens.

— Darwin ! s'écria Dolly en poussant sa mère.

Lorraine dessina une chaise au pôle Nord et y assit Darwin.

— J'ai une belle vue, de là, dit-il.

— Et papa, dit Trevor.

Mais sa mère ne le dessina pas.

— Je vais le mettre sur la lune, dit Dolly.

Elle dessina un homme debout sur la lune : il regardait des deux côtés, vers le monde et au loin.

Lorraine étudia l'homme dans la lune et éclata de rire.

— Dis donc, Dolly. Tu deviens une vraie artiste. C'est ton père tout craché !

— Il a du mal à se décider, dit Trevor.

Dans le flamboiement du jour qui fléchissait, Fern apparut à l'horizon, suivie de Grace et de Moreland qui, en chemises hawaïennes assorties, transportaient une énorme glacière. Tout le monde remarqua d'abord le ventre de Fern. Dans la tenace clarté du jour, elle figurait la pleine lune.

— Pour une femme déchue, elle a plutôt l'air contente d'elle-même, dit Darwin.

Lorraine et Clary se portèrent à sa rencontre. C'était sûrement pour bientôt ! Elle était positivement énorme ! En riant sans arrêt, Fern évoqua les acrobaties du bébé et les nuits blanches. D'emblée, elle précisa :

— Je ne sais pas si maman vous l'a dit, mais le père ne veut rien savoir. Pas de modèle masculin, mais mon père n'aura qu'à s'y remettre. Il s'en sortira peut-être mieux, cette fois-ci.

Moreland, qui avait foncé droit sur le feu, s'employait à le nourrir.

— Nous avons apporté des guimauves, dit Grace. C'est contraire aux règles, je sais bien, Darwin... Et aussi des sodas et quelques hot-dogs. Dis, Clary, j'ai aussi un pichet de la limonade aux fraises que nous aimions tellement. Tu te souviens ? Nous avons oublié d'en faire à Clearwater.

— Avec ou sans vodka?

— Sans, sans, à cause de Fern, mais Moreland a plus d'un tour dans son sac. J'ai aussi pris des couvertures.

Grace et Clary les étendirent et aidèrent Moreland à entretenir le feu, au cas où les enfants auraient froid, une fois le soleil couché. À huit heures, cependant, il était encore haut et brillant.

Dolly emmena Fern voir le monde dans le sable et elle dessina le ventre de Fern. Sur sa taille allumette, il était rond comme une pomme. Fern éclata de rire. Dolly songea que Fern appellerait peut-être son bébé Darlene, si c'était une fille. Son second prénom, Rose, ferait bien aussi.

Mrs. Zenko avait enfin sorti son gâteau de sa boîte. Aux épices, Lady Baltimore, à la noix de coco? Clary étira le cou. Sucre caramélisé et glaçage au sucre caramélisé, son favori. Comment pouvait-elle avoir envie d'une part de gâteau, elle qui avait passé l'après-midi à manger des sandwichs et des chips? Le goût de caramel du gâteau, d'une grande complexité sur la langue, se mariait parfaitement à celui du feu. Pas exactement amer. Roussi. Chat échaudé craint l'eau froide. Mais elle voulait oublier ses craintes; elle avait envie d'être avec des gens.

Vestale en pull blanc, Mrs. Zenko distribua les morceaux de gâteau, s'inclina devant chacun. Ce jour-là, Mrs. Pell et Mrs. Zenko avaient toutes deux choisi de porter du blanc. *Ma maman et ta maman mettaient du linge à sécher sur la corde, ma maman a donné un coup de poing sur le nez de la tienne, de quelle couleur est son sang?* Dans ce jeu, le sang de la mère de Clary n'aurait pu être que bleu. Celui de Mrs. Zenko et de Mrs. Pell serait rouge. Bientôt, parce qu'elles étaient vieilles, leur sang s'immobiliserait. Mrs. Pell et Mrs. Zenko en pull blanc. Laquelle des deux mourrait la première?

Clayton fit un crochet par l'appartement du duplex et, pendant que sa mère sommeillait dans la voiture, fourra quelques affaires dans un sac. Puis il mit le cap sur la maison de Clary et aida sa mère à descendre.

L'autre voiture de Clary était là, attendant inutilement. Pourquoi avait-elle besoin de deux voitures ? Elle était si folle de Lorraine et des enfants… Qu'elle leur donne donc quelque chose.

— Tu as encore la clé que j'ai fait faire pour la voiture de la mère de Clary ?

Mrs. Pell fouilla dans son sac beige et la trouva, au bout du vieux porte-clés Playboy.

— Viens surtout pas me demander de l'aide, dit-elle.

— Ouais, comme si ça risquait d'arriver.

Pour lui donner tort, elle sortit son porte-monnaie, ouvrit le compartiment secret et en tira quatre billets de cent dollars.

— Comme ça, tu pourras pas dire que je t'ai jamais rien donné.

Il empocha l'argent.

— Salut, dit-il.

Il lança les clés de la bagnole de Darwin par la vitre ouverte. Il ne serait pas allé bien loin dans un tacot pareil.

Puis il se dirigea vers la voiture de la mère de Clary, qui empiétait nettement sur la propriété du vieux malcommode d'à côté. En fait, elle était garée juste devant sa maison. Clary pouvait se le permettre, mais pas lui. Pff. Il ajusta le siège et démarra.

Enveloppée dans une couverture, Lorraine était adossée à une souche, Trevor d'un côté, Dolly de l'autre. Elle leur racontait une histoire dans laquelle il était question du camping avec Rose. Pearce pleurait dans les bras de Clary : il s'était écorché le genou sur le sable et il se faisait tard. D'ailleurs, on n'avait plus de biberon pour apaiser un petit garçon fatigué. Elle le berça lentement, lentement, à son goût, ralentit, le berça aussi lentement qu'un nuage traversant le ciel par une journée sans vent.

Enfin, les échos du manque se turent dans sa tête, et son cœur eut son content.

— Bon, j'y vais, dit Darwin en se levant.

Ils le regardèrent, étonnés. Dolly et Trevor se levèrent à leur tour pour protester. Ils laissèrent tomber la couverture, mais Lorraine, qui connaissait trop bien Darwin, en referma bien les pans sur elle.

— Soyez prudents sur la route, dit-il en s'engageant sur le rivage.

Pendant un moment, Dolly le vit agiter la main au-dessus de la brume légère et de la fumée.

Maintenant qu'il faisait noir, l'air était plus frais. Sous la gouverne de Moreland, le feu était devenu un immense bûcher qui crachait et lançait des étincelles dans le ciel nocturne.

Paul prit le bâton avec lequel ils avaient tracé le monde et l'enfonça dans le cœur du feu pour l'embraser, puis, dans l'air de plus en plus sombre, il agita le tison, traça des motifs, des formes rouges qui persistaient un moment dans leur vision.

— *Je me moque de la religion et de tout ce qui n'est pas Dieu*, dit-il.

Puis il regarda Clary d'un air coupable. Peut-être les psaumes ne comptaient-ils pas pour des citations. Elle lui sourit. Elle avait réconforté et calmé Pearce, qui s'était enfin endormi, et il était aussi paisible qu'un enfant assoupi dans les bras de sa mère.

À la nuit tombée, Mrs. Zenko, douce et proprette sur le sombre rivage nocturne, referma les ailes de son pull sur les enfants pour les garder au chaud, tandis que les autres commençaient à tout ramasser, se préparaient à quitter cet endroit, à effectuer le court trajet qui les ramènerait aux voitures.

Remerciements

Au cas où les passages cités par Paul vous tourmenteraient l'esprit, voici la liste des poètes cités, par ordre d'apparition. Philip Larkin, Dylan Thomas, Isaac Bashevis Singer *(Le Spinoza de la rue du Marché)*, Emily Dickinson, Hébreux 13 (« quelques-uns ont logé des anges, sans le savoir »), e. e. cummings, Stevie Smith et sa mélancolie longuement, Gerard Manley Hopkins, Rilke, de nouveau Hopkins (et pas pour la dernière fois), Dylan Thomas s'extasiant sur la bière puis sur le whisky, Flann O'Brien (sur les conséquences de la consommation de bière et de whisky), une approximation avinée des idées de Michael Polanyi sur la connaissance tacite, William Carlos Williams, Amy Lowell, Shakespeare, l'épître de saint Paul aux Romains, Thomas Hood, Alfred Noyes, de nouveau Shakespeare, W. B. Yeats (« M'inonde une douceur si grande »), Pablo Neruda, le Cantique des cantiques, de nouveau Hopkins, Matthew Arnold, le gai poème de Ted Hughes intitulée *Lovesong,* de nouveau Hopkins, encore une fois Hopkins, Thomas Merton, Hopkins une dernière fois au bord de la rivière et le psaume 131.

Dolly lit *The Children Who Lived in a Barn* d'Eleanor Graham, *Mistress Masham's Repose* de T. H. White et une édition bon marché de *Vanity Fair,* dont les premières pages ont disparu et dont la couverture rigide rouge tache les doigts quand on lit dans la baignoire.

Clary ne songe qu'une seule fois à un poème (de Philip Larkin, selon son premier instinct, et non de Dylan Thomas).

Elle se souvient aussi de *Pogo,* bande dessinée capitale signée par Walt Kelly dans les années 1950, dont on trouve aujourd'hui des réimpressions en langue originale. J'ai vu jouer la charmante pièce intitulée *Bug Play*[3], mais je n'ai pu identifier ni l'auteur ni le compositeur.

Merci au Conseil des Arts du Canada et à la Fondation pour les arts de l'Alberta de leur soutien financier. Pour ses précisions à la fois généreuses et redoutables, je suis comme toujours redevable à Peter Ormshaw. Merci à l'éditrice de Freehand, Melanie Little, de son intelligence et de ses multiples dons. Merci à Sara O'Leary, compagne éthérée, et à Jeanne Harvie, lectrice constante. Merci à Glenda MacFarlane, qui a aussi connu Binnie, pour Clearwater et quantité d'autres choses. (Mes excuses au vrai lac Clearwater, qui est un adorable petit centre de villégiature et non le lieu moche décrit dans ces pages.)

Merci aux Drs Thyra Endicott, Nora Ku et Jill Nation de leur aide au sujet du cancer. Et aussi à Azana Endicott, trop tard.

Merci à Rachel et Will Ormshaw, recherche et développement. Conseils réfléchis : Timothy Endicott, Jonathan Chute, Derek Dunwoody, Greg Clark. Formation initiale : mon cher père, Orville Endicott. Je précise ici que la paroisse et le diocèse décrits dans ces pages n'ont pas de pendants dans la réalité et qu'aucune femme évêque digne de ce nom ne porterait de chaussures en daim.

En raison de l'étincelant exemple qu'ils ont donné, je dois beaucoup à Bill et Violet Ormshaw. Merci aussi aux « Senior Belts » : Steve Gobby, Jeanne Harvie, Susan Kelly et Lee Kvern, de même qu'à Wendy Agnew, qui a dessiné le monde avec

---

3. *La Ronde des insectes* dans la traduction. *(N.d.T.)*

moi, à Connie Gault, de sa lecture, ainsi qu'à Sarah et Mark Wellings de la période de solitude dont ils m'ont fait cadeau. Merci à Bonnie Burnard et à la radio de la CBC de l'impulsion donnée à mon travail : une version antérieure de la première partie du livre a été diffusée dans le cadre du Festival of Fiction en octobre 2000 et en août 2001.

Merci également, comme toujours, à mon adorable mère, Julianne Endicott.

Liste des traductions citées

Philip Larkin, « Que ceci soit le vers », *Church going*, édition bilingue, traduit de l'anglais par Guy Le Gaufey, Solin, 1991, p. 139.

Dylan Thomas, « La force du plomb vert qui pète dans la fleur », *Ce monde est mon partage et celui du démon*, préface et traduction de l'anglais de Patrick Reumaux, Paris, Éditions du Seuil, coll. « Points », 1970, p. 44.

Isaac Bashevis Singer, *Le Spinoza de la rue du Marché*, nouvelles traduites de l'anglais par Marie-Pierre Bay, Paris, Denoël, coll. « Empreinte », 1997, p. 261.

Emily Dickinson, « Je suis Personne. Et toi tu es qui ? », traducteur non identifié, Wikisource.

e. e. cummings, « un homme qui parmi les voleurs avait chu », *Poèmes choisis*, traduits par Robert Davreu, Paris, José Corti, 2004, p. 67.

Stevie Smith, « Va-t'en, mélancolie », *Poèmes*, traduit de l'anglais pas Anne Mounic, Paris, L'Harmattan, 2003, p. 123, 125.

Gerald Manley Hopkins, « Printemps et automne. À une jeune enfant », *Reliquiæ. Vers Proses Dessins*, réunis et traduits par Pierre Leyris, Paris, Éditions du Seuil, 1957, p. 79.

Rainer Maria Rilke, *Le Torse archaïque d'Apollon.*

Gerald Manley Hopkins, « Non, de pire, rien », *Grandeur de Dieu et autres poèmes 1876-1889,* traduits de l'anglais par Jean Mambrino; préface de Kathleen Raine, Paris, Granit, 1980, p. 81.

Dylan Thomas, « La mère Garbo », *Portrait de l'artiste en jeune chien,* traduit de l'anglais par Francis Dufau-Labeyrie, Éditions de Minuit, 1947, p. 166.

Flann O'Brien, *Swim-Two-Birds,* traduit de l'anglais par Patrick Hersant, Paris, Les Belles Lettres, 2002, p. 53.

William Carlos Williams, « Danse russe », *Al que quiere!,* traduction de Thierry Gillybœuf, Libraire éditeur La Nerthe, coll. « Classique », 2008, p. 57.

William Shakespeare, « Sonnet 18 », *Sonnets,* mis en vers par Bertrand Degott, édition bilingue, Paris, La Table Ronde, 2007, p. 38.

Saint Paul, Épître aux Romains 1:19, 1:20, Bible de Jérusalem.

Alfred Noyes, « Le bandit de grand chemin », traducteur non identifié, www.arcanes.org/print.php?document=1329

William Shakespeare, *Le Marchand de Venise,* projet Gutenberg, traduction de François Pierre et Guillaume Guizot.

William Butler Yeats, « Amies », *Responsabilités,* traduit de l'anglais et présenté par Jacqueline Genet, Lagrasse, Éditions Verdier, 2003, p. 289.

Pablo Neruda, « 17 », *La Centaine d'amour,* traduction de Jean Marcenac et André Bonhomme, édition bilingue, Paris, Gallimard, 1995, p. 45.

Cantique des cantiques, 4:12, Bible de Jérusalem.

Gerald Manley Hopkins, « Grandeur de Dieu », *Grandeur de Dieu et autres poèmes 1876-1889*, traduits de l'anglais par Jean Mambrino, préface de Kathleen Raine, Paris, Granit, 1980, p. 43.

Matthew Arnold, « La plage de Douvres », *Rencontres de poètes anglais, suivies de Sonnets de Shakespeare*, traduction de Pierre Leyris, Paris, José Corti, 2002, p. 217-219.

Ted Hughes, « Chanson d'amour », *Corbeau*, traduction et préface de Claude Guillot, Paris, Éditions de la différence, 1980, p. 110.

Gerald Manley Hopkins, « Réveil : c'est la toison de l'obscur… », *Reliquiæ. Vers Proses Dessins*, réunis et traduits par Pierre Leyris, Paris, Éditions du Seuil, 1957, p. 117.

Gerald Manley Hopkins, « Le martin-pêcheur flambe », *Reliquiæ. Vers Proses Dessins*, réunis et traduits par Pierre Leyris, Paris, Éditions du Seuil, 1957, p. 99.

Thomas Merton, *Journal d'Asie*, traduit de l'américain par Jean-Pierre Denis, Paris, Criterion, coll. « L'Homme relié », 1990, p. 230.

Philip Larkin, « Les arbres », *Où vivre, sinon ?*, traduction de l'anglais et présentation par Jacques Nassif, Orphée/La Différence, 1994, p. 107.

Gerald Manley Hopkins, « Que la nature est un feu héraclitéen et du réconfort de la résurrection », *Reliquiæ. Vers Proses Dessins*, réunis et traduits par Pierre Leyris, Paris, Éditions du Seuil, 1957, p. 121.

Table des matières